죽지 않는 사람들

죽지 않는 사람들
THE IMMORTALISTS

클로이 벤저민 장편소설

김선희 옮김

문학동네

일러두기

1. 주석은 모두 옮긴이주이다.
2. 본문 중 고딕체는 원서에서 이탤릭체나 대문자로 강조한 부분이다.

내 할머니 리 크루그를 위해

차례

헤스터 스트리트의 여자

1969
바르야

바르야는 열세 살이다.

열세 살이 되면서 키는 7센티미터가 넘게 자랐고 가랑이에 짙은 색 털 한 줌이 생겼다. 가슴은 손바닥 크기, 분홍색 젖꼭지는 10센트 동전만하다. 허리까지 오는 머리칼은 진하지도 연하지도 않은 갈색으로, 남동생 대니얼처럼 어두운 색도 아니고 사이먼 같은 레몬색 곱슬머리도 아니고 클라라처럼 윤기나는 황동색도 아니다. 바르야는 아침마다 머리칼을 두 가닥의 프렌치 스타일로 땋는다. 땋은 머리가 달리는 말의 꼬리처럼 통통거리며 허리에서 튀는 느낌을 좋아한다. 작은 코는 누구와도 닮지 않았다, 라고 그녀는 생각한다. 스무 살쯤 되면 콧대가 높아져 매와 같은 위엄을 풍길 것이다. 엄마의 코처럼. 하지만 아직은 아니다.

네 사람은 이리저리 꺾인 길을 걷고 있다. 바르야와 동생들, 그러니까 열한 살 대니얼, 아홉 살 클라라, 일곱 살 사이먼이다. 대니얼이 앞장서 클린턴 스트리트에서 딜랜시 스트리트로 내려간 다음 포사이스 스트리트에서 왼쪽으로 꺾는다. 세라D루스벨트공원의 담장을 따라 내려가는 길에서는 나무 그늘 아래로만 걷는다. 밤의 공원은 소란스럽지만 화요일 아침인 지금은 젊은 사람들 몇몇만이 지난 주말의 시위에서 헤어나오지 못한 채 잔디밭에 얼굴을 처박고 곯아떨어져 있다.

헤스터 스트리트에 이르자 네 남매는 조용해진다. '골드 양복 양장', 그러니까 아빠 가게를 지나야 하기 때문이다. 물론 아빠에게 들킬 가능성은 낮지만—솔은 자신이 꿰매는 물건이 남성복 바짓단이 아니라 우주를 짓는 옷감인 것처럼 몰입해서 일하니까—그래도 이 후텁지근한 7월의 마법과 위태롭게 동요하는 이날의 목표에는 위협이 될 수 있다. 그들이 헤스터 스트리트에서 찾고자 하는 무언가에는.

사이먼은 가장 어리지만 재빠르다. 대니얼에게 물려입은 청반바지가 가는 허리에 헐렁하게 걸쳐져 있는데, 대니얼은 일곱 살 때 딱 맞았던 옷이다. 한 손에는 중국풍 문양 천으로 만든 주머니를 들었다. 주머니에서 지폐가 바스락거리고 동전이 쨀랑거리며 주석의 음악을 만들어낸다.

"대체 어디야?" 사이먼이 묻는다.

"여기 같은데." 대니얼이 대답한다.

네 사람은 눈앞의 낡은 건물을 올려다본다. 지그재그로 올라가는 비상계단과 5층의 까만 직사각형 창문들. 그들은 여기 5층에 사는 사람을 보러 왔다.

"어떻게 들어가지?" 바르야가 묻는다.

건물은 7층이 아니라 5층짜리이고 외벽이 갈색이 아니라 크림색이라는 점을 빼면 남매가 사는 아파트와 매우 흡사해 보인다.

"벨을 눌러야지." 대니얼이 말한다. "5층이랬어."

"그래, 그런데 몇 호를 누를 건데?" 클라라가 말한다.

대니얼이 뒷주머니에서 구겨진 영수증을 꺼내 들여다본다. 고개를 들었을 때는 얼굴이 분홍색이다. "모르겠어."

"대니얼!" 바르야가 건물 벽에 기대서서 손부채질을 한다. 30도가 넘는 날씨 때문에 땀방울 맺힌 이마가 가렵고 치마가 허벅지에 달라붙는다.

"잠깐만." 대니얼이 말한다. "잠깐만 생각해볼게."

사이먼이 아스팔트바닥에 주저앉는다. 두 다리 사이로 주머니가 방이 해파리처럼 내려앉는다. 클라라는 주머니에서 태피 한 개를 꺼낸다. 포장을 벗기는 중에 건물 문이 열리더니 보라색 선글라스를 쓰고 페이즐리 셔츠의 단추를 풀어헤친 젊은 남자가 나온다.

남자가 골드 남매 쪽으로 고갯짓을 한다. "들어갈 거니?"

"네." 대니얼이 대답하며 재빨리 움직이자 나머지 세 사람도 뒤따라 움직인다. 건물 안으로 들어간 대니얼은 문이 닫히기 전에 보라색 선글라스를 낀 남자에게 고맙다고 인사한다. 대담하지만 조금 서툰 행동대장 대니얼, 여기에 오기로 한 것도 대니얼의 생각이었다.

대니얼이 남자애들 둘이 그 얘기를 하는 걸 엿들었다. 지난주에 그 더위에도 맛있는 따뜻한 에그타르트를 사려고 코셔* 중식을 파는 슈멀케 번스타인의 식당에 서 있을 때였다. 줄은 길고 선풍기 여러 대가 강풍으로 돌아가고 있어서 헤스터 스트리트의 한 건물 꼭대기층에 임시로 머물고 있다는 여자 얘기를 엿듣기 위해서는 몸을 앞쪽으로 기울여야 했다.

클린턴 스트리트 72번지로 돌아가는 길 내내 심장이 뛰었다. 침실에 가보니 클라라와 사이먼이 바닥에서 슈츠 앤드 래더스**를 하고 바르야는 이층침대의 위쪽 자기 자리에서 책을 읽고 있었다. 흑백 무늬 고양이 조야는 라디에이터 위의 네모난 햇빛 조각 안에 누워 있었다.

대니얼이 자기 계획을 꺼냈다.

"무슨 말인지 모르겠어." 바르야가 더러운 발을 쳐들어 천장을 탁 쳤다. "그 여자가 하는 게 뭐라고?"

"말했잖아." 대니얼이 몹시 초조해하며 말했다. "초능력이 있다니까."

"무슨 초능력?" 클라라가 게임판의 말을 옮기며 물었다. 그녀는 그해 여름의 전반부를 후디니의 고무줄 카드 묘기를 독학하며 보냈는데, 좀처럼 성공하지 못했다.

"운명을 알려준다는 거야. 앞으로 생길 일이라든가, 운이 좋을지 나쁠지. 그리고……" 대니얼은 양손을 맞잡고 문틀에 몸을 기댔다. "네가 언제 죽는지 알려준대."

클라라가 고개를 들었다.

---

* 유대교의 율법에 따라 식재료를 선택하고 조리한 음식.
** 보드게임의 일종.

"말도 안 돼." 바르야가 말했다. "그런 건 아무도 몰라."

"만약 알 수 있다면?" 대니얼이 물었다.

"난 알고 싶지 않은데."

"왜?"

"왜냐하면," 바르야는 책을 내려놓고 일어나 앉아 침대 난간 밖으로 다리를 내놓고 흔들었다. "나쁜 소식일 수도 있잖아. 어른이 되기도 전에 죽는다고 하면 어떡해?"

"그러니까 미리 아는 게 좋지." 대니얼이 말했다. "죽기 전에 다 해볼 수 있잖아."

침묵이 흘렀다. 사이먼이 새 같은 몸을 들썩이며 웃기 시작했다. 대니얼은 얼굴빛이 한층 어두워졌다.

"난 심각해." 대니얼이 말했다. "난 갈 거야. 이 집에 처박혀서는 단 하루도 더 못 살아. 아니, 안 살아. 같이 갈 사람?"

이날이 여름의 한중간이 아니었다면, 한 달 반의 습한 권태를 지나왔고 앞으로도 똑같은 한 달 반이 기다리고 있는 한여름이 아니었다면 결국 아무 일도 일어나지 않았을지 모른다. 집에는 에어컨도 없고, 올해는—1969년 여름이다—그들을 제외한 모두에게 무슨 일인가 일어나고 있는 것 같다. 사람들은 우드스톡에서 술을 마시고, 〈핀볼 위저드〉를 부르고, 〈미드나이트 카우보이〉를 본다. 이 중에 골드 남매에게 허락된 건 아무것도 없다. 사람들은 스톤월 바 밖에서 폭동을 일으키고, 주차미터기를 뽑아 문을 박살내고, 창문과 주크박스를 깨부수고 있다. 상상할 수 있는 가장 끔찍한 방법으로 살해당하는 사람들도 있다. 화학폭발물과 550발을 연사할 수 있는 총으로 살해된 그들의 얼굴이 무시무시한 속도로 골드 남매의 집 부엌에 놓인 텔레비전으로 전송된다. "씨발, 인간이 달 위를 걷고 있어." 대니얼이 요즘 들어 엄마가 없는 데서만 쓰기 시작한 비속어를 섞어서 말했다. 제임스 얼 레이는 형을 선고받았고, 시르한 시르한도 마찬가지다.* 이 모든 일이 일어나는 동안 골드 남매가 한 것은 잭스 게임과 다트, 오븐 뒤 연통을 자기 집이라고 생각하는 조야를 꺼내는 일 따위다.

순례를 떠나자는 분위기가 만들어진 데는 또다른 이유가 있었다. 이번 여름이 아니면 다시는 네 남매가 이렇게 함께할 수 없을 것이다. 내년에 바르야는 친구 아비바와 함께 캣츠킬에 간다. 대니얼은 클라라와 사이먼을 내팽개치고 동네 소년들과 자기들만의 의식에 몰두할 것이다. 하지만 1969년 올해만은 그들은 하나다. 하나라는 말 말고는 다른 어떤 것으로도 표현할 수 없을 만큼.

"나도 갈래." 클라라가 말했다.

"나도." 사이먼이 말했다.

"그럼 그 여자한테 연락은 어떻게 해?" 바르야가 물었다. 열세 살이 된 바르야는 세상에 공짜는 없다는 걸 알고 있었다. "돈은?"

대니얼이 얼굴을 찡그렸다. "알아볼게."

이렇게 시작되었다. 이 일은 그들만의 비밀이자 도전이었고, 네 남매가 침실에서 빈둥거릴 때마다 빨래 널어라, 망할 고양이가 또 연통에 꼈다, 라고 잔소리하는 우락부락한 엄마를 피해 숨어 있는

---

* 각각 마틴 루서 킹 주니어와 로버트 F. 케네디의 암살범이다.

비상계단 같은 것이었다. 골드 남매는 주변 사람들을 탐문했다. 차이나타운의 마술가게 주인도 헤스터 스트리트의 여자에 대해 알고 있었다. 주인은 그녀가 전국을 떠돌아다니며 그 일을 한다고 클라라에게 알려주었다. 클라라가 가게를 나가려 하자 그가 한 손가락을 치켜들더니 그대로 가게 뒤쪽으로 사라졌다가 두꺼운 책 한 권을 들고 돌아왔다. 『예언의 책』이라는 책 표지에는 열두 개의 눈과 그 눈들을 둘러싼 기호들이 있었다. 클라라는 65센트를 내고 책을 품에 안고서 집으로 돌아왔다.

클린턴 스트리트 72번지의 다른 주민들도 여자를 알고 있었다. 블루먼스타인 부인은 사이먼에게 1950년대에 멋진 파티에서 그녀를 만난 적이 있다고 말해주었다. 그러면서 슈나우저를 사이먼이 앉아 있는 현관 계단 위에 내려놓았다. 개가 내리자마자 총알 같은 똥 한 덩어리를 쌌지만 부인은 치우지 않았다.

"내 손금을 봐줬단다. 내가 아주 오래 살 거라고 했지." 블루먼스타인 부인이 중요한 말이라는 듯 몸을 기울였다. 사이먼은 숨을 참았다. 부인의 숨에서는 마치 구십 년 전 아기 때 들이마신 공기를 내쉬는 것처럼 퀴퀴한 냄새가 났다. "아가, 보다시피, 그 말이 맞았지."

6층에 사는 힌두교 가족은 그 여자를 선견자라는 뜻의 '리시카'라고 불렀다. 바르야는 거티의 쿠글* 한 조각을 포일에 싸서 제42공립학교 친구인 루비 싱을 찾아갔다. 향신료를 넣은 버터치킨에 대한 답례였다. 둘은 해질녘 비상계단에 나가 쿠글을 나눠먹었다. 그

---

* 계란면이나 감자를 기본으로 야채나 고기를 추가하여 구운 유대교식 음식.

들의 맨다리가 철판 아래에서 대롱거렸다.

　루비는 그 여자를 잘 알고 있었다. "이 년 전에, 그러니까 내가 열한 살 때 할머니가 아팠어. 의사가 심장이 문제라면서 삼 개월 남았다고 했거든? 그런데 다른 의사는 할머니가 건강해서 곧 나을 수 있다면서 이 년은 더 사시겠다고 그런 거야."

　대롱거리는 다리 밑으로 택시 한 대가 끼익 소리를 내며 리빙턴 스트리트를 지나갔다. 루비는 고개를 돌려 오물과 하수가 섞여 녹갈색을 띠는 이스트강을 흘끗 보았다.

　"힌두교도는 집에서 죽음을 맞이야 해." 루비가 말했다. "가족들에게 둘러싸여서. 인도에 사는 파파의 친척들도 오고 싶어했어. 그런데 언제 오라고 알려줄 수가 없잖아. 와서 이 년 기다려보라고 할 수도 없고. 그때 파파가 리시카 이야기를 들은 거야. 파파는 리시카를 만나서 날짜를 받아왔어. 다디가 돌아가실 날짜 말이야.*우리는 다디 침대를 거실로 옮기고 머리가 동쪽을 향하게 한 다음에 등불을 켜고 기도하고 노래 부르면서 밤새 곁을 지켰어. 파파형제들도 찬디가르에서 오고. 나는 사촌들하고 바닥에 앉아서 곁을 지켰어. 스무 명인가, 아마 더 많았을걸. 리시카가 알려준 대로 5월 16일에 다디가 돌아가셨을 때, 우리는 다 안도하면서 울었어."

　"화나지 않았어?"

　"왜 화가 나?"

　"할머니를 살려주지 않았잖아." 바르야가 말했다. "낫게 해주지도 않고."

---

　* '파파'와 '다디'는 각각 힌디어로 '아빠'와 '할머니'를 의미한다.

"리시카 덕분에 작별인사를 할 수 있었는걸. 그건 무엇으로도 보답할 수 없을 거야." 루비는 마지막 한입 남은 쿠글을 입에 넣고 포일을 반으로 접었다. "어쨌든, 리시카가 다디를 낫게 할 수는 없어. 리시카는 앞일을 알지. 그뿐, 그게 일어나지 않도록 막을 순 없어. 리시카는 신이 아니니까."

"그 여자 어디에 있는지 알아?" 바르야가 물었다. "대니얼이 헤스터 스트리트까지는 듣고 왔는데, 어느 건물인지는 모른대."

"나도 몰라. 항상 옮겨다닌대. 안전을 위해서."

싱의 집안에서 뭔가 쨍하고 깨지는 소리와 함께 힌디어로 외치는 소리가 들렸다.

루비가 치마에서 부스러기를 털어내며 일어섰다.

"안전이라니, 무슨 말이야?" 바르야도 일어서서 물었다.

"그런 사람을 따라다니는 사람들이 꼭 있잖아." 루비가 말했다. "리시카가 그런 일을 한다는 걸 알고서."

"루비나!" 루비의 어머니가 소리쳤다.

"가야겠다." 루비가 껑충 뛰어 안으로 들어간 뒤 창문을 닫았다. 남겨진 바르야는 4층까지 비상계단으로 내려갔다.

여자의 소문은 이미 놀라울 정도로 파다하게 퍼졌지만 그래도 모두가 아는 건 아니었다. 바르야가 카츠* 카운터에서 일하는 남자들에게 선견자 이야기를 하자, 팔에 숫자 문신이 새겨진 그들은 두려움이 담긴 눈빛으로 바르야를 쳐다봤다.

"얘." 그들 중 한 사람이 말했다. "왜 그런 일에 엮이려고 하니?"

---

* 간편하게 먹을 수 있는 조제식품을 판매하는 프랜차이즈의 일종.

그의 목소리는 바르야가 자기를 모욕이라도 한다는 듯 날카로웠다. 바르야는 당황해서 샌드위치를 들고 나와버렸고 다시는 그 얘기를 꺼내지 않았다.

결국 대니얼이 처음 얘기를 엿들은 남자애들에게서 여자의 주소를 알아냈다. 그 주 주말 윌리엄스버그다리의 보행로에서 난간에 기대 마리화나를 피우는 그들을 다시 마주친 것이다. 그들이 나이가 더 많아서—열네 살쯤으로 보였다—대니얼은 더 아는 게 있는지 묻기 전에 대화를 엿들었노라고 자백할 수밖에 없었다.

그들은 성가셔하기는커녕 흔쾌히 여자가 사는 집의 번지수를 알려주었다. 하지만 어떻게 약속을 잡는지는 그들도 몰랐다. 그들은 대니얼에게 다른 소문도 얘기해주었다. 그 여자를 만나면 대가를 지불해야 하는데, 어떤 사람들은 현금이면 된다고 하고 또 어떤 사람들은 그 여자에게 돈은 이미 많아서 창의적인 선물을 가져가야 한다고 말한다는 것이었다. 한 남자애는 차도 옆에서 발견한 피 흘리는 다람쥐를 집게로 들어올려 비닐봉지에 담고 입구를 꼭 묶은 채로 가져갔다고도 했다. 하지만 골드 남매는 점쟁이도 그런 걸 좋아할 리 없다는 바르야의 의견에 따라 각자 용돈을 주머니가방에 모으고, 그것으로 충분하기만을 바랐다.

클라라가 집에 없을 때 바르야는 클라라의 침대 밑에서 『예언의 책』을 꺼내들고 자기 침대로 올라갔다. 그녀는 배를 깔고 누워서 책 속의 단어들을 소리내어 읽어보았다. 제물로 바쳐진 동물의 간으로 미래를 보는 허러스퍼시, 양초가 녹은 모양으로 보는 시러맨시, 막대기로 보는 랩더맨시. 서늘한 날이면 창문으로 산들바람이 불어들어와 바르야가 침대 옆 벽에 가계도 형태로 붙여놓은 오래된 사진들이 펄럭거렸다. 바르야는 이 사진들을 보며 골드 가족의 유전적 특징들이 벌이는 신비롭고 비밀스러운 협상을 확인한다. 유전자는 발현되었다가 잠복했다가 다시 나타났다. 레프 할아버지의 가늘고 긴 다리가 솔을 건너뛰고 대니얼에게서 다시 나타난 것처럼.

레프는 포목상이었던 그의 아버지와 함께 증기선을 타고 뉴욕으로 왔다. 1905년 유대인 대학살로 어머니가 돌아가신 후였다. 엘리스섬에서 신체검사를 받고 영어로 심사를 받는 동안 그들은 방금 건너온 바다 쪽에서 무표정하게 지켜보는 철의 여인의 주먹을 응시하고 있었다. 레프의 아버지는 재봉틀 수리 일을 했다. 레프는 안식일을 지켜도 된다고 허락한 독일계 유대인의 의류공장에서 일했는데, 부매니저를 맡았다가 곧 매니저가 되었다. 1930년, 그는 헤스터 스트리트의 건물 지하에 골드 양복 양장을 개업했다.

바르야의 이름은 할머니에게서 물려받았는데, 할머니는 두 분이 함께 은퇴할 때까지 할아버지의 가게에서 경리 일을 했다. 외가 쪽은 잘 모른다. 외할머니 이름이 바르야의 동생과 같은 클라라이고, 1913년에 헝가리에서 이주했다는 것뿐. 외할머니는 거티가 겨우 여섯 살일 때 돌아가셨고, 거티는 외할머니에 대해 얘기하는 일이 없었다. 한번은 클라라와 바르야가 거티의 침실에 몰래 들어가 외할머니 외할아버지의 흔적을 찾아보았다. 개가 냄새로 물건을 추적하듯 그들은 외조부모를 둘러싼 미스터리의 냄새를 맡았고 음모와 불명예의 희미한 연기를 감지했다. 냄새를 따라 코를 들이댄 곳은 거티가 속옷을 보관하는 서랍장이었다. 맨 위 칸에서 옻칠이 되어 있고 금색 경첩이 달린 작은 나무상자를 발견했다. 안에는 누렇게 바랜 사진이 한 뭉치 있었는데, 모두 짧고 검은 머리에 눈두덩이가 두툼한 키 작고 장난꾸러기같이 생긴 여자가 찍혀 있었다. 첫번째 사진에서 여자는 치마 달린 레오타드 차림으로 엉덩이를 한쪽으로 내밀고 머리 위로 지팡이를 들고 있었다. 또다른 사진에서는 말 위에 올라타 배만 보일 정도로 허리를 뒤로 꺾고 있었다. 바르야와 클라라가 가장 좋아하는 사진은 여자가 이로 밧줄을 물고 공중에 매달려 있는 모습이었다.

이 여자가 그들의 외할머니라는 데는 두 가지 증거가 있었다. 하나는 구겨지고 손때가 묻은 오래된 사진 속에서 발견할 수 있었다. 여자가 키 큰 남자와 조그만 아이를 데리고 서 있었는데, 작은 아이의 모습에서도 바르야와 클라라는 엄마를 알아볼 수 있었다. 부모의 손을 쥔 주먹은 작고 통통했고, 얼굴에는 지금도 거티의 얼굴에서 자주 보이는 경악하는 표정이 떠올라 있었다.

클라라가 상자와 사진들을 가지겠다고 우겼다.

"이건 내 거야." 클라라가 말했다. "내 이름이 할머니 이름을 따서 지은 거고, 엄마는 이거 보지도 않잖아."

그건 아니었다. 클라라가 나무상자를 자기 침대 밑에 숨긴 다음날 아침, 안방에서 까마귀 우는 소리 같은 게 들리더니 뒤이어 거티의 열띤 추궁과 솔의 겁먹은 부인이 이어졌다. 잠시 후 거티가 아이들의 침실로 쳐들어왔다.

"누가 가져갔어?" 거티가 소리쳤다. "누구야?"

거티의 콧구멍이 벌렁거렸고, 그녀의 펑퍼짐한 엉덩이가 복도에서 쏟아져들어오는 햇빛을 가로막았다. 클라라는 너무 무서워서 몸이 달아올랐고 울기 직전이었다. 솔이 일을 하러 나가고 거티가 쿵쾅거리며 부엌으로 들어간 틈에 클라라는 안방으로 들어가 상자를 원래 있던 곳에 가져다놓았다. 그러나 집이 비었을 때 클라라는 사진과 그 속의 작은 여자를 다시 찾아갔다. 여자의 강렬함과 매력에서 눈을 떼지 않은 채 클라라는 자신의 이름에 걸맞은 삶을 살겠다고 맹세했다.

"그렇게 두리번대지 좀 마." 대니얼이 이를 악물고 말한다. "여기 사는 사람인 척하라고."

골드 남매는 서둘러 계단을 올라간다. 벽은 곳곳이 베이지색 페인트가 벗겨져 떨어져나갔고 복도는 어둡다. 5층에 도착하자 대니얼이 우뚝 선다.

"이제 어떻게 해?" 바르야가 속삭인다. 대니얼이 쩔쩔매는 걸 보면 기분이 좋다.

"기다리자." 대니얼이 말한다. "누가 나오겠지."

바르야는 기다리고 싶지 않다. 예상치 못했던 공포가 몰려와 불안해진 바르야는 혼자 복도를 따라 걷기 시작한다.

어디선가 마법의 기운이 느껴지지 않을까 생각했지만 문들은 죄다 똑같이 생겼다. 놋쇠로 된 손잡이와 호수를 나타내는 숫자들은 하나같이 긁혀 있다. 54호는 숫자 4가 떨어져 비뚤게 매달려 있다. 54호에 가까이 가자 텔레비전인지 라디오의 야구중계 소리가 들린다. 리시카라면 야구에 흥미가 있지는 않을 거란 생각에 뒤로 물러난다.

　동생들은 제각기 흩어져 있었다. 대니얼은 주머니에 양손을 찔러넣은 채 계단통 근처에 서서 문들을 지켜보고 있다. 사이먼은 바르야가 있는 54호로 와서 까치발을 하고 비뚤어진 숫자 4를 검지로 바로잡는다. 줄곧 반대편에서 어슬렁거리던 클라라도 와서 곁에 선다. 뒤이어 브레크 골드 포뮬러의 향기가 따라온다. 클라라가 몇 주 동안 용돈을 모아 구입한 샴푸다. 나머지 가족들은 플라스틱 튜브에 담겨서 치약처럼 쭉 짜면 해초색 젤리를 뱉어내는 프렐을 쓴다. 바르야는 겉으로야 비웃지만―그녀라면 결코 샴푸에 그렇게 많은 돈을 쓰지 않을 것이다―실은 로즈메리와 오렌지 향이 나는 클라라가 부럽다. 클라라가 문을 두드리려 손을 든다.

　"뭐하는 거야?" 대니얼이 속삭인다. "다른 사람 집일 수도 있잖아. 어쩌면……"

　"네?"

　문 뒤에서 들려오는 목소리는 음정이 낮고 거칠다.

　"그 여자분을 만나러 왔는데요." 클라라가 말한다.

　침묵. 바르야가 숨을 참는다. 문에는 연필에 달린 지우개보다 작은 구멍이 있다.

　문 저편에서 목을 가다듬는다.

　"한 명씩." 문 뒤의 목소리가 말한다.

　바르야와 대니얼의 눈이 마주친다. 따로 들어가야 할 줄은 몰랐다. 하지만 말해볼 새도 없이 래치볼트가 당겨지고 클라라가―대체 무슨 생각이지?―들어간다.

누구도 클라라가 들어간 지 얼마나 됐는지 확실히 알지 못한다. 바르야에게는 몇 시간처럼 느껴진다. 그녀는 문 반대편 벽에 붙어 앉아 무릎이 가슴에 닿도록 쪼그리고 있다. 동화를 생각한다. 아이들을 데려가는 마녀 이야기, 아이들을 잡아먹는 마녀 이야기. 뱃속에서 공포의 싹이 돋아 나무가 되었을 즈음 문이 열린다.

바르야가 허둥지둥 일어서지만 대니얼이 더 빠르다. 문틈으로는 집안이 보이지 않는다. 하지만 음악은 들린다. 마리아치 악단인가? 그리고 버너 위의 주전자가 달각거리는 소리.

대니얼이 들어가기 전에 바르야와 사이먼을 본다. "걱정할 거 없어."

하지만 걱정이 된다.

"클라라는 어디 있어?" 대니얼이 사라지자 사이먼이 묻는다. "나왔어야 되는 거 아냐?"

"아직 안에 있는 거야." 바르야에게도 같은 의문이 떠올랐지만 이렇게 말한다. "들어가면 클라라랑 대니얼 둘 다 안에 있을 거야. 아마…… 우릴 기다리고 있을 거야."

"오지 말걸 그랬어." 사이먼이 말한다. 곱슬거리는 금발은 땀으로 엉겨붙어 있다. 바르야는 첫째로서 막내 사이먼을 돌봐야 한다는 의무감을 느끼지만 사실 사이먼은 그녀에게 수수께끼 같은 존재다. 오직 클라라만이 사이먼을 이해하는 것 같다. 사이먼은 다른 가족들에 비해 말수가 적다. 저녁식사 때는 대체로 이맛살을 찌푸리고 멍한 눈으로 앉아 있다. 하지만 사이먼은 토끼처럼 빠르고 민첩하다. 회당에 가는 길에 분명 나란히 걷고 있었는데 어느 순간 바르야 혼자 남을 때가 있다. 머리로는 사이먼이 앞서갔거나 뒤처졌다는 것을 알지만, 매번 사이먼이 아예 사라져버린 것 같은 느낌을 떨칠 수 없다.

문이 다시 열린다. 이번에도 틈은 고작 3센티미터 정도다. 바르야가 사이먼의 어깨에 손을 얹고 말한다. "괜찮을 거야, 사이.* 너 먼저 들어가. 내가 망을 봐줄게. 알겠지?"

무엇이, 아니면 누가 있을까봐 망을 보겠다고 한 건지 잘 모르겠다. 복도는 남매가 도착했을 때와 마찬가지로 텅 비어 있다. 바르야는 정말로 겁이 많고, 그래서 첫째이지만 동생들이 앞장서도록 내버려두는 편이다. 하지만 사이먼에게는 그 말이 위안이 된 것 같다. 사이먼은 눈앞을 가린 곱슬머리 한 가닥을 쓸어넘긴 뒤 바르야를 두고 떠난다.

혼자 남은 바르야의 공포감이 부풀어오른다. 동생들과 단절된 느낌이다. 마치 해안가에 서서 그들이 탄 배가 멀리 떠나가는 모습을 바라보고 있는 것 같다. 오지 말자고 했어야 했다. 문이 다시 열릴 땐 입술 위쪽과 치마 허리춤에 땀이 흥건히 고였다. 그러나 들어올 때처럼 돌아나가기엔 너무 늦었고, 동생들도 기다리고 있다. 바르야는 문을 밀어 연다.

들어가보니 작은 원룸에 아주 많은 물건이 빼곡히 들어차 있다. 물건들에 압도되어 그 안의 사람은 첫눈에 보이지도 않는다. 바닥

---

* 사이먼의 애칭.

에 쌓아놓은 책은 꼭 마천루 모형 같다. 주방 선반은 음식 대신 신문으로 채워졌고, 조리대 위에는 크래커와 시리얼, 통조림 수프, 가벼운 맛의 차 열두 종류 같은 보존식품들이 비좁게 늘어서 있다. 타로카드와 트럼프카드, 점성술 천궁도도 보인다. 달력은 여러 종류가 있는데 그중 바르야가 알아볼 수 있는 건 중국어로 된 것, 로마숫자로 된 것, 달의 위상을 보여주는 것 정도다. 누렇게 바랜 주역 포스터에는 클라라의 『예언의 책』에서 본 괘들이 그려져 있다. 모래를 채운 꽃병, 징과 구리그릇, 월계관, 가로줄이 새겨진 나무막대 한 묶음, 긴 끈으로 묶은 돌멩이와 묶지 않은 돌멩이가 섞여 있는 그릇도 있다.

문 옆 반침만이 유일하게 정돈된 상태다. 거기에는 접이식 책상과 그 양옆으로 접이식 의자 두 개가 있다. 책상 옆 작은 테이블 위에는 붉은 천으로 만든 장미 몇 송이를 놓고 성경책을 펼쳐놓았다. 성경책 주위로는 흰 석고 코끼리상 두 개와 기도용 양초, 나무십자가, 세 개의 조각상이 배치되어 있다. 세 조각상은 각각 부처와 성모마리아와 네페르티티다. 네페르티티는 조그맣게 손글씨로 적힌 이름을 보고 안 것이다.

바르야는 죄책감이 든다. 히브리 주일학교에서 우상숭배를 비판하는 예화를 배웠다. 랍비 하임이 아보다자라*를 강독할 때 누구보다 진지하게 귀를 기울였다. 여기 온 걸 알면 부모님이 싫어할 게 분명하다. 하지만 하느님이 부모님을 태어나게 한 것과 같이 점쟁이도 태어나게 하지 않았을까? 회당에 갈 때마다 충실히 기도를 해

---

* 우상숭배에 대한 율법을 다루는 탈무드의 책.

보지만 결코 하느님의 응답은 받을 수 있을 것 같지가 않다. 리시카는 뭐가 됐든 묻는 말에 대꾸는 해줄 테니까.

여자는 싱크대 앞에 서서 작은 공 모양 금속 안에 잎차를 털어넣고 있다. 벙벙한 면원피스에 가죽샌들을 신고 머리에는 남색 두건을 둘렀다. 긴 갈색 머리카락을 두 갈래로 땋아 늘어뜨렸는데 타래가 가느다랗다. 몸집은 크지만 움직임이 우아하고 섬세하다.

"동생들은 어디 있죠?" 목소리가 갈라진다. 자기가 듣기에도 절박함이 느껴져 창피하다.

블라인드는 내려져 있다. 여자가 맨 위 선반에서 머그잔을 꺼내 그 안에 공 모양 금속을 넣는다.

"알려주세요." 바르야는 더 크게 말한다. "동생들 어디 있냐고요."

주전자가 가스레인지 위에서 휘파람을 분다. 여자가 불을 끄고 주전자를 머그잔 위로 들어올린다. 굵고 맑은 물줄기가 쏟아져내리자 방안에 풀냄새가 가득찬다.

"밖에." 여자가 말한다.

"밖엔 없어요. 복도에서 내내 기다렸는데 아무도 나오지 않았다고요."

여자가 바르야에게 다가온다. 여자는 얼굴살이 늘어졌고 주먹코에 입술을 오므리고 있다. 피부는 루비 싱처럼 금빛 갈색이다.

"나를 믿지 않으면 아무것도 할 수 없다." 그녀가 말한다. "신발은 벗어. 그리고 와서 앉아라."

바르야는 여자가 시킨 대로 신고 있던 새들슈즈를 벗어 문 옆에 둔다. 여자의 말도 일리가 있다. 바르야가 그녀를 신뢰하지 않는다면 이 모험뿐 아니라 남매가 이 모험을 위해 아빠의 시선과 엄마의 짜증을 감수한 것도, 네 사람이 용돈을 쓰지 않고 모은 것도 모두 헛수고가 될 것이다. 바르야는 접이식 테이블 앞에 앉는다. 여자가 바르야 앞에 차가 담긴 머그잔을 내려놓는다. 바르야의 머릿속에 독약과 립 밴 윙클*과 그의 이십 년 동안의 잠이 떠오른다. 곧이어 루비가 떠오른다. 리시카는 앞일을 알지. 루비가 말했다. 그건 무엇으로도 보답할 수 없을 거야. 바르야는 머그잔을 들어 차를 마신다.

리시카가 반대편에 놓인 접이식 의자에 앉는다. 그리고 바르야의 경직된 어깨와 축축한 손과 얼굴을 훑어본다.

"기분이 별로였나보구나. 맞니, 아가?"

바르야는 놀라서 침을 삼킨다. 그리고 고개를 젓는다.

"그저 기분이 나아지길 기다렸고?"

바르야는 가만히 있다. 하지만 가슴이 뛴다.

"걱정이 많구나." 여자가 고개를 끄덕이며 말한다. "문제도 많고. 얼굴에 미소를 짓고 소리내 웃기도 하지만 마음속으로는 행복하지 않고 늘 혼자야. 내 말이 맞나?"

바르야의 입술이 떨리며 시인하는 말이 나온다. 가슴이 너무 벅차올라서 곧 금이 갈 것만 같다.

"거참 안됐군." 여자가 말한다. "이렇게 하자." 그녀는 손가락을 딱 튕기더니 바르야의 왼손을 가리킨다. "손바닥."

바르야는 재빨리 의자 끝에 걸터앉아 리시카에게 손을 내민다.

---

* 미국 작가 워싱턴 어빙이 지은 동명의 단편소설 주인공. 낯선 이의 술을 훔쳐 마시고 잠들었다가 이십 년 만에 깨어나 완전히 다른 세상을 만난다.

리시카의 손은 민첩하고 차다. 바르야의 호흡이 얕아진다. 마지막으로 낯선 사람의 몸을 만진 적이 언제였는지 기억도 나지 않는다. 그녀는 타인과 자기 사이에 비옷처럼 얇은 막이 쳐져 있는 관계를 선호한다. 책상이 누군가의 지문으로 번들거리는 학교나 유치원생들이 오염시킨 놀이터에서 돌아오면 빨개질 때까지 손을 씻는다.

"그게 정말이에요?" 바르야가 묻는다. "제가 언제 죽을지 아세요?"

그녀는 항상 운의 변덕이 두려웠다. 마음을 확장시킬 수도, 뒤집어놓을 수도 있는 단색의 알약*을 생각하면. 무작위로 선발되어 깜라인만과 도이아비아산으로 파병된 사람들,** 그곳의 대나무숲과 4미터 높이의 코끼리풀숲에서 발견된 천 구의 시체를 생각하면. 제42공립학교에서 같은 반인 유진 보고폴스키는 형이 셋인데 바르야와 유진이 겨우 아홉 살이었을 때 베트남으로 파병됐다. 셋 모두 무사히 귀환하자 보고폴스키 가족은 브룸 스트리트에 있는 아파트에서 파티를 열었다. 그리고 이듬해, 유진이 수영장에서 다이빙을 하다 콘크리트에 머리를 부딪혀 죽었다. 다른 건 몰라도 언제 죽느냐 하는 문제만은 정확한 답을 들을 수 있는 유일한 질문이자, 아마도 가장 중요한 질문일 것이다.

여자가 바르야를 바라본다. 그녀의 눈은 영롱한 검은 구슬이다.

"내가 도와주마." 그녀가 말한다. "너한텐 좋은 일이 될 게다."

그녀는 바르야의 손바닥으로 시선을 돌리고 우선은 그 대략적인

---

* 1969년 미국에서 시판 허가된 항정신병약 할로페리돌을 말하는 것으로 보인다.
** 깜라인만과 도이아비아산은 베트남전쟁 당시 미국의 핵심 전략기지이자 격전지다.

모양을, 그다음엔 끝이 뭉툭하고 네모난 손가락을 들여다본다. 부드럽게 바르야의 엄지손가락을 뒤로 당긴다. 많이 젖혀지지 못하고 버틴다. 넷째와 다섯째 손가락 사이 계곡을 살펴본다. 새끼손가락 끝을 꾹 눌러도 본다.

"뭘 찾는 거예요?" 바르야가 묻는다.

"네 성격. 헤라클레이토스라고 아나?" 바르야가 고개를 젓는다. "그리스 철학자야. 성격이 운명이다. 이런 말을 했지. 그 둘은 서로 엮여 있다고. 마치 형제자매처럼. 미래를 알고 싶나?" 리시카는 자유로운 다른 쪽 손으로 바르야를 가리킨다. "그럼 거울을 보렴."

"제가 달라진다면요?" 바르야에게는 미래라는 게 무대 옆 대기 공간에서 기다리는 여자 배우처럼 이미 자기 안에 있다가 몇십 년 뒤에 무대에 오를 것처럼 보이지는 않는다.

"그런 사람은 특별한 사람이지. 사람은 변하지 않아."

리시카가 바르야의 손을 뒤집어 테이블 위에 내려놓는다.

"2044년 1월 21일." 그녀의 목소리는 마치 기온이나 야구대회의 승자를 발표하는 것처럼 사무적이다. "네겐 시간이 충분하구나."

그 순간 바르야의 마음이 풀어지며 기분이 좋아진다. 2044년이면 여든여덟이니, 죽는다 해도 좋을 나이다. 하지만 곧 멈칫한다.

"어떻게 알아요?"

"나를 믿지 않으면 어떻다고 했지?" 리시카가 숱 많은 눈썹을 치켜올리며 인상을 쓴다. "자, 이제 집에 가서 내가 한 말을 생각해 봐. 그러면 기분이 좋아질 게다. 하지만 아무한테도 말하지 마. 알겠니? 네 손이 보여준 것, 내가 말해준 것, 그건 너와 나 사이의 비밀이야."

여자가 바르야를 똑바로 쳐다본다. 바르야도 똑같이 쳐다본다. 평가당하는 입장에서 평가하는 입장이 되니 신기한 일이 벌어진다. 여자의 눈에서 광채가 사라지고, 동작에서는 우아함이 사라진다. 바르야에게 주어진 운은 지나치게 좋은 것이고, 바르야에게 행운이 있다는 건 선견자가 사기꾼이라는 증거인 것만 같다. 다른 사람들한테도 똑같이 말하는 거겠지. 오즈의 마법사가 떠오른다. 오즈의 마법사처럼 이 여자 역시 마법사도 선견자도 아니다. 그녀는 사기꾼, 거짓말쟁이다. 바르야는 자리에서 일어선다.

"동생이 돈 냈죠?" 바르야가 신발을 신으며 말한다.

여자도 일어난다. 그녀는 바르야가 벽장이라고 생각한 문으로 다가간다. 손잡이에 브래지어가 걸려 있다. 메시 소재의 브래지어 컵이 바르야가 여름에 왕나비를 잡을 때 쓰는 그물망만큼이나 길다. 그러나 그건 벽장이 아니라 출입구였다. 여자가 문을 살짝 열자 붉은 포인트 벽돌과 지그재그로 이어진 비상계단이 보인다. 밑에서 올라오는 동생들의 목소리를 듣자 가슴이 부풀어오른다.

그러나 리시카가 바르야를 가로막고 서 있다. 그녀가 바르야의 팔을 꼬집는다.

"넌 모든 게 잘될 거야, 아가." 뭔가 위협적인 말투다. 반드시 그 말을 들어야 하고, 반드시 그 말을 믿어야 한다는 듯하다. "다 잘 풀릴 거야."

여자의 손가락 사이에 집힌 바르야의 살이 창백해진다.

"이만 보내주세요." 바르야가 말한다.

자신의 냉랭한 목소리에 바르야도 놀란다. 여자의 얼굴에서 커튼이 휙 닫힌다. 그녀는 바르야를 풀어주고 옆으로 물러난다.

바르야는 비상계단을 내려간다. 새들슈즈가 요란한 소리를 낸다. 미풍이 그녀의 팔을 쓰다듬고 다리에 나기 시작한 연갈색 솜털을 헝클어뜨린다. 골목에 내려서자 클라라가 보인다. 클라라의 뺨에는 소금물 흐른 자국이 있고 코는 연분홍색으로 물들어 있다.

"왜 그래?"

클라라가 몸을 홱 돌린다. "어땠어?"

"아, 어차피 믿을 수 있는 얘기도 아니잖아……" 바르야는 도움을 바라며 대니얼을 보지만 대니얼은 돌처럼 굳어 있다. "뭐라 그랬든…… 아무 의미 없어. 다 지어낸 거잖아. 그렇지, 대니얼?"

"맞아." 대니얼이 돌아서서 큰길 쪽으로 나간다. "가자."

클라라가 한 팔을 둘러 사이먼을 바짝 끌어당긴다. 사이먼이 주머니가방을 들고 있다. 올 때처럼 든 것이 많아 보인다.

"돈 냈어야지." 바르야가 말한다.

"까먹었어." 사이먼이 말한다.

"그 여잔 돈 받을 자격 없어." 벌써 큰길에 나가 인도에 선 대니얼이 허리에 양손을 얹고 말한다. "얼른 가자!"

집으로 가는 길엔 모두 말이 없다. 바르야는 지금까지 동생들이 이렇게 멀게 느껴진 적이 없다고 생각한다. 저녁식사 때 바르야는 고기를 깨작거리기라도 하지만 사이먼은 전혀 먹지 않는다.

"무슨 일 있니, 우리 아가?" 거티가 묻는다.

"배 안 고파."

"아니, 왜?"

사이먼이 어깨를 으쓱한다. 곱슬거리는 금발이 천장 불빛에 하얗게 보인다.

"엄마가 차려준 음식이니 그래도 먹어라." 솔이 말한다.

사이먼은 거부한다. 아예 양손을 깔고 앉는다.

"흐음, 무슨 일이지?" 거티가 한쪽 눈썹을 치켜세우며 혀를 찬다. "음식이 마음에 안 드니?"

"맘대로 하게 해줘." 클라라가 손을 뻗어 사이먼의 머리카락을 헝클어뜨리려고 하는 순간 사이먼이 몸을 빼고 의자를 끽 소리가 나도록 밀어낸다.

"싫어!" 사이먼이 서서 소리친다. "전부! 다! 싫어!"

"사이먼." 솔도 일어선다. 그는 출근할 때 입었던 양복을 그대로 입고 있다. 그의 머리카락은 거티보다 가늘고 색이 연하다. 흔치 않은 구릿빛 금발. "가족들한테 그렇게 말하는 거 아니다."

그는 이런 역할이 어색하다. 엄한 건 항상 거티의 역할이었다. 지금은 그저 입만 떡 벌리고 있는.

"난 할 거야." 사이먼이 말한다. 그 얼굴에 의아함이 서려 있다.

1부

춤을 춰야지

1978~1982
사이먼

1

솔이 죽는 순간 사이먼은 물리학수업에서 동심원을 그리고 있다. 그것이 고리 모양의 전자껍질을 의미한다지만 사이먼에게는 아무 의미가 없다. 잦은 공상과 난독증 때문에 좋은 학생이 되긴 일찌감치 글렀고, 원자핵 주위의 궤도를 도는 전자껍질이 어떤 역할을 하는지는 귀에 들어오지도 않는다. 바로 그 순간 그의 아버지는 점심을 먹고 가게로 돌아가던 중 브룸 스트리트의 횡단보도에서 몸을 굽힌다. 택시가 빵빵거리다 멈춰 선다. 솔이 무릎을 꺾고 주저앉는다. 피가 심장에서 빠져나간다. 사이먼에게 그의 죽음은 전자가 한 원자에서 다른 원자로 옮겨간다는 얘기만큼이나 말이 안 된다. 한순간 존재했다가 다음 순간 사라진다니.

바르야는 배서칼리지에서, 대니얼은 뉴욕주립대 빙엄턴 캠퍼스에서 차를 몰고 출발한다. 두 사람 다 상황을 이해할 수 없다. 물론 솔이 스트레스를 많이 받고 있었던 것은 맞지만, 도시 전체가 재정

위기와 정전*이라는 최악의 상황에서 마침내 벗어난 참이다. 노동조합이 도시를 파산으로부터 구해냈고** 이제 뉴욕은 희망을 보고 있다. 병원에서 바르야는 아버지의 마지막 순간에 대해 묻는다. 고통스러워하셨나요? 아주 잠깐이요, 간호사가 대답한다. 무슨 말은 안 하셨나요? 그런 거 같아요. 그의 오랜 침묵에 익숙한 아내와 아이들에게는 그리 놀랄 일이 아니다. 하지만 사이먼은 도둑맞은 기분이다. 살아 있을 때처럼 죽을 때도 입을 꼭 닫았다니 아버지의 마지막 기억마저 빼앗긴 기분이다.

다음날이 안식일***이어서 장례식은 일요일에 열린다. 남매는 솔이 회원이자 후원자였던 보수파 회당 '티페레스 이스라엘'에 모인다. 입구에서 랍비 하임이 크리아****에 쓸 가위를 골드 가족에게 하나씩 나눠준다.

"아뇨. 전 안 해요." 거티가 말한다. 그녀는 이제부터 장례식의 절차를 하나하나 거쳐야 한다. 가고 싶지도 않은 나라의 입국심사를 거치는 사람처럼. 그녀는 1962년에 솔이 지어준 검은 H라인 원피스를 입었다. 빳빳한 면 소재에 허리 라인이 타이트하고 앞에서 단추를 잠그는 스타일로, 뗐다 붙였다 할 수 있는 벨트가 달렸다. "저한텐 시키지 마세요." 거티가 덧붙인다. 그녀의 시선이 랍비 하

---

* 1977년 7월 13일부터 14일까지 이십오 시간 동안 뉴욕시 전체가 정전되어 강도, 방화 등 소요를 야기했다.
** 1975년 뉴욕시가 부채를 해결하지 못해 파산할 상황에 놓이자 교직원노동조합이 연금펀드에서 자금을 융자해주었다.
*** 금요일 해가 질 때부터 토요일 해가 질 때까지의 시간.
**** 유대교 장례식에서 망자의 가족이 자신의 옷이나 옷에 단 검은 리본을 가위로 자르고 찢는 행위.

임과 네 아이 사이를 빠르게 오간다. 아이들은 이미 순순히 가슴 윗부분 옷을 잘라냈다. 랍비 하임이 자신이 아니라 하느님이 시키는 일이라고 설명하지만, 하느님도 어쩔 수 없는 모양이다. 결국 랍비는 옷 대신 자를 검은 리본을 주고, 거티는 상처입은 승리를 안고 자리에 앉는다.

사이먼은 이곳을 좋아해본 적이 없다. 어렸을 땐 거칠고 어두운 돌벽과 눅눅한 공기 때문에 유령의 집 같다고 생각했다. 예배는 더 싫었다. 침묵기도는 너무 길고 시온의 수복을 비는 호소는 광신적이었다. 닫힌 관 앞에 선 지금, 셔츠의 잘린 틈새로 드나드는 공기를 느끼며 이제 다시는 아버지의 얼굴을 볼 수 없다는 사실을 실감한다. 솔의 초연한 눈과 조심스럽다못해 여성스럽게 느껴지던 미소가 머릿속에 그려진다. 랍비 하임은 솔을 아량 넓고 무엇에도 굴하지 않는 강인한 사람이었다고 평하지만, 사이먼에게 솔은 조심스럽고 소심하고 갈등과 문제를 피해다니는 사람이었다―열정에 따라 움직이는 경우가 좀처럼 없어서 어쩌다 거티와 결혼했는지 의문스러운 사람. 야망이 크고 감정기복이 심한 거티는 누가 봐도 실속을 차려 고른 상대가 아니었기 때문이다.

예배가 끝난 후 남매는 운구자들을 따라 마운트히브런묘지로 간다. 솔의 부모가 묻혀 있는 곳이다. 두 자매는 울고 있다. 바르야는 조용히, 클라라는 어머니만큼이나 큰 소리로. 대니얼은 넋이 나간 채 제 의무를 다하기 위해 가까스로 버티고 있다. 하지만 사이먼은 관이 땅속으로 내려가는 순간에도 눈물이 나지 않는다. 상실감이 들 뿐, 그마저도 그가 알았던 아버지를 잃어서가 아니라 이제야 어떤 사람이었는지 알 것도 같은 사람을 잃어서다. 저녁식사 때면 두 사람은 식탁 양끝에 앉아 각자의 생각에 빠져 있었다. 그러다 둘 중 한 사람이 잠깐 눈을 들어 시선이 마주치면 놀라서 움찔했다. 우연한 순간이었지만, 한 사람이 시선을 피하기 전까지 두 사람의 서로 다른 세계를 이어주는 경첩 같은 순간이었다.

이제 경첩은 없다. 솔은 식구들과 거리가 있었지만 골드 가족이 저마다 다른 역할을 맡도록 했다. 그가 생계를 책임지는 사람이라면 거티는 지휘관, 바르야는 순종적인 첫째, 사이먼은 걱정 없는 막내였다. 솔은 콜레스테롤 수치도 거티보다 낮고 심장박동도 규칙적이었는데, 그런 몸이 갑자기 멈춰버릴 수 있다면 무엇이든 잘못될 수 있는 거 아닐까? 어떤 법칙이든 어긋날 수 있는 거 아닐까? 바르야는 침대로 들어가버렸다. 대니얼은 이제 겨우 사람 노릇을 하는 스무 살인데도 손님을 맞고 음식을 내오고 히브리어로 기도를 이끈다. 남매들 중에 침대를 가장 지저분하게 쓰는 클라라는 팔근육이 아플 때까지 부엌을 박박 닦는다. 그리고 사이먼은 거티를 돌본다.

평소의 구도는 아니다. 지금껏 거티는 사이먼을 자식들 중 가장 어린애 취급 해왔으니까. 한때 그녀는 지식인이 되고 싶어했다. 워싱턴스퀘어공원의 분수 옆에 누워 카프카와 니체와 프루스트를 읽었다. 그러나 열아홉 살 때 고등학교를 졸업하자마자 아버지 사업에 동참한 솔을 만났고, 스무 살에 임신했다. 그리고 얼마 후 장학금을 받고 다니던 뉴욕대를 자퇴하고 골드 양복 양장에서 고작 몇 블록 떨어진 아파트로 들어갔다. 솔의 부모님이 은퇴와 함께 큐가든스힐스로 떠나면서 솔에게 물려준 아파트였다.

바르야가 태어난 직후—솔의 생각보다 훨씬 이른, 그로서는 당황스러울 정도로 이른 시기에—거티는 로펌의 접수원으로 들어갔다. 밤에는 여전히 가족들의 카리스마 있는 대장이었지만 아침이면 그녀는 원피스를 입고 작고 둥근 상자에서 립스틱을 꺼내 바른 후 알먼딩어 부인에게 아이들을 맡겼다. 그러고는 그 어느 때보다 가벼운 마음으로 건물을 빠져나왔다. 그랬던 그녀가 사이먼이 태어나자 다른 아이들 때처럼 다섯 달이 아니라 아홉 달을 집에 머물렀고, 아홉 달이 곧 열여덟 달이 되었다. 그녀는 어디든 사이먼을 데리고 다녔다. 사이먼이 울면 황소같이 짜증을 내는 대신 사이먼의 몸에 코를 비비며 노래를 불러주었는데, 마치 그동안은 경멸해왔던 그런 일이 이제 다시없을 것임을 알고 향수를 느끼는 것 같았다. 사이먼이 태어난 지 얼마 안 됐을 때, 솔이 일하러 가고 없는 동안 거티는 병원에 가서 조그마한 유리약병—에노비드*라고 적혀 있었다—을 받아와 속옷 서랍 안쪽에 보관했다.

"사이-먼!" 그녀가 안개를 경고하는 경적처럼 깊고 길게 소리친다. "저거 좀 갖다줘"라고, 침대에 누워 발 바로 밑에 있는 베개를 가리키며 말한다. 아니면 낮고 불길한 목소리로 "종기가 났나봐, 침대에 너무 오래 누워 있어서"라고 말한다. 그러면 사이먼은 속으론 뒷걸음질을 치면서도 실제로는 그녀의 두꺼운 발뒤꿈치를 들여다본다. "종기가 아니라 물집이에요, 엄마." 그가 대답한다. 하지만 그때쯤 그녀는 이미 종기에 관심이 없고 카디시**가 적힌 종이나 랍비 하임이 보내준 시바플래터***의 생선과 초콜릿을 갖다달라고

---

* 최초의 경구 피임약.
** 유대교에서 장례식과 애도기간에 망자를 위해 읊는 기도문.
*** 시바는 장례식 후 칠 일간 집에서 조문을 받는 유대교 전통으로, 이때 조문객이

한다.

거티가 자기를 부려먹는 걸 즐긴다고 생각할 수도 있지만 그게 아니라는 걸 사이먼은 안다. 밤마다 숨죽여 흐느끼는 거티의 목소리, 다른 아이들은 못 듣지만 사이먼에겐 들리는 그 소리를 들으면, 그리고 솔과 이십 년 넘게 함께 누웠던 침대에 솔을 처음 만났던 십대 때처럼 태아같이 웅크리고 있는 모습을 보면. 사이먼은 거티에게 시바를 지킬 만큼 그러모을 신앙심이 남아 있는지 몰랐다. 거티는 그 어느 신보다 미신을 더 믿는 사람이다. 장례행렬이 지나가면 침을 세 번 뱉고, 양념통이 쓰러지면 소금을 뿌리는. 임신중에는 묘지 근처에 가면 안 된다고 해서 1956년부터 1962년까지 내내 온 가족이 먼길로 둘러 다녀야 했다. 금요일마다 안식일을 지키는 일은 그녀에게 억지로 참아야 하는 고역이다. 마치 안식일이 빨리 내쫓아버리고 싶은 손님인 것처럼. 하지만 이번주에는 화장도 하지 않는다. 보석과 가죽구두를 삼간다. 크리아를 제대로 따르지 않은 일에 대해 참회라도 하듯 한쪽 허벅지에 묻은 고기양념에도 아랑곳 않고 밤낮으로 검은색 H라인 원피스를 입고 있다. 골드 가족에게는 나무스툴이 없기 때문에 그녀는 바닥에 앉아서 카디시를 낭독한다. 심지어 욥기를 읽겠다고 책을 얼굴에 바짝 대고 실눈을 뜬다. 책을 내려놓는 순간 드러나는 그녀의 눈빛은 마치 부모를 찾는 아이처럼 절망적이고 망연하다. 그러고 나면 호출이다. "사이-먼!" 뭔가 실재적인 것을 찾는다. 신선한 과일이나 파운드케이크를 가져오라거나, 답답하다며 창문을 열라거나 바람이 들어오니 닫으

애도의 뜻으로 지참하는 다양한 음식을 시바플래터라고 한다.

라거나, 담요나 수건, 양초 같은 것을 갖다달라거나.

민얀*이 채워지면 사이먼은 거티를 도와 옷을 갈아입히고 슬리퍼를 신기고, 그러면 그녀는 방 밖으로 나가 기도를 한다. 모인 사람들은 솔과 오랜 시간 함께 일한 직원들이다. 경리, 재봉사, 도안가, 판매원, 그리고 갈대 몸매에 매부리코, 서른두 살인 부대표 아서 밀라베츠.

어렸을 때 사이먼은 아버지 가게에 놀러가는 것을 좋아했다. 경리들이 가지고 놀라고 주는 클립과 자투리천도 좋았지만, 솔의 아들이라는 자부심이 좋았다. 직원들이 솔을 대하는 공손한 태도와 큰 창문이 있는 사무실을 보면 솔이 중요한 사람이라는 게 분명했다. 솔은 사이먼을 한쪽 무릎에 앉히고 통통 튕기면서 패턴을 자르고 샘플을 재봉하는 작업을 보여주었다. 나중에 사이먼은 솔이 실크나 트위드처럼 다음 시즌에 유행할 원단을 고르러 원단가게에 갈 때도 따라갔고, 가게에서 팔 모조품을 만들기 위해 유행하는 스타일의 옷을 사러 색스피프스애비뉴백화점에 갈 때도 따라갔다. 영업이 끝난 뒤에도 이만 가라는 말이 없어서 사이먼은 아저씨들이 솔의 사무실에 모여 하트게임을 하거나 시가 한 상자를 두고 둘러앉아 교사 파업과 환경미화원 파업과 수에즈운하와 욤키푸르전쟁에 대해 토론할 때까지도 가게에 남아 있을 수 있었다.

그러는 동안 무언가가 점차 커지고 가까워져 사이먼은 그 끔찍한 권능을 직면할 수밖에 없었다. 그것은 그의 미래였다. 대니얼은 줄곧 의사가 되겠다는 계획이 있었다. 집안에 남을 유일한 아들이

---

* 유대교에서 예배를 볼 때 필요한 최소 구성원인 열 명의 성인 남자.

된 사이먼은 초조했고, 자기 자신이 불편했고, 더블브레스트 슈트는 더 싫었다. 십대가 되자 여성복도 지루해졌고 양모는 가려울 뿐이었다. 그는 자신에 대한 솔의 가느다란 관심에 분노했고, 그마저도 자신이 가업을 버리고 떠나려 할 때까지 이어지지도 않으리라 직감했다. 물론 떠나는 일이 가능하기나 하다면. 사이먼은 아서를 보면 신경이 곤두섰다. 아서는 항상 아버지 편이었고 사이먼을 말 잘 듣는 작은 개처럼 대했다. 하지만 그를 훨씬 더 혼란스럽게 하는 것은 따로 있었다. 가게야말로 솔의 진정한 집이고 직원들이 자식들보다 그를 더 잘 이해하는 게 아닐까, 하는 생각이었다.

오늘 아서는 고기와 햄이 담긴 시바플래터 세 개와 훈제생선 시바플래터 한 개를 가지고 왔다. 그가 백조 같은 긴 목을 구부려 거티의 빰에 입을 맞춘다.

"아서, 이제 어떡하지?" 거티가 그의 코트에 입을 묻고 말한다.

"끔찍해요." 그가 말한다. "참혹해요."

봄비가 조그만 방울로 맺혀 아서의 양쪽 어깨에 내려앉아 있다. 뿔테안경의 렌즈에도 물방울이 맺혔지만 눈빛은 날카롭다.

"네가 있어서 정말 다행이야. 사이먼도 그렇고." 거티가 말한다.

시바의 마지막날 밤, 거티가 잠든 사이 네 남매는 다락방으로 간다. 그들은 지쳤고, 피곤에 절었고, 눈앞이 흐리고, 눈 밑은 처졌고, 뱃속은 뭉쳤다. 충격은 사그라들지 않았다. 사이먼은 언젠가 이 충격이 사그라들 거라고는 상상도 할 수 없다. 대니얼과 바르야는 팔받침의 천이 터져 내장재가 삐져나온 주황색 벨벳소파에 앉아 있다. 클라라는 지금은 돌아가신 블루먼스타인 부인의 패치워크 스툴을 차지했다. 그녀가 이 빠진 찻잔 네 개에 버번을 따른다. 다리를 꼬고 바닥에 구부정하게 앉은 사이먼은 손가락으로 찻잔 속의 호박색 액체를 휘젓는다.

"그래서, 계획이 뭐야?" 사이먼이 대니얼과 바르야를 흘깃 보며 묻는다. "내일 출발한다고?"

대니얼이 고개를 끄덕인다. 대니얼과 바르야는 아침 일찍 학교로 돌아가는 기차를 탈 것이다. 그들은 이미 거티와 작별인사를 했고 한 달 뒤 시험이 끝나면 돌아오겠다고 약속했다.

"시험에 통과하려면 더 있을 수가 없어." 대니얼이 말한다. "여기 있는 누구는," 여기까지 말하고 발로 클라라를 쿡쿡 찌른다. "정말로 그럴까봐 걱정이겠지."

졸업반인 클라라의 마지막 학기가 이 주 뒤면 끝난다. 하지만 클라라는 이미 가족들에게 졸업식 단상에 올라가지 않겠다고 선언했다. ("무슨 펭귄이야? 다 같이 발 질질 끌고 다니게? 난 안 해.") 바르야는 생물학을 공부하고 있고 대니얼은 군의관이 되겠다는 꿈이 있지만 클라라는 대학에 가길 원하지 않는다. 마술을 하고 싶어 한다.

그녀는 지난 구 년 동안 일리야 홀라바체크의 지도를 받았다. 일리야는 한물간 보드빌* 공연자이자 손기술 마술사이고, 클라라가 일하는 '일리야 매직앤코'의 주인이기도 하다. 클라라는 아홉 살

---

* 1890년대 중반부터 1930년대 초반에 미국에서 유행한 통속적인 공연물로, 마술사와 광대, 희극배우, 동물, 곡예사, 가수, 무용수 등이 무대를 꾸민다.

때 일리야에게서 『예언의 책』을 사면서 그 가게를 처음 알았고, 이제 그는 클라라에게 솔만큼이나 아버지 같은 존재다. 체코 이민자 출신으로 두 차례의 세계대전 사이에 이십대를 보내고, 이제 일흔 아홉 살이 되어 등은 굽었고 관절염으로 고생하고 트롤처럼 덥수룩한 머리가 허옇게 센 일리야는 자신이 무대에 오르던 시절의 환상적인 이야기를 들려주곤 한다. 중서부에서도 최고로 더러운 다임박물관*들을 돌며 술 취한 사람들의 머리통에서 불과 30센티미터 떨어진 데 테이블을 놓고 카드 마술을 했던 시절의 이야기. 그리고 펜실베이니아의 서커스 천막에서 안토니오라는 이름의 갈색 시칠리아산 당나귀를 사라지게 해서 천여 명 구경꾼의 박수갈채가 터져나왔던 이야기.

그러나 대븐포트 형제가 부자들의 살롱에서 심령을 소환하고 존 네빌 매스켈린이 런던의 이집트극장에서 여자를 공중부양시킨 이후로 또 한 세기가 흘렀다. 요즘 미국에서는 마술사가 가장 잘나가봐야 연극의 특수효과를 관리하거나 라스베이거스에서 정교한 쇼를 연출하는 정도다. 그리고 거의 다 남자다. 클라라가 미국에서 가장 오래된 마술가게 머린카에 갔을 땐 계산대를 지키던 젊은 남자가 경멸의 눈초리로 그녀를 힐끗 올려다보고 '마녀술'이라고 적힌 서가로 보내버렸다. ("나쁜 새끼." 클라라는 중얼거렸다. 그러고는 정말로 『악마학: 피를 이용한 소환』을 사서 점원이 움찔하는 모습을 즐겼다.)

---

* 저렴한 가격으로 하층민에게 오락거리를 제공했던 공간으로, 주로 기괴한 전시나 보드빌 공연을 선보였다.

게다가 클라라는 밝은 불빛 아래서 야회복을 입고 와이어를 숨긴 채 공중부양을 선보이는 무대 마술사보다 구겨진 지폐처럼 사람들의 손에서 손으로 마술이 건네지는, 좀더 소박한 장소에서 공연하는 마술사에 더 끌린다. 일요일마다 그녀는 센트럴파크 월터 스콧 동상 옆에서 공연을 하는 거리의 마술사 제프 셰리던을 지켜본다. 나도 저렇게 해서 먹고살 수 있을까? 뉴욕은 변하고 있다. 이웃에 살던 히피족은 하드코어족으로 바뀌었고, 그들이 하는 마약도 더 강해졌다. 푸에르토리코 갱단들이 12번 스트리트와 A 애비뉴에서 군림하고 있다. 한번은 돈을 뜯긴 적도 있다. 우연히 대니얼이 그 순간에 거기를 지나지 않았다면 더 나쁜 일을 당할 수도 있었다.

바르야가 빈 찻잔에 담뱃재를 떤다. "네가 아직도 떠날 생각이라니 믿을 수가 없다. 엄마가 저런데."

"내 계획은 항상 같았어, 바르야. 언제나 떠날 생각이었다고."

"글쎄, 계획이란 건 바뀔 수 있잖아. 그래야만 할 때도 있고."

클라라가 눈썹을 치켜올린다. "그럼 왜 언니 계획은 안 바뀌어?"

"어쩔 수 없으니까. 시험이 있잖아."

바르야는 두 손이 뻣뻣하고 등은 곧다. 언제나 고집이 세고, 고상해 보이려고 했으며, 평균대 위를 걷는 것처럼 정해진 길로만 걸었다. 열네번째 생일에는 바르야가 다 불지 못하고 세 개 남은 촛불을 여덟 살이었던 사이먼이 까치발로 서서 다 꺼버린 일이 있었다. 그러자 바르야가 어찌나 소리를 지르고 심하게 울어대는지 솔과 거티가 당황할 정도였다. 그녀는 클라라만큼 예쁘지도 않고 옷이나 화장에 관심도 없다. 단 한 가지 스스로 허락한 방종이 머리카락이다. 허리까지 내려오는 길이에 염색은 한 번도 하지 않았다. 타고난 색깔―흙색, 여름의 흙 같은 옅은 갈색―이 어떤 식으로든 인상적이어서가 아니라 그저 늘 같은 그 색을 선호하기 때문이다. 클라라는 드러그스토어 염색약으로 머리를 새빨갛게 물들인다. 그녀가 뿌리염색을 하고 나면 며칠 동안 싱크대가 피투성이로 보인다.

"시험이라." 클라라는 그것이 마치 바르야가 미처 버리지 못한 유치한 취미라도 되는 듯 손을 내젓는다.

"그래서 어디로 갈 계획이야?" 대니얼이 묻는다.

"아직 안 정했어." 클라라는 태연하게 말하지만 표정이 긴장돼 있다.

"맙소사." 바르야가 고개를 뒤로 젖힌다. "아무런 계획도 없다고?"

"기다리고 있어." 클라라가 말한다. "저절로 깨닫게 되기를."

사이먼이 클라라를 본다. 그는 클라라가 미래를 두려워한다는 것을 안다. 그 두려움을 잘 숨기고 있다는 것도.

"그래, 저절로 깨닫게 된다 치자." 대니얼이 말한다. "어디로 갈지 말이야. 그럼 거길 어떻게 갈 건데? 그것도 저절로 깨닫게 될까? 넌 차 구할 돈이 없잖아. 비행기표 살 돈도 없고."

"요샌 히치하이킹이란 게 있어, 대니." 클라라만이 아직도 대니얼을 어릴 적 별명으로 부른다. 그 별명이 오줌싸개에 뻐드렁니였던 대니얼을 떠올리게 하고, 무엇보다도 뉴저지의 라벌레트로 떠났던 가족여행을, 대니얼이 코듀로이바지에 오줌을 싸서 골드 가족 휴가의 첫날을 망치고 렌트한 쉐보레의 뒷좌석을 망친 기억을 떠올리게 한다는 걸 알면서도. "쿨한 애들은 다 그렇게 해."

"클라라, 제발." 바르야가 고개를 휙 들어올린다. "히치하이킹은 절대 안 한다고 약속해. 그렇게 다른 도시까지 간다고? 너 그러다 죽어."

"죽지 않아." 클라라가 담배를 한 모금 빤 뒤 바르야의 얼굴을 피해 연기를 왼쪽으로 뱉는다. "하지만 언니가 그렇게 걱정이 된다면 그레이하운드*를 탈게."

"그러면 며칠이 걸릴 거야." 대니얼이 말한다.

"기차보다 싸잖아. 그런데 말이야. 정말 엄마한테 내가 필요하다고 생각하는 건 아니지? 엄만 내가 없을 때 더 행복해." 클라라가 대학에 지원하지 않겠다고 통보한 뒤 그녀와 거티 사이에는 고성이 오가는 긴 싸움이 시작됐고, 싸움이 끝나자 불편한 침묵만이 남은 참이었다. "어찌됐든 엄마 혼자 남는 건 아니잖아. 사이가 있을 테니까."

그녀는 손을 뻗어 사이먼의 무릎을 꽉 쥐었다.

"괜찮겠어, 사이먼?" 대니얼이 묻는다.

괜찮지 않다. 다들 떠난 뒤 어떤 일이 벌어질지 벌써 훤하다. 그와 거티는 평생 끝나지 않는 시바—"사이-먼!"—에 발목을 잡힐 것이다. 아버지는 어디에도 없는 동시에 어디에나 있을 것이다. 밤이면 그는 몰래 빠져나가 어디든 집이 아닌 곳으로 도망칠 것이다. 그리고 사업은—그래, 그 사업—누가 뭐래도 이제 그의 몫이다.

---

*미국의 고속버스.

이것들만큼이나 나쁜 일은 클라라, 유일한 동맹인 그녀를 잃을지 모른다는 것이다. 하지만 클라라를 위해서, 그는 어깨를 으쓱한다.

"그렇지 뭐. 클라라가 하고 싶은 건 해야지. 인생은 한 번이잖아?"

"우리가 아는 한까지." 클라라가 담배를 짓이겨 끈다. "다들 그거 생각해봤어?"

대니얼이 눈썹을 치켜올린다. "죽은 다음에 대해서?"

"아니." 클라라가 말한다. "얼마나 살지."

상자가 열렸다. 다락방에 고요가 내려앉는다.

"그 늙은 여우 얘기라면 관둬." 대니얼이 말한다.

마치 자기가 욕을 먹은 것처럼 클라라가 움찔한다. 지난 몇 년 동안 헤스터 스트리트의 여자는 화제에 오르지 않았다. 하지만 오늘밤은, 클라라가 취했다. 그녀의 번들거리는 눈빛에서, 절벅거리는 S 발음에서 사이먼은 알 수 있다.

"다들 겁쟁이야." 그녀가 말한다. "그냥 얘기도 못하잖아."

"무슨 얘길 해?" 대니얼이 묻는다.

"그 여자가 한 말." 클라라가 손가락으로 대니얼을 가리킨다. 손톱의 빨간 매니큐어가 군데군데 벗겨졌다. "자, 대니얼. 말 못하지?"

"그래."

"겁쟁이." 클라라가 비죽 웃으며 눈을 감는다.

"말해주고 싶어도 할 수가 없어." 대니얼이 말한다. "몇 년 전이야. 아니, 십 년도 전이라고. 그런 걸 뭐하러 기억하고 있겠어?"

"난 기억하는데?" 바르야가 말한다. "2044년 1월 21일."

바르야는 술을 크게 한 모금 마시고, 또 크게 한 모금 마신 뒤 빈 찻잔을 바닥에 내려놓는다. 클라라가 놀라 쳐다본다. 잠시 뒤 한 손으로 버번 병의 목을 잡고 바르야의 잔을 채우더니 자기 잔도 채운다.

"그럼 뭐지?" 사이먼이 묻는다. "여든여덟 살?"

바르야가 끄덕인다.

"축하해." 클라라가 눈을 감는다. "나는 서른하나에 죽는대."

대니얼이 목을 가다듬는다. "그러니까, 다 헛소리야."

클라라가 잔을 들어올린다. "그렇길 바라며."

"좋아." 대니얼이 자기 잔을 비운다. "2006년 11월 24일. 누나가 이겼어, 브이.*"

"마흔여덟이네." 클라라가 말한다. "걱정 안 돼?"

"전혀. 그 마귀할멈은 그냥 생각나는 대로 말한 거야. 믿는 사람이 바보지." 대니얼이 잔을 내려놓자 잔이 마룻바닥 위에서 덜그럭거린다. "사이, 넌?"

사이먼은 일곱 개피째 담배를 피우고 있다. 한 모금 빨아들이고 연기를 내뱉는 사이 그의 시선은 벽에 고정돼 있다. "일찍."

"얼마나 일찍?" 클라라가 묻는다.

"상관없잖아."

"야, 그냥 말해봐." 바르야가 말한다. "너무 바보 같아. 그 여자가 우리한테 영향을 미치는 건 우리가 그 여자 말을 믿기 때문이야. 사기꾼이란 거 너무 뻔하잖아. 여든여덟? 웃기시네. 그 예언 믿

---

* 바르야의 이니셜.

고 마흔 살쯤에 트럭에 치여봐야겠네."

"그럼 누나 빼고 우린 왜 다 나쁘지?" 사이먼이 묻는다.

"나도 모르지. 다양하게 하려고? 모두에게 똑같은 말을 하면 안 되잖아." 바르야의 얼굴이 상기되어 있다. "애초에 그 여자를 찾아가지 말았어야 해. 그 사람이 한 건 우리 머릿속에 그 생각을 각인시킨 것뿐이야."

"대니얼 잘못이야." 클라라가 말한다. "대니얼이 가자고 했어."

"내가 알고 그랬냐?" 대니얼이 식식거린다. "그리고 너는 제일 먼저 따라나섰어."

사이먼의 가슴에 분노가 피어오른다. 잠시 동안 그는 다른 남매를 원망한다. 이성적이고 소원한, 앞으로도 살날이 많은 바르야, 몇 년 전 의사가 되겠다고 선언해서 사이먼이 가업을 이어받게 만든 대니얼, 지금 그를 버리고 떠나려는 클라라. 모두 탈출에 성공했다는 사실이 싫다.

"다들!" 그가 말한다. "그만해! 조용히 좀 하자고. 아버지가 돌아가셨어. 그러니까 빌어먹을 입 좀 다물자."

권위적인 목소리에 사이먼 스스로도 놀란다. 대니얼조차 움츠러든 눈치다.

"사이먼 가라사대."* 대니얼이 말한다.

---

* 사이먼의 명령조를 비꼬는 말인 동시에 미국의 게임 이름이기도 하다. 술래가 '사이먼 가라사대'라고 말한 뒤 행동을 제시하면 나머지 사람들이 그대로 따라야 한다.

바르야와 대니얼은 침대에서 자려고 아래층으로 내려가고 클라라와 사이먼은 옥상으로 올라간다. 베개와 담요를 가져와 스모그 베일을 쓴 달빛 아래 콘크리트바닥에서 잠이 든다. 동이 트기 전에 누군가 흔들어 잠이 깬다. 거티인가 싶다가 곧 바르야의 야위고 수척한 얼굴에 초점이 잡힌다.

"우리 간다." 바르야가 속삭인다. "밑에 택시가 와 있어."

바르야 뒤로 대니얼이 나타난다. 안경 너머의 눈이 먼 곳을 보고 있다. 눈 밑은 생선비늘 같은 은청색이고, 입가에는 지난 한 주간 겪은 일로 깊은 괄호가 새겨졌다. 아니, 원래 있던 건가?

클라라가 한쪽 팔로 얼굴을 덮는다. "싫어."

바르야가 클라라의 팔을 들어올리고 머리를 매만져준다. "잘 가라고 인사해줘."

온화한 바르야의 목소리에 클라라가 일어나 앉는다. 그리고 두 손이 반대쪽 팔꿈치에 닿을 정도로 꼭, 바르야의 목에 두 팔을 감는다.

"잘 가." 그녀가 속삭인다.

바르야와 대니얼이 떠난 후 하늘이 붉게 물들더니 곧 호박색으로 변한다. 사이먼이 클라라의 머리카락에 얼굴을 묻는다. 연기 냄새가 난다.

"가지 마." 사이먼이 말한다.

"난 가야 해, 사이."

"떠나면 도대체 뭐가 있는데?"

"아무도 모르지." 클라라의 눈에 피로로 인한 눈물이 맺히자 눈동자에서 빛이 나는 것처럼 보인다. "그게 바로 떠나는 이유야."

그들은 일어서서 함께 담요를 갠다.

"너도 같이 가면 되지." 클라라가 사이먼을 똑바로 쳐다보며 말한다.

사이먼은 웃어버린다. "그래, 가면 되지. 졸업이 이 년이나 남았는데 다 팽개치고? 엄마한테 죽을걸."

"아주 멀리 간다면 엄마도 못 죽여."

"난 못해."

클라라가 난간에 기대선다. 그녀는 여전히 파란색 털스웨터와 쇼트팬츠를 입고 있다. 그를 보고 있진 않지만 사이먼은 느껴진다. 그녀의 집중력이, 그녀가 그것 때문에 떨고 있다는 것도. 마치 태연한 척을 해야만 이제부터 하려는 말을 할 수 있다는 걸 아는 듯.

"샌프란시스코로 갈 수도 있어."

사이먼은 숨이 턱 막힌다. "그런 말 마."

그가 허리를 숙여 베개를 집어올리고 겨드랑이 아래 하나씩 끼운다. 사이먼은 솔과 같은 173센티미터의 키에 다리는 근육질이고 날래며 가슴은 탄탄하다. 도톰하고 불그스름한 입술과 곱슬거리는 짙은 금발—한참을 거슬러올라가면 나오는 아리아인 핏줄의 특성이다—덕분에 2학년 여학생들의 찬탄을 받지만, 그들은 그가 원하는 관객이 아니다.

그는 한 번도 버자이너에, 그 양배추 같은 주름과 그 뒤로 숨겨진 긴 통로에는 끌려본 적이 없다. 그는 깊숙이 찌르고 들어오는 음경을, 그 아찔한 집요함을, 그리고 자기와 똑같이 생긴 육체의 도전을 갈망한다. 오직 클라라만이 알고 있었다. 부모님이 잠들면 클라라와 사이먼은 클라라의 인조가죽핸드백에 호신용 스프레이를 넣고 창문으로 기어나와 비상계단을 통해 거리로 나섰다. 둘은 르자르댕에 가서 보비 구타다로의 디제잉을 듣거나 지하철을 타고 원래 꽃시장이었던 디스코텍 12웨스트에 가곤 했다.* 이곳에서 만난 고고 댄서가 사이먼에게 샌프란시스코 이야기를 했다. 옥상 정원에 함께 앉아 댄서가 말하기를 샌프란시스코는 시의원 중에도 게이가 있고 게이를 위한 신문사도 있으며, 동성애 금지법이 없기 때문에 게이도 어디서나 일할 수 있고 언제든 섹스를 할 수 있다는 것이다. "상상도 안 되겠지"라고 그는 말했고, 그후로 사이먼은 아무것도 할 수 없었다.

"왜 안 돼?" 클라라가 돌아보며 묻는다. "물론, 엄만 화를 내겠지. 하지만 여기 남은 네 삶이 어떨지 알아, 사이. 그리고 네가 그런 삶을 살지 않았으면 좋겠어. 너도 원하지 않잖아. 그래, 엄만 내가 대학에 가길 바라지. 하지만 그건 대니랑 브이가 해줬잖아. 엄만 내가 엄마랑은 다른 사람이란 걸 알아야 해. 네가 아버지가 아니란 것도. 젠장, 넌 재단사가 될 사람이 아냐. 재단사라니!" 그녀는 그 단어가 완전히 이해되기를 기다리는 듯 잠시 말을 멈추었다. "이건 정말 아니야. 공평하지 않아. 자, 이유를 하나만 대봐. 네가 네 인생을 시작할 수 없는 타당한 이유를 하나만 대보라고."

스스로에게 상상을 허락하는 순간 그는 거의 굴복하게 된다. 맨해튼에도 게이 클럽이 있고 목욕탕**도 있으므로 오아시스가 될 수 있지만, 평생을 살아온 고향에서 완전히 다른 사람으로 재탄생한

---

* 르자르댕과 12웨스트는 1970년대 뉴욕에서 게이 언더그라운드 문화의 중심이었던 디스코클럽이다.
** 게이들의 만남과 섹스를 위한 장소를 뜻하는 은어.

다는 것이 두렵다. "페이겔러."* 한번은 솔이 이렇게 중얼거리는
걸 들었다. 싱 가족이 집세를 감당하지 못해 떠난 집으로 마른 남
자 셋이 삼중주 악기 세트를 들여가는 모습을 노려보면서였다. 그
이디시어 욕을 거티도 했고, 사이먼은 못 들은 척하면서도 그것이
자기를 두고 하는 말이란 느낌을 내내 지울 수 없었다.

뉴욕에서는 부모님을 위해 살겠지만 샌프란시스코에서는 자신
을 위해 살 수 있을 것이다. 이 질문을 떠올리는 게 싫고, 실제로도
이 얘기를 꺼내는 걸 병적으로 피해왔음에도 그는 지금 이 생각을
막지 않는다. 헤스터 스트리트의 여자 말이 맞는다면? 그 생각만으
로도 그의 삶은 다른 색으로 변한다. 모든 것이 다급하고, 반짝이
며, 소중하게 느껴진다.

"이런, 클라라." 사이먼이 난간으로 다가가 클라라 곁에 선다.
"왜 이렇게까지 하는 거야?"

태양이 강렬한 핏빛 빨강으로 떠오르고, 클라라가 눈을 찌푸리
고 태양을 본다.

"넌 어딘가 갈 수 있고." 그녀가 말한다. "난 어디든 갈 수 있어."

그녀는 아직 젖살이 빠지지 않아 얼굴이 동그랗다. 웃을 때 보
이는 치아가 살짝 비뚤다. 반은 야생적이고 반은 매력적이다. 나의
누나.

"언젠가 누나만큼 사랑하는 사람을 만날 수 있을까?" 그가 묻
는다.

"왜 이래." 클라라가 웃는다. "훨씬 더 사랑하는 사람을 만나게

---

* 유대인이 쓰는 이디시어에서 게이를 뜻하는 멸칭.

될 거야."

여섯 층 아래 클린턴 스트리트에서 젊은 남자 하나가 달리고 있다. 남자는 얇은 흰색 티셔츠와 파란색 나일론바지를 입었다. 사이먼은 티셔츠 아래 출렁이는 남자의 가슴근육을 보고, 탄탄한 다리통이 제 역할을 하는 모습을 지켜본다. 클라라가 그의 시선을 따라간다.

"여기서 나가자." 그녀가 말한다.

2

5월은 햇살과 빛깔들의 폭격 속에 도착했다. 크로커스 줄기가
루스벨트공원의 잔디를 밀어낸다. 고등학교에서의 마지막 수업이
끝난 후 클라라는 빈 졸업장 액자를 들고 교실 문을 박차고 뛰어
나간다. 졸업장은 손글씨 작업이 끝나면 집으로 보내주겠지만 그
때쯤이면 그녀는 떠나고 없을 것이다. 거티도 클라라가 떠난다는
것을 알고 있고, 그래서 그녀의 여행가방은 복도에 놓여 있다. 거
티가 모르는 것은 사이먼 역시―여행가방은 침대 밑에 숨겨두었
다―클라라와 함께 떠나려 한다는 것이다.

사이먼은 꼭 필요하거나 소중한 물건만 챙기고 대부분의 것을
남기고 떠날 생각이다. 줄무늬 벨루어 칼라티셔츠 두 벌. 빨간색
주머니가방. 기차에서 눈을 마주친 젊은 푸에르토리코 남자에게
윙크를 받았을 때 입고 있던 갈색 코듀로이 나팔바지. 그 일이 그
에겐 가장 로맨틱한 경험이었으니까. 가죽스트랩을 단 금시계. 솔

이 선물해준 거니까. 그리고 뉴발란스 320s. 파란색 스웨이드로 된, 그가 신어본 가장 가벼운 운동화.

클라라의 가방은 더 크다. 그녀가 마지막으로 가게에서 일하던 날 일리야 흘라바체크가 준 선물이 들어 있기 때문이다. 떠나기 전날 밤, 클라라가 사이먼에게 그 선물을 받을 때 얘기를 들려준다.

"저기 저 상자 좀 갖다줘." 일리야가 손가락으로 가리키며 말했다.

검은색 페인트를 칠한 그 나무상자는 일리야가 1931년 소아마비에 걸리기 전까지 막간쇼에서 시작해 서커스까지 함께했던 물건이었다. 소아마비에 걸린 일을 두고 일리야는 "타이밍이 좋았지"라며 농담을 하곤 했다. "어차피 영화 때문에 보드빌은 다 죽었었으니까." 그가 항상 저 상자라고 부르는 그것이 그에게 가장 소중한 물건이라는 것을 클라라는 알았다. 그녀는 시킨 대로 상자를 가져와 일리야가 자리에서 일어나지 않아도 되도록 계산대 위에 올려주었다.

"자, 나는 네가 이걸 가졌으면 좋겠다." 그가 말했다. "알았지? 이제 네 거라고. 네가 이걸 써주고, 이걸로 즐거운 시간을 보냈으면 좋겠어. 이건 길 위에 있어야 하는 물건이란다. 나 같은 늙은 불구자랑 집안에 틀어박혀 있을 게 아니란 말이지. 어떻게 조립하는 줄 알겠니? 자, 내가 해보마." 클라라는 일리야가 지팡이에 기대서서 이제껏 수없이 해본 손놀림으로 상자를 테이블로 변신시키는 모습을 지켜보았다. "바로 여기다 카드를 둬. 너는 지금처럼 뒤에 서는 거야."

클라라가 직접 해보았다. "잘하는구나" 하고 그는 특유의 할아버지 같은 레프러콘* 미소를 지어 보였다. "너한테 아주 멋지게 어울려."

"일리야." 클라라는 자신이 울고 있다는 것을 깨닫고 당황했다. "어떻게 보답을 해야 할지 모르겠어요."

"그걸 써주면 돼." 일리야는 손을 내젓고 지팡이에 의지해 절뚝거리며 뒷방으로 들어갔다. 빠진 물건을 채우러 가는 척했지만 혼자 애도를 하고 싶은 듯했다. 클라라는 상자를 품에 안고 집으로 돌아와서 상자에 자기 도구들을 담았다. 실크스카프 세 장, 튼튼한 은고리 한 세트, 25센트짜리로 채운 동전지갑, 구리컵 세 개와 같은 개수의 딸기만한 빨간 공, 그리고 많이 써서 종이가 천처럼 부드러워진 카드 한 벌.

사이먼은 클라라가 마술에 재능이 있다고 생각하지만 자꾸 관심을 갖는 것은 싫다. 클라라가 어렸을 때는 매력적으로 보였지만 지금은 그냥 이상하다. 샌프란시스코에 가면 마술과 자연스레 멀어지길 바랄 뿐이다. 거기서는 현실세계가 그 까만 상자 안에 든 것들보다 훨씬 재미있을 테니까.

그날 밤, 그는 몇 시간이나 잠자리에 누워 깨어 있었다. 솔의 죽음으로 오랜 금기가 풀렸다. 아서는 가게를 운영할 수 있고, 솔은 사이먼의 진실을 영영 모를 것이다. 하지만, 엄마는 어떻게 이길 것인가? 사이먼은 자기 논리를 만들어본다. 그는 이것이 세상의 이치라고 스스로에게 말한다. 자식은 부모를 떠남으로써 성인이 된다. 오히려, 인간은 딱할 정도로 느리다. 올챙이는 아빠 개구리의

---

* 아일랜드 신화에 나오는 난쟁이 요정. 수염이 난 남자의 모습이다.

58 죽지 않는 사람들

입에서 부화하지만 꼬리가 떨어지자마자 튀어나온다. (적어도 사이먼은 이렇게 알고 있다. 하지만 그의 정신은 생물시간마다 표류하고 만다.) 태평양 연어는 민물에서 태어났다가 바다로 이주한다. 그러다 알을 낳고 죽을 때가 되면 수백 킬로미터의 여정을 거쳐 자기가 태어난 민물로 돌아간다. 그들처럼, 그도 언제든 돌아올 수 있을 것이다.

마침내 잠이 들었을 때, 그는 꿈에서 그들 중 하나가 된다. 빛나는 산호색 알이 되어 정액 안을 떠다니다가 강바닥에 만들어진 어머니의 둥지에 착지한다. 그후 껍질을 찢고 나와서는 어두운 웅덩이에 숨어 무엇이든 닥치는 대로 먹어치운다. 비늘색이 진해지면 수천 킬로미터를 여행한다. 처음에는 서로 매끄럽게 스치고 다닐 정도로 많은 물고기에 둘러싸여 있지만, 더 멀리 헤엄쳐가자 무리가 듬성듬성해진다. 무리가 고향으로 출발했다는 사실을 깨달았을 때 그는 자신이 태어난 예의 잊힌 개울로 가는 길을 기억하지 못한다. 그는 돌아갈 수 없을 정도로 멀리 왔다.

그들은 이른 아침에 일어난다. 클라라는 거티를 흔들어 깨워 작별인사를 한 다음 등을 토닥여 다시 재운다. 그리고 사이먼이 스니커즈 끈을 묶는 동안 두 사람 몫의 여행가방을 들고 까치발로 계단을 내려간다. 사이먼은 발을 딛을 때마다 삐걱거리는 부분을 피해 복도를 걸으며 조심스럽게 문으로 향한다.

"어디 가?"

돌아선다. 심장이 뛴다. 엄마가 침실 문간에 서 있다. 바르야를 낳은 이후로 내내 입었던 큰 분홍색 목욕가운에 감싸인 그녀의 머리카락은—보통 이 시간이면 헤어롤에 말려 있는데—풀려 있다.

"그냥⋯⋯" 사이먼이 무게중심을 한 발에서 다른 발로 옮긴다. "샌드위치 사러."

"아침 여섯시야. 샌드위치 먹기엔 좀 웃긴 시간인데."

거티의 볼이 발갛고 눈이 커다래져 있다. 순간 한 줄기 빛이 그녀의 동공에 어린다. 작은 공포의 매듭들이 검은 진주처럼 빛난다.

사이먼의 눈에 눈물이 왈칵 쏟아진다. 거티의 발—분홍색 석판 같고 깍둑썰기한 돼지고기처럼 두꺼운 발—이 어깨 아래서 균형을 찾고 몸이 권투선수처럼 팽팽히 긴장한다. 사이먼이 아주 어렸을 때, 다른 남매들이 학교에 가면 그와 거티는 '댄싱 벌룬'이라고 이름 지은 게임을 하고 놀았다. 거티는 라디오를 틀어 모타운* 채널—솔이 집에 있을 땐 절대 듣지 않을 채널이다—에 맞춰놓고 빨간색 풍선을 반 정도만 불었다. 둘은 화장실에서 부엌까지 집 전체를 누비며 춤을 추었고, 그러면서 풍선을 바닥에 떨어뜨리지 않겠다는 일념으로 계속 쳐올렸다. 사이먼은 민첩하고 거티는 강력했다. 둘이 함께라면 라디오 프로그램 하나가 다 끝날 때까지 풍선을 공중에 계속 띄울 수 있었다. 사이먼은 거티가 식당으로 돌진하다 촛대를 바닥에 떨어뜨렸던 기억이 떠올라—"깨지진 않았어!" 하고 소리쳤다—엉뚱하게 웃음이 터져나오려는 걸 억누른다. 그대로 나왔다면 틀림없이 울음으로 변했을 것이다.

---

* 1959년 디트로이트에 설립된 모타운 레코드 레이블. 마빈 게이, 스티비 원더 등 수많은 흑인 가수를 배출하며 백인 위주의 주류 팝음악 시장에서 '모타운 사운드'라는 장르를 구축했다.

"엄마." 그가 말한다. "나한텐 내 인생이 있어요."

애원하듯이 말한 게 싫다. 갑자기 그의 몸이 엄마의 몸을 갈망하지만 거티는 클린턴 스트리트를 내다보고 있다. 시선이 다시 사이먼에게로 돌아왔을 때, 그녀의 표정에는 이제껏 본 적 없는 포기가 있다.

"알았어. 샌드위치 사러 가." 그녀는 숨을 한 번 들이쉰다. "그래도 학교 끝나면 가게로 가. 아서가 일이 어떻게 돌아가는지 알려줄 테니까. 이제부턴 매일 가게로 가야 한다. 이제 네 아버지가……"

하지만 그녀는 말을 끝내지 못한다.

"알았어요, 엄마." 사이먼이 말한다. 목이 탄다.

거티가 고맙다는 듯 고개를 끄덕인다. 스스로 멈춰버리지 않도록 사이먼은 계단을 날듯이 내려간다.

사이먼은 버스여행이 낭만적이리라고 상상해왔지만, 첫번째 여정의 대부분을 잠으로 보낸다. 엄마와 있었던 일을 더는 생각할 수가 없어서 카드 한 벌과 작은 쇠고리 두 개를 가지고 노는 클라라의 어깨에 머리를 기댄다. 희미하게 쩽그랑거리는 소리와 카드를 섞는 펄럭이는 소리에 몇 번을 깬다. 다음날 아침 여섯시 십분, 둘은 미주리의 환승정류장에서 내려 애리조나로 가는 버스를 기다리고, 애리조나에서 로스앤젤레스로 가는 버스를 탄다. 마지막 여정은 아홉 시간이 걸린다. 샌프란시스코에 도착했을 때쯤 사이먼은 자신이 지구상에서 가장 역겨운 생물처럼 느껴진다. 금발은 이제 그냥 기름진 갈색 머리이고, 옷은 사흘 묵었다. 그러나 파랗게 펼

처진 하늘과 폴섬 스트리트의 가죽옷 입은 남자들을 보는 순간, 물에 뛰어드는 개처럼 내면의 무언가가 뛰어오르고 웃음을 참을 수없게 된다. 단 한 번의 웃음, 기쁨의 포효를.

사흘 동안은 졸업 후 샌프란시스코로 이주한 고등학교 동창 테디 윙클먼의 집에서 지낸다. 여기서 테디는 시크교도 무리와 어울려 다니면서 스스로를 백시시 칼사라고 부른다. 그에게는 이미 룸메이트가 두 명 있다. 캔들스틱공원 앞에서 꽃을 파는 수지, 갈색 피부에 검은 머리칼이 어깨까지 오고 주말이면 하루종일 거실 소파에 앉아 가르시아 마르케스를 읽는 라지. 아파트는 사이먼이 상상한 것처럼 먼지 쌓인 빅토리아풍이 아니라 클린턴 스트리트 72번지와 다를 바 없이 눅눅하고 좁은 방들이 이어진 모양이다. 하지만 장식은 좀 다르다. 홀치기염색천이 마치 동물가죽처럼 벽에 붙어 축 늘어져 있고 고추 모양 조명이 각 방문 주변에 휘감겨 있다. 바닥에는 레코드판과 빈 맥주병이 나뒹굴고 향냄새가 너무 짙어서 사이먼이 집안에 들어설 때마다 기침을 할 정도다.

토요일이 되자 클라라가 임대아파트 목록 중 하나에 빨간 펜으로 동그라미를 친다. 침실 2/화장실 1, 이라고 쓰여 있다. 월 389달러. 양지/넓은 방/경재바닥. 역사적인 건물!! **시끄러워도 괜찮은 분 구함**. 두 사람은 J 노선 전차를 타고 17번-마켓 스트리트에 내린다. 여기가 바로 카스트로 스트리트다. 그가 몇 년 동안 꿈꿔온 두 블록의 천국. 사이먼은 카스트로극장과 토드홀*의 갈색 차양과 타이트한 청바지에 플란넬셔츠를 입고, 또는 셔츠를 아예 입지 않은 채

---

* 게이 바.

비상계단에 앉아 있거나 현관 계단에서 담배 피우는 남자들을 오래도록 쳐다본다. 너무 오래도록 원했던 나머지―마침내라고도, 일찌감치라고도 할 수 있는 시기에―막상 손에 넣자 마치 미래의 삶을 잠시 훔쳐보는 느낌이다. 이것은 현재야, 그는 현기증을 느끼며 스스로에게 말한다. 이것은 지금이야. 그는 클라라를 따라 울룩불룩한 나무와 파스텔톤 에드워드양식의 건물이 늘어선, 콜링우드라는 조용한 블록으로 간다. 두 사람은 큰 직사각형 모양의 건물 앞에서 멈춘다. 1층은 클럽인데―이 시간엔 닫혀 있었다―통창이 천장까지 닿아 있다. 유리창 너머로 보라색 소파와 미러볼과 기둥의 받침 같은 높은 단상이 보인다. 유리창에 클럽의 이름이 그려져 있다. PURP.

아파트는 클럽 위층이다. 넓지도 않고, 침실도 두 개라고 할 수 없다. 방 하나는 사실 거실이고, 다른 하나는 드레스룸이다. 하지만 해가 잘 들고 황금빛 나무바닥과 퇴창이 있으며, 첫 달 집세는 낼 여유가 된다. 클라라가 팔을 벌린다. 주름잡힌 오렌지색 홀터넥 상의가 끌려올라가 부드러운 분홍색 배가 드러난다. 그녀가 빙글 돈다. 이번엔 두 바퀴. 새 아파트 거실에서 빙글빙글 도는 누나, 찻잔, 데르비시.*

그들은 처치 스트리트에 있는 중고가게에서 짝이 맞지 않는 주방용품들을 사고, 다이아몬드 스트리트의 어느 집 차고에서 중고

---

* 예배 때 빠르게 빙글빙글 도는 춤을 추는 이슬람교 집단.

가구를 산다. 클라라가 더글러스 스트리트에서 포장도 뜯지 않은 트윈침대 매트리스를 발견해 둘이 낑낑대며 아파트로 옮긴다.

그들은 축하하는 의미로 춤을 추러 가기로 한다. 집을 나서기 전 백시시 칼사가 하시시와 LSD를 준다. 라지는 무릎에 수지를 앉힌 채 우쿨렐레를 퉁기고, 클라라는 벽에 기대앉아 일리야 가게의 신기한 물건 코너에서 찾아낸 점쟁이물고기*를 응시한다. 백시시 칼사는 사이먼 쪽으로 몸을 기울여 안와르 엘 사다트** 이야기를 나눠보려 하지만, 사이먼은 손을 흔들어 인사하는 창문을 보며 차라리 백시시 칼사에게 키스하고 싶다고 생각한다. 시간이 많지 않다. 클럽에서 사이먼은 점멸하는 불빛에 파랗고 붉은 색으로 물든 사람들 속에서 춤을 춘다. 백시시 칼사가 터번을 홱 잡아당겨 벗자 그의 머리카락이 밧줄처럼 허공을 때린다. 한 남자가, 키가 크고 몸이 넓고 아름다운 초록빛 반짝이로 뒤덮인 한 남자가 유성처럼 빛의 흔적을 길게 남긴다. 사이먼은 사람들 사이로 뛰어들어 그를 향해 손을 뻗고, 두 얼굴이 놀라울 정도의 강렬함으로 서로에게 부딪친다. 사이먼의 첫 키스다.

어느새 그들은 택시를 타고 밤거리를 달리고 있다. 뒷좌석의 두 몸이 팽팽하다. 상대 남자가 택시비를 치른다. 차에서 내리자 달이 현관문에 간신히 붙어 있는 번호판처럼 펄럭이고 있다. 인도가 그들을 위해 카펫처럼 펼쳐진다. 그들은 높은 은색 아파트 건물에 들

---

* 물고기 모양의 얇은 플라스틱으로, 손바닥 위에 올려놓고 어느 부위가 휘는지에 따라 사람의 미래나 감정을 점친다.
** 이집트의 3대 대통령. 1978년 캠프데이비드협정을 체결하여 이스라엘 총리와 노벨평화상을 공동수상했고, 1981년 이슬람 원리주의 세력에게 암살당했다.

어가 엘리베이터를 타고 높은 층으로 올라간다.

"여기가 어디야?" 사이먼이 복도 끝에 있는 집으로 따라들어가며 묻는다.

남자가 불은 켜지도 않고 성큼성큼 부엌으로 들어가버려서 밖에 있는 가로등 불빛만이 유일한 조명 역할을 한다. 눈이 어둠에 적응하자 그는 그곳이 흰색 가죽소파와 크롬다리에 유리상판을 얹은 테이블이 있는 깔끔하고 현대적인 거실임을 알게 된다. 반대편 벽에는 네온 물감을 흩뿌린 듯한 그림이 걸려 있다.

"파이낸셜 디스트릭트. 여기 처음 왔어?"

사이먼이 고개를 끄덕인다. 거실 창문 쪽으로 걸어가 반들반들한 사무실 건물들을 바라본다. 몇 층 아래 거리는 부랑자 두 명과 같은 수의 택시만이 있을 뿐 거의 비었다.

"뭐 좀 줄까?" 남자가 냉장고 손잡이에 손을 얹고 소리친다. 약 기운이 빠르게 떨어지고 있지만 남자의 매력은 조금도 떨어지지 않는다. 근육질이면서도 늘씬하고, 카탈로그 모델처럼 반듯한 외모.

"이름이 뭐야?" 사이먼이 묻는다.

남자가 화이트와인을 가지고 온다. "이거 괜찮아?"

"응." 사이먼이 멈칫한다. "이름 말해주고 싶지 않은 거야?"

남자가 잔 두 개를 들고 와 소파에 함께 앉는다. "웬만하면, 이런 상황에선. 그냥 이언이라고 불러."

"좋아." 사이먼은 살짝 메스껍지만—이런 상황에서 남자의 가짜 이름을 듣게 된 다른 사람들(얼마나 많았는데?)과 같이 묶인다는 게—억지로 미소를 짓는다. 숨기지 않으려고 게이들이 샌프란시스코에 오는 거 아닌가? 아마도 참고 기다려야 하나보다. 그는 이언과 데이트하는 모습을 상상한다. 골든게이트공원에서 담요를 깔고 누워 있는다거나, 오션비치에서 샌드위치를 먹는 모습을. 갈매기가 날아다니는 하늘은 주황색과 회색 줄무늬로 보일 것이다.

이언이 미소를 짓는다. 그는 사이먼보다 적어도 열 살, 아니 열다섯 살은 더 많다.

"나 존나 딱딱해졌어." 그가 말한다.

사이먼은 놀랐지만, 곧 내면에 욕망의 물결이 일어난다. 이언은 이미 바지를 벗고 있다. 속옷까지. 그러자 거기에, 대담하게 빨간, 당당히 머리를 든 좆의 왕이 있다. 사이먼의 것도 발기하여 청바지에 짓눌린다. 그는 일어서서 바지를 끌어내린다. 발목에 걸린 한쪽 다리를 잡아당긴다. 이언이 그를 마주본 채 바닥으로 내려가 무릎을 꿇는다. 거기, 소파와 유리테이블 사이 좁은 공간에서 이언이 사이먼의 엉덩이를 끌어당기자 어느새—놀랍게도—사이먼의 음경이 이언의 입안에 있다.

사이먼은 비명을 지르고 상체가 앞으로 고꾸라진다. 이언이 한 손으로 그의 가슴을 받치고 입으로 페니스를 빨아대는 동안 사이먼은 놀라움과 오래 꿈꿔온 농밀한 쾌감에 숨이 가빠진다. 상상했던 것보다 더 좋다. 고통스럽고 무상한 기쁨, 이 입은, 그것은 태양처럼 밀도 높고 강렬하다. 그는 부풀어오른다. 오르가슴에 이르기 직전, 이언이 입을 떼고 씩 웃는다. 교활하다.

"이 잘빠진 바닥에 온통 흩뿌린 거 보고 싶어? 이 잘빠진 경재바닥에 싸볼래?"

사이먼은 혼돈 속에 숨을 헐떡인다. 이것은 그가 생각했던 어떤 목적과도 거리가 멀다. "너는?"

"어." 이언이 말한다. "어, 하자." 그는 이제 무릎으로 기고 있다. 그의 페니스가—빨개지다못해 거의 자주색에 가까워졌다—왕홀처럼 길어져 사이먼을 향한다. 그 기둥에 굵고 구불구불한 핏줄이 굽이친다.

"저기." 사이먼이 말한다. "잠깐 좀 천천히 하자, 응? 정말 잠깐, 잠시만."

"그래. 그래도 되지." 이언은 그를 뒤로 돌려 창문을 보게 한 뒤 사이먼의 페니스를 한 손에 쥐고 펌프질한다. 사이먼은 신음하다가 무릎의 둔통 때문에 다시 이 공간으로, 페니스를 사이먼의 엉덩이 사이로 끈질기게 찔러대고 있는 이언에게로 몸을 돌린다.

"그냥……" 사이먼이 헐떡거리며 말한다. 거의 직전이라 말하는 것도 힘이 든다. "우리, 있지……"

이언이 발뒤꿈치를 대고 앉는다. "뭐? 젤 좀 바를까?"

"젤." 사이먼이 말을 삼킨다. "그래."

젤은 그가 원한 게 아니지만 적어도 시간을 벌어준다. 이언이 벌떡 일어나 복도를 따라 사라지자 사이먼은 숨을 고른다. 기억하자, 그는 스스로에게 말한다. 이게 직전이야. 찹찹거리는 가벼운 발소리가 들린 뒤, 이언이 바닥에 뼈를 부딪치며 자리를 잡고 밝은 오렌지색 병을 한쪽에 두는 소리가 들린다. 질척거리는 젤을 짜는 소리, 그다음 이언이 두 손으로 그것을 문지르는 미끌미끌한 소리가 난다.

"됐어?" 이언이 묻는다.

사이먼은 마음을 다잡고 손바닥으로 바닥을 짚는다.

"됐어." 그가 말한다.

햇빛이 블라인드 틈새로 쏠려 들어온다. 샤워기 물 쏟아지는 소리가 들리고 낯선 시트에서 타인의 몸냄새가 난다. 사이먼은 킹 사이즈 침대에서 두꺼운 흰색 이불을 덮고 알몸으로 누워 있다. 일어나 앉으니 두 다리가 욱신거리고, 아픈가 싶은 기분이 든다. 눈을 가늘게 뜨고 방을 둘러본다. 한쪽에 난 닫힌 문은 욕실이리라. 벽에는 윤기나는 검은 액자에 도시 건축물을 찍은 상업용 사진들이 끼워져 있다. 그리고 작은 드레스룸에는 정장 재킷과 칼라셔츠가 색깔별로 정리돼 있는 모습이 사이먼에게도 보인다.

그는 침대에서 기어나와 바닥을 살피며 옷을 찾다가 틀림없이 거실에 벗어두고 왔을 거라는 생각이 든다. 지난밤이 어렴풋이 기억난다. 비록 그가 꿔보았던 가장 강렬한 꿈보다도 비현실적이기는 하지만. 청바지와 폴로셔츠가 커피테이블 밑에 구겨져 있고, 아끼는 320s는 문 옆에 있다. 허겁지겁 옷을 주워입고 밖을 내다본다. 수많은 사람들이 서류가방과 커피를 들고 인도를 활보한다. 이 세계는 지금 월요일 아침이다.

샤워 소리가 멈춘다. 사이먼이 침실로 돌아간 순간 이언도 욕실에서 나온다. 그의 허리에는 수건이 헐겁게 묶여 있다.

"자기." 그가 사이먼에게 미소 지으며 수건을 끌러 머리를 힘차게 문지른다. "뭐 좀 갖다줄까? 커피?"

"음." 사이먼이 말한다. "괜찮아." 그는 이언이 드레스룸으로 가서 검은색 속옷을 입고, 그다음에 얇은 검은색 양말을 신는 모습을 지켜본다. "어디서 일해?"

"마텔 앤드 맥레이." 이언이 비싸 보이는 흰 셔츠의 단추를 채우고 넥타이를 꺼내려 손을 뻗는다.

"뭐하는 덴데?"

"금융자문회사." 이언이 얼굴을 찌푸리며 거울을 본다. "정말 아무것도 모르는구나?"

"여긴 처음이라고 했잖아."

"워워." 이언의 미소 짓는 얼굴이 미심스러울 정도로 잘생겼다. 개인상해 전문변호사에게나 어울릴 미소.

"직장 사람들은," 사이먼이 말한다. "네가 남자 좋아하는 거 알아?"

"미쳤냐." 이언이 짧게 웃는다. "모르는 편이 좋아."

그가 드레스룸 밖으로 성큼성큼 걸어나와 사이먼은 문간에서 물러난다.

"저기, 나 이제 나가야 해. 넌 더 쉬어. 괜찮지? 나갈 때 문 닫혔는지만 확인하면 돼. 자동으로 잠기니까." 이언이 복도 옷장에서 재킷을 꺼내 들고 가다가 문 앞에서 돌아선다. "재밌었어."

홀로 남은 사이먼은 아주 가만히 서 있다. 클라라는 그가 어디 있는지 모른다. 더 큰 문제는 거티가 히스테리를 부리고 있을 게 틀림없다는 것이다. 아침 여덟시니까, 뉴욕은 열한시가 다 돼갈 것이다. 그것도 그가 떠난 지 엿새가 지난 후의. 도대체 어떻게 돼먹은 인간이냐, 엄마한테 이런 짓을 하다니. 그는 부엌 조리대에서 전화기를 찾아낸다. 신호가 가는 동안, 집에 있는 크림색 버튼식 전화기를 그려본다. 거티가 전화기 쪽으로 걸어오고―엄마, 사랑하는 엄마, 엄마를 이해시켜야만 한다―튼튼한 오른손으로 수화기를 움켜쥐는 모습을 상상한다.

"여보세요?"

사이먼은 화들짝 놀란다. 대니얼이다.

"여보세요?" 대니얼이 되풀이한다. "누구세요?"

사이먼이 목을 가다듬는다. "나야."

"사이먼." 대니얼이 지친 숨을 길게 토해낸다. "맙소사. 빌어먹을 맙소사. 사이먼. 도대체 어디 있는 거야?"

"샌프란시스코야."

"클라라도 같이 있고?"

"응, 같이 있어."

"그렇구나." 대니얼이 변덕스러운 아기를 대하듯 천천히, 감정을 자제하면서 말한다. "샌프란시스코에서 뭐해?"

"잠깐만." 사이먼은 머릿속이 쾅쾅 울려 이마를 문지른다. "형은 학교에 있어야 하는 거 아냐?"

"맞아." 대니얼이 계속해서 기분 나쁠 정도로 침착하게 말한다. "그래, 사이먼, 나는 학교에 있어야 해. 내가 왜 학교에 있지 않는지 궁금해? 내가 학교에 있지 않는 이유는 엄마가 금요일 밤에 전화를 해서 네가 집에 안 들어왔다고 발작을 일으키는데, 내가 존나 착한 아들이라서, 이 집안에서 유일하게 존나 합리적인 사람이라서 엄마랑 있어주려고 학교에서 나왔어. 이번 학기는 미수료가 될 거야."

사이먼은 머리가 빙빙 돈다. 그 모든 말에 한꺼번에 대응하기란 불가능할 듯해 이렇게 말해버린다. "바르야가 합리적인 사람이지."

대니얼은 이 말을 무시한다. "다시 한번 묻자. 도대체 샌프란시스코에서 뭐하는 거야?"

"우린 떠나기로 했어."

"그래, 거기까진 알아. 분명 끝내줬을 거야. 지금까지 잘 놀았을 테니까, 이제부터 어떻게 할 건지 얘기해보자."

이제부터 어떻게 할 것인가? 창밖의 하늘은 맑고 끝없이 푸르다.

"내가 지금 내일 거 그레이하운드 시간표를 보고 있거든." 대니얼이 말한다. "오후 한시에 폴섬에서 출발하는 기차가 있어. 솔트레이크시티에서 갈아타고 오마하에서 다시 갈아타. 120달러가 들거야. 신께 바라건대 그만한 돈도 없이 동서를 가로지른 건 아니겠지만, 네가 내 생각보다 더 멍청한 놈이라면, 클라라 계좌로 송금해줄게. 이렇게 되면 기다렸다가 목요일에 출발해야 해. 알았어? 사이먼? 내 말 듣고 있어?"

"돌아가지 않을 거야." 사이먼은 울고 있다. 방금 한 말이 진실임을 깨달았기 때문이다. 이제 그와 그의 예전 집 사이에는 유리창이 존재한다. 그 너머를 볼 수는 있지만 넘어갈 수는 없는.

대니얼의 목소리가 부드러워진다. "자자, 이 녀석아. 네가 지금 마음고생 심한 거 알아. 우리 모두 그래. 아버지가 돌아가셨으니까. 네가 이렇게 충동적으로 구는 거 다 이해해. 하지만 정신 차려야지. 엄마한텐 네가 필요해. 골드 가족에겐 네가 필요하다고. 클라라도 물론 필요하지만 걔는…… 원래 그런 애고. 알아듣겠어? 봐봐, 걔가 무슨 생각인진 이해해. 걘 원래 거절당하는 걸 좋아하지 않지. 분명히 걔가 널 끌어들였을 거야. 하지만 걔 헛짓거리에 네가 엮이는 걸 내버려둘 순 없어. 그러니까, 에라이, 넌 아직 고등학교도 안 마쳤잖아. 넌 애야."

사이먼은 말이 없다. 뒤쪽에서 거티의 목소리가 들린다.

"대니얼? 누구랑 얘기하는 거니?"

"잠깐만요, 엄마!" 대니얼이 소리친다.

"난 여기 있을 거야, 댄. 여기."

"사이먼." 대니얼의 목소리가 딱딱해진다. "그동안 무슨 일이 있었는지 알아? 엄마는 아주 정신을 놔버렸어. 경찰을 부르겠대. 내가 최선을 다해 막고 있고, 네가 금방 정신 차릴 거라고 말하고 있지만 나도 오래는 못 버텨. 넌 겨우 열여섯이야. 미성년자라고. 엄밀하게 따지면 가출청소년이 되는 거야."

사이먼은 여전히 울고 있다. 그는 조리대에 기댄다.

"사이?"

사이먼이 양 손바닥으로 볼을 닦는다. 살며시, 전화를 끊는다.

3

5월이 끝나갈 때까지 클라라는 수십 장의 지원서를 썼지만 면접
은 한 번도 보지 못한다. 도시는 변하고 있고, 그녀는 가장 좋은 것
들을 놓쳤다. 히피와 디거*와 골든게이트공원의 사이키델릭 집회**
같은 것들. 그녀가 원하는 것은 탬버린을 치고 폴로필드에서 게리
스나이더의 낭송을 듣는 것이지만,*** 이제 공원에는 파트너를 물
색하는 게이와 마약상뿐이고 히피는 노숙자일 뿐이다. 샌프란시스
코의 회사들은 그녀를 쓰지 않을 것이다. 그녀도 그들을 원하지 않

---

* 1960년대 샌프란시스코에서 음식과 물품, 의료서비스, 예술공연 등을 무료로 제
공하며 돈과 자본주의가 없는 공동체를 추구한 사람들.
** 1960년대 샌프란시스코에서는 환각성 약물인 일명 '사이키델릭'으로 의식의 고
양을 추구하고 주류문화와 정치에 반대하는 반문화운동이 일었다. 골든게이트공원
에서 열린 '휴먼비인' 집회가 대표적이다.
*** 폴로필드는 골든게이트공원에 있는 넓은 잔디밭, 게리 스나이더는 휴먼비인에
참여한 시인이다.

는다. 그녀가 들어가려는 곳은 미션 스트리트에 있는 페미니스트 서점들인데, 거기 점원들은 그녀의 얇은 원피스를 경멸의 눈초리로 힐끗거린다. 서점에 딸린 커피숍들은 레즈비언 사장이 바닥에 시멘트를 직접 까는 마당에 일손이 필요할 리 없다. 마지못해 그녀는 파견직 소개소에 지원서를 제출한다.

"이 시기만 넘기면 돼." 그녀가 말한다. "쉽고, 빨리 벌 수 있는 일로. 그 일이 내가 어떤 사람인지 나타낸다고 생각할 필요는 없어."

사이먼은 아래층에 있는 클럽을 떠올린다. 그는 밤마다 젊은 남자들과 어지러운 보라색 조명으로 가득한 그곳을 지나다녔다. 다음날 오후, 그는 한 중년 남자가―키는 150센티미터가 간신히 넘고 머리카락이 밝은 주황색이다―열쇠 뭉치를 들고 문 앞으로 걸어갈 때까지 밖에서 담배를 피운다.

"저기요!" 사이먼이 담배를 발로 짓이긴다. "난 사이먼이에요. 여기 위층에 살아요."

그가 손을 내민다. 남자가 눈을 가늘게 뜨고 그를 보면서 손을 잡고 흔든다. "난 베니. 뭘 도와드릴까?"

사이먼은 샌프란시스코에 오기 전의 베니는 어떤 사람이었을지 궁금해진다. 검은색 스니커즈에 검은색 청바지, 검은색 티셔츠를 허리춤에 집어넣은 모습이 꼭 공연 마니아처럼 보인다.

"일자리를 찾고 있어요." 사이먼이 말한다.

베니가 어깨로 유리문을 밀고 들어가더니 사이먼을 위해 한쪽 발로 문을 잡아준다.

"그래? 몇 살이야?"

그는 클럽 안을 성큼성큼 가로질러다니며 객석 조명을 켜고 연무기를 점검한다.

"스물둘이요. 바를 볼 수도 있어요."

사이먼은 이렇게 말하는 게 바텐더를 할 수 있다고 하는 것보다 성숙하게 들릴 거라고 생각했지만, 착각이었다는 게 눈에 보일 정도다. 베니가 이죽거리며 바에 다가가 겹겹이 쌓인 스툴을 내린다.

"첫째," 그가 말한다. "나한텐 거짓말하지 마. 너 뭐…… 열일곱, 열여덟이나 됐냐? 둘째, 네가 어디서 왔는진 모르겠지만 캘리포니아에선 바를 보려면 스물한 살이 넘어야 돼. 난 귀여운 신입 알바 좀 쓰자고 주류 면허를 잃을 생각이 없고. 셋째……"

"부탁이에요." 사이먼은 필사적이다. 이대로 일을 구하지 못하고 거티가 계속 그를 찾아내려 한다면 집으로 돌아갈 수밖에 없을 것이다. "여기 새로 왔는데, 돈이 필요해요. 뭐든지 할게요. 바닥을 닦든 손등에 스탬프를 찍든 뭐든……"

베니가 손바닥이 보이게 한 손을 들어올린다. "셋째. 혹시라도 내가 널 쓴다면 바에 두진 않을 거야."

"그럼 어디에 두실 건데요?"

베니가 망설이며 한쪽 발을 스툴의 발받침대 위에 올린다. 그리고 클럽 전체에 일정한 간격으로 설치된 보라색의 높은 단상 중 하나를 가리킨다. "저기."

"저기요?" 사이먼이 단상을 바라본다. 높이가 적어도 120센티미터는 돼 보이는데 너비는 75센티미터쯤인 것 같다. "저기서 뭘 하죠?"

"춤을 춰야지. 할 수 있을 것 같아?"

사이먼이 씩 웃는다. "그럼요, 출 수 있죠. 그게 다예요?"

"그게 다야. 운이 좋구나. 마침 마이키가 지난주에 그만둬서. 아니었으면 나도 해줄 수 있는 게 없었을 거다. 그래도 넌 예쁘장하니, 화장까지 하면……" 베니가 고개를 갸웃한다. "화장까지 하면, 그래…… 나이도 좀 들어 보일 거야."

"화장이요?"

"어떨 거 같냐? 보라색 페인트.* 머리부터 발끝까지." 베니가 협실에서 빗자루를 끌고 나와 전날 밤의 잔해들을 모으기 시작한다. 커브형 빨대, 영수증, 보라색 콘돔 포장지 따위. "오늘밤 일곱시까지 와. 어떻게 하는지 애들이 가르쳐줄 거야."

다섯 명이 기둥 하나씩을 맡고 있다. 리치—마흔다섯 살 먹은 퇴역군인으로 우람한 근육질에 군인 머리 스타일이다—가 창문 옆에 있는 1번 기둥을 따냈다. 그 건너편에 있는 2번 기둥은 위스콘신에서 온 랜스가 선다. 그는 헤퍼 보이는 미소와 둥그렇게 말리는 캐나다식 o 발음** 때문에 장난스럽게 놀림당하곤 한다. 3번 기둥은 190센티미터가 훌쩍 넘는 키에 여자옷을 입는 레이디, 4번은 콜린이다. 시인처럼 말랐고 눈빛이 슬퍼서 레이디는 '예수 소년'이라고 부른다. 에이드리언이—악마처럼 아름답고, 금빛이 감도는 갈색 몸에는 털이 하나도 없다—5번 기둥을 맡는다.

---

* 보라색은 영어로 퍼플(purple)이며, 클럽 이름 '퍼프(Purp)'는 여기서 딴 것으로 보인다.

** 위스콘신주는 지리적으로 캐나다와 가까워 억양이 유사하다. 일례로 알파벳 o를 길게 늘여서 발음한다.

"6번." 레이디가 탈의실로 들어서는 사이먼을 부른다. "안녕?"

레이디는 흑인이다. 광대뼈가 튀어나왔고 온화한 눈에 긴 속눈썹을 붙였다. 다른 남자들은 얇은 보라색 티팬티 말고는 아무것도 걸치지 않지만, 레이디는 베니가 꽉 끼는 인조가죽 미니원피스─물론 보라색─에 통굽 하이힐을 신긴다.

레이디가 보라색 페인트 통을 흔든다. "돌아봐, 자기. 내가 칠해줄게."

에이드리언이 콧방귀를 뀌고 사이먼은 고분고분하게 돌아서며 싱글거린다. 그는 이미 취했다. 바닥을 향해 몸을 굽히고 치켜든 엉덩이를 레이디 쪽을 향해 흔든다. 레이디가 환호성을 지른다. 랜스가 라디오를 켜고─시크의 〈르 프리크〉가 흐른다─에이드리언이 파우치에서 튜브에 담긴 보라색 화장품을 꺼낸다. 그가 사이먼의 얼굴을 맡는다. 색료를 섞은 파운데이션을 콧구멍 라인과 이마와 머리카락 경계선에 펴바르고 다음으로 귓불에 바른다. 아홉시 조금 전에 작업을 마친다. 사람들이 열을 맞추고 클럽 안으로 입장할 시간이다.

이 이른 시간에도 퍼프는 붐빈다. 순간 사이먼의 눈이 어두워진다. 샌프란시스코에 대한 그의 가장 거친 환상 속에서도 이런 일은 없었다. 클라라의 스미노프가 아니었으면 그는 이미 돌아서서 공상과학 게이 포르노에서 도망치는 엑스트라처럼 클럽을 뛰쳐나가 집으로 들어갔을 것이다. 그러는 대신, 다른 남자들이 흩어져 각자 자리를 잡는 동안 6번 기둥 뒤에 자리를 잡는다. 키가 가장 큰 레이디가 다른 남자들을 하나씩 단상 위로 들어올려준다. 운동선수 같은 리치는 기운이 넘친다. 주먹쥔 손을 하늘 높이 든 채 위아래로 껑충껑충 뛰고 간혹 가상의 밧줄을 머리 위로 휙휙 돌리기도 한다. 랜스는 엉뚱하고 사랑스럽다. 그의 단상 밑에는 일찌감치 팬들이 몰려들어 버스스톱과 펑키치킨*을 추는 그에게 환호를 보내고 있다. 콜린은 퀘일루드**에 취해서 축 늘어져 흐느적거리고, 이따금 팔을 들어 마임을 하듯이 허공에서 손바닥을 움직인다. 에이드리언은 에어험핑***을 하고 두 손으로 가랑이를 훑는다. 사이먼은 그들을 보면서 그게 딱딱해지지 않도록 애쓴다.

뒤에서 레이디가 나타난다. "올라갈 준비 됐어?" 그녀가 속삭인다.

"응." 대답을 하자마자 사이먼은 불쑥 솟아오른다. 레이디가 두 손으로 그의 허리를 단단히 잡아 단상 위에 올려준다. 그리고 손을 놓자, 그는 멈칫한다. 관객들의 호기심어린 시선이 꽂힌다.

"새로 온 아입니다. 박수 주세요!" 리치가 건너편에서 소리친다.

군데군데서 박수와 환호성. 음악이 점점 커진다. 아바의 〈댄싱 퀸〉이다. 사이먼은 숨을 크게 들이쉰다. 엉덩이를 왼쪽으로 뺐다가 오른쪽으로 빼보지만 에이드리언처럼 동작이 매끄럽지 않다. 학교 무도회의 모범생 여자애처럼 삐거덕거리고 어색하다. 다시, 이번에는 리치처럼 점프해본다. 자연스러워지긴 했지만, 리치랑 너무 똑같이 보일지 모른다. 그는 한 손으로 사람들을 가리키며 다른 쪽 어깨를 등뒤로 돌린다.

"자기야, 가자!" 흰색 탱크톱에 청반바지를 입은 흑인 남자가 소

---

* 1970년대에 유행한 춤 동작.
** 진정제 메타콸론의 상표명.
*** 성교를 하듯 허공에서 허리를 앞뒤로 흔드는 동작.

리친다. "더 잘할 수 있잖아!"

사이먼은 입이 마른다. "긴장 풀어." 뒤에서 레이디가 말한다. 아직 자기 기둥으로 안 갔구나. "어깨를 내려." 자기도 모르는 사이 어깨가 귀까지 올라와 있었다. 어깨에서 힘을 빼자 목도 풀리고 다리도 유연해진다. 부드럽게, 엉덩이를 흔든다. 고개를 까딱거린다. 다른 댄서들을 따라하는 대신 음악에 귀를 기울이자 온몸이 리듬 속에 빠져든다. 달리기를 할 때처럼. 심장박동은 세지만 안정적이다. 머리에서 발끝까지 전기가 흐르면서 이대로 계속하라고 그를 종용한다.

다음날 출근보고를 하려고 가보니 베니는 바를 행주질하고 있다. "저 어땠어요?"

베니는 눈썹을 치켜올릴 뿐 시선은 들지 않는다. "하긴 했지."

"무슨 뜻이에요?"

조각같이 아름다운 댄서들과 함께 춤추던 순간, 사람들에게 사랑받던 순간의 감정을 떠올리면 사이먼은 아직도 취한 기분이 든다. 잠시였지만 탈의실에서는 친구도 있었다. 집 생각도 나지 않았고, 엄마 생각도, 아버지가 이 사람들을 어떻게 볼까 하는 생각도 나지 않았다.

베니가 바 뒤쪽에서 스펀지를 꺼내 엉겨붙은 설탕시럽을 문질러 닦아내기 시작한다. "너 전에 춤은 춰봤어?"

"네, 춰봤죠. 당연하죠."

"어디서?"

"클럽이요."

"클럽이라. 누가 널 구경하진 않았을 거야. 맞지? 그냥 많은 사람들 중에 하나였겠지? 근데, 이제는 사람들이 널 봐. 내 애들? 걔들은 춤을 출 줄 알아. 잘 추지. 너도……" 그가 스펀지를 든 손으로 사이먼을 가리킨다. "걔들만큼은 해야 해."

사이먼은 자존심이 상한다. 물론, 좀 뻣뻣했을 수 있지. 하지만 마지막엔 다른 댄서들 못지않게 잘 췄는데. 아닌가?

"콜린은요?" 그는 콜린의 단순한 움직임, 그 마임 연기를 대담하게 흉내내며 묻는다. "콜린도 잘하는 거예요?"

"콜린은," 베니가 말한다. "자기만의 스타일이 있어. 예술가 타입들은 걔 엄청 좋아해. 너도 너만의 스타일이 필요해. 네가 어젯밤에 한 거? 바지에 벌레 들어간 사람처럼 단상에서 왔다갔다하는 거? 그건 아니지."

"저기요. 그래도 못하는 건 아니잖아요. 난 금방 배워요."

"그래서? 배우는 건 누구든지 해. 바리시니코프, 누레예프, 그 사람들을 봐. 배워서 하는 게 아니지. 뭐가 더 있다고. 그들은 예술가니까. 너 잘생겼어. 그건 두말할 필요가 없지만 여기 오는 놈들은 다 기준이 있고, 그거 따라잡으려면 외모 이상의 뭔가가 필요할 거다."

"예를 들면?"

베니가 숨을 내쉰다. "존재감. 카리스마."

사이먼은 베니가 금전등록기를 열고 전날 밤의 수입을 세는 모습을 지켜본다. "그럼 잘리는 거예요?"

"아니, 자른다는 게 아니야. 그런데 수업은 하나 들었으면 좋겠

어. 움직이는 법을 배워. 처치랑 마켓 스트리트가 만나는 모퉁이에
댄스교습소가 있어. 발레교습소. 거긴 남자가 많으니까 여자들하
고 몰려다닐 일도 없을 거야."

"발레요?" 사이먼이 웃는다. "이거 왜 이래요. 그건 내 취향 아
니에요."

"여긴 취향에 맞고?" 베니가 두꺼운 지폐 뭉치 두 다발을 꺼내
고무줄로 감는다. "넌 지금 안전지대 밖이야, 꼬마야. 그건 분명하
지. 남들보다 좀더 노력한다면 뭘 해야겠어?"

4

길에서 보면 '샌프란시스코 발레 아카데미'는 좁은 흰색 문밖에 없다. 사이먼이 높은 계단을 올라 오른쪽으로 들어가자 접수대와 작은 대기실이 나온다. 나무바닥은 삐걱거리고, 샹들리에는 먼지가 복슬복슬하게 앉았다. 발레 무용수들이 이렇게 시끄러울 줄은 몰랐는데, 여자들은 벽에 기대 스트레칭을 하면서 삼삼오오 수다를 떨고 검은 타이츠를 입은 남자들은 대퇴사두근을 마사지하면서 서로에게 큰 소리로 말한다. 접수원이 그를 12~30세 혼합반에 등록해주며—"체험수업은 무료예요"—분실물 보관함에서 검정색 발레슈즈 한 켤레를 찾아 건네준다. 사이먼은 앉아서 발레슈즈를 신는다. 몇 초 후, 그의 뒤에서 프랑스식 문이 쾅 열렸다. 남색 레오타드를 입은 십대 여자애들이 쏟아져나온다. 다들 머리카락을 뒤로 잔뜩 당겨서 눈썹이 치켜올라갔다. 그들 뒤로 보이는 연습실이 학생식당만큼이나 넓다. 사이먼은 길을 비켜주려고 벽에 바짝 붙는다. 계단으로 뛰어내려가지 않기 위해서 모든 의지력을 끌어모은다.

다른 무용수들이 가방과 물병을 집어들고 연습실로 느릿느릿 들어가기 시작한다. 천장이 높고 바닥은 닳은 연습실은 단상에 피아노가 놓인 오래되고 품위 있는 공간이다. 학생들이 벽 쪽에 있는 금속바를 중앙으로 옮기자 나이든 남자 하나가 연습실에 들어선다. 나중에 사이먼은 이 사람이 아카데미의 관장인 갈리라는 것, 이스라엘에서 망명해 샌프란시스코 발레단에서 활동하다 허리 부상으로 은퇴했다는 사실을 알게 된다. 나이는 사십대 후반으로 보이는데, 힘찬 걸음걸이에 몸은 체조선수처럼 밀도가 높은 듯하다. 머리는 매끈하게 밀었고 다리 역시 그렇다. 길이가 짧은 적갈색 유니타드를 입어서 근육줄기가 선명한 매끈한 허벅지가 드러났다.

그가 바에 손을 올리자 연습실이 조용해진다.

"1번 포지션." 갈리가 말하면서 두 뒤꿈치가 서로 닿도록 발을 바깥쪽으로 벌린다. "두 팔은 준비하고 갑니다. 플리에 하나, 펴고 둘. 팔 들고 셋, 그랑플리에로 내려가고 넷, 다섯, 팔은 앙바, 일어나고 일곱, 탕뒤하고 여덟에 2번 포지션으로."

차라리 네덜란드어로 하는 편이 나았을지 모르겠다. 플리에가 끝나기도 전에 사이먼은 무릎이 화끈거리고 발가락에 쥐가 난다. 수업이 진행될수록 난관이다. 데가제와 롱드장브, 발가락으로 바닥에 크게 원을 그리고 발을 띄워서 또 원을 그리는 동작. 피루엣과 프라페. 데벨로페, 다리가 몸에서 펼쳐져나갔다가 다시 몸을 감싸듯 돌아오는 동작. 그리고 그랑바트망, 크게 점프하기 전에 골반과 햄스트링을 준비시키는 동작. 사십오 분간의 지극히 고통스러운 준비운동이 끝나고 앞으로 또 그만큼의 시간을 계속하는 건 불가능하다는 생각이 들 무렵 무용수들이 바를 치우고 갈리가 '중앙'이라고 부르는 곳, 일사분란하게 방을 가로질러다닐 때 중심이 되는 곳으로 열을 맞추어 이동한다. 갈리는 주로 걸어다니면서 리듬을 타기 위해 아무 말이나 외치는데—"바디다덤! 다피파펨!"—연속으로 피루엣을 하는 중에 어느새 사이먼 옆에 와 있다.

"맙소사." 그의 눈은 어둡고 움푹 들어가 있지만 춤을 춘다. "뭐, 빨래하는 날이야?"

사이먼은 처음 샌프란시스코에 올 때 버스에서 입고 있었던 줄무늬 칼라셔츠에 달리기용 반바지 차림이다. 수업이 끝나자마자 남자화장실로 달려들어간 그는 검정색 슈즈를 벗고—발바닥이 벌써 부어 있다—변기에 토한다.

화장지로 입을 문질러 닦고는 헐떡이면서 벽에 기대 있다. 미처 칸막이 문을 닫지 못해서 무용수 하나가 화장실에 들어오다 급히 멈춘다. 지금껏 사이먼이 직접 본 사람 중 단연코 가장 아름다운 사람이다. 마치 오닉스를 조각한 것처럼, 짙디짙은 검은 피부. 얼굴은 동그랗고, 넓은 광대뼈는 날개 같은 굴곡을 그린다. 작은 은색 고리가 한쪽 귓불에 달려 있다.

"저기." 남자의 이마에서 땀이 똑똑 떨어진다. "괜찮아?"

사이먼은 고개를 끄덕이며 더듬더듬 그를 지나친다. 긴 계단을 내려와서는 멍하니 마켓 스트리트를 배회한다. 기온은 20도쯤, 바람이 분다. 그는 충동적으로 셔츠를 벗고 머리 위로 팔을 뻗는다. 가슴에 산들바람이 닿자 뜻밖의 희열이 차오른다.

아름다운 마조히즘이다. 그가 방금 한 일은. 열다섯 살에 출전해

우승했던 하프마라톤보다도 힘들었다. 오르막, 쿵쾅거리는 발소리, 그 중심에서 허드슨강을 따라 달리며 헐떡이던 자신. 그는 뒷주머니에 쑤셔넣었던 검정색 슈즈를 만져본다. 그것이 그를 도발하는 것 같다. 다른 남자 무용수들처럼 돼야 해. 전문적이고, 위엄 있고, 그 누구보다도 강인하게.

6월이 되자 카스트로 스트리트가 만개한다. 6호 발의안* 소책자가 이파리처럼 거리에 휘날리고, 화분 주위에 꽃잎이 수북이 쌓여 성가실 정도다. 6월 25일, 사이먼은 퍼프의 다른 댄서들과 함께 프리덤 퍼레이드에 간다. 한 도시는 고사하고 나라 전체에 이렇게 많은 게이가 존재하는지 몰랐는데, 여기 이십사만 명이 퍼레이드의 시작을 알리는 다이크 온 바이크**를 지켜보고 최초의 무지개 깃발이 하늘 높이 나부끼자 환호한다. 하비 밀크***가 움직이는 볼보의 선루프 밖으로 상반신을 내민다.

"지미 카터!" 밀크가 빨간색 확성기를 높이 쳐들고 외치자 사람들의 물결이 포효한다. "당신은 인권이 중요하다고 하는데! 이 나라에 게이 인구가 천오백만에서 이천만입니다. 대체 이들의 권리는 언제 얘기할 겁니까?"

---

* 법안의 제정 또는 수정, 폐지에 대해 의원이 제안하는 안. 1978년의 6호 발의안은 캘리포니아의 공립학교에서 게이와 레즈비언을 교원으로 채용할 수 없도록 하는 내용이었다.
** 오토바이를 타는 레즈비언들의 모임으로, 항상 퀴어 퍼레이드의 선두에 선다.
*** 1977년 샌프란시스코 시의원에 당선된 미국 최초의 게이 정치인.

사이먼은 리치의 굵은 근육질 허리에 다리를 감은 채 랜스에게 키스하고, 그다음으로 리치에게 키스한다. 그는 인생에서 처음으로 데이트를—대체로 섹스가 전부이긴 하지만 그는 데이트라고 부른다—하고 있다. 아이빔의 고고 댄서와, 그리고 카페 플로어의 바리스타와. 바리스타는 성격이 온화한 대만 사람인데, 사이먼의 엉덩이를 너무 세게 때려서 몇 시간이고 붉은 기가 빠지지 않는다. 멕시코인 가출소년에게 푹 빠져서 돌로레스공원에서 지극히 행복한 나흘을 보내기도 한다. 나흘째 되는 날 녹색과 분홍색이 섞인 세바스티안의 챙모자 옆에서 혼자 깨어난 후에는 그를 다시 보지 못한다. 그 외에도 많다. 조지아주 앨러파하 출신의 치료중인 중독자, 항상 스피드*에 취해 있는 사십대의 〈크로니클〉 기자, 사이먼이 본 중 가장 좆이 큰 호주인 승무원 등.

평일에 클라라는 일곱시 전에 일어나 굿윌**에서 산 칙칙한 베이지색 치마정장 두 벌 중 하나를 입는다. 그녀는 처음에는 보험회사로, 그다음에는 치과로 파견을 나간다. 일을 마치고 돌아올 때면 너무 가라앉아 있어서 사이먼은 그녀가 첫잔을 마실 때까지 그녀를 피한다. 치과의사가 마음에 안 들어, 그렇게 그녀는 말하지만 아무리 그래도 사이먼이 거울을 보거나 퍼프에서 일을 마치고 돌아올 때—반쯤 잠에 빠져 황홀한 여운을 느끼며, 다리에는 보라색 페인트가 개울물처럼 흘러내리는 상태로—분노하는 까닭을 설명하기에는 부족하다. 음성메시지 때문일까 사이먼은 생각한다. 메

---

* 마약의 한 종류인 메스암페타민.
** 동명의 자선단체에서 기금을 마련하기 위해 운영하는 중고품 할인매장.

시지가 매일 온다. 거티의 감정적인 이야기, 대니얼의 변호사 같은 주장, 그리고 기말고사를 마치고 집으로 돌아온 바르야의 갈수록 절박해지는 애원.

"사이먼, 네가 돌아오지 않으면 나 대학원 미뤄야 해." 바르야가 말한다. 목소리가 떨린다. "누군가는 엄마랑 있어줘야 해. 그게 왜 항상 나여야 하는지 정말 모르겠어."

가끔은 손목에 전화선을 감은 채 그들 중 누군가에게 이해를 구하는 클라라와 마주친다.

"가족이잖아." 통화가 끝나고 그녀가 사이먼에게 말한다. "언젠가는 대화를 해야 해."

지금은 아냐, 사이먼이 생각한다. 아직 아냐. 그들과 이야기를 한다면, 그들의 목소리가 따뜻하고 행복한 바다에서 부유하는 그를 끄집어내 숨이 막힌 채 물을 뚝뚝 흘리는 상태로 마른땅에 내동댕이칠 것이다.

7월의 어느 월요일 오후, 아카데미에서 돌아오니 클라라가 매트리스에 앉아서 실크스카프를 가지고 놀고 있다. 그녀의 뒤로 창문틀에 붙여놓은 외할머니 사진이 보인다. 그 기이한 여자의 왜소한 체구와 매서운 시선은 볼 때마다 께름칙하다. 그녀는 동화 속 마녀를 떠올리게 한다. 뭔가 사악한 데가 있어서가 아니라, 그 모습이 아이도 어른도 아닌 것 같아서, 여자도 남자도 아닌 것 같아서다. 그녀는 그 사이의 무언가다.

"여기서 뭐해?" 그가 묻는다. "일 나갈 시간 아니야?"

"그만둘 거야."

"그만둔다고?" 사이먼이 천천히 말한다. "왜?"

"그 일이 싫으니까." 클라라가 스카프 한 장을 왼손 주먹에 쑤셔넣는다. 그리고 반대쪽 끝을 잡아당기자 검은색이었던 스카프가 노란색으로 바뀐다. "뻔하잖아."

"그럼 다른 일을 구해. 나 혼자서는 집세를 못 내."

"나도 알아. 구할 거고. 그래서 지금 연습하는 거잖아." 그녀가 사이먼을 향해 스카프를 흔들어댄다.

"바보 같은 짓 하지 마."

"꺼져." 그녀는 스카프 두 장을 집어 검은색 상자에 처박는다. "너만 하고 싶은 대로 할 권리가 있는 줄 알아? 네가 이 도시 전체를 거지같이 만들고 있어. 스트립쇼를 하고 발레를 하면서. 그래도 난 아무 말 안 했어. 누구한테 나를 막을 권리가 있는지 몰라도 적어도 사이먼 너는 아냐."

"나는 돈을 벌잖아. 안 그래? 적어도 나는 내 몫을 다하고 있어."

"이 카스트로 게이들." 클라라가 그에게 삿대질을 한다. "니들은 니들 생각만 해."

"뭐?" 그가 말한다. 따끔따끔하다. 클라라는 한 번도 이런 식으로 말한 적이 없다.

"생각해봐, 사이먼. 카스트로가 얼마나 성차별적인지! 그러니까, 그 여자들은 다 어디 있지? 레즈비언들은 어디 갔냐고?"

"네가 무슨 상관인데? 이젠 레즈비언이야?"

"아니." 클라라가 말한다. 고개를 내저을 때 그녀의 얼굴은 거의 서글퍼 보인다. "난 레즈비언이 아니야. 그렇다고 게이도 아니지. 심지어 이성애자도 아니야. 그러면 내가 있을 곳은 어디지?"

눈이 마주치자 사이먼은 눈길을 돌린다. "내가 어떻게 알아?"

"난 어떻게 알겠어? 최소한, 나만의 쇼를 시작한다면 노력했다고 말할 수는 있겠지."

"너만의 쇼?"

"그래." 클라라가 매섭게 대답한다. "나만의 쇼. 네가 이해해줄 거라고 생각하지 않아, 사이먼. 네가 다른 사람 걱정을 해줄 거라고도 생각하지 않고."

"같이 가자고 설득한 건 너잖아! 정말 다른 식구들이 싸우지도 않고 곱게 보내줄 줄 알았어? 우릴 그냥 놔둘 줄 알았냐고?"

클라라의 턱에 힘이 들어간다. "그런 생각으로 말한 거 아니야."

"그럼 도대체 무슨 생각인데?"

클라라는 대니얼이 약을 올릴 때면 그랬듯 햇볕에 그을린 산호색으로 뺨이 물들지만 침묵을 지킨다. 사이먼의 눈치를 보는 것처럼. 자기검열은 클라라답지 않다. 눈을 피하는 건 더더욱 그녀답지 않은 일인데, 지금은 눈을 피하며 쓸데없이 온 정신을 다해 검은색 상자를 잠근다. 사이먼은 5월에 옥상에서 했던 대화를 떠올린다. 샌프란시스코로 갈 수도 있어, 그녀는 그 생각이 방금 떠오른 것처럼, 스스로도 무슨 소리를 하고 있는지 모르는 것처럼 말했다.

"이게 문제야." 사이먼이 말한다. "생각을 안 해. 뭐에 빠지기도 잘하고 나를 꼬드겨서 데리고 다니는 것도 잘하는데, 결과가 어떻게 될지는 전혀 생각을 안 한다고. 그게 아니면 생각은 하는데 신경을 안 쓰거나, 코앞에 닥치기 전까지. 그래놓고 이제 나를 탓해? 그렇게 별로면 다시 돌아가지그래?"

클라라가 일어서서 성큼성큼 부엌으로 간다. 씻지 않은 그릇이 싱크대에 쌓이다못해 조리대에까지 쌓이기 시작했다. 그녀는 물을 틀고 스펀지를 쥐고 문지른다.

"난 이유를 알아." 사이먼이 그녀를 따라가서 말한다. "대니얼이 옳았다는 뜻일 테니까. 네가 계획 없이 산다는 뜻일 테니까—그건 곧 네가 스스로는, 가족들하고 떨어져서는 삶을 꾸려나갈 수 없다는 거니까. 실패했다는 뜻이니까."

그는 그녀를 도발하고 있다. 누나가 뭔가를 참는 게 무엇이든 터뜨리는 것보다 더 불안해서다. 그러나 클라라의 입은 열리지 않고, 스펀지를 쥔 손가락 마디만 핏기가 가셔 하얗게 변해간다.

이기적이었다, 사이먼도 알고 있다. 사실은 가족 생각이 하루도 빠지지 않고 머릿속에서 웅웅거린다. 그가 계속 아카데미에 다니는 건 가족 때문이라고 말할 수도 있다. 무절제에 지배당한 삶은 아니라는 걸 증명하기 위해서, 원칙과 자기계발도 있음을 증명하기 위해서니까. 그는 죄책감을 한 번의 점프로, 한 번의 리프트로, 완벽한 턴으로 승화한다.

물론 사이먼이 발레를 하고 있다는 사실을 알았다면 솔은 분명 경악했을 것이므로 모순적인 생각이다. 하지만 사이먼은 아버지가 살아서 직접 보러 올 수 있다면 발레가 사실 얼마나 힘든지 알게 될 거라고 확신한다. 포인트 자세를 잡는 데 여섯 주가 걸렸고, 턴아웃의 개념을 이해하는 데는 더 오랜 시간이 걸렸다. 하지만 여름이 끝날 무렵에는 몸이 전처럼 많이 아프지 않게 되었고, 갈리의 관심에서 더 큰 지분을 차지하게 되었다. 그는 연습실의 리듬이 좋고, 갈 곳이 있다는 사실이 좋다. 아주 잠깐씩이지만 연습실이 마치 집처럼, 또는 가족처럼 느껴진다. 다른 무용수들에게도 마찬가지다. 보는 사람의 숨이 턱 막히는 실력으로 전에는 런던 왕립발레단 수강생이었던 열일곱 살 토미에게도, 8회 연속 피루엣을 할 수 있는 미주리 출신 보에게도, 베네수엘라에서 히치하이킹으로 콩트럭을 타고 북쪽으로 올라온 쌍둥이 에두아르도와 파우시에게도.

이 네 사람은 모두 아카데미의 발레단인 코어 소속이다. 많은 발레단에서 남성 무용수는 싱거운 동화 속 왕자 혹은 배경의 가구나 다름없는 조연 역할을 맡는데, 갈리의 안무는 현대적이고 곡예에 가까운데다 열두 명의 코어단원 일곱이 남자다. 로버트도 그중 하나다. 사이먼이 구토할 때 봤던, 그후로 한 번도 눈을 마주치지 못한 그 남자. 로버트는 그를 전혀 못 알아보는 눈치다. 수업 전에 다른 사람들은 모두 함께 스트레칭을 하는데 그는 꼭 창가에서 혼자 준비운동을 한다.

"거만하기는." 보가 말을 길게 늘리며 말한다.

8월 하순, 한랭전선이 카스트로에도 선셋 지구의 안개를 몰고 왔고, 사이먼은 흰색 티 위에 맨투맨티를 입고 검은색 타이츠를 신었다. 오른쪽 발목을 돌리다 뚝뚝 소리가 나자 얼굴을 찌푸린다. "걔 뭐야?"

"호모냐고?" 토미가 양 허벅지를 주먹으로 두드리며 묻는다.

"백만 달러짜리 질문이야." 보가 낮은 소리로 말한다. "나도 궁금하다."

로버트가 눈에 띄는 건 혼자 다녀서만은 아니다. 그의 점프는 다른 누구보다 훨씬 높고, 그의 턴은 보 정도만 상대가 되고("씨발놈." 자신이 여섯 바퀴를 돌 때 로버트가 여덟 바퀴를 돌면 보가 이렇게 중얼거린다), 그리고 물론, 흑인이다. 백인들의 카스트로에서 흑인일 뿐 아니라, 흑인 발레리노라는 점에서 더 희귀한 존재다.

사이먼은 갈리의 최신작인 〈인간의 탄생〉을 리허설하는 로버트를 보려고 수업이 끝나도 가지 않는다. 남자 다섯이 몸을 이용해 관을 만든다. 양 무릎은 구부려 서로 닿게 하고 등을 뒤로 말고, 머리 위에서 자기 팔꿈치와 옆 사람의 팔목을 잡아 맞물린다. 로버트가 '인간'이다. 산파 역인 보의 안내를 받아 관 속을 헤치고 나아간다. 작품은 로버트가 관 앞머리로 나와 전율의 독무를 추는 것으로 끝난다. 짙은 갈색 티팬티만 입은 채로.

코어는 샌프란시스코만의 군 건물을 개조한 포트메이슨의 상자 무대극장*에서 공연하고 있다. 그곳에서 리허설을 시작할 때부터 사이먼은 보조를 자처하고 가서 갈리의 지시사항을 받아적거나 필요한 표시들을 무대에 붙인다. 어느 오후, 그는 부두에서 담배 피우는 로버트를 보기 위해 서성거린다. 로버트가 인기척을 느끼고 돌아보고는 다가갈 용기가 날 만큼 상냥하게 고개를 끄덕인다. 꼭 그를 불렀다고 할 수는 없지만, 사이먼은 어느새 부두 끝으로 걸어가 걸터앉는다.

"담배?" 로버트가 담뱃갑을 내밀며 사이먼에게 묻는다.

"좋지." 사이먼은 놀란다. 로버트는 건강관리에 철저한 것으로 유명하다. "고마워."

갈매기들이 울면서 머리 위를 선회한다. 비릿하고 짭짤한 바다 내음이 사이먼의 코를 가득 채운다. 그는 목청을 가다듬는다. "안

---

* 검은 벽과 평평한 바닥으로 이루어져 자유롭게 무대와 객석을 설치할 수 있는 극장.

에서 되게 멋있었어."

로버트가 고개를 젓는다. "투르 때문에 너무 괴로워."

"투르주테?" 사이먼은 이 용어를 용케 기억해낸 데 안도하며 묻는다. "내가 보기엔 굉장하던데."

로버트가 미소 짓는다. "후하네."

"아니야. 정말이야."

말을 내뱉자마자 후회한다. 무슨 바보 같은 팬도 아니고 너무 아부하는 것 같았다.

"좋아." 로버트의 눈이 반짝인다. "한 가지만 고친다면?"

사이먼은 뭔가 생각해내고 싶어 안달이 난다—일종의 어필이 될 수 있을 테니까. 하지만 그에게 로버트의 춤은 흠잡을 데가 없다. 대신, 그는 이렇게 말한다. "조금만 더 친절해져봐."

로버트가 얼굴을 찡그린다. "내가 친절하지 않다는 거구나."

"응, 별로. 넌 준비운동도 혼자서 하잖아. 나한테 말 한 번 안 걸고. 물론……" 사이먼이 덧붙인다. "나도 너한테 말 안 걸었지만."

"공평하네." 로버트가 말한다. 둘은 편안한 침묵 속에 앉아 있다. 계선주들이 물에서 자란 나무의 줄기처럼 물 밖으로 솟아 있다. 그중 하나에 새 한 마리가 앉아 독재자처럼 꽥꽥 울다가 묵직하게 펄럭이는 소리를 내며 떠나면 다음 새가 앉아 있다 떠나기를 반복한다. 사이먼이 이 광경을 지켜보고 있을 때 로버트가 몸을 돌려 고개를 낮추고는 그의 입에 키스한다.

사이먼은 어안이 벙벙하다. 조금이라도 움찔하면 저 갈매기처럼 로버트가 날아가버릴까봐 꼼짝도 하지 않는다. 로버트의 입술은 두툼하고 맛있다. 땀과 담배, 아주 약간의 소금 맛이 난다. 사이먼은 눈을 감는다. 만약 부두가 받쳐주지 않았다면 정신을 잃고 물속으로 빠져버릴 것이다. 로버트가 뒤로 몸을 빼자 사이먼이 앞으로 몸을 내민다. 다시 그를 찾으려는 듯. 그러다 균형을 잃을 뻔한다. 로버트가 웃으며 사이먼의 어깨에 손을 얹어 잡아준다.

"몰랐어……" 사이먼이 고개를 저으며 말한다. "난 몰랐어. 네가…… 날 좋아하는지."

남자를 좋아하는지, 라고 말할 뻔했다. 로버트가 어깨를 으쓱한다. 장난스러워 보이진 않는다. 그는 생각을 하고 있다. 눈은 먼 데 있는 무언가를 뚫어지게 보고 있다. 샌프란시스코만의 한가운데쯤을. 그러고는 사이먼에게 돌아온다.

"나도 몰랐어." 그가 말한다.

5

그날 저녁 사이먼은 기차를 타고 집으로 간다. 로버트의 입을 생각하니 너무 흥분이 돼서 머릿속에는 온통 어서 가서 문을 열고 자기 물건을 손에 쥐고 그 믿을 수 없이 강력한 키스의 힘을 떠올리며 펌프질해야겠다는 생각뿐이다. 블록을 반쯤 내려가서야 아파트밖에 주차된 경찰차가 눈에 들어온다.

경찰관 한 명이 보닛에 기대서 있다. 가늘고 긴 몸에 머리는 붉고, 나이가 많아봐야 사이먼보다 조금 많아 보인다. "사이먼 골드?"

"네." 사이먼이 걷는 속도를 줄이며 말한다.

경찰관이 차 뒷문을 열고 과장된 몸짓으로 허리를 숙인다. "먼저 타시지요."

"네? 왜요?"

"서에 가서 얘기하지."

사이먼은 더 물어보고 싶지만 그러다 경찰이 몰랐던 것까지 말하게 될까봐 두렵기도 하고—만약 사이먼이 미성년자 신분으로 퍼프에서 일하는 걸 모르고 있다면 절대 스스로 밝혀서는 안 된다—침도 겨우 삼키는 상태다. 뭔가 주먹만하고 단단한, 무화과 같은 게 목구멍에 걸린 느낌이다. 뒷좌석은 딱딱한 검은색 비닐 소재로 돼 있다. 앞좌석에서 붉은 머리가 몸을 돌려 사이먼을 뚫어져라 쳐다보고는 방음벽을 밀어닫는다. 미션 스트리트 경찰서 앞에 차가 서고, 사이먼은 경찰관을 따라 안으로 들어가 미로 같은 방들과 제복 차림의 사람들을 지난다. 두 사람은 플라스틱 탁자와 의자 두 개가 있는 작은 조사실로 들어간다.

"앉아." 경찰관이 말한다.

탁자 위에 흠집이 많은 검은색 전화기가 놓여 있다. 경찰관이 셔츠 주머니에서 구겨진 종이쪽지를 꺼내고는 한 손으로 다이얼을 빠르게 누른다. 그러고는 사이먼에게 수화기를 내밀지만, 불안한 사이먼은 전화기만 쳐다보고 있다.

"뭐해, 둔탱아?" 경찰이 묻는다.

"좆까." 사이먼이 중얼거린다.

"뭐라고?"

경찰관이 그의 어깨를 밀친다. 의자가 뒤로 밀려 사이먼은 바닥에 발을 딛으려고 허둥지둥한다. 탁자로 급히 다가가서 수화기를 향해 손을 뻗는데 왼쪽 어깨가 욱신거린다.

"여보세요?"

"사이먼."

그럼 그렇지. 이렇게 멍청하다니 스스로가 너무 한심하다. 그 즉시 경찰관도 눈에 안 보이고 어깨의 통증도 사라진다.

"엄마." 그가 말한다.

끔찍하다. 거티가 솔의 장례식 때처럼 울고 있다. 목구멍을 긁고 올라오는 묵직한 울음소리를 듣고 있으니 거티의 뱃속에 밖으로 끌어낼 수 있는 물리적 흐느낌 덩어리 같은 것이 있는 듯 느껴진다.

"네가 어떻게 그럴 수가 있어?" 그녀가 묻는다. "어떻게 그러냐고?"

그는 눈살을 찌푸린다. "미안해."

"미안해야지. 그럼 돌아오는 거다."

그녀의 목소리에 비꼬는 기색이 있다. 전에 들어는 봤지만 그를 향한 적은 없었던 목소리. 그의 인생 최초의 기억은 두 살 때 엄마 무릎을 베고 누워 있고 엄마가 그의 곱슬머리를 쓸어주는 것이다. 천사 같고, 그녀가 혀를 똑똑 차며 말한다. 케루빔* 같고. 그렇다, 그는 그들을, 모두를 떠났다. 하지만 누구보다도 그녀를 떠났다.

그럼에도 불구하고.

"미안해. 내가 잘못했어. 엄마를 두고 가버린 거. 그런데 나는 못…… 나는 안……" 말이 안 나온다. 다시 시도한다. "엄마도 엄마 인생은 엄마가 선택했잖아. 나도 내 인생은 내가 선택하고 싶어."

"세상에 그런 사람은 없어. 난 분명히 안 그랬다." 거티가 웃는다. 목구멍을 긁는 소리. "이런 거야. 네가 어떤 선택을 하지, 그러면 그것들이 선택을 해. 네 선택이 선택을 낳는 거라고. 대학에 가면—세상에, 고등학교 졸업부터 해야지—네가 성공할 확률을 높

---

* 구약성서에서 지식을 맡은 천사.

이는 한 가지 요인이 더 생기는 거야. 네가 지금 하는 짓, 그게 어떤 빌어먹을 결과를 낳을지 난 모르겠다. 너도 모를 테고."

"그래서 그래요. 난 몰라도 괜찮아요. 차라리 모르는 게 좋아요."

"나는 너한테 시간을 줬어." 거티가 말한다. "나 자신한테 그냥 기다리자, 하면서, 기다리면 네가 정신을 차릴 거라고, 그렇게 생각하면서. 하지만 넌 아니었지."

"나 정신 차렸어요. 여기 이렇게 멀쩡하다고요."

"사업이 신경쓰이긴 하니?"

사이먼은 열이 오른다. "그게 엄마가 걱정하는 거예요?"

"가게 이름이," 거티가 띄엄띄엄 말한다. "바뀌었어. 골드가 아니고 이제 밀라베츠다. 아서 게 됐다고."

사이먼은 부끄러움이 밀려오는 걸 느낀다. 그래도 아서는 항상 솔에게 미래를 생각해야 한다고 조언했다. 솔의 전문분야는—우스티드 개버딘 슬랙스, 옷깃과 바지통이 넓은 정장—사이먼이 태어났을 무렵에는 이미 철지난 유행이었고, 아서의 손에서 사업이 계속 이어질 거라고 생각하면 다소 안심이 된다.

"아서가 잘할 거예요." 그가 말한다. "유행을 잘 따라잡을 테니까."

"적합하냐는 상관없어. 가족이냐가 문제지. 널 위해 뭐든 하는 사람들을 위해서 해야 하는 일도 있는 법이야."

"자기 자신을 위해 해야 하는 일도 있어요."

그는 엄마에게 이런 식으로 말해본 적이 없다. 하지만 어떻게든 설득하고 싶다. 엄마가 아카데미에 자신을 보러 오고, 접이식 의자에 앉아 그의 점프와 턴을 보면서 박수치는 모습을 상상한다.

"아, 그래. 세상엔 자기 자신을 위해 해야 하는 일도 많지. 클라라가 네가 무용수라고 그러더라."

그녀의 경멸이 매우 시끄럽게 수화기 밖으로 새어나가자 경찰관이 웃기 시작한다. "네, 맞아요." 사이먼이 그를 노려보며 말한다. "그게 왜요?"

"이해할 수가 없어. 네가 평생 춤추는 건 한 번도 못 봤는데."

뭐라고 대답할 수 있을까? 이건 그에게도 신비로운 일이다. 전에는 생각조차 해보지 않았던 일, 고통과 피로를 주고 꽤 자주 부끄럽게 만드는 일이 다른 무언가로 가는 관문으로 완전히 바뀌어버린다는 것. 발을 밀어 포인트 자세를 취하면 다리가 몇 센티미터나 자란다. 점프를 하면 마치 날개가 돋아난 것처럼 몇 분 동안이나 공중에 떠 있다.

"그러게요." 그가 말한다. "어쨌든 지금은 춤을 추고 있어요."

거티가 거친 한숨을 길게 내쉬고, 그러고는 조용해진다. 그리고 그 틈에─보통은 그녀가 더 많은 언쟁과 심지어 위협으로 채우는 틈에─사이먼은 그의 자유를 알아챈다. 캘리포니아에서 가출이 불법이라면 진즉 수갑을 차고 있을 것이다.

"그렇게 결정을 내린 거면," 그녀가 말한다. "나는 네가 돌아오지 않았으면 좋겠다."

"엄마는 내가…… 뭐?"

"나는 네가," 거티가 또박또박 말한다. "돌아오지 않으면 좋겠다고. 네가 선택한 거잖아, 우릴 떠났고. 그럼 그렇게 살아. 오지 마."

"이럴 수가, 엄마." 사이먼이 수화기를 귀에 바짝 누르며 작게 말한다. "오버하지 마."

"사이먼, 나는 지금 아주 현실적이야." 그녀가 잠시 말을 멈추고 숨을 들이마신다. 그 순간 낮은 찰칵 소리가 들리고, 전화가 끊긴다.

그는 한 손에 수화기를 들고 멍해져 있다. 이런 걸 원했던 거 아냐? 엄마가 그를 단념했고, 그가 일원이 되기를 갈망했던 세상에 그를 넘겨주었다. 그럼에도 불구하고 그는 치솟는 공포를 느낀다. 렌즈에서 필터가 벗겨졌고, 발밑의 안전망이 찢어졌고, 독립의 공포로 현기증이 난다.

경찰관이 그를 출구로 데려간다. 밖으로 나오자 계단 꼭대기에서 그가 사이먼의 멱살을 잡고 뒤꿈치가 떠오를 정도로 세게 끌어올린다.

그가 말한다. "가출하는 니들이 난 지긋지긋해, 어?"

사이먼이 숨을 헐떡인다. 딛을 곳을 찾아 발가락이 콘크리트바닥을 더듬는다. 경찰관은 위스키색 눈동자에 속눈썹 숱이 적고 볼은 주근깨로 덮여 있다. 이마의 머리카락 근처에는 둥근 흉터가 모여 있다.

"내가 어렸을 때 말이야." 그가 말한다. "너 같은 인간들이 빌어먹을 매일매일 한 트럭씩 실려왔어. 너 같은 애들 원치 않는다는 걸 이제 충분히 알 줄 알았는데, 네가 여기 있네. 지방덩어리처럼 시스템을 막으면서. 넌 살면서 쓸데 있는 건 전혀 안 해. 기생충처럼 이 도시에 얹혀살기나 하지. 난 선셋 지구에서 태어났고, 내 부모님도 그랬고, 부모님의 부모님도 그랬어. 우리 조상들이 아일랜드에서 온 뒤로 아주 오랫동안. 굶어죽은 조상들은 빼고도 그 정도지. 내가 속으로 무슨 생각을 하냐고?" 그가 얼굴을 바짝 들이댄다. 그의 입은 분홍색 매듭이다. "넌 무슨 짓을 당해도 싸."

사이먼이 그의 손아귀에서 휙 빠져나온다. 기침이 난다. 시야 바깥쪽에 선홍빛 섬광이 보이고, 섬광은 곧 누나가 된다. 어깨가 봉긋한 검정색 미니원피스를 입고 적갈색 닥터마틴 부츠를 신은 클라라가 계단 아래 서 있다. 머리칼이 망토처럼 뒤로 휘날린다. 빛을 뿜어내고 복수심에 불타는 슈퍼히어로 같다. 그녀는 엄마를 닮았다.

"여기서 뭐해?" 사이먼이 헐떡이며 묻는다.

"베니가 경찰차를 봤다고 했어. 여기가 가장 가까운 경찰서잖아." 클라라가 화강암 계단을 뛰어올라 경찰관 앞에 멈춰 선다. "씨발, 내 동생한테 무슨 짓이야?"

경찰관이 눈을 깜빡이다가 순간 멈춘다. 그와 클라라 사이에 사이먼은 볼 수 없고 느낄 수만 있는 무언가가 오간다. 불꽃, 열기, 금속과 같은 신랄한 분노. 클라라가 사이먼의 어깨에 팔을 두르자 젊은 경찰관이 움찔한다. 사이먼은 그가 너무 고지식하고 이 새로운 도시에 어울리지 않아 보여서 불쌍하다는 생각이 들 지경이다.

"너 이름이 뭐야?" 클라라가 눈을 가늘게 뜨고 경찰관의 파란색 셔츠에 달린 작은 배지를 응시하며 묻는다.

"에디." 남자가 턱을 들며 말한다. "에디 오도너휴."

사이먼을 감싼 클라라의 팔은 단단하고, 두 사람이 최근 주고받은 상처는 용서된다. 그녀의 보호가 주는 위안에 사이먼은 거티가 떠올라 목이 멘다. 반면 에디는 약간 늘어진 두 뺨이 아직도 발간 채 클라라를 바라보고 있다. 그녀가 신기루라도 되는 것처럼.

"기억해두겠어." 그녀가 말한다. 그러고는 사이먼을 데리고 경찰서 계단을 내려가 미션 스트리트의 심장부로 걸어들어간다. 기온이 30도인데도 보도에 늘어선 노점에 과일이 에덴처럼 그득하고, 아무도 그들을 막아서지 않는다.

6

"뭘로 할래?" 사이먼이 묻는다.

그가 작은 식료품창고를 뒤적거린다. 창고라고 하지만 사실 옷장인데, 옷장 선반에 시리얼상자와 캔수프, 술 같은 보존식품을 보관한다. "내가 만들 수 있는 건 보드카토닉, 잭콕……"

10월, 상쾌한 은회색의 나날, 아카데미 입구 계단에 놓인 호박들. 누군가가 가짜 해골에 남자 댄스벨트*를 씌우고 접수대 겸 대기실에 세워놓았다. 사이먼과 로버트는 아카데미에서 스킨십을 해왔는데—수업 전에 남자화장실이나 빈 탈의실에서 키스를 했다—로버트가 사이먼의 집에 온 건 처음이다.

로버트가 청록색 안락의자에 앉아 몸을 뒤로 기댄다. "난 술 안마셔."

---

* 발레리노 전용 속옷.

"안 마셔?" 사이먼이 옷장 밖으로 머리를 내밀고 한 손으로 문을 잡은 채 씩 웃는다. "집에 마리화나가 좀 있는데. 네가 하는 게 그건지 모르겠네."

"안 피워, 그런 건."

"나쁜 건 안 한다?"

"나쁜 건 안 해."

"남자는 제외하고." 사이먼이 말한다.

나뭇가지가 거실 창문 앞에서 흔들리면서 햇빛을 가리자 로버트의 얼굴이 전등처럼 불이 나간다. "그건 나쁜 게 아니야."

그가 일어나서 사이먼을 스쳐지나 싱크대에서 수돗물 한 컵을 받는다.

"야." 사이먼이 말한다. "이 짓거리를 숨기자고 한 사람은 바로 너야."

수업시간에 로버트는 여전히 혼자 준비운동을 한다. 로버트와 사이먼이 함께 화장실에서 나오는 현장을 목격한 보가 양 새끼손가락을 입에 물고 휘파람을 분 적은 있었지만, 보가 직접 물어봤을 때 사이먼은 아닌 척했다. 그는 로버트가 어떤 식의 공개도 못마땅해하리란 걸 눈치로 알아챘고, 로버트와 함께하는 순간들이—로버트의 낮게 소곤거리는 웃음소리, 사이먼의 얼굴을 감싸는 양손이—너무 좋아서 포기할 수 없다.

로버트는 싱크대에 기대어 있다. "얘기를 안 하는 게 숨기는 건 아냐."

"차이가 뭔데?" 사이먼이 집게손가락을 로버트 바지의 벨트 고리에 넣는다. 이런 행동을 할 용기가 생기리라고는 꿈도 꿔보지 못했는데, 샌프란시스코는 마약이다. 이곳에 온 지 겨우 다섯 달밖에 안 됐지만 십 년은 지난 느낌이다.

"연습실에 있을 때는," 로버트가 말한다. "일하는 시간이야. 조용히 있는 건 존중하는 의미에서야. 직장과 너를."

사이먼이 두 사람의 골반이 맞닿을 때까지 그를 끌어당긴다. 그리고 로버트의 귀에 입을 갖다댄다. "존중하지 말아봐."

로버트가 웃는다. "그러면 너도 싫을걸."

"아닌데." 사이먼이 로버트의 청바지 단추를 풀고 안으로 손을 밀어넣는다. 로버트의 좆을 잡고 펌프질을 한다. 그들은 아직 섹스를 하지 않았다.

로버트가 뒤로 물러난다. "야, 그렇게 하지 마."

"그렇게가 어떤 건데?"

"싸 보여."

"재밌는 거지." 사이먼이 그의 말을 정정한다. "너 딱딱해졌어."

"그러니까 뭐?"

"그러니까?" 사이먼이 되묻는다. 그러니까 모든 것을, 그는 말하고 싶다. 그러니까 함께해줘. 그러나 나오는 말은 다르다. "그러니까 짐승처럼 해줘."

〈크로니클〉기자가 사이먼에게 했던 말이다. 로버트는 또 한번 웃을 것 같더니, 입술이 일그러진다.

"우리가, 너랑 내가 하는 거?" 그가 말한다. "하나도 나쁜 게 아냐. 전혀 아냐."

사이먼의 목이 뜨거워진다. "그래, 그건 나도 알아."

로버트가 청록색 의자 등받이에 걸려 있던 재킷을 잡아채 황급히 입는다. "그래? 난 가끔 정말 모르겠어."

"야." 사이먼이 당황해서 말한다. "난 부끄럽지 않아, 네가 말하는 게 그런 거라면."

로버트가 문 옆에서 멈칫한다. "잘됐네." 그가 말한다. 그러고는 등뒤로 문을 닫고 계단 아래로 사라진다.

하비 밀크가 총에 맞을 때, 사이먼은 퍼프의 탈의실에서 직원회의를 기다리고 있다. 월요일 오전 열한시 삼십분, 직원들은 근무 외 시간에 출근한 것에 분개하고 베니가 늦어서 더욱 분개한다. 기다리는 동안 TV를 켜둔다. 레이디는 차가운 티백을 눈두덩이에 올리고 긴 의자에 누워 있다. 사이먼은 아카데미의 남자반 수업을 놓쳤다. 침울하고 지친 분위기다. 일주일 전에 짐 존스*가 가이아나에서 천 명의 추종자를 죽음으로 몰아넣은 사건이 있었다.

다이앤 파인스타인의 얼굴이 TV를 가득 채우자―떨리는 목소리로 "제게 주어진 임무에 따라 공식발표를 맡게 되었습니다. 모스콘 시장과 하비 밀크 이사가 총에 맞아 사망했습니다"라고 말하고 있다―리치가 너무 크게 비명을 질러서 사이먼은 의자에서 벌떡 일어난다. 콜린과 랜스는 충격으로 침묵하고, 에이드리언과 레이디는 굵은 눈물을 흘리고, 베니는 도착했을 때 보니―시빅센터 주

---

* 1955년 '인민사원'이라는 사이비종교를 창시한 인물. 1977년 신도들을 가이아나로 이주시킨 뒤 강제노동과 학대를 일삼았고, 이듬해 어린이를 포함한 918명에게 음독을 강요하며 대학살 사건을 일으켰다. 1970년대 샌프란시스코의 지역정치에 깊이 관여했으며 모스콘 시장, 하비 밀크와 우호적인 관계였다.

변 몇 블록의 교통이 마비된 터라 진이 다 빠진 채 얼굴이 창백하
다—눈이 불그스레하고 부어 있다. 그들은 그날 퍼프를 닫기로 하
고 레이디의 검은색 스카프를 가게 정문에 길게 걸어놓고는, 밤부
터 카스트로의 행진 행렬에 합류한다.

11월 하순이지만 사람들의 체온으로 거리가 따뜻하다. 인파가
몰려 사이먼은 뒷길을 이용해 클리프스* 매장으로 양초를 사러 간
다. 점원이 초 두 개 값에 열두 개를 주면서 바람을 막을 종이컵도
챙겨준다. 몇 시간 만에 오만 명이 모여들었다. 둥둥 울리는 한 대
의 북이 시청까지 행렬을 이끌고 사람들은 숨죽여 운다. 사이먼
의 볼이 눈물로 젖는다. 하비는 그냥 하비가 아니다. 아버지를 잃
은 자식들처럼 애도하는 사람들을 보니 부모님이 떠오른다. 지금
은 모두 자신을 떠난 부모님. 샌프란시스코 게이 합창단이 멘델스
존의 찬송가—〈주여, 주는 대대에 우리의 거처가 되셨나이다〉—를
부르는 동안 사이먼은 고개를 들지 못한다.

나의 주, 나의 거처는 누구인가? 사이먼은 자신이 신을 믿지 않
는다고 생각하지만, 그러고 보니 신이 그를 믿는다는 생각도 한 번
도 해본 적이 없다. 레위기에 따르면** 그는 가증한 존재다. 대체
어떤 신이 스스로 그토록 못마땅한 사람을 창조하겠는가? 사이먼
은 여기에 오직 두 가지 설명밖에 없다고 생각한다. 신이 아예 없
거나 사이먼의 존재가 실수, 좆된 것이거나. 어느 쪽이 더 두려운
지는 확신할 수 없었다.

---

* 잡화점 체인.
** 구약성서 레위기 18장 22절 "너는 여자와 동침함같이 남자와 동침하지 말라 이
는 가증한 일이니라"를 가리킨다.

얼굴의 눈물을 닦아내고 보니 다른 퍼프 댄서들은 이미 군중의 파도에 휩쓸려갔다. 사람들을 훑어보는 사이먼의 눈에 낯익은 얼굴 하나가 걸려든다. 따뜻하고 짙은 눈, 한쪽 귓불에서 반짝이는 은빛이 타오르는 흰색 양초 위에 둥둥 떠 있다. 로버트다.

두 사람은 사이먼의 집에서 만난 10월의 그날 저녁 이후 거의 이야기를 하지 않았으나 이제 사람들을 헤치고 서로를 향해 다가가 그 바다 한가운데에서 만난다.

로버트의 원룸은 랜들공원 옆의 가파르고 구불구불한 거리에 자리하고 있다. 로버트가 문을 따고 두 사람이 비틀거리며 복도로 들어갈 때 그들은 이미 서로의 셔츠를 잡아당기고 벨트 버클을 더듬고 있다. 창문 옆 더블침대에서 사이먼은 로버트를 쑤시고 로버트는 사이먼을 쑤신다. 하지만 곧 쑤신다는 기분은 들지 않는다. 처음의 격렬함이 사라지자 로버트는 부드럽고 세심하게, 깊은 감정을 싣고—누구에 대한 감정일까? 사이먼? 하비?—밀어넣어 사이먼은 평소와 다르게 수줍어진다. 로버트가 사이먼의 좆을 입에 넣고 빤다. 사이먼의 몸속에서 압력이 폭발할 정도로 쌓이자 로버트가 밑에서 올려다보고, 마주친 눈빛의 놀라운 강렬함에 사이먼이 몸을 구부려 로버트의 머리를 끌어안고, 그 순간 절정을 느낀다.

모든 것 끝나고, 로버트가 침대 옆 스탠드를 켠다. 그의 집은 사이먼이 예상한 스파르타식이 아니라 로버트가 코어의 첫 해외순회공연에서 발견한 러시아의 핸드페인팅 그릇과 일본의 종이학 모빌 두 개 같은 물건들로 아기자기하게 꾸며져 있다. 침대 맞은편에 있는 나무선반은 책이—『술라』『풋볼맨』—가득하고, 11자 주방에는 각종 프라이팬이 걸려 있다. 판지로 만든 입간판이 침실 입구를 지키는데, 풋볼선수가 점프해서 공을 잡는 등신대다.

두 사람은 베개를 받치고 기대앉아 담배를 피운다.

"그 사람 한 번 만났었어." 로버트가 말한다.

"누구? 밀크?"

로버트가 고개를 끄덕인다. "두번째 선거운동에서 진 다음이었어. 75년돈가? 그 카메라가게* 있는 길에서 좀 내려가면 나오는 술집에서 봤어. 사람들이 헹가래를 쳐서 공중에 떠 있었는데, 웃는 얼굴이라 그런 생각을 했어. 우리에게 필요한 사람은 바로 저런 사람이다. 좌절하지 않는 사람. 나처럼 음울한 노인네가 아니라."

"하비는 너보다 나이가 많았어." 사이먼은 미소를 짓다가 스스로 과거시제로 말했다는 것을 깨닫고 그만둔다.

"그래, 그랬지. 그런데 그 사람은 그렇게 행동하지 않았어." 로버트가 어깨를 으쓱한다. "봐봐, 난 퍼레이드에 안 가. 클럽도 안 가. 목욕탕에도 죽어도 안 갈 거야."

"왜?"

로버트가 그를 응시한다. "여기서 나같이 생긴 사람 몇이나 봤어?"

"여기도 흑인 있어." 사이먼의 얼굴이 붉어진다. "많진 않겠지, 아마도."

---

* 하비 밀크가 파트너와 함께 운영한 사진 관련 물품 판매점 '카스트로카메라'. 퀴어 인권운동의 중심이 되었다.

"응. 별로 없어." 로버트가 말한다. "그중에 발레까지 하는 사람을 찾아봐."

로버트가 담배를 짓이겨 끈다. "그 경찰관한테 끌려갔을 때? 네가 나같이 생겼더라면 무슨 일을 당했을지 생각해봐."

"더 심했겠지." 사이먼이 말한다. "알고 있어."

그는 로버트가 너무 좋아서 그들 사이의 선명한 차이를 직시하고 싶지 않다. 그는 성정체성이 둘의 차이를 지워주기를, 그들이 공통적으로 직면한 차별에 초점이 맞춰지기를 원한다. 하지만 사이먼은 그의 성정체성을 감출 수 있다. 로버트는 흑인임을 감출 수 없고, 카스트로의 거의 모든 사람들은 백인이다.

로버트가 새 담배에 불을 붙인다. "목욕탕은 왜 안 다녀?"

"누가 그래, 내가 안 다닌다고?" 사이먼이 묻는다. 그러나 로버트가 코웃음을 치고, 사이먼은 웃는다. "솔직히 말할까? 거기 사람들 보면 좀 무서워. 내가 감당할 수 없을 것 같더라고."

세상에 지나치게 큰 쾌락이라는 게 있을까? 사이먼은 목욕탕을 상상하면 과식의 사육제가, 끝도 없이 펼쳐져 영원히 그곳에서 지낼 수도 있을 것 같은 지하세계가 떠오른다. 로버트에게 한 말은 거짓말이 아니다. 그는 정말로 감당할 수 없을까봐 두렵다. 하지만 동시에 감당할까봐, 그의 욕심이 끝을 모르고 한계가 없을까봐 두렵다.

"나도 들었어." 로버트가 코를 찡긋한다. "난잡하다고."

사이먼이 한쪽 팔로 침대를 짚고 몸을 일으킨다. "그래서 넌 샌프란시스코에 왜 왔어?"

로버트가 눈썹을 치켜올린다. "샌프란시스코에 오는 것 말고 다른 선택지가 없었어. 나는 원래 로스앤젤레스에 있었어. 사우스센트럴의 와츠라는 동네. 알아?"

사이먼이 고개를 끄덕인다. "폭동이 있었던 곳."

1965년 사이먼이 네 살이었을 때 형과 누나가 학교에 간 동안 거티, 클라라와 함께 극장에 갔다. 그날 본 영화는 기억이 안 나지만 시작 직전에 나온 뉴스는 기억한다. 유니버설시티 스튜디오의 명랑한 나팔소리도 나오고 에드 헐리히*의 친숙하고 리드미컬한 목소리도 나왔는데, 바로 다음에 이어진 흑백의 영상은 확연히 분위기가 달랐다. 어둑한 거리에 연기가 자욱하고 건물들은 불길에 휩싸인 광경. 음악이 불길한 느낌으로 바뀌면서 에드 헐리히가 벽돌을 던지는 흑인 폭도를 묘사하지만—지붕에서 소방관을 쏘는 저격수, 술과 아기 울타리를 훔치는 약탈자—사이먼에게 보이는 것은 방탄조끼를 입고 총을 든 경찰관들이 텅 빈 거리를 걷고 있는 모습뿐이다. 마침내 흑인 두 명이 나타났지만 이들은 에드 헐리히가 묘사한 폭도라고 할 수 없었다. 수갑을 차고 백인 경찰관에게 옆구리를 얻어맞으면서도 그저 극기에 가까운 무저항의 태도로 걸을 뿐이었으니까.

"맞아." 로버트는 작은 파란색 접시에 담배를 비벼 껐다. "공부도 그럭저럭 했는데—우리 엄마가 교사이기도 했고—그래도 몸으로 하는 거에 진짜 강했어. 풋볼이 주종목이었지. 10학년 때 보험삼아 대표팀에 들어갔어. 엄마는 그걸로 대학 갈 때 장학금을 받을 수 있을 거라고 생각했거든. 미시시피대학에서 스카우터가 왔

---

* 영화관에서 상영한 뉴스의 내레이터.

을 때부턴 나도 그렇게 생각하게 됐지."

다른 남자들은 사이먼에게 이런 얘기를 하지 않았다. 사실 다른 남자들과는 대화를 거의 하지 않았고, 가족에 대해서는 절대로 얘기하지 않았다. 그러나 카스트로에 있는 대부분의 남자들이 비슷하다. 마치 호박에 갇힌 것처럼 멈춘 시간 속에 있는, 과거를 돌아보고 싶어하지 않는 남자들.

"그래서 장학금 받았어?" 그가 묻는다.

로버트가 주저한다. 사이먼을 평가하고 있는 것 같다.

"같은 팀이었던 어떤 애랑 정말 친했어." 그가 말한다. "단테. 나는 수비였어. 단테는 와이드리시버. 나는 그애가 다르다는 걸 알아봤어. 그애도 내가 다르다는 걸 알아봤고. 두번째 해 오프시즌 마지막 연습날까지는 아무 일도 없었어. 단테는 그해 여름에 떠나기로 돼 있었지. 장학금을 받고 앨라배마대학으로 가기로 했거든. 그날이 우리가 마지막으로 보는 날이라고 생각했어. 우리는 사람들이 다 라커룸을 나갈 때까지 기다리느라 시간을 들여서 평상복을 입었어. 그리고 나서 다시 벗어버렸지."

로버트가 한 모금 빨아들이고 내뿜는다. 창밖으로 사이먼은 아직까지 행진의 불빛을 볼 수 있다. 각각의 양초 한 사람 한 사람의 표지다. 하얗게, 마치 땅에 떨어진 별처럼, 깜박인다.

"하느님께 맹세코 누가 들어오는 소리는 못 들었어. 그런데 누가 있었나봐. 다음날 나는 팀에서 쫓겨나고 단테는 장학금이 취소됐어. 심지어 라커룸에 짐 가지러 들어가는 것도 금지되었어. 마지막으로 본 게, 걔가 버스정류장에 서 있을 때였는데. 모자를 푹 눌러썼더라. 턱이, 턱이 떨리고 있었어. 그리고 나를 쳐다봤는데 죽이고 싶다는 눈빛이었어."

"이런." 사이먼이 침대에서 몸을 뒤척인다. "걘 어떻게 됐어?"

"같은 팀이었던 애들 몇이 개를 잡으러 다녔어. 개들이 나도 찾
아냈지만 나한텐 그렇게까지 못했지. 내가 키도 더 크고, 더 강했
으니까. 수비—그게 내 포지션이었잖아? 근데 단테는 아니었어.
그놈들이 얼굴을 때리고, 방망이로 등을 부러뜨렸어. 그리고 들판
으로 데리고 가서 울타리에 묶었어. 자리를 뜰 때만 해도 단테가
숨을 쉬고 있었다는데, 어떤 멍청한 새끼가 그런 말을 믿겠냐?"

사이먼이 고개를 가로젓는다. 공포감으로 속이 메스껍다.

"그 판사. 그 사람 때문에," 로버트가 말한다. "내가 돌아버릴
거란 걸 알았어. 거기 있으면. 그래서 샌프란시스코에 온 거야. 춤
수업을 듣기 시작한 건 퀴어도 쫓겨나지 않을 거 같아서였고. 발레
만큼 게이 같은 게 또 없잖아. 하지만 린 스완*이 춤으로 훈련하는
덴 이유가 있지. 겁나 힘들잖아. 강하게 해주지."

로버트가 미끄러져내려가 사이먼의 가슴에 얼굴을 기대고, 사이
먼이 그를 안는다. 그는 로버트를 보호하기 위해, 달래기 위해 자
신이 할 수 있는 일이 뭔지 알고 싶다. 로버트의 손을 꽉 잡아주거
나 뭔가 말을 해야 할지, 아니면 깎은 지 얼마 안 된 머리를 쓰다듬
어야 할지. 새롭게 선물받은 이 책임감은 섹스와는 전혀 다른 것이
다. 더 두렵고, 어른스럽고, 실패해도 괜찮을 여지가 훨씬 크다.

---

* 미국의 유명한 풋볼선수.

4월, 갈리가 사이먼에게 전화를 걸어 극장으로 빨리 오라고 말한다. 사이먼은 무용가방을 품에 안은 채 택시를 타는 사치를 부린다. 갈리가 극장 뒷문 밖에서 그를 맞는다.

"에두아르도가 리허설 도중 쓰러졌다." 갈리가 말한다. "소드바스크에서 발목을 접질렸어. 있어선 안 될 사고였어. 끔찍해. 염좌 정도에 그치기를 바랄 뿐. 그렇더라도 한 달은 못해." 그가 사이먼에게 고개를 끄덕인다. "너 안무 알지."

이건 질문이 아니다. 〈인간의 탄생〉의 배역 제안이다. 사이먼의 심장이 죈다. "저는…… 네, 알죠. 그런데 저는……"

그가 하고 싶은 말, 전 아직 부족해요.

"넌 줄 끝에 설 거야." 갈리가 말한다. "우리에겐 선택의 여지가 없어."

사이먼은 그를 따라 긴 복도를 지나 탈의실로 간다. 에두아르도가 바닥에 앉아 상자에 한쪽 다리를 올리고 있고 발목에는 얼음주머니가 올려져 있다. 그는 불그스름한 눈으로 사이먼을 보고 씩 웃는다.

"적어도," 그가 말한다. "의상은 안 맞춰도 돼."

〈인간의 탄생〉에서 남자들은 댄스벨트만 입는다. 볼깃살까지 다 드러난다. 이 점에서 퍼프는 좋은 훈련이 되었다. 무대 위에서 사이먼은 거의 자의식을 느끼지 않고 자기 움직임에만 집중할 수 있다. 조명이 아주 밝아서 어차피 객석은 보이지도 않으니까, 그는 아예 관객이 존재하지 않는다고 생각한다. 오직 사이먼과 파우시, 토미와 보만 존재하고, 인간이 만든 운하를 항해하는 로버트를 지지하기 위해 모두 안간힘을 쓴다. 그들이 다 함께 허리 숙여 인사할 때 사이먼은 양옆 무용수의 손을 꽉 잡느라 손이 아프다. 공연 후에 그들은 무대화장을 한 채 택시를 타고 포크 스트리트의 QT로 간다. 황홀감이 솟구쳐오른 사이먼은 로버트를 붙잡고 모든 사람들 앞에서 키스를 한다. 다른 남자들은 환호하고, 로버트가 수줍어하면서 받아주자 사이먼은 또 키스를 한다.

그해 가을, 사이먼은 코어의 〈호두까기 인형〉인 〈개구쟁이 호두〉에서 단독으로 역할을 맡는다. 〈크로니클〉에 난 비평 덕분에 티켓 판매가 두 배로 뛰고, 갈리가 어퍼하이트에 있는 그의 집에서 축하 파티를 연다. 방들은 가죽을 씌운 갈색 가구로 채워져 있고, 모든 물건에서 벽난로 위의 금색 그릇에 놓인 정향 오렌지 냄새가 난다. 아카데미의 피아니스트가 갈리의 스타인웨이로 차이콥스키를 연주한다. 곳곳의 문틀 위쪽에 겨우살이가 걸려 있고, 특이한 조합이 키스를 강요당할 때마다 터져나오는 즐거운 비명으로 사람들의 웅성거림이 주기적으로 끊어진다. 사이먼은 적갈색 와이셔츠에 검은색 예복 바지를 입은 로버트와 함께 도착한다. 로버트는 평소의 은으로 된 링 귀걸이 대신 후추알만한 다이아몬드 귀걸이를 했다. 둘은 오르되브르 테이블 옆에서 기부자들과 어울리다가, 로버트가 사이먼을 끌고 복도를 지나 정원으로 이어지는 유리문으로 나간다.

둘은 테라스에 앉는다. 12월인데도 정원이 푸르다. 크라술라와 한련과 금영화가 피었는데, 안개 속에서도 모두 싱싱하다. 사이먼은 이런 삶을 살고 싶다는 생각이 든다. 직업, 집, 파트너가 있는 삶. 그는 항상 이런 것들이 자신과는 거리가 멀다고 생각해왔다. 자기는 운이 덜 좋고 이성애자적인 것에 덜 맞게 만들어진 사람이라고. 사실, 이렇게 생각하는 것은 그가 게이이기 때문만은 아니다. 그 예언, 정말 잊고 싶었지만 잊기는커녕 줄곧 그의 뒤를 따라다닌 그 예언 때문이기도 하다. 자기에게 그런 걸 말한 그 여자도 싫고, 그 여자를 믿는 자신도 싫다. 예언이 쇠공이라면 그의 믿음은 쇠공에 연결된 족쇄다. 서둘러라고, 더 빨리라고, 달려라고 말하는 건 다름 아닌 그 자신의 머릿속 목소리다.

로버트가 말한다. "거기 내가 됐어."

지난주에 그는 유레카 스트리트에 있는 아파트 임대를 신청했다. 임대료 규제를 받는 집이고, 부엌과 뒷마당이 딸려 있다. 사이먼도 로버트를 따라 집을 보러 함께 갔다가 식기세척기와 세탁기와 퇴창에 경탄했다.

"룸메이트 구했어?" 그가 묻는다.

한련이 축제 분위기의 빨갛고 노란 손을 흔든다. 로버트가 팔을 몸 뒤로 뻗어 받치고 씩 웃는다. "나하고 같이 쓸래?"

생각만으로도 황홀하다. 콕콕 찌르는 감각이 사이먼의 두피를 타고 흐를 정도다. "우리 그럼 스튜디오하고 가까워지겠다. 중고차 하나 사서 공연 있는 날은 공연장으로 같이 갈 수도 있고. 기름값도 아끼고."

사이먼의 입에서 자기는 이성애자라는 말이 나오기라도 한 것처럼 로버트가 사이먼을 쳐다본다. "기름값 아낄 수 있으니까 같이 살고 싶다고."

"아니! 아냐. 기름값 때문 아니야. 당연히 기름값은 아니지."

로버트가 고개를 젓는다. 그는 아직도 사이먼을 쳐다보며 웃고 있다. "인정할 수 없는 거구나."

"뭘?"

"나에 대한 감정."

"당연히 인정하지."

"좋아. 나를 어떻게 생각해?"

"너 좋아해." 사이먼이 말한다. 좀 빨리 튀어나왔다.

로버트가 고개를 뒤로 젖히고 소리내어 웃는다. "넌 못돼처먹은 거짓말쟁이야." 그가 말한다.

7

그들은 이삿짐을 풀고 있다. 사이먼과 로버트, 그리고 이사를 개의치 않던 클라라도. 그녀는 콜링우드의 아파트를 혼자 쓰게 되어 안도하는 것 같았다. 온화한 12월이 지나자 기온은 5도 안팎으로 떨어졌다. 이 정도는 뉴욕이라면 별것도 아니지만, 캘리포니아가 사이먼을 연약하게 만들었는지 아파트와 유홀* 차량 사이를 뛰어다닐 때 운동복 안에 발토시를 찬다. 클라라가 떠나고, 사이먼과 로버트는 식기세척기에 기대 바짝 엉긴 채 키스한다. 로버트의 손이 사이먼의 허리를 단단히 붙들고, 사이먼은 로버트의 엉덩이와 고추를, 그의 아름다운 얼굴을 더듬는다.

1980년이다. 새로운 십 년의 시작이자 새해. 샌프란시스코에서 사이먼은 세계적인 불황과 소련의 아프가니스탄 침공으로부터 유

---

* 이사와 창고대여를 하는 회사.

리되어 있다. 그와 로버트는 TV를 사기 위해 돈을 모으고, 비록 저녁뉴스를 들으면 불안하긴 하지만 카스트로는 낙진대피소 같다. 거기서 사이먼은 스스로가 강하고 안전하다고 느낀다. 코어에서 서열도 높아져 봄이면 대역이 아니라 정식단원이 될 것이다.

클라라는 치과로 복귀하여 주간에는 접수원으로 일하고 야간에는 유니언스퀘어에 있는 레스토랑에서 자리 안내원으로 일한다. 주말이면 쇼의 대본을 쓰고 매달 수입을 조금씩 남겨 저축한다. 일요일마다 사이먼은 18번 스트리트에 있는 인도식당에서 그녀를 만나 저녁을 함께한다. 어느 날 저녁, 그녀가 황파일을 가져온다. 고무줄로 두 번 묶은 파일 안에는 복사물이 잔뜩 들었다. 입자가 거친 흑백사진, 오래된 신문기사, 낡은 팸플릿과 광고전단. 전부 펼쳐놓자 테이블의 한쪽 면이 다 찬다.

"이거." 그녀가 말한다. "할머니야."

사이먼이 테이블 위로 몸을 기울인다. 클라라 침대 위에 붙어 있던 사진 속 거티의 어머니를 알아본다. 한 사진에서는 키가 크고 머리가 검은 남자와 질주하는 말 위에 서 있는 모습으로, 다부진 몸매에 반바지와 배꼽에서 매듭을 묶는 카우걸 블라우스를 입고 있다. 팸플릿의 표지로 쓰인 다른 사진에서는 허리가 가늘고 발이 조그맣다. 한 손으로 치맛자락을 들어올린 채 다른 한 손에 목줄을 쥐고 남자 여섯을 산책시키고 있다. 남자들 아래쪽에는 이렇게 써 있다. "**벌레스크***의 **여왕**! 세찬 바람 속 **젤리 한 덩이**처럼 떨리고 흔들리는 **클라라 클라인**의 근육을 보러 오세요. 세례요한의 **머리**

---

* 익살스러운 풍자와 해학이 있는 희가극.

를 앗아간 바로 그 춤!"

사이먼이 코웃음을 친다. "이 사람이 엄마의 엄마야?"

"응. 그리고 이 사람이," 클라라가 말 위에 서 있는 남자를 가리키며 말한다. "엄마의 아빠."

"설마." 남자는 그다지 잘생기지 않았지만—굵은 눈썹이 콧수염같이 생겼고 거티처럼 코가 크다—성난 듯 보이는 분위기가 카리스마 넘친다. 대니얼과 닮았다. "어떻게 알아?"

"조사를 좀 했지. 출생증명서는 찾을 수 없었지만, 1913년에 울토니아라는 배를 타고 엘리스섬에 도착했다는 걸 알아냈어. 할머니는 헝가리인이었어. 그리고 고아였던 게 확실해. 헬가 할머니는 나중에 들어왔고. 그래서 할머니는 여자 무용단에 들어가서 '일하는 소녀들을 위한 드히르슈의 집'이라는 하숙집에 살았어."

클라라가 사진 여러 장이 복사된 종이 한 장을 집어든다. 웅장한 석조건물, 식당을 가득 채우고 앉아 있는 갈색 머리의 소녀들, 엄격해 보이는 여자의 초상—드히르슈 남작부인이라고 캡션이 달려 있다. 여자의 깃이 높은 블라우스와 장갑, 사각모자는 전부 검은색이다.

"그러니까, 하느님은 아셨겠지, 할머니는 유대인이고* 가족이 없었어. 그 하숙집이 아니었다면 아마 거리에서 살았을 거야. 그런데 그곳은 정말 보수적이었어. 모든 여자애들한테 바느질을 가르치고 어릴 때 결혼해야 한다고 가르쳤는데, 할머니는 그럴 사람이 아니었지. 어느 시점에 하숙집을 떠났고, 그때부터 이 일을 시작한

---

* 드히르슈의 집은 미국으로 이민한 유대인을 위한 공간이었다.

거야." 클라라가 벌레스크 팸플릿을 가리킨다. "시작은 보드빌이었어. 댄스홀, 다임박물관, 놀이공원에서 공연을 하고, 니켈덤프에서도 했지. 그땐 영화관을 그렇게 불렀대. 그리고 할아버지를 만난 거야."

조심스럽게, 클라라가 팸플릿 밑에 숨겨져 있던 종이 한 장을 집어 사이먼에게 건넨다. 혼인증명서다.

"클라라 클라인과 오토 고르스키"라고 클라라가 말한다. "할아버지는 바넘 앤드 베일리의 서부극 기수였고, 세계 최고의 기수였어. 그래서 내 가설은 이거야. 할머니는 공연장에 가다가 오토를 만났고, 사랑에 빠져서 서커스에 합류했다."

클라라가 지갑에서 반으로 접은 종잇조각을 꺼낸다. 역시 사진인데, 이번에는 클라라 할머니가 오직 치아로 밧줄을 물고 공중에 매달려 서커스 텐트 꼭대기에서 내려오는 모습이다. 사진 아래 클라라 클라인과 그녀의 목숨이 걸린 턱!이라고 캡션이 달려 있다.

"나한테 이걸 다 보여주는 이유가 뭐야?" 사이먼이 묻는다.

클라라의 볼이 분홍색이다. "복합쇼를 하고 싶어. 대체로 마술을 하고 목숨을 건 묘기 한 가지를 더하는 거지. 요새 혼자 '목숨이 걸린 턱'을 연구하고 있어."

사이먼이 채소 코르마를 씹다가 멈춘다. "그건 미친 짓이야. 할머니가 어떻게 한 건지 모르잖아. 분명 무슨 속임수였을 텐데."

클라라가 고개를 가로젓는다. "속임수 아니야. 그건 진짜였어. 오토, 할머니의 남편은 어떻게 되었냐고? 그분은 1936년에 승마 사고로 세상을 떠났어. 그후에 할머니는 엄마와 함께 뉴욕으로 돌아온 거야. 1941년에는 타임스스퀘어를 가로질러서, 그러니까 에디슨호텔하고 팰리스극장 옥상 사이에서 '목숨이 걸린 턱'을 했어. 반쯤 가다가, 떨어졌어. 그렇게 돌아가셨어."

"맙소사. 왜 여태 몰랐지?"

"엄마가 말 안 했으니까. 당시엔 꽤 유명한 사건이었다는데, 엄마는 할머니가 항상 부끄러웠던 모양이야. 평범한 사람이 아니라고." 데님셔츠가 들려 탄탄한 복근이 드러난 채 말 위에 서 있는 할머니의 사진을 향해 클라라가 고개를 까닥이며 말한다. "게다가 정말 오래전 일이었어. 엄마는 할머니가 돌아가셨을 때 겨우 여섯 살이었어. 그뒤에 엄마는 헬가 할머니한테 가서 살았고."

거티가 할머니의 자매 밑에서 자랐다는 건 사이먼도 알고 있다. 성격이 매 같은 노인이고 주로 헝가리어를 쓰는, 일평생 결혼하지 않은 여자. 그녀는 유대교 휴일이면 클린턴 스트리트 72번지에 색색의 포일로 포장된 사탕을 가져왔다. 그러나 손톱이 길고 뾰족한데다 수십 년 동안 열지 않은 상자 같은 냄새가 나서 사이먼은 언제나 그녀를 무서워했다.

사이먼이 황파일에 사진 복사본들을 도로 넣는 클라라를 지켜본다. "클라라, 이거 못해. 미친 짓이야."

"난 죽지 않을 거야, 사이먼."

"어떻게 그렇게 확신을 해?"

"그냥 아는 거야." 클라라가 가방을 열고 황파일을 집어넣은 다음 지퍼를 닫는다. "나는 죽기를 거부할 거니까."

"그래." 사이먼이 말한다. "누나도 그렇고, 이 세상에 살았던 다른 모든 사람들도 그랬지."

클라라는 대답이 없다. 사이먼은 그녀가 한 가지 생각에 빠지면 이렇게 된다는 걸 잘 안다. 개한테 뼈다귀를 준 셈이지. 거티는 이렇게 말하곤 했지만 그보다는 침투할 수 없는, 다가갈 수 없는 사람이 된다고 봐야 옳을 것이다. 그럴 때면 그녀는 어딘가 다른 곳에 존재한다.

"그럼," 사이먼이 그녀의 팔을 툭 친다. "뭐라고 부를 건데? 그 묘기를?"

클라라가 특유의 고양이 미소를 짓는다. 날카롭고 작은 송곳니, 눈 속에서 떨리는 반짝임.

"죽지 않는 사람." 그녀가 말한다.

로버트가 사이먼의 얼굴을 두 손으로 감싼다. 사이먼이 이번에도 나쁜 꿈을 꾸고 발작하며 깨어난 것이다.

"뭐가 그렇게 두려운 거야?" 로버트가 묻는다.

사이먼은 고개를 가로젓는다. 일요일 오후 네시이고, 그들은 하루종일 침대에서 지냈다. 수란을 만들고 체리잼을 빵에 잔뜩 바른 삼십 분을 제외하고.

너무 좋아서, 이런 기분은, 이것이 그가 하고 싶은 말이다. 오래 못 가. 내년 여름이면 그는 스무 해를 살게 된다. 고양이나 새의 삶이라면 긴 시간이지만 사람에게는 그렇지 않다. 그는 헤스터 스트리트의 여자를 찾아갔던 일이나 그 여자가 그에게 선고한 기한에 대해 아무에게도 말하지 않았는데, 그 기한이 꼭 곱절은 빠른 속도로 다가오는 것 같다. 8월, 그는 기어리 38번 버스를 타고 골든게이트 공원 근처까지 가서 랜즈엔드공원의 가파르고 구불구불한 등산로를 걷는다. 그곳에서 사이프러스와 야생화와 수트로수영장* 터를 본다. 한 세기 전만 해도 인간수족관 같은 수영장이었는데 지금은 콘크리트 폐허가 됐다. 그래도 한때는 호화로움의 대명사 아니었나? 에덴도―특히나 에덴은―영원하지 않았다.

겨울, 그는 코어의 봄공연 〈신화〉 리허설을 시작한다. 토미와 에두아르도가 나르키소스와 그의 그림자로 공연의 서막을 열고 서로가 거울에 비친 상인 것처럼 움직일 것이다. 다음 순서인 〈시시포스 신화〉에서는 여자들이 마치 돌림노래처럼 몇 가지 동작을 일정한 간격으로 반복한다. 마지막 작품인 〈이카로스의 신화〉에서 사이먼은 첫 주연을 맡을 것이다. 그는 이카로스고, 로버트는 태양이다.

개막식날 밤, 그는 날아오르며 로버트 주위로 다가간다. 궤도가 점점 더 가까워진다. 그는 다이달로스가 이카로스를 위해 만든 날개처럼 밀랍과 깃털로 만든 커다란 날개를 달고 있다. 춤을 추는데 필요한 물리적인 힘에 등에다 짊어진 9킬로그램의 무게까지 더해져 어지러운 찰나에 로버트가 그것을 없애주어서 고마운 마음이 든다. 비록 그건 날개가 녹아버렸다는 것을, 이카로스인 사이먼의 죽음을 의미하지만.

음악이―애딘셀의 〈바르샤바 협주곡〉이다―마지막 절정을 향할 때 사이먼은 자신의 영혼이 발을 허공에 띄운 채 땅 위에서 공중부양하는 몸 같다고 느낀다. 그는 가족이 그립다. 지금 내 모습을 본다면. 그는 생각한다. 사실 그는 로버트에게 매달려 무대 중앙으

---

* 1896년 아돌프 수트로가 지은 바닷물 수영장. 1966년에 전소되었다.

로 옮겨지고 있다. 로버트를 둘러싼 불빛이 너무 밝아서 사이먼은 아무것도 보이지 않는다. 관객석의 사람들도, 우르르 몰려가 날개를 구경하는 발레단의 다른 단원들도.

"사랑해." 그가 속삭인다.

"알고 있어." 로버트가 말한다.

음악이 시끄러워서 아무도 이 말을 듣지 못한다. 로버트가 그를 바닥에 눕힌다. 사이먼은 갈리가 가르쳐준 대로 동작을 취한다. 무릎을 가슴에 붙이고 두 팔을 로버트를 향해 뻗는 모양이다. 로버트가 날개로 사이먼의 몸을 덮어주고 뒤로 물러난다.

그들은 이렇게 이 년을 보낸다. 사이먼이 커피를 내리고 로버트가 침대를 정리하면서. 더이상 그렇지 않을 때까지 모든 것이 새롭다. 로버트의 해진 운동복 바지, 쾌락의 신음소리. 매주 손톱을 다듬는 것—싱크대에 남은 완벽하고 반투명한 반달들. 소유의 느낌, 이국적이고 황홀한 느낌, 내 남자, 내 거. 돌아보면 이 시기는 너무나 짧게 느껴진다. 순간순간이 슬라이드가 찰각찰각 돌아가듯 다가온다. 조리대에서 과카몰레를 만드는 로버트. 창가에서 스트레칭을 하는 로버트. 토분에 심은 로즈메리나 타임을 따러 정원으로 나가는 로버트. 밤에도 가로등 불빛이 무척 밝아서 어둠 속에서도 정원이 보인다.

8

"너는 움직임이," 갈리가 말한다. "하나가. 돼야. 해."

1981년 12월. 남자반은 한쪽 발볼로 균형을 잡고 다른 다리를 옆으로 벌린 채 회전하는 푸에테턴을 연습하고 있다. 사이먼은 두 번이나 넘어졌고, 이제 갈리가 그의 뒤에 와 한 손은 사이먼의 배에, 다른 손은 등에 대고 있다. 나머지 무용수들은 사이먼을 보고 있다.

"오른쪽 다리를 들어. 코어의 긴장을 유지해. 정렬 유지." 두 발이 바닥을 딛고 있을 땐 쉽게 정렬을 유지할 수 있지만, 다리가 들리면 등허리가 구부러지고 가슴이 뒤로 젖혀진다. 갈리가 틀렸다는 뜻으로 박수를 친다. "알겠어? 이게 문제야. 다리를 들면 에고가 나오는 거. 넌 기본부터 시작해야 되겠다."

그가 성큼성큼 중앙으로 가서 시범을 보인다. 사이먼은 팔짱을 낀다.

"모든 건," 갈리가 남자 무용수들을 보며 말한다. "모든 건 연결돼 있다. 잘 봐." 그는 발을 4번 포지션으로 놓고 플리에를 한다. "이렇게 준비하는 거야. 지금이 중요해. 가슴하고 히프가 연결된 느낌. 무릎하고 발볼이 연결된 느낌. 몸은 구조적으로 정렬돼 있고 하나로 이어져 있다. 알겠나? 그래서 이렇게 들어올려도……" 그는 뒤쪽 다리를 들고 턴을 한다. "일관성이 있지. 힘도 안 들고."

영국 출신의 유망주 토미가 사이먼과 눈을 마주친다. 힘도 안 들고? 토미가 입모양으로 말하고, 사이먼이 씩 웃는다. 토미는 턴보다는 점프를 잘하고, 툭하면 사이먼을 동정한다.

갈리는 아직도 턴을 하고 있다. "통제에서," 그가 말한다. "자유가 나온다. 제한에서 유연이 나온다. 몸통에서……" 그가 한 손을 코어에 올리고 남은 손으로 들어올린 다리를 가리킨다. "줄기가 나온다."

그는 바닥으로 내려오면서 깊은 플리에를 하고는 이렇게 말하는 것처럼 손바닥을 내보인다. 봤지?

보는 건 보는 거고 하는 건 별개의 문제다. 수업이 끝나자 토미가 사이먼의 어깨에 팔을 걸치고 함께 탈의실로 가면서 앓는 소리를 낸다. 로버트가 그들을 흘긋 본다. 비가 창문을 두드리지만 연습실 안은 땀으로 찌는 듯하고 남자들은 대부분 맨가슴이다. 사이먼이 보와 토미와 함께 점심을 먹으러 나설 때 로버트는 합류하지 않는다.

그들은 걸어서 17번 스트리트의 오픈앤디스*로 간다. 사이먼은

---

* 게이 커플이 운영하는 샌프란시스코 카스트로의 식당.

자기는 잘못이 없다고 자기합리화를 한다. 아카데미의 남자들은 대부분 유혹하는 말을 쉽게 하고, 로버트가 그러지 않는 것은 자기 잘못이 아니라고. 그는 로버트를 사랑한다─진심으로. 로버트는 지적이고 성숙하고 경이롭다. 풋볼만큼 클래식음악을 좋아하고, 아직 서른도 되지 않았는데 사이먼과 함께 퍼프에 가는 것보다 침대에서 책 읽는 것을 더 좋아한다. "그 사람 품위 있어." 클라라도 그를 처음 만났을 때 이렇게 말했고, 사이먼은 자부심으로 얼굴이 환해졌다. 그런데 이것도 문제다. 사이먼은 야한 걸 좋아하고, 엉덩이를 때리는 것, 추파를 받는 것, 빨아주는 걸 좋아하고, 얼마간 변태적인─최소한 그의 부모는 변태적이라고 말할─성욕이 있다. 그도 최근에야 비로소 인정하기 시작한 것이다.

점심을 먹은 후 세 사람은 궐련종이를 사러 스타약국으로 간다. 사이먼이 돈을 내고 나머지 둘은 밖에서 기다린다. 그가 밖으로 나와보니 두 사람 다 약국 유리창을 뚫어지게 보고 있다.

"맙소사, 너네." 토미가 말한다. "이거 봤어?"

그가 창문에 테이프로 붙여놓은, 손으로 만든 포스터를 가리킨다. **게이 암**이라고 쓰여 있다. 글자 밑에는 젊은 남자의 폴라로이드 사진 세 장이 있다. 첫번째 사진에서는 셔츠를 올려 화상 자국처럼 붓고 주름진 자주색 반점을 드러냈다. 두번째 사진에서는 남자가 입을 크게 벌리고 있다. 거기에도 반점이 있다.

"닥쳐, 토미." 토미의 건강염려증은 모르는 사람이 없을 정도다. 언제나 다들 듣도 보도 못한 근육 이름을 대며 통증을 호소한다. 하지만 지금 보의 목소리는 평소보다 날카롭다.

세 사람은 토드홀의 차양막 아래 동그랗게 모여 담배를 피운다.

사이먼이 한 모금 빨아들이자 달콤함과 축축함이 밀려들어오고, 그것으로 진정할 수 있을 거라 생각했지만 그렇지 않다. 영혼이 몸 밖으로 이탈해버릴 것만 같다. 하루종일 그 잔상이 머릿속에서 지워지지 않는다. 그 끔찍한 병변, 자두처럼 짙은 병변들이, 아니, 그보다는 누군가 포스터 아래쪽에 빨간 펜으로 휘갈겨쓴 말이. 조심해 다들. 뭔가 있어.

어느 날 잠에서 깬 리치는 왼쪽 눈 흰자위에서 빨간 점을 본다. 리치가 병원에 갈 수 있도록 사이먼이 교대해준다. 리치는 퍼프의 연례행사인 '징글벨 콕*'이 있을 크리스마스이브까지는 그것이 없어질지 확인하고 싶어한다. 퍼프의 단골치고 명절에 가족을 보러 가는 사람은 거의 없기 때문에 댄서들은 그날 밤 몸을 빨강과 초록으로 칠하고 티팬티의 허리끈에 종을 단다. 의사는 항생제를 들려 리치를 귀가시킨다. "그냥 '결막염 같네요' 이러던데." 다음날 리치가 에이드리언의 몸 뒷면에 보라색 스프레이를 뿌리며 말한다. "그 귀여운 꼬마 연구원이, 아마 열아홉 살일 거야, 이러더라. '분변물질과 접촉했을 가능성이 있습니까?' 내가 그랬지—가슴에 손을 얹고서—'오, 아뇨, 자기, 전 그런 거 안 만져요.'" 이 말에 댄서들이 웃고, 사이먼은 훗날 리치를 이 모습으로, 호탕한 웃음과 센 머리가 살짝 섞인 군대식의 짧은 머리 스타일로 기억할 것이다. 리치는 12월 20일에 죽으니까.

---

* 콕(cock)은 남자의 성기를 가리키는 비속어다.

이 충격을 어떻게 설명할까? 반점은 돌로레스공원의 꽃장수에게도 나타나고, 한때는 여덟 번 연속으로 턴을 했지만 지금은 사지가 늘어진 채 에두아르도의 차에 실려 샌프란시스코종합병원으로 가고 있는 보에게도 나타난다. 86병동—이 이름은 이때로부터 일년도 더 지나서 붙었지만—에 대한 사이먼의 가장 오래된 기억은 이런 것들이다. 배식카트의 삐걱거리는 소리, 전화 응대석의 간호사들, 그들의 인상깊은 침착함(아니요, 그게 어떻게 전염되는지는 몰라요. 지금 애인이 있습니까? 당신이 병원에 다니는 걸 알고 있고요?), 그리고 남자들, 환각이라도 보듯 간이침대나 휠체어에 눈을 휘둥그레 뜨고 앉아 있는 이삼십대 남자들. 동성애자 41명에게서 희귀암 발견, 이라고 〈크로니클〉은 보도하지만, 어떻게 걸리는 병인지는 아무도 모른다. 그래도 랜스는 겨드랑이 림프샘이 붓기 시작하자 퍼프 근무를 마치는 즉시 그 신문기사를 배낭에 넣고 택시로 병원에 간다. 열흘 뒤 멍울은 오렌지만큼 커진다.

로버트가 집에서 서성거린다. "집안에만 있어야겠어." 그가 말한다. 음식은 이 주는 충분히 버틸 만큼 있다. 둘 다 며칠 동안 잠을 자지 못했다.

그러나 사이먼은 격리된다는 생각을 하자 숨이 막혀온다. 벌써 세상으로부터 단절된 것 같지만, 그는 숨기를 거부하고 이것이 끝이라고 믿기를 거부한다. 그는 아직 죽지 않았다. 그렇다 해도 그는 알고 있다. 당연히 알고 있다. 적어도 두려워하고 있다—공포와 직감 사이의 경계선은 얇디얇아서 하나가 다른 하나로 너무 쉽게 가장하곤 한다. 그 여자가 맞는 건가, 그리고 6월 21일, 여름의 첫날에 그도 사라지는 것인가.

로버트는 그가 퍼프에서 일하지 않았으면 한다. "안전하지 않아." 그가 말한다.

"안전한 건 아무것도 없어." 사이먼은 화장품가방을 집어들고 문 쪽으로 걸어간다. "돈이 필요해."

"헛소리. 코어에서 돈을 받잖아." 로버트가 뒤쫓아나와 그의 팔을 세게 붙잡는다. "인정해, 사이먼. 넌 거기서 얻는 다른 게 좋은 거야. 그게 필요한 거잖아."

"야, 롭." 사이먼은 억지로 웃는다. "따분하게 굴지 좀 마."

"내가? 내가 따분하다고?"

로버트의 눈에서 불꽃이 일고, 그건 사이먼을 겁먹게 하면서 꼴리게도 한다. 그는 로버트의 좆으로 손을 뻗는다.

로버트가 몸을 뒤로 홱 뺀다. "나 갖고 놀지 마. 나한테 손대지 말라고."

"같이 가자." 사이먼은 혀 꼬부라진 소리를 낸다. 그는 내내 술을 마셨고, 이것 역시 퍼프에서 일하는 것만큼이나 로버트가 질색하는 것이다. "어째서 아무데도 가지 않는 거야?"

"나는 어디에도 어울리지 않아, 사이먼. 너 같은 백인들하고도. 흑인들하고도. 발레에도 풋볼에도. 고향에도, 그리고 여기에도." 로버트는 아이에게 설명하듯 천천히 말한다. "그래서 집안에 있어. 나 자신을 작게 만들어. 춤출 때만 빼고. 춤출 때마저도―무대에 오를 때마다 나는 생각해. 이 관객들 중에는 나 같은 사람이 나처럼 춤추는 모습을 한 번도 못 본 사람들이 있다고. 그중 몇 날 마음에 들어하지 않는다는 것도 알아. 난 무서워, 사이먼. 매일매일. 이제 그게 어떤 건지 너도 알겠지. 너도 무서워하고 있으니까."

"무슨 소린지 모르겠다." 사이먼이 쉰 목소리로 말한다.

"무슨 말인지 정확히 알고 있는 것 같은데. 넌 내가 느끼는 감정을 처음으로 느끼고 있어—그 어디도 안전하지 않다는 것. 그리고 그게 편치 않지."

사이먼은 두개골에서 맥박이 뛰는 느낌이다. 그의 몸이 로버트가 입 밖에 낸 진실의 대못에 박힌다. 표본판에 고정된 곤충처럼, 날개를 퍼덕인다.

"질투하는 거야." 그는 이를 악물고 말한다. "그게 다야. 더 노력해야지, 롭, 그런데 넌 안 해. 그리고 질투해—넌 질투하는 거야—노력하는 나를."

로버트는 꿈쩍 않고 있다가 별안간 고개를 옆으로 돌린다. 다시 사이먼을 향할 때는 두 눈의 흰자위가 불그스름하다.

"너도 다른 놈들과 똑같구나." 그가 말한다. "트윙크들, 예술쟁이들, 빌어먹을 곰*하고. 너희들은 권리와 자유에 대해 떠들어대고 온갖 퍼레이드를 쫓아다니지만 사실 정말 원하는 건 폴섬의 구석방에서 가죽쟁이**랑 붙어먹고 목욕탕에서 씨를 싸지를 수 있는 권리지. 다른 백인 남자들처럼, 호모 아닌 남자들처럼 제멋대로 굴 권리를 원하는 거야. 하지만 넌 그런 백인 남자가 될 수 없어. 그리고, 그래서 이곳이 위험한 거야. 그걸 잊게 해주니까."

사이먼은 굴욕감에 속이 타오른다. 좆까, 그는 생각한다. 좆까, 좆까, 좆까. 하지만 로버트의 말이 그를 침묵하게 했다. 분노에, 그

---

* 모두 외모와 성격에 따라 게이를 분류해 이르는 말.

** 마초적인 게이를 부르는 말.

리고 수치심에─왜 이 두 감정은 항상 같이 올까? 그는 돌아서서 문을 밀고 나가 카스트로 스트리트의 흐릿한 어둠 속으로 향한다. 언제까지나 그를 기다리고 있는 듯한 불빛과 남자들에게로.

퍼프의 새 직원들은 끔찍하고─열여섯 살이고 겁에 질린데다 심지어 춤도 못 춘다─관객은 드문드문 있다. 각 구석에 남자 둘이 끌어안고 있고, 그보다 조금 더 많은 남자들이 단상 근처에서 정신없이 몸을 비벼댄다. 근무가 끝나자 에이드리언은 안달한다. "젠장, 여기서 나가야겠어." 그가 중얼거리면서 수건으로 몸을 닦아낸다. 사이먼도 그렇게 한다. 그는 에이드리언의 차에 올라타 카스트로를 쏘다니며 상대를 물색하지만, 앨피스의 주인은 아프고 큐티스의 광경도 퍼프만큼이나 암울해서 에이드리언이 급커브를 해 시내로 향한다.

콘홀목욕탕과 리버티목욕탕은 열지 않았다. 폴섬걸치서점─쾌락에 대한 헌신이라는 슬로건이 쓰여 있다─에 들러보지만 영화부스에만 사람이 차 있고 그 외에는 아무도 없다. 브라이언트 스트리트의 부트캠프목욕탕은 텅 비었다. 둘은 결국 가죽쟁이 아지트인 애니멀스까지 가고, 에이드리언도 사이먼도 가죽을 입지 않았지만 하느님께 감사하게도 적어도 여긴 사람들이 있으니 옷을 사물함에 던져넣은 뒤 에이드리언이 앞장서서 어두운 미로 같은 방들을 지나 나아간다. 챕스*를 입고 개목걸이를 찬 남자들이 어둠 속에서

---

* 추위나 비를 피하기 위해 덧입는 가죽바지. 가랑이가 뚫려 있다.

서로의 몸에 올라타 있다. 에이드리언이 보디스트랩을 두른 어린 애 하나와 구석으로 사라지지만, 사이먼은 선뜻 다른 사람 몸을 만질 기분이 들지 않는다. 그는 입구에서 에이드리언을 기다리고, 에이드리언은 한 시간 후에 동공이 커지고 입이 빨갛게 반들반들해져서 돌아온다.

에이드리언이 그를 집까지 태워준다. 사이먼은 숨을 돌린다. 망쳐버리지 않았다. 돌이킬 수 없을 만큼은, 아직은. 사이먼과 로버트의 아파트에서 한 블록 떨어진 곳에 차를 세운 둘은 몇 초간 서로를 응시하다가 사이먼의 몸이 에이드리언을 향하고, 이렇게 그 일이 시작된다.

클라라는 무대 위, 푸른빛의 웅덩이 아래 서 있다. 무대라고 해봐야 올라가서 노래를 부르는 용도의 작은 단상이다. 원형 테이블과 바 스툴에 관객이 드문드문 앉아 있긴 하지만 사이먼은 그중 몇이 그녀를 보러 왔는지, 몇이 그냥 단골인지 알 수 없다. 클라라는 남자 턱시도 재킷에 가는 세로줄무늬 바지를 입고 닥터마틴을 신었다. 그녀의 묘기는 능숙하지만 어디까지나 묘기일 뿐 큰 마술은 아니고, 유머러스하고 재치는 있지만 대본에서 논문을 발표하는 대학원생처럼 공부해서 준비한 완벽주의의 느낌이 난다. 사이먼은 빨대로 마티니를 휘저으며 나중에 그녀에게 무슨 말을 해줄지 고민한다. 준비기간만 일 년이 넘었고 이것이 그 결과다. 유일하게 그녀를 받아준 필모어 지구의 재즈클럽에서 하는 스카프 묘기. 단골들은 이미 차가운 봄밤으로 흩어져나가고 있다.

손님은 손에 꼽을 정도만이 남아 있고, 클라라는 가까운 보면대에 묶어둔 밧줄을 푼 뒤 작은 갈색 마우스피스를 치아에 끼운다. 밧줄은 쇠줄에, 쇠줄은 천장의 파이프에 연결돼 있고 클라라가 직접 설치한 도르래로 움직일 텐데, 도르래를 움직이는 클라라 쪽의 밧줄은 지금 바 매니저가 잡았다.

"그 사람을 믿어?" 지난주 클라라가 묘기를 어떻게 보여줄 건지 설명했을 때 사이먼이 물었다. "내가 해줄까?"

"난 일과 재미를 확실히 구분하는 사람이야."

"내가 재미야?"

"글쎄, 아니네." 그녀가 말했다. "넌 가족이지."

그는 그녀가 2층 창문으로 올라가는 모습을 지켜본다. 짧은 막간에 그녀는 금색 스팽글이 수놓인 살색 민소매 원피스로 갈아입었는데 치마 끝에 달린 술이 허벅지 중간까지 온다. 몸이 떠오르며 클라라는 유령처럼 둥글게 돌더니 팔과 다리를 몸에 가까이 붙인다. 불현듯 그녀가 흐릿해져 빨간색과 금색, 머리카락과 반짝이, 빛의 소용돌이로 변한다. 속도가 줄어들자 다시 그의 누나처럼 보인다. 이마선 가까이에 땀방울이 반짝이고 턱이 떨리기 시작한다. 발이 아래로 뻗어나오고 무대에 닿을 정도로 내려오자 무릎이 구부러진다. 그녀는 입에 문 재갈을 손바닥에 뱉고 인사한다.

얼음이 부딪치는 소리, 의자를 움직이느라 삐걱대는 소리가 나고 뒤이어 박수가 터져나온다. 마술이 아니다, 클라라가 해낸 것은. 속임수는 없다. 힘과 이상하고 비인간적인 가벼움의 기이한 조합일 뿐이다. 사이먼은 그것이 연상시키는 게 공중부양인지 교수형인지 모르겠다.

다음 공연이 준비되는 동안 사이먼은 분장실로 클라라를 찾아간다. 그가 밖에서 기다리는 동안 그녀는 오십대로 보이는 운동복 차림의 우람한 매니저 남자와 이야기를 나눈다. 남자가 한 손으로 악수를 하고 다른 손으로 그녀의 등을 감싸다가 엉덩이 굴곡에 머무르자 클라라의 몸이 굳는다. 남자가 방에서 나가고, 그녀가 문 쪽을 힐끔힐끔 보더니 매니저의 가죽재킷이 걸린 의자로 다가간다. 지갑 때문에 한쪽 호주머니가 불룩하다. 그녀가 지폐 뭉치를 꺼내서 원피스 옆구리에 쑤셔넣는다.

"장난쳐?" 사이먼이 안으로 들어서며 묻는다.

클라라가 몸을 홱 돌린다. 그녀의 얼굴에 어렸던 수치심이 정의감으로 변한다. "그놈은 개자식이야. 돈도 개떡같이 주잖아."

"그래서?"

"그래서 뭐?" 그녀가 턱시도 재킷을 입는다. "수백 달러가 들어 있었어. 내가 챙긴 건 50이고."

"참 훌륭한 짓이다."

"이럴래, 사이먼?" 클라라가 허리를 꼿꼿이 편 채 일리야의 검은색 상자에 도구들을 집어넣는다. "내가 첫 공연을 하는데, 그것도 몇 년 동안 준비한 건데, 그게 할 소리야? 어디 훌륭한 게 뭔지 얘기해볼까?"

"무슨 뜻이야?"

"소문이 퍼진다는 뜻이야." 클라라가 상자를 닫고 방패처럼 두 팔로 감싸안아 든다. "같이 일하는 사람이 에이드리언의 사촌이야. 지난주에 그 여자가 그러더라. '내 사촌이 네 동생이랑 사귀는 것 같아.'"

사이먼은 얼굴이 새하얘진다. "뭐, 그건 헛소리고."

"나한텐 거짓말하지 마." 클라라가 그에게 몸을 기댄다. 머리카락이 그의 가슴을 스친다. "로버트를 만난 건 네게 일어난 일 중에 씨팔 제일 좋은 일이야. 이제 내다버리고 싶다면, 그건 네 선택이지만 적어도 제대로 헤어지는 정도의 예의는 지켜."

"이래라저래라 하지 마." 사이먼은 이렇게 말하지만, 최악은 클라라가 아는 게 반도 안 된다는 것이다. 새벽녘이면 골든게이트공원에서 작업할 상대를 찾아다니는 것, 스피드웨이 잔디밭이나 41번 애비뉴와 JFK 드라이브의 공중화장실에서 모르는 사람과 섹스하는 것, 카스트로극장의 뒷줄에서 스크린의 '고아 소녀 애니'가 노래를 부르는 동안 손으로 하는 것. 오션비치의 황무지에서 서로의 몸을 덥히는 수많은 남자들.

그리고 최악의 밤은 5월의 텐더로인에서다. 반짝이가 달린 은색 원피스를 입고 통굽 하이힐을 신은 여장남자가 그를 하이드 스트리트에 있는 1인실 전용 호텔로 데려간다. 누군가의 포주가 사이먼의 멱살을 잡고 지갑을 찾아 더듬거리지만 사이먼은 무릎으로 그 남자의 가랑이를 걷어찬 뒤 비틀거리며 위층으로 올라간다. 그들은 방에 들어가 침대 옆 스탠드를 켜고, 그제야 사이먼은 상대가 레이디라는 걸 알아본다. 그녀는 몇 주 동안 퍼프에 나오지 않았고 그사이 모두가 최악의 상황을, 그러니까 게이 암에 걸렸을 거라고 생각했으므로 몇 초간 사이먼은 돌풍 같은 안도감을 느낀다. 하지만 레이디는 그를 알아보지 못한다. 그녀는 원피스 주머니에서 미니어처 보드카 병을 꺼낸다. 속은 비었고 알루미늄포일 필터가 입구를 덮고 있다. 그녀가 병 안의 연소통에 크랙*을 쑤셔넣고 연기를 들이마신다.

6월의 첫날, 사이먼은 샤워기 물줄기 아래 서 있다. 어젯밤 〈신화〉 공연에서야 사이먼은 며칠 만에 처음으로 로버트를 만졌고, 처음으로 싸우지 않고 함께 서 있었다. 사이먼은 로버트를 생각하며 자위를 시도하지만, 수제 파이프 위로 웅크리고 있던 레이디를 떠올리고서야 쌀 수 있다.

그는 샴푸통을 집어 거치대를 향해 있는 힘껏 던진다. 거치대가 튀어 샤워기를 치고 홀더에서 빠진 샤워기가 마구잡이로 꿈틀거리며 천장까지 물을 뿌린 뒤에야 사이먼은 겨우 그 빌어먹을 것을 끈다. 그리고 그대로 미끄러져내려 욕조의 차가운 도자기벽에 몸을 기대고 흐느낀다. 검은 반점이 여전히 배 위에서 그를 노려보고 있지만, 가까이 웅크리고 살펴보니 전날보다 더 점처럼 보인다. 그래, 점일 수도 있어. 그는 일어서서 거치대를 제자리에 끼워넣은 다음 욕실 매트를 밟고 선다. 햇빛이 비쳐들어 화장실이 반짝인다. 사이먼은 로버트가 말을 걸기 전까지 문간에 서 있는 그를 알아차리지 못한다.

"그게 뭐야?" 그가 사이먼의 배를 응시한다.

사이먼이 수건을 잡은 손에 힘을 준다. "아무것도 아냐."

"아무것도 아니긴." 로버트가 한 손으로 사이먼의 어깨를 잡고 수건을 벗긴다. "이럴 수가."

---

* 태워서 연기를 들이마시는 정제 코카인.

둘은 몇 초 동안 함께 그것을 본다. 그리고 사이먼이 고개를 숙인다.

"롭." 그가 속삭인다. "정말 미안해. 내가 우리한테 이런 짓을 해서 너무 미안해." 그러고는 돌연 말한다. "오늘밤에 공연 있잖아. 극장으로 가야 해."

"자기야, 아니야." 로버트가 말한다. "거기로 가면 안 돼." 그리고 몇 분 안에 택시를 부른다.

9

샌프란시스코종합병원에서 사이먼이 있는 병동에는 침상이 열두 개다. 병동으로 들어가는 회전문에는 코팅된 안내문이 붙어 있고 — **마스크 가운 장갑 안전 주사기 폐기함 병실에 임신부 출입금지** — 좀더 작은 글자로 꽃 반입 금지라고 쓰여 있다.

클라라와 로버트가 의자에서 잠을 자며 사이먼의 병실을 밤새 지킨다. 사이먼의 자리는 다른 자리와 얇은 흰색 커튼으로 분리되어 있다. 사이먼은 같은 병실 사람이 눈에 보이는 것을 좋아하지 않는다. 요리사였던 그는 이제 뼈가 불거져나왔고 아무것도 삼키지 못한다. 며칠 만에 그 침상은 다시 텅 비고, 커튼이 미풍에 날린다.

로버트가 말한다. "가족들에게 말해야 해."

사이먼이 고개를 가로젓는다. "내가 이렇게 간 거 알면 안 돼."

"아직 안 갔어." 클라라가 말한다. 무릎에 팸플릿을 — 친구가 암에 걸렸을 때, 거부 말고 애정을 — 올려놓은 그녀의 눈이 촉촉하다.

"지금 여기 있어, 우리 옆에."

"응." 사이먼은 목구멍이 조이는 것을 느낀다. 목 분비선이 부었다. 어느 날 밤, 로버트와 클라라가 요깃거리를 사러 자리를 비우자 사이먼은 침대 가장자리로 몸을 옮겨 전화기로 손을 뻗는다. 곧 대니얼의 전화번호조차 모른다는 걸 깨닫고 스스로가 한심스러워지지만, 클라라가 의자 위에 소지품을 쌓아놓았고 그중에는 빨간색의 얇은 주소록도 있다. 신호가 다섯 번 가고 대니얼이 전화를 받는다.

"댄." 사이먼이 말한다. 목소리가 갈라지고 왼발에 경련이 일어나는데도 감사의 마음이 넘친다.

긴 침묵이 지나간 뒤 대니얼이 말한다. "누구세요?"

"나야, 대니얼." 그는 목청을 가다듬는다. "사이먼이야."

"사이먼."

또 침묵, 사이먼 스스로 채우지 않으면 끝나지 않을 것처럼 길어지는 침묵.

"나 아파." 그가 말한다.

"아프구나." 망설임. "유감이다."

대니얼은 낯선 사람을 대하듯 딱딱하다. 마지막으로 얘기한 게 언제였지? 사이먼은 대니얼이 어떻게 생겼을지 상상해본다. 그는 지금 스물네 살이다.

"뭐하고 있어?" 사이먼이 묻는다. 형이 전화를 끊지 않게 하려면 뭐라도 물어야 하니까.

"의대 다니고 있지. 방금 수업 마치고 집에 왔어."

사이먼은 상상한다. 문이 휙 열렸다 닫히고 젊은 사람들이 배낭을 메고 걸어가는 모습. 그 생각을 하자 깊은 위안이 돼서 잠이 들 수도 있을 것 같다. 신경통과 경련 때문에 그는 대부분의 밤을 뜬 눈으로 보내고 있다.

"사이먼?" 대니얼이 누그러진 목소리로 묻는다. "내가 뭐 도와줄 거 있니?"

"아니." 사이먼이 말한다. "그런 거 없어." 그는 대니얼이 전화를 끊고 홀가분한 마음이 들었을지 궁금하다.

6월 13일. 병동에서 밤새 두 명이 죽었다. 병실에 새로 들어온 환자는—끊임없이 엄마를 찾는 안경을 쓴 몽족 소년이다—열일곱 살도 안 돼 보인다.

"어떤 여자가 있었는데," 사이먼이 여느 때처럼 옆에 앉아 있는 로버트에게 말한다. "그 여자가 내가 언제 죽을지 말해줬었어."

"여자?" 로버트가 가까이 앉는다. "어떤 여자 말하는 거야, 자기? 간호사?"

사이먼은 현기증이 난다. 신경통 때문에 모르핀을 투여했다. "아니, 간호사 말고—그냥 여자. 뉴욕에 왔어. 내가 어렸을 때."

"사이." 의자에 앉아 그에게 줄 요거트를 젓던 클라라가 고개를 들어 그를 본다. "그러지 마."

로버트는 사이먼을 주시하고 있다. "그래서 그 여자가 뭐라고 했다고? 뭐 기억하는 게 있어?"

기억하는 거? 좁은 문. 경첩에서 달랑거리는 청동 숫자. 집안이 지저분했던 것을 기억한다. 그때는 그것 때문에 놀랐다. 그가 상상한 건 부처의 이미지와 같은 평온한 광경이었으니까. 그에게 카드한 벌을 내밀면서 네 장을 고르라고 한 것을 기억한다. 그가 선택한 카드와—스페이드 네 장이고 모두 검은색이었다—여자가 알려준 날짜의 끔찍한 충격을 기억한다. 비상계단을 비틀거리며 내려갔던 것, 난간을 잡은 손바닥이 축축했던 것을 기억한다. 그 여자가 돈을 요구하지 않은 것을 기억한다.

"내내 알고 있었어." 그가 말한다. "내가 일찍 죽을 걸 내내 알고 있었어. 그래서 그렇게 한 거야."

"그래서 뭘 했다는 거야?" 로버트가 묻는다.

사이먼이 손가락 하나를 든다. "엄마를 떠났어. 하나만 말해보자면."

그는 두번째 손가락을 들어올리지만 생각의 흐름을 놓친다. 말을 이어가는 것이 마치 바다 밑 표면에 닿으려고 애쓰는 것만 같다. 그는 점점 더 바닥으로 가라앉고 있는데, 그리고 저 밑에 뭐가 있는지 아는데 그걸 육지에 있는 사람에게 설명할 수가 없다.

"쉿." 로버트가 이마의 머리카락을 매만지며 말한다. "이제 상관없어. 아무것도 중요하지 않아."

"아니. 이해 못하는구나." 사이먼은 개헤엄을 치고 있다. 숨이 막힌다. 다급해서, 이렇게 말한다. "모든 게 다 중요해."

로버트가 화장실에 간 사이 클라라가 사이먼의 침대 가까이 온다. 눈 밑이 부어 있다.

그녀가 말한다. "언젠가 너만큼 사랑하는 사람을 만날 수 있을까?"

그녀가 침대로 올라가 사이먼 옆에 눕는다. 그가 너무 말라서 병원의 싱글 사이즈 침대에도 두 사람이 충분히 눕는다.

"왜 이래." 사이먼이 말한다. 해가 뜨는 옥상에 함께 서 있었을 때, 막 시작하는 출발점에 서 있었을 때 그녀가 말했던 대로. "훨씬 더 사랑하는 사람을 만나게 될 거야."

"아니." 클라라가 가쁜 숨을 몰아쉬며 겨우 말한다. "아닐 거야." 그녀가 사이먼의 베개에 머리를 얹는다. 그를 향해 고개를 돌리자 머리카락이 그의 쇄골 위로 떨어진다. "그 여자가 뭐라고 했어?"

그게 무슨 상관인가, 이제. "일요일." 사이먼이 말한다.

"오, 사이." 사슬에 묶인 개에게서 나올 법한 억눌린 울음소리가 난다. 클라라는 그게 자기 소리라는 것을 깨닫고 손바닥으로 입을 가린다. "내가 바라는 건―바라는 건……"

"바라지 마. 그 여자가 내게 준 걸 봐."

"이거!" 클라라가 팔의 발진과 앙상한 갈비뼈를 보며 말한다. 갈기 같던 금발조차 사라졌다. 간병인의 도움으로 목욕을 하고 나면 배수구가 곱슬머리로 막혀 있다.

"아니." 사이먼이 말한다. "이거." 그러고는 창문을 가리킨다. "그 여자가 아니었다면 결코 샌프란시스코에 오지 않았을 거야. 로버트를 만나지도 못했을 거고. 춤을 배우지도 못했을 거야. 아마 난 여전히 집에 살면서 내 인생이 시작되기를 기다리고만 있을 거야."

그는 그 병 때문에 화가 난다. 그 병에 분노한다. 아주 오랫동안, 그 여자도 증오했다. 어떻게 어린아이한테 그런 끔찍한 예언을 할 수 있나. 그러나 이제 그 여자가 다르게 보이고, 제2의 어머니랄까 신이랄까, 그를 문으로 인도하고 이렇게 말해준 사람으로 보인다. 가라.

클라라는 마비된 표정이다. 사이먼은 그들이 샌프란시스코로 온 후 그녀의 얼굴에서 보았던 표정, 그 짜증과 인내의 기분 나쁜 조합을 떠올리고 왜 자신이 괴로웠는지 깨닫는다. 그녀는 그 여자를, 남은 시간을 세고 그를 지켜보는 그 여자를 생각나게 했다. 가슴 깊은 곳에서 누이에 대한 사랑의 꽃눈이 꽃을 틔운다. 옥상에 있던 그녀를 생각한다. 끄트머리에 서서 그를 보지 않고 했던 말. 네가 네 인생을 시작할 수 없는 타당한 이유를 하나만 대보라고.

"일요일이라고 해도 놀랍지 않잖아." 사이먼이 말한다. "처음부터 알고 있었으니까."

"네 날짜." 클라라가 속삭인다. "일찍이라고 네가 그랬잖아. 난 그저 네가 원하는 모든 것을 이루길 바랐어."

사이먼이 클라라의 손을 꽉 쥔다. 그녀의 손바닥은 통통하고 건강한 분홍색이다. "다 이뤘어." 그가 말한다.

때때로 클라라는 사이먼과 로버트를 위해 자리를 비켜준다. 둘은 너무 지쳐서 아무것도 못할 때면 샌프란시스코 공공도서관에서 빌려온 위대한 남성 무용수들의 비디오를 본다. 누레예프, 바리시니코프, 니진스키 같은. 샨티 프로젝트* 자원봉사자가 공용활동실에서 텔레비전을 끌어와주고, 로버트가 병상으로 올라가 사이먼과 함께 눕는다.

---

* 1974년 샌프란시스코에서 창립된 비영리단체로, 에이즈를 비롯해 중병을 앓는 환자들을 지원한다.

사이먼이 그를 빤히 쳐다본다. 너를 알게 된 건 행운이었어. 그는 로버트의 미래 때문에 두렵다.

"만약에 로버트가 걸리면," 사이먼은 클라라에게 말한다. "임상실험에 참여해야 해. 약속해, 클라라. 반드시 그렇게 하도록 해주겠다고 약속해."

아프리카에서 가능성을 보인 신약실험에 대한 소문이 병동 곳곳에 파다하다.

"알았어, 사이." 클라라가 속삭인다. "약속해. 노력할게."

왜 로버트와 함께 사는 동안은 사랑을 표현하는 게 그렇게 힘들었을까? 갈수록 낮이 길어지고, 사이먼은 말하고 또 말한다. 사랑해, 사랑해, 그 부름과 응답, 음식이나 호흡처럼 몸에 꼭 필요한 그것. 로버트의 대답을 듣고서야 비로소 맥박이 느려지고, 눈이 감기고, 그리고 마침내, 잠이 들 수 있게 된다.

2부

프로테우스

1982~1991
클라라

10

클라라는 검은 스카프를 붉은 장미 한 송이로, 에이스를 퀸으로
바꿀 수 있다. 그녀는 1센트짜리 동전으로 10센트짜리를, 10센트
짜리로는 25센트짜리를, 공기밖에 없는 곳에서 지폐를 만들어낼
수 있다. 헤르만 패스, 서스턴 던지기, 라이징 카드, 백 팜을 할 수
있다.* 그녀는 고전적인 컵 앤드 볼 마술의 전문가이기도 하다. 캐
나다의 거장 다이 버넌이 일리야 흘라바체크에게, 일리야 흘라바
체크가 그녀에게 전수한 것으로, 속이 빈 은제 컵에 공이 들어 있
다가 그것이 주사위로 바뀌고 마침내 레몬 한 개가 들어 있게 하는
현란하고 현혹적인 착시기술이다.

---

* 헤르만 패스는 카드를 현란하게 펼쳤다 접으며 마치 카드를 이동시키는 것처럼
  동일한 패를 보여주는 묘기, 서스턴 던지기는 카드를 던져 물체에 꽂는 묘기, 라이
  징 카드는 카드 한 벌 사이에서 특정한 한 장이 올라오도록 보이게 하는 묘기, 백
  팜은 동전을 손등 쪽으로 숨겨 사라진 것처럼 보이게 하는 묘기다.

그녀가 할 수 없는 것―그럼에도 끝까지 시도할 것―은 동생을 다시 살려내는 일이다.

공연장에 도착해서 클라라가 첫번째로 할 일은 '목숨이 걸린 턱'을 위해 장비를 설치하는 것이다. 천장이 높은 나이트클럽은 찾기가 쉽지 않아서 극장식 식당이나 음악회장에서, 때로는 버클리의 작은 서커스단에서 프리랜서로 공연하기도 한다. 그래도 역시 선호하는 장소는 클럽이다. 연기가 자욱하고 어둑하기 때문에, 혼자 일할 수 있기 때문에, 그리고 클럽에는 그녀가 공연을 보여주고 싶은 어른들만 오기 때문에. 어른들은 대부분 마법을 믿지 않는다고들 하지만 클라라는 그렇지 않다는 걸 알고 있다. 그게 아니면 어째서 사람들이 영원한 것이 있다는 듯 살겠는가―사랑에 빠지고, 아이를 낳고, 집을 사면서. 그런 건 없다는 증거로 가득한 세상에서. 그녀의 마술은 그들을 변화시키지 않는다. 인정하게 한다.

그녀는 불룩한 더플백에 도구들을 넣어 다닌다. 하강밧줄과 상승밧줄, 스패너와 클램프, 돌아가는 마우스피스, 도르래 줄 같은 것. 일리야에게 장치는 매번 달라진다고 배웠기 때문에 클라라는 천장의 높이와 무대의 폭, 장치봉의 종류와 강도를 체크한다. 실패와 성공 사이에는 아무런 간극도 없고―타이밍이 완벽하냐 처참하냐일 뿐―사다리 위에서 상승밧줄을 장치봉에 묶을 때, 도르래 줄을 세 번 감고 역방향 밧줄에 안전 제동기를 연결할 때면 맥박이 크게 뛴다. 무대 위에서는 바닥부터 175센티미터가 되는 지점을 잰다. 그녀의 키가 167센티미터가 조금 넘고, 여기에 발끝을 뻗었을 때 늘어나는 18센티미터와 바닥에 닿지 않게 띄우는 5센티미터 공백을 고려해야 한다.

그녀는 이 년 전부터 이탈 묘기를 시작했다. 보조가 밧줄을 잡아당겨 재갈을 입에 문 클라라를 천장까지 띄운다. 공연 초기에는 미끄러지듯 아래로 내려왔지만 이제 밧줄이 후룩 풀리며 급하강한다. 매번 관객들은 사고가 난 줄 알고 한순간 숨을 못 쉬거나 때로는 비명을 지르기도 하는데, 그때쯤 그녀가 공중에서 멈춘다. 이제는 그녀도 자신의 몸무게를 지탱하느라 턱이 덜덜 떨리는 것이나 목뼈가 덜컹하는 것, 눈, 코, 귀가 따끔거리는 것에 어느 정도 익숙해졌다. 밧줄이 몇 센티미터 더 내려가 발이 바닥에 닿을 때까지 보이는 것은 뜨거운 백색 불빛뿐이다. 고개를 들고 재갈을 손바닥에 뱉으면, 그제야 처음으로 관객들이 눈에 들어온다. 경탄에 차서 무방비한 얼굴들.

"모두 사랑해요." 그녀가 인사를 하면서 속삭인다. 매 공연 전에 커튼 뒤에 서서 점점 커지는 서곡을 배경으로 이 말을 반복했던 하워드 서스턴에게 영감을 받은 것이다. "모두 사랑해요, 모두 사랑해요, 모두 사랑해요."

11

1988년 2월의 유난히 추운 밤, 클라라는 커미티의 무대에 선다. 그곳은 보통 동명의 코미디 극단이 공연을 하는 브로드웨이 스트리트의 카바레다. 이번 월요일에 극단이 장소를 빌려주었고, 클라라는 예상되는 수입보다 더 많은 돈을 지불했다. 그녀가 테이블마다 명함을 올려놓았지만—명함에는 죽지 않는 사람이라고 쓰여 있다—객석은 듬성듬성 찼고 그나마도 콘도르와 러스티레이디*에서 물관리를 당했거나 거기로 옮겨갈 남자들이다. 클라라는 재치 있게 컵 앤드 볼 마술을 선보이지만 사람들은 이탈 묘기 말고는 관심이 없고, 그마저도 전처럼 신기해하지 않는다. "마술은 그만하자, 자기야." 누군가가 소리친다. "찌찌나 보여줘!" 그녀의 공연이 끝나자 벌레스크 극단이 무대 준비를 시작하고, 클라라는 공연날 밤

---

* 둘 다 샌프란시스코에 있는 스트립클럽.

에 입는 긴 검은색 더스터코트를 걸치고 바bar로 간다. 화장실에 가는 길에 아까 야유했던 사람의 주머니에서 가죽지갑을 슬쩍 빼냈다가 돌아오는 길에 현금이 사라진 지갑을 제자리에 밀어넣는다.

"저기."

심장이 쿵 내려앉는다. 고개를 돌리며 그녀는 주근깨 있는 얼굴과 위스키 빛깔의 눈, 유니폼과 배지를 보게 되겠거니 생각하지만 실제로 마주한 것은 티셔츠와 헐렁한 청바지를 입고 작업화를 신은 키 큰 남자, 항복한다는 뜻으로 두 손을 들어올리는 남자다.

"놀라게 할 생각은 아니었어." 그가 말하지만, 클라라는 그저 그의 연갈색 피부와 어깨까지 오는 윤기나는 검은 머리칼을 빤히 보며 이 두 가지 모두 분명 전에 본 적이 있다고 생각한다.

"낯이 익은데."

"나 라지야."

"라지." 그리고 머릿속 전구에 불이 들어온다. "라지! 세상에. 테디, 아니, 백시시 칼사 룸메이트." 백시시 칼사의 긴 머리와 철팔찌를 기억해내며 그녀가 덧붙인다.

라지가 웃는다. "난 걔 별로였어. 무슨 백인이 뜬금없이 터번을 두르고 다녀?"

"헤이트*에서 노는 애들이 그렇지 아마."

"지금은 다들 떠났어. 실리콘밸리에서 일하거나, 아니면 변호사가 됐지. 머리는 아주 짧고."

클라라가 웃는다. 그녀는 라지의 명민함과 눈이, 그녀를 탐색하

---

* 1960년대 히피문화의 중심지였던 헤이트 애시베리 지구.

는 데 쓰이는 그 두 가지가 마음에 든다. 사람들이 삼삼오오 자리를 뜨고 문이 열리자 별과 스트립클럽들의 네온 전광판이 수놓인 검은 밤이 보인다. 보통은 공연이 끝나면 스톡턴 30번 버스를 타고 혼자서 살고 있는 차이나타운의 아파트로 간다.

"지금 뭐하고 있어?" 그녀가 묻는다.

"하는 거?" 라지의 입은 입술이 얇지만 능글맞게 비죽대는 게 표현력이 풍부하다. "지금 아무것도 안 하고 있는데. 아무 계획도 없어."

"십 년이나 됐어. 믿어져? 십 년! 그리고 너는 내가 샌프란시스코에 와서 처음으로 만난 사람들 중 하나야."

둘은 시티라이츠*와 골목 하나를 사이에 둔 이탈리아 카페 베수비오에 앉아 있다. 클라라는 한때 펄링게티와 긴즈버그가 자주 찾던 곳이라는 이유로 이곳을 좋아한다. 지금은 떠들썩한 호주 단체 관광객들이 차지하고 있지만.

"그리고 우린 아직 여기 있고." 라지가 말한다.

"그리고 우린 아직 여기 있지." 클라라는 사이먼과 함께 이 도시에 와서 처음 며칠을 머물렀던 아파트에서 라지가 어땠는지에 대해 흐릿한 이미지만 가지고 있다. 소파에서 『백년 동안의 고독』을 읽거나, 야구장 근처에서 꽃을 팔던 금발에 팔다리가 긴 수지와 부

---

* 샌프란시스코 차이나타운에 위치한 서점 겸 출판사로 1953년에 문을 열었다. 인권 관련 서적을 주로 취급한다.

억에서 팬케이크를 만드는 라지. "수지는 어떻게 됐어?"

"기독교인 심령술사랑 도망갔어. 79년 이후로 못 봤지. 넌 남동생이랑 같이 왔었지? 갠 어떻게 지내?"

마티니 잔의 가느다란 손잡이만 쥐어짜듯 만지작거리던 클라라가 고개를 든다. "죽었어."

라지가 마시던 음료 위로 기침을 한다. "죽었다고? 젠장, 클라라. 미안. 어쩌다가?"

"에이즈." 그렇게 말하면서 클라라는 적어도 죽음의 이유가, 병명이 있다는 것에 감사한다. 사이먼이 죽고도 세 달이 지나도록 존재하지 않았던 이름이다. "스무 살에."

"젠장, 빌어먹을." 라지가 또 한번 고개를 가로젓는다. "개같아, 에이즈라는 거. 작년에 내 친구도 죽었어."

"무슨 일 해?" 클라라가 묻는다. 화제를 바꿀 만한 것이라면 아무거나 좋았다.

"정비사. 대체로는 자동차 수리인데, 건설 쪽도 했어. 아버지는 내가 외과의사가 되길 바라셨어. 잘도 되겠다고 내가 항상 말했는데, 그런데도 날 여기로 보냈지. 아버지는 다라비에 남고—거긴 봄베이의 슬럼이야. 1.5킬로미터 안에 오십만 명이 사는 곳, 강물에 똥을 싸는 곳, 그래도 거기가 내 고향이야."

"힘들었겠다, 아버지 없이 여기까지." 클라라가 그를 바라보며 말한다. 그는 눈썹이 짙지만 이목구비는 선이 가늘다. 광대가 솟았지만 차차 윤곽이 가늘어져 하관은 좁고 턱은 뾰족하다. "몇 살에?"

"열 살. 아버지 사촌 아미트 집으로 왔어. 우리 집안에서 가장 똑똑한 사람이었는데, 대학에서 장학금을 받고 60년대에 학생비자로 캘리포니아에 있는 의대에 들어갔어. 우리 아버지는 내가 딱 그렇게 되길 바랐어. 나는 과학을 정말 못했고 사람들 치료하는 것도 안 좋아했는데 물건을 고치는 건 좋아했으니까, 우리 아버지가, 그분이 반은 나를 제대로 알았던 거지. 반만 알아선 안 되는 거였나." 그는 불편할 때 웃는 버릇이 있고, 인도 억양이 희미하게 남아 있지만 클라라가 주의깊게 들어야 알아챌 정도다. "그런데 넌? 지금 그 일은 얼마나 했어?"

"음." 클라라가 말한다. "육 년?"

처음엔 이 고된 일이 짜릿했지만 지금은 그저 지칠 뿐이다. 혼자서 장비를 설치하고 해체하는 것도, 누군가의 붐박스에서 울려퍼지는 힙합음악을 들으면서 더스터코트 차림으로 바트*를 타고 버클리까지 가는 것도. 새벽 한시, 이스트베이에서 출발할 땐 세시에 집에 도착해서 욕조에 몸을 담글 즈음엔 1층 중국제과점이 활기를 띠기 시작하는 것도. 돈이 없어서 바꿀 수도 없는 쓰레기 같은 재봉틀로 그 망할 반짝이들을 다시 드레스에 꿰매는 밤들도─반짝이들은 소파 쿠션 틈에도, 계단 위에도, 샤워실 배수구에도 떨어져 있다.

일 년 전, 그녀는 이탈 묘기를 하던 중 크게 다쳤다. 〈크로니클〉 구인광고로 찾은 여자애가 안전 제동기를 확인하지 않고 밧줄을 놓는 바람에 밧줄이 장치봉에서 1미터 정도 미끄러졌다. 클라라는 바닥으로 떨어졌다. 정신이 들고 보니 손과 무릎으로 바닥을 짚은

---

* 샌프란시스코만과 근교를 잇는 열차.

채 마치 한 대 맞은 듯 골이 욱신거렸고, 발은 짙은 색 풍선처럼 부어올랐다. 보험도 없어서 병원비로 솔의 유산을 거의 다 써버렸다. 발 보호대를 하고 여섯 주를 보내는 내내 격분했다. 지난 일 년 동안은 서커스단 출신인 열아홉 살 남자아이하고만 일했는데, 그 아이는 바넘에 합류하게 되어 3월에 떠난다.

"너 행복해 보이더라." 라지가 말한다. 그는 싱긋 웃고 있다.

"아." 클라라가 미소 짓는다. "그랬지. 그래. 그런데 피곤해. 혼자서 하느라 힘들어. 공연할 곳 찾기도 힘들고. 나를 써주는 곳이라봐야 거기가 거기고, 매번 써주지도 않아. 그러다보면 같은 장소에서 몇 년 동안 공연을 하고, 소문이 나고, 부풀려진 소문이 막 퍼지다가 사라지고, 그런데 여전히 거기 있어, 그러니까, 입으로 밧줄을 물고 매달려서 말이야."

"그거 좋더라, 밧줄 마술. 비밀이 뭐야?"

"비밀은 없어." 클라라가 어깨를 으쓱한다. "그냥 참는 거야."

"대단한데." 라지가 눈썹을 치켜올린다. "긴장돼?"

"예전보단 덜 그래, 그것도 하기 전에만. 사실 기대되지. 무대 뒤에 있으면…… 무대공포증인가 싶어도 그게 다는 아닌 거 같고, 흥분감이랄까. 내가 사람들한테 이제껏 보지 못한 무언가를 보여줄 거란 걸 아니까. 그들이 세상을 보는 방식을 바꿔버릴지 모른다는 걸, 단 한 시간이나마." 그녀는 눈살을 찌푸린다. "스카프 마술이나 컵 앤드 볼 하기 전엔 긴장되지 않아. 평생 했으니까. 그런데 그런 건 다들 이탈만큼 좋아하지 않더라."

"그럼 공연 레퍼토리를 바꾸지그래? 소소한 건 빼고, 큰 규모로."

"문제가 복잡해. 장비랑 전속으로 일하는 진짜 조수가 필요하니까. 더 큰 소품들을 다룰 줄 알아야 하고. 거기다 내가 제일 하고 싶은 공연들, 글로만 배운 그것들은 말이야, 직접 방법을 터득해야 해. 마술사라는 종은 입이 꽤 무거워."

"가정을 해보자, 그럼. 뭐든지 할 수 있다고. 뭐할래?"

"뭐든지? 맙소사." 클라라가 환하게 웃는다. "드콜타의 사라지는 새장, 우선은. 드콜타가 안에 앵무새가 있는 새장을 공중에 띄우는데, 한순간―짠!―새장이 사라져버려. 틀림없이 옷소매에 숨겼을 텐데, 어떻게 하는지 절대 모르겠어."

"접히는 거겠지. 새장 살에 혹시 마디가 있었어? 가운데가 양끝보다 더 굵어?"

"몰라." 클라라는 말은 이렇게 하면서도 얼굴이 홍조를 띠고 말이 빨라진다. "그리고 프로테우스 캐비닛. 작은 옷장인데, 바퀴 달린 다리가 길어서 캐비닛 바닥으로 통로를 내 몰래 드나들 수 없다는 걸 관객들도 알아. 조수가 캐비닛을 돌리면서 문을 열었다 닫았다 하는데 갑자기 안에서 노크 소리가 나는 거야. 문이 열리면, 짠, 하고 사람이 나타나."

"거울이야." 라지가 말한다. "관객들이 거울 표면을 보는 게 아니고, 그 반대편의 반사된 물체를 보는 거지."

"그래, 나도 그 정도는 알아. 그런데 각도가 문제야. 기하학적으로 완벽해야 하고, 이게 바로 그 마술의 비밀이야, 수학." 그녀는 잔이 비었지만 바로 알아차리지 못한다. "내가 정말 하고 싶은 공연은, 사실 내가 가장 좋아하는 건 '제2의 눈'*이라는 거야. 찰스

---

* 유명한 투시 마술의 이름.

모릿이라는 마술사가 개발했어. 관객이 아무 소지품이나 그에게 주면—예를 들면 금시계나 담배케이스 같은 거—눈을 가린 조수가 그게 뭔지 알아맞혀. 그때까지 다른 마술사들은 비밀용어를 썼거든—뭐냐면, '네, 여기 재미있는 물건이 있네요, 그걸 주세요'처럼 분명히 일종의 암호인 말을 해—그런데 모릿은 '네, 고마워요'라고밖에 안 했어, 매번. 죽을 때까지 비밀을 밝히지 않았고."

"그 눈가리개가 시스루였던 거야."

"조수는 벽을 보고 있었어."

"그 관객이 미리 심어놓은 사람이었겠지."

클라라가 고개를 가로젓는다. "그럴 수는 없어. 그랬으면 그렇게 유명해지지 않았을 거야. 사람들이 백 년 넘게 그 비밀을 풀어보려고 했다고."

라지가 웃는다. "젠장."

"말했잖아. 내가 몇 년이나 생각했다고."

"그럼 이렇게 하자." 라지가 말한다. "나랑 같이 더 열심히 생각하는 거야."

12

골드 가족이 매년 여행을 떠나는 뉴저지 라벌레트에서 솔이 새벽에 가족들을 깨운 적이 있었다. 가장 늦게 일어난 거티가 꿍꿍거리는 사이 솔은 가족들을 이끌고 파란색과 노란색 덧문이 달린, 대여한 해변가 집을 나와 바다로 이어지는 길을 따라 내려갔다. 모두가 맨발이었다. 신발 신을 쬠이 없었다. 물가에 도착해 클라라는 이유를 알았다.

"케첩 같다." 사이먼이 말했다. 수평선 부근은 수박 같은 푸크시아색이었지만.

"아니." 솔이 말했다. "나일강 같지." 그러고는 클라라라면 자기 말에 동의해줄 거라는 확고한 믿음을 품고 바다를 응시했다.

몇 년 후 클라라는 학교에서 적조라는 현상을 배웠다. 조류가 크게 증식하여 연안 바닷물이 독성을 지니고 다른 색으로 변하는 현상. 이 지식을 알게 되자 이상하게 공허한 기분이었다. 더는 붉은 바다에 대해 궁금해하거나 그 신비에 경탄할 이유가 없었다. 무언가를 얻는 대신 다른 것은—변신의 마법—빼앗겼다는 사실을 알게 되었다.

누군가의 귀에서 동전을 꺼내거나 공을 레몬으로 바꿀 때 클라라는 그게 사람들을 속이는 일이 아니라 다른 종류의 지식, 그러니까 가능성이 확장되는 감각을 선사하는 일이기를 바란다. 중요한 건 마술이 현실을 부정하는 것이 아니라 그 막을 벗겨내 현실의 기이한 부분과 모순을 드러내고자 한다는 것이다. 가장 좋은 최고의 마술, 클라라가 하고 싶은 마술은 현실에서 무엇을 빼지 않는다. 현실에 더한다.

기원전 8세기에 호메로스가 프로테우스에 대해 썼다. 그는 바다의 신으로, 바다표범을 키우고 어떤 모습으로든 변할 수 있다. 미래를 예언할 수 있지만 그러고 싶지 않아서 형체를 바꾸고, 붙잡혀야만 대답해준다. 삼천 년 후, 발명가 존 헨리 페퍼가 런던의 폴리테크닉 연구소에서 '프로테우스, 또는, 우리는 여기 있지만 여기 없다'라는 이름의 새로운 착시 마술을 선보였다. 그로부터 한 세기 후, 피셔맨스워프*의 건축폐기물 수거함에서 클라라와 라지가 목재 폐기물을 뒤진다. 늦은 시간이라 모두가 떠난 그곳에서—바다사자마저 잠들어 수면 위로 코만 내놓고 있다—둘은 널빤지 아홉 장을 끌고 라지의 트럭으로 돌아온다. 라지가 다른 네 남자와 함께 사는

---

* 샌프란시스코 기라델리광장에서 35부두까지 이어지는 북쪽 해안가.

선셋 지구의 집 지하실에서 그가 너비 90센티미터, 높이 180센티미터의 캐비닛을 만든다. 클라라는 존 헨리 페퍼의 장비처럼 흰색과 금색 벽지를 내부에 바른다. 라지가 유리거울 두 장을 각각 캐비닛 안쪽에 경첩으로 달고 거울 뒷면에도 벽지를 발라서 거울이 벽면에 붙어 있을 땐 캐비닛의 안쪽 면처럼 보이게 한다. 가운데로 열린 두 거울의 가장자리가 맞닿으면 그 뒤쪽에 딱 클라라가 들어갈 만큼의 세모꼴 공간이 생긴다. 이제, 캐비닛 안쪽 정면이 아니라 거울을 통해 반사된 옆면이 보인다.

"아름다워." 그녀가 나지막이 말한다.

착시 마술은 흠잡을 데가 없다. 클라라는 시야에서 사라졌다. 거기, 현실의 한가운데에, 아무도 볼 수 없는 누군가가 있다.

라지의 과거는 마술적이라고밖에 말할 수 없다. 어머니는 그가 세 살 때 디프테리아로 죽었고, 넝마주이인 아버지는 쓰레기산을 헤집고 다니며 유리와 금속과 플라스틱을 찾아 넝마장수에게 팔았다. 그리고 그중 팔리지 않은 쓰레기를 집에 가져왔고, 라지는 그것들을 받아 작고 정교한 로봇으로 만들어서 단칸방 집 바닥에 늘어놓았다.

"아버지는 결핵에 걸렸어." 라지가 말한다. "그래서 날 여기로 보낸 거야. 자기가 곧 죽을 줄 알고, 그러면 내가 혼자 남게 된다고 생각해서. 나를 탈출시키려면 빨리 움직여야 했던 거지."

둘은 클라라의 침대에 누워 있고, 두 사람의 코는 고작 3센티미터 정도 떨어져 있다. "어떻게 하신 거야?"

라지가 멈칫한다. "어떤 사람한테 돈을 줬어. 그 사람이 내가 아미트의 동생이라는 서류를 위조해줬고. 그게 나를 보낼 수 있는 유일한 방법이었고, 그건 아버지가 가진 모든 것을 빼앗아갔지." 그의 얼굴에 그녀가 전에 보지 못한 연약함이, 또는 불안이 드러난다. "지금은 합법적 신분이야, 그게 궁금한 거라면."

"그런 게 아니었어." 클라라가 그의 손에 깍지를 끼고 힘을 준다. "아버지가 여기 오신 적 있어?"

라지가 고개를 가로젓는다. "아버지는 이 년 뒤에 돌아가셨어. 그런데 나한테 아프다는 말을 하지 않아서 돌아가시기 전에 보지도 못했어. 내가 고향에 가면 아버지를 두고 떠나지 않겠다고 할까 봐 그런 것 같아. 자식이라곤 나 하나였는데."

클라라는 두 아버지를 떠올려본다. 그녀의 마음속에서는, 그게 어디든 그들은 친구다. 유령들의 공원에서 체스를 두고, 천국의 연기가 자욱한 술집에서 유일신론에 대해 토론한다. 기독교식의 천국을 믿으면 안 된다는 건 알지만 그녀는 그것을 믿는다. 유대교식—망각의 땅 '시올'—은 너무 절망적이다.

"아버지들이 우릴 어떻게 생각할까?" 그녀가 묻는다. "유대인과 힌두인의 조합을."

"아주 약간 힌두인과." 라지가 그녀의 코를 꼬집는다. "아주 약간 유대인이지."

라지는 그 자신의 신화를 새로 써낸다. 그는 하워드 서스턴에게 인도의 위대한 마술의 비법을—망고나무 씨앗을 몇 초 만에 나무로 자라게 하는 법, 못 위에 앉는 법, 밧줄을 공중에 던지고 어디 묶지도 않은 채 타고 오르는 법—가르친 전설적인 고행승의 아들

의 아들이다. 그는 매니저와 출연 계약 담당자들에게 이렇게 말하고 팸플릿에도 이렇게 쓸 것이며, 그때마다 죄책감에 한구석을 베어물린 만족감을 느낀다. 원래 자신이 자기 것을 되찾으려는 고행승의 가짜 손자에 가까운지, 아니면 도둑질한 비법을 주머니에 숨기고 동양에서 서양으로 숨어드는 사기꾼 하워드 서스턴에 가까운지 확신이 없다.

"난 그거 잘 모르겠어." 라지가 말한다. "죽지 않는 사람."

둘은 클라라 집의 소파에 앉아 있다. 4월, 네시이고 이슬비가 내리고 있지만 아래층 제과점에서 열기가 올라오고, 그들은 창문을 열어놓았다.

"잘 모를 게 뭐 있어?" 클라라는 헐렁한 티셔츠와 라지의 사각팬티를 입고, 맨발을 그의 허벅지 위에 올려놓고 있다. "난 절대 죽지 않잖아."

"허풍이 심하네." 그가 그녀의 종아리 뒤쪽을 잡고 꾹 누른다. "말의 뜻은 알지. 그냥, 네가 하는 것에 왜 그런 이름을 붙였는지 모르겠어."

"내가 하는 게 뭔데?"

"변신." 그가 한쪽 팔꿈치를 세워 몸을 기댄다. "스카프가 꽃이 되지. 공이 레몬이 되지. 헝가리 댄서가……" 그가 눈썹을 꿈틀거린다. 클라라는 그에게 예전에 할머니 이야기를 들려주었다. "미국인 스타가 되지."

라지에겐 큰 계획이 있다. 새로운 의상, 새로운 명함, 더 큰 공연

장소에 대한 계획. 그 자신도 동인도 바늘 묘기를 독학으로 익히고 있다. 바늘 묘기는 마술사가 바늘 여러 개와 실을 삼키고 관객들이 확인할 수 있도록 손가락을 입에 넣어 양옆으로 당긴 후 완벽하게 실이 꿰인 바늘을 입 밖으로 꺼내는 것이다. 거기다 그의 정비소 고객이 소유한 극장식 식당 테아트로 진자니와 장기공연 계약을 따내기까지 했다.

클라라는 그들이 언제부터 함께 사업을 하기로 했는지, 또 언제부터 그것을 사업이라고 생각하기 시작했는지 정확히 기억나지 않는다. 그것 말고도 그녀는 많은 것을 기억하지 못한다. 그러나 그녀는 라지를 사랑한다. 그의 넘치는 에너지, 사물에 생명을 불어넣는 천재성을. 그녀는 그가 항상 눈 옆으로 넘기는 곧고 검은 머리카락을 사랑하고, 그의 이름 라자니칸트 차팔을 사랑한다. 그는 '사라지는 새장'에 필요한 카나리아 기계를 만들고—속이 빈 석고상에 진짜 깃털을 붙였다—막대기로 머리와 두 날개를 조작한다. 그녀는 새가 그의 손안에서 살아나는 것을 사랑한다.

클라라가 가장 잘하는 묘기는 '목숨이 걸린 턱'이 아니라 관객석에서 나는 삐삐와 워싱청바지 소리를 굳은 의지로 무시하는 것이다. 공연을 하면서 그녀는 사람들이 착시 마술에 경탄하고 심령술사가 죽은 사람에게 말을 걸던 때로, 죽은 사람이 하고 싶은 말이 있다고 믿어지던 때로 시계를 되감는다. 뉴욕 로체스터 출신의 윌리엄 대븐포트와 아이라 대븐포트 형제는 큰 나무캐비닛 안에서 널빤지 좌석에 밧줄로 묶인 채 유령을 소환해 빅토리아시대의 가장 유명한 영매로 알려져 있지만, 이들도 어느 자매로부터 영감을 받은 것이다. 대븐포트 형제의 첫 공연으로부터 칠 년 전인 1848년, 케이트 폭스와 마거릿 폭스가 하이즈빌의 농가에 있던 자신들의 침실에서 누군가가 두드리는 소리를 들었다. 폭스 가족의 집은 곧 귀신 들린 집이라고 불렸고, 소녀들은 전국순회를 시작했다. 첫 방문지인 로체스터의 의사들은 자매를 검사하고는 그들이 무릎뼈를 꺾어서 소리를 낸다고 주장했다. 그러나 더 큰 규모로 꾸려진 조사팀은 두드리는 소리가 나는 원인을 아무리 해도 찾지 못했고, 자매가 그 소리의 뜻을 해석할 때 사용하는 의사소통체계—횟수에 따른 의미—에서도 인간이 개입한 흔적을 찾지 못했다.

5월, 라지가 샤워하고 있는 화장실로 클라라가 불쑥 들어간다. "시간!"

라지가 뿌예진 샤워실 문을 연다. "뭐라고?"

"제2의 눈. 모릿의 마술 말이야. 시간이었어. 시간으로 하는 거야." 그러면서 그녀는 웃고 있다. 그것은 아주 명백하고 아주 단순하다.

"그 독심술 하는 거?" 라지가 개처럼 머리카락을 턴다. 물이 벽에 튄다. "어떻게 한다고?"

"동시에 숫자를 세는 거야." 클라라는 말을 하는 사이 생각이 정리되어간다. "그는 관객들이 비밀암호, 그러니까 말에 기초한 암호를 찾아내려고 귀를 기울인다는 걸 잘 알았어. 그걸 어떻게 극복했을까? 침묵으로 암호를 만든 거야. 자신이 하는 말과 말 사이의 침묵의 양으로."

"그러면 침묵이 뭐, 알파벳에 해당한다고? 그걸로 단어를 만들려면 시간이 얼마나 걸리는지 알아?"

"아니, 알파벳은 아닐 거야. 그런데 어쩌면 목록을, 흔한 물건들의 목록, 그러니까 지갑이랑 가방, 글쎄, 모자 같은 것들의 목록을 만들어두고, 예를 들어 모릿이 십이 초 후에 '고마워요'라고 말하면 조수는 그게 모자라고 아는 거지. 그리고 어떤 모자냐 하는 건 따로 목록을 만들어서, 말하자면 재료 같은 걸로. 일 초면 가죽, 이 초면 양모, 삼 초면 니트…… 우리도 할 수 있어, 라지. 할 수 있을 것 같아."

그가 그녀를 미쳤다는 듯이 쳐다보고, 물론 그녀는 미쳐 있지만, 그의 시선은 결코 그녀를 막을 수 없었다. 몇 년 후 그들이 그 공연을 수백 번쯤 한 뒤에도—심지어 클라라가 루비를 임신한 때에도, 루비가 태어난 후에도—클라라는 '제2의 눈'을 하는 동안만큼 라지와 친밀하다고 느껴본 적이 없다. 둘은 함께 실패의 경계에 아슬아슬하게 서 있다. 라지가 물건을 들고, 클라라는 집중하고 집중해서 그의 신호를 들어낸 다음 재빨리 둘이 번호를 매긴 목록을 머릿속으로 훑는다. 리복 운동화. 라이프세이버 사탕 한 통. 그녀가 맞히는 순간 관객석에서 들려오는 날카로운 숨소리. 쇼가 끝난 후 그녀가 한 잔, 또는 세 잔 정도 마셔야 진정이 되고 몇 시간이 지나야 잠이 들 정도로 무감해지는 건 이상한 일이 아니다.

테아트로 진자니에서의 첫 공연이 이틀 남은 날, 라지가 정비소 근무를 마치고 클라라의 아파트로 돌아온다. 그들은 '사라지는 새장'을 준비하기 위해 밤을 새워야 한다.

"줄 샀어?" 그가 외투를 의자 위로 던지며 소리친다.

"모르겠어." 클라라가 침을 삼킨다. 어제 마켓 스트리트의 미술용품점에 가서 라지의 새장을 완성하는 데 필요한 굵은 쇠줄 한 묶음을 사왔어야 했다. "잊어버린 것 같아."

라지가 그녀에게 다가간다. "잊어버렸다니, 무슨 소리야? 가게에 갔거나 안 갔거나 둘 중 하나겠지."

그녀는 라지에게 의식상실에 대해 말하지 않았다. 몇 달 동안 한 번도 나타나지 않았는데 어제 라지가 추가근무를 했고, 그 바람에 혼자 있을 때면 머릿속을 가득 채우는 생각들, 아버지의 부재, 엄마의 실망에 대한 생각들을 쫓아주는 것이 없었다. 그녀는 필모어의 파란 조명이 켜진 작은 무대가 아니라 진짜 장비와 진짜 파트너가 있는 진짜 극장식 식당에 서는 지금의 자신을 사이먼이 볼 수 있기를 얼마나 간절히 바라는지 생각했다. 그래서 아파트를 나가 커니 스트리트의 술집으로 간 뒤 생각이 멈출 때까지 술을 마셨다.

"아니, 정말 잊어버렸어." 클라라가 발끈하며 말한다. 라지도 그러고 있으니까. 그는 무엇 하나 그냥 넘어가는 법이 없다. "그런데 줄이 여기 없는 걸 보니 내가 안 사온 게 맞겠지. 내일 갔다올게."

그녀는 침실로 걸어들어가 창문 주위의 줄조명을 조절하는 시늉을 한다. 라지가 따라온다. 그녀의 팔을 잡는다.

"나한테 거짓말하지 마, 클라라. 안 했으면 안 했다고 말해. 당장 공연을 해야 해. 그리고 가끔 보면 내가 너보다 더 이 일을 중요하게 생각하는 것 같아."

라지가 명함을 디자인했고—죽지 않는 사람, 라지 차팔 찬조라고 쓰여 있다—클라라의 새 의상도 디자인했다. 양복 할인점에서 턱

시도 재킷 하나를 사서 재봉사에게 돈을 주고 클라라의 몸에 맞게 수선했다. '목숨이 걸린 턱'을 위해 아이스스케이트 의상 카탈로그를 보고 금 스팽글이 장식된 드레스를 주문했다. 클라라는 싫다고 했지만—그건 싸구려 같고, 보드빌에 어울리지 않는다고 생각한다—라지는 조명 아래서 화려하게 보일 거라고 말한다.

"나한테 이거보다 중요한 일은 없어." 그녀가 이를 악물고 말한다. "그리고 난 너한테 거짓말하지 않아. 그런 말은 모욕적이야."

"좋아." 라지가 눈을 가늘게 뜬다. "내일이야."

13

1982년 6월, 사이먼이 죽고 며칠 뒤 클라라는 클린턴 스트리트 72번지에 도착했다. 샌프란시스코에서 야간비행기를 탔고 이제 아파트 건물의 현관 앞에 서 있었다. 몸이 떨렸다. 어쩌다 몇 년 동안 가족을 보지 않은 사람이 되어버렸을까? 긴 계단을 오르면서 그녀는 토할 것 같다고 생각했다. 그러나 바르야가 문을 열고 손을 뻗었을 때—"클라라" 하고 힘겹게 내뱉으며 가느다란 몸을 던져 클라라의 더 풍만한 몸에 폭 안겼다—그간 떨어져 있던 시간은 문제가 되지 않았다. 아직은. 그들은 자매였다. 다른 무엇보다 그게 중요했다.

대니얼은 스물네 살이었다. 그는 의대를 준비하던 시카고대학의 체육관에서 운동을 해왔다. 그가 스웨터를 벗을 때 클라라는 하얗고 근육이 탄탄한 그의 가슴과 양쪽에 무성한 검은 털을 힐끗 보고 얼굴이 붉어졌다. 턱에 여드름이 점점이 나 있었지만 십대 때의 진

지함은 단단한 이마와 턱, 큰 매부리코로 바뀌었다. 할아버지 오토를 빼닮은 모습이었다.

거티는 유대교 장례식을 고집했다. 클라라가 어렸을 때 솔은 마치 요세푸스*가 로마인들에게 그랬던 것처럼 위엄과 끈기를 가지고 유대교 율법을 설명해주었다. 유대교는 미신이 아니라 율법을 지키며 살아가는 삶의 방식이라고 그는 말했다. 유대인으로 산다는 것은 모세가 시나이산에서 가지고 내려온 율법을 지키는 것이라고. 그러나 클라라는 규율에는 관심이 없었다. 히브리 학교에서 그녀가 사랑한 것은 이야기들이었다. 사십 년의 방랑생활 동안 구르는 바위로 물을 공급한, 핍박받은 선지자 미리암! 사자굴에서 털끝 하나 다치지 않은 다니엘! 그들은 그녀에게 무슨 일이든 할 수 있다고 알려주었다. 그러니 그녀가 매주 여섯 시간씩 회당 지하실에 앉아서 탈무드를 공부하고 싶었을까?

게다가 유대교는 남성중심적이었다. 클라라가 열 살이었을 때 여자 이만 명이 타자기와 아기에서 벗어나 '평등을 위한 파업'에 참가하러 5번 애비뉴로 나갔다. 거티도 손에 스펀지를 든 채 숟가락처럼 눈을 반짝이며 텔레비전으로 그 광경을 지켜보았지만, 솔이 집에 돌아오자마자 오래된 제니스**를 껐다. 클라라의 바트 미츠바***는 오빠와 남동생처럼 안식일에 단독으로 하지 않고 여자아이들 열 명이 묶여―이중 누구에게도 토라나 하프타라를 낭독하

---

* 유대군 지휘관으로 로마와 싸우다가 패배한 뒤 로마 시민으로 살면서 유대교 역사를 책으로 남기고 유대교 율법의 합리성을 주장했다.

** 미국의 텔레비전 브랜드.

*** 유대교에서 여자아이가 열두 살이 되면 치르는 성인식.

는 게 허용되지 않았다*—금요일 저녁예배에서 한꺼번에 치러졌다. 그해 유대교 율법 표준 위원회에서는 여성도 민얀의 구성원이 될 수 있다고 결정했지만 여성이 랍비가 될 수 있느냐는 문제에는 추가적인 연구가 필요하다고 선언했다.

그녀가 남은 가족들과 서 있고 거티가 켈 말레 라차밈**을 히브리어로 읊는 동안, 뭔가 달라졌다. 자물쇠가 펑 터지고, 공기가 밀려들어오고, 그와 함께 어린 시절부터 들어왔던 그 기도문에서 거대한 슬픔—아니, 안심인가?—의 파도가 밀려왔다. 한 구절 한 구절의 뜻은 기억나지 않았지만 그 문장들이 죽은 사이먼과 솔을 살아 있는 클라라, 바르야, 거티, 대니얼과 이어준다고 생각했다. 기도의 말 속에서는 아무도 사라지지 않았다. 기도의 말 속에서는 골드 가족이 함께였다.

세 달 후 그녀는 대축제 기간***을 맞아 뉴욕으로 돌아왔다. 어느 누구와 있든 화상입은 자리를 사포로 문지르는 것처럼 괴로웠지만 그래도 비행기표를 사려고 돈을 긁어모았다. 사이먼을 사랑했던 사람들과 함께 있는 것이 가장 덜 괴로웠기 때문이다. 모두 모인 처음에는 서로에게 다정했다. 하지만 주 중반쯤 되자 그 부드러움도 먼지처럼 말끔히 닦여나갔다. 대니얼이 사나운 기세로 사과

---

* 토라는 유대교의 경전, 하프타라는 특별한 안식일에 읽는 선지서다.

** 죽은 자의 영혼을 위한 기도.

*** 유대력의 새해 첫날인 로쉬 하샤나와 그로부터 열흘 후인 대속죄일 욤 키푸르까지의 기간으로, 매년 양력 9월 혹은 10월이다.

를 썰었다.

"난 걔를 잘 몰랐던 것 같아." 그가 말했다.

클라라가 꿀을 뜨려던 숟가락을 떨어뜨렸다. "왜? 걔가 호모라서? 그게 오빠가 생각하는 사이먼이야? 걔를 그냥 호모로만 보는 거야?"

그녀의 발음이 꼬였다. 바르야가 못마땅한 눈빛으로 그녀를 보았다. 클라라는 물통에 맑은 독주를 채워 화장실 세면대 밑 바구니의 보디워시와 오래된 샴푸통 사이에 숨겨두었었다.

"목소리 낮춰." 바르야가 말했다. 거티가 침대에 누워 있었다. 예배에 참석할 때 빼고는 항상 그곳을 떠나지 않았다.

"그게 아니라," 대니얼이 클라라에게 말했다. "우리를 끊어내서 그렇지. 우리한테는 쥐똥만큼도 말해주지 않았어. 몇 번이나 전화했는지 알아, 클라라? 메시지를 얼마나 많이 남겼는지 알아? 제발 얘기 좀 하자고 빌고, 왜 그냥 그렇게 떠나버렸는지 물었다고. 그리고 너도 말이야, 거기 같이 있었으면서 그애 비밀을 감춰주고, 심지어 너도 우리한테 전화 안 했지." 그의 목소리가 갈라졌다. "어떻게 애가 아플 때도 연락이 없어?"

"나한테 그럴 권리가 없잖아." 클라라가 말했다. 하지만 목소리는 기어들어갔다. 그녀는 내내 죄책감에 고통스러워하고 있었다. 그리고 이제 알았다. 동생의 가출이 폭탄이 되어 가족을 산산조각 냈다. 솔의 죽음보다도 강력하게. 바르야와 대니얼은 화가 나서, 거티는 괴로워서 물러서 있었다. 그리고, 클라라가 부추기지 않았다면 사이먼은 여전히 살아 있었을까? 그 예언들을 믿은 사람도 클라라였다. 그녀가 그의 궤적을 조종하면서 그것이 꺾이고 예기치 않은 방향으로 돌 때까지 들쑤셨다. 병원에서 사이먼이 한 말을—그녀의 손을 꼭 쥐었던 것, 그녀에게 고맙다고 했던 것까지—몇 번이고 되새김질해도, 보스턴이나 시카고나 필라델피아로 갔더라면, 그 빌어먹을 믿음을 클라라 혼자서만 간직했더라면 일이 이렇게 되지는 않았을 거라는 생각을 떨쳐버릴 수 없었다.

"걔에 대한 의리를 지키고 싶었어." 그녀가 속삭였다.

"그래? 그럼 우리한텐?" 대니얼이 바르야를 쳐다보았다. "브이는 인생이 멈췄어. 누나라고 좋아서 계속 여기 있는 걸까? 스물다섯인데, 계속 엄마랑 같이 사는 게?"

"그래, 그럴 수도 있겠다는 생각도 가끔 들어. 가끔 그렇게 생각해. 언니는 안전한 걸 좋아하니까. 가끔……" 클라라가 바르야를 보며 말했다. "그런 게 언니한테는 마음이 더 편하다고 생각해."

"닥쳐." 바르야가 말했다. "지난 사 년이 어땠는지 넌 절대 몰라. 책임감, 의무 같은 거 넌 모르지. 아마 평생 모를 거야."

대니얼의 몸이 우람해졌다면 바르야는 위축된 것 같았다. 그녀는 거티와 함께 살기 위해 대학원 과정을 미룬 채 제약회사에서 행정보조로 일하고 있었다. 어느 날 저녁 클라라는 바르야가 거티의 침대 위로 허리를 숙이고 있는 모습을 보았다. 거티가 두 팔을 바르야의 몸에 두르고 몸서리를 치고 있었다. 클라라는 부끄러움을 느끼며 뒷걸음질쳤다. 엄마의 손길, 엄마의 신뢰라는 특권이 바르야가 그동안 얻은 것이었다.

거티는 대속죄일을 불행의 안개 속에서 보냈다. 솔이 죽은 후 그

녀는 말했었다. 다신 안 한다고. 그런 사랑의 결과를 그녀는 또다
시 견딜 수 없을 것 같았다. 그래서 사이먼보다 그녀가 먼저 작별
을 고했다. 나는 네가 돌아오지 않았으면 좋겠다.

그는 돌아오지 않았다. 그리고 이제, 절대 돌아오지 않을 것이다.

"로쉬 하샤나에 천국에는 세 권의 책이 펼쳐집니다." 대축제 기
간의 첫날밤에 랍비 하임이 말했다. "하나는 악한 사람, 하나는 덕
있는 사람, 마지막 하나는 그 중간에 속한 사람을 위해서죠. 악한
사람은 죽음의 책에 새겨지고 덕 있는 사람은 생명의 책에 새겨지
지만 중간에 속한 사람의 운명은 욤 키푸르까지는 새겨지지 않습
니다—그럼 이제 솔직해져봅시다." 그리고 이렇게 덧붙여 청중의
웃음을 자아냈다. "우리는 대부분 중간이죠."

거티는 웃을 수 없었다. 그녀는 자신이 악한 사람이라는 것을 알
고 있었다. 세상의 모든 기도문을 왼들 달라지지 않을 것이다. 그
래도 노력해야 합니다, 라고 랍비 하임은 따로 만남을 청한 그녀에
게 말했다. 안경 너머 그의 눈빛은 인자하고 수염은 평온하게 흔들
렸다. 그녀는 그의 가족—순종적이고 과묵한 아내와 건강한 세 아
들—을 떠올리고 몇 초 동안 그를 증오했다.

또하나의 죄.

랍비 하임이 그녀의 어깨에 손을 얹었다. "우리 중 누구도 죄로
부터 자유롭지 않습니다, 거티. 그러나 하느님은 아무도 외면하지
않으십니다."

그렇다면 하느님은 어디에 있었을까? 솔의 죽음 이후 거티는 회
당과 그 약속에 새로이 헌신했고, 애인에게 그러듯 자신을 투신했
다—히브리어수업에도 등록했다. 그리고 허드슨강을 가득 채울

만큼 눈물을 흘렸는데도 그녀는 어떤 용서도, 어떤 변화도 느끼지 못했다. 하느님은 여전히 태양처럼 멀리 있었다.

욤 키푸르에 거티는 그리스에 가는 꿈을 꿨다. 실제로 가보진 않았지만 치과에서 잡지 사진으로 본 적이 있었다. 꿈속에서 그녀는 절벽 위에 서서 도자기단지 두 개를 꼭 쥐고 있었는데, 안에 든 것은 남편과 아들의 유골이었다. 절벽에 서 있으니 파란 모자를 쓴 교회와 흰 집들이 보였다. 산을 파고 들어가 앉은 그 건물들은 마치 철회한 제안 같았다. 단지를 물 쪽으로 기울이자 무시무시한 자유가 느껴졌다. 그것은 너무도 아찔해서 그녀 자신까지 물에 이끌리는 끝없는 외로움이었다.

꿈에서 깨어났을 때 그녀는 사이먼과 솔을 유대교 관습에 따라 묻어주지 않았다는 생각에 욕지기가 났다. 물의 인력도, 연민으로 만들어진 그 어두운 내리막길도 꼭 그만큼 기분이 나빴다.

잠옷이 땀에 젖어 무거웠다. 그녀는 분홍색 목욕가운을 걸치고 침대 발치의 나무바닥에 무릎을 꿇었다.

"오, 사이먼. 용서해줘." 그녀가 속삭였다. 무릎이 떨렸다. 창밖에 이제 막 해가 뜨기 시작했고, 그녀는 그것 때문에 눈물을 흘렸다. 사이먼, 그녀의 밝은 태양인 사이먼이 결코 보지 못할 모든 태양 때문에. "용서해줘, 사이먼. 내가 잘못했어, 내가, 진심이야. 용서해줘, 아들아."

고통은 덜어지지 않았다. 결코 덜어지지 않을 터였다. 그러나 침실 창문으로 비스듬히 비쳐드는 햇살에 등이 따스해졌다. 택시들이 리빙턴 스트리트에서 경적을 울리고 구멍가게들이 활기를 띠며 소란스러워지는 소리가 들려왔다.

그녀는 휘청거리며 거실로 나갔다. 거실에는 아이들이—그녀는 영원히 그렇게 부를 것이다—잠들어 있었다. 클라라는 소파에서 몸을 웅크린 채 바르야에게 붙어 있었다. 대니얼의 긴 다리는 솔이 가장 좋아했던 의자의 팔걸이 밖으로 튀어나왔다. 침실로 돌아가서 그녀는 침대를 정돈하고 솔의 베개가 부풀어오를 때까지 팡팡 쳤다. 짙은 색 양모 시프트드레스에 살색 스타킹을 신고, 출근할 때 신는 검은색 하이힐에 발을 집어넣었다. 얼굴에 파우더를 바르고 머리카락에 뜨거운 헤어롤을 말았다. 다시 방 밖으로 나왔을 때는 바르야가 커피를 내리고 있었다.

바르야가 고개를 들며 깜짝 놀랐다. "엄마."

"화요일이잖아." 거티가 말했다. 한동안 쓰지 않아서 목소리가 갈라져서 나왔다. "일하러 가야지."

사무실, 짤랑거리는 열쇠, 에어컨. 1982년이 되면서 거티는 개인컴퓨터도 갖게 되었다. 그녀의 지시를 따르도록 파견된 신기한 회색 괴수였다.

"알았어." 바르야가 침을 삼키며 말했다. "좋아. 내가 데려다줄 게."

네 달 뒤인 1983년 1월, 클라라는 헤이트 지구 클럽의 관객들 사이에서 에디 오도너휴를 발견했다. '목숨이 걸린 턱'을 위해 공중으로 올라가고 있을 때라, 위로 쳐든 그의 얼굴이 점점 작아지고 배지가 스포트라이트에 번쩍거렸다. 잠시 시간이 지난 뒤에야 클라라는 그가 전에 사이먼을 괴롭혔던 경찰임을 알아보고 몸에 열이 올랐다. 그녀는 엉성하게 착지한 뒤 우아하지 못한 인사를 하고 무대를 빠져나갔다. 그러는 동안 남자들 뒷주머니에 슬쩍 손을 넣어 20달러짜리 한두 장, 필요할 땐 좀더 많이 꺼내갔던 일들을 떠올리고 있었다. 이 남자가 나를 쫓고 있었나? 아니면 경찰서 계단에서 욕을 먹은 일로 오랫동안 복수를 별러왔나?

아니. 말이 안 된다. 소매치기를 할 때는 신중을 기했고 예리한 눈으로 상황을 빠짐없이 주시했다. 한 달 후, 그녀의 예리한 눈이 노스비치 공연에서 또 한번 에디를 찾아냈다. 이번에는 경찰복 대신 흰색 라운드넥 티셔츠에 도커스 청바지를 입고 있었다. 팔짱을 낀 채 입가에 미소를 머금은 그를 무시하고 컵 앤드 볼 묘기를 대본대로 진행하느라 온 정신을 집중해야 했는데, 그의 모습을 발렌시아 스트리트의 어느 나이트클럽에서 또 보게 되었다. 이번에는 쇠고리를 떨어뜨릴 뻔했다. 공연이 끝난 후 그녀는 바의 동그란 가죽스툴에 앉아 있는 에디에게 성큼성큼 다가갔다.

"당신 뭐 잘못됐어?"

"잘못돼?" 경찰관이 눈을 깜박이며 물었다.

"그래, 잘못됐냐고." 클라라가 옆 의자에 앉자 바람 빠지는 소리가 났다. "공연에서 당신 본 게 오늘로 세번째야. 그러니까, 문제가 뭐야?"

에디가 얼굴을 찡그렸다. "신문에서 동생 사진을 봤어."

"좆까." 그러자 알코올로 바이러스를 태워버리는 듯한 쾌감이 들어서 그녀는 다시 한번 말했다. "좆까라고. 당신이 내 동생에 대해서 뭘 알아."

에디가 움찔했다. 미션 스트리트 경찰서 밖에서 맞닥뜨린 그때

보다 그는 나이가 든 모습이었다. 눈 밑에 주름이 생기고 턱에 주황색 잔털이 돋아 있었다. 딸기색 금발은 방금 잠에서 깬 듯 헝클어져 있었다.

"동생이 어렸지. 내가 너무 심했어." 에디가 그녀와 눈을 마주쳤다. "사과하고 싶어."

클라라는 몸이 굳었다. 예상하지 못한 일이었다. 그래도 용서할 수는 없었다. 그녀는 더스터코트와 더플백을 낚아채고 매니저의 주의를 끌지 않는 선에서 최대한 빨리 술집을 나왔다. 그 잡놈은 그녀만 보면 술 한잔을 하자고 강요했다. 밖은 충격적으로 추웠고 발렌시아툴앤드다이* 문간에서 하드코어 펑크가 흘러나왔다. 클라라는 눈이 따끔거렸다. 이해할 수 없었다. 에디는 살아 있고 사이먼은 그렇지 않고, 그럼에도 그가…… 살아서 지금 그녀를 쫓아 뛰어오는 것을, 그의 눈이 새로운 각오로 날카롭게 빛나는 것을.

"클라라." 그가 말했다. "할말이 있어."

"미안하다고. 나도 알아. 고맙네. 당신은 용서받았어."

"아니. 그거 말고. 네 공연에 대한 거야." 에디가 말했다. "덕분에 난 달라졌어."

"덕분에 당신이 달라졌다." 클라라가 킬킬 웃었다. "참 고맙네. 내 드레스가 마음에 들어? 회전할 때 엉덩이가 보여서 좋은가?"

그가 얼굴을 찌푸렸다. "말이 심하군."

"솔직한 거겠지. 남자들이 왜 내 공연에 오는지 내가 모를 것 같아? 당신이 뭐 때문에 오는지 내가 모를 것 같으냐고."

---

* 1980년대 초 문을 연 펑크와 뉴웨이브음악 공연장이자 행위예술 전시장.

"그래. 넌 몰라." 상처를 입고도 고집스럽게 시선을 마주하는 그의 모습에 그녀는 놀랐다.

"좋아, 그럼. 뭐 때문이지?"

그가 입을 여는 순간 툴앤드다이의 문에서 펑크족 한 무리가 쏟아져나와 텅 빈 가게 앞에 서서 담배를 피웠다. 다들 머리를 밀거나 화려하게 염색했고 벨트에 쇠사슬을 달고 있었다. 그에 비해 에디는 처참할 정도로 고리타분한 외양이었고, 불편한 기색으로 말을 잇지 못했다. 몇 년 전이었다면 그에게―누구에게라도―연민을 느꼈을지 모르지만, 지금의 클라라에게 연민은 다 빠져나가고 없었다. 그녀는 돌아서서 재빨리 20번 스트리트를 향해 걸어갔다.

"내가 어렸을 때," 에디가 등뒤에 대고 말했다. "만화책을 진짜 좋아했어. 플래시. 아톰. 그런 거 다. 하늘을 보면 그린 랜턴이 보였어. 옆에 불이 있으면 그건 조니 블레이즈라고 생각했고. 내 손목시계가 지미 올슨의 손목시계라고 생각했어. 젠장, 내가 바로 지미 올슨이라고 생각했지. '다 망상이야.' 우리 아버지는 이렇게 말했어. '그건 다 망상이야.' 하지만 아니야. 그것들은 꿈이었어."

클라라는 팔짱을 끼고 재킷을 더 꽉 여미면서도 걸음을 멈췄다. 그녀가 정면을 응시하는 사이 에디가 따라잡더니 앞으로 돌아와 그녀를 마주보았다.

"물론, 우리 아버지한테 그렇게 말하진 못했어." 그가 말했다. "우리는 진짜 구식 아일랜드 가톨릭신자나 노동조합 조직책, 고릿적 히베르니아*인 단체 같은 말만 했으니까. '내 말 알아들었어? 망

---

* 아일랜드섬을 이르는 라틴어.

상이라고.' 계속 이런 식으로 말했지. '그리고 다시는 그런 말은 한
마디도 꺼내지 마라.' '알았어요.' 내가 말했지. 그리고 정말 꺼내
지 않았어. 세이크리드허트*에 진학하고, 군에 입대하고, 그러면서
나는 그래도 그들처럼 될 수 있다고 상상했어. 영웅 말이야, 알지?
하지만 난 그들하고 달랐어. 그냥 인간, 아니 그보다 못한…… 돼
지만도 못했어. 어린놈들, 게이, 대마중독 히피를 증오했어. 나만
큼 열심히 일하지 않으면서 나보다 잘사는 사람들. 아마, 네 동생
같은 사람들을."

그녀는 울고 있었다. 그녀를 울리는 데는 아무것도 필요하지 않
았다. 다음달이면 그녀가 사이먼과 함께 침대에 누워서 마지막으
로 숨을 들이쉬는 그의 모습을 지켜본 지 일 년이었다.

"내가 틀렸어." 에디가 말했다. "널 보면서, 갑자기 카드가 나타
나게 하거나 쇠고리로 묘기를 부리는 모습을 보면서 옛날 만화들
이 생각났어. 어떻게 과거의 너보다—시작할 때의 너보다—더 나
아졌을까. 너로 인해서 나도 믿음을 갖게 됐다고 말할 수 있을 것
같아. 어쩌면 내가 아직 그리 멀리 가진 않았단 걸 깨달았달까."

몇 초 동안 클라라는 아무 말도 할 수 없었다. 마침내 그녀 자신
도 모르는 사이에 누군가에게 마술을 일깨워주었다. 그녀가 에디
에게 믿음을 준 것이다.

"지금 나한테 사기치는 거 아니지?" 그녀가 물었다.

에디가 어린애 같은 미소를 지었고, 그 천진함 때문에 그녀는 더
격렬하게 울었다.

---

* 코네티컷 페어필드에 위치한 가톨릭대학교.

"내가 뭐하러?" 그가 이렇게 말하고 몸을 숙였다. 그리고 두 손을 주머니에 넣은 채, 그녀에게 키스했다.

그녀는 충격으로 움직일 수 없었다. 키스를 받은 적은 많았지만, 지금에서야 그것이 얼마나 친밀한 행위인지 알 것 같았다. 사이먼이 죽은 후 그녀는 거의 아무와도 말을 섞지 않았다. 대개는 로버트를 보는 것조차 몹시 고통스러웠다. 그녀의 내면에서 한 무리의 새가 날아올라 필사적으로 에디를 향해 날아갔다. 그러나 그가 뒤로 물러서 기쁨과 행운의 미소를 지어 보이는 순간 그 절박함은 혐오감으로 바뀌었다. 사이먼이 뭐라고 생각하겠어?

"안 돼." 그녀가 나지막이 말했다. 목덜미에서 에디의 손이 나와 그녀를 더 가까이 끌어당겼다. 그녀의 말을 듣지 못해서, 또는 그런 척하기로 결심해서였고, 그녀는 몇 초 더 에디의 입맞춤을 허락했다. 그렇게 그녀는 다른 종류의 사람인 척할 수 있었다. 그 사람을 좋아하기 때문에 키스하는 사람. 절벽에서 튀어나온 단단한 바위에 손톱을 박아넣고 매달려 있다는 사실을 잊어버릴 수 있어서 키스하는 게 아니라.

"안 돼." 그녀가 다시 말했고, 에디가 그래도 놓아주지 않자 그의 가슴팍을 밀쳤다. 그는 캑캑거리며 비틀비틀 뒤로 물러났다. 26번 버스가 발렌시아 스트리트를 내려가며 배기가스를 뿜었고, 클라라는 그 뒤를 쫓았다. 가스가 걷힐 무렵 에디는 가로등 밑에 입을 벌린 채 홀로 서 있었고 클라라는 사라지고 없었다.

그해 가을 대축제 때 그녀는 세번째로 뉴욕에 돌아왔다. 클라라와 바르야가 쿠글에 넣을 사과를 자르고 거티가 국수를 삶는 사이 대니얼은 시카고에서의 생활에 대해 이야기했다. 스물일곱 살이 된 바르야는 마침내 독립해서 혼자 살고 있었다. 뉴욕대학교 대학원에 다니기 시작했고 분자생물학을 공부했다. 주력분야는 유전자 발현으로, 한 초빙교수의 조교로서 성장 속도가 빠른 유기체—박테리아와 효모, 벌레, 초파리—에서 돌연변이 유전자를 제거하여 질병의 발생 가능성이 달라지는지 연구했다. 궁극적으로는 같은 연구를 인간을 대상으로 하고자 했다.

밤이 되자 클라라는 이제 나이가 들어서 조금도 걸어다니기 싫어하는 왕처럼 꼼짝 않는 조야를 데리고 이층침대로 올라갔다. 고양이를 배 위에 올려두고 건너편 침대에 있는 바르야에게 그녀의 연구에 대해 얘기해달라고 졸랐다. 그 이야기는 클라라에게 희망을 주었다. 유전자 발현이라는 성냥 긋기, 눈 색깔, 질병이 발생할 확률, 심지어 죽음까지도 조작할 수 있는 무한한 변수. 그녀는 몇 년 만에 남매들에게 친밀감을 느꼈고 모두가, 심지어 거티조차 한결 밝아 보였다. 거티가 골드 가족도 욤 키푸르 전날 살아 있는 닭을 머리 위에서 휘두르며 마조르*의 구절—"인간의 아이들이 흑암과 사망의 그늘에 앉으며, 곤고와 쇠사슬에 매임은"—을 암송하는 제의 '카파롯'을 치르자고 했을 때는 클라라도 웃음이 터져서 입에 있던 카로셋**이 대니얼의 셔츠에 튀었다.

"그거 들어본 것 중 가장 암울한 얘기다." 클라라가 말했다.

---

* 대축제 기간 동안 사용하는 유대교의 기도서.

** 과일과 견과류를 다지고 꿀, 와인 등과 배합해 만드는 유대교 음식으로 유월절에 주로 먹는다.

"닭이 너무 불쌍하지 않아?" 클라라가 씹다 만 사과를 두 손가락으로 튕겨내며 대니얼이 물었다. 발끈했던 거티도 마음이 풀려 어느새 콧소리를 내며 웃고 있었다—기적이야, 몇 년 동안 엄마가 웃는 소리를 듣지 못한 클라라에게는 그렇게 느껴졌다.

아직까지 클라라는 사이먼을 잃은 것이 자기에게 어떤 의미인지 그 누구에게도 설명할 수 없었다. 그녀는 그와 그녀 자신을, 그와의 관계에서 만들어진 자신을 모두 잃었다. 그녀는 시간도 잃었다. 사이먼만이 목격한 인생의 한때들. 여덟 살에 첫 동전 마술을 마스터한 클라라가 키득거리는 사이먼의 귀에서 25센트짜리를 꺼내던 일. 비상계단을 타고 내려가서 사람들로 미어터지는 그리니치빌리지의 핫한 클럽으로 춤을 추러 갔던 밤들—그녀가 남자들을 바라보는 그의 시선을 알아차리고, 그런 자신을 그녀가 알아차리도록 그가 내버려두었던 밤들. 그녀가 샌프란시스코에 갈 수도 있다고 말했을 때, 마치 그것이 그가 그때껏 받은 가장 큰 선물인 것처럼 눈을 빛냈던 일. 마지막에 다다라 둘이 에이드리언 때문에 싸웠을 때조차 그는 그녀의 동생이었고, 그녀가 세상에서 가장 좋아하는 사람이었다. 그녀에게서 멀어져가고 있는.

클린턴 스트리트 72번지, 그녀는 자신의 낡은 침대에 누워 눈을 감고 그의 존재가 손에 잡히기를 기다렸다. 백삼십오 년 전 폭스 자매는 하이즈빌에 있는 자매의 침실에서 두드리는 소리를 들었다. 1983년 9월 바람이 거센 잿빛 오후, 사이먼이 클라라를 향해 노크했다. 그것은 마룻바닥이 삐걱거리는 소리와도 문이 끽끽거리는 소리와도 다르게 클린턴 스트리트 72번지의 중심부에서부터 올라오는 듯한 소리, 마치 건물이 손마디를 꺾는 듯한 낮고 깊은 소리였다.

클라라의 눈이 휘둥그레졌다. 심장박동이 귀에까지 들렸다. "사이먼?" 그녀가 조심스럽게 말했다.

그녀는 숨을 죽였다. 아무것도 없다.

클라라는 고개를 저었다. 자제력이 사라져가고 있었다.

1986년 6월 21일, 사이먼의 사 주기가 되는 날까지 그녀는 그 노크를 거의 잊고 있었다. 그전까지는 기일이면 술집에서 그날이 무슨 날인지 잊어버릴 때까지 보드카를 스트레이트로 마시며 보냈지만, 올해는 기를 써서 커피를 내리고 닥터마틴의 끈을 묶은 뒤 카스트로까지 걸어갔다. 놀라웠다. 수많은 게이 클럽과 목욕탕이 문을 닫았지만 퍼프는 버젓이 살아 있었다. 심지어 페인트칠을 새로 한 것 같았다. 사이먼, 또는 로버트에게도 알려주고 싶었다. 로버트는 퍼프를 좋아한 적이 없었지만, 클라라는 그도 퍼프가 살아남은 것을 알면 기뻐하리라고 확신했다.

로버트. 그녀는 시내에서 그를 종종 만났다. 1985년까지 레이건 대통령은 에이즈의 존재를 인정하지 않았고, 두 남자가 유엔 플라자의 한 건물에 몸을 묶어 시위에 나섰다. 클라라와 로버트는 점점 늘어나는 자원봉사자들에게 음식과 〈베이 에어리어 리포터〉 복사본을 날랐다. 로버트가 너무 아프지 않은 날에는 잠도 밖에서 잤다. 클라라가 사이먼을 돌봐주었던 간호사에게 로버트를 수라민* 임상시험에 넣어달라고 간청해서 그는 마지막 참가자로 선정되었다. 하지만 그 약 때문에 그는 더 아팠고, 춤을 출 수 없을 만큼 아

---

* 아프리카 풍토병인 수면병의 치료제로 개발된 약.

파서 며칠 만에 복용을 중단했다. 클라라는 이제 로버트 혼자 사는 유레카 스트리트의 아파트 문을 쾅쾅 두드렸다. "사이먼 덕분에 얻은 기회야." 그녀가 소리쳤다. "이대로 그만둘 순 없어." 8월쯤부터 그들은 말을 섞지 않았다. 10월이 되었을 때, 임상에 참가한 모든 환자가 죽었다.

클라라는 신문에서 그 기사를 읽고 온몸이 불타는 듯한 느낌, 그대로 녹아내려 바닥에 스며들 것만 같은 느낌이었다. 로버트와 통화를 하려고 했지만 그의 전화번호는 이제 결번이었다. 아카데미로 찾아가서야 파우시에게서 로버트가 로스앤젤레스로 돌아갔다는 소식을 들었다. 그냥 짐 챙겨가지고 떠났어요. 그게 일곱 달 전이었다. 그후 그녀는 그를 찾을 수 없었다.

그녀는 땅에서 오렌지색 한련을 발견하고 그것을 퍼프의 문손잡이에 걸었다. 그날 밤, 그녀는 사이먼이 사랑했던 거티의 미트로프*를 만들고 목욕을 하려고 옷을 벗었다. 물속에서 그녀의 머리카락이 메두사처럼 넓게 퍼졌다. 메아리처럼 울리는 목소리들과 계단을 밟는 부드러운 발소리가 들려왔다. 그리고 그때, 삐걱 소리. 그녀는 그것이 뉴욕에서 들었던 그 소리임을 바로 알아챘다.

수면을 뚫고 몸을 벌떡 일으키자 바닥으로 물이 넘쳐흘렀다.

"너 진짜면," 그녀가 말했다. "너 맞으면 다시 해봐."

소리가 두번째로 들렸다. 방망이로 공을 치듯.

"맙소사." 그녀의 몸이 떨리기 시작했고, 눈물이 수면을 때렸다.

"사이먼."

---

*곱게 다진 고기와 양파 등을 섞어 식빵 모양으로 만든 뒤 오븐에 구운 것.

14

1988년 6월, 라지가 테아트로 진자니의 무대에 오르고 클라라
는 탈의실에서 화장을 하고 있다. 금색 화장대와 무대 실황을 보여
주는 TV가 있는, 지금까지 그녀가 이용해본 것 중 가장 멋진 탈의
실이다.

"삶이란 그저 죽음에 맞서는 것이 아닙니다." 라지의 목소리가
텔레비전 양쪽의 스피커에서 흘러나온다. "삶이란 자기 자신에게
맞서는 일이고, 변신을 고집하는 일이기도 합니다. 변신할 수만 있
다면, 여러분, 우리는 죽지 않을 수 있습니다. 클라크 켄트와 카멜
레온의 공통점이 무엇일까요? 그들은 파괴되기 직전에 변신합니
다. 어디로 갔지? 어디서도 보이지 않습니다. 카멜레온은 나뭇가지
가 됩니다. 클라크 켄트는 슈퍼맨이 됩니다."

클라라는 양팔을 벌리는 화면 속 미니어처 라지를 지켜본다. 그
리고 선홍색 펜슬로 입술 라인을 그린다.

세 달 뒤, 클라라는 비행기를 타고 뉴욕으로 간다. 대축제 기간에 방문하는 것이 전통으로 자리잡았다. 그녀는 어지러울 정도로 행복하다. '제2의 눈'은 성공적이었고, 새장이 접히면서 클라라의 재킷 소매에 핏줄처럼 울룩불룩 튀어나온 것은 관객들이 눈치채지 못한 것 같았다―재킷은 재봉사에게 소매통을 늘려달라고 하면 된다. 테아트로 진자니의 요청으로 10회 더 공연하기로 계약했다.

클라라는 라지를 가족들에게 인사시키고 싶지만 뉴욕행 비행기표 두 장을 살 여유는 없다. 하지만 라지가 말하기를, 곧 어디든 갈 수 있는 현금을 손에 넣을 거라고 한다. 로쉬 하샤나에 클라라는 바르야를 끌고 이층침대가 있는 방으로 데려간다. 온몸이 헬륨인 것처럼 신발만 벗으면 천장으로 날아오를 수 있을 것 같은 기분이다.

그녀가 말한다. "우리 결혼할 것 같아."

"3월에 만나기 시작했잖아." 바르야가 말한다. "이제 여섯 달 됐는데."

"2월." 클라라가 말한다. "일곱 달이지."

"하지만 대니얼은 아직 미라한테 청혼도 안 했어."

미라는 대니얼의 여자친구다. 그들은 일 년 전 미라가 미술사학위를 목표로 공부하고 있을 때부터 만났고, 그녀는 이미 집에 와서 바르야와 거티도 만났다. 대니얼은 취직을 하자마자 솔이 거티에게 준 루비반지로 청혼할 계획이다.

클라라가 바르야의 머리카락을 귀 뒤로 넘겨준다. "날 질투하는구나."

클라라는 바르야를 비난하는 것이 아니라 관찰하고 있다. 그리고 그것―클라라의 목소리에 담긴 부드러움―이 바르야를 움찔하게 한다.

"그럴 리가." 그녀가 말한다. "난 정말 기뻐."

바르야는 클라라가 또 그런다고, 한두 달 뒤면 그만두겠거니 생각하는 게 뻔하다. 그녀가 모르는 건 그들이 거의 모든 준비를 마쳤다는 사실, 클라라는 드레스를 준비했고 라지는 슈트를 준비했다는 사실, 클라라가 뉴욕에서 돌아오는 대로 시청으로 갈 계획이라는 사실이다. 아기의 존재를 모르는 것은 말할 것도 없다.

그것은 놀랍지도 않은 깜짝 소식이었다. 부주의했다가는 무슨 일이 일어나는지 클라라도 알지만 안다고 해서 주의하는 건 아니다. 그리고 사랑하는 남자와 함께 인과관계―이러하다면, 저러한―의 낭떠러지 끝에서 춤을 추는 것은 그런 모든 걸 뛰어넘는 일종의 폭발이었다. 아기를 키운다는 게, 허공에서 꽃 한 송이를 나타나게 하고 스카프 한 장으로 두 장을 만드는 것과 무엇이 다를까?

그녀는 술을 끊었다. 마지막 석 달이 남은 무렵엔 머릿속이 더할 나위 없이 명료하다. 하지만 그게 문제다. 너무 텅 비었다는 것, 그 드넓은 공간에서 클라라가 앉아 생각한다는 것. 그녀는 주의를 돌리기 위해 아기를 상상한다. 아기가 발차기를 할 때면 어린 소년의 발이 보인다. 그녀는 라지에게 아기 이름을 사이먼이라고 지어야 한다고 말했다. 막달에 발이 너무 부어서 신발이 맞지 않을 때, 한 번에 삼십 분 이상 잠을 잘 수 없을 때는 사이먼의 얼굴을 떠올리고 더이상 아기를 원망하지 않는다. 그래서 5월의 폭풍우 치는 밤, 의사가 몸에서 아이를 꺼내고 라지가 "여자애야!" 하고 외치는 순간 클라라는 그가 잘못 보았다고 확신한다.

"아니야." 그녀는 고통으로 정신이 혼미하다. 몸속에서 폭탄이 터진 듯 그녀—속이 빈 구조물—는 무너져내리기 직전이다.

"오, 클라라." 라지가 말한다. "여자애가 맞아."

그들이 아기를 포대기로 감싼 뒤 클라라에게 데려온다. 아기는 깜짝 놀란 듯 얼굴이 불그레하다. 눈동자가 올리브 씨앗처럼 까맣다.

"너 그렇게 확신하더니." 라지가 말한다. 웃고 있다.

그들은 아이를 루비라고 부른다. 클라라가 기억하는 바르야의 친구, 클린턴 스트리트 72번지의 집 위층에 살았던 여자아이의 이름이다. 루비나. 힌디어라서 라지의 어머니가 살아 있었다면 반색했을 것이다. 라지는 클라라의 아파트로 들어와 살며 루비에게 달콤한 말을 퍼붓고 녹슨 힌디어로 자장가를 불러준다. 소자 바바 소자. 마칸 로티 치니.*

6월, 클라라의 가족이 온다. 그녀는 가족들에게 카스트로를 보여주는데, 여장남자 무리가 지나갈 때마다 거티는 지갑을 더 꽉 쥔다. 클라라는 그들을 코어 공연에도 데려간다. 대니얼 옆자리에 앉은 그녀는 뱃속이 꿀렁거린다—발레하는 남자를 보고 그가 뭐라고 할지 몰라서. 하지만 무용수들이 인사를 할 때 그는 누구보다도 크게 박수친다. 그날 밤, 거티가 만든 미트로프가 오븐에서 익어가는 동안 대니얼이 클라라에게 미라 이야기를 해준다. 두 사람은

---

* 힌디어로 '잘 자라 아가야 잘 자라. 버터 빵 치즈'라는 뜻.

대학교 식당에서 만났고 그때부터 긴 밤들을 하이드파크의 허름한 술집과 이십사 시간 식당에서 고르바초프와 NASA 폭발사고*와 〈E.T.〉의 좋은 점에 대해 토론하며 보냈다.

"오빠한테 싸움을 거네." 클라라가 느낀 점을 말한다. 루비가 따뜻한 볼을 클라라의 가슴에 묻은 채 잠든 이 순간만은 세상에 아무 문제도 없는 것 같다. "좋은 거야."

옛날이라면 대니얼이 쏘아붙이듯 대꾸했을 테지만─싸움을 건다고? 왜 내가 그런 걸 받아준다고 생각하지?─지금은 그저 고개를 끄덕인다.

"그런가봐." 그가 말하며 내쉬는 한숨에 짙은 만족감이 묻어나 클라라는 당황스러울 지경이다.

거티는 아기를 애지중지한다. 내내 루비를 품에 안고 라즈베리만한 코를 들여다보며 작디작은 손가락을 입에 넣고 오물거린다. 클라라는 두 사람의 닮은 점을 찾다가 하나를 발견한다. 귀! 작고 섬세하고 조개껍질처럼 안으로 말린 귀. 그러나 라지를 만났을 때 거티는 입을 열었다가 다시 닫았다. 물고기처럼 소리 없이. 클라라는 엄마가 라지의 검은 피부와 작업화를, 종교적인 구석이라고는 없이 구부정한 자세를 하나하나 뜯어보는 모습을 지켜보았다. 그녀는 거티를 잡아끌고 욕실로 들어갔다.

"엄마." 클라라가 어금니를 물고 말했다. "고지식하게 굴지 마."

"고지식하다고?" 거티가 얼굴이 벌게지며 물었다. "애를 유대인으로 키우라고 하면 안 되는 건가?"

---

* 1986년 1월 우주왕복선 챌린저호가 발사 직후 폭발한 사건.

"응." 클라라가 말했다. "안 되지."

바르야는 충고할 게 한가득이다. "데운 우유 먹여봤어?" 루비가 울자 그녀가 묻는다. "유아차에 태워서 좀 걸어볼래? 바운서는 있어? 배앓이하는 건가? 쪽쪽이 어디 있니?"

클라라는 머리가 빙글빙글 돈다. "쪽쪽이가 뭐야?"

"쪽쪽이가 뭐야?" 거티가 따라한다.

"장난하지 말고." 바르야가 말한다. "쪽쪽이가 없어?"

"그리고 이 집 말이야." 거티가 덧붙인다. "애한테 너무 위험해. 애가 걷게 되면 두고 봐라. 이 탁자에 머리 깨지고 저 계단에서 굴러떨어질걸."

"괜찮아요." 라지가 말한다. "아기한테 필요한 건 다 있어요."

그가 아기를 건네받으려 하지만 바르야는 품에서 아이를 떼놓으려 하지 않는다. "아기를 줘!" 대니얼이 바르야를 놀리며 옆구리를 찌르고, 그것이 반격의 후려치기를 부르고, 잇따른 괴성이 너무 시끄러워서 클라라는 하마터면 다 가버리라고 말할 뻔한다. 하지만 다음날, 그들이 정말 떠나자—거티가 택시 앞좌석으로 기어들어가고 바르야와 대니얼이 뒷좌석 유리창 너머에서 손을 흔들며—그리운 마음이 절절해진다. 그들이 여기 있을 때는 사이먼과 솔의 부재를 무시하기가 더 쉬웠다. 아버지는 아기를 사랑했다. 클라라는 탯줄을 목걸이처럼 감은 채 역아로 태어난 사이먼을 보러 병원에 갔을 때를 아직도 기억한다. 솔은 반쯤 파랗고 발육이 나쁜 자신의 마지막 아이를 보호하려는 듯 중환자실 앞에 서 있었다. 집으로 와서도 그는 몇 시간 동안이나 아기를 안고 있었다. 사이먼이 잠을 자다가 꼬물거리거나 입술을 움찔거리면 솔은 그게 그렇게 기쁜 일인지 싶을 정도로 껄껄 웃었다.

어릴 때 골드 남매는 그들의 모든 궁금증에 솔이 대답해줄 수 있다고 믿었다. 그러나 클라라와 사이먼은 점차 그의 대답을 싫어하게 되었다. 그들은 그의 일과와 토라 공부와 유니폼처럼 늘 입는 개버딘 슬랙스와 트렌치코트와 중절모를 무시했다. 이제 아버지에 대한 클라라의 감정은 연민에 가깝다. 이민자 가정에서 난 솔이 자신에게 주어진 삶을 빼앗길까봐 두려워하며 살았으리라는 생각이 든다. 그녀는 부모 되기의 외로움도 이해하게 되었다. 그것은 기억하기의 외로움이다. 자신은 부모가 알 수 없는 미래와 자식이 알 수 없는 과거를 연결하는 존재임을 아는 것이다. 루비는 클라라에게 질문을 가지고 올 것이다. 정신이 나간 채 유례없이 집요하게, 무슨 말을 들려줄 것인가. 루비에게는 클라라의 과거가 하나의 이야기로 느껴질 테고, 솔과 사이먼은 엄마가 보는 유령에 지나지 않을 것이다.

10월, 클라라와 라지가 마지막으로 공연한 지도 몇 달이 되었다. 임신중에는 클라라가 '목숨이 걸린 턱'을 할 수 없었고, 지금도 루비 때문에 밤을 새우느라 머리가 안갯속처럼 흐리멍덩해 독심술 묘기를 할 때 숫자를 제대로 셀 수 없다. 그들은 준비물에 드는 비용조차 회수하지 못한 상태다. 변변찮은 저축은 기저귀와 장난감, 루비가 시시각각으로 자라서 금세 못 입는 옷을 사는 데 들어간다. 라지가 텐더로인에서 노스비치까지 걸어다니면서 나이트클럽과 극장마다 영업을 해보지만 대부분은 들여보내주지도 않는다. 테아트로 진자니의 매니저는 가을 시즌을 통틀어 사 일 내주는 것이 한계다.

"여길 떠야겠어." 라지가 저녁식사중에 말한다. "순회공연을 하자. 샌프란시스코는 이제 끝났어. 여기 사람들, 로봇이고 컴퓨터야. 다 죽으라지." 그는 보이지 않는 컴퓨터와 권투시합하는 흉내를 낸다.

"잠깐." 클라라가 한 손가락을 들어올리며 말한다. "소리 들었어?"

전에도 그녀가 라지에게 지금 사이먼의 노크 소리가 난다며 들어보라고 했지만 그는 항상 들리지 않는다고 했다. 이번엔 놓쳤을 리 없다. 총소리만큼 컸고, 아기도 소리를 질렀다. 이제 오 개월이 된 아기는 라지의 실크처럼 부드러운 검은 머리와 클라라의 체셔 고양이 미소를 닮았다.

라지가 포크를 내려놓는다. "여기는 아무것도 없어."

클라라는 기쁘다. 루비에게 노크 소리가 들려서. 그녀는 아기를 둥둥 어르고, 새로 난 뾰족한 이에 입을 맞춘다.

"루비는," 그녀가 노래한다. "루비는 알지."

"집중해, 클라라. 이사 얘기 하고 있잖아. 돈 버는 얘기고, 이 일에 새 생명을 불어넣는 얘기야." 라지가 클라라의 얼굴 앞에서 박수를 친다. "이 도시는 끝났어, 자기야, 죽었다고. 떠야 돼. 새로운 곳에서 황금을 찾자."

"너무 빨리 일을 키운 거 같아." 클라라가 말하자 루비가 울기 시작한다. 박수 소리가 무서웠을 것이다. "좀 속도를 늦추는 게 좋을 거 같아."

"속도를 늦춘다고? 그건 절대 안 될 일이야." 라지가 집안을 서성거리기 시작한다. "다른 데로 옮겨야 해. 계속 옮겨야 한다고. 한 곳에 너무 오래 있으면 그게 어디든 네가 소진돼. 그게 비결이야, 클라라. 우리는 멈추지 않고 옮겨다녀야 해."

그의 얼굴이 초를 밝힌 호박등처럼 환해진다. 라지의 꿈은 원대하다. 이 점은 클라라와 똑같고, 클라라가 라지를 사랑하는 이유 중 하나다. 그녀는 일리야의 검은색 상자를 떠올린다. 이건 길 위에 있어야 하는 물건이란다, 라고 일리야는 말했다. 그녀도 마찬가지일지 모른다.

"어디로 갈 건데?" 그녀가 묻는다.

"라스베이거스." 라지가 말한다.

클라라가 웃는다. "그건 아니지."

"왜?"

"너무 화려해." 그녀가 손가락을 꼽으며 말한다. "도를 넘어도 한참 넘어. 싼데, 또 터무니없이 비싸기도 해. 그리고 거기 스타 공연자 중에 여자는 한 명도 없어."

라스베이거스라고 하면 그녀는 처음이자 마지막으로 참석한 마술 컨벤션이 떠오른다. 애틀랜틱시티에서 열린 화려한 행사, 남자화장실에 늘어선 줄이 여자화장실보다 길었던 곳.

"무엇보다도," 그녀가 덧붙인다. "가짜야. 라스베이거스에 진짜는 없어."

라지가 눈썹을 치켜올린다. "너 마술사잖아."

"그래, 맞아. 난 마술사야, 라스베이거스만 아니라면 어디서든 공연할."

"라스베이거스만 아니라면 어디서든. 공연 이름으로 써도 되겠는데."

"귀엽네." 루비가 보채자 클라라는 티셔츠 자락을 어색하게 잡아올린다. 원래 집안에서 알몸으로도 잘 다녔는데 지금은 자기 몸이 특정한 용도로 쓰인다는 것이 어색하다. "유목민처럼 사는 것도 좋겠어."

"좋아." 라지가 말한다. "그럼 우리 유목민처럼 살자. 한 동네에서 몇 달씩만 지내는 거야. 세상을 보는 거야."

다른 데 정신을 뺏긴 루비가 입을 뗀다. 클라라가 셔츠를 내리고, 라지가 루비의 겨드랑이에 손을 넣어 들어올린다. "샌프란시스코에 추억이 많지, 우리 루비빈.* " 그가 말한다. "여기서 좀 오래 살았지, 유령도 보고."

그러면서 그가 자기를 힐끗 본 건 그녀의 상상일까? 그의 눈이 날카로운 연필심 같다. 아니, 그녀가 틀렸을지도 모른다. 다시 보니 그는 아기에게 주의를 돌리고 그 부드러운 갈색 피부에 배방귀를 불고 있다.

클라라가 일어나 접시를 치운다. "어디서 지낼 건데?"

"내가 아는 사람이 있지." 라지가 말한다.

그날 밤, 라지와 루비는 쉽게 잠이 들지만 클라라는 그러지 못한다. 침대에서 기어나온 그녀는 루비의 요람을 지나 일리야의 검은

---

* 루비의 애칭.

색 상자를 보관해둔 수납장으로 다가간다. 상자 안에는 카드와 쇠고리, 공과 실크스카프가 들어 있다. 더 화려한 묘기에 밀려 손기술 마술은 뒷전이 되다보니 그다지 자주 사용하지 않는 것들이지만, 지금 그녀는 스카프 두 장을 들고 부엌의 둥근 테이블로 간다. 라지의 예의 그 고추 조명이 창문에 붙어 있다. 그가 알아채지 못하도록 조명은 켜지 않는다. 자리에 앉기 전에 냉장고 뒤로 손을 뻗어 보드카 병을 꺼내들고 한 잔 따른다.

전에는 이렇게 늦은 시간에 연습하는 날이 많았다. 십대 때는 사이먼의 호흡이 안정되고 바르야가 우물우물 잠꼬대를 할 때까지, 대니얼이 코를 골기 시작할 때까지 기다렸다가 침대 밑에서 도구를 꺼낸 뒤 몰래 거실로 나갔다. 보기 드문 적막과 집 전체가 자기만의 것이라는 느낌이 좋았다. 그때도 역시 조명은 켜지 않고, 클린턴 스트리트의 가로등 불빛이 비쳐드는 거실 창문 옆 바닥에 도구들을 늘어놓았다. 몇 달 동안 이 훈련시간은 그녀만의 비밀이었다. 그러던 어느 겨울 밤, 살그머니 거실로 들어가다가 그녀보다 먼저 자리를 차지한 아버지를 보았다.

몇 초 동안 그는 그녀의 존재를 알아차리지 못했다. 그는 자신이 가장 좋아하는 안락의자—완두콩색 벨벳에 터프팅*한 의자—에 앉아 책을 읽고 있었다. 벽난로에 불을 새로 지펴서 아직 원형을 잃지 않은 장작들이 벌겋게 타고 있었다.

클라라는 걸음을 돌리려다 멈췄다. 아빠도 새벽 한시에 여기 앉아 있는데, 나라고 못할 것 있나? 그녀는 복도의 어둠 속에서 걸어

---

* 충전재와 커버를 함께 박음질하여 움푹 들어가게 주름을 잡는 기법.

나와 거실로 가는 문지방을 넘었고, 마침내 솔이 그녀를 알아챘다.

"잠이 안 와요?" 그녀가 물었다.

"그래." 솔이 말하고는 책을 들어 보였다. 뻔하게도, 토라였다. 어쩌면 그렇게 싫증나지도 않는지 알 수가 없었다. 그 무렵 그는 토라를 어떤 방법으로든 이미 다 읽은 뒤였다. 처음부터 끝까지, 뒤에서 앞으로, 겉보기에는 무작위로 고른 짧은 대목을 발췌해서, 그리고 긴 덩어리를 몇 주 동안 천천히 나아가면서. 때로는 며칠 동안 한 페이지만 들여다보고 있기도 했다.

"어느 부분 읽어요?" 클라라가 물었다. 보통은 하지 않는 질문이었다. 스스로 제물이 된 입다의 딸이나 네부카드네자르왕의 황금동상에 숭배하기를 거부하여 가마에 던져졌으나 죽지 않은 바빌론 남자들에 대한 설교를 피하기 위해서.

솔은 망설였다. 그때 그는 이미 가족들에게 토라 공부 시키는 걸 포기한 뒤였다. 거티조차 그가 토라를 강독할 때 가만있지 못했다.

"랍비 엘리에제르와 화덕 이야기." 그가 말했다. "그는 속된 화덕이 정화될 수 있다고 한 유일한 현자였어."

"아. 그 부분 좋죠." 클라라는 그 이야기가 전혀 기억나지 않으면서도 멍청하게 이렇게 대꾸했다. 그녀는 솔이 이어서 얘기할 거라고 생각했지만 그는 그저 그녀와 눈을 맞추고 놀란 듯, 또는 그녀의 반응에 기쁜 듯 미소를 지었다. 그녀는 한 손에 카드 세트를 들고 거실 안쪽으로 더 들어갔다. 그녀가 창가에 앉자 솔은 탈무드로 돌아갔다. 장작이 바스러지고 둘 다 하품을 할 때까지 그들은 그렇게 있었다. 각자 방으로 돌아간 뒤 클라라는 몇 달 만에 가장 달게 잤다.

거티는 단 한 순간도 마술을 하겠다는 클라라를 인정하지 않았다. 반드시 언젠가 철이 들 거라고 생각했다. 반드시 바르야처럼 대학에 갈 거라고, 거티 자신이 끝내 받지 못한 학위를 받을 거라고 생각했다. 그러나 솔은 달랐다. 그리고 이것이 그가 죽고 몇 주가 지나서야 그녀가 집을 떠날 수 있었던 이유이자, 스스로를 혐오하지 않고 그런 일을 할 수 있었던 이유였다. 영원히 떠난 사람이 엄마가 아니라 아버지, 그녀와 함께 완전한 고요 속에서 긴 밤을 지새우고, 돌아가신 그날 새벽에도 미쉬나*를 읽다가 고개를 들어 그녀가 파란 스카프를 빨간 스카프로 만드는 모습을 봐준 아버지였으므로.

"정말 신기하다." 그녀의 손에서 미끄러지듯 나타난 스카프를 본 그는 이렇게 말하고 일리야를 연상시키는 장난꾸러기 같은 웃음을 지었다. "다시 한번 해볼래?" 그래서 그녀는 다시 하고 또 했다. 그러자 그가 그 위대한 책을 내려놓은 뒤 다리를 꼬고 진지하게 그녀를 지켜보았다. 자식들을 볼 때 종종 나타나던 멍한 눈빛이 아니라 아기 사이먼을 바라볼 때와 같이 진정한 관심과 놀라움을 품고. 그렇다면 아버지는 떠나기로 한 결정을 이해해줬을까, 아닐까? 유대교에서 그녀는 다른 건 몰라도 누가 자신을 속박하려 하면 도망쳐야 한다는 가르침을 얻었다. 기회는 스스로 만들어야 한다고, 바위를 물로 바꾸고 물을 피로 바꾸어야 한다고 배웠다. 그런 일들이 가능하다는 것을 배웠다.

새벽 네시가 되자 클라라는 머리가 지끈거리고 몇 시간 동안 연

---

* 탈무드의 일부.

습한 덕에 두 손에 만족스러운 근육통이 느껴진다. 스카프를 도로 일리야의 상자에 넣으려다가 대신 왼손 주먹에 쑤셔넣으면서 오른손 가짜엄지[*] 끝에 쑤셔넣는다. 두 손을 펼치면 스카프는 사라지고 없다. 샌프란시스코를 떠나는 게 어떤 일이 될지, 길 위의 삶에서 한순간이라도 집에 있는 기분을 느낄 수 있을지 생각하는 중 솔의 이야기 하나가 떠오른다. 때는 1948년, 장소는 헤스터 스트리트의 어느 집 부엌이다. 어른 남자와 소년이 식탁에 마주앉아 필코 PT-44 라디오 위로 머리를 맞대고 있었다. 이 소년이 솔 골드다. 어른 남자는 그의 아버지 레프다.

영국의 위임통치[**]가 종결되었다는 뉴스가 흘러나왔고, 레프는 두 손으로 입을 가렸다. 그의 감은 눈에서 흘러나온 소금물이 턱수염 사이로 뚝뚝 떨어졌다.

"처음으로 우리 유대인들이 우리의 운명을 스스로 책임지게 되겠구나." 그는 솔의 뾰족한 턱을 잡고 말했다. "그게 무슨 뜻인지 아니? 네게 언제든 갈 수 있는 곳이 생긴다는 거지. 이스라엘이라는 집이."

1948년에 솔은 열세 살이었다. 아버지가 우는 모습은 그때까지 한 번도 본 적이 없었다. 불현듯 그는 자신이 집이라고 생각했던 것—새로 개조한 벽돌건물에 자리한, 아래층에 거텔의 제과점이 있는 방 두 개짜리 집—이 아버지에게는 언제라도 부수어 창고로

---

[*] 엄지손가락 끝마디에 끼워뒀다가 왼손 주먹으로 옮긴 뒤 스카프를 그 안에 숨기는 마술도구.

[**] 1차세계대전 후 영국이 팔레스타인을 위임령으로 통치했고, 유대인들을 이 지역으로 이주시키면서 팔레스타인 분쟁이 시작되었다.

옮길 수 있는, 다른 사람의 무대를 받치는 지지대에 불과했다는 사실을 깨달았다. 집이 없는 동안에는 할라카*의 리듬이 곧 집이었다. 매일 하는 기도, 매주 돌아오는 안식일, 해마다 한 번 있는 대축제 기간. 시간이 그들의 문화였다. 공간이 아니라 시간이 그들의 집이었다.

클라라는 일리야의 상자를 다시 옷장에 집어넣고 침대 속으로 들어간다. 한쪽 팔꿈치를 받치고 누운 채 창문 블라인드로 팔을 뻗어 작은 틈을 벌리고 손톱달을 본다. 항상 집을 물리적인 도착지로만 생각했는데, 어쩌면 라지와 루비가 충분히 집이 될 수 있을 것 같다. 어쩌면 집이 달처럼 그녀가 가는 곳이라면 어디든 따라올 것 같다.

---

* 유대인의 도덕률과 법률, 관습 등을 통틀어 가리키는 말.

15

그들은 라지의 동료에게서 캠핑카 한 대를 산다. 캠핑카라니 클라라는 음울하다고 생각했지만 라지가 부엌의 나무식탁을 새로 칠하고 오렌지색 플라스틱 조리대 상판을 뜯어낸 뒤 대리석 무늬 합판으로 바꾼다. "히트 더 로드, 잭."* 그가 노래를 부른다. 그는 침대 옆에 선반을 설치하고 캠핑카가 달릴 때 책이 떨어지지 않도록 알루미늄 가로대를 단다. 낮에는 침대를 접어 소파로 만들면 넓은 바닥이 생겨서 루비가 놀기 좋다. 클라라는 빨간 벨벳으로 커튼을 짓고, 요람을 뒷유리 앞에 놓아 세상이 뒤쪽으로 흘러가는 모습을 루비가 볼 수 있게 한다. 마술장비는 캠핑카 뒤에 장비함을 붙여서 싣는다.

춥고 화창한 11월 아침, 그들은 북쪽을 향해 떠난다.

---

* 1961년 레이 찰스가 발표한 곡으로, 먼길을 떠난다는 의미.

클라라가 루비를 카시트에 앉힌다. "'안녕' 해, 루비니." 라지가 뒤쪽으로 몸을 기울여 루비의 손을 들어올린다. "'모두들 안녕' 하고 손 흔들어줘."

모두 사랑해요, 클라라는 도교사원과 집 아래층 제과점과 딤섬 포장상자가 든 분홍색 비닐봉지를 들고 지나가는 나이든 여자들을 보며 생각한다. 모두 안녕.

그들은 샌타로자의 카지노에서 두 번, 타호호수에 있는 리조트에서 네 번 공연을 한다. 관객들은 라지―쇼맨십도 있고 가정적인 남자―와 어린이용 실크해트를 쓰고 눈이 큰 루비를 보고 미소를 짓는다. 모자는 공연이 끝나고 라지가 팁을 받으러 다닐 때 쓰인다. 그렇게 모은 현금은 라지가 운전석 밑에 둔 자물쇠 달린 상자에 보관한다. 타호에서 그는 예약전화를 걸 때 쓸 카폰을 산다. 클라라가 가족들에게 전화하려고 하자 라지가 손등을 찰싹 친다. "이미 큰돈 나갔어." 그가 말한다.

겨울이 오고, 그들은 남쪽으로 간다. LA는 공연경쟁이 심하지만 그들은 대학가에서 꽤 반응이 좋고 사막에 있는 카지노에서는 더 좋다. 하지만 클라라는 카지노가 싫다. 카지노 매니저들은 매번 그녀를 라지의 조수로 착각한다. 카드게임 테이블과 슬롯머신에서 어슬렁어슬렁 넘어오는 관객들은 몸에 딱 붙는 원피스를 입고 빙글빙글 도는 여자를 구경하려는 사람들, 혹은 너무 취해 집에 돌아갈 수 없는 사람들이다. 그들은 라지의 인도 바늘 마술을 좋아하고 '사라지는 새장'에는 야유를 보낸다. "소매에다 넣었네!" 비법이 들통나자 누군가는 자기를 개인적으로 모욕한 양 화가 나서 소리친다. 클라라는 샌프란시스코에서 했던 작은 마술쇼를 회상하며 노스탤지어를 느낀다. 닳아빠진 어두운 무대들을 떠올리면서, 하지만 그때의 야유꾼들은 까맣게 잊고서, 여기나 거기나 자신이 파는 것을 진정으로 원하는 사람은 아무도 없다는 사실을 잊고서.

낮시간에 라지는 영업미팅을 하러 가고 그녀는 캠핑카 안에서 루비에게 책을 읽어준다. 그녀는 사막에서 보이는 것들, 파란 산과 셔벗 같은 하늘에 감탄하지만 그것들이 주는 느낌, 그 나른하면서도 쉼없는 느낌과 마치 두 손으로 짓누르는 듯한 더위는 싫다. 그녀의 화장품가방에는 미니어처 보드카가 들어 있다. 맑은 성질과 찌릿한 타격감 때문에, 그리고 목구멍을 찢는 느낌 때문에 좋아하는 술이다. 아침에 라지가 나가면 인스턴트커피에 두 손가락 두께만큼 따른다. 어떨 땐 루비를 데리고 근처 편의점으로 걸어가서 코카콜라 한 병을 사기도 하는데, 이편이 냄새를 숨기기에 더 좋다. 라지는 그녀가 임신한 동안 술을 끊었다고 알고 있을 뿐, 다시 마시기 시작했으리라고는 의심도 하지 않는다. 그도 그럴 것이 지금은 달라졌다. 필름이 끊어지거나 구역질은 하지 않지만 더 만성적이고 알아차리기 어렵게 바뀌었다. 경미하지만 지속적으로, 그녀 인생의 씁쓸한 현실을 잊어가는 것. 라지가 집에 돌아오기 전에 그녀는 술병을 내다버린다. 캠핑카로 돌아와서 이를 닦고 창문 밖으로 침을 뱉는다.

"이거지." 라지가 수표를 세면서 말한다. "이거야."

"계속 여기서 지낼 순 없어." 클라라가 말한다. 라지가 캠핑카 주차장 이용료로 돈을 쓰고 싶어하지 않아서 그들은 문과 창문마다 판자를 댄 폐점한 버거킹 뒤에 불법으로 차를 대고 있다.

"아무도 우리가 여기 있는 걸 몰라, 자기야." 그가 말한다. "우린 투명인간이야."

계절이 하나도 안 맞는다. 하누카 기간이어서 그녀는 라지가 스토폰 세이브*에 간 사이 카폰 위로 몸을 웅크리고 집으로 전화를 거는데, 뉴욕엔 눈이 내리고 캠핑카 안은 30도다.

"잘 지내?" 대니얼이 이렇게 묻자마자 그녀는 자신이 얼마나 그를 그리워하고 있는지 깨닫고 충격을 받는다. 그가 샌프란시스코에 왔을 때 루비와 까꿍놀이하는 모습을 보고 그녀는 처음으로 아빠가 된 대니얼을 상상했다.

"잘 지내지." 그녀가 짐짓 활기 있는 척, 밝은 척하며 말한다. "다 좋아."

클라라는 형제들에게 두 가지를 숨겨왔다. 노크 소리와, 사이먼의 죽음이 그가 들은 예언과 일치했다는 사실. 사이먼은 바르야와 대니얼에게 예언의 날짜를 알려주지 않았고, 솔의 시바 이후 헤스터 스트리트의 여자는 화제에 오르지 않았다. 그러나 사실을 아는 클라라의 속은 곪고 있다. 쇼가 끝나고 라지가 팁을 모으는 동안 화장을 지우면서 그녀는 그 여자의 말이 맞는다면 자기는 앞으로 얼마나 더 살 수 있는지 셈한다.

난 죽지 않을 거야, 그녀는 사이먼에게 말했었다. 나는 죽기를 거부할 거니까.

여자의 첫번째 예측이 실현되기 전까지는 비교적 쉽게 그런 자

---

* 프랜차이즈 편의점 브랜드.

신만만한 태도를 유지할 수 있었다. 사이먼이 죽었을 때 클라라는 아홉 살이던 그때로, 헤스터 스트리트의 아파트 문 앞으로 질주했다. 사실 그녀는 자신의 사망일을 알고 싶지 않았다. 그렇게까지는. 단지 그 여자를 만나고 싶었을 뿐이었다.

그녀는 여자 마술사에 대해 들어본 적이 없었다. ("왜 우린 이렇게 없어요?" 한번은 일리야에게 묻기도 했다. "우선," 그가 말했다. "종교재판 때문이지. 두 가지가 더 있는데, 종교개혁과 세일럼 마녀재판.* 하나 더하자면, 옷이 문제야. 이브닝드레스 입고 비둘기 숨겨본 적 있어?") 클라라가 그 집에 들어갔을 때 여자는 창문에 기대어 서 있었다. 긴 갈색 머리를 두 갈래로 땋았는데, 그 때문에 얼굴이 대칭적이고 완벽해 보였다. 몇 년 뒤 클라라는 수업을 빼먹고 그레이트홀**을 들락거리며 메트로폴리탄미술관을 돌아다녔다. 그곳에서, 바티칸박물관에서 대여해온 야누스의 머리를 상징하는 조각을 보고 그 점쟁이가 생각났다. 과거와 현재를 상징하는 조각상의 얼굴들은 서로 다른 방향을 보고 있지만 각기 별개인 것으로 느껴지지 않았다. 오히려 원과 같은 일관성이 있었다. 한 가지 마음에 들지 않았던 것은 시작의 신이자 변화와 시간의 신인 야누스가 남자로 묘사된 점이었다.

"우와." 클라라는 여자의 집에 있는 천궁도와 달력, 주역과 서죽을 쳐다봤다. "이거 다 쓸 줄 알아요?"

놀랍게도, 여자는 고개를 저었다.

---

* 1692년 매사추세츠주 세일럼에서 일어난 사건. 이백 명에 달하는 사람들이 마녀로 몰려 오 개월간 스물다섯 명이 사망했다.

** 메트로폴리탄미술관의 입구인 거대한 복도.

"그것들은 과시용이야." 그녀가 말했다. "여기 오는 사람들? 그들은 나한테 뭔가 있어서 아는 거라고 생각하고 싶어해. 그래서 소품을 구한 거지."

클라라 쪽으로 다가오는 여자의 몸에는 움직이는 차와 같은 힘과 전기가 흘렀다. 클라라는 옆으로 물러설 뻔했지만 그러지 않았다. 마음을 굳게 먹고 버텼다.

"저런 소품이 있으면 다들 좀 나은가봐." 여자가 말했다. "하지만 난 저런 거 필요 없어."

"그냥 아는 거지." 클라라가 속삭였다.

두 개의 자석처럼 두 사람 사이에서 자력이 발생했다. 클라라는 어지러웠다. 긴장을 늦추면 몸이 떠올라 여자의 품으로 끌려갈 것 같았다.

"난 그냥 알아." 여자가 말했다. 그리고 턱을 당기며 머리를 기울이고 비스듬히, 클라라를 바라보았다. "너처럼."

너처럼. 그 말이 존재의 증명처럼 느껴졌다. 클라라는 더 많이 원했다. 자기가 죽는 날짜 따위 관심없다고 생각했었지만, 지금은 그저 황홀감에 빠져 있었다. 그 여자의 마법에 계속 빠져 있고 싶었다. 그 마법 속에서는 클라라 자신이 거울처럼 비쳐 보였다. 그녀는 자신의 운명을 물었다.

여자가 대답하자 마법이 깨졌다.

클라라는 얻어맞은 기분이었다. 여자에게 고맙다는 말을 했는지, 어떻게 골목까지 왔는지는 기억이 나지 않는다. 눈물자국이 남은 얼굴로, 손바닥에 비상계단 난간의 갈색 먼지를 잔뜩 묻힌 채, 그냥 그곳에 있었다.

십삼 년 후, 클라라가 두려워했던 대로 사이먼은 그 여자 말처럼 됐다. 진짜 문제는 이것이다. 그 여자가 정말 능력이 있었던 걸까, 아니면 클라라가 한 일들이 예언을 실현시킨 걸까? 어느 쪽이 더 나쁜 걸까? 만약 사이먼의 죽음이 막을 수 있는 일이었다면, 그 여자의 말이 다 사기였다면, 그렇다면 클라라에게 잘못이 있는 것이고, 그녀 역시 사기꾼이 된다. 결국 마법이 현실과 나란히 존재한다면—서로 다른 방향을 보는 두 개의 얼굴처럼, 야누스의 머리처럼—클라라가 그것에 접근할 수 있는 유일한 사람은 아닐 것이다. 그 여자를 믿지 않으려면 그녀는 자기 자신도 의심해야만 한다. 그리고 자기 자신을 의심한다면 그녀가 믿는 모든 것, 사이먼의 노크까지도 의심해야 한다.

　그녀에게 필요한 것은 증거다. 1990년 5월, 라지와 루비가 잠든 따뜻한 밤에 클라라는 침대에서 일어나 앉는다.

　시간을 재야 한다. '제2의 눈'처럼. 한 글자에 일 분씩.

　그녀는 일어서서 사이먼의 손목시계—솔의 선물로, 작은 금색 케이스에 가죽스트랩이 달렸다—를 놓아둔 주방으로 간다. 운전석에 앉는다. 달빛이 비쳐들어 가느다란 초침이 똑딱똑딱 움직이는 것이 잘 보이는 자리다.

　"자, 사이먼." 그녀가 속삭인다.

　첫번째 노크 소리가 난 후 시간을 재기 시작한다. 칠 분이 지나고, 팔 분이 지나고, 십이 분이 지나자 다시 노크 소리가 들린다.

　M.

　그녀는 시계를 뚫어져라 본다. 그것이 어떤 실마리가 되는 것처럼, 사이먼의 씩 웃는 얼굴인 것처럼. 다음 노크 소리는 오 분 후에 들린다. E.

루비가 칭얼거린다.

지금은 안 돼, 클라라가 생각한다. 제발, 지금은 안 돼. 그러나 칭얼거리던 목소리가 잠시 떨리더니 루비의 울음이 새벽처럼 뚫고 나온다. 라지가 침대에서 기어나오는 소리가 들리고, 그가 속삭이며 어르자 아기가 울음을 멈추고 코를 훌쩍이는 소리가 들리고, 조금 뒤 두 사람이 운전석에 나타난다.

"뭐해?"

그가 루비를 가슴 위쪽으로 안아서 둘의 머리가 같은 높이에 있다. 어둠 속에서 그들의 눈이 어렴풋이 드러난다.

"아무것도 아니야. 잠이 안 와서."

라지가 루비의 몸을 통통 튕긴다. "왜?"

"내가 어떻게 알아?"

그가 한 손을 들어올렸다가―대답은 듣지 않고―어둠 속으로 물러난다. 루비를 요람에 눕히는 소리가 들린다.

"라지." 그녀는 차 앞쪽을, 못으로 판자를 덧댄 버거킹의 문을 응시한다. "나 행복하지 않아."

"알고 있어." 돌아온 그가 조수석에 앉아 다리를 앞으로 쭉 뻗을 수 있을 때까지 의자를 뒤로 한껏 젖힌다. 그는 머리를 포니테일로 묶었고―며칠 동안 감지 않았다―피곤해서 눈가에 눈물이 고였다.

"우리가 이렇게 사는 거 결코 나도 원치 않았어. 더 나은 걸 원했어. 지금도 그렇고. 쟤를 위해서." 라지가 턱으로 루비의 요람을 가리킨다. "루비가 집에 살게 해주고 싶어. 이웃을 만들어주고 싶어. 빌어먹을 강아지도 구해주고 싶어. 기르고 싶다면. 하지만 강아지는 싸지 않아. 이웃도 마찬가지고. 난 돈을 모으려고 노력하고 있어, 클라라. 하지만 우리가 얼마나 벌고 있지? 예전보단 나아졌지만 아직 멀었어."

"여기까지인 것 같아." 클라라의 목소리가 고르지 않다. "지쳤어. 너도 지친 거 알아. 이제 우리 둘 다 진짜 직업을 구할 때가 된 것 같아."

라지가 코웃음을 친다. "난 고등학교 중퇴야. 너도 대학을 안 나왔고. 마이크로소프트가 우릴 받아주겠어?"

"마이크로소프트 말고. 다른 곳. 아니면 다시 학교를 다닐 수도 있어. 난 원래 수학을 잘했으니까, 회계수업을 듣는 거야. 그리고 넌…… 정비사 일에 재능이 있었어. 훌륭했지."

"너도 그랬어!" 라지가 폭발한다. "넌 재능이 있었어. 넌 훌륭했다고. 클라라, 처음 널 봤을 때, 노스비치의 작은 공연에서, 무대 위의 널 보고 생각했어. 저 여자다. 저 여자는 달라. 네 꿈은 너무 컸고 머리는 너무 길어서 밧줄이랑 계속 엉키는데도 넌 내가 난생처음 보는 모습으로 천장에서 빙글빙글 돌았고, 그렇게 영영 내려오지 않을 수도 있겠다고 생각했어. 난 아직 포기할 준비가 안 됐어. 그리고 너도 마찬가지라고 생각해. 정말 정착하고 싶어? 서류 뒤적거리고 남의 돈 관리하는 일을 하고 싶냐고."

그의 말이 깊이 묻혀 있던 그녀의 마음을 움직인다. 클라라는 늘 자신이 다리가 될 운명이라는 것을 알고 있었다. 현실과 환상, 현재와 과거, 이 세계와 다음 세계 사이의 다리. 그녀가 할 일은 그 방법을 알아내는 것뿐이다.

"좋아." 그녀가 천천히 말한다. "하지만 이런 식으론 안 돼."

"맞아. 안 되지." 라지의 눈이 정면을 뚫어지게 응시한다. "꿈을 크게 꿔야 해."

"예를 들면?"

"라스베이거스랄까."

"라지." 클라라가 손바닥으로 눈두덩이를 지그시 누른다. "말했잖아."

"그랬지." 라지가 자세를 바꾸더니 팔걸이 너머 그녀 쪽으로 몸을 기울인다. "하지만 넌 관객을 원하고, 영향력을, 유명해지길 원하잖아, 클라라. 그런데 여기선 유명해질 수 없어. 하지만 라스베이거스는 온갖 곳에서 사람들이 찾아와. 자기들이 사는 덴 없는 무언가를 찾아서."

"돈을 찾아서."

"아니, 재미를 찾아서. 그 사람들은 법칙이 깨지고 세상이 뒤집히는 경험을 원해. 그게 네가 원하는 거 아냐? 그게 네가 하는 일아냐?" 그가 그녀의 손을 잡는다. "봐봐. 난 결코 스타가 되고 싶지 않았어. 넌 절대 조수가 되고 싶지 않았잖아. 넌 항상 네가 뭔가 위대한 일을 할 운명이라고, 지금보다 나은 일을 할 운명이라고 생각했어. 맞지? 그리고 난 언제나 그런 널 믿었어."

"이젠 아냐. 뭔가가 사라졌어. 약해졌어."

"술 끊고 나선 좀 나아졌어. 네가 약해질 땐 네 생각 속으로 파고들어갈 때뿐이야. 거기 깊숙이 파묻혀서 기어나오지 않을 때뿐이야. 이 위에 있으면 돼." 그가 손등을 위로 한 채 턱밑에 들고 말한다. "수면 위에. 현실에 집중해. 루비한테. 그리고 네 성공에."

클라라는 루비를 생각하면 마치 강 한가운데서 바위 하나를 붙들고 버티는 느낌이다. 세상 모든 게 그녀를 끌어당기는 와중에 작고 단단한 것에 매달려 있는 듯한 느낌.

"만약 라스베이거스에 갔는데," 그녀가 말한다. "내가 못하면. 일을 못 구하면. 아니면 내가…… 그냥 할 수가 없으면. 그럼 어쩌지?"

"난 그런 생각은 안 해." 라지가 말한다. "너도 생각하지 마."

"라스베이거스라고." 거티가 말한다. "라스베이거스에 간다고."

클라라는 엄마가 손으로 수화기를 감싸는 소리를 듣는다. 그러고 나서 고함소리가 이어진다.

"바르야, 들었니? 라스베이거스래. 얘가 라스베이거스에 간대."

"엄마." 클라라가 말한다. "다 들려."

"뭐?"

"내가 선택한 거야."

"누가 아니래. 그럼 내가 선택한 거겠니."

찰칵, 하고 다른 전화기에서 수화기를 드는 소리가 난다.

"라스베이거스에 간다고?" 바르야가 묻는다. "뭐하러? 휴가야? 루비도 데려가는 거야?"

"당연히 데려가야지. 그럼 애를 두고 가겠어? 휴가로 가는 것도 아냐. 아예 가는 거야."

클라라는 캠핑카 창밖을 내다본다. 라지가 서성거리면서 담배를 피우고 있다. 그는 몇 초에 한 번씩 클라라가 아직 통화중인지 확인하려고 힐끗거린다.

"왜?" 충격에 휩싸인 채 바르야가 묻는다.

"왜냐면 마술사가 되고 싶으니까. 그리고 거기가 마술사가 되려는 사람들이 가는 곳이니까. 그걸로 돈을 벌려면. 그리고, 브이, 난 자식이 있어. 돈이 얼마나 많이 드는지 모르지. 루비 밥에, 기저귀에, 옷에……"

"난 넷을 키웠어." 거티가 말한다. "그런데 한 번도, 라스베이거스에 안 갔다."

"알아." 클라라가 말한다. "난 다르잖아."

"알아." 바르야가 한숨을 쉰다. "네가 좋다면."

전화기를 내려놓기도 전에 라지가 차 쪽으로 돌아오고 있다.

"뭐래?" 그가 운전석에 훌쩍 올라타더니 차 키를 꽂아 시동을 걸면서 묻는다. "반대?"

"응."

"네 가족이지만," 그가 도로로 차를 빼며 말한다. "가족만 아니었으면 그 사람들 싫어했을걸, 너도."

그들은 헤스피리어*의 캠핑장에 멈춰 잠을 잔다. 클라라는 라지목소리에 잠이 깬다. 몸을 돌려 눈을 가늘게 뜨고 솔의 시계를 본다. 새벽 세시 십오분, 라지가 루비 요람 옆에 앉아 있다. 난간살사이로 아기를 바라보며 다라비 이야기를 속삭이고 있다.

---

* 남부 캘리포니아의 도시.

밝은 파란색 페인트를 칠한 판금. 사탕수수 파는 여자들. 마대자루로 벽을 쌓은 집들과, 코끼리의 등처럼 솟아 있는 거대한 파이프들. 그는 아기에게 전기도둑과 맹그로브늪과 그가 태어난 판잣집에 대해 들려준다.

"그게 타타*네 집이야. 반은 아빠가 어렸을 때 철거됐고, 나머지 반도 지금쯤 없어졌을 거야. 그래도 상상은 할 수 있으니까. 아직 서 있는 나머지 반을 상상해봐." 그가 말한다. "모든 층이 영업장이야. 타타네 층은 유리병이랑 플라스틱, 금속부품. 그 위층에서는 남자들이 가구를 만들고, 그 위층에서는 가죽으로 서류가방이랑 핸드백을 만들어. 꼭대기층에서는 여자들이 아주 작은, 그러니까 너 같은 아이들이 입는 청바지와 티셔츠를 바느질하고."

루비가 옹알이를 하며 달빛 아래 푸른빛이 도는 흰 손을 흔든다. 라지가 그 손을 잡는다.

"사람들은 너희 계급이 불가촉천민이라고 말해. 브라흐마의 발 밑에서 나온 사람들보다 밑이라고.** 하지만 너희는 일꾼이야. 너희는 상인이고 농부고 수리공이야. 마을에선 그들을 사원이나 성지에 들여보내주지 않아. 하지만 다라비가 곧 그들의 사원이란다." 그가 말한다. "그리고 우리에겐 미국이 그렇지."

클라라는 몸은 그대로 둔 채 요람 쪽으로 고개만 돌린다. 라지는 그녀에겐 그런 이야기를 해준 적이 없다. 그녀가 다라비나 카슈미

---

* 인도에서 할아버지를 뜻하는 말.

** 인도의 신화에 따르면 카스트제도에서 가장 높은 브라만 계급은 창조의 신 브라흐마의 입에서, 크샤트리아는 손에서, 바이샤는 무릎과 허벅지에서, 천민 계급인 수드라는 발바닥에서 나왔다.

르반란에 대해 물어보면 그는 화제를 돌려버린다.

"타타는 널 자랑스러워할 거야." 라지가 말한다. "그리고 넌 타타를 자랑스러워해야 해."

라지가 일어선다. 클라라는 고개를 돌려 볼을 베개에 댄다.

"잊지 마, 루비." 그가 아기의 턱까지 담요를 끌어올려주며 말한다. "잊지 마."

16

라스베이거스에 도착한 그들은 킹스로 캠핑카 주차장에 차를 댄다. 스트립*에서 십오 분 거리에 있고 한 달에 200달러를 받는 곳인데 수영장 물은 다 말랐고 세탁기도 한 대만 빼고 다 고장난 상태여서 라지가 마뜩잖아하며 한 달 치 돈을 낸다. "잠깐만 있을 거야." 그가 루비의 양송이버섯 코에 키스하며 말한다. "이건 곧 팔거야." 그가 전기잭으로 차의 수평을 맞추고 설비에 연결하는 동안 클라라는 캠핑장을 구경한다. 놀이방에는 탁구대 한 대와 물건을 반밖에 채워놓지 않은 자판기가 있다. 캠핑카들은 몇 달이나 닻을 박고 있었던 듯, 나무덱이 화분과 미국 국기로 꾸며져 있다.

82년형 폰티액 선버드를 삼 개월 장기렌트한 뒤 스트립으로 몰고 간다. 클라라는 난생처음 보는 광경이 펼쳐진다. 마르지 않는

---

* 라스베이거스의 중심도로.

폭포. 지지 않는 열대지방의 꽃. 리조트호텔들은 우주정거장만큼이나 번쩍거리고 뾰족하다. "섹시녀 라이브쇼"라고 누군가 나지막이 말하고, 클라라의 손에 엽서 한 장이 나타나 있다. 신들이 시저스팰리스호텔 앞에서 행진을 하고, 길가에 한 여자가 분홍색 가죽 핸드백에 얼굴을 묻고 누워 있다. 칼을 휘두르는 손으로 클라라에게 인사하는 처키 인형 옆에 쇼걸들과 가짜 엘비스 프레슬리들이 서 있다.

제일 최근에 지은 호텔은 책을 펼쳐 세워놓은 모양으로, 날씬한 건물 두 채가 책등 부분에서 연결돼 있다. 전광판에는 끝이 둥글게 말린 빨간색 대문자로 MIRAGE(미라지)라고 쓰여 있다. 그 단어 뒤로 문장들이 따라서 흘러간다. 오픈 10시간 만에 라스베이거스 역사상 최대 규모 잭팟 탄생! 460만 달러! 뷔페 완비! 그러다 그 글자들이 수줍어하는 듯 사라지고, 다시 미라지가 나타난다. 호텔 앞에 있는 화산은 매일 밤 그레이트풀 데드*의 노래와 인도인 자키르 후사인의 타블라** 연주에 맞춰 불을 내뿜는다고 한다. 천장이 유리돔인 중앙홀에는 인공 열대우림과 진짜 호랑이들을 가둔 우리가 있다. 정확히, 클라라가 평생 결코 바란 적 없는 것들이지만 그녀는 루비를 생각하기로 한다. 여기 돈이 있다. 안쪽으로 걸어들어가니 천장에 거대한 샹들리에와 자동차 타이어만한 유리꽃잎들이 걸린 로비가 나온다. 프런트 뒤로는 천장에서 바닥까지 벽면 전체를 채운 너비 15미터의 수족관이 펼쳐진다. 날카로운 굉음이 들리고, 그

---

* 1965년부터 활동한 미국의 록 밴드.
** 작은북 두 개로 이루어진 인도의 타악기.

녀는 그것이 폭포나 화산 소리인 줄 알았다가 이내 톱소리임을 깨닫는다. 건물은 아직 공사중이다.

"봐." 라지가 말한다. 그가 프런트 위에 걸린 커다란 현수막을 가리킨다. 지크프리트와 로이가 가운데 있는 백호와 각각 얼굴을 맞댄 모습이다. 매일 오후 1시, 7시. 지금은 한시 사십오분이다. 그들은 표지판을 따라 공연장으로 간다. 이미 공연이 시작되었으므로 표 파는 사람은 없다. 루비를 골반에 걸친 라지가 먼저 문틈으로 들어간 뒤 두 자리가 빈 곳으로 클라라를 끌어당긴다. 지크프리트와 로이는 단추를 풀어헤친 실크셔츠와 허리가 드러나는 짧은 모피코트에 코드피스*가 달린 가죽바지를 입었다. 그들은 불을 뿜는 기계 용 위에 올라타 3미터는 될 법한 머리에 채찍을 휘두르고, 그동안 조개 비키니 차림의 여자들이 크리스털 장식이 달린 지팡이를 들고 춤을 춘다. 공연 마지막에는 로이가 미러볼에 올라탄 백호 위에 앉는다. 지크프리트와 열두 마리 이국적인 동물이 여기에 합류하여 공중으로 떠올라 천장 서까래로 사라진다.

그들이 바로 온갖 아메리칸드림이 뒤섞인, 아메리칸드림의 꿈이다. 사십 년 전 두 사람은 대양을 건너는 여객선에서 만나 전후 독일을 탈출했고 그들의 여행가방에는 치타 한 마리가 실려 있었다. 현재 그들의 공연에는 출연자와 제작진만 이백오십 명이다.

무대 위 남자들이 절을 하자 라지가 클라라의 귀에 입을 갖다댄다. "들어갈 방도를 찾아야겠다. 건너건너 아는 사람이 있을 거야." 그가 말한다.

---

*남성의 바지 샅 부분에 대는 삼각형 덮개.

클라라가 소파침대에서 루비에게 젖을 먹이며 눈으로는 사이먼의 시계를 주시하고 있다. 앞 두 글자는 전과 같이 M 다음 E다. 또 오 분이 지나서, 두번째 E. 다음까지는 간격이 길어져—이십 분—루비에게 트림을 시키는 사이에 놓친 게 아닌지 걱정이 된다. 그때, 다시 소리가 들린다.

T.

"만나Meet구나!"

루비가 새된 소리로 운다. 클라라의 젖이 말라간다.

"뭐라고?" 밖에서 라지가 외친다. 그는 캠핑카 아래 들어가서 밑판을 살펴보고 있다.

"아무것도 아냐." 클라라가 말한다. 라지는 그녀에게 방금 일어난 일을 알고 싶지 않을 것이다. 그러니까, 사이먼이 죽음의 문턱 너머에서 그녀에게 말을 걸고 있다면, 솔은 그러지 않으리라고 누가 장담할 수 있겠는가?

수유브라를 여미고 아기를 조용히 시켜보지만 금방이라도 울음이 나올 것처럼 코가 시큰거린다. 루비는 살아 있고 루비에겐 그녀가 필요하다. 클라라에겐 사이먼이 필요하고 솔이 필요하지만 그들은……

죽었다? 그럴 수도. 하지만 완전히는 아닐 수도 있다.

라지는 전화번호가 있는 남부 캘리포니아의 카지노에 죄다 연락을 돌려보지만 정작 연줄이 나타난 것은 타호호수 리조트의 주인으로, 그 사촌의 아내의 남자형제가 골든너깃 매니저다.* 라지는 자기가 가진 가장 좋은 옷을 입고 스트립에 있는 스테이크 전문점으로 그 매니저를 만나러 간다. 돌아온 그는 마약에 취한 듯 기운이 뻗치고 환희에 차 눈빛이 이글거린다.

"자기야." 그가 말한다. "전화번호 땄어."

---

* 타호호수는 캘리포니아 중북부에 위치하고, 골든너깃은 라스베이거스에 있는 카지노호텔이다.

17

　미라지의 프로시니엄극장* 같은 곳에서 공연을 하기는 클라라도 처음이다. 줄을 묶을 장치봉이 바닥에서 9미터 높이에 있고 움직이는 무대가 두 개, 무대용 리프트가 다섯 대, 스포트라이트가 스무 개, 좌석은 이천 석 갖춰져 있다. 상승밧줄이 설치됐고 프로테우스 캐비닛은 수레에 실린 채 무대 뒤에서 대기한다. 미라지의 간부 셋이 맨 앞줄에 앉는다.

　라지가 공연 시작을 알리는 멘트를 하는 동안 클라라는 대기공간에 서 있다. 땀이 스팽글드레스의 양쪽 솔기를 따라 시미**를 추며 흘러내린다. 루비는 처음으로 어린이집이란 곳에 가보았다. 호텔 직원의 아이들을 위해 17층에 마련된 곳이다. 클라라는 명치가

---

　* 아치를 세워 무대를 객석과 완전히 분리하는 형태의 극장. 무대장치나 설비를 감추기 쉽고 관객이 극에 거리감을 느끼게 한다.
　** 어깨를 앞뒤로 흔드는 춤.

죄여온다. 정신을 집중하려고 애쓴다. 루비를 위해서니까. 손목을 털자. 침 삼키고. 웃어, 빌어먹을. 금색 구두를 신고, 그녀는 무대에 오른다.

빛, 열기. 똑같이 바지 밖으로 내어입은 와이셔츠와 얼굴을 가린 그림자 때문에 간부들은 누가 누군지 구별할 수 없다. 그들은 건성으로 '프로테우스 캐비닛'을 넘긴다. '사라지는 새장' 순서에 간부 하나가 전화회의 핑계를 대며 자리를 뜬다. 나머지 둘은 '제2의 눈'을 보고 생기가 살아나지만, '이탈'에서 클라라는 타이밍을 못 맞추는 바람에 너무 빨리 무대에 내려오지 않도록 무릎을 들게 된다. 눈을 뜨고 보니 두 남자 중 하나는 호출기를 보고 있다. 다른 한 명이 목을 가다듬는다.

"끝입니까?" 그가 외친다.

스태프가 객석 조명을 켜고, 라지가 대기공간에서 걸어나온다. 그는 영업용 미소를 짓고 있지만 열을 발산하듯 몸에서 분노가 뿜어져나온다. 찰나이지만 이 기회가 얼마나 큰 것인지—그들의 실패가 얼마나 큰 것인지—실감나서 클라라는 숨이 턱 막힌다. 캠핑카 냉장고에는 이제 루비가 먹을 이유식이 세 병 남았다. 그녀와 라지는 꽤 오래 패스트푸드로 끼니를 때웠고 그녀는 그것들, 그 과잉과 결핍의 결합물이 몸속에서 느껴진다. 글러브박스에 넣어둔 자물쇠 달린 상자에는 이제 64달러가 있다. 다른 일을 못 구하면, 어떡하지?

클라라는 멘토 일리야를 떠올린다. 그녀에게 마술의 기술들은 남자들에게 알맞게 만들어진 거라고 알려준 사람이 바로 그였다. 정장 재킷에 달린 주머니는 금속컵을 숨기기에 완벽한 크기고, 손바닥에 물건을 숨기는 기술은 손이 커야 유리하다고. 그러고 나서 그는 기술들을 재창조하는 방법을 가르쳐주었다. 클라라는 고탄성 스펀지볼을 쓰고 카드 마술용 테이블의 서랍을 티 안 나게 사용하는 법을 배웠다. 그럼에도 손바닥 크기를 극복할 방법은 없었고, 손으로 하는 마술에 관한 한 그녀가 의지할 수 있는 건 기술뿐이었다. "마술을 제일 잘하는 남자만큼 능숙해져야 해." 일리야는 클라라가 손가락이 아파서 욱신거릴 때까지 한 손 셔플을 연습시키며 말했다. "그다음엔 더 잘해야 하고."

그때 배운 손기술 마술―그게 그녀의 강점이었다. 지금도 그렇다. 그런데 클라라와 라지는 지크프리트와 로이가 되려고만 했다. 그러느라 클라라는 자신을 키운 오래되고 보잘것없는 마술을 잊어버렸다. 자신을 잊은 것이다.

"아니요." 그녀가 말한다. "안 끝났습니다."

그녀는 행운의 상징으로 챙겨온 일리야의 검은색 상자를 가지러 대기공간으로 간다. 상자를 들고 무대를 가로질러 객석으로 뛰어내려간 뒤 간부들 앞에서 상자를 펼쳐 테이블로 만든다. 가까이서 보니 그들은 서로 전혀 비슷해 보이지 않는다. 한 사람은 딴딴한 몸에 머리를 말끔하게 밀었고 은테 안경 너머의 파란 눈동자가 기민해 보인다. 그는 빨간색 실크셔츠를 입었다. 다른 한 사람은 검은색과 흰색 세로 줄무늬 셔츠 차림인데, 큰 키에 몸매가 서양배 같고 흑발을 빗어올려 포니테일로 묶었다. 라벤더색 안경이 콧대 맨 위에 걸쳐져 있고, 목에는 정교한 금십자가가 걸려 있다.

라지가 무대 가장자리로 걸어와 클라라 뒤쪽에 걸터앉는다. 몸은 뻣뻣하지만 눈은 그녀를 주시하고 있다. 그녀가 비밀서랍에서 가장 좋아하는 카드 세트를 꺼내 일리야의 테이블 위에 펼친다.

"세 장을 골라보세요." 그녀가 대머리에게 말한다. "숫자가 보이게 뒤집어주세요."

그는 클럽 에이스, 다이아몬드 퀸, 하트 7을 뽑는다. 그녀가 그 카드들을 나머지 카드들 사이에 끼워넣는다. 그러고는 박수를 친다.

에이스가 날아오르더니 공중에서 펄럭이다가 의자 위에 착지한다. 그녀가 또 한번 박수를 치자 퀸이 한중간에서 튀어나온다. 그녀가 세번째로 박수를 치고, 하트 7이 손에서 나타난다.

"하!" 대머리가 말한다. "아주 좋아요."

클라라는 그 칭찬의 말을 스스로에게 허락할 수 없다. 아직 할일이 있다—정확히 말하면 '상승 올리기'. 서랍에서 유성매직을 꺼내 라벤더색 안경을 쓴 남자에게 건넨다.

"카드를 떼세요." 그녀가 말한다. "원하시는 만큼." 그가 카드를 떼고, 스페이드 3이 나온다. "아주 좋아요. 이 카드에 사인해주실래요?"

"매직으로?"

"매직으로요. 제가 속임수를 쓸 수 없게요. 이 카드 중에 스페이드 3이 또 있을 수도 있잖아요. 그래도 사인한 카드랑 같은 건 절대 없겠죠. 우리는 이걸 다시 세트 중간에 넣을 겁니다. 이렇게. 하지만 재밌게도, 제가 맨 위의 카드를 톡 치면……" 그녀가 맨 위의 한 장을 뒤집는다. "고르신 3이네요. 신기하죠? 자, 이걸 다시 제자리에, 중간에 넣을게요. 그런데 잠깐, 여기서 제가 또 맨 위의 카드를 톡 치면, 자, 또 3이에요. 카드들을 타고 올라왔나봐요."

'상승 올리기'는 클라라가 아는 가장 어려운 마술 중 하나인데다가 몇 년 동안 연습도 하지 않았다. 제대로 될 리가 없는데, 그런데 무언가가 그녀를 도와주고 있다. 무언가가 그녀를 원래의 그녀로 끌어당기고 있다.

"자, 이제 아주 천천히 보여드릴게요. 이 카드를 가운데 넣습니다. 속임수가 아니라는 걸 확실히 보실 수 있도록 이번엔 아예 좀 튀어나오게 해둘게요. 보이시죠? 저도 보이네요. 그런데 왜," 그녀가 맨 위의 카드를 뒤집으며 말한다. "여기 있을까요? 세번째예요. 그리고 이제는…… 어디 보자. 이게 움직이는 것 같아요. 이상하네. 그런데 맹세할 수 있어요, 지금은 바닥에 있어요. 맨 밑의 카드를 빼보실래요?"

그가 카드를 뺀다. 자신이 고른 것이다. 그가 웃는다. "잘하네요. 유심히 보지 않았으면 더블 리프트* 하는 줄 몰랐을 거예요."

그의 한쪽 눈은 여전히 호출기에 머물러 있다. 클라라는 그를 표적으로 정한다. 새끼손가락에 경련이 일고 있지만—그도 그럴 것이 아웃 조그**를 한 지도 일 년이 지났다—손가락을 털 시간은 없다. 그녀는 카드를 치우면서 25센트짜리 동전을 한 움큼 쥐고 대머리 남자의 발밑에 있는 스테인리스 머그잔을 가리킨다.

"그거 좀 써도 될까요? 고마워요. 정말 친절하시네요. 알고 계신지 모르겠는데—보이시는지 모르겠는데—여기 이 공간에 동전이 엄청 많아요."

그녀는 오른손에 머그잔을 들고 왼손을 펼쳐 아무것도 없음을

---

* 카드 두 장을 한 장처럼 다루는 기술.
** 카드를 몸 바깥쪽으로 튀어나오게 하는 기술.

보여준다. 그러고는 손가락을 튕기자 왼손 엄지손가락과 집게손가락 사이에 25센트짜리 한 개가 나타난다. 그 동전을 머그잔 속으로 떨어뜨리자 짤랑 소리가 난다. 대머리 남자의 셔츠 깃에서 동전 두 개, 그의 양쪽 귀에서 한 개씩, 그리고 몸집이 더 큰 남자의 셔츠 주머니에서 두 개를 꺼낸다.

"자, 이 머그잔은 당신 거예요. 제 게 아니죠. 비밀공간도 없고 동전을 보관하는 데도 없어요. 그러니, 틀림없이 제가 어떻게 한 건지 궁금하실 거예요. 이렇게 했을 거라고 나름 짐작하는 것도 분명 있을 거고요." 클라라가 검은 머리의 안경을 가리킨다. 그가 안경을 건네자 그녀는 안경을 머그잔 쪽으로 기울인다. 25센트짜리 하나가 두 렌즈 위를 차례로 미끄러져내려간다. "당연한 반응입니다. 우리는 항상 인생에서 논리를 찾으려고 하니까요. 제가 동전을 계속해서 꺼내는 걸 보고, 뭐, 왼손에 있겠거니 생각하시겠죠. 그리고 제가 왼손을 보여드리면, 그래서 제 왼손에 동전이 있을 수 없다는 걸 깨닫게 되면, 논리를 바꿔요. 이젠 동전이 다 제 오른손에 있다고 생각할 거예요. 그게 더 편하지, 안 그래? 머그잔에 가까우니까. 모르실 거예요. 저는 지금……" 그녀는 머그잔을 왼손으로 넘긴다. "전환하고 있어요." 그리고 아무것도 없는 오른손을 펼쳐 보인다. "방식을."

그녀가 기침을 하자 입에서 동전 두 개가 굴러나온다. 검은 머리가 호출기를 셔츠 주머니에 집어넣는다. 드디어 그의 관심을 샀다.

"종교가 있으시군요." 클라라가 그의 목에 걸린 십자가를 바라보며 말한다. "우리 아버지도 그랬죠. 아버지와 나는 정반대라고 생각하곤 했어요. 아버지는 규칙, 난 규칙 파괴. 아버지는 현실, 난 환상. 하지만 깨달았죠—아버지는 이미 알고 계셨을 거예요—우리가 같은 것을 믿었다고. 그걸 누구는 비밀의 문이라고 하고, 누구는 비밀공간이라고 하고, 또 누구는 신이라고 하지만, 다 우리가 모르는 대상에 임시로 붙이는 이름일 뿐이죠. 불가능이 가능이 되는 공간을 부르는 이름. 키두슈*를 외거나 안식일에 촛불을 밝힐 때, 아버지는 마술을 하고 있던 거였어요."

라지가 헛기침을 하며 그녀에게 주의를 준다. 어디까지 가려고? 하지만 그녀는 자신이 무엇을 하는지 잘 알고 있다. 줄곧 알고 있었다.

"현실이라면 좀 알죠, 아버지도 저도. 그리고 두 분도 분명히 아실 겁니다. 현실이란 뭔가 너무 지나친 걸까요? 너무 고통스럽고, 너무 하찮고, 기쁨과 기회의 제약이 너무 많은? 아니에요." 그녀가 말한다. "현실은 뭔가 충분하지 않은 거예요."

클라라는 머그잔을 바닥에 내려놓고 서랍에서 컵과 공을 꺼낸다. 빈 컵을 테이블에 엎어놓고 그 위에 공을 놓는다.

"우리가 이해하지 못하는 것을 설명하기에 충분하지 않아요." 그녀가 공을 들어올린 뒤 그대로 주먹을 꽉 쥔다. "우리가 보고 듣고 느끼는 모순을 설명하기에 충분하지 않죠." 주먹을 펴자, 공이 사라지고 없다. "우리의 희망과 우리의 꿈과—우리의 믿음을 걸기에 충분하지 않아요." 그녀가 스테인리스컵을 들어올리자 그 안에서 공이 나타난다. "어떤 마술사들은 마술이 당신의 세계관을 산산조각낸다고 말합니다. 하지만 저는 마술이 세상을 결합시킨다

---

* 안식일이나 축제일 밤에 포도주와 빵을 통해서 신을 찬미하는 기도.

고 생각해요. 마술은 암흑물질*입니다. 현실의 접착제이고요. 우리가 진실이라고 생각하는 모든 것들 사이의 빈 공간을 메우는 메움재입니다. 그리고 마술을 통해 밝힐 수 있습니다. 얼마나 불충분한지." 그녀는 컵을 내려놓는다. "실제라는," 그리고 주먹을 쥔다. "것이요."

그녀가 주먹을 펼쳐 보이지만, 빨간색 공은 없다. 통통하고 완벽한 딸기 한 알이 있다.

카펫이 깔린 바닥에서부터 15미터 위의 천장까지, 무대 뒤에서부터 2층 특등석까지 침묵이 퍼져나간다. 그러다 라지가 박수를 치기 시작하고 대머리가 가세한다. 금십자가를 건 남자만이 박수를 보류한다. 그는 대신 이렇게 말한다. "언제부터 시작할 수 있어요?"

클라라는 손바닥에 든 딸기를 들여다본다. 축축하다. 냄새도 난다. 미라지 밖에 있던 폭포 소리 같은—아니면 톱질소리인가?—굉음이 귀에서 울린다.

대머리가 주머니에서 가죽커버로 감싼 일정표를 꺼낸다. "12월이나 1월…… 1월로 하죠? 지크프리트와 로이 바로 앞 어때?"

몸집이 큰 남자의 목소리는 마치 물속에서 울리는 것 같다. "저 친구 산 채로 잡아먹으려고 할걸."

"그건 그런데, 사전공연으로. 삼십 분 주고, 왜 사람들이 입장할 때 뭐 볼거리가 있으면 좋잖아. 쟤 외모도 괜찮고—당신, 외모도 괜찮네요—관심을 끌 거야. 다들 자리에 엉덩이 붙이면, 짠! 호랑

---

* 우주에 널리 존재하는 것으로 여겨지는, 질량은 있지만 관측되지 않는 물질.

이, 사자, 폭발. 발사."

"의상은 새로 해야겠군." 다른 남자가 말한다.

"아, 의상 전면점검. 연출팀을 붙여줄게요. 새장 그건 빼고, 캐비닛도 빼고, 밧줄 매달리는 거에 더 힘주고, 독심술 마술도 힘 좀 더 주고—관객 하나 무대에 올리고 뭐 그런 거 있잖아요. 준비는 우리가 할 거고요." 누군가의 호출기가 울린다. 두 남자 모두 주머니 속을 확인한다. "자, 나중에 얘기합시다. 개막까지 사 개월 남았으니. 괜찮은 쇼가 될 겁니다."

"이런 빌어먹을 맙소사." 엘리베이터 문이 닫히자마자 라지가 말한다. "딸기라니." 그는 유리벽 두 개가 만나는 모서리에 웅크린 채 웃고 있다. "대체 어떻게 한 건진 모르겠지만 정말 완벽했어."

"나도 모르겠어."

라지는 벌어진 입에 여전히 미소가 걸린 모습으로 웃음을 멈춘다.

"농담 아냐." 클라라가 말한다. "그 딸기는 처음 보는 거였어. 어디서 났는지 전혀 모르겠다고."

처음 드는 생각은 다시 필름이 끊기기 시작했나 하는 것이다. 자기가 차를 몰고 시장으로 가서 딸기 한 팩을 사고 그중 한 알을 주머니에 넣어뒀다거나. 하지만 그건 말이 안 된다. 차는 렌터카라서 라지만 운전을 하고, 킹스로에서 걸어갈 수 있는 거리에는 식료품점이 없다.

"너 뭔데?" 라지가 묻는다. 그의 얼굴에서 풀려난 야생동물 같은 기운이 느껴진다. 뭔가 야생적인, 마치 사냥한 먹이를 지키는

늑대와 같은. "마술사가 자기 마술을 믿는 거야?"

몇 달 전이었다면 그녀는 상처를 받았을 것이다. 지금은 그렇지 않다. 그녀는 뭔가 알게 되었다.

라지의 눈에 비친 표정. 그것이 분노인 줄 알았다. 그게 아니다.

그는 그녀를 두려워한다.

18

라지는 연출팀과 함께 '목숨이 걸린 턱'의 장치를 설치하고 '제2의 눈' 무대를 꾸민다. 인도 바늘 묘기에 쓰는 소품들도 새로 디자인한다. 객석에서도 잘 보이도록 바늘은 더 크게, 실 대신에 빨간 끈으로. 미라지의 예능감독이 클라라에게 라지가 톱으로 그녀를 반으로 자르는 마술을 할 것인지 물어봐서―"식은 죽 먹기잖아요, 하나도 안 다치고"―그녀는 거절한다. 감독은 무서워서 그런다고 생각하지만 사실 그녀는 감독에게 P.T. 셀비트와 그가 개발한 여성혐오적 마술에 대한 교육을 한 시간이라도 할 수 있다. '소녀 파괴하기' '숙녀 늘리기' '여자 쭈그러뜨리기' 등은 모두 전후의 피에 대한 굶주림과 여성참정권 문제를 이용하기 위해 기가 막힌 타이밍에 나온 마술이다.

클라라는 톱으로 잘리거나 쇠사슬에 묶이는 여자는 되지 않을 것이다. 누군가에 의해 구출되거나 해방되지도 않을 것이다. 그녀는 스스로 구할 것이다. 톱이 될 것이다.

하지만 더 자기주장을 하면 일을 잃을 수도 있다는 것을 그녀도 안다. 그래서 의상을 맞출 때 치맛단을 13센티미터 올리고 목둘레는 5센티미터 내리고, 패드를 넣은 상태에서 가슴둘레를 맞추도록 내버려둔다. 리허설에서 라지는 당당히 서지만 클라라는 움츠러든다. 오디션에서 그녀가 느꼈던 광채는 매일 희미해지고 있다. 500와트짜리 스포트라이트에 씻겨나가고, 기계가 내뿜는 스모크에 가려진다. 그녀는 미라지가 있는 그대로의 자신을 원한다고 생각했지만 지금 그들은 그녀를 실제보다 부풀리고 싶어한다. 라스베이거스에 어울리기를 원한다. 그들에게 그녀는 호텔 밖에 있는 분홍색 화산처럼 신기한 존재다. 그들이 보유한 여자 마술사.

루비는 연골이 뼈로 변하고, 뼈가 붙고 있다. 몸의 70퍼센트가 물이고, 이것은 지구상의 물의 비율과 같다. 작은 송곳니들과 울퉁불퉁한 어금니도 모두 났다. 가와 싫어와 가 가를 말할 수 있고, 가 가는 같이 가라는 뜻이고 이 말을 들으면 클라라는 심장이 끈적끈적거린다. 그녀는 킹스로를 기어다니는 분홍색 도마뱀들을 보면 좋아서 비명을 지르고, 두 주먹에 조약돌을 꼭 쥐기도 한다. 공연이 시작되고 처음으로 큰 보수를 받으면 라지는 캠핑카를 팔고 아파트를 빌리고 유치원과 소아과 주치의를 알아보고 싶어한다. 그러나 클라라는 시간이 없다. 헤스터 스트리트의 여자가 맞는다면 두 달 뒤에 그녀는 죽는다.

라지에게는 말하지 않는다. 그녀가 생각보다 더 미쳤다고 여길 테니. 어차피 그와 마주치는 시간도 거의 없다. 리허설을 마치면 다음 리허설 전까지 그는 극장에 머무른다. 무대 위 27미터 높이의 격자 구조물을 오가며 특별주문한 밧줄과 도르래 장치를 강철파이프 장치봉에 연결한다. 무대 위의 비밀공간과 리프트를 이용해 클라라가 '이탈'에서 인사를 한 후 사라질 수 있는 장치를 고안한다. 제작스태프들과 함께 카드 테이블을 새로 만들고 가게에서 소품을 사다 나르는 일도 거든다. 무대감독은 그를 아주 좋아하지만 일부 기술자들은 반감을 품는다. 한번은 클라라가 어린이집으로 루비를 데리러 가는 길에 스태프 둘을 지나친다. 그들은 극장 문 바로 안쪽에 서서 라지가 테이프로 무대에 표시하는 모습을 지켜보고 있다.

"원래 표시하는 건 네 일이었는데." 한 사람이 말한다. "조심해. 안 그러면 간디가 네 일을 가로챌 거야."

클라라는 루비의 빨간색 플라스틱 유아차를 밀고 본스*로 간다. 4번 통로에서 거버 고구마 이유식 여덟 병을 훔치고 가방 안에서 쨍그랑거리는 그것들을 챙겨 출구로 향한다. 미닫이문이 열리자 밀려드는 따뜻한 공기가 느껴진다. 11월 하순 저녁이지만 하늘은 여전히 데님 같은 파란색이다. 그녀는 가로등 밑에 앉아 거버 병 하나를 열고 집게손가락으로 떠서 루비에게 먹인다.

동그란 하얀 빛 두 개가 점점 가까워지면서 커지고, 은빛 올즈모

---

* 마트 체인의 하나.

빌*이 멈춰 선다. 클라라가 루비의 눈을 가려주고 자신도 눈을 찌푸린 채 쳐다보지만 차는 움직이지 않는다. 그녀가 주차장에서 나가는 길을 막고 있다는 듯이 그녀 앞에 서 있다. 운전석에서 한 남자가 그녀를 빤히 쳐다본다. 헝클어진 머리는 딸기색이 감도는 금발이고 눈동자는 옅은 금빛인데 입을 벌리고 있다. 샌프란시스코에서 만난 경찰관 에디 오도너휴와 꼭 닮았다.

클라라는 허둥지둥 일어서서 루비를 한쪽 골반 위로 끌어올린다. 그러다 이유식을 떨어뜨리고 깨진 병에서 오렌지색 죽이 쏟아지지만 그녀는 멈추지 않는다. 계속 걷다가 어느 순간 달리기 시작해 스트립의 익명의 군중에 합류한다. 빈 유아차를 한 손으로 아무렇게나 밀고 관광객들 사이를 헤치며 입속으로 파고들었던 그의 혀를 떠올리는 순간, 몸집이 크고 긴 갈색 머리를 두 갈래로 땋은 여자의 등에 부딪힌다.

피가 얼어붙는다. 점쟁이다. 클라라는 여자의 어깨를 움켜잡는다.

여자가 몸을 돌린다. 그냥 십대 여자아이다. 스테이지도어카지노의 춤추는 불빛 아래서 그녀의 얼굴이 빨개졌다 파래졌다 한다.

"당신 뭐야?" 여자애의 동공이 확장되더니 황소처럼 기세등등하게 턱을 치켜든다.

"미안해요." 클라라가 속삭이며 물러난다. "다른 사람인 줄 알았어요."

루비가 허리춤에서 소리를 지른다. 클라라는 휘청거리며 시저스팰리스와 힐튼스위트를 지나고 하라스와 카나발코트를 지난다.**

---

* 미국의 자동차 브랜드.

미라지호텔 화산의 어이없는 핫핑크색 거품이 이렇게 반가운 날이 올 줄은 몰랐다. 호텔 안에 들어서고 나서야 그녀는 스테이지도어 앞에 두고 온 게 떠오른다. 빈 유아차.

그녀는 노크 소리를 듣고 싶지 않다. 그들이 원래 있던 곳으로 돌아가기를 바란다. 하지만 소리는 점점 커져갈 뿐이다. 사이먼은 그녀에게 화가 났다. 자기를 잊어가고 있다고 생각하는 것이다. 첫 드레스리허설***을 한 시간 앞두고 클라라는 미라지의 여자화장실로 들어가 조화가 꽂힌 세면대의 꽃병 옆에 루비를 앉힌다. 그리고 시계를 꺼낸다. Meet가 먼저 만들어진다. 전과 같은. 십삼 분 후 다섯번째 노크 소리가 들린다. 또 M이다. 오 분 뒤, E.

같은 단어를 반복하려 한다고 생각했지만 불현듯 진짜 자신에게 하려는 말이 무엇인지 깨닫는다. Meet me(나랑 만나). 육십오 분 후에 또다른 단어가 만들어진다.

Us(우리를).

사이먼과 솔. 우리. 화장실이 시소를 탄다. 클라라는 대리석 세면대에 손을 짚고 고개를 떨군다. 루비의 목소리가 들리기까지 얼마나 지났는지 모른다. 아기가 우는 건 아니다. 옹알이를 하는 것도 아니다. 아기의 말은 대낮처럼 분명하다. "마. 마. 엄마."

몸속에서 긴 대가 고꾸라지다 딱 부러진다. 항상 이런 식이다.

** 힐튼스위트, 하라스는 카지노호텔 이름이며 카나발코트는 하라스호텔의 야외클럽이다.

*** 의상과 분장을 모두 갖추고 하는 마지막 리허설.

그녀를 만든 가족과 그녀가 만든 가족이 그녀를 서로 반대방향으로 끌어당긴다. 누가 문을 두드린다.

"클라라?" 라지가 안으로 들어오며 소리친다.

평소 입는 옷—검댕으로 얼룩덜룩한 흰색 티셔츠와 낡은 칼하트 바지—대신에 무대의상을 입었다. 맞춤제작한 연미복과 실크해트가 펭귄 털처럼 매끄럽고 검다. 루비는 세면대 저쪽에 있다. 쩍 벌린 입 같은 미라지의 금색 세면기에 기어들어가 자동 비누공급기를 만지작거리고 있다. 입에 파란 거품을 문 채 자지러지게 울고 있다.

"이런 씨발, 클라라? 대체 왜 이래?" 라지가 루비를 안아들고 거품을 뱉게 하면서 손에 물을 받아 입을 헹궈준다. 물에 적신 종이타월로 아기의 눈과 코를 부드럽게 닦는다. 그러다가 세면대에 양손을 짚고 앞으로 몸을 숙여 아기의 짙은 색 머리카락에 뺨을 댄다. 잠시 시간이 흐르고서야 클라라는 그가 울고 있다는 걸 깨닫는다.

"사이먼하고 얘기하고 있었지?" 그가 말한다. "아냐?"

"노크 소리. 시간을 쟀어. 전엔 진짜인지 확신이 없었는데 지금은 알겠어. 그건 진짜고, 방금 이런 글자가……"

라지가 키스할 것처럼 다가온다. 그러나 그녀의 뺨에 코를 댔다가 뒤로 물러난다.

"클라라." 그녀를 바라보는 그의 얼굴에 뭔가 선명한, 뭔가 생생한 것이 어려 있다. 그녀는 그게 사랑인 줄 알지만 곧 분노라는 것을 깨닫는다. "냄새가 다 나."

"무슨 냄새?" 클라라는 질문으로 시간을 번다. 캠핑카에서 포포프 작은 병 두 개를 들이켰다. 그런 게 원래 마음을 안정시키는 데

도움이 됐으니까.

"너 완전 마조히스트야. 지금 우리한테 이런 짓을 하다니. 아님 내가 언제까지고 여기서 네 뒷수습이나 해줄 거라고 생각해서 그래?"

"딱 한 번이었어." 클라라는 자신의 떨리는 목소리가 증오스럽다. "네가 감시하고 있잖아."

"넌 그렇게 생각하는 거야?" 라지의 눈이 커진다. "몇 년 전에. 내가 널 찾아내지 않았으면. 너 어떻게 됐을 것 같냐?"

"지금보다는 나았겠지." 그녀는 샌프란시스코에 남았을 것이다. 혼자 공연을 하면서. 외롭지만 스스로 모든 것을 결정하면서.

"술주정뱅이가 됐을 거야." 라지가 말한다. "패배자."

루비가 라지의 품에서 클라라를 바라본다. 클라라의 뺨에 피가 몰린다.

"네가 이 일을 아직도 하고 있을 수 있는 유일한 이유는," 라지가 말한다. "날 만났기 때문이야. 날 만나기 전에 먹고살 수 있었던 유일한 이유는 네가 사람들 돈을 털어먹고 있었기 때문이고. 넌 도둑질을 했어, 클라라. 뻔뻔하게. 그런데 사람들한테 훌륭한 쇼를 선사하면서 살았다고 착각을 해?"

"나 좋은 쇼를 보여주면서 살았어. 지금도 그래." 클라라가 말한다. "좋은 엄마가 되려고 노력도 하고 있어. 나도 성공하고 싶어. 그런데 내 머릿속이 어떤지 넌 이해 못해. 내가 잃은 것들을 넌 이해 못해."

"네가 뭘 잃었는지 이해 못한다고? 네가…… 우리나라에서 일어난 일을 알기나 해?" 라지가 아무것도 들지 않은 손 아래쪽으로 눈가를 닦는다. "네 아버지는 자기 사업을 했고, 가족도 있었어. 넌 아직 어머니가 살아 계시고 언니랑 의사인 오빠도 있어. 우리 아버지는 쓰레기를 주웠고 어머니는 너무 일찍 돌아가셔서 기억도 안 나. 아미트는 85년에 비행기에서 죽었어. 봄베이까지 몇 분 남기고, 처음으로 고향에 가는 길에. 너네 가족은 잘살았어. 잘살고 있고."

"네가 얼마나 어렵게 살아왔는지 알아." 클라라가 속삭인다. "그걸 깎아내리려는 게 아냐. 하지만 내 동생은 죽었어. 우리 아버지도 돌아가셨어. 두 사람은 잘살지 못했어."

"어째서? 아흔 살까지 못 살아서? 사는 동안 어떻게 살았는지를 생각해. 정반대로 나 같은 사람들은…… 우리는 이를 악물고 버텨. 그리고 정말, 정말 운이 좋아야만, 정말 존나 잘났으면, 그러면 겨우 뭔가를 할 수 있어. 하지만 너한텐 언제든 너를 모셔다 탈출시킬 비행기가 있지." 라지가 고개를 젓는다. "맙소사, 클라라. 왜 내가 너한테 내 고민, 진짜 고민이 뭔지 말 안 하는지 알아? 넌 못 견디니까. 네 머릿속에는 네가 힘든 거 말고 다른 사람 고민이 들어갈 자리가 없어."

"듣기가 힘들다."

"그렇지만 맞는 말이지?"

클라라는 아무 말도 할 수가 없다. 머릿속이 뒤엉키고 전선이 꼬이고 모니터가 꺼졌다. 라지가 루비의 기저귀를 확인하고 아기의 작은 신발의 끈을 다시 묶는다. 클라라의 어깨에서 기저귀가방을 가져간 뒤 화장실 문 쪽으로 걸어간다.

"신께 맹세코, 클라라, 나는 네가 좋아지고 있는 줄 알았어. 건강보험만 통과되면, 하루 쉬는 날만 생기면 너 데리고 치료하러 갈 거야. 지금은 놓으면 안 돼." 라지가 말한다. "거의 다 왔어."

1990년 12월 28일. 그 여자가 맞는다면 클라라에게는 사 일이 남았다. 그 여자가 맞는다면 클라라는 개막일 밤에 죽는다.

빠져나갈 구멍이, 비밀공간으로 통하는 문이 반드시 있을 것이다. 나는 마술사잖아, 빌어먹을. 그녀가 할 일은 그 빌어먹을 비밀의 문을 찾아내는 것뿐이다.

그녀는 빨간 공 하나를 침대로 가지고 가서 이불 속에서 만지작거린다. 공을 딸기로 만드는 방법은 이미 알아냈다. 오른손에서 왼손으로 프렌치 드롭*을 하면 공이 사라진다. 그런 다음 왼손을 오른손으로 가져간다. 셔틀 패스**를 하고 나서 왼손 주먹을 펴면, 거기에 차갑고 향기로운 과일이 나타난다. 그녀는 양손에 하나씩 든 딸기를 먹고 초록색 꼭지를 매트리스 밑에 감춘다. 그러고서 캠핑카에서 빠져나온다.

까맣고 까만 밤인데 30도는 넘는 것 같다. 여기저기 캠핑카 안에서 사람들이 돌아다니는 소리가 들린다. 샤워하고 요리하고, 먹고 다투고, 걸프 스트림*** 안의 십대 커플이 끊임없이 섹스를 하면서 내는 비명소리. 사방에 생명이 있다. 깡통에서 빠져나가려고 덜

---

* 공이나 동전을 다른 손으로 잡는 척하며 원래 있던 손 안쪽으로 떨어뜨리는 기술.
** 양손에 공이나 동전을 숨기고 관객에게는 물건이 반대편 손으로 이동하는 것처럼 보이게 하는 마술.
*** 캠핑카 제조사.

컹거리고 있다.

그녀는 수영장으로 걸어간다. 강낭콩처럼 생긴 수영장에서 산성 염료처럼 부자연스러운 파란빛이 난다. 수영장 의자가 없어서—매니저 말로는 도둑맞은 거라고 하지만—수심이 깊은 쪽 끄트머리에 선다. 민소매 티셔츠와 반바지를 벗어 바닥에 쌓이도록 둔다. 루비가 빠져나간 배는 여전히 흐물흐물하고 살가죽이 조글조글하다. 속옷을 벗자 음모가 피어나듯 나타난다.

물속으로 뛰어든다.

물이 그녀를 막처럼 감싼다. 클라라의 발이 실제보다 가까이 보이고, 팔은 구부러져 보인다. 수심도 2.5미터가 안 돼 보이지만 착시란 걸 알고 있다. 굴절, 이라고 한다. 빛이 새로운 매질로 들어갈 때 휘는 현상. 그러나 인간의 뇌는 빛이 직선으로 이동한다고 가정하도록 설계되어 있다. 그녀의 눈에 보이는 것은 실제와 다르다.

별에 대해서도 같은 이야기를 들었다. 별이 깜박이는 것처럼 보이는 것은 지구의 대기를 통과하면서 꺾인 빛이 눈에 들어오기 때문이라고. 인간의 눈은 그 꺾임을 없음으로 처리한다. 그러나 빛은 항상 거기 있다.

클라라는 수면을 뚫고 들어간다. 숨을 헐떡인다.

어쩌면 죽음에 저항하지 않는 것이 답일지 모른다. 어쩌면 그런 건 없다는 게 답일지 모른다. 사이먼과 솔이 클라라에게 말을 걸고 있다는 건, 육체는 죽어도 정신은 살아남는다는 뜻이다. 육체는 죽어도 정신은 살아남는다는 건, 그녀가 죽음에 대해 들은 모든 것이 사실이 아니라는 뜻이다. 그리고 그녀가 죽음에 대해 들은 모든 것이 사실이 아니라는 건, 어쩌면 죽음이 죽음이 아닐지도 모른다는 뜻이다.

그녀는 몸을 돌려 물위에 떠 있다. 그 여자가 맞는다면, 1969년에 사이먼의 죽음을 볼 수 있었다면, 세상에 마술이 있다는 뜻이다. 알 수 없는 것들의 심장부에 존재하는 기이하고 가물가물 빛나는 앎. 클라라가 죽는지, 언제 죽는지는 중요하지 않다. 지금 그녀가 사이먼과 소통하는 것처럼 루비와도 소통할 수 있을 테니. 경계를 넘을 수 있을 것이다. 그녀가 항상 바라왔듯.

다리가 될 수 있을 것이다.

19

호텔 바깥의 광고판이 바뀌었다. 오늘밤으로 시작해서, 죽지 않는 사람, 라지 차팔 찬조라고 쓰여 있다. 열한시나 돼야 시작할 텐데도—새해 전야 특별공연이라서—입구는 이미 관광객들로 넘쳐나고 있다. 라지가 직원 전용 주차장에 선버드를 댄다. 보통은 그녀가 가방을 들고 라지가 루비를 안지만 오늘밤 클라라는 아기를 놓지 않을 것이다. 그녀는 루비에게 거티가 루비의 첫번째 생일 선물로 보낸 빨간색 파티드레스를 입히고 두꺼운 흰색 타이츠와 검은색 에나멜가죽 구두를 신겼다.

그들은 로비를 지나간다. 15미터 길이의 수족관에서 반짝이는 물고기들이 바삐 헤엄친다. 우리 안의 호랑이들은 보드라운 털로 뒤덮인 뺨을 콘크리트바닥에 대고 자고 있는데도 사람들이 주위에 몰려 있다. 라지와 클라라는 엘리베이터 쪽으로 간다. 여기서부터 갈라져야 한다. 라지는 극장에 가방을 두러 가고, 클라라는 루비를 어린이집에 맡기러 갈 것이다.

라지가 그녀를 향해 몸을 돌리고 손으로 뺨을 감싼다. 그의 손바닥은 따뜻하고, 정비소 일로 굳은살이 박였다. "준비됐어?"

클라라의 심장박동이 널뛴다. 그녀는 그의 얼굴을 들여다본다. 아름답다. 백조의 목 같은 양쪽 광대뼈, 각진 턱. 어깨까지 오는 머리카락은 평소처럼 포니테일로 묶었다. 분장 담당은 이 머리를 드라이하고 실리콘을 발라 윤기를 더할 것이다.

"이건 알아줘. 난 네가 자랑스러워." 그가 말한다.

그의 눈이 반짝거린다. 클라라는 놀라서 숨을 들이마신다.

"내가 좀 모질게 군 거 알아. 상황이 안 좋았잖아. 그래도 난 널 사랑해. 우리를 사랑해. 그리고 널 믿어."

"하지만 넌 내 마술을 믿지 않아. 마술 자체를 믿지 않아."

그녀는 미소를 짓는다. 그가 안타깝다. 그가 모르는 것들이.

"맞아." 그가 루비를 대할 때처럼 답답해하며 말한다. "그런 건 없어."

가족 손님들이 엘리베이터 쪽으로 몰려와 클라라와 라지 근처를, 두 사람 사이를 돌아다녀서 라지는 손을 거둔다. 다시 그들만 남자 라지가 조금 전처럼 손을 올리는데, 이제는 더 단단하게, 손을 동그랗게 말아 그녀의 턱을 잡는다.

"봐봐. 내가 네 마술을 믿지 않는다고 해서 너를 믿지 않는 건 아니야. 난 네가 정말 잘한다고 생각해. 사람들의 마음을 움직이는 힘이 있다고 생각해. 넌 예술가야, 클라라. 예능인이지."

"난 조랑말쇼의 조랑말이 아냐. 광대가 아니라고."

"그렇지." 라지가 말한다. "넌 스타지."

그가 가방을 내려놓고 그녀에게 다가온다. 등에 팔을 두르고 그녀를 가까이, 꼭 끌어당긴다. 클라라의 가슴에 눌린 루비가 꽥꽥거린다. 세 가족. 벌써 그들이 유령처럼, 과거에 알았던 사람들처럼 느껴진다. 그녀는 지난날을—벌써 너무 오래전인 듯하다—생각한다. 라지라면 그녀가 원하는 모든 것을 줄 수 있겠다고 생각했던 날들을.

"올라갈게." 그녀가 말한다.

"그래." 라지가 루비를 향해 물고기 표정을 흉내내자 루비가 킥킥거린다. "'안녕' 해봐, 루비. 아빠한테 손 흔들어줘. 행운을 빌어줘."

클라라가 문을 두드리자 어린이집을 운영하는 여자가 문을 빼꼼히 연다. 여자 뒤로 보이는 방은 스태프와 공연자, 안내원과 보조 요리사, 매니저와 객실청소부의 아이들로 가득차 있다.

"미쳐 돌아가는 밤이에요." 도어체인 뒤로 보이는 얼굴이 초췌해 여자는 인질처럼 보인다. "빌어먹을 새해 복 많이 받아요."

유리가 깨지고 연달아 함성을 지르는 소리가 들린다.

"맙소사." 여자가 몸을 돌리며 소리친다. 그러고는 다시 클라라를 마주본다. "빨리 해야겠는데요? 안녕, 아가야."

여자가 체인을 풀고 루비를 향해 한 손가락을 까딱까딱한다. 클라라는 아기를 꼭 잡는다. 마음속의 모든 이성적인 부분이 아이를 놓아주기를 거부한다.

"왜요, 오늘밤에 아기 맡기러 온 거 아니에요? 공연 안 해요?"

"맡겨요." 클라라가 말한다. "해요."

그녀는 소가 핥은 것처럼 일어난 루비의 검은 머리를 매만지고 보드랍고 통통한 볼을 동그랗게 쥔다. 아기가 자기를 한 번만 봐주기를 바란다. 하지만 루비는 버둥거린다. 다른 아이들에게 정신을 뺏겼다.

"안녕, 내 사랑." 클라라는 루비의 이마에 코를 대고 살갗에서 달달한 우유향과 시큼한 땀냄새—인간다움의 본질—를 들이마신다. "곧 보자."

다시 엘리베이터에 오르자, 마치 사이먼이 그녀를 기다리고 있었던 것 같다. 유리 속에 그가 보인다. 유출된 기름의 띠처럼 그의 얼굴이 무지개색으로 일렁인다. 그녀는 45층까지 간다. 꼭대기층에서 경치를 보고 싶었을 뿐인데 운이 따랐다. 복도에 발을 디디는 순간 펜트하우스 스위트룸에서 객실청소부가 나온 것이다. 여자가 엘리베이터에 타자마자 클라라는 문으로 돌진한다. 새끼손가락으로 잡고 안으로 들어선다.

스위트룸은 클라라가 본 어떤 아파트보다도 크다. 거실과 식당에는 크림색 가죽의자와 유리테이블이 있고, 침실에는 캘리포니아 킹 사이즈 침대에 TV까지 있다. 화장실이 캠핑카만큼 넓어서 엄청 긴 거품 욕조가 있고 대리석 세면대도 두 개나 있다. 부엌의 스테인리스 냉장고에는 미니어처 말고 원래 크기의 술이 있다. 그녀는 봄베이 사파이어와 조니 워커 블랙라벨, 뵈브 클리코를 꺼낸다. 세 병을 한 번씩 마시다 마지막 샴페인을 마실 때 기침을 한 뒤 다시 돌아가면서 마시기 시작한다.

경치 보는 것을 잊고 있었다. 역시나 크림색인 두껍고 주름잡힌 커튼이 쳐져 있다. 벽에 붙은 둥근 버튼에 손을 갖다대자 커튼이 미끄러지듯 열리면서 전기로 번쩍이는 스트립이 드러난다. 클라라는 육십 년 전의 스트립을 상상해본다. 이만 명이 동원돼 후버댐을 건설하기 전, 네온사인과 도박이 있기 전, 라스베이거스가 그저 느른한 철도마을이었을 때의 모습을.

그녀는 전화기로 걸어가 다이얼을 돌린다. 네번째 신호가 가고 거티가 전화를 받는다.

"엄마."

"클라라?"

"내 쇼가 오늘밤 있어. 개막공연. 엄마 목소리가 듣고 싶었어."

"개막공연? 정말 멋지다." 거티가 소녀처럼 헉한다. 주변에서 웃음소리가 들려오고, 간간이 환성이 터져나온다. "여기 축하할 일이 있어. 여기……"

"대니얼 약혼했어!" 바르야 목소리. 다른 방 수화기를 들었나 보다.

"약혼?" 알아듣기까지 짧은 시간이 흐른다. "미라하고?"

"그래, 바보야." 바르야가 말한다. "그럼 누구겠니?"

온기가 잉크처럼 클라라에게 스며든다. 가족의 새로운 구성원. 그녀는 가족들이 왜 그렇게 좋아하는지, 왜 그것이 그렇게 큰 의미인지 잘 안다.

"너무 좋다." 그녀가 말한다. "정말정말 좋다."

전화를 끊자 스위트룸이 썰렁하고 버려진 공간처럼 느껴진다. 마치 파티가 끝나고 모두가 떠난 것처럼. 하지만 그녀는 오래 혼자가 아닐 것이다.

마술사 중에는 제대로 죽은 사람이 하나도 없다.

데이비드 데번트는 오십 세에 경련으로 무대에서 내려오게 됐다. 하워드 서스턴은 공연 후 바닥에 쓰러졌다. 후디니는 자만심 때문에 죽었다. 1926년 한 관객에게 자신의 배를 주먹으로 때리게 했는데, 그 타격으로 맹장이 파열된 것이다. 그리고 할머니도. 클라라는 항상 할머니가 타임스스퀘어에서 '목숨이 걸린 턱'을 하다가 떨어져 죽었다고 생각했는데 이제는 다른 생각이 든다. 할머니는 그때 남편 오토를 잃은 상태였다. 클라라는 이로 세상에 매달린다는 것이 어떤 일인지 잘 안다. 놓아버리고 싶은 마음이 어떤 것인지 잘 안다.

그녀는 가방을 열어 뱀처럼 감겨 있는 밧줄을 꺼낸다. 샌프란시스코에서 '목숨이 걸린 턱'을 시작할 때 처음으로 썼던 줄이다. 이 줄의 거칠고 단단한 짜임새와 순간적인 반동이 떠오른다. 그녀는 거실 탁자에 올라서서 천장의 거대한 조명설비의 목에 줄을 묶는다.

그녀는 무언가가 여자의 예언이 옳았다고 증명해주기를 기다리고 있었다. 그러나 숨겨진 정답은 이것이다. 클라라 스스로 증명해야 한다는 것. 그녀 자신이 이 수수께끼의 해답이고 원의 나머지 절반이다. 이제 그들이 함께 풀어나갈 것이다. 등과 등을 맞대고, 머리와 머리를 맞대고.

무섭지 않은 것은 아니다. 어린이집에 있는 루비 생각에―통통한 다리로 아장아장 방안을 돌아다니고, 환희에 차서 비명을 지를 것이다—온몸의 세포 하나하나가 뒤틀린다. 그녀는 망설인다.

신호를 기다려야 할 것 같다. 노크 소리, 단 한 번이면.

노크 소리가 들릴 거라고 확신하고 있었기에 이 분이 지나도록 잠잠하자 충격이 온다. 손마디를 꺾어보고 잊고 있던 숨도 쉰다. 또 일 분이 지나고, 또 오 분이 지난다.

클라라의 팔이 떨리기 시작한다. 이제 육십 초가 지나면 그녀는 포기할 것이다. 이제 육십 초가 지나면 밧줄을 챙기고 라지에게 돌아가 무대에 설 것이다.

그때 소리가 들린다.

호흡이 가빠지고 가슴이 떨린다. 굵은 눈물방울이 주르르 흘러내린다. 이제는 노크 소리가 끊이지 않는다. 우박처럼 빠르다. 맞아, 하고 그들이 말한다. 맞아, 맞아, 맞아.

"계세요?"

누군가가 문 앞에 있지만 클라라는 멈칫하지 않는다. 손잡이에 방해하지 마시오 팻말을 걸어두었다. 객실을 청소하러 왔다면 팻말을 볼 것이다.

값비싼 거실 탁자는 전부 유리로 되어 있고 모서리가 날카롭지만 의외로 가볍다. 그녀는 탁자를 벽 쪽으로 밀고 대신 부엌의 바에서 스툴을 가져다둔다.

"계세요? 골드 씨?"

또다시 노크 소리. 공포감이 확 끼쳐온다. 그녀는 부엌으로 가서 위스키 한 모금을 들이켜고 또 진 한 모금을 들이켠다. 갑자기 어지러워져서 허리를 숙이고 머리를 떨군 채 구토를 참는다.

"골드 씨?" 부르는 목소리가 더 커진다. "클라라?"

밧줄이 그녀를 기다리며 걸려 있다. 오랜 친구. 그녀는 의자 위로 올라가 머리를 뒤로 묶는다.

한번 더 바깥을, 강물 같은 사람들과 불빛을 바라본다. 한순간만 더 루비와 라지를 마음속에 담는다. 곧 그들에게 말을 걸 테지만.

"클라라?" 목소리가 외친다.

1991년 1월 1일, 여자가 약속한 그대로나. 클라라가 여자의 손을 잡자, 그들은 까맣고 까만 하늘을 가로질러 떨어진다. 낙엽처럼 바스락거리며 휘날린다. 무한한 우주에 비해 아주 작다. 뒤집히고, 깜박이고, 다시 뒤집힌다. 그들은 함께, 아주 먼 곳에서 미래를 비춘다.

라지 말이 맞는다. 그녀는 별star이다.

3부

조사

1991~2006
대니얼

20

두 사람이 말을 나누기 전까지 대니얼은 미라를 세 번 보았다. 처음은 레건스타인도서관의 열람실에서 작은 빨간색 공책에 뭔가를 쓰고 있는 모습이었고, 그다음은 코브관 지하에 있는 학생자치 카페에서 커피를 손에 들고 성큼성큼 걸어나오고 있었다. 그녀의 걸음걸음에 전기가 흘러서 꼭 그를 스치며 지나간 것만 같았다. 이 주 후 그녀가 스태그필드를 돌며 조깅하는 모습을 봤을 때도 같은 느낌을 받았지만 실제로 그녀가 그에게 다가온 것은 1987년 5월이 돼서였다.

그는 학생식당에 앉아 풀드포크 샌드위치를 먹고 있었다. (그가 돼지고기를 먹고 있다는 사실을 알면 거티는 심장마비를 일으켰을 것이다. 그는 심지어 베이컨의 맛에도 눈을 떠서 하이드파크에 있는 집 냉장고에 베이컨을 상비하고 있었으니 뉴욕에 갈 때마다 분명 그에게서 베이컨냄새가 났을 것이다.) 오후 세시, 식당은 거의 비어 있었고 대니얼은 실습이 오전 여섯시부터 오후 두시 삼십 분까지라 그 시간에 식사중이었다. 바람이 휙 들이치면서 문이 열 렸고, 문으로 들어서는 젊은 여자를 알아보고 그는 또 한번 한기를 느꼈다. 그녀는 눈으로 식당을 휙 훑더니 대니얼을 향해 걸어왔다. 그가 그녀를 못 본 체하는 사이 그녀는 그가 앉은 4인용 테이블 앞 으로 와서 섰다.

"혹시 여기 앉아도……?" 그녀는 한쪽 어깨에 튼튼해 보이는 가죽토트백을 메고 책을 한아름 들고 있었다.

"괜찮아요." 대니얼은 그제야 그녀의 존재를 알아차린 척 올려 다보고 재빨리 몸을 움직였다. 찌그러진 콜라캔과 햄버물 같은 빨 대 포장지를 치우고, 샌드위치의 잔해인 돼지고기 기름과 적갈색 소스가 섞인 기름방울들이 잔뜩 묻은 빨간색 플라스틱 바구니도 치웠다. "얼마든지."

"고마워요." 여자가 사무적인 말투로 말했다. 그녀는 대니얼의 대각선 맞은편에 앉아서 공책과 필통을 꺼내 공부를 시작했다.

대니얼은 어리둥절했다. 그에게 뭔가를 원하는 눈치는 아니었 다. 물론 다른 이유로 이 테이블을 골랐을 수도 있다. 뷔페와의 거 리라든지, 창문 옆이라 흔치 않은 시카고의 햇빛이 한 조각 들어와 서라든지.

그는 책가방을 뒤져 책 한 권을 찾아낸 뒤 곁눈질로 그녀를 살폈 다. 그녀는 아담하지만 마르지는 않았고, 동그란 얼굴선이 좁아지 면서 갸름하고 잘생긴 턱으로 이어졌다. 우아하고 숱 많은 눈썹에 밤색 눈 주변의 속눈썹은 놀랄 만큼 연했다. 피부는 올리브색이 감 돌고 주근깨가 흩뿌려져 있었다. 곧은 갈색 머리카락은 쇄골까지 내려왔다.

시계가 세시 삼십분을 향해가고, 또 네시가 되었다. 네시 십오 분, 그가 목청을 가다듬었다. "무슨 공부 하는 거예요?"

여자는 무릎 위에 파란색과 은색 조합의 소니 워크맨을 올려놓 고 있었다. 그녀가 헤드폰을 벗었다. "네?"

"그냥 무슨 공부 하는지 궁금해서요."

"아." 그녀가 말했다. "미술사요. 유대교 예술."

"아아." 대니얼은 이렇게 말하면서 짐짓 흥미를 느끼는 척 눈썹 을 치켜올리고 미소를 지었지만 사실 그 주제는 그에게 별로 흥미 롭지 않았다.

"아아. 인정하지 않는군요."

"인정이요? 그럴 리가, 아뇨." 대니얼의 얼굴이 빨개졌다. "뭐든 하고 싶은 공부를 하는 거죠."

"고마워요." 그녀가 무표정하게 말했다.

대니얼의 얼굴이 더 빨개졌다. "미안해요. 재수없게 들렸겠네 요. 그런 게 아니고. 저도 유대인이에요." 그가 덧붙여 말하며 유대 감을 형성하려고 했다. 여자가 그의 남은 샌드위치를 보았다. "집 안은 그래요."

"그럼 용서가 되네요." 여자가 말하고 곧 미소를 지었다. "미라 라고 해요."

"대니얼이에요." 악수를 해야 하나? 보통은 여자를 만나는 게 이렇게 어색하지 않았다. 그는 대신 그녀와 똑같이 미소를 지었다.

"그러니까," 미라가 말했다. "이제 율법은 따르지 않는 거예요?"

"네." 그가 시인했다.

어렸을 때 대니얼은 회당에서 위로를 받았다. 턱수염을 길게 기르고 실크숄을 두른 남자들과 의식, 꿀에 조린 사과와 쓴 약초, 기도하는 사람들에게서. 자신만의 기도문을 만들고 한 구절이라도 잘못 외면 끔찍한 일이 일어날 듯이 충실한 정확성을 기해 매일 밤 반복했다. 그러나 끔찍한 일은 결국 일어났다. 아버지의 죽음, 그뒤를 이은 형제의 죽음. 사이먼이 죽은 직후 대니얼은 기도를 완전히 중단했다. 종교를 포기하는 문제로 괴롭지도 않았다. 어쨌든, 갈등이라고는 일절 없었다. 그의 믿음은 자기 의지에 따라, 논리적으로, 막상 침대 밑을 들여다보면 부기맨*이 온데간데없는 것과 마찬가지로 사라졌다. 신의 문제는 이것이었다. 비판적인 분석을 이기지 못하는 것. 신은 그것을 견디지 않는다. 그는 사라져버렸다.

"말수가 적은 남자로군요." 미라가 말했다.

그녀의 말투는 왠지 그를 웃게 했다. "그게 그래요…… 음, 종교 얘긴…… 사람들이 불편해할 수도 있어서. 아니면 방어적이 되거나." 미라도 방어적으로 나올 경우에 대비해 그는 이렇게 덧붙였다. "물론 종교적 전통에 많은 가치가 있다고 봐요."

그녀가 흥미를 느끼는 듯 고개를 갸웃했다. "예를 들면?"

"아버지가 독실한 분이셨어요. 저는 아버지를 존중하고, 그래서 아버지의 믿음도 존중해요." 대니얼은 생각을 정리하기 위해 잠시 멈췄다. 한 번도 말로 표현해본 적 없는 생각들이었다. "어떻게 보면 종교는 인간이 달성한 업적의 정점으로 보여요. 신을 창안함으로써 우리 자신의 문제에 대해 생각하는 능력을 발달시켰고, 우리

---

* 말을 듣지 않는 아이를 겁줄 때 언급하는 악마.

능력으로 통제할 수 있는 게 그리 많지 않다고 믿게 해주는 일종의 편리한 구멍을 그에게 갖다붙였어요. 사실 대부분의 사람이 일정 수준의 무능을 좋아해요. 하지만 난 우리에게 통제할 능력이 있다고 생각해요. 너무 많아서 무서워 죽겠을 정도로. 하나의 종種으로서 신은 우리가 우리 자신에게 준 최고의 선물일지도 몰라요. 이성의 선물."

미라의 입이 뒤집어진 작은 반원을 만들었다. 곧 그 표정은 대니얼에게 그녀의 작고 차가운 손이나 왼쪽 귓불의 점만큼 익숙해질 것이었다.

"저는 나치가 약탈한 예술작품을 추적하고 있어요." 잠시 아무 말 없던 그녀가 말했다. "그리고 제가 알게 된 건 각각의 작품이 어디까지 갔느냐 하는 건데요. 반 고흐의 〈의사 가셰의 초상〉을 예로 들어보죠. 1880년 오베르쉬르우아즈에서 그려졌고, 반 고흐가 자살하기 한 달 전쯤이었어요. 그뒤 작품은 네 번이나 주인이 바뀌었는데ー반 고흐의 동생에서 그가 죽은 뒤 그 부인으로, 그다음 개인수집가 두 사람으로ー그러다 프랑크푸르트 슈타델미술관에 인수되었죠. 1937년에 나치가 미술관을 약탈했고, 헤르만 괴링이 몰수해서 경매로 어느 독일 수집가에게 팔았어요. 그런데 여기서부터가 재미있어져요. 그 수집가는 작품을 유대인 은행가인 지크프리트 크라마르스키에게 팔았고, 이 사람은 1938년에 홀로코스트를 피해 뉴욕으로 갔죠. 놀랍지 않아요? 이 그림이 결국, 그 모든 일을 겪은 후에, 유대인의 손에 돌아갔다는 게. 그것도 괴링의 협력자에게서 바로." 미라가 헤드폰을 만지작거렸다. 갑자기 수줍어하는 듯 보였다. "저는 우리가 예술을 필요로 하는 것과 같은 이유로 신을 필요로 한다고 생각하는 쪽이에요."

"보기 좋으니까?"

"아뇨." 미라가 미소 지었다. "우리에게 무엇이 가능한지 보여주기 때문이에요."

그것은 오래전 대니얼이 물리쳤던, 일종의 위안이 되는 생각과 정확히 일치했지만 그래도 그는 미라에게 끌렸다. 그 주말에 그들은 엘리베이터 없는 건물 3층의 그녀 집에서 와인을 마시고 그녀가 창문을 열고 끼워넣은 붐박스로 폴 사이먼의 〈그레이스랜드〉를 들었다. 그녀가 그의 청바지 뒷주머니에 손을 넣고 그를 끌어당겼을 때 대니얼은 너무 기뻐서 당황할 지경이었다. 자신이 얼마나 외로웠는지, 아니, 얼마나 오랫동안 외로웠는지 모르고 있었다.

결혼식에서 하객들을 둘러보다 가족 중 거티와 바르야만 남은 걸 알았을 때 그의 가슴속에서 무언가가 나뭇가지처럼 뚝 부러졌다. 클라라와 미라를 만나게 해주지 못한 것은 그의 인생에서 가장 큰 후회 중 하나로 남았다. 미라는 누가 봐도 현실적인 사람이고 클라라는 정반대였지만 짓궂은 유머감각과 장난스럽게—가끔은 장난스럽지 않을 때도 있지만—반항적인 느낌이 닮았다. 아내를 만나기 전까지는 이런 역할을 해준 동생에게 자신이 얼마나 의존하고 있었는지 몰랐다. 유리 깨기*를 하는 동안 그는 지금까지의 자기 인생 역시 산산조각이 나는 상상을 했다. 인생의 무지와 고통, 거대하고 사소한 상실들. 그 조각들을 가지고 미라와 함께 새로운 무언가를 만들어낼 것이다. 그는 한 겹의 눈물 뒤에서 빛나는 그녀

---

* 유대교 전통을 따르는 결혼식에서 신랑 신부가 유리를 밟아 깨는 의식.

의 밝은 개암색 눈동자를 들여다보며 영혼이 따뜻한 목욕을 하는 듯 편안해지는 느낌을 받았다. 그녀를 보면 볼수록 그 평화로운 느낌이 바깥쪽으로 고동치면서 고통을 의식의 외곽으로 밀어냈다.

나중에, 벌거벗은 채 자신의 신부와 누워 있는데—미라는 축축한 이마를 그의 가슴에 묻고서 코를 골고 있었다—대니얼은 몸이 떨렸다. 그는 기도했다. 기도는 자연스럽게, 그러지 않으면 안 된다는 듯이, 꼭 소변처럼 나왔다. (끔찍한 비유라는 건 알지만—미라가 들었다면 충격을 받았겠지만—그래도 그것이 그에게는 어린 시절에 들었던 과장된 은유보다 더 맞는 것 같았다.) 제발요, 하느님. 그는 생각했다. 오, 하느님, 이것이 끝나지 않게 해주세요.

그뒤 몇 주 동안 그 기도가 떠오를 때마다 대니얼은 겸연쩍으면서도 왠지 한결 가뿐한 느낌이었다. 마치 머리카락 한 타래를 잘라낸 듯했다. 종교가 자신을 이렇게 만들 수 있으리라고는 생각하지 않았다. 솔직히 말하자면, 무신론의 씨앗은 이미 클라라와 사이먼과 솔이 죽기 몇 년 전에 뿌려져 있었다. 헤스터 스트리트의 여자가 시초였다. 그는 자신의 이교도적 행동과 알 수 없는 것을 알고자 하는 욕망에 수치심을 느꼈고, 그 막대한 수치심은 부정으로 바뀌었다. 누구도 그를 그렇게 지배하게 두지 않을 거라고 그는 맹세했다. 그 어떤 사람도, 그 어떤 신도.

그러나 어쩌면 신은 그를 점쟁이에게 이끈 무시무시하고 자극적인 매혹과는 전혀 다른 것, 점쟁이의 터무니없는 주장과는 전혀 다른 것인지도 모른다. 솔에게 신이란 질서와 전통, 문화와 역사를 의미했다. 대니얼은 여전히 선택의 자유를 믿었지만, 그것이 신에 대한 믿음을 배제하는 건 아닌 듯했다. 그는 새로운 신을 상상했다. 잘못된 길로 가고 있을 때 자신을 쿡 찌르지만 결코 강압적이지 않은, 충고하되 고집하지 않는, 그러니까 아버지처럼 자신을 인도하는 신을. 하느님 아버지를.

  몇 년 후, 그들이 결혼해서 뉴욕 킹스턴에 살 때 그는 미라에게 아주 오래전 그녀가 식당에서 그의 옆에 앉은 게 의도적이었는지 물었다.
  "당연하지." 미라가 말했다. 그녀가 웃었고, 부엌 창문으로 들어온 한 줄기 빛에 두 눈이 금화처럼 빛났다. "식당은 텅 비어 있었어. 별다른 의도 없이 내가 왜 그 테이블에 앉았겠어?"
  "모르지." 대니얼은 스스로 이런 질문을 했다는 것에, 또는 그녀가 그랬을 리 없다고 생각한 것에 당황하며 말했다. "그냥 누가 같이 있어주기를 바랐다든지. 아님 햇빛 때문에. 화창한 날이었어. 기억나."
  미라가 그에게 키스했다. 그녀가 낀 결혼반지의 차가운 선이, 그의 것과 같은 금테가 목덜미에 닿는 것이 느껴졌다.
  "난 다 생각하고 한 일이었어." 그녀가 말했다.

21

2006년 추수감사절을 열흘 앞둔 날, 대니얼은 올버니 MEPS* 사령관 버트럼 대령의 사무실에 앉아 있다. MEPS에서 근무한 사 년 동안 대령의 사무실에 온 건 손에 꼽을 정도인데―대개는 이례적인 지원자에 대해 논의하기 위해서였고 한 번은 군의관에서 책임자로 승진인사를 통보받을 때였다―오늘은 연봉인상 때문이기를 바라고 있다.

버트럼 대령은 번쩍이는 넓은 책상 뒤 가죽의자에 앉아 있다. 대니얼보다 어린 그는 양옆을 짧게 깎은 금발을 단정히 빗어넘겼고, 군살 없는 호리호리한 체형이다. 검사를 받으려고 한차 가득 실려 오는 혈기 왕성한 ROTC 졸업생들보다도 나이가 그리 많아 보이지 않는다.

---

* 미군 지원자들의 신체검사기관.

"그동안 잘했네." 그가 말한다.

"다시 말씀해주시겠습니까?"

"그동안 잘했어." 그는 다시 말한다. "훌륭하게 조국에 봉사했어. 하지만 돌리지 않고 말하지, 소령. 자네가 이제 좀 쉬어야 한다고 판단하는 사람들이 있어."

대니얼은 의대 졸업 후 임관했다. 첫 십 년 동안은 웨스트포인트의 켈러육군병원에서 일했다. 부담이 크고 예측할 수 없는 일들은 그가 늘 상상했던 대로였지만 시간이 더해갈수록 가차없는 고통에 고갈됐다. MEPS에 자리가 생겼을 때 미라가 지원을 권유했다. 화려한 일은 아니었지만 대니얼은 차차 그 안정감을 즐기게 되었고 이제 병원으로 돌아가는 것, 더 나쁠 경우 그곳으로 '배치'되는 것은 상상도 할 수 없다.

그도 때로 정해진 일상을 좋아하는 자신이 비겁한 게 아닐까 두렵다. 이 일의 모순을—젊은이들이 전쟁에 나갈 만큼 건강한지 확인한다는—이해하지 못한 건 아니다. 한편으로 그는 스스로를 보호자라고 생각한다. 전쟁에 나갈 준비가 되어 있는 사람과 그렇지 않은 사람을 분류하는 체의 역할이 그의 일이다. 지원자들은 그가 내주는 것이 사망 자격증이 아닌 생존 허가증인 것처럼 절실하고도 기대에 찬 얼굴로 그를 바라본다. 물론 개중에는 순수한 공포가 어린 얼굴도 있고, 거기서 대니얼은 애초에 그들을 군대로 이끈 군인 아버지나 막다른 가난을 본다. 그는 항상 그들에게 전쟁터에 나가고 싶은 것이 확실한지 묻는다. 그들은 항상 그렇다고 대답한다.

"대령님." 잠깐 동안 대니얼의 머리가 정지한다. "더글러스 때문입니까?"

대령이 고개를 갸웃한다. "더글러스는 적합했다. 통과됐어야 해."

대니얼은 그 아이의 의료기록을 기억한다. 더글러스의 폐활량과 최고호기유량은 정상보다 훨씬 낮았다. "더글러스는 천식이 있었습니다."

"더글러스는 디트로이트 출신이야." 버트럼 대령의 미소가 사라진다. "디트로이트 출신은 죄다 천식이 있어. 디트로이트에서 온 애들은 다 받지 말아야 한다고 생각하나?"

"물론 그렇지 않습니다." 처음으로, 사태의 심각성이 분명해진다. 입대율이 10퍼센트 줄었다는 사실은 알고 있다. 군이 정신능력 검사 통과기준을 낮췄다는 것도 알고 있다. 70년대 이후 4급 지원자를 이렇게 많이 입대시킨 적이 없었다.* 위법행위로 유죄판결을 받은 경우에도 어떤 지휘관들은 특별승인서류를 발행해준다고 들었다. 단순절도, 폭행부터 심지어 교통사고 과실치사까지도.

"더글러스 건으로 이러시는 건 아닌 것 같습니다." 그가 말한다.

"소령." 버트럼 대령이 몸을 앞으로 내밀자 그의 계급장이 — 화환이 둘러쳐진 별 — 빛을 받는다. 대니얼은 대령이 책상 위로 몸을 웅크리고 솜뭉치에 은 광택제를 듬뿍 발라 손에 쥔 계급장을 문질러 닦는 모습을 상상한다. "자네 뜻은 좋아. 우리 모두 알아. 하지만 자네는 세대가 달라. 보수적이고, 뭐 그럴 수 있지. 꼭 가지 않아도 될 사람이 보내지는 거 원치 않을 수 있지. 여기 오는 애들 중에 몇몇은 적합하지 않아. 그건 인정해. 걸러내는 데는 다 이

---

* 군입대자격시험의 점수에 따라 지원자를 1급부터 5급까지 나누며, 5급에 가까울수록 점수가 낮다.

유가 있지. 하지만 보수적이어야 할 때가 따로 있어, 소령. 그런데 지금은 아니야. 사람이 필요하고 머릿수가 필요해. 하느님과 조국을 위해서. 개중 무릎이 안 좋거나 기침을 좀 하는 상태로 여기 오는 애들이 있지만, 걔들은 의지가 있고, 그 정도면 돼. 그리고 지금은, 골드 선생, 그 의지가 필요해. 그 정도가 필요하다고. 우리는……" 대령이 서류 뭉치를 집어든다. "특별승인이 필요해."

"발행해도 될 때 특별승인을 발행합니다."

"발행해도 된다고 네가 생각할 때 발행하겠지."

"그게 제 직무인 줄 알았습니다만."

"나는 네 상사야. 네 직무는 내가 주는 거다. 그리고 제15조*가 네 기록에 붙어서 똥냄새를 풍기는 건 너도 싫겠지."

"어떻게 그럴 수 있습니까?" 대니얼의 입술은 백묵이 된다. "저는 군기를 위반하지 않았습니다."

제15조는 그의 군생활을 끝장낼 것이다. 승진은 꿈도 못 꾸고, 아예 복무해제될 수도 있다. 어찌되든 불명예제대다. 그런 굴욕은 산 채로 불에 타죽는 것과 같다.

자존심만 문제가 아니다. 미라는 공립대학에서 일한다. 대니얼이 병원을 그만둘 때만 해도 나가는 돈보다 가진 돈이 많았지만, 그후로는 그와 미라가 거티의 생활비를 대고 있다. 미라의 어머니는 암 진단을 받았고 아버지는 치매 판정을 받았다. 어머니가 돌아가신 후에는 아버지를 요양원으로 모셨는데, 연간 비용이 두 사람이 모아둔 저축의 대부분을 집어삼켰고 앞으로도 그럴 것이다. 미

---

* 장교가 군기 위반자를 재판 없이 처벌할 수 있다는 조항.

라의 아버지는 예순여덟로, 치매만 아니면 건강하다.

"불복종으로." 대령의 아랫입술 밑에 붙은 쐐기 모양의 계란 흰자 한 조각이 떨린다. 그가 샌드위치 포장지였던 알루미늄포일을 들어올려 반으로 접는다. "군의 기준을 준수하지 못한 것으로."

"그건 거짓입니다."

"내가 거짓말을 한다고?" 대령이 나지막이 묻는다. 그는 아직도 알루미늄포일을 들고 몇 번이고 접고 있다.

대니얼은 지금 이 순간이 스스로의 말을 정정할 기회라는 걸 안다. 그러나 제15조를 생각하니 마음에 불꽃이 일어난다. 그것을 이용한 협박, 그 부당함에 격분한다.

"그게 아니면 겁쟁이 양이거나." 그가 말한다. "리더십이라는 게 있으시다면 원하는 대로 하십시오."

대령이 멈칫한다. 이제 명함 크기만해진 포일 조각을 주머니에 넣는다. 그러고는 의자에서 일어나 책상 위로 몸을 내밀고 대니얼에게 얼굴을 들이댄다. 손바닥에 힘이 들어갔다.

"직무정지야. 이 주간."

"일은 누가 합니까?"

"그 일을 똑같이 할 수 있는 사람이 셋이나 있어. 나가봐."

대니얼은 계속 서 있다. 경례를 하면 손이 떨리는 것을 버트럼 대령이 볼 테고, 그래서 하지 않는다. 이것 때문에 상황이 훨씬 더 악화될 것을 알면서도.

"네가 무슨 빌어먹을 대단한 정의의 사도라도 되는 줄 알지." 대니얼이 문 쪽으로 돌아서자 대령이 말한다. "진짜 미국의 영웅인 줄 알아."

주차장으로 걸어가는 대니얼의 귀가 웅웅 울린다. 그는 엔진이 데워지기를 기다리면서 리오 W. 오브라이언 연방 빌딩을 응시한다. 1974년부터 올버니 MEPS가 둥지를 튼, 유리로 된 사각형의 높은 건물이다. 1997년에 보수공사를 한 후 대니얼은 3층에 넓은 새 사무실을 얻었다. 올버니 시내 전경은 별로 매력적일 게 없지만, 처음 그 사무실에 앉았을 때 대니얼은 목적의식과 확신으로 가득차 있었다. 그의 삶이 처음부터 이 순간에 이르기 위한 것이었고, 일련의 현명하고 전략적인 선택을 통해 이곳에 도달했다는 느낌이었다.

대니얼은 후진으로 차를 뺀 뒤 킹스턴까지 오십 분 걸리는 귀갓길에 오른다. 미라한테 뭐라고 하지? 어제까지는 사람들이 그에게 조언을 구하고 동의를 구했다. 그러니까, 그는 신탁을 받는 사제였던 셈이다. 이제는 사제복을 빼앗긴 사제처럼 남들과 구별할 수 없게 되었다.

"병신." 그가 그녀의 품에 풀썩 안겨 이야기를 하자 그녀가 말한다. "그 사람 어쩐지 처음부터 싫더라. 버트럼? 버트런드? 병신." 그녀가 까치발을 하고 대니얼의 두 뺨에 손바닥을 갖다댄다. "도의는 다 어디 갔지? 빌어먹을 도의는 어디 처박은 거야?"

바깥에서는 차고 불빛이 정원 경계에 접한 숲을 비추고 있다. 사슴 한 마리가 첫번째 나무장막 바로 뒤에서 가지에 코를 대고 킁킁거린다. 올해는 풍경이 너무 빨리 갈색으로 물들었다.

"오히려 그걸 기회로 삼으면 돼." 미라가 말한다. "앞으로 이 주

동안 증거를 수집하는 거야. 그러면서 자기도 좀 쉬고. 쉬면서 뭐 하고 싶은지 생각해봐."

텔레비전 화면에 나오는 것처럼 대니얼의 머릿속에 글자들이 흘러간다. 결격사유들이다. 궤양, 정맥류, 샛길, 식도이완불능증을 비롯한 기타 운동성 장애. 외이도가 없거나 귓구멍이 없는 소이증. 메니에르병. 10도 제한 족배굴곡. 엄지발가락 없음. 계속 흘러간다. 전부 수천 개에 달하는 제약사항. 여성에게는 훨씬 더 제한이 많다. 난소낭종. 비정상자궁출혈. 과연 하나도 해당되지 않는 사람이 있는지 의문이지만, 또 한편으로는 암과 당뇨와 심혈관질환의 증가에도 불구하고 대부분의 사람들이 칠십팔 세까지 산다는 것도 놀라운 일이다.

"그동안 해보려던 거 없어?" 미라가 계속 말한다. 그를 위해 씩씩한 척하려고 애쓰지만 불안한 기색이 역력하다. 그녀는 걱정거리가 있을 때 더 분주하게 지내려고 하는 사람이다. "창고를 다시 지어도 되고. 아니면 가족들하고 지내든지."

몇 년 전, 미라가 특유의 직설적인 화법으로 대니얼에게 왜 남매들과 좀더 친하게 지내지 않느냐고 물었던 적이 있다.

"안 친하지 않아." 그가 말했다.

"음, 그건 안 친한 거야." 미라가 말했다.

"어떨 땐 친해." 대니얼이 말했다. 진실은 흙탕물처럼 뿌옇긴 하지만. 남매들을 떠올리면 가슴속에서 사랑이 쇼파*처럼 노래를 하는 듯, 기쁨과 고뇌와 영원한 인정이 넘치는 노래를 하는 듯 느껴질 때가 있었다. 그 세 사람은 그와 같은 별의 물질로 만들어졌고,

---

* 염소뿔로 만든 유대교의 전통악기.

그가 처음의 처음부터 알던 이들이었다. 그러나 그들과 함께 있으면 작디작은 침범에도 걷잡을 수 없이 화가 났다. 때로는 그들을 전형화해서 보는 게―융통성 없는 바르야, 꿈에 젖어 주위는 신경 쓰지 않는 클라라―차라리 편했다. 불쾌하기 짝이 없는 성인기, 완전히 만개한 그 시기를―아침의 입냄새와 어리석은 선택들, 낯선 덤불 속으로 들어가는 인생을―살아가는 그들을 직접 마주하는 것보다.

그날 밤, 그는 서서히 몽롱해지다가 다시 맨정신으로 돌아온다. 형제들과 파도를 생각하고 있다. 이것은 바닷물이 해안가에 밀려오는 것과 다르지 않은, 잠이 드는 과정이다. 매년 휴가를 보내던 뉴저지에서 한번은 솔이 다른 형제들을 데리고 영화를 보러 갔고 대니얼은 수영을 하고 싶어 빠졌다. 일곱 살 때였다. 그와 거티는 홈이 파인 플라스틱 의자를 챙겨 해변으로 갔고, 거티가 소설책을 읽는 동안 대니얼은 그 전해에 도쿄에서 네 개의 메달을 딴 돈 숄랜더를 흉내냈다. 조류가 그를 수평선 쪽으로 데려가자 그는 엄마에게서 점점 멀어진다는 사실에 흥분한 채 그대로 밀려갔다. 물속에서 발을 구르는 것도 싫증이 날 때쯤에는 해안에서 40미터도 넘게 떠내려가 있었다.

바닷물이 콧속으로, 입안으로 밀려들어왔다. 그의 다리는 길기만 하고 쓸모가 없었다. 물을 뱉고 소리를 지르려 했지만 거티는 듣지 못했다. 갑자기 불어온 바람에 밀짚모자가 모래사장으로 날아가버리자 그녀가 자리에서 일어났고, 모자를 주우러 가던 중에 대니얼의 머리가 가라앉고 있는 것을 발견했다.

그녀는 모자를 내버려둔 채 대니얼에게 달려갔고, 그 순간이 마치 슬로모션 같았지만 그녀 인생에서 가장 빠른 속도였다. 그녀는 수영복 위에 속이 비치고 치맛단이 치렁치렁한 무무*를 입고 있었는데, 순간 경악에 찬 고함을 지르며 무무를 훌러덩 벗어 땅에 내팽개쳤다. 치맛자락이 달린 검정색 원피스수영복과 굵고 울퉁불퉁한 허벅지가 드러났다. 그녀는 첨벙거리며 얕은 물을 헤치고 들어간 뒤 숨을 깊이 들이마시고 파도 속으로 뛰어들었다. 빨리, 대니얼은 입안에 들어온 소금물 때문에 컥컥대며 생각했다. 빨리, 마마. 갓난아기 때 이후로 엄마를 그렇게 부른 건 처음이었다. 마침내 그녀의 손이 겨드랑이 밑으로 나타났다. 그녀가 그를 물 밖으로 끌어냈고 두 사람은 함께 모래사장에 쓰러졌다. 그녀는 온몸이 빨갰고 머리카락이 머리에 달라붙어서 비행사 헬멧 같았다. 숨을 엄청나게 몰아쉬는 그녀를 보며 대니얼은 엄마가 격하게 움직여서 그렇다고 생각했는데 알고 보니 그녀는 흐느끼고 있었다.

그날 저녁식사 때 그는 허세를 떨며 물에 빠져죽을 뻔한 이야기를 떠벌렸지만, 사실 속마음은 가족에 대한 애착이 새롭게 솟아나 이글거렸다. 남은 휴가 동안 그는 바르야의 고질적인 잠꼬대를 용서했다. 클라라에게는 다 같이 해변에서 돌아왔을 때 가장 먼저 샤워를 하게 해주었다. 클라라는 샤워를 너무 오래 해서 한번은 거티가 욕실 문을 쾅 두드리고 그렇게 물을 많이 쓸 거라면 아예 비누를 들고 바닷물에 들어가지 그랬느냐고 말했을 정도인데도. 몇

---

* 하와이 민속의상에서 유래한 헐렁하고 화려한 원피스.

년 후 사이먼과 클라라가 집을 떠났을 때—그리고 그후 바르야마
저 멀어졌을 때—대니얼은 그가 느꼈던 감정을, 따로 떨어져버렸
다는 후회와 다시 돌아온 기쁨을 그들은 어째서 느끼지 않는지 이
해할 수 없었다. 그는 기다렸다. 애초에 무슨 말을 할 수 있었을까?
너무 멀리 떠내려가지 마. 우리가 그리워질 거야. 그러나 몇 년이 흘러
도 그렇게 되지 않자 그는 상처받고 절망에 빠졌고, 그다음에는 화
가 났다.

새벽 두시, 그는 아래층으로 내려가 서재로 향한다. 천장등은 켜
지 않고—컴퓨터 화면의 푸르스름한 빛이면 충분하다—라지와
루비의 웹사이트 주소를 입력한다. 화면이 전환되자 큼직한 빨간
색 글자들이 나타난다.

바로 지금 그 자리에서 **인도의 불가사의**를 경험해보세요! **라지와 루
비**가 여러분을 **마법의 양탄자**에 모시고 이 세상에 없는 즐거움을 선사합
니다. 인도 바늘 묘기부터 **20세기 미국 최고의 마술사 하워드 서스턴**도
놀란 위대한 밧줄 미스터리*까지!

굵은 글자들이 춤을 추고 깜박거린다. 그 밑으로 이마에 빈디**
를 한 라지와 루비의 얼굴이 나타난다. 웹페이지 중앙에는 사진들
이 연속 재생되고 있다. 그중 한 장에서 라지는 통에 갇혀 있고 그
통을 루비가 두 자루의 긴 검으로 찌르고 있다. 또다른 사진에서는
라지가 대니얼의 목둘레만큼 굵은 뱀을 들고 있다.

현란하군, 대니얼이 생각한다. 착취적이야. 그렇지만 역시 라스

---

* 밧줄의 한쪽 끝을 공중에 띄운 뒤 조수가 타고 올라가서 사라지는 마술.
** 미간 중앙에 칠을 하거나 보석을 붙이는 인도의 장식.

베이거스답다. 분명히, 현란한 게 팔리는 곳이다. 두 번 가본 적이 있다. 첫번째는 친구의 총각파티 때였고, 그다음은 학회 때문이었다. 두 번 모두, 그곳은 미국만의 독특한 괴물이라고 느껴졌다. 모든 것이 만화에 나오는 것처럼 부풀려진 곳. 마르가리타빌이나 카보 와보라는 이름의 식당. 분홍빛 연기를 내뿜는 화산. 고대 로마 분위기를 흉내낸 쇼핑몰, 포럼숍. 거기 사는 누군들 현실세계에 살고 있다고 생각할 수 있을까? 적어도 라지와 루비는 여행을 하고 있다. 미라지가 근거지이지만 '순회공연/일정' 링크로 넘어가니 이번 주말에는 보스턴의 미스터리 라운지에서 공연한다고 나온다. 이 주 뒤에는 한 달짜리 뉴욕 공연을 시작한다.

대니얼은 그들이 추수감사절을 어디서 보낼 계획인지 궁금하다. 라지는 대체로 루비가 골드 가족과 가까워지지 못하게 했다. 모자 속의 토끼처럼 몇 년에 한 번씩 루비를 보여줬다가 사라지게 하는 식이었다. 대니얼은 아이가 기운이 폭발하는 세 살 때 보았고, 그다음 침울하고 주위에 민감한 다섯 살, 아홉 살일 때 보았고, 마지막은 부루퉁한 십대 초반이었다. 그 만남은 클라라의 대표 묘기인 '목숨이 걸린 턱'에 대한 격렬한 말다툼으로 끝났다. 라지가 그 묘기를 루비에게 가르치고 있었고, 그것이 대니얼에게는 충격이었다. 라지가 왜 딸을 통해서 밧줄에 목을 맨 클라라의 모습을 재현하려 하는지 이해할 수가 없었다.

"클라라를 잊지 않으려고 하는 거예요." 라지가 포효했다. "아무도 그런 노력을 안 하잖아요?"

그후로 대화가 없었던 것은 라지의 잘못만은 아니다. 대니얼이 먼저 다가갈 수 있는 기회가 수없이 많았다. 그 다툼 전에는 물론이고, 그후에도 그랬다. 그러나 라지와 루비가 주변에 있다는 것만으로도 대니얼은 언제나 불편한 회한을 느꼈다. 루비는 어렸을 때 라지를 닮았는데 십대가 되자 클라라의 통통하고 보조개가 패는 볼과 체셔고양이 미소를 갖게 됐다. 길고 곱슬곱슬한 머리카락이 허리까지 오는 것도 클라라와 같았는데, 다만 붉은색이 아니라 갈색—클라라의 원래 머리색—이었다. 때때로 아이가 우울해져 있을 때면 대니얼은 꿈을 꾸는 듯한 데자뷔를 경험했다. 홀로그램처럼 쉽게 루비는 자기 엄마로 바뀌어 있었고, 클라라는 비난의 눈빛으로 대니얼을 쳐다봤다. 그는 그녀와 마땅히 그래야 할 만큼 가까이 지내지 않았고 그녀가 얼마나 아픈지 몰랐다. 점쟁이를 찾아간 것도 그가 시작한 일이었는데, 그 일이 남매들 모두에게 영향을 끼쳤지만 분명 클라라에게 가장 심했을 것이다. 점쟁이를 만난 후 골목길에서 본 그애의 모습이 아직도 생생하다. 젖은 뺨과 피부가 헌 코. 두 눈은 잔뜩 날이 서 있으면서도 이상하리만치 텅 비어 있었다.

대니얼에게 있는 번호는 라지의 유선전화뿐이다. 그들이 여행 중이라고 했으므로 그는 '연락처'를 클릭한다. 라지와 루비의 매니저, 홍보 담당자, 기획사의 이메일 주소가 먼저 나열되어 있고, 그 아래 글상자에 '차팔 가족에게 편지를 쓰세요! 혹시 직접 받아볼지도 모르죠'라고 써 있다. 팬레터용으로 만들어진 것 같지만 그는 시도해보기로 결정한다.

라지

대니얼 골드예요. 꽤 오랜만이라 메일을 써야겠다고 생각했어요.

몇 주 뒤에 뉴욕에 오는 것 같더라고요. 추수감사절 계획이? 우리집으로 와도 돼요. 가족이 이렇게 오랫동안 만나지 않는 건 안타까운 일 같아요.

그럼 잘 지내요.

DG

다시 읽어보니 너무 격의 없이 쓴 게 아닌지 걱정된다. 라지 앞에 친애하는을 넣었다가 지운다. (라지는 그에게 친애하는 사람이 아니고, 대니얼과 라지 둘 다 겉치레는 참지 못한다. 이것은 그들의 얼마 안 되는 공통점 중 하나다.) 추수감사절 계획이 뒤에 혹시 있어요를 넣고 우리집으로 다음의 와도 돼요를 와주면 좋겠어요로 고친다. 마지막 문장은 지웠다가—우리가 가족인가?—다시 쓴다. 충분히 그런 사이다. 그는 '보내기'를 누른다.

아무리 직무정지중이어도 아침 여섯시 삼십분이면 일어날 줄 알았는데—마흔여덟 살이 되니 예측 가능성을 빼면 남는 게 없었다—다음날 휴대폰이 울릴 땐 해가 하늘 높이 뜬 뒤다. 그는 눈을 가늘게 뜨고 시계를 보다 머리를 흔들고 다시 시계를 본다. 열한시. 한 손으로 협탁을 더듬어 안경과 폴더형 휴대폰을 집고, 전자는 끼고 후자는 연다. 라지가 벌써 전화하나?

"세요?"

잡음이 그를 맞이한다. "대니얼," 목소리가 말한다. "……는 ……다……"

"미안하지만," 대니얼이 말한다. "소리가 끊어져요. 뭐라고요?"

"저는……디…… 여기가……람…… 장례……"

"디?"

"……디," 목소리가 끊길 듯하게 말한다. "에디 오……휴……"

"에디 오도너휴?" 불분명하게 들리는 와중에도 그 이름이 왠지 대니얼의 기억을 흔들어놓는다. 그는 일어나 앉으면서 등뒤의 베개를 쳐서 부풀린다.

"……의 ……경찰…… 그 ……생 ……시스코…… 만났고…… FBI……"

"세상에." 대니얼이 말한다. "알죠."

에디 오도너휴는 클라라의 사건에 배정된 FBI 요원이었다. 샌프란시스코에서 열린 그녀의 장례식에도 참석했는데, 이후에 기어리의 한 술집에서 마주쳤다. 그다음 날 머리가 쪼개지는 듯한 편두통과 함께 잠에서 깨어난 대니얼은 왜 에디와 그토록 많은 이야기를 나누었는지 모르겠다고 생각하면서 그 요원도 너무 취해서 아무것도 기억하지 못하기만을 바랐다.

"……세워야겠다." 에디가 이렇게 말한 뒤 갑자기 그의 목소리가 또렷해진다. "됐네요. 하느님 맙소사, 여기 진짜 안 터지네. 어떻게 이런 걸 쓰는지 모르겠네요."

"유선전화도 있어요." 대니얼이 말한다. "훨씬 안정적이에요."

"저기, 길게 통화 못 해요. 고속도로변이거든요. 그런데 혹시 시간 괜찮아요? 네시나 다섯시쯤? 시내 어디서 만나면 어때요? 몇 가지 해줄 얘기가 있어요."

대니얼이 눈을 깜빡인다. 이 전화통화는—오전시간 전체가—

비현실적이다.

"알겠어요." 그가 말한다. "호프먼하우스에서 봅시다. 네시 삼십분."

전화를 끊고서야 그는 침실 문간의 큰 그림자를 알아차린다. 어머니다.

"이런, 엄마." 대니얼이 이불을 끌어당기며 말한다. 그녀에게는 아직도 그를 열두 살짜리로 돌아가게 하는 기운이 있다. "거기 있는 줄 몰랐어요."

"누구야?" 거티는 분홍색 누비 목욕가운을 걸쳤고—몇십 년째 입는 건지, 대니얼은 계산해보고 싶지도 않다—숱 많은 잿빛 머리카락이 베토벤처럼 부스스하다.

"별거 아니에요." 그가 말한다. "미라."

"잘도 미라겠다. 나 바보 아냐."

"아니죠." 대니얼이 침대에서 나와 뉴욕주립대 빙엄턴 캠퍼스 티셔츠를 입고 양털슬리퍼에 발을 넣는다. 그러고는 문간으로 다가가 어머니의 뺨에 키스한다. "대신 궁금한 게 많은 사람이죠. 식사는 하셨어요?"

"밥? 당연히 먹었지. 정오가 다 됐어. 그런데 넌 십대 애들처럼 늦잠이나 자고."

"직무정지 당했어요."

"알아. 미라가 얘기했어."

"그러니까 좀 봐줘요."

"그래서 안 깨운 거 아니겠니?"

"아, 몰랐네." 대니얼이 아래층으로 내려가며 말한다. "내가 더

이상 어린애가 아니라서 안 깨웠다고요?"

"틀렸어." 거티가 그의 뒤에서 슬쩍 빠져나와 앞장서더니 위엄 있게 부엌으로 들어간다. "내가 널 봐주고 있으니까. 나처럼 너한테 잘해주는 사람이 어디 있어. 이제 앉아라. 커피 마시고 싶으면."

거티는 삼 년 전, 2003년 가을에 킹스턴으로 이사를 왔다. 그전까지는 클린턴 스트리트에 남아 있겠다고 고집을 부렸다. 대니얼은 평소에 매달 어머니를 찾아가다가 그해 3, 4월은 건너뛰었다. 이라크전쟁 때문에 일이 대혼란에 빠져 있었고, 거티가 유월절은 친구와 같이 보낼 거라고 그를 안심시켰던 터였다.

그가 5월 1일에 도착해보니 그녀는 목욕가운 차림으로 침대에 누워서 카프카의 『심판』을 읽고 있었다. 창문은 갈색 포장지로 덮여 있었다. 서랍장 위는 원래 나무테를 두른 거울이 걸려 있었는데 이제 달랑 못 하나만 남아 있었다. 욕실의 약장도 거울문을 경첩째 떼어내 약국만큼 많은 처방약 병이 어수선하게 뒤섞인 광경이 훤히 드러났다.

"엄마." 대니얼이 말했다. 목이 칼칼했다. "이거 어디서 처방받았어요?"

거티가 욕실로 들어왔다. 그녀의 눈에 누구? 나?라고 묻는 고집센 빛이 어려 있었다.

"의사들."

"의사 누구요? 몇 명?"

"글쎄, 확실하게는 모르겠는데. 위장장애 때문에 가는 데랑 뼈 때문에 가는 데 하나씩 있고. 주치의 있지, 안과의사 있지, 치과의사, 알레르기과 있지, 최근 몇 달 동안 볼일이 없었긴 한데 부인과 있지, 내가 평생 허리가 아팠는데 그전엔 아무도 그런 진단을 안 해주더니 처음으로 나한테 척추측만증이 있다고 한 물리치료사도 있지. 내가 장담하는데 커츠버그 박사가 '크게 뒤틀기'라고 한 그 자세 하다가 갈비뼈 쪽에 작은 뼈 하나가 튀어나온 거 같아." 대니얼이 반박하려고 하자 그녀가 손바닥을 들어 보였다. "그리고 너는 감사해야 돼. 내가 치료받고, 보살핌받고, 돌봄받는 걸. 혼자 사는 늙은 여자가 이 세상에서 받을 수 있는 치료를 필요로 하고, 또 그걸 실제로 받을 수 있다는 거. 넌 말이야." 그녀는 손바닥을 높이 쳐들고 같은 말을 반복한다. "감사해야 돼."

"엄만 척추측만증 아니에요."

"넌 내 의사가 아니야."

"내가 더 잘 알죠. 아들인데."

"방금 생각났는데 피부과의사도 있다. 내 점을 눈여겨보고 있어. 사람들은 이게 미인점이라는데, 아름다움이 사람을 죽일 수도 있었던 거야. 매릴린 먼로가 점 때문에 죽었을 수도 있다고 상상이나 해봤니? 얼굴에 있던 그걸로 그렇게 유명했는데?"

"매릴린 먼로는 자살했어요. 바르비투르산염을 한 움큼 먹어서."

"어쩌면." 거티가 음모론을 암시하듯 말했다.

"거울은 왜 다 뗐어요?"

"네 남동생, 네 여동생, 네 아버지를 위해서." 거티가 말했다. 대니얼은 부엌으로 갔다. 키 큰 와인잔이 초파리 띠를 두르고 조리대 위에 놓여 있었다. "그건 엘리야*를 위한 거야. 건드리지 마."

대니얼이 냄새나는 마니슈비츠**를 하수구에 붓자 초파리가 아지랑이가 피어오르듯 흩어졌다. 거티가 씩씩거렸다. 싱크대 건너편 조리대에는 가게에서 사온 쿠글이 덮개도 없이 은박지 위에 방치되어 있었다. 딱딱하게 굳은 표면이 플라스틱처럼 윤이 났다. 여기도 침실처럼 창문이 종이로 덮여 있었다.

"왜 창문을 다 가려놨어요?"

"거기도 뭐가 비쳐." 이렇게 말하는 거티의 동공이 확장됐고 대니얼은 뭔가 손을 쓰지 않으면 안 되겠다고 깨달았다.

처음에는 거티도 거부했지만 대니얼이 자신과 가까이 살고 싶어한다는 생각에 우쭐해하는 동시에 이제 고독하게 지내지 않아도 된다는 점에 안도했다. 그들은 8월에 그녀를 맨해튼에서 이주시켰다. 바르야는 드레이크 노화연구소에 취직하면서부터 캘리포니아에 살고 있었지만 이사를 돕기 위해 비행기를 타고 동부로 왔다. 저녁 무렵에는 너무 휑뎅그렁해진 집안을 보며 대니얼은 자신이 벌인 일 때문에 서글퍼졌다. 솔의 완두콩색 벨벳커버 의자, 흉측하지만 온 가족이 사랑하는 그 가구를 들어내자 남은 일은 이층침대를 해체하는 것뿐이었다.

"난 안 보련다." 거티가 반은 위협적으로, 반은 낙담한 투로 말했다. 시어스백화점에서 사십 년 전에 산 그 이층침대를 거티는 클라라와 사이먼이 떠난 뒤에도 헐지 않았다. 처음에는 대니얼과 미라와 바르야가 한꺼번에 놀러오면 모두 잘 곳이 필요하지 않겠느

---

* 기원전 9세기 이스라엘왕국의 예언자. 유대교 가정에는 유월절에 엘리야를 위해 문을 열고 와인 한 잔을 놓아두는 전통이 있다.

** 미국의 대표적인 코셔 와인.

냐고 이유를 댔는데, 대니얼이 그래도 두 대 중 하나는 해체해도 된다고 하자 적잖이 동요하는 모습을 보여서 대니얼은 이 문제를 다시 꺼내지 말아야겠다고 생각했다. 미라가 그녀를 모시고 차로 내려가려고 하자 거티는 이층침대와 함께 사진을 찍고 싶다고 우겼다. 그녀는 타지마할 앞의 관광객처럼 핸드백을 들고 명랑한 미소를 지으며 서 있다가 빠르게 쿵쾅쿵쾅 침실을 빠져나갔다. 그들이 볼 수 없도록 얼굴을 벽으로 돌린 채.

대니얼은 그녀가 나간 현관문을 닫고 침실로 돌아왔다. 처음에는 바르야가 보이지 않았다. 그러나 원래 그녀의 자리인 침대 위층에서 코를 훌쩍거리는 소리가 들려왔고, 위를 올려다보니 침대 밖으로 비져나온 오른발이 보였다. 눈물이 눈가에서 관자놀이를 타고 흘러 매트리스에 두 개의 젖은 원을 만들었다.

"아아, 브이." 그가 말했다. 그녀에게 다가가다가, 좋은 생각이 아니다 싶어 그만두었다. 그녀는 스킨십을 싫어하니까. 몇 년 동안 그는 습관적으로 포옹을 피하고 항상 거리를 두는 그녀 때문에 상처를 받았다. 이제 둘만 남았는데, 어떨 땐 전화를 걸어도 회신을 받는 데 몇 주가 걸렸다. 하지만 뭘 어떻게 할 수 있을까? 두 사람 모두 자신을 많이 바꾸기엔 너무 늦었다.

"그냥 생각하고 있었어." 바르야가 이렇게 말하고 숨을 들이마셨다. "여기서 잘 때."

"뭐, 우리 어렸을 때?"

"아니. 좀더 커서. 내가……" 그녀가 딸꾹질을 했다. "왔을 때."

그 말에 뭔가 의미가 담겨 있는 것 같았지만 대니얼은 그게 무엇인지 전혀 알 수 없었다. 그녀와는 항상 이런 식이었다. 그녀가 보는 풍경은 달랐고, 어떤 것은 불길하거나 흉했고, 그에게는 아무 문제 없어 보이는 보도를 바르야는 돌아서 갔다. 물어볼까 했던 적도 있지만, 그럴 때마다 그들 사이에 열려 있던 어떤 통로랄 것이 닫혀버렸다. 지금처럼. 바르야는 한 손으로 황급히 얼굴을 닦고 사다리 쪽으로 다리를 걸었다.

그러나 그녀는 내려올 수 없었다. 사다리와 위층 침대를 연결한 나사가 너무 오래돼서 바르야의 체중이 실리자 갑작스러운 충격에 빠져버렸다. 사다리는 바닥으로 쓰러졌다. 비명을 지르는 바르야의 한쪽 발이 허공에서 대롱거렸다. 위층 침대에서 바닥으로 뛰어내려도 전혀 위험할 것 없었지만 그녀는 난간을 꼭 붙들고 침대 밑을 내려다보며 머뭇거렸다.

대니얼이 두 팔을 내밀었다. "자, 이 새가슴." 그가 말했다.

바르야가 멈칫했다. 그러다 웃음을 터뜨리며 그를 향해 손을 뻗었다. 그가 그녀의 겨드랑이 밑으로 손을 넣고, 그녀는 그의 어깨를 잡고 바닥으로 내려왔다.

22

십오 년 전 클라라의 장례식이 샌프란시스코 납골당에서 치러졌다. 라지는 시신을 퀸스에 있는 골드 가족의 묘로 보낼 계획이었지만 거티가 처음부터 막았다. 대니얼이 맞서자 그녀는 유대법을 들먹이며 자살한 사람은 다른 유대인과 2미터 거리 이내에 묻힐 수 없다고, 마치 엄격한 준법만이 남은 가족을 보호할 수 있는 것처럼 말했다. 그때 대니얼은 거티가 겁을 먹고 움찔할 정도로 화를 냈다. 거티를 때리기라도 할 기세였다. 그전까지는 자신이 그런 짓을 할 수도 있겠다고 느낀 적이 없었다.

대니얼과 미라는 막 킹스턴으로 이사한 참이었다. 미라는 뉴욕주립대 뉴펄츠 캠퍼스에서 미술사학과 유대학 조교수로 임용됐고 대니얼은 병원에 야간근무직으로 채용됐다. 한 달 뒤면 근무를 시작하고 여섯 달 뒤면 결혼식을 올릴 텐데, 살면서 이보다 더 무력하게 느껴진 적이 없었다. 사이먼의 죽음으로도 충분히 산산조각이 났다. 어떻게 클라라까지 잃는단 말인가? 가족이 이 일을 감당할 수 있을까? 장례식이 끝난 뒤 대니얼은 기어리의 아일랜드 술집에 비틀거리며 들어가 바에 머리를 박고 울었다. 지금 자신이 어쩌고 있는지, 무슨 말을 하고 있는지—아아, 하느님, 아아, 하느님, 가족들이 자꾸 죽어요—자각하지 못하는 새 누군가가 대답했다.

"그래요." 옆에 앉은 남자였다. "그런데 그런다고 해서 결코 나아지지 않아요."

대니얼이 고개를 들었다. 남자는 그와 비슷한 나이로 보이고 딸기색 금발에 구레나룻이 짙었다. 두 눈동자에—갈색인데 황금색에 가까운 기묘한 색깔—붉은 선이 많았다. 짧고 까칠한 수염이 뺨에서 목의 맨 아래까지 나 있었다.

그가 기네스를 들어올렸다. "에디 오도너휴입니다."

"대니얼 골드예요."

에디가 고개를 끄덕였다. "장례식에서 뵀습니다. 제가 동생분의 사망사건을 조사했거든요." 그가 검은색 바지 주머니에 손을 넣어 FBI 신분증을 꺼냈다. 특수요원, 알아볼 수 없는 서명 옆에 이렇게 쓰여 있었다.

"아." 대니얼이 간신히 말했다. "고맙습니다."

지금 이게 그런 건가, 특수한 상황? 대니얼은 클라라의 죽음을 조사하고 있다는 사실이 반갑다. 매우 반갑지만—그도 의심스러운 부분이 있기에—FBI가 조사하고 있다는 데 놀랐다.

"이런 질문을 해도 된다면," 그가 말했다. "왜 FBI가 사건을 맡았습니까? 관할 경찰이 아니고."

에디가 신분증을 치우고 대니얼을 바라보았다. 충혈된 눈과 까끌까끌한 수염에도 그는 소년처럼 보였다. "제가 클라라를 사랑하고 있었습니다."

대니얼은 침을 삼키다 질식할 뻔했다. "네?"

"제가 클라라를 사랑하고 있었습니다." 에디가 다시 말했다.

"내…… 동생이랑요? 그애가 라지를 두고 불륜을 저질렀다고요?"

"아뇨, 아닙니다. 그땐 클라라가 그 사람을 몰랐을 겁니다. 그게 아니어도, 저 혼자 좋아한 거였으니까요."

바텐더가 나타났다. "뭘로 드릴까요?"

"이거 한 잔 더요. 이분은 지금 이걸로. 계산은 제가." 에디가 대니얼의 버번위스키 잔을 향해 고갯짓을 했다. 대니얼은 그때까지 자신이 술을 마시고 있는 줄도 몰랐다.

"고마워요." 대니얼이 말했다. 바텐더가 사라지자 그는 에디 쪽으로 몸을 돌렸다. "어떻게 만난 거예요?"

"샌프란시스코에서 근무할 때였어요. 어머니가 신고를 해서, 아들이 가출했으니 체포해달라고 했어요. 이게, 어, 십여 년 전 일인가? 동생분이 열여섯 살도 안 됐을 땐데. 제가 좀 거칠게 나갔어요. 그러면 안 됐는데. 클라라는 그 일로 절 절대 용서하지 않았을 거예요. 그래도 클라라가 저를 일깨웠죠. 경찰서 밖에서 그녀를 본 순간, 머리가 뒤로 날리고 그 부츠를 신은 그녀를 본 순간, 저는 그때껏 본 여자 중 가장 멋진 여자라고 생각했어요. 단지 아름다워서가 아니라 힘이 있어서. 그래서 기억에 남았어요."

에디가 맥주잔을 비우고 입가의 거품을 닦았다.

"이 년쯤 후에 클라라의 얼굴이 실린 전단지를 보게 됐어요." 그가 말했다. "그때부터 그녀의 공연을 보러 다니기 시작했죠. 그때가 1983년 초였을 텐데, 정말 끔찍한 하루를 보낸 날이었어요. 텐더로인에서 마약쟁이들이 서로 죽인 사건이 있었는데, 그날 객석에 앉아서 그녀를 보다가 느꼈어요. 다른 세상에 있는 것 같다고. 어느 날 밤에 그 얘기를 그녀에게 했어요. 도움을 받았다. 당신 공연이 나를 변화시켰다. 그럴 용기를 내기까지 몇 달이 걸렸는데. 그런데 그녀는 나와 엮이고 싶어하지 않았어요."

바텐더가 주문한 술을 가지고 돌아왔다. 대니얼은 크게 한 모금 마셨다. 에디의 고백에 어떻게 반응해야 할지 감을 잡을 수 없었다. 그것은 불편할 정도로 내밀한 이야기였다. 동시에 그 이야기는 절망을 잊게 했다. 에디가 이야기하는 동안에는 동생이 같은 공간에 머무르고 있었다.

"솔직히 말할게요." 에디가 말했다. "제가 상태가 좋지 않았습니다. 아버지가 돌아가신 직후였고, 술을 정말 많이 마셨어요. 샌프란시스코를 떠나야겠다고 생각하고 지원서를 넣었어요. 콴티코*에서 바로 라스베이거스로 보내져서 주택융자사기를 수사하게 됐습니다. 미라지를 지나다가 간판에서 클라라의 얼굴을 봤는데, 전 그냥 제가 미친 줄 알았어요. 그런데 다음날, 본스 주차장에서 그녀를 봐요. 올즈모빌을 타고 지나가는데, 클라라가 어떤 아기랑 연석에 앉아 있어요."

"루비."

"그게 아기 이름인가요? 귀엽더군요. 소리를 질러대는데도. 동

---

* FBI 훈련소가 있는 지역.

생분은 도망갔어요. 날 보고 겁을 먹었던 것 같아요. 겁을 주려던 건 아닌데. 그녀를 보니까 이야기를 나누고 싶어졌어요. 그래서 개막공연에 가기로 결심했습니다. 공연이 끝나고 좀더 남아 있다가, 제 생각은, 오해를 풀려고 했어요. 나쁜 감정 없다고. 신경쓸 것 전혀 없다고."

두 사람은 정면을 응시했다. 이게 의자가 한 줄로 놓인 바 자리의 좋은 점이구나, 대니얼은 생각했다. 상대방의 눈을 보지 않고 대화를 할 수 있는 것.

"전날 밤에 잠이 안 오더군요. 그래서 미라지에 좀 일찍 도착합니다. 극장 밖에서 서성거리고 있는데 그 세 사람이 들어와요. 클라라와 그 남자와 아기요." 에디가 말했다. "클라라가 남자와 다투고 있어요. 1킬로미터 밖에서도 알겠더라고요. 남자는 극장으로 들어가고 클라라는 아기를 데리고 엘리베이터에 타요. 엘리베이터가 유리로 돼 있어서, 그래서 나도 옆 엘리베이터에 타서 고개를 숙이고 어디서 내리는지 지켜봅니다. 17층 어린이집에 아기를 맡기고 다시 엘리베이터를 타고 45층으로 갔어요. 딱히 어디를 가겠다는 생각은 없었던 것 같은데 펜트하우스 스위트룸에서 객실청소부가 나왔어요. 그 사람이 사라지니까 클라라가 숨어들어갔고요."

대니얼은 바의 어둑함과 술에 감사했다. 낮 한시에 어둠을 찾아갈 곳이 있다는 사실에 감사했다. 막 기르기 시작한 턱수염이 눈물에 젖어 짠맛이 났다.

"금요일 밤이라," 에디가 말했다. "아무도 없었어요. 라스베이거스가 그렇게 조용한 건 처음이었어요. 그리고 이건 경찰로서 깨달은 건데요. 평화로운 것도 좋고 고요한 것도 좋은데, 너무 오래

가면 그건 더이상 평화와 고요가 아닙니다. 복도를 뛰어가서 문을 두드렸어요. '계세요?' 하고 소리쳤습니다. '골드 씨.' 그런데 대답이 없어요. 그래서 프런트에서 열쇠를 받아서 다시 올라갔어요." 그는 잔이 빌 때까지 맥주를 다 마셨다. "더이상은 말하면 안 될 것 같네요."

"괜찮아요." 대니얼이 말했다. 이미 그녀를 잃었다. 지금 어떤 이야기를 들어도 달라질 것은 없다.

"처음엔 내가 보고 있는 게 뭔지 몰랐어요. 연습하는 줄 알았죠. 밧줄에 매달려 있었거든요. 공연에서처럼. 회전하고 있기도 했고, 아주 조금이지만. 그런데 재갈이 턱 옆에 매달려 있는 거예요. 클라라의 몸 위에 손을 올렸어요. 그녀를 살리고 싶었어요. 입으로 숨을 불어넣으려고도 했어요."

대니얼이 틀렸다. 지금 들은 이야기로 많은 것이 달라졌다. "이제 됐습니다."

"미안합니다." 어둠 속에서 에디의 동공이 커져서 반짝거렸다. "그런 일을 겪어선 안 될 사람이었는데."

엘비스의 〈러브 미 텐더〉가 주크박스에서 흘러나왔다. 대니얼이 술잔을 움켜잡았다.

"그래서 사건은 어떻게 맡게 된 겁니까?" 그가 물었다.

"발견한 사람이니까요. 그건 중요하거든요. 그리고 몇 가지 주장을 했죠. 대형 살인사건, 주 경계를 넘는 범죄, 납치, 모두 경찰이 아니라 FBI의 관할입니다. 물론 그건 자살처럼 보였지만 내 레이더가 작동했고, 뭔가 이상했어요. 전 그들이 주 경계를 넘었다는 걸 알고 있었어요. 클라라가 도둑질을 하고 있다는 것도요. 그리고 난 차팔에 대해 뭔가 감이 왔어요."

"라지." 대니얼이 깜짝 놀라며 말했다. "그를 의심하는 겁니까?"

"저는 요원입니다. 모두를 의심하죠. 당신은 그 사람을 의심하십니까?"

대니얼이 멈칫했다. "그 사람에 대해선 잘 몰라요. 그애를 통제하고 있었다고는 생각합니다. 클라라가 우리와 연락하는 걸 좋아하지 않았어요." 그는 눈을 질끈 감았다. 이렇게 과거형으로 말하게 되었다니, 끔찍했다.

"제가 조사해보죠." 에디가 말했다. "다른 의심가는 데는 없습니까?"

대니얼은 의심할 만한 다른 게 있기를 바랐다. 근거를 원했지만 그가 아는 한 우연뿐이었다. 사이먼이 죽었을 때는 헤스터 스트리트의 그 여자를 떠올리지 않았다. 그의 죽음은 너무 충격적이어서 다른 모든 생각을 지워버렸고, 사이먼은 그가 들은 예언을 알려주지도 않았으니까. 그러나 대니얼은 클라라의 예언을 기억했다. 그 여자는 클라라에게 서른한 살에 죽을 거라고 했다. 그리고 그때 클라라가 바로 그 나이였다.

"떠오르는 게 한 가지밖에 없는데," 그가 말했다. "개코같은 소리지만. 그런데 이상해요."

에디는 두 손을 들어올렸다. "함부로 판단하지 않을게요."

대니얼은 총알이 머리에 맞고 튕겨나가는 듯한 통증을 느꼈다. 술 때문인지, 아니면 미라에게조차 하지 못했던 이야기를 곧 밝혀야 하기 때문인지 확신할 수 없었다. 헤스터 스트리트의 여자 이야기를 마치자—그녀에 대한 소문과 그들이 찾아갔던 것, 클라라가 죽은 시점―에디는 얼굴을 찡그렸다. 그가 조사해보겠다고 했지만 대니얼은 별로 희망을 걸지 않았다. 그의 실망을 감지할 수 있었다. 에디가 원한 건 비밀이나 갈등이지, 떠돌이 심령술사에 얽힌 어린 시절의 기억이 아니었다.

여섯 달 후 클라라의 죽음이 자살로 판명되었을 때 대니얼은 놀라지 않았다. 그것은 가장 단순한 가설이었고, 가장 단순한 가설이 대개 옳다고 배웠다. 그의 의대 지도교수는 시어도어 우드워드 박사*의 제자였는데 인턴들에게 박사의 명언을 즐겨 인용하곤 했다. '발굽소리가 들리면, 얼룩말이 아니라 말을 떠올려라.'

십사 년이 지나고 동쪽으로 열 개 주를 건너서, 대니얼은 에디를 다시 만나기 위해 호프먼하우스에 들어선다. 독립전쟁 때 요새 겸 망루였던 호프먼하우스는 지금은 버거와 맥주를 판다. 건축양식을―네덜란드식 돌파편건축**과 흰색 덧문, 낮은 천장, 판자가 넓은 마루―제외하고 호프먼하우스의 역사를 상기시켜주는 것은 영국의 킹스턴 방화를 재연하려고 매년 찾아오는 전쟁사 애호가들뿐이다.

대니얼도 처음에는 재연 참가자들에게 흥미를 느꼈다. 디테일에 대한 그들의 관심은 확실히 인상적이었다. 그들은 옛날 문서와 그림을 바탕으로 직접 의상을 만들고 흰 리넨잡낭에 무기를 넣고 다

---

* 발진티푸스의 치료법을 발견한 미국 의사.
** 비교적 거친 돌을 사용해 벽을 쌓는 방식.

닌다. 그러나 이제는 좀 거슬린다. 페티코트 차림에 흰색 보닛을 쓰고 부산스럽게 돌아다니는 여자들과 주민극장에서 날뛰는 배우처럼 가짜 머스킷총을 들고 허둥대는 남자들이라니. 그렇게 허술한데도 대포를 보면 움찔하게 된다. 특히나 그 행위의 전제가 그를 짜증나게 한다. 현재 전쟁이 벌어지고 있는데 왜 옛날 전쟁의 극적인 순간을 재연하는 거지? 다른 시간에 살고 싶어하는 재연 참가자들의 결의가 신경에 거슬린다. 그것은 클라라를 떠올리게 한다.

오늘 호프먼하우스에는 에디 오도너휴 한 사람뿐이다. 그는 벽난로 옆 나무칸막이 좌석에 앉아 오래도록 맥주 한 잔을 붙들고 있다. 맞은편에는 손대지 않은 버번위스키 한 잔이 놓여 있다.

"우드퍼드 리저브."* 에디가 말한다. "이거 맞아야 할 텐데."

대니얼이 에디의 손을 꼭 잡는다. "기억력이 좋군요."

"그걸로 벌어먹고 사니까요. 반갑습니다."

두 사람은 서로를 바라본다. 대니얼과 에디, 에디와 대니얼. 에디처럼 대니얼도 1991년에 비해 10킬로그램 가까이 몸이 불었다. 대니얼처럼 에디도 거의 쉰 살이 다 돼 보인다. 이미 쉰이 넘었거나. 대니얼의 눈썹은 용맹한 탐험가처럼 아무렇게나 뻗어나왔고, 하도 빨리 자라서 미라가 하누카에 전문가용 눈썹깎이를 사주기도 했다. 에디는 얼굴살이 처진 강아지처럼 턱살이 물렁해지고 두둑해졌다. 그러나 두 눈은 대니얼과 마찬가지로 상대를 알아본 기쁨으로 밝게 빛난다. 대니얼은 초조한 한편으로—클라라의 사건에 새로운 뭔가가 나타났다는 것 말고는 그가 연락한 다른 이유를 상

---

* 버번위스키 브랜드.

상할 수 없으므로—에디가 이제는 친구처럼 느껴지고, 만나서 반가운 마음도 든다.

"근무시간일 텐데 만나러 와줘서 고맙습니다." 에디가 이렇게 말문을 열지만 대니얼은 굳이 바로잡지 않는다. "시간 끌지 않을게요."

대니얼은 낡은 청바지와 스웨터가 신경쓰인다. 스웨터는 심지어 미라가 십 년쯤 전에 선물한 것이다. 에디는 와이셔츠에 슬랙스를 입고 캐주얼재킷은 등받이에 걸쳐놓았다. 그가 의자에서 검은색 서류가방을 들어 테이블 위에 올려놓고는 자물쇠를 푼다. 안에서 나온 것은 수첩과 파일인데, 역시 검은색이다. 에디가 종이 한 장을 빼서 대니얼 쪽으로 돌려놓는다.

"이중에 낯익은 사람 있습니까?"

종이에는 최소한 열두 장은 되는 사진들이 복사되어 있다. 대니얼은 재킷 주머니에 손을 넣어 안경을 꺼낸다. 대부분은 머그숏이다. 작은 사각형 안에 다양한 명도의 검은색 머리카락과 검은색 눈동자를 가진 사람들이 얼굴을 찡그리거나 눈을 부릅뜨고 있는데, 개중 십대 두 명은 웃고 있고, 젊은 남자 하나는 손가락으로 당당하게 평화의 상징을 만들어 보이고 있다. 그 밑으로 몸집이 큰 백발 여자의 사진 세 장이 있다. 건물 입구의 방범카메라에 찍힌 사진 같다.

"없는 것 같은데요. 뭐하는 사람들이죠?"

"코스텔로 일가입니다." 에디가 말한다. "여기 이 여자 보이죠?" 그가 첫번째 머그숏의 칠십대로 보이는 여자를 가리킨다. 머리가 1940년대 영화배우처럼 웨이브졌고, 눈꺼풀이 처진 눈이 차갑다. "로자라고 합니다. 대모죠. 이 사람은 남편 도니, 이 둘은 여동생들입니다. 이 줄은 자식들이고—다섯이에요—그 아래는 자식들의 아이들이죠. 아홉이고요. 모두 열여덟 명. 미국 역사상 가장 정교한 점술사기를 벌인 열여덟 명이에요."

"점술사기요?"

"네." 에디가 손깍지를 끼고 몸을 뒤로 빼 극적인 효과를 준다. "현재, 점술이란 건 기소하기 어렵기로 악명이 높습니다. 미국 일부 지역에서는 금지되어 있지만 실제로 처벌하는 경우는 극소수예요. 그도 그럴 것이, 이 세상에는 이미 주식시장이 어떻게 될지 예측하는 사람들이 있잖아요. 날씨를 예측하고 그걸로 돈 버는 사람들도 있고. 염병, 별자리 코너가 없는 신문이 없죠. 더 까다로운 건, 이게 문화의 문제라는 겁니다. 이 사람들은, 이들은 롬 또는 로마니라고 불립니다. 집시라고 알고 계실 거예요. 그들은 몽골인으로부터, 유럽인으로부터, 나치로부터 도망쳐왔습니다. 역사적으로 그들은 가난했고, 취약계층이었어요. 학교에 가지 않고, 태어나자마자 점쟁이가 되도록 길러져요. 그래서 사기혐의로 그들을 체포하면 변호인은 제일 먼저 뭘 할까요? 표현의 자유 문제라는 프레임을 씌워요. 차별 문제라는 프레임을 씌우고요. 그렇다면 우리는 어떻게 했을까요? 어떻게 코스텔로 일가에게 열네 건의 연방범죄에 대해 유죄를 받아냈을까요?"

대니얼은 목구멍 근처까지 신물이 올라온다. 에디가 알아낸 정보는 클라라에 대한 게 아님을 그는 깨닫는다. 에디가 알아낸 정보는 헤스터 스트리트의 여자에 대한 것이다.

"모르겠네요." 그가 말한다. "어떻게 한 거죠?"

"이야기를 하나 해드리죠. 남자를 짐이라고 부릅시다." 에디가 목소리를 낮춘다. "짐이라는 남자는 아이를 암으로 잃었습니다. 아내에겐 이혼당했어요. 불안증이 지붕을 뚫을 정도였고, 지속적인 근육통에 시달렸어요. 그러니까 여기 정말 많이 아픈 사람이 하나 있다는 거예요. 주류 의학계에서는 아무도 상대해주지 않을 사람. 너무 비호감이고 골칫거리여서 일반 의사들과는 관계가 자꾸 악화되기만 하는 거예요. 그런 사람이 있으면, 이 사람이 종국엔 좀 다른 누군가, '내가 도와줄 수 있어요, 내가 낫게 할 수 있어요'라고 말하는 사람의 집 앞에 찾아가게 되는 건 당연한 수순이죠. 그러니까 로자 코스텔로 같은 사람."

로자 코스텔로. 대니얼은 여자의 사진을 들여다본다. 1969년에 만났던 그 여자가 아니라는 건 분명히 알겠다. 입술이 너무 통통하고 얼굴이 하트 모양이다. 한마디로, 이 여자가 더 예쁘게 생겼다. 그런데도 그의 마음속에서 여자의 얼굴이 변한다. 그 여자의 강인한 턱과 느른하고 비협조적인 눈을 갖게 된다.

"시작은 이런 식입니다." 에디가 말한다. "이 점술가, 로자 코스텔로가 이렇게 말합니다. '50달러에 초를 하나 줄 거예요. 그리고 그 초를 내가 당신을 위해 태우면서 이 기도를 욀 건데, 그러면 신경증에 좀 차도가 있을 거예요.' 그리고 짐이 차이를 못 느끼겠다고 하면, 여자는 또 말하죠. '그렇군요. 더 강력하게 해봐야겠네요. 이 잎사귀, 영적인 잎사귀를 사면 내가 이 잎사귀를 태우면서 다른 기도를 해보죠.' 두 해를 빨리감기해보면 이 남자는 치료의식을 몇 번 치르고 요란하게 제물을 두 번 올린 뒤인데, 총액이 대략 4만 달러쯤 됩니다. 마지막으로 로자는 말합니다. '문제는 당신의 돈, 저

주받고 고통만 주는 돈이니까, 만 달러를 더 가져오면 그 저주를 제거해주죠.' 그 돈은 기부라고, 이 가족은 교회라고 불렸습니다. '자유로운 영혼 교회'라고, 스스로 그렇게 불렀어요."

대니얼은 그전까지 별다른 생각이 없었지만 웨이터가 옆에 나타나자 몹시 배고파진다. 에디가 버펄로윙을 주문한다. 대니얼은 칼라마리를 고른다.

"이런 종류의 사건에 대해 알아둬야 할 게 있어요." 둘만 남자 에디가 말을 이어간다. "보통은 검사들을 죽어라 뛰어다니게 만든다는 거죠. 그런데 코스텔로 일가는 달랐습니다. 한가하게 코나 파고 있는 거예요. 재산을 압류해보니까 자동차, 오토바이, 보트, 금장신구가 나왔습니다. 내륙 대수로*에서 주택도 나왔고. 5천만 달러도 나왔죠."

"하느님 맙소사."

"아직 안 끝났어요." 에디가 손을 들어올리며 말한다. "변호인이 무죄를 주장하는 게 아니라 종교의 자유를 근거로 24쪽 분량의 사건 기각 신청서를 제출합니다. 그들이 곧 그들 자신의 교회라는 거, 기억나요? 빌어먹을 자유로운 영혼 교회! 심지어 이건 로마니 박해의 긴 역사에서 가장 최근의 사건에 지나지 않는다고 주장합니다. 자, 내가 언제 집시는 모두 사기꾼이고 범죄자라고 했습니까? 절대 아니에요. 대신 이중 아홉을 중대절도, 허위소득신고, 우편사기, 통신사기, 돈세탁으로 잡았어요. 우리는 출생기록을 요청했습니다. 이걸로 전부 엮고 싶었거든요. 그리고 찾지 못한 사람이

---

* 대서양에서 멕시코만까지 이어지는 바다 부근의 내륙수로.

딱 한 명 있었어요."

에디가 건물 입구에서 방범카메라에 찍힌 여자 사진을 가리킨다. 그녀는 갈색 롱코트를 입고 회색 찍찍이 신발을 신었다. 손을 회전문 손잡이에 올려놓았고, 백발을 두 갈래로 가늘게 땋아 길게 늘어뜨렸다.

"오, 이럴 수가." 대니얼이 말한다.

"그 여자인가요?"

대니얼이 고개를 끄덕인다. 이제 알겠다. 넓은 이마. 오므라진 퉁명스러운 입. 여자가 그의 미래를 말할 때 그 입을 쳐다보았던 기억이 떠오른다. 여자의 입술 한 부분과 축축한 분홍색 혀가 떠오른다.

"잘 보세요." 에디가 말한다. "확실히 해주셔야 합니다."

"확실합니다." 대니얼이 숨을 내쉰다. "어떤 사람입니까?"

"로자의 여동생입니다. 같이 했을 수도 있고 아닐 수도 있습니다. 우리가 아는 건 이 여자가 다른 가족들과 소원했다는 겁니다. 롬은 무리지어 살기 때문에 이 여자가 혼자 일하는 게 특이한 겁니다. 하지만 전형적인 구석도 있죠. 항상 돌아다닙니다. 그리고 영리해요. 여러 개의 가명을 가지고 일합니다. 면허도 없는데, 이러면 대부분 지역에서 불법이지만 그 덕분에 시스템에 걸리지 않죠."

"이 가족 말이에요." 대니얼이 말한다. "처음엔 돈을 안 받습니까? 왜 그러냐면, 우리한텐 그랬거든요. 달라고 하지도 않았고, 내 남동생도 내지 않았어요. 나는 계속 그게 이상했습니다."

에디가 웃는다. "돈을 받냐고요? 그들은 받을 수 있는 건 다 받았습니다. 어린아이들이라 이 여자가 대충 넘어간 걸 수도 있죠."

"하지만 그게 사실이라면 왜 그렇게 끔찍한 말을 했을까요? 클라라는 아홉 살이었어요. 나는 열한 살이었는데도 정말 질리게 무서웠고요. 내가 추측할 수 있는 한에서는 공포심을 이용해 손님을 꾀려는 이유밖에 없어요. 겁을 줄수록 고객이 다시 올 가능성이 더 높다든가. 의존하게 된다든가."

시카고에서 레지던트를 할 때 대니얼은 비슷한 기술을 사용하는 의사를 몰래 지켜보았다. 우울증은 정기적으로 병원에 오지 않으면 관리가 안 된다고 주장하고, 비만 환자에게 수술하지 않으면 죽을 거라고 말하는 의사.

"아니, 무슨 말이든 상관없었을 수도 있죠. 이미 시장을 독점했으니까요. 로마니의 점술은 보통 매우 전형적입니다. 연애, 돈, 직업에 대한 거죠. 사망 날짜라고요? 배짱이 대단하네요. 교활해요. 롬은 두어 가지 다른 일을 하기도 합니다. 남자들은 도로를 깔고, 중고차를 팔고, 차체와 펜더 수리 일을 해요. 하지만 세상에 도로를 만들 일이 없어지고 자동차를 안 타게 된다고 해도, 인간이 존재하는 한 사라지지 않을 단 한 가지가 뭐겠어요? 알고자 하는 욕구. 게다가 그걸 위해서라면 인간은 얼마든 지불할 용의가 있을 겁니다. 롬은 수백 년 동안 점술을 통해 일정한 경제적 성공을 거둬왔어요. 그런데 그 여자는 거기서 한 걸음 더 나아간 겁니다. 언제 죽을지 알려주는 거, 그건 다른 롬이 하지 않는 일이에요. 경쟁자가 없는 거죠."

벽난로 때문에 대니얼은 땀을 흘리고 있다. 그는 스웨터를 벗으면서 안에 받쳐입은 폴로셔츠를 아래로 잡아당긴다. 그때 자신이 어디 가는지 미라에게 말하지 않았고, 여섯시에 회당에서 만나기로 했다는 사실이 생각난다. 하지만 갈 수 없다. 지금은 안 된다. 마침내 그녀에게 어떻게 메시지를 보내야 할지 떠오르지만 한 글자도 쓰지 못한다.

"그 사람들에 대해 또 알아낸 게 있어요?" 그가 이렇게 묻고, 그때 웨이터가 음식을 가지고 온다.

에디가 진득진득한 네온 오렌지색 소스로 버무린 윙 한 조각을 집어 걸쭉한 랜치소스에 찍는다. "코스텔로 일가요? 그들은 1930년대에 이탈리아에서 플로리다로 왔습니다. 아마 히틀러를 피해 도망친 거겠죠. 롬이 다 그렇지만 그들은 매우 폐쇄적입니다. 손님이 없을 땐 자기네 말만 씁니다. 전혀 동화되지 않아요. 그들은 돈때문에 '가제'가 필요하지만—가제란 롬이 아닌 사람을 말합니다, 우리들처럼—우리가 오염됐다고 생각합니다." 그가 입가를 닦는다. "점을 치는 것은 여자들입니다. 그 능력을 신이 내린 선물이라고 생각하죠. 하지만 가제와 어울린다는 이유로 롬은 그런 여자들도 오염됐다고 생각합니다. 그들은 깨끗함과 순수성에 대한 강박이 있어요. 로마니의 집에 가면 티끌 하나 볼 수 없을 겁니다."

"하지만 내가 만난 여잔…… 그곳은 어수선했어요. 쓰레기장이었다고 할 뻔했네요." 대니얼이 얼굴을 찌푸린다. "그 가족한테 그여자에 대해서는 물어봤어요?"

"물론이죠. 하지만 아무 말도 안 해요. 그래서 여쭤보러 여기 온겁니다."

"뭘 알고 싶습니까?"

에디가 멈칫한다. "지금부터 여쭤보려는 건…… 민감한 일인거 압니다. 이런 얘기 하고 싶지 않으실 수도 있습니다. 하지만 시도는 해봤으면 합니다. 말씀드렸듯이, 우리가 알아낸 게 별로 없거든요. 물론 신고하고 일하는 사람도 아니지만 그걸로 기소할 생각은 아닙니다. 우리가 관심 있는 건 이 여자가 수많은 죽음과 연루되어 있다는 사실입니다. 수많은 자살이랄까요."

아주 단순하고 매우 즉각적이다, 신체의 반응이라는 것은. 대니얼은 허기가 싹 가신다. 토할 것 같다.

"이제까지는, 직접적인 인과관계를 찾지 못했습니다." 에디가 말한다. "이 사람들은 이 년, 십 년, 일부는 이십 년 전에 그 여자를 만났습니다. 그런데 이중 다수가…… 동생분까지 다섯 명. 그 정도면 궁금할 만하죠." 그가 손깍지를 끼고 대니얼 쪽으로 몸을 기울인다. "그러니까 제가 알고 싶은 건 말입니다. 그 여자가 당신을 그런 방향으로 몰아가려는 어떤 말을, 행동을 했는지입니다. 아니면 클라라에게 했는지."

"저한텐 아니었어요. 나는 그 여자에게 내가 원하는 것을 말했고, 여자는 알려주었어요. 그냥 거래였던 거죠. 내가 거길 나가서 그 정보를 가지고 어떻게 할지 신경쓴다는 느낌은 받지 못했어요." 목에 뭔가 다리가 많고 재빠른, 지네 같은 게 기어다니는 느낌이 들지만 검지로 셔츠 깃 안쪽을 더듬어보면 아무것도 없다. 이것이 대화인지 심문인지 에디에게 듣지 못했다는 생각이 든다. "클라라는, 잘 모르겠어요. 나한테 어떤 압력을 느낀다고 말한 적은 없어요. 그런데 그애는 원래 좀 달랐어요."

"달랐다니 어떻게요?"

"상처에 취약했죠. 약간 불안정하고. 쉽게 영향을 받는달까. 타고난 걸 수도 있고, 아니면 자라면서 그렇게 됐을 수도 있지만." 대니얼이 음식을 옆으로 밀어낸다. 완전한 고리 모양으로 썬 오징어 몸통이니 안으로 말린 다리니 다 보기 싫다. "장례식 끝나고 내가 했던 말 기억해요. 이 점쟁이가 클라라의 죽음을 예언했다는 거, 아주 이상한 우연 같다고. 그런데 그때 나는 너무 심란했어요. 생각을 제대로 할 수 없었어요. 그래요, 점쟁이 말이 맞긴 했는데, 그건 순전히 클라라가 점쟁이를 믿기로 선택했기 때문이에요. 거기엔 미스터리의 여지가 없어요."

대니얼이 말을 멈춘다. 매우 께름칙한 기분이 들고, 곧 그 감각의 이유를 알게 된다.

"그게 아니라면," 대니얼이 말을 잇는다. "만약에 당신은 이 여자가 뭔가를 한 거라고 그렇게 생각한다면, 그 아주 희박한 가능성을 고려한다면, 그러면 솔직히 말해서, 그러면 모든 게 내 잘못이에요. 그 여자 소문을 듣고 온 건 나였어요. 내가 누나와 동생들을 그 아파트로 끌고 갔어요."

"대니얼. 자신을 탓하면 안 돼요." 에디의 손은 수첩 위에 머물러 있지만 표정이 연민으로 부드러워진다. "그러면 로자를 만나러 간 짐이 잘못이라고 하는 거나 마찬가지예요. 그러면 피해자를 탓하는 게 돼요. 당신에게도 쉬운 일이었을 리 없잖아요. 그렇게 어린 나이에 이 여자에게 간 것. 언제 죽는지 들은 것."

대니얼은 그가 죽는다는 날—올해 11월 24일—을 잊지 않고 있었지만 그것을 믿지도 않았다. 그가 아는 한 젊은 나이에 죽는 사람들은 끔찍한 진단을 받는 불운한 사람들이었다. 사이먼처럼 에이즈라든가 불치의 암 같은. 바로 이 주 전에 대니얼은 연례 건강검진을 받았다. 가는 길에 불안한 마음이 들었지만, 받고 나서는 그 미신에 영향을 받은 자신이 부끄러웠다. 약간의 체중 증가와 위험 수치의 경계선까지 오른 콜레스테롤을 제외하면 그는 매우 건강했다.

"그랬죠." 그가 말한다. "나는 어렸고, 그건 불쾌한 경험이었어요. 하지만 이미 오래전에 떨쳐버렸어요."

"그런데 클라라는 그럴 수 없었다면요?" 에디가 강조의 뜻으로 검지로 허공을 찌르며 묻는다. "사기꾼들이 하는 짓이 그렇습니다. 가장 취약한 사람을 노려요. 보세요, 쉽게 영향을 받는다고 했죠? 그걸 유전자 같은 거라고 쳐봅시다. 점쟁이는 그걸 촉발시킨 환경적 요인일지도 모른다는 겁니다. 아니면 점쟁이가 클라라의 그런 점을 알아차렸을 수도 있고요. 그걸 이용했는지도 모르죠."

"그럴지도요." 맞장구를 치지만 대니얼은 짜증이 난다. 에디가 의학적인 은유를 끌어들여서 그의 전문지식에 호소하려는 걸 수도 있다는 생각이 든다. 하지만 유사과학이나 다름없는 소리고 그 시도마저 거들먹거리는 느낌을 준다. 유전자 발현에 대해서 자기가 뭘 안다고? 클라라의 표현형*에 대해선 말할 것도 없다. 에디는 그가 가장 잘하는 분야나 고수하는 게 나을 것이다. 대니얼이 그에게 심문하는 법을 알려줄 일은 없듯이.

"그러면 남동생분은 어떻습니까?" 에디가 수첩을 힐끗 내려다본다. "1982년에 죽었죠? 점쟁이가 그것도 맞혔습니까?"

에디의 몸짓은—펼쳐진 파일을 잠깐 보는 몸짓인데, 정확한 날짜를 확인하려는 인상을 주기에는 충분하지만 실제로 확인하기에

---

* 생명체의 관찰 가능한 특징적인 모습이나 성질.

는 너무 짧은 시간이다―어딘가 대니얼을 더욱 짜증나게 한다. 에디가 사이먼이 죽은 연도를 알고 있다는 데에는 의심의 여지가 없다. 그뿐 아니라 그는 사이먼에 대한 다른 많은 것―대니얼은 절대 모르는 것―또한 분명 알고 있다.

"전 아는 게 없습니다. 그애는 자기가 어떤 말을 들었는지 우리에게 알려주지 않았어요. 그렇지만 그애는 항상 자기가 원하는 대로 하고 살았습니다. 게이로 80년대 샌프란시스코에서 살았고 에이즈에 걸렸다. 나에게는 모든 게 아주 지랄맞게 명백하군요."

"알겠습니다." 에디가 손목을 테이블에 붙인 채 손가락과 손바닥을 들어올린다. 유화적인 손짓. 대니얼의 목소리에 날이 선 기미를 놓치지 않은 것이다. "말씀해주신 것들 잘 들었습니다. 혹시 다른 게 더 생각나면," 그가 테이블 너머로 명함을 건넨다. "이 번호로 연락주세요."

에디가 일어서서 파일을 덮고 테이블 위에 탁 내리쳐서 안에 든 서류를 정리한다. 그런 뒤 파일을 서류가방에 넣고 재킷을 한쪽 어깨에 걸친다.

"아, 제가 당신도 좀 찾아봤는데," 그가 말한다. "여전히 군에서 일하고 계시더군요."

"맞습니다." 대니얼은 이렇게 말하고 그 순간 목구멍이 턱 막혀서 말을 잇지 못한다.

"잘됐네요." 에디가 나가면서 리틀리그* 코치 같은 따뜻한 격려를 담아 대니얼의 등을 툭 친다. "계속 그렇게만 하시면 되겠어요."

---

*9~12세의 아동이 출전하는 국제 야구리그.

대니얼이 성큼성큼 차로 걸어가고, 차체가 요동치며 출발한다. 그는 흥분한 동시에 지쳐 있다. 그 여자의 이야기를 자세하게 되짚는 것이, 또는 그 일가의 범죄가 어디까지였는지 듣는 것이 얼마나 자신을 혼란스럽게 만들지 생각지 못했다. 동생들의 죽음을 회상하는 것도 너무 고통스러워서 혼자 있을 때만 떠올렸다. 미라가 자고 혼자 깨어 있을 때나, 겨울에 퇴근하고 집에 돌아가는 길에 전조등 불빛만 비추는 도로에서, 라디오의 떠드는 소리를 배경으로.

에디에게 한 말은 다 사실이다. 그는 점쟁이의 말을 믿지 않는다. 잘못된 선택이 있고, 나쁜 운이 있다는 걸 믿는다. 그럼에도 불구하고 헤스터 스트리트의 여자에 대한 기억은 그에게 마치 뱃속에 있는 아주 작은 바늘 같다. 오래전 삼킨 뒤 어딘가에 떠다니는데, 인지할 수 없지만 어느 순간 특정한 방향으로 움직일 때면 찔렸다는 느낌이 드는.

미라에게는 말한 적이 없다. 그녀는 버클리에서 살며 종교간 화합 음악을 작곡하는 음악가 부모—기독교인 아버지와 유대인 어머니—아래 자란 학구적인 아이였다. 그녀는 부모님을 사랑하지만 〈오이 투 더 월드〉나 〈리틀 드러머 멘시〉*를 참고 들어주지 않으며, 뉴에이지** 의식에는 좀처럼 인내심을 보이지 않는다. 그녀가

---

* 각각 〈기쁘다 구주 오셨네〉와 〈북치는 소년〉을 이디시어로 개사한 것.

** 인간의 의식을 확장시켜 신비적인 경지에 도달하는 것을 목표로 하는 운동으로, 여러 종교에서 나타나는 다양한 요소와 과학, 심리, 기술, 정신분석 등을 혼합하여 활용한다.

유대교에 끌린 것은 당연하다. 유대교의 주지주의와 도덕성, 준법성이 마음에 드는 것이다.

결혼 전에는 그녀가 점쟁이 이야기를 유치하게 받아들일 거라고 생각했다. 그녀의 마음이 그렇게 멀어지는 것을 원치 않았다. 클라라가 죽은 후에는 그 이야기를 함께 나누고 싶은 마음이 간절했지만, 그때도 말하지 않았다. 이번에도 그는 두려웠다. 걱정스러워하는 미라의 얼굴에 골이 질 테니까—철따라 이동할 방향을 정확히 아는 거위처럼 생긴 작고 미묘한 브이 자의 골이. 그녀가 클라라와 그 사이에 뭔가 일치하는 게 있다고 생각할까봐 두려웠다. 클라라의 별난 구석과 이성적인 사고의 결여 같은. 그녀의 병까지도. 그런데 그는 클라라와 일치하는 게 없었다. 이것만은 잘 알고 있었다. 미라가 그렇게 생각하게 만들 이유가 없었다.

23

라지와 루비가 추수감사절에 온다. 금요일에 라지가 대니얼에게
찬성하는 이메일을 보냈다.

두 사람이 추수감사절 이틀 전인 화요일에 도착할 예정이라 대니
얼과 미라는 주말 동안 준비를 한다. 손님방 침구를 세탁하고 대니
얼의 서재에 접이식 침대를 설치한다. 청소도 한다. 미라가 부엌과
거실을, 대니얼이 침실과 욕실을, 거티가 식당을 맡는다. 라인벡*
으로 가서 브리지힐오처드에서 식료품을 사고 그랑크뤼에서 치즈
도 산다. 다시 차로 강을 건너서 킹스턴으로 돌아오는 길에 벨라비
타에 들러서 튤립과 석류꽃, 살구색 장미로 구성된 테이블 센터피
스를 산다. 대니얼이 그것을 차로 나른다. 어둑어둑한 11월 하늘을
배경으로 꽃들이 빛을 발하는 것 같다.

---

* 킹스턴에서 동쪽으로 강을 건너면 나오는 지역.

초인종이 두 시간 일찍 울린다. 미라는 수업중이고 거티는 낮잠을 자고 있다. 여태 빙엄턴 티셔츠와 털 달린 모카신 차림이던 대니얼은 허둥지둥 아래층으로 내려오면서 옷을 갈아입지 않은 자신에게 욕을 퍼붓는다. 문구멍으로 보니 남자 하나와 아기 하나가, 아니, 아기가 아니라 자기 아버지만큼 키가 큰 십대 소녀가 있다. 대니얼이 문을 당겨 연다. 밖에는 비가 부슬부슬 내리고 있다. 물방울들이 줄을 지어서 루비의 구릿빛 윤기가 흐르는 검은색 머리칼 위에 맺혀 있다.

"라지." 대니얼이 말한다. "루비나."

말을 뱉자마자 그는 아이의 정식 이름을, 그가 알기로 출생증명서에 기재된 뒤 거의 쓰이지 않는 그 이름을 부름으로써 조금이나마 편해지려 한 자신이 멋쩍게 느껴진다. 하지만 그애가 너무 달라져서, 그의 기억 속 어린아이가 아니라 그전까지 한 번도 본 적 없는 어른처럼 보여서 딱 그만큼 어른스럽고 그전까지 한 번도 본 적 없는 이름인 루비나밖에 떠오르지 않았다.

"안녕하세요." 루비가 말한다. 푸크시아색 벨루어 운동복 상하의를 입고 무릎까지 오는 어그 부츠에 바지 밑단을 집어넣은 차림이다. 웃을 때 표정이 클라라를 빼닮아서 대니얼은 얼굴을 찡그릴 뻔한다.

"대니얼." 라지가 앞으로 나서서 악수를 청하며 말한다. "반가워요."

마지막으로 보았을 때 라지는 마치 들개처럼 병약한 매력이 있었다. 뾰족한 턱, 도드라진 광대, 날카로운 콧날 때문이었는지. 지금은 그저 말쑥하고 건강해 보이고, 모자 달린 캐시미어 스웨터를 입은 상체가 탄탄하다. 머리도 단정하게 깎았다. 회색 머리가 관자놀이에 볏처럼 튀어나왔지만 얼굴의 주름은 대니얼보다 적다. 그는 먹음직스러워 보이지 않는 녹갈색 주스를 들고 있다.

"나도 반가워요." 대니얼이 말한다. "어서 들어와요. 어머니는 자고 미라는 수업중인데 둘 다 곧 나올 거예요. 마실 것 좀 줄까요?"

"물 한 잔 마시면 좋겠어요." 라지가 말한다.

그가 은색 투미 트렁크를 끌고 현관을 통과한다. 루비는 루이 비통 더플백을 가지고 왔다. 그녀가 몸을 돌려 한쪽 어깨에 가방을 맨다. 운동복 바지 뒤에는 모조 다이아몬드로 두 단어가 쓰여 있다. 화려하게 장식된 대문자로 '주시', 그보다 작고 덜 눈에 띄는 대문자로 '쿠튀르'.

"정말?" 대니얼이 문을 닫으며 묻는다. "차고에 훌륭한 바롤로 와인이 있는데."

왜 라지에게 잘나 보이려고 하고 있지? 초라한 티셔츠랑 모카신을 만회하려고? 그는 이미 내일 아침 메뉴로 무엇을 요리할지 고민하고 있다. 프리타타가 좋겠지, 폰티나 치즈를 넣고. 에얼룸 토마토 남은 거랑 해서.

"아." 라지가 말한다. "고맙지만 괜찮아요."

"금방 갔다 오는데." 갑자기 대니얼은 술 한잔이 절실해진다. "저 아래서 마냥 썩어가고 있거든요. 이런 때를 기다리면서."

"정말로," 라지가 말한다. "전 괜찮아요. 아니면 다녀오셔도 되고요."

두 사람의 눈이 마주치면서 잠시 멈춤, 그리고 이제 대니얼은 이해가 된다. 라지는 술을 마시지 않는다. 라지의 손목에서 커다란 은색 시계가 흘러내린다.

"그래요." 대니얼이 말한다. "그럼 물로. 그리고 이제 좀 쉬어야죠? 손님방에 퀸 침대가 하나 있고, 서재에 접이식 침대가 있어요. 다 준비해뒀어요."

루비는 얇은 분홍색 폴더폰에—십대들은 다 가지고 다니는 모토로라 레이저다—뭔가를 입력하고 있다가 탁 덮어버린다. "아빠가 접이식 침대를 쓸 거예요."

"아니지." 라지가 말한다.

"그리고 저는 바롤로 한 잔 마실래요." 그녀가 덧붙인다.

"그것도 아니지." 라지가 말한다.

루비가 눈을 가늘게 뜨고 능글맞게 웃다가 라지가 눈썹을 치켜올리자 진짜 미소를 띤다.

"바보 같은 구닥다리 아빠." 대니얼을 따라 서재로 가면서 그녀가 말한다. "재미없는 구닥다리 아빠. 재미없는 키다리 아빠."

다음날인 수요일 아침, 대니얼은 열시에 일어난다. 욕이 나온다. 안방 욕실에서 샤워하는 소리를 듣고—미라다—라지와 루비도 아직까지 자고 있으면 좋겠다고 생각한다. 대니얼로서는 놀라울 정도로 그들은 늦게까지 자러 가지 않았고 그보다 더 놀랍게도, 분위기가 괜찮았다. 어머니, 아내, 매제, 조카와 함께하는 두 시간 동안의 느긋한 저녁식사가 마치 평범한 일상인 것만 같았다. 거실에서 이어진 초콜릿을 곁들인 티타임까지. 대니얼은 결국 바롤로를 땄고, 거티도 열한시가 지나서야 침실로 묵직한 걸음을 옮겼다.

대니얼은 더 늦게까지 깨어 있었다. 데스크톱 컴퓨터는 루비가 자는 서재에 있었다. 미라도 자고 있길래 눈치를 봐서 협탁에 있던 그녀의 노트북을 들고 안방 욕실로 들어갔다.

루이 비통 여행가방이 호기심을 자극했다. 대부분의 디자이너 브랜드는 봐도 모르는 그였지만 그 상징적인 갈색과 황갈색의 글자는 알아보았다. 라지의 시계도 분명 비싼 것이다. 모자 달린 캐시미어 스웨터라니, 누가 그런 걸 입나? 그래서 대니얼은 조사해보기로 했다. 그들이 잘나가는 것은 알고 있었지만—2003년에 로이혼이 백호 한 마리에게 공격당한 뒤 루비와 라지가 지크프리트와 로이 대신 미라지의 주역을 맡았다—구글 검색을 통해 새로 알게된 사실은 아주 놀라웠다. 대문이 따로 있고 건물 전체가 흰색인 그들의 집은 〈럭셔리 라스베이거스〉와 〈건축 디자인 다이제스트〉에 실렸다. 화려한 글자로 RC*라고 쓰인 대문이 열리면 1.5킬로미터에 달하는 차량 진입로가 나타나고, 진입로 끝에서부터 12만 제곱미터의 부지에 통로로 이어진 저택들과 산책로가 펼쳐진다. 명상실과 영화관이 있고, 비싼 입장료를 내면 흑조와 타조를 구경할수 있는 동물 서식지도 있다. 루비의 열세번째 생일날 라지가 셰틀랜드포니 한 마리를 사주었는데 크리스털이라는 이름을 붙이고 너무 먹인 나머지 통통하게 살이 찐 녀석이었다. 청소년 잡지 〈보시〉의 화보에서는 루비가 이 조랑말의 목에 팔을 두르고 있고 그 검고

---

* '라지 차팔(Raj Chapal)'의 영문 이니셜.

풍성한 머리칼이 크리스털의 금발 갈기에 겹쳐져 있었다. 대니얼이 인터넷에서 PDF 파일로 찾아낸 〈보시〉 기사에서 루비는 라스베이거스의 최연소 백만장자로 소개됐다.

어떻게 이런 걸 하나도 몰랐을까? 알고 싶지 않았던 걸까? 그는 루비와 라지의 공연에 대한 기사를 읽지 않고 피해왔는데 가장 큰 이유는 그것이 참사와도 같은 마지막 만남을, 그들에게 거리를 두고 있다는 자책감을 상기시키기 때문이었다. 이제 그는 떠올리지 않으려 해도 전날 밤을 자꾸만 떠올리게 됐다. 대니얼과 미라는 1990년에 이 집을 샀는데, 콘월온허드슨이나 라인벡에 살 여유가 없기도 했고 그때만 해도 킹스턴이 발전할 거라고 믿었다. 대니얼은 라지와 루비가 한때 뉴욕의 주도였던 킹스턴의 역사적인 면모를 기대하며 차를 몰아 시내로 들어섰다가 주민 칠천 명을 고용했던 IBM 공장이 문을 닫은 후에 여전히 일어서지 못하고 허덕이는 도시만 발견하는 모습이 상상되었다. 폐건물이 된 기술센터와 시내 중심가를, 누추하고 절망적인 쇠락한 풍경을 지나는 모습이 눈에 선했다. 대니얼의 서재에 설치한 접이식 침대와 비싼 치즈를 그들은 어떻게 받아들였을까? 전자는 궁핍의 상징으로, 후자는 그것을 만회하려는 시도로?

그는 월요일의 업무복귀를, 만약 자신이 특별승인서류에 대한 입장을 고수한다면 어떤 일이 일어날지를 깊이 생각하기 싫었다. 며칠 전에는 군 변호사가 피소된 군인들을 대변해주는 ADC 지역 분소에 그의 사건을 검토해달라는 요청서를 제출했다. 미라의 말이—자신을 변호하는 데 어떤 방법이 있는지 알아두는 것이 최선이라는 것—옳다는 것은 알고 있지만 그런 요청서를 내야 한다는 자체가 굴욕적이었다. 직업을 빼면 나는 누구일까? 욕실 깔개 위에서 변기에 기대앉아 매제의 일광욕실 기사나 읽는 사람인가 생각하니 그 모습이 너무 끔찍해서 억지로 침대로 들어갔다. 그래서 결국 잠이 들고 기사들을 그만 볼 수 있었다.

그는 옷을 차려입고 아래층으로 급히 내려간다. 라지와 루비가 부엌 조리대 앞에 앉아서 오렌지주스를 홀짝이며 오믈렛을 먹고 있다.

"젠장." 대니얼이 말한다. "미안해요. 요리를 해주고 싶었는데."

"미안하긴요." 라지는 샤워를 마친 말쑥한 모습으로 비싸 보이는 또다른 스웨터에―이번에는 세이지 잎 색깔이다―짙은 색 청바지를 입었다. "집 구경 좀 했어요."

"저흰 항상 일찍 일어나요." 루비가 말한다.

"루비 학교가 일곱시 삼십분에 시작하거든요." 라지가 말한다.

"공연날은 빼고요." 루비가 말한다. "공연날엔 늦게 일어나요."

"그래?" 대니얼이 말한다. 커피를 마시면 좋겠다. 평소에는 미라가 그의 커피를 준비해두는데 오늘은 주전자가 비어 있다. "왜?"

"늦게까지 밖에 있어야 해서요. 어떨 땐 한시까지. 더 늦을 때도 있고요." 루비가 말한다. "그때는 홈스쿨링을 해요."

그녀는 여전히 잠옷 차림이다. '네모바지 스폰지밥' 고무줄 바지를 입고 흰색 탱크톱 안에 분홍색 브래지어를 받쳐입은 모습. 그 결과는 혼란스럽다. 어린애 같은 바지에 정확히 말하면 꽉 끼지는 않지만 그래도 대니얼이 생각하는 것보다 노출이 많은 탱크톱.

"아아." 그가 다시 말한다. "그건 좀 복잡하네."

"들었지?" 루비가 라지 쪽으로 몸을 돌리며 묻는다.

"복잡하지 않아." 라지가 말한다. "등교할 땐 일찍. 공연날엔 늦게."

"혹시 어머니 봤어요?" 대니얼이 묻는다.

"네." 루비가 말한다. "저희처럼 일찍 일어나셨던데요. 같이 커피도 마시고. 그러고는 태극권 하러 가셨어요." 그녀가 쨍 소리가 나게 포크를 내려놓는다. "저기, 주스기 있어요?"

"주스기?" 대니얼이 묻는다.

"네. 아빠랑 냉장고에서 이걸 찾았는데," 루비가 잔을 들어올리자 오렌지주스가 불안하게 잔 꼭대기까지 출렁인다. "직접 만들어 먹는 게 더 좋아서요."

"미안하지만 없어." 대니얼이 말한다. "주스기는."

"괜찮아요." 루비가 유쾌하게 말한다. 그녀가 오믈렛의 접힌 끝부분을 포크로 찌른다. "그럼, 세 분은 보통 아침으로 뭘 드세요?"

그녀는 그저 대화를 이어가려는 것뿐이다. 대니얼도 알지만 대화를 따라가기가 힘들다. 더구나 커피머신이 켜지지 않는다. 커피 가루를 필터에 채우고 물을 붓고 커피 내리기를 시작하는 스위치를 켰지만, 작은 빨간색 불이 들어올 줄을 모른다.

"사실 난 아침 먹는 걸 별로 안 좋아해." 그가 말한다. "보통 커피 한 잔 들고 출근하지."

계단에 부드럽게 발을 딛는 소리가 들리고 미라가 부엌으로 들어온다. 방금 드라이한 그녀의 윤기나는 머리카락이 날개처럼 날린다.

"좋은 아침이에요." 그녀가 말한다.

"좋은 아침." 라지가 말한다.

"좋은 아침." 루비가 말한다. 그녀는 도로 대니얼을 쳐다본다. "오늘은 왜 출근 안 하세요?"

"자기야, 코드." 미라가 말한다. 그녀가 그의 등허리를 살짝 잡으면서 뒤쪽으로 지나가 코드를 콘센트에 꽂는다. 빨간 불이 바로 들어온다.

"추수감사절 전날이잖아, 루." 라지가 말한다. "원래 아무도 출근 안 해."

"아아." 루비가 말한다. "그러네." 오믈렛의 반대쪽 끝. 그녀는 가운데 높이 쌓인 토핑을 남긴 채 오믈렛을 먹어들어가고 있다. "의사시죠?"

"응." 그 굴욕감이―그토록 오랜 기간 쌓아온 그의 경력이 지금 위태롭다는 불안감이―라지의 저택, 그의 캐시미어, 그의 주스기 때문에 더 심해지고 있다. 어마어마한 노력을 들이고서야 대니얼은 루비의 질문이 뭐였는지 기억해낸다. "MEPS에서 일해. 군인들이 전쟁에 나갈 만큼 건강한지 확인하는 일이야."

라지가 웃는다. "글쎄, 거기 모순이 없다면. 일이 마음에 드세요?"

"아주 마음에 들죠." 대니얼이 말한다. "군대에서 십오 년 넘게 일했어요."

그는 그 말을 하면서 여전히 자부심을 느낀다. 가는 커피방울이 주전자에 떨어진다.

"그렇군요." 라지가 대화가 교착상태에 이른 것을 동의하듯 말한다.

"두 사람은요?" 미라가 묻는다. "일을 좋아하세요?"

라지가 미소 짓는다. "사랑하죠."

미라가 팔꿈치를 조리대에 대고 몸을 앞으로 기울인다. "정말 재밌어요. 우리와는 너무나 다른 세상이에요. 공연하는 모습을 직접 볼 기회가 있으면 정말 좋겠어요. 두 사람이라면 얼스터 공연예술회관에서 언제든 환영할 거예요. 오히려 거기가 두 사람 기준에 미치지 못하려나."

"다들 라스베이거스로 오셔도 되죠." 라지가 말한다. "매주 목요일부터 일요일까지 공연해요."

"나흘 연속이네요." 미라가 말한다. "진짜 힘들겠어요."

"별로 그렇지도 않아요." 라지의 목소리는 온화하지만 미소는 갖다붙인 듯 어색하다. "그런데 루비나는……"

"아빠." 루비가 말한다. "그렇게 부르지 마."

"그게 네 이름이잖아."

"그래, 그건 말하자면," 루비가 코를 긁적거린다. "신이 준 이름이지, 내 이름은 아냐."

"이런." 대니얼이 웃으며 말한다. "어제 내가 루비나라고 불렀는데."

"아, 그건 괜찮아요." 루비가 말한다. "그러니까, 남이니까요."

그 말이 공간에 몇 초 동안 머무르다가 마침내 그녀가 고개를 떨군다.

"아, 이런." 그녀가 말한다. "죄송해요. 그런 뜻이 아니고…… 남이 아닌데."

그녀가 애원하듯 라지를 바라본다. 대니얼은 그 표정에 감동받는다. 저 십대 아이가 아빠의 다리 뒤로 달려가서 매달리고 숨는다니.

"괜찮아, 아가." 라지가 그녀의 머리를 헝클어뜨린다. "다들 이 해해주실 거야."

대니얼의 차에 모두, 다섯 명이 다 구겨져 탄다. 다들 거티에게 앞자리를 권하지만 그녀가 뒷자리의 루비 옆에 앉겠다고 사양하자 순순히 따른다. 그들은 해양박물관과 역사보존지구로 차를 타고 갔다가 모홍크 자연보호구역에서 짧게 하이킹을 한다. 대니얼은 루비와 들판을 가로지르며 달리기를 하고, 그 바람에 튄 진흙이 재 킷에 줄무늬를 만든다. 그의 폐 속 공기가 근사하게 차갑고, 호흡 은 즐거워서 헐떡인다. 눈이 내리기 시작해서 루비가 불평하겠구 나 싶었는데, 그녀가 박수를 친다. "나니아 같아!" 그녀가 외치고, 모두 깔깔 웃으면서 차로 돌아간다.

그녀는 여러모로 그를 놀라게 한다. 가령 저녁식사중에 거티가 자기 병들에 대해—거티는 가장 좋아하는 화제이지만 대니얼과 미라에게는 이야기가 시작됨과 동시에 당황한 표정을 주고받게 되 는 끔찍한 주제다—줄줄이 읊을 때.

"발에는 일 년 동안 치료해도 안 낫는 티눈이 있었어." 그녀가 말한다. "그건 새 발의 피야. 그걸로 감염이 돼서 림프샘염이라는 게 생겼지. 다리 림프샘에 염증이 생겨서 골프공만한 고름주머니 들이 달리더라고. 다리털이 더이상 안 자라더라, 아예. 그리고 조 금 있으니까 사타구니까지 번져버렸어."

"엄마." 대니얼이 속삭인다. "식사중이잖아요."

"미안." 거티가 말한다. "그런데 내가 항생제에 반응이 없었어.

그래서 의사가 보더니 수술을 받으면 림프샘을 다 짜낼 거고 그거면 문제가 해결될 거래. 내 수술 들어온 의사가 둘이었는데, 하나는 나이가 많고 하나는 젊고. 젊은 쪽이 그래. '골드 씨, 고름을 얼마나 많이 빼야 하는지 몰라요.' 그러고 나서 내 몸에 고름 빼는 관을 붙여. 그렇게 피랑 체액이 다 빠져나갈 때까지 병원에 있어야 했어."

"엄마." 대니얼이 말한다. 라지가 포크를 내려놓았고 대니얼은 부끄러워서 어머니의 입에 청테이프를 발라버리고 싶을 지경인데, 루비는 흥미로운 듯 몸을 앞으로 기울인다.

"그래서 뭐였어요?" 그녀가 묻는다. "왜 그런 것들이 다 생긴 거래요?"

"글쎄." 거티가 말한다. "지금 식사중이라니까 말해도 될지 모르겠다. 그래도 네가 관심 있어 보이니까……"

"아니에요." 대니얼이 단호하게 말한다. "지금 말고요." 그런데 신기하게도 루비는 거티만큼이나 실망한 눈치다. 미라가 라지에게 순회공연 일정을 묻자 루비가 할머니 쪽으로 몸을 기울인다. "집에 가서 말해주세요." 그 속삭임에 거티가 기뻐서 얼굴을 붉힌다. 그 기쁨은 너무나 귀한 것이라서 대니얼은 루비에게 다가가 고맙다고 말할 뻔한다.

그날 밤 양치를 하면서 대니얼은 에디를 생각한다. 사이먼에 대한 에디의 질문이—점쟁이가 그의 죽음을 맞혔는가—그를 괴롭히고 있다.

대니얼은 점쟁이가 말한 사이먼의 죽을 날이 언제인지 모른다. 사이먼은 일찍이라고만 했다. 아버지가 돌아가신 지 이레가 지난 날, 술에 취하고 혼란스러웠던 밤 클린턴 스트리트 72번지의 다락방에서. 하지만 서른다섯 살도 일찍이다. 쉰 살도 일찍일 수 있다. 모호하기 짝이 없는 소리라 대니얼은 무시해버렸다. 사이먼의 죽음은 그가 한 행동의 결과일 가능성이 더 높아 보였다. 게이였던 것을 말하는 게 아니라—호모포비아의 옳고 그름을 떠나 대니얼은 사이먼의 성정체성이 별로 불편하지 않다—경솔했고 이기적이었다는 것이다. 사이먼은 오로지 자신의 즐거움만 생각했다. 사람이 영원히 그렇게만 살 수는 없는 법이다.

그러나 사이먼에 대한 분노는 그 뒤에 무언가 더 내밀하고 어두운 것을 감추고 있다. 그는 사이먼에게 화가 나는 만큼 자신에게 화가 난다. 사이먼이 살아 있는 동안 그를 알아주지 못해서—진정으로는 죽은 후에도 사이먼을 이해하지 못해서. 사이먼은 자신의 유일한 형제였는데, 그런 그를 지켜주지 않았다. 그래, 사이먼이 샌프란시스코에 도착한 후에 대화를 나눴고 뉴욕으로 돌아오도록 설득해보긴 했다. 하지만 사이먼이 전화를 끊었을 때는 너무 화가 나서 전화기를 리놀륨바닥에 부서져라 던져버렸고, 사이먼이 없어봤자 거티의 인생이 더 편해질 뿐이지 않겠나 생각해버렸다. 물론 순간적으로 든 잔인한 생각이지만, 대니얼이 더 노력해볼 수는 없었을까? 곧장 그레이하운드를 타고 샌프란시스코로 갈 수는 없었을까? 혼자만의 분노에 갇혀 조바심 내면서 자신이 맞았다고 증명되기를 기다리는 대신.

그들은 취약한 사람을 알아봅니다. 에디는 그 점쟁이에 대해 이렇게 말했다. 가장 중요한 부분을 바로 꿰뚫어봅니다.

그건 사실이라고 대니얼은 생각한다. 사이먼이 취약했던 것. 그때 사이먼이 일곱 살밖에 안 되기도 했지만 그 이유만은 아니었다. 클라라에게 뭔가 다른 점이 있었던 것처럼 그도 뭔가 달랐다. 그 나이에 게이라는 것을 스스로 알았는지는 알 도리가 없지만, 어쨌거나 그는 파악하기도 분석하기도 어려운 사람이었다. 다른 남매들보다 말수가 적었다. 학교에 친구도 거의 없었다. 달리기를 좋아했지만 혼자 달렸다. 어쩌면 그 예언이 세균처럼 그의 내면에 이식되었을 수도 있다. 어쩌면 부추겼는지도 모른다. 무모해지라고—위험하게 살라고.

대니얼은 세면대에 침을 뱉으며 에디의 이론을 다시 한번 생각해본다. 클라라의 타고난 취약성이 점쟁이를 만남으로써 촉발되거나 악화되었을 수도 있다는 것. 완전히 이해는 되지 않아도 심리학과 생리학의 융합을 부인할 수 없는 상황들이 분명히 있다. 예를 들어 고통이 근육이나 신경이 아니라 뇌에서 비롯된다는 사실 같은 것. 또는 긍정적인 환자들이 질병을 이길 가능성이 더 높은 것. 학생 때 플라세보효과에 대한 연구에서 보조연구원으로 일한 적이 있다. 연구의 기획자들은 플라세보효과가 환자의 기대에 기인한다는 가설을 세웠고, 실제로 전분으로 만든 알약을 각성제라고 듣고 복용한 환자들은 곧 심장박동수, 혈압, 반응시간 증가를 보였다. 두번째 환자 집단은 가짜약이 수면제라고 들은 뒤 평균적으로 이십 분 안에 잠이 들었다.

물론 플라세보효과는 대니얼에게 새로운 것이 아니었지만 직접 목격하니 또 달랐다. 생각이 몸의 분자를 움직이고 몸이 뇌 속의 현실을 실현하기 위해 빠르게 변하는 것을 보았다. 이 논리에 따르면 에디의 이론은 완벽하게 일리가 있다. 클라라와 사이먼은 인생을 바꿀 힘을 가진 약을 먹었다고 믿은 것이다. 가짜약을 먹은 줄도 모르고, 결과가 자신의 마음에서 비롯되었음을 모르고.

대니얼의 마음속에서 높은 기둥 하나가 넘어간다. 슬픔과 함께 또다른 무언가가 밀려온다. 견딜 수 없이 부드러운, 그가 수년간 봉인해온 연민. 대니얼은 대리석 세면대 상판에 손꿈치를 대고 몸을 앞으로 기울인 채 그 감정이 가라앉을 때까지 기다린다. 에디에게 전화해야 한다.

에디의 명함은 서재에 있다. 루비가 안에 있고 문이 닫혀 있지만 불은 켜져 있다. 대니얼이 노크를 해봐도 대답이 없다. 두번째 노크를 하고 걱정이 돼서 문을 살짝 열어본다.

"루비?"

그녀는 이불을 덮고 앉아서 커다란 헤드폰을 쓰고 무릎에 『음흉하게 꿈꾸는 덱스터』라는 책을 올려놓고 있다. 그녀가 대니얼을 보고 움찔한다.

"아, 씨." 그녀가 헤드폰을 빼며 말한다. "놀랐잖아요."

"미안." 대니얼이 한 손을 들어 보이며 말한다. "뭐 좀 찾으러 왔어. 근데 아침에 찾아도 돼."

"괜찮아요." 그녀가 책을 뒤집어놓는다. "별것 안 했어요."

낮에는 화장을 했는데—아이라이너와 입술에 뭔가 반짝이고 끈적거리는 것을 발랐다—지금은 맨얼굴이라 더 어려 보인다. 피부는 라지보다 밝은 톤이고, 눈은 라지처럼 검지만 클라라의 통통한 볼을 닮았다. 물론 클라라의 미소도. 대니얼은 방을 가로질러 책상

맨 위 서랍에서 에디의 명함을 찾아 주머니에 집어넣는다. 그가 막 방을 나서려고 할 때 루비가 다시 말을 건넨다.

"우리 엄마 사진 있어요?"

대니얼의 심장이 죄인다. 그는 벽을 본 채 멈칫한다. 우리 엄마. 누가 클라라를 이렇게 부르는 것은 들어본 적이 없다.

"있지." 그가 돌아서자 루비가 무릎을 가슴으로 끌어당긴다. 그녀는 스폰지밥 잠옷 바지에 헐렁한 맨투맨티를 입고 손목에 머리끈을 팔찌처럼 겹겹이 끼고 있다. "보고 싶니?"

"우리도 있긴 한데," 그녀가 재빨리 말한다. "집에요. 그런데 맨날 똑같은 거 백만 번씩 봤어요. 그러니까, 네. 보고 싶어요."

그는 옛날 앨범을 발굴하기 위해 거실로 간다. 참 이상하다, 루비가 여기 있다니. 조카딸이라니. 물론 대니얼과 미라는 아이가 없다. 대니얼이 결혼하자고 했을 때 미라는 자신의 자궁내막증—4기였다—이야기를 꺼냈다. "아이를 못 가져." 그녀가 말했다.

"괜찮아." 대니얼이 말했다. "다른 선택지도 있어. 입양이라든가……"

그러나 미라는 왜 입양을 원하지 않는지도 설명했다. 그녀가 진단을 받은 건 흔치 않게도 열일곱 살 때였고, 그래서 몇 년 동안이나 그 병에 대해 생각해왔다. 삶의 다른 부분에서 만족감을 찾겠다고 그녀는 결심했다. 꼭 부모가 될 필요는 없다고. 대니얼은 그녀에게 작별을 고할 수 없었다. 그러나 그녀 모르게 그는 슬퍼했다. 그는 항상 아빠가 된 자신을 상상했었다. 어느 잠든 아기가 아빠에게 안겨 레스토랑에서 나갈 때, 아빠의 목덜미에 머리를 축 늘어뜨린 그 모습을 볼 때 대니얼은 남매들이 생각났다. 그러나 아버지가 된다는 건 두렵기도 했다. 대입해볼 수 있는 대상은 솔뿐이었다─무뚝뚝하고 소원한 아버지. 잘할지 못할지 알 도리가 없었다. 한때는 자신이 솔보다는 나을 것이라고 생각했지만 아마도 오산이었을 것이다. 더 못할 가능성도 마찬가지로 있었다.

그가 앨범 두 권을 가지고 서재로 돌아온다. 루비는 책상다리로 침대에 앉아 벽에 등을 기대고 있다. 그녀가 자기 옆의 빈자리를 가볍게 두드려 대니얼은 침대 위로 올라간다. 그의 뻣뻣한 몸으로는 책상다리를 할 수 없어서 다리가 소파침대 너머에서 대롱거리는 채로 첫번째 앨범을 펼친다.

"나도 몇 년 동안 안 봤어." 그가 말한다. 고통스러울 줄 알았는데 첫번째 사진을─클린턴 스트리트 72번지 계단에 앉은 골드 가족의 네 아이, 다리가 길쭉한 청소년 바르야, 연한 금발 아기 사이 먼을─본 그를 사로잡는 것은, 기쁨이다. 밀려드는 이 감정이 따스하다. 눈물이 날 만큼.

"엄마다." 루비가 클라라를 가리킨다. 네다섯 살쯤의 클라라가 녹색 바둑판무늬 파티드레스를 입고 있다.

"확실해." 대니얼이 웃는다. "이 드레스를 정말 좋아했어. 네 할머니가 빨래를 돌리면 막 소리를 지를 정도로. 이걸 입을 때마다 〈호두까기 인형〉의 클라라 연기를 했어. 우리는 유대인인데!* 그거 때문에 우리 아버지가 미치려고 했지."

루비가 미소를 지었다. "고집이 셌죠?"

---

*〈호두까기 인형〉은 예수 탄생을 기념하는 기독교 축일 크리스마스가 배경이고, 유대교는 예수를 선지자 중 한 명으로만 인식한다.

"심하게."

"저도 그래요. 제 최고의 장점 중 하나라고 생각해요." 루비가 말한다. 대니얼은 재밌다고 생각했지만, 얼굴을 보니 그녀는 진지하게 말하고 있다. "고집이 없으면 다른 사람들에게 끌려다녀요. 여자라면 더더욱. 특히 예능업계에 있는 사람이라면 더더욱. 아빠가 가르쳐줬어요. 그런데 엄마도 동의할 거예요."

대니얼은 정신이 확 드는데—루비가 끌려다녔나? 무슨 일로?—그녀가 페이지를 넘기고, 같은 날 남매들이 둘씩 찍은 사진이 나온다.

"바르야 이모랑 사이먼 삼촌. 삼촌은 제가 태어나기 전에 돌아가셨죠, 에이즈로." 그녀가 확인받고 싶은 듯 대니얼을 바라본다.

"맞아. 아주 어릴 때. 너무 어렸는데."

루비가 고개를 끄덕인다. "곧 그런 약도 나온대요. '트루바다'라는. 아세요? 그건 HIV를 치료하는 게 아니라 예방한대요. 〈뉴욕 타임스〉에서 기사를 봤어요. 그때도 이런 약이 있었으면 좋았을 텐데. 사이먼 삼촌한테."

"들었어. 놀라운 일이야."

아니, 기적 같은 일이고, 미국에서만 매년 수만 명이 사망할 정도로 한창 병이 유행이었을 때는 상상도 할 수 없던 일이다. 에이즈 치료제가 처음 도입된 1990년대에는 하루에 최대 서른여섯 알을 복용해야 했고, 1980년대 초반에는 아예 선택지가 없었다. 대니얼은 사이먼을 상상해본다. 겨우 스무 살에, 이름도 없는 원인 불명의 병으로 죽어가는 청년. 그가 좀 편해질 수 있도록 병원에서 해줄 수 있는 일이 있긴 했을까? 조금 전에 화장실에서 느꼈던 감

정이 다시 찾아온다―견딜 수 없는 연민. 분노보다 훨씬 더 거슬
리는 감정이다.

"할머니 좀 봐요." 루비가 가리키며 말한다. "무지 행복해하고
있어요."

할머니. 대니얼이 한 번도 들어보지 못한 또다른 말. 그리고 그는
루비가 골드 가족을 자기 가족으로 생각하고 있다는 사실에 깊은
감동을 받는다. "행복했지. 옆에 있는 분이 네 할아버지, 솔이야.
두 분이 이십대 때일 거야."

"사이먼 삼촌보다 먼저 돌아가셨죠? 그때 몇 살이셨어요?"

"마흔다섯."

루비가 다시 책상다리를 한다. "하나만 대면 뭐가 있어요?"

"하나?"

"네. 멋진 점 하나요. 제가 모르는 재미있는 사실."

대니얼은 잠시 생각한다. 양복점 이야기를 해줄 수도 있지만, 그
대신 그의 머릿속에 있는 것은 녹색 글자가 쓰여 있고 뚜껑이 흰색
인 유리병이다.

"미니 오이 피클 알지? 솔은 그거에 집착했어. 그것도 딱 한 가
지에. 케인즈랑 하인츠랑 블라식까지 다 먹어보고 밀워키라는 브
랜드를 발견한 거지. 그런데 그건 뉴욕에서 파는 데가 거의 없어서
어머니가 위스콘신에 주문을 해야 했어. 할아버지는 앉은자리에서
그거 한 병을 다 먹었지."

"정말 이상하네요." 루비가 킥킥 웃는다. "진짜 웃긴 게 뭔지 아
세요? 저도 땅콩버터 샌드위치에 피클 얹어먹는 거 좋아해요."

"설마." 대니얼이 가짜로 구역질하는 소리를 낸다.

"진짜예요! 잘라서 위에 올려서 먹어요. 맛있다고요. 장담해요. 어떤 느낌이냐면, 좀, 새콤달콤하면서 아삭한데, 거기다 땅콩버터도 달콤하고 아작아작 씹히니까……"

"못 믿겠어." 대니얼이 말하고, 둘이 함께 웃는다. 그 소리가 인상적이다. "절대 못 믿어."

자정이 되어서야 그는 루비와 헤어져 앨범 더미를 들고 1층으로 올라간다. 부엌에서 그는 잠시 멈춘다. 루비와 함께 앉아 있는 것이 매우 만족스러웠고, 그 여운이 그를 따라다닌다. 이제 미라 곁에서 잠을 청하는 것 외에 다른 일을 하는 것은 바보같이, 또는 쓸데없어 보인다. 그러나 운동복 바지 주머니에서 에디의 명함을 꺼내는 순간 만족감이 변질되고 슬픔에 가까운 아쉬움이 든다. 이런 관계를 더 일찍부터 누릴 수도 있었다—지난 몇 년을, 루비와, 아니면 그 자신의 자식과. 그는 생각한다. 미라에게 입양을 다시 생각해달라고 하지 않은 다른 이유가 있을지도 모른다고. 그 스스로 자격이 없다고 느꼈는지도 모른다. 그도 그럴 것이, 솔이 일 때문에 자주 집에 없는 동안 대니얼은 남매들 사이에서 대장 역할을 하고자 했다. 위험과 돌발상황, 혼란을 물리쳐주려고 했다. 그런데 그 결과가 어떤지 보면.

그러면 피해자를 탓하는 게 돼요, 에디는 그렇게 말했다. 하지만 이미 늦었다. 대니얼은 그러고 있다. 실제로 그렇게 생각하고 있다. 결코 자기 잘못이 아닌 일로 자신을 벌하는 데 수십 년을 허비했다. 스스로에 대한 연민이 커지면서 점쟁이를 향한 분노가 단단해진다. 그 여자가 잡혔으면 좋겠다. 사이먼과 클라라를 위해서만이 아니라, 이제는 그 자신을 위해서도.

현관으로 가서 문을 살며시 연다. 공기를 빨아들이는 소리와 함께 11월의 냉랭한 공기의 공격이 한차례 지나가지만 그는 밖으로 나와 등뒤에서 문을 닫는다. 그러고는 휴대폰을 열고 에디의 번호를 입력한다.

"대니얼? 무슨 일 있어요?"

대니얼은 허드슨밸리* 호텔 방 안의 FBI 요원 에디를 머릿속에 그려본다. 에디는 팔꿈치 근처에 값싼 커피 한 잔을 두고 밤새 일하고 있었을 것이다. 대니얼처럼 매 순간 점쟁이를 생각하고 있을 것이다. 그 생각을 공유한다는 사실이 끈처럼 그들을 이어주고 있다.

"뭔가 기억이 났어요." 대니얼이 말한다. 실외 기온이 영하에 가까울 텐데 몸이 따뜻하다. "사이먼에 대해 물어봤었죠. 점쟁이가 그애 죽음을 맞혔느냐고요. 난 모른다고 했고. 그런데 그 여자가 일찍 죽을 거라고 했단 말은 했어요. 이제 그애가 자신이 게이라는 걸 알았다고 쳐봅시다. 열여섯 살이었고, 아버지가 돌아가셨고, 그 예언 때문에 동요하고 있었다. 그게 원하는 삶을 살 수 있는 유일한 기회라고 생각했다. 그래서 이성을 무시하고, 안전을 무시했다."

"좋아요." 에디가 천천히 말한다. "사이먼이 좀더 자세히 말한 건 없습니까?"

"아니요, 자세한 얘긴 안 했어요. 말했듯이 어렸을 때 단 한 번의 대화만 오갔죠. 그렇지만 전에 했던 말씀에 신빙성이 더해지지

---

* 허드슨강 유역의 도시들을 통틀어 일컫는 이름.

않나요? 그애도 그 여자가 그렇게 만든 거라는?"

"그럴 수 있죠." 에디는 이렇게 대답하지만 그 말투가 무심하게 들린다. 이제 대니얼은 다른 그를 상상한다. 한쪽으로 몸을 굴려 뺨과 어깨 사이에 전화기를 끼우는 모습. 불을 도로 끄려고 잽싸게 협탁을 더듬는 손. 대니얼의 고백은 그를 실망시켰다. "더 있습니까?"

열기가 대니얼에게서 사라지고 절망이 내려앉는다. 그때, 뭔가 떠오른다. 에디가 이 정보를 듣고도 별다른 반응이 없다면—아마도 이 사건에 환멸을 느꼈을 것이다—이제 내가 직접 파헤쳐야 하는 게 아닐까.

"네. 한 가지 질문이요." 그가 숨을 쉬자 하얀 입김이 낙하산처럼 떠다닌다. "그 여자 이름이 뭔가요?"

"그 여자 이름을 알아서 뭐하려고 그러십니까?"

"뭐라고 부를지 알게 되죠." 대니얼이 재빨리 생각해내어 대답한다. 그는 에디를 안심시키기 위해 계속 장난스럽게 말한다. "'점쟁이' 말고 다른 호칭이 생기죠. '그 여자'는 더 별로고."

에디가 멈칫한다. 그는 목청을 가다듬는다. "브루나 코스텔로." 그가 마침내 말한다.

"네?" 대니얼의 양쪽 귓가에 무언가가 달려드는 소리가 울린다. 넘쳐흐르는 아드레날린.

"브루나." 에디가 말한다. "브루나 코스텔로."

"브루나 코스텔로." 대니얼은 두 단어를, 각각의 실재를 천천히 음미한다. "그런데 어디 살고 있대요?"

"질문이 두 개군요." 에디가 말한다. "끝나면 전화 드리겠습니다. 모든 게 밝혀지고 처리되면."

24

추수감사절 아침, 대니얼은 라지와 루비보다 일찍 일어난다. 여섯시 사십오분이다. 우윳빛 분홍색 빛과 바스락거리는 다람쥐들, 갈색 잔디를 갉아먹는 사슴 한 마리. 진한 커피를 한 주전자 내리고 미라의 노트북을 챙겨 거실 창문 옆 흔들의자에 앉는다.

브루나 코스텔로를 구글에 검색하니 가장 위에 등장한 결과는 FBI의 지명수배자 명단 웹사이트다. FBI가 수배중인 테러리스트와 도망자를 검거하도록 협조하시면 가족과 지역사회, 국가를 보호할 수 있습니다. 특정 수배자는 현상금 지급. 여자는 '정보 구함' 카테고리의 네번째 줄에 작은 흑백사진으로 올라 있다. 방범카메라에 찍힌 것을 확대한 탓에 사진은 흐릿하다. 여자의 이름을 클릭하자 사진이 확대되고, 그는 그 사진이 에디가 호프먼하우스에서 보여준 것과 같은 사진임을 알아본다.

미 연방수사국(FBI)은 플로리다 점술사기 일당 관련 사기혐의가 있는 브루나 코스텔로의 피해자를 찾기 위해 시민 여러분의 도움을 기다립니다. 코스텔로 일가는 중대절도, 허위소득신고, 우편사기, 통신사기, 돈 세탁 등의 연방범죄에 대해 유죄판결을 받았습니다. 브루나 코스텔로는 현재까지 심문을 회피한 유일한 용의자입니다.

해당 인물은 1989년식 걸프 스트림 레가타 캠핑카('사진 더 보기' 참조)를 이용하여 이동하고 있습니다. 플로리다주 코럴스프링스, 포트로 더데일에 거주했던 기록이 있으며, 미국 전역을 광범위하게 이동한 것으로 알려져 있습니다. 현재 오하이오주 데이턴 외곽, 웨스트밀턴 마을에 근거지를 두고 있는 것으로 보입니다.

대니얼은 '사진 더 보기'를 클릭한다. 캠핑카 사진 한 컷인데, 차체의 폭이 넓고 앞면이 평평하고 전체적으로 칙칙한 크림색에—아니면 원래 흰색이었거나—갈색 줄이 굵게 그려져 있다. '사진 더 보기' 아래에는 '가명'이라는 링크가 있다.

드리나 디미터

코라 휠러

누리 가가노

브루나 갈레티

그리고 여섯 개가 더 있다. 문득 대니얼이 컴퓨터를 닫는다. 에 디는 분명 여자의 위치를 알고 있었다. 그런데 왜 그렇게 말하지 않았지? 대니얼의 상태가 불안정하고 복수를 다짐하고 있다고 생각한 것이다.

그런가? 정직 이후 처음으로 의욕을 느끼는 것은 사실이다. 여자의 존재가 옆방에서 들려오는 노랫소리나 머리카락이 쭈뼛 서게 하는 한 줄기 바람처럼 느껴지고, 그에게 어디 한번 와보라고 하는 것만 같다.

미라와 라지가 야채를 다듬는 동안 거티는 그녀의 비법으로 속에 채울 소를 만든다. 대니얼과 루비가 새고기를 맡는다. 버터와 마늘과 타임을 바른 8킬로그램짜리 짐승이다. 이른 오후에는 음식 대부분이 구워지고 있거나 구워지기를 기다리고 있고, 미라는 조리대를 닦고 라지는 손님방에서 업무전화를 받는다. 거티는 낮잠을 잔다. 루비와 대니얼은 거실에 앉아 있다. 대니얼은 노트북을 들고 흔들의자에, 루비는 스도쿠 책을 들고 소파에. 창밖에 흩날리는 눈은 창문에 닿는 순간 녹아내린다.

대니얼은 롬에 대해 공부하고 있다. 인도에서 기원했고, 종교적 박해와 노예화를 피해 그곳을 떠났다는 사실. 그들은 서쪽으로 가서 유럽과 발칸반도에 자리를 잡았고, 피난민으로서 점술을 시작했다. 오십만 명이 홀로코스트로 학살되었다. 유대인들의 이야기와 비슷하다고 그는 생각한다. 엑소더스와 방랑, 회복과 적응. 유명한 로마니 속담 '아마리 칩 사마리 조르'—우리 언어가 곧 우리의 힘이다—는 심지어 그의 아버지가 했을 법한 말이다. 대니얼은 주머니에서 드라이클리닝 영수증을 꺼내 그 구절을 옮겨적는다. 또 다른 속담과 함께. 생각에는 날개가 있다.

요즘 그는 하느님과의 관계를 유지하기 위해 애쓰고 있다. 일 년 전에는 유대교 신학을 공부하기로 결심했다. 솔에게 바치는 존경의 표시로 생각하기도 했고, 동생들의 죽음에 대한 위로를 바라기도 했다. 그러나 그는 거의 아무것도 얻지 못했다. 죽음과 불멸이라는 주제에 대해 유대교는 거의 아무것도 말하지 않는다. 다른 종교가 죽음에 관심을 가지는 반면 유대인들은 삶을 가장 중시한다. 토라에서 주목하는 것도 '올람 하제', 즉 '이 세상'이다.

"일하세요?" 루비가 묻는다.

대니얼이 고개를 든다. 빈카 꽃잎과 복숭아 색을 부드럽고 엷게 칠한 캐츠킬산맥 위에 태양이 빼꼼히 자리잡고 있다. 루비는 소파 팔걸이에 기대 웅크리고 있다.

"아냐." 대니얼이 노트북을 접는다. "너는?"

루비가 어깨를 으쓱한다. "저도 아니에요." 그녀가 스도쿠 책을 덮는다.

"그런 퍼즐은 대체 어떻게 하는 거지." 대니얼이 말한다. "난 뭐가 뭔지 하나도 모르겠던데."

"중간중간 비는 시간이 많거든요. 공연을 하면. 다른 잘하는 걸 찾지 못하면 미쳐버릴 거예요. 전 문제 푸는 걸 좋아하고요."

루비가 두 다리를 접어 한쪽 엉덩이 밑에 깔고 앉는다. 오늘은 다른 주시 바지를 입고 있다. 머리는 둥그런 새 둥지 같은 빵 모양으로 틀어올렸다. 대니얼은 그녀가 떠나면 보고 싶어질 것임을 직감한다.

"좋은 의사가 되겠구나." 그가 말한다.

"그랬으면 좋겠어요." 고개를 들어 그를 쳐다보는 그녀의 얼굴이 연약해 보인다. 놀랍게도, 그가 자신을 어떻게 생각하는지 신경 쓰고 있다. "의사가 되고 싶거든요."

"그래? 공연은?"

"평생 하진 않을 거니까요."

단조롭고 사무적인 말투라서 대니얼이 숨은 뜻을 따지고 말고 할 것도 없다. 라지가 이 사실을 알고 있을까? 다른 사람을 조수로 구한다 해도 루비와 같은 관계는 결코 맺을 수 없을 것이다. 전날 아침 두 사람이 나눈 대화, 루비와 라지가 일정에 대해 이야기할 때의 그 긴장감이 떠오른다. 라지는 그것이 간단하다고 했다. 그리고, 그런데 루비나는……이라고 말했다.

루비가 머리를 한쪽 어깨 뒤로 휙 넘긴다. 사무적인 게 아님을 그는 이제 안다. 그녀는 짜증이 난 것이다.

"제 말은, 아, 진짜." 그녀가 말한다. "전 대학에 가고 싶어요. 현실세계의 사람이 되고 싶어요. 중요한 일을 하고 싶다고요."

"네 엄마는 현실세계의 사람이 되고 싶어하지 않았지."

막을 새도 없이 말이 불쑥 튀어나온다. 그의 목소리는 낮고 얼굴은 웃고 있다. 왠지 클라라를 생각하면 가장 먼저 떠오르는 것은 그녀의 담력, 대담함이다. 이후 일어난 일이 아니라.

"그래서요?" 루비의 뺨이 붉어진다. 눈에는 광휘가 돌면서 거실 전등 불빛을 받아 번뜩인다. "그래서 엄마가 어떻게 됐는데요?"

"정말 미안하다." 대니얼은 속이 울렁거린다. "내가 왜 이러는지 모르겠다."

루비가 입을 열었다가 닫는다. 그는 이미 그녀를 잃고 있다. 그녀는 그 낯선 십대 여자아이의 세상으로 떠나가고 있다. 분노의 산맥으로, 그에게는 보이지 않는 구덩이로.

"네 엄마는, 특별했어." 대니얼이 말한다. 우선은 이 점부터 납득시켜야 할 것 같다. "그렇다고 네가 엄마처럼 돼야 한다는 건 아니야. 그냥 네가 알고 있었으면 했어."

"알고 있어요." 루비가 심드렁하게 말한다. "모두가 나한테 그렇게 말해요."

그녀가 눈 속에서 산책을 하겠다며 나간다. 대니얼은 눈 녹은 진창길을 묵직한 걸음으로 나아가는 그녀를 지켜본다. 어그 부츠를 신고 모자 달린 맨투맨티를 입은 그 얼굴 옆으로 검은색 덩굴손 같은 머리카락이 날린다. 결국 그녀는 나무 사이로 사라진다.

25

"할렐루야. 그의 성소에서 하느님을 찬양하며 그의 권능의 궁창에서 그를 찬양할지어다. 그의 능하신 행동을 찬양하며 그의 지극히 위대하심을 따라 찬양할지어다. 나팔소리로 찬양하며 솔터리와." 여기서 거티가 잠시 멈칫한다. "하프로 찬양할지어다."

"솔터리가 뭐예요?" 루비가 묻는다.

산책에서 돌아온 그녀는 다시 씩씩해 보였다. 지금 그녀는 식탁 한쪽의 라지와 거티 사이에 앉아 있다. 맞은편에서는 미라와 대니얼이 손을 맞잡고 있다.

"몰라." 거티가 트힐림*에 얼굴을 고정한 채 눈살을 찌푸린다.

"잠깐만요. 위키피디아에서 찾아볼게요." 루비가 주머니에서 폴더폰을 꺼내 조그마한 키패드에 재주도 좋게 글자를 친다. "아아.

---

* 시편에 해당하는 히브리어 성경.

'보우드 솔터리란 솔터리나 치터의 일종으로 활로 연주한다. 수세기의 역사를 가진 퉁기는 솔터리와 달리 보우드 솔터리는 20세기 발명품으로 추정된다.'" 그녀가 전화기를 닫는다. "흠, 도움이 되네요. 계속하세요, 할머니."

거티가 성경으로 돌아온다. "소고 치며 춤추어 찬양할지어다. 큰 소리 나는 제금으로 찬양할지어다. 호흡이 있는 자마다 여호와를 찬양할지어다. 할렐루야."

"아멘." 미라가 조용히 말한다. 그리고 대니얼의 손을 꼭 쥔다. "드세요."

대니얼도 미라의 손을 꼭 쥐어보지만 마음이 안정되지 않는다. 그날 오후에 바그다드의 사드르시티에서 일어난 폭발사건에 대해 들었다. 차량폭탄 다섯 대와 박격포 한 기로 이백 명 이상이 사망했고 대부분 시아파였다. 그는 와인을 길게 한 모금 마신다. 말벡이다. 미라와 함께 요리하는 동안 그녀가 딴 화이트와인을 한두 잔 이미 마셨지만 그는 술을 마시면 덮쳐오는 기분좋은 안개를 아직 기다리고 있다.

거티가 루비와 라지를 본다. "내일 몇시에 출발이지?"

"일찍이요." 라지가 말한다.

"안타깝지만." 루비가 말한다.

"일곱시에 뉴욕에서 공연이 있어요." 라지가 말한다. "정오 전에는 도착해서 스태프들을 만나야 해요."

"안 가도 되면 좋을 텐데." 거티가 말한다. "조금만 더 있으면 좋겠네."

"저도 그래요." 루비가 말한다. "아니면 라스베이거스에서 만나요. 스위트룸 준비해놓을게요. 크리스털도 소개해드릴게요. 크리스털은 셰틀랜드포니인데 완전 돼지예요. 풀을 하루에 4천 제곱미터쯤은 거뜬히 먹을걸요."

"맙소사." 미라가 웃으며 말한다. 그리고 포크로 그린빈 몇 개를 동시에 반으로 자른다. "저, 개인적인 부탁이 있어요. 이런 얘기 꺼내지 않으려고 했는데. 분명 주위에서 맨날 비슷한 질문 할 것 같아서. 우리 친구들이 틈만 나면 대니얼을 붙들고 자기에게 병이 있는 건 아닌지 진단 좀 받아보려고 하는 것처럼요. 그래도 우리집에 마술사가 두 명이나 있으니까 가시기 전에 물어보지 않을 수가 없네요."

라지가 눈썹을 치켜올린다. 식당 안에는 거의 침묵이 흐른다. 킹스턴의 숲속에 사는 결과다.

미라가 포크를 내려놓는다. 얼굴이 발개진다. "제가 어렸을 때 어떤 거리의 마술사가 카드 마술을 보여줬거든요. 한 장을 고르라면서 카드 한 벌을 휘리릭 넘겼는데, 넘기는 데 일 초도 안 걸렸을 거예요. 하트 9를 뽑았는데, 마술사가 그걸 맞히는 거예요. 다시 해보기도 하고 그 카드 세트가 전부 하트 9가 아닌지 확인도 했어요. 아직도 어떻게 한 건지 모르겠어요."

라지와 루비의 눈길이 마주친다.

"포싱이에요." 루비가 말한다. "마술사가 선택을 조작하는 거."

"하지만 그런 적 없는데." 미라가 말한다. "나한테 영향을 주는 말이나 행동은 전혀 안 했어. 결정은 전적으로 내가 했는데."

"그렇게 생각하게 만든 거죠." 라지가 말한다. "포싱에는 두 가지가 있어요. 심리적인 포싱, 이건 어떤 선택을 하도록 마술사가 말로 유도하는 거예요. 그런데 그 사람이 한 건 물리적인 포싱일 거예요. 어떤 물건이 다른 것들 사이에서 눈에 띄게 만드는 거죠. 그때 그 사람은 다른 카드들을 보여줄 때보다 딱 천분의 일 초쯤 더 멈춰 있었을 거예요."

"노출 증가." 루비가 덧붙인다. "고전적인 기술이죠."

"멋지다." 미라가 의자에서 몸을 뒤로 기댄다. "그런데 솔직히 말하자면 좀…… 실망스럽달까? 답이 이렇게 이성적일 줄 몰랐나 봐요."

"마술사들은 대부분 아주 이성적이에요." 라지가 칠면조 다리를 얇게 썰어서 자기 접시 한쪽에 가지런히 놓는다. "마술사는 분석가예요. 그래야만 해요. 환상을 빚으려면. 사람들을 속이려면."

그 말의 무언가가 대니얼의 신경을 건드린다. 그것은 그가 항상 라지를 싫어했던 이유를 떠올리게 했다. 그 실용주의, 사업에 대한 집착. 라지를 만나기 전까지 클라라에게 마술은 열정의 대상이었고 최고의 사랑이었다. 지금 라지는 대문이 따로 있는 저택에 살고 있고, 클라라는 죽었다.

"내 동생은 그렇게 생각하지 않았던 것 같은데." 대니얼이 말한다.

라지가 미니 양파를 쿡 찌른다. "무슨 말이에요?"

"클라라도 마술로 사람을 속일 수 있다는 걸 알았어요. 하지만 그애는 그 반대를 하려고 했어요. 더 위대한 진실을 밝히는 것. 눈가림을 벗기는 것."

식탁 중앙에 놓인 초가 라지의 얼굴 아랫부분을 어둠 속에 가두었지만 그의 눈은 빛나고 있다. "내가 하는 일에 믿음이 있느냐고 묻는 거라면, 이 일이 사회에 무슨 필수적인 서비스를 제공하고 있

다고 생각하는지 묻는 거라면, 글쎄요. 똑같은 질문을 드리고 싶네
요. 이건 제 일입니다. 그리고 그 일은 대니얼이 자신의 일에 느끼
는 만큼 제게도 큰 의미가 있어요."

대니얼은 입안에 든 음식을 씹어넘기기가 힘들다. 라지가 처음
부터 직무정지에 대해 알고 있었으면서 너른 마음, 아니면 연민으
로 모르는 척해온 거라는 끔찍한 생각이 든다.

"무슨 말을 하고 싶은 겁니까?"

"살아 돌아올 수 없는 전투에 젊은이들을 보내는 게 고결한 일
같습니까?" 라지가 묻는다. "그 일의 동기가 어떤 위대한 진실을
밝히는 건가요?"

거티와 루비의 시선이 라지에게서 대니얼에게로 넘어간다. 대니
얼이 목청을 가다듬는다.

"군대의 중요성에 대해서는 확고한 신념이 있어요, 네. 내가 하
는 일이 고결한 것인지 아닌지는 내가 판단할 일이 아니에요. 하지
만 군인들이 하는 일은? 그건 고결하죠, 네."

그의 말은 충분히 설득력 있지만 미라는 그 목소리에 서린 긴장
을 알아차렸다. 그녀가 접시 쪽으로 고개를 숙인다. 대니얼은 그녀
가 그를 배려해서 시선을 피하고 있다는 것을, 그 시선에 무엇이
담겼든 그것으로 그를 규정하지 않는다는 사실을 알지만, 그래서
그는 더더욱 자신이 사기꾼처럼 느껴진다.

"지금도요?" 라지가 묻는다.

"지금은 특히 더 그렇죠."

대니얼은 9·11의 공포를 똑똑히 기억한다. 어린 시절 가장 친
한 친구였던 엘리가 사우스타워에서 일했다. 두번째 비행기 충돌

후, 엘리는 78층 계단에 서서 사람들을 급행 엘리베이터 쪽으로 안내했다. 좋아요. 그가 소리쳤다. 모두 나가요. 그전까지만 해도 몇몇 사람들은 공포에 질려 굳어 있었다. 1993년 폭탄테러 때도 그 건물에서 일했던 어느 동료는 그의 존재가 경종을 울리는 목소리였다고 훗날 말했다. 엘리는 1993년 당시 구조장소였던 옥상까지 올라갈 수 있었고, 거기서 아내에게 전화를 걸었다. 사랑해, 자기야. 그가 말했다. 오늘 늦을 것 같아. 그는 아침 열시에 건물과 함께 무너졌다.

"지금은 특히 더 그렇다고요?" 라지가 묻는다. "이라크의 기반시설이 파괴되고 있는 지금? 아부그라이브에서 무고한 사람들이 사디스트에게 학대당하고 있는 지금이요? 대량살상무기가 어디에서도 발견되지 않은 지금 말입니까?"

라지가 대니얼의 눈을 똑바로 본다. 이 라스베이거스의 유명인, 값비싼 옷을 입는 마술사를—대니얼은 그를 과소평가해왔다.

"아빠." 루비가 말한다.

"콩 드실 분?" 미라가 쟁반을 높이 들고 묻는다.

"그러면 잔인한 폭군이 계속해서 수십만 명을 죽이고 탄압하도록 내버려두잔 말입니까?" 대니얼이 묻는다. "사담 후세인의 쿠르드족 집단학살과 쿠웨이트 폭력사태는? 바르자니족 납치는? 화학전, 대학살 현장은요?"

이제 술기운이 올라온다. 정신이 또렷하지 않고 흐리멍덩하고, 그래서 후세인의 범죄들을 필요한 순간에 정확하게 말할 수 있어서 다행이라고 생각한다.

"미국은 정치적 동맹을 선택할 때 윤리라는 나침반을 따른 적이 없어요. 파키스탄에서는 군사작전을 수행하고 있죠. 후세인의 만행이 극에 달했을 때는 후세인을 지지했고요. 그리고 지금은 존재하지 않는 것을 수색하겠다고 하고 있어요. 이라크의 대량살상무기 개발은 1991년에 끝났어요. 거기엔 아무것도 없다고요. 석유밖에는."

대니얼은 라지 말이 옳을까봐 두려워하는 자신을 인정하지 않는다. 그는 아부그라이브에서 찍힌 끔찍한 사진들을 보았다. 용수를 쓰고 발가벗겨진 채 구타당하고 전기충격을 받는 사람들. 후세인의 교수형이 12월, 이슬람교의 명절인 이드 알 아드하 기간에 집행될 거라는 소문이 있는데, 그야말로 종교적인 모욕이다. 심지어 적이 집행하는 것도 아니다.

"그건 모르죠." 그가 말한다.

"몰라요?" 라지가 냅킨으로 입가를 닦는다. "세계 어느 나라도 이라크전쟁에 열을 올리지 않는 데는 다 이유가 있는 겁니다. 이스라엘만 빼고."

그는 뒤늦게 생각난 듯 마지막 말을 덧붙인다. 마치 그때만은 앞에서 듣고 있는 사람이 누구인지 잊은 것 같다. 아니면 계산된 행동인가? 골드 성을 가진 사람들이 결속하여 즉각적으로, 원자 단위까지 힘을 합친다. 대니얼도 시온주의*에 나름대로 거부감이 있지만 지금은 턱이 경직되고 심장이 마구 뛴다. 누가 어머니를 모욕한 것처럼.

미라가 은식기를 내려놓는다. "뭐라고요?"

---

* 팔레스타인 지역에 유대민족국가를 건설하는 것이 목표인 민족주의 운동.

이곳에 온 후 처음으로 라지의 자신감이 옷에 달린 모자처럼 벗겨진다.

"이스라엘이 전략적 동맹국이라는 것, 바그다드 침공의 목적이 우리뿐만 아니라 그들의 지역안보를 강화하기 위해서였다는 건 굳이 말하지 않아도 알잖아요." 라지가 나지막이 말한다. "단지 그 뜻으로 말한 거예요."

"그래요?" 미라는 어깨가 굳어 있고, 목이 꽉 막힌 목소리다. "솔직히 라지, 유대인에게 뒤집어씌우는 것처럼 들렸어요."

"하지만 유대인은 이제 약자가 아니에요. 미국에서 가장 영향력 있는 유권자 집단 중 하나죠. 아랍세계는 미국이 이라크에서 벌인 전쟁에 반대하지만 미국 내 아랍인들은 결코 미국 내 유대인만큼 힘을 쓰지 못할 겁니다." 라지가 말을 멈춘다. 식탁에 앉은 모든 사람이 자신에게 적대적이라는 사실을 그도 알고 있을 것이다. 그러나 위협을 느껴서인지 겁먹지 않기로 결심했기 때문인지 그는 더 나아간다. "그런데도 유대인들은 여전히 자기들이 끔찍한 압제의 희생자인 것처럼 행동해요. 다른 사람을 억압하고 싶을 때 편리한 마인드죠."

"그만하지." 거티가 말한다.

그녀는 저녁식사를 위해 옷을 차려입었다. 적갈색 시프트드레스에 팬티스타킹, 뒤축이 없는 가죽구두. 가슴에는 솔이 준 유리브로치를 달았다. 대니얼은 그녀의 얼굴에 서린 슬픔을 보기가 괴롭다. 더 보기 괴로운 것은 루비의 표정이다. 조카딸은 음식을 싹싹 긁어 먹어 텅 빈 접시만 쳐다보고 있다. 촛불만 밝힌 가운데서도 그 눈이 따끔거리기 시작했다는 것을 알아볼 수 있다.

라지가 딸을 본다. 잠시 그는 한 대 맞은 듯, 거의 혼란스러워 보인다. 그러더니 끼익 소리를 내며 의자를 뒤로 민다.

"대니얼." 그가 말한다. "잠깐 같이 걷죠."

라지가 앞장서서 가장 바깥쪽 단풍나무를 지나—몇 주 전까지 불타오르다가 지금은 벌거벗었다—나무가 없는 안쪽까지 간다. 그곳에는 부들과 자작나무가 빙 둘러선 연못이 있다. 그는 대니얼보다 키가 작다. 대니얼이 183센티미터인데, 그보다 10센티미터 좀 못 되게 작을 것이다. 그럼에도 자신감이 느껴지는 것이 놀랍다. 집에서 나와 나무가 없는 곳까지 성큼성큼 걸어가는 모습이, 마치 대니얼의 땅에서도 자기 집에 있는 것처럼 편안해 보인다. 대니얼이 선공을 날리기에 충분하다.

"누구 잘못인지가 명확한 것처럼 전쟁 얘기를 하는데요. 대문 달린 저택에 앉아서 동전 묘기나 부리는 사람이라 그런 주장을 졸라 쉽게 하는 거예요. 뭔가 중요한 일을 좀 해보는 게 좋겠네요." 이 말을 어디서 들었더라? 루비였다. 전 대학에 가고 싶어요. 그녀가 말했었다. 현실세계의 사람이 되고 싶어요. 중요한 일을 하고 싶다고요. 뺨에서 열기가 느껴지고 목구멍에서 심장박동이 느껴지더니, 문득 어떤 말이 라지에게 가장 큰 상처를 줄지 정확히 알 것 같다. "당신의 친딸조차 당신을 그저 라스베이거스의 쇼맨이라고 생각해요. 자기는 의사가 되고 싶다고 하더군요."

연못에 달빛이 비치고, 라지의 얼굴이 단단히 쥔 주먹처럼 굳어진다. 대니얼은 라지의 약점이 그 자신의 약점만큼이나 확실히 보인다. 라지는 루비를 잃을까봐 두렵다. 그가 골드 가족을 멀리했던 이유는 골드 가족을 좋아하지 않아서가 아니라 그들이 줄 수 있는 다른 가족, 다른 삶이 위협이 되기 때문이었다.

그러나 라지는 대니얼과 눈을 마주친다. "맞아요. 난 의사가 아니에요. 대학 졸업장도 없고, 뉴욕에서 태어나지도 않았어요. 하지만 저는 대단한 아이를 키웠어요. 일에서도 성공했고."

대니얼이 허공을 더듬는다. 갑자기 버트럼 대령의 얼굴이 보여서다. 네가 무슨 빌어먹을 대단한 정의의 사도라도 되는 줄 알지. 대령은 그렇게 말했다. 화환이 둘러쳐진 계급장 위로 그의 조소하는 얼굴이 점점 커져간다. 진짜 미국의 영웅인 줄 알아.

"아니." 그가 말한다. "훔친 거지. 클라라의 공연을 훔친 거잖아." 몇 년 동안 품어왔던 의심이 그 기세를 몰아 마침내 입 밖으로 나온다.

라지의 목소리가 낮아지고 말이 느려진다. "나는 파트너였어요." 그가 말한다. 진정이 아니라 지독한 자제의 결과다.

"개소리. 넌 주제넘었어. 그애가 아니라 공연에 더 신경썼잖아."

한마디 한마디 내뱉을 때마다 대니얼은 확신이 돌진해오는 것을 느낀다. 그리고 처음엔 흐릿했다가 점점 형체가 선명해지는 무언가. 그것은 공명하는 또다른 이야기, 브루나 코스텔로의 이야기다.

"클라라는 당신을 믿었어." 대니얼이 말한다. "그리고 넌 그런 그애를 이용했지."

"지금 장난해요?" 라지가 고개를 살짝 젖히자 눈의 흰자위가 달빛을 받아 번득인다. 그 속에서 대니얼은 소유욕과 갈망, 그리고 또하나, 사랑을 본다. "내가 보살핀 거죠. 클라라가 얼마나 엉망이었는지 알기나 해요? 누구 하나라도 알았어요? 자꾸 기억을 잃었어요. 클라라의 기억은 조각조각나 있었다고요. 나 아니었으면 아침에 옷도 안 입었을걸요. 아니, 당신 동생이잖아요. 그런데 그녀를 위해서 한 게 뭐가 있습니까? 루비 한 번 만난 거? 하누카에 통화한 거?"

대니얼은 위장이 솟구치고 뒤틀린다. "우리한테 말을 해줬었어야지."

"난 당신을 잘 몰랐어요. 가족 중에 누구도 날 달가워하지 않았잖아요. 당신은 날 무단침입한 사람처럼 취급했어요. 한참 떨어지는 상대인 것처럼. 클라라한테. 골드 가족한테. 소중하고, 특별하고, 오랫동안 고통받아온 골드 가족한테."

라지의 목소리에 담긴 냉소에 아연해서 대니얼은 잠시 아무 말도 하지 못한다. "우리가 어떤 일을 겪었는지 넌 아무것도 몰라." 그가 마침내 말한다.

"그게!" 손가락질하며 말하는 라지의 두 눈에 생기가 넘치고 팔은 전기가 흐르는 듯해서 대니얼은 라지가 곧 마술 묘기를 부릴 것 같다는 어처구니없는 생각을 한다. "바로 그게 문제예요. 그래요, 비극을 겪었어요. 아무도 부정하지 않습니다. 하지만 지금 살고 있는 삶은 그게 아니에요. 그 감상은 철이 지났어요. 그 이야기는, 대니얼, 낡았어요. 그냥 놓지 못하고 있는 거예요. 놓아버리면 더이상 피해자가 될 수 없으니까. 하지만 실제로 고통 속에 살고 있는 사람들이 수백만이 넘어요. 내가 태어난 곳도 그렇습니다. 그런데 그 사람들은 과거에 살 수가 없어요. 머릿속 생각에 파묻혀 살 수가 없어요. 그런 사치는 부릴 수가 없다고요."

대니얼은 뒤로 물러나 어두운 나무들 사이로 들어간다. 그 속에 가려지길 바라는 것처럼. 라지는 그의 대답을 기다리지 않는다. 대신 그대로 돌아서서 연못가를 되짚어간다. 그러다 집으로 이어지는 길에서 멈춘다.

"한 가지 더." 라지는 몸이 그늘에 묻혀 보이지 않지만 목소리는 잘 들린다. "스스로 중요한 일을 하고 있다고 생각하겠죠. 신경 써야 하는 일. 사실은 자신을 속이고 있는 거예요. 당신이 하는 일이란 그저 남들이 당신 대신 더러운 일을 처리하는 걸 수천 킬로미터 밖에서 지켜보는 거죠. 당신은 톱니바퀴의 톱니이고, 선동꾼일 뿐이에요. 그리고, 아아, 당신은 두려워하고 있어요. 절대 동생처럼 할 수 없을까봐. 그녀는 매일 밤 혼자 무대에 서서 박수를 받을지 야유를 받을지 모르는 채 빌어먹을 영혼의 속살을 고스란히 드러냈죠. 클라라가 자살은 했을지 몰라도, 그래도 당신보단 훨씬 용감했어요."

26

라지와 루비는 아침 여덟시가 되기 전에 떠난다. 밤새 비가 내려서 젖은 진입로에 두 사람이 타고 온 렌터카가 서 있다. 라지와 대니얼은 말없이 차에 트렁크를 싣는다. 이슬비가 루비의 또다른 운동복인 노란색 벨루어 운동복에 달라붙는다. 그녀가 대니얼과 뻣뻣하게 포옹한다. 라지에게도 냉랭하지만, 그래도 그는 아빠다. 결국에는 루비도 라지를 용서하게 될 것이다. 대니얼은 그러지 않을 테고, 그래서 그는 루비가 조수석에 올라타 문을 닫자 깊은 곳에서 올라오는 절망을 느낀다. 두 사람이 후진으로 진입로를 빠져나가는 동안 그가 손을 흔들지만 루비는 이미 고개를 숙이고 휴대폰을 들여다보느라 풍성한 머리카락만 보일 뿐이다.

미라는 뉴펄츠에서 학과회의가 있어서 차를 몰고 떠난다. 대니얼은 냉장고로 가서 어제 남은 음식들을 꺼내기 시작한다. 원래는 바삭했던 칠면조 껍질이 오그라들고 눅눅해졌다. 팬 위의 기름은 불투명한 베이지색 웅덩이가 됐다.

고기를 통째로 전자레인지에 넣어 데운 뒤 부엌 조리대에서 먹다가 속이 안 좋아진다. 도저히 식탁에는 앉을 수가 없다. 그곳은 차팔 가족과 골드 가족이 저녁식사를 했던 자리고, 그 일이 마치 몇 년 전인 것만 같다. 처음으로 대니얼은 루비와 유대감을 느꼈고, 그녀와 가까워질 수 있겠다고 생각했고, 그 아이 엄마의 죽음에 자신이 한 역할 때문에 자책할 필요는 없겠다는 생각이 들었다. 그리고 지금은 그녀를 잃었다. 루비가 열여덟 살이 되어 혼자 힘으로 결정을 내릴 수 있을 때 다시 찾아올지는 모르지만, 라지가 루비를 다시 데려올 일은 없을 테고 가보라는 권유도 절대 하지 않을 것이다. 대니얼이 루비에게 연락할 수도 있지만, 과연 그애가 받아줄까? 추수감사절을 망친 게 라지의 잘못만은 아니었으니까.

몇 년 전 라지와 부딪쳤을 때는 일에서 위안을 찾았다. 하지만 이제는 그럴 수도 없다. 이번에는 직장 생각만 해도 목구멍이 턱 막힌다. 그가 자리를 보전하는 유일한 길은 결정을 내릴 수 있는 권한을 내려놓는 것뿐이다. 그런데 그렇게 한다면—정직성을 저버리고 일자리를 택한다면, 자유의지를 저버리고 안정을 택한다면—라지가 말한 대로 체스판의 폰이 되는 셈이다.

침실에서 휴대폰이 울린다. 대니얼은 위층으로 올라간다. 화면에 뜬 전화번호를 보고 충전기가 콘센트에서 빠져버릴 정도로 휴대폰을 홱 당긴다.

"에디?" 그가 묻는다.

"대니얼. 그 사건과 관련해 새로운 정보가 있어서 전화드렸습니다. 새로운 게 나오면 알고 싶다고 하셨잖습니까."

"뭐죠?"

에디의 목소리는 무겁고 긴장돼 있다. "그 여자 무혐의 처분됐어요."

대니얼이 침대에 주저앉는다. 수화기를 귀에 바짝 갖다댄다. 충전기 선이 꼬리처럼 대롱거린다. "그럴 순 없어요."

"들어봐요. 이게." 에디가 숨을 내쉰다. "아주 애매합니다. 그여자가 그 사람들 털끝 하나 건드리지 않았고, 자살하라고 노골적으로 등을 떠민 적도 없는데 죽였다는 걸 어떻게 증명하겠습니까? 지난 여섯 달 동안 이 여자를 잡겠다고 애를 썼습니다. 당신을 찾아갔을 땐 이미 사건을 종결시키려는 단계였어요. 하지만 내가 놓치고 있는 게 있을 거라고 생각했습니다. 당신만이 알고 있을 아주작은 단서요. 그리고 당신은 최선을 다했습니다. 솔직히 말해줬어요. 그것으로 충분하지 않았을 뿐입니다."

"그럼 뭐가 충분하죠? 다섯 명이 더 자살하는 거? 스무 명이면 됩니까?" 마지막 음절에서 목소리가 갈라진다. 어릴 때 이후로는 이런 적이 없었다. "등록도 하지 않고 일하고 있다면서요. 그걸로 잡을 순 없어요?"

"네, 등록되지 않았죠. 하지만 버는 돈이 거의 없더군요. 그래서 FBI에서 시간낭비라고 판단한 겁니다. 게다가 나이가 많아요. 오래 살지 못할 거예요."

"무슨 상관이죠? 끔찍한 짓, 비열한 짓을 저지르는 사람들을 생각해봐요. 정당한 판결이 늦게 나는 건 문제가 아니에요. 정당한 판결이 나는 게 중요한 거예요."

"진정해요, 대니얼." 에디의 이 말에 대니얼의 귀가 뜨거워진다.
"나도 당신만큼이나 간절했어요. 하지만 이제 내려놓아야 해요."

"에디." 대니얼이 말한다. "오늘이 내 날이에요."

"당신의 날?"

"그 여자가 나한테 알려준 날짜. 내가 죽을 거라고 한 날이요."

대니얼이 가진 마지막 카드다. 이것을 에디와 공유하게 될 줄은
전혀 몰랐지만 그는 이 FBI 요원이 다시 생각해보게 만들기 위해
필사적이다.

"아아, 대니얼." 에디가 한숨을 쉰다. "찾아가지 마세요. 당신
스스로를 괴롭힐 뿐이에요. 그런다고 뭘 얻을 수 있겠습니까?"

대니얼은 침묵한다. 창밖으로 흩날리는 섬세한 눈 결정들이 보
인다. 눈송이들은 한없이 가벼워서 하늘로 올라가는지 땅으로 내
려오는지 알 수가 없다.

"조심하셔야 됩니다. 아시죠?" 에디가 다그친다. "오늘은 조심
하는 게 최선입니다."

"그렇죠." 대니얼이 어색하게 말한다. "알겠어요. 그동안 고생
해주셔서 감사합니다."

전화가 끊어지고, 대니얼이 벽을 향해 전화기를 던져버린다. 전
화기가 둔탁한 소리를 내며 두 동강 난다. 그는 바닥에 떨어진 것
들을 그대로 두고 아래층 서재로 내려간다. 미라가 벌써 루비가 썼
던 침구를 벗겨서 세탁기에 넣고 침대를 소파로 되돌려놓았다. 청
소기까지 돌렸다. 사려 깊은 행동이지만, 루비가 여기에 머물렀던
적조차 없는 것 같은 느낌만 더해진다.

대니얼은 책상에 앉아서 FBI의 지명수배자 웹사이트를 연다. 브루나 코스텔로가 '정보 구함' 페이지에서 사라졌다. 여자의 이름을 검색창에 입력하자 짧은 문장이 나타난다. 검색어와 일치하는 문서가 없습니다.

대니얼은 책상 의자 등받이에 몸을 기대고 의자를 돌리면서 두 손을 얼굴로 가져간다. 이미 여러 번 떠올렸던 기억으로 되돌아간다. 마지막으로 사이먼과 한 통화. 당시 대니얼은 몰랐지만, 사이먼은 병원에서 전화를 건 것이었다. "나 아파." 그가 말했다. 대니얼은 깜짝 놀랐고, 예전보다 성숙해진 동시에 쉽사리 깨질 것 같은 사이먼의 목소리를 알아차리는 데 시간이 걸렸다. 말은 하지 않았지만 화가 나는 한편으로 안도감도 들었다. 사이먼의 목소리에서 그는 가족을 부르는 세이렌의 노랫소리를 들었다. 모든 판단을 거스르고 끌려가게 되는, 신념과 온당한 자아를 버리고 뿌리깊은 의존감을 선택하게 하는 소리.

만약 사이먼이 아주 대충이나마 사과하려 했다면 대니얼은 그를 용서했을 것이다. 하지만 사이먼은 그러지 않았다. 사실은 말 자체를 몇 마디 하지 않았다. 그는 대니얼에게 잘 지내느냐고 물었다. 몇 년 동안 연락 없이 지낸 형제답지 않게 일상적인 통화라도 하는 것처럼. 대니얼은 사이먼에게 심각한 문제가 있는 것인지, 아니면 그냥 사이먼이 사이먼답게—자기중심적이고 회피적으로—행동하는 것인지 알 수 없었다. 아마도 샌프란시스코에 가기로 결심했을 때처럼 앞뒤 생각 없이 대니얼에게 전화를 걸기로 결심했을 것이다.

"사이먼?" 대니얼이 물었다. "내가 뭐 도와줄 거 있니?"

하지만 그 스스로도 자신의 목소리가 차갑다는 것을 알 정도였고, 사이먼은 곧 전화를 끊었다.

내가 뭐 도와줄 거 있니?

그는 사이먼과 클라라를 구할 수 없다. 그들은 과거에 속해 있다. 하지만 미래는 바꿀 수 있다. 완벽한 아이러니다. 브루나 코스텔로가 그의 죽음을 예언한 바로 그날, 그 여자를 찾아 그녀가 어떻게 그들을 이용했는지 자백하게 한다. 그리고 다시는 그런 짓을 못 하도록 할 것이다.

대니얼이 회전을 멈춘다. 얼굴에서 손을 떼고 서재 조명 때문에 부신 눈을 깜빡인다. 그러다 키보드 위로 몸을 웅크리고 FBI 웹사이트에서 본 문구들을 기억해내려고 노력한다. 크림색과 갈색의 캠핑카 사진, 죽 나열된 가명들. 그리고 오하이오의 어느 마을 이름이 있었는데—무슨 밀턴—그걸 본 순간 대학 때 읽은 『실낙원』이 떠올랐다. 이스트밀턴? 아니, 웨스트밀턴이다. 이 단어를 구글에 검색한다. 초등학교와 도서관의 웹사이트가 나오고, 빨간색 경계선으로 표시된 윤곽이 마치 굽이 없는 이탈리아처럼 생긴* 웨스트밀턴 지도도 나온다. '이미지'를 클릭하자 상점들 전면에 미국 국기가 걸린 예스러운 시내 모습이 나온다. 어떤 사진에는 작은 폭포 옆으로 계단이 있다. 사진을 클릭하자 게시판으로 넘어간다.

웨스트밀턴폭포와 계단. 누군가 올린 글이다. 이곳은 관리가 잘 안 되고 있다. 사람들이 쓰레기를 아무렇게나 버리고, 계단과 난간은 그리 안전하지 않다.

---

* 이탈리아 영토가 부츠 모양으로 생긴 것을 염두에 둔 말.

중심가보다 숨기 좋은 것 같다. 대니얼은 지도로 되돌아간다. 웨스트밀턴은 킹스턴에서 차로 열 시간 거리다. 그 생각이 들자 맥박이 빨라진다. 브루나가 구체적으로 어디 사는지는 전혀 모르지만 폭포가 가능성이 높아 보이는데다가 마을 전체라고 해봐야 8제곱킬로미터도 안 된다. 낡은 캠핑카 하나 찾는 것이 어려워봤자 얼마나 어렵겠어?

부엌에서 새된 전화벨소리가 들린다. 요즘은 유선전화를 거의 안 써서 어디 뒀는지 생각해내는 데 시간이 걸린다. 애초에 번호를 아는 사람이라고는 텔레마케터와 가족들과 좀 특이한 이웃뿐이다. 이번에는 굳이 발신번호를 확인할 필요도 없이 전화를 건 사람이 바르야일 것을 알고 있다.

"브이." 그가 말한다.

"대니얼." 그녀는 암스테르담에서 열리는 회의에 참석하느라 추수감사절에 오지 못했다. "휴대폰 꺼져 있더라. 그냥 전화해봤어."

에디는 근처 고속도로에서 전화를 걸었는데도 소리가 뚝뚝 끊어졌는데 6천 킬로미터나 떨어진 곳에서 수화기로 들어오는 바르야의 목소리는 그녀가 바로 앞에 서 있는 것처럼 명료하게 들린다. 냉정하게 감정을 통제하며 말하는 그녀를 대니얼은 참기가 어렵다.

"왜 전화했는지 알아." 그가 말한다.

"글쎄." 그녀가 진심이 느껴지지 않는 소리를 내며 웃는다. "그래서 뭐." 잠깐 침묵이 흐르지만 대니얼은 침묵을 채우려고 애쓰지 않는다. "오늘 뭐하니?"

"점쟁이를 찾으러 갈 거야. 찾아내서 우리 가족한테 한 짓을 사과하게 만들 거야."

"웃기지도 않는 소리 하지 마."

"어제 누나도 왔으면 좋았을 텐데."

"발표가 있었어."

"추수감사절에?"

"네덜란드에서는 명절이 아니더라." 그녀의 말투가 딱딱해져서 대니얼은 분노가 다시 피어오른다. "어땠어?"

"괜찮았어." 그는 그녀에게 아무것도 알려주지 않을 작정이다. "회의는 어땠어?"

"괜찮았어."

그를 화나게 하는 것은, 바르야가 그를 생각하는 마음이 평소에는 연락도 없다가 지금 불쑥 전화를 하는 딱 그만큼이고 그를 만나러 올 만큼은 절대 아니라는 사실이다. 대신 그녀는 허둥대는 그를 저 위에서 지켜본다. 결코 내려와서 개입하지는 않고.

"그런데 어떻게 이런 걸 다 기억해?" 그가 전화기를 귀에 바짝 대며 묻는다. "스프레드시트로 만드나? 아님 다 외우고 있어?"

"심술 부리지 마." 그녀가 이렇게 말하자 대니얼은 주춤한다.

"난 괜찮아, 바르야." 그가 조리대에 기대어 놓고 있는 손으로 콧등을 문지른다. "다 잘될 거야."

전화를 끊자마자 후회가 된다. 바르야는 적이 아니다. 하지만 시간은 충분하니 나중에 잘 말해서 풀면 된다. 그는 조리대의 라탄바구니에서 열쇠를 꺼낸다.

"대니얼." 거티가 말한다. "뭐해?"

어머니가 문간에 서 있다. 그녀는 낡은 분홍색 목욕가운을 입었고, 맨다리다. 눈가 피부가 축축하고 이상하게도 라벤더색을 띠고 있다.

"드라이브 좀 하려고요." 그가 말한다.

"어디로?"

"사무실이요. 월요일 전에 끝내야 하는 일이 좀 있어요."

"안식일이잖아. 일하면 안 돼."

"내일이잖아요."

"오늘밤부터지."

"그럼 여섯 시간 남았네요." 대니얼이 말한다.

그러나 그때까지 돌아오지 못하리라는 걸 알고 있다. 아침까지도 돌아오지 못할 것이다. 그때가 지나면 거티와 미라에게 모든 이야기를 할 것이다. 어떻게 브루나를 잡았는지, 그녀가 뭐라고 자백했는지 말해줄 것이다. 에디에게도 알릴 것이다. 수사를 재개할지도 모른다.

"대니얼." 거티가 나가는 길을 막는다. "걱정되는구나."

"걱정 마세요."

"너 요즘 술을 너무 많이 마셔."

"안 그래요."

"그리고 나한테 뭔가 숨기고 있어." 그녀가 그를 빤히 본다. 궁금하고 속상한 얼굴. "뭘 숨기고 있는 거니, 얘야?"

"그런 거 없어요." 세상에, 어린애가 된 것 같다. 어머니가 문간에서 비켜주기만 하면 좋겠다. "걱정도 병이에요."

"너 나가면 안 될 거 같아. 그러면 안 돼. 안식일이잖니."

"안식일 그게 뭐라고요." 대니얼이 위악적으로 말한다. "하느님은 그거 관심도 없어요. 쥐뿔도 없다고요."

문득 신이라는 존재가 바르야의 전화처럼 화를 돋울 뿐 쓸모없는 것으로 느껴진다. 신은 사이먼과 클라라를 보살피지 않았고, 공정한 심판을 내리지도 않았다. 뭘 기대했던 거지? 미라와 결혼할 때 그는 자신의 선택에 따라 유대교로 돌아갔다. 그는 자신이 믿을 신을 상상—선택—했고, 이것이 문제였다. 물론 사람들은 항상 자신이 믿고 싶은 것을 선택한다. 관계, 정치이념, 로또복권처럼. 하지만, 대니얼이 이제 깨달았듯이, 신은 다르다. 신은 맞춤장갑을 만들듯 개인의 선호에 따라 만들어져서는 안 된다. 신은 인간의 갈망의 산물이 되어서는 안 된다. 무無에서 신을 만들어낼 만큼 갈망이 간절하더라도.

"대니얼." 거티가 말한다. 그녀가 멈추지 않고 계속해서 부른다면 그는 소리를 지를 것이다. "그건 네 진심이 아니야."

"엄마도 신을 믿는 게 아니에요." 그가 말한다. "믿고 싶은 것뿐이에요."

눈을 깜빡거리고 입술에 꾹 힘을 줄 뿐 거티는 매우 고요하게 버틴다. 대니얼이 한 손을 그녀의 어깨에 얹고 몸을 숙여 볼에 키스한다. 그가 집을 나설 때도 그녀는 여전히 부엌에 서 있다.

그는 집 뒤쪽 창고로 걸어간다. 그 안에는 미라의 원예도구가 있다. 반쯤 빈 씨앗봉투와 가죽장갑, 은색 물뿌리개 같은 것들. 맨 아래 선반에 있는 녹색 호스를 옮기고 그 뒤에 있는 신발상자로 손을 뻗는다. 안에는 작은 권총이 들어 있다. 군에 입대할 때 사격훈련을 받았다. 무기를 하나쯤 갖고 있는 게 좋을 것 같았다. 일 년에 한 번씩 서거티즈의 사격장에 갈 때 말고는 사용하지 않지만 허가증은 3월에 갱신해두었다. 그는 총을 장전한 뒤 재킷 안쪽에 넣어서 차까지 가지고 간다. 브루나가 실토하게 하려면 위협을 좀 해야 할지도 모른다.

정오가 막 지났을 무렵 그는 고속도로에 진입한다. 브라우저 기록을 삭제하지 않았다는 사실이 떠올랐지만 이미 펜실베이니아까지 왔다.

27

그는 이른 오후에 스크랜턴을 지난다. 콜럼버스에 이르렀을 무렵에는 거의 아홉시가 된다. 어깨가 뻐근하고 머리가 땅하지만 싸구려 커피와 기대감에 기대 부지런히 달린다. 지나가는 마을들의 풍경이 점점 시골로 바뀐다. 휴버하이츠, 밴데일리아, 팁시티. 작은 녹색과 베이지색 간판에 웨스트밀턴이 표시되어 나타난다. 시내를 차로 통과하는 데 오 분도 채 걸리지 않는다. 겉벽에 알루미늄을 댄 단층주택들, 뒤이어 낮은 언덕과 농경지. 캠핑카나 캠핑카 주차장은 눈에 띄지 않지만 대니얼은 단념하지 않는다. 숨고 싶다면 숲으로 갔을 것이다.

시간을 확인한다. 열시 삼십이분. 길에 다른 차는 없다. 게시판에 올라와 있던 사진 속 폭포는 571번 도로와 48번 도로가 만나는 지점의 가구점 뒤에 있다. 대니얼은 주차를 하고 전망대를 향해 올라간다. 계단 말고는 아무것도 보이지 않는데, 계단은 과연 게시판에 써 있던 대로 위험해 보인다. 발을 디디는 곳은 젖은 나뭇잎 때문에 미끄럽고 난간은 딱지가 앉은 것처럼 녹슬어 있다.

브루나가 웨스트밀턴을 완전히 떴으면 어떡하지? 그렇다고 포기하기에는 너무 일러, 라고 스스로에게 말하면서 그는 다시 차로 돌아간다. 숲이 끊어지지 않고 다음 마을까지 뻗어 있다. 그 여자가 떠났다 해도 멀리 가지 않았을 수 있다.

그는 더 북쪽으로, 스틸워터강을 따라 인구 이백구 명인 러들로폴스까지 나아간다. 커빙턴 애비뉴의 들판 너머로 다리가 보이고, 48번 도로를 따라 이어지는 그 다리 아래 또다른 폭포, 지금까지 중 가장 인상적인 폭포가 있다. 그는 풀밭 가장자리에 차를 댄 뒤 모직코트를 입고 주머니에 총을 집어넣는다. 그러고는 언덕을 내려가 다리 밑으로 간다.

거의 2층 건물 높이에 달하는 러들로폭포가 굉음을 내며 떨어진다. 오래된 계단이 최소 10미터 이상 이어지다가 협곡의 벽면으로 나온 뒤 달빛이 유일한 빛인 강변길에 다다른다.

그는 처음에는 천천히 내려가다가 층계의 폭과 간격에 익숙해지면서부터 속도를 높인다.

협곡 벽면에 난 길은 고르지 않아서 나아가기가 더 어렵다. 코트가 나뭇가지에 자꾸 걸리고, 땅 위로 올라온 구불구불한 나무뿌리에 두 번이나 걸려 넘어진다. 왜 이러면 될 거라고 생각했을까? 이 길은 너무 좁아서 캠핑카를 세울 수 없고 입구도 너무 가파르다. 또다른 계단이나 더 높은 지대로 이어지는 등산로가 나타나기를 바라며 계속 걸어보지만 그의 기대는 곧 피로감으로 바뀐다. 그러다 순간 미끄럽고 평평한 바위를 밟아 미끄러지고, 강물에 빠지지 않기 위해 사지로 땅을 짚는다.

두 손으로 이끼와 돌을 더듬는다. 슬랙스 무릎이 흠뻑 젖고, 가슴이 철렁하며 심장박동이 뱃속에서 들리는 것 같더니 좀처럼 정상으로 돌아오지 않는다. 지금이라도 돌아서면 된다. 모텔방을 빌려서 씻고 아침나절에 집에 도착해 미라에게는 사무실에서 잠이 들었다고 말하면 된다. 그녀는 걱정은 하겠지만 그의 말을 믿을 것이다. 무엇보다도 그는 부부 사이에 충실하므로.

그러는 대신 그는 바위에서 조심스럽게 몸을 떼어낸 뒤 무릎을 꿇고 몸을 세웠다가 완전히 일어선다. 강물에서 좀더 떨어진 곳에, 덤불이 젖지 않아서 미끄러지지 않고 움직이기 더 좋은 길을 발견한다. 협곡이 좁아지면서 오르막길이 된다. 얼마나 시간이 흘렀는지 모르겠을 때쯤 폭포에서 꽤 멀어졌다는 사실을 알아차린다. 폭포를 끼고 돌아서 남쪽으로 걸어왔을 것이다.

위쪽에 평평한 땅이 보인다. 그는 넘어질 듯 급히 걸으면서 나무줄기와 낮게 자란 나뭇가지를 잡고 협곡을 빠져나간다. 어둠 속에서 눈을 부릅뜨고 올라가던 그의 눈에 문득 공터의 일부를 가린 각진 물체가 들어온다. 사각형이다.

캠핑카 한 대가 울창한 나무 뒤쪽 평평한 땅에 주차되어 있다. 협곡의 꼭대기 가장자리에 다다르자 숨은 차지만 두 번이라도 더 오를 수 있을 것 같은 기분이 든다. 캠핑카는 진흙으로 얼룩져 있다. 지붕에는 녹다가 덩어리진 눈더미가 그대로 쌓여 있다. 창문은 가려져 있고, 옆면에 Regatta(레가타)라는 글자가 비스듬한 서체로 적혀 있다.

놀랍게도 문이 잠겨 있지 않다. 계단을 올라 안으로 들어선다.

두 눈이 어둠에 적응하기 직전. 창문이 가려져 있어서 잘 보이지는 않지만 대체적인 모양새는 분간할 수 있다. 비좁은 거실에 서 있는 그의 왼쪽 무릎이 형편없는 추상적인 패턴이 그려진 지저분한 소파에 닿는다. 소파 맞은편에는 탁자, 아니 탁자라고 불러줄 만한 것이 있고—벽에 붙어 있던 평평한 판을 펼친 것이다—그 위에 상자가 쌓여 있다. 접이식 철제 의자 두 개가 탁자와 앞좌석 사이에 껴 있는데, 여기도 상자로 뒤덮였다. 탁자 왼쪽으로 싱크대와 일자로 된 조리공간이 있고, 그 위에 온갖 초와 작은 조각상들이 놓여 있다.

그는 캠핑카 안쪽으로 들어가서 최소한의 설비만 갖춘 비좁은 화장실을 지나 닫힌 문 앞에 선다. 문 한가운데 사람 눈높이쯤에 나무십자가가 하나가 압핀 두 개에 걸려 있다. 그가 손잡이를 돌린다.

싱글 사이즈 침대가 벽에 붙어 있다. 그 옆에는 성경이 올려진 나무상자가 있고 비닐 포장만 남은 빈 접시도 있다. 침대 위쪽으로 작고 네모난 창문이 있다. 침대 위에 바둑판무늬 플란넬시트와 남색 털이불이 깔려 있는데, 시트와 이불 사이에 30센티미터쯤 공간이 있다.

대니얼이 목청을 가다듬는다. "일어나."

형체 하나가 들썩인다. 옆으로 돌린 얼굴은 길고 고불고불한 머리카락에 가려져 있다. 천천히, 여자가 등을 대고 누워 한쪽 눈을 뜬 뒤 다른 쪽 눈을 마저 뜬다. 한동안 멍하니 그를 본다. 그다음 순간 헉하고 숨을 들이마시더니 몸을 밀어 앉는다. 그녀는 작은 노란색 꽃들이 그려진 면원피스 잠옷을 입고 있다.

"총이 있어." 대니얼이 말한다. "옷 입어." 벌써부터 그는 여자 때문에 구역질이 난다. 여자는 맨발이고 발뒤꿈치가 거칠고 갈라졌다. "얘기 좀 하지."

그는 여자를 거실로 나오게 한 뒤 소파에 앉으라고 말한다. 그녀는 침실에서 남색 털이불을 가지고 나와 어깨에 두르고 있다. 창문의 검은색 가리개를 치우자 달빛 덕분에 여자가 더 잘 보인다.

그녀는 여전히 몸집이 크다. 이불로 싸매고 있어서 더 커 보이는 걸 수도 있지만. 헝클어진 백발이 가슴까지 늘어져 있다. 얼굴을 뒤덮은 가느다란 모세혈관 같은 주름들이 꼭 연필로 그린 것처럼 세밀하다. 눈 밑의 살은 칙칙한 분홍색이다.

"나 너 알아." 쉰 목소리다. "기억나. 뉴욕에서 만났지. 다른 남매들도 있고, 같이 왔었어. 여자애 둘하고 어린 남자애 하나."

"죽었어. 남자애랑 여자애 한 명은."

여자가 입을 꾹 다문다. 이불 안에서 몸을 들썩인다.

"네 이름이 뭔지 알아." 대니얼이 말한다. "브루나 코스텔로. 네 가족이 누군지도, 그들이 무슨 짓을 했는지도 알아. 하지만 내가 알고 싶은 건 너야. 왜 그런 짓을 하는지, 왜 우리에게 그런 짓을 했는지."

여자의 입이 굳어진다. "아무것도 할말 없어."

대니얼이 재킷 안쪽에서 총을 꺼내 알루미늄바닥에 두 발을 발사한다. 여자가 비명을 지르며 귀를 막는다. 이불이 한쪽으로 떨어진다. 여자의 쇄골 아래 하얗고 반질거리는, 마른 접착제 같은 흉터가 있다.

"이건 내 집이야." 그녀가 말한다. "이러면 안 돼."

"이건 아무것도 아니야." 그가 총구를 여자의 얼굴에 겨눈다. 총열이 여자의 코와 같은 높이에 있다. "쉬운 것부터 시작하지. 네 가족은 범죄자야."

"가족 얘긴 안 해."

그가 위쪽을 향해 한번 더 총을 쏜다. 지붕을 뚫고 날아간 총알이 바깥 공기를 만나 휘파람소리를 낸다. 브루나가 비명을 지른다. 한 손으로 이불을 다시 어깨 위까지 끌어올리고, 다른 한 손은 앞으로 똑바로 내민다. 대니얼을 향한 손바닥이 정지신호 같다.

"드라바리모스,* 그건 신이 주신 선물이야. 우리 가족은 그걸 잘못 사용했어. 그들은 시대에 뒤떨어졌고, 거짓말을 하고, 사기를 치고 달아나지. 난 그런 짓 안 해. 나는 인생과 신의 축복에 대해 얘기해."

"그 사람들 갇혀 있는 거 알지? 잡혔다는 거?"

"들었어. 하지만 난 그들과 연락하지 않아. 아무 상관 없어."

"헛소리 마. 다 한패잖아 니들은, 쥐새끼들처럼."

"난 아냐." 브루나가 말한다. "난 아니라고."

대니얼이 총을 내리자 여자도 손을 내린다. 그녀의 눈이 눈물로 번들거린다. 진실을 말하고 있는 것일지도 모른다. 그녀에게 가족이란 먼 존재일 수도 있다. 대니얼에게 클라라와 사이먼과 솔이 그

---

* 롬 언어로 점술을 의미한다.

랬듯, 마치 또다른 인생에 속한 것처럼 느껴지는 존재.

그래도 약해질 수 없다. "그래서 집을 나간 건가?"

"부분적으로는."

"다른 이유는?"

"여자여서. 누구의 아내나 엄마가 되고 싶지 않아서. 일곱 살 때부터 우리는 집안 청소를 해. 열한 살, 열두 살이 되면 일해. 열네 살이면 결혼해. 나, 난 학교에 가고 싶었고 간호사가 되고 싶었지만 아무 교육도 받지 못했어. 오로지 '샤이 드라바렐, 샤이 드라바렐?'뿐이었어. 점을 칠 수 있느냐고 묻는 거. 그래서 도망쳤어. 달리 할 줄 아는 게 없으니까, 점을 봤어. 그래도 나 스스로는, 난 다를 거라고 되뇌면서. 꼭 필요하지 않을 땐 돈을 안 받고. 마녀니 뭐니 하는 소리도 안 하고. 몇 년 동안 오던 손님이 있었는데, 한 번도 돈은 받은 적이 없어. 그 여자한테 말했지. '가르쳐줘요. 읽는 거.' 그랬더니 손님이 웃으면서 그래. '손금이요?' 그래서 내가 대답했지. '아니요. 신문이요.'"

브루나의 입술이 떨린다. "열다섯에는," 그녀가 말한다. "모텔에서 살았어. 광고를 낼 수가 없고. 계약서도 못 읽고. 아무리 배우고는 있다 해도, 간호사가 되려면 뭘 해야 하는지 보면, 대학이나 그런 거, 그리고 나를, 일곱 살에 학교를 관둔 나를 보면 안 될 일이라는 걸 알지. 너무 늦었다는 걸. 그래서 혼자 생각했어. 좋아, 나한텐 신이 내린 선물이 있어. 그거라면 아직 있지. 어떻게 쓰느냐가 중요한 거 아닌가."

혼잣말을 하던 그녀가 마지막에 움츠러든다. 대니얼에게도 느껴진다. 그에게 그 이야기를 하게 되어서 얼마나 비참한지.

"계속해." 그가 말한다.

브루나가 씨근거리며 숨을 들이쉰다. "좋은 일을 하고 싶었어. 그래서 생각했지. 그래, 간호사가 무슨 일을 하지? 고통받는 사람들을 도와주지. 사람들이 왜 고통을 받지? 왜냐하면 앞으로 무슨 일이 일어날지 모르기 때문이지. 그러면 내가 그 상태를 없애줄 수 있다면 어떨까? 만약 답을 가지고 있다면, 그러면 사람들이 자유로워지겠지, 라고. 자기가 언제 죽을지 안다면, 그러면 잘살 수 있겠지."

"찾아오는 사람들한테 뭘 요구하지? 돈이 아니면, 그럼 뭐?"

"아무것도." 그녀가 눈을 부릅뜬다.

"헛소리 마. 넌 권력을 원했지. 우리는 어린애들이었는데 네 손바닥에서 놀아나게 만들었어."

"내가 오라고 한 것도 아니잖아."

"네가 그런 일을 한다고 떠벌렸잖아."

"안 했어. 네가 날 찾아낸 거지."

그녀가 기력을 되찾으며 분개한 표정을 짓는다. 대니얼은 그 말이 사실인지 기억을 끄집어내본다. 이 여자 얘기를 어디서 들었지? 식당에서 본 남자애 둘. 그렇다 해도 그애들은 이 여자 얘기를 어디서 들었겠어? 그 끝에는 결국 브루나가 있을 것이다.

"설령 그렇다 해도 우릴 들이지 말았어야지. 어린애들이었는데, 당신은 우리한테 애들이 들어서는 안 될 얘기를 했어."

"애들은, 모두 죽음에 대해 생각해. 모두 다 그래! 그리고 스스로 나를 찾아오는 아이들은, 그런 애들은 다 이유가 있어. 하나도 빼놓지 않고 다. 그래서 난 그애들이 원하는 걸 알려주지. 아이들은 자신의 바람에 솔직해. 용기가 있지. 알고 싶어하고, 그걸 두려워하지 않아. 넌 당찬 아이였어. 기억나. 하지만 넌 네가 들은 얘기를 좋아하지 않았지. 그러면 내 말을 믿지 마. 그러면, 내 말을 안 믿으면 그만이야! 내 말을 믿지 않는 것처럼 살아."

"그렇게 살고 있어. 나는." 그의 생각이 옆길로 샌다. 피로와 추위로―브루나는 어떻게 이렇게 사는 거지?―그리고 여기까지 온 자동차여행으로, 미라가 바닥에서 휴대폰을 발견했으리라는 생각으로. "네 미래도 알고 있나? 너 자신의 죽음도?"

브루나가 몸을 떨고 있는 줄 알았는데 다시 보니 그녀는 고개를 젓고 있다. "아니, 몰라. 내 운명은 보이지 않아."

"자신의 운명은 보이지 않는다." 대니얼의 마음속에서 잔인한 기쁨이 피어난다. "그것 때문에 미칠 것 같겠군."

그녀는 그의 어머니와 또래고 덩치도 비슷하다. 하지만 거티는 기력이 좋다. 브루나는 어쩐지 비대하면서도 쇠약해 보인다.

그가 총을 겨눈다. "만약 그게 지금이라면?"

여자는 헉한다. 그녀가 두 손으로 귀를 감싸자 이불이 바닥으로 떨어지며 잠옷과 맨다리가 드러난다. 조금이나마 온기를 느끼기 위해서인지 발목을 서로 엇갈린 채 발을 꼭 붙이고 있다.

"대답해." 대니얼이 말한다.

그녀가 옅은 목소리로 말한다. 목구멍 위쪽에서 나오는 소리다. "지금이라면 지금인 거지."

"꼭 지금일 필요는 없겠군." 그가 총을 만지작거리며 말한다. "내가 언제든 그 순간을 만들 수 있어. 문 앞에 나타나는 거지. 넌 내가 언제 올지 절대 모르고. 어느 쪽이 좋겠어? 지금 가는 거, 아니면 언제일지 모르는 거? 기다리고 기다리면서, 까치발로 걸으면서—어깨 너머를 힐끔거리는 좆같은 매일매일을 보내면서, 주변 사람들이 모두 죽는 동안 계속 살아 있으면서, 그게 혹시 나였어야 하는 건 아닌지 생각하겠지. 그리고 너 자신을 미워하고. 네가……"

"오늘이 네 날이지!" 브루나가 소리치고, 대니얼은 그녀의 돌변한 목소리에 깜짝 놀란다. 낮고 자신만만한 목소리. "네 날, 바로 오늘이야. 그래서 여기 온 거야."

"내가 그걸 몰랐겠어? 내 의지로 이러는 게 아니라고 생각하나?" 그가 이렇게 말하지만 그를 보는 브루나의 눈초리는 또다른 설명도 가능하다는 걸 암시한다. 그가 자신의 의지에 따라 여기 온 게 아니라 사이먼과 클라라와 같은 요인에 의해 이렇게 되었다는 것. 그의 결정이 처음부터 조작되었다는 것. 여자가 그는 이해할 수 없는 어떤 선견지명을 가졌거나, 또는 그가 그것을 믿을 만큼 나약하기 때문에.

아니야. 사이먼과 클라라는 무의식적으로 자석에 이끌리듯 그렇게 됐고, 대니얼은 정신이 온전하다. 그럼에도 두 가지 설명은 착시현상처럼 이것이기도 했다가 저것이기도 하고—꽃병인지 두 사람의 얼굴인지?—양쪽 모두 다른 하나만큼 설득력이 있어서 그 관점을 꼭 붙들고 있지 않으면 곧바로 명료함을 잃어버린다.

하지만 방법이 하나 있다. 자신의 설명을 영원한 것으로 만들고, 나머지는 과거의 것, 또는 그랬을 법한 것으로 사라지게 할 수 있다. 그 방법이 방금 떠오른 것인지 아니면 그녀의 사진을 본 후로 줄곧 그의 머릿속에 있었던 것인지는 확신이 들지 않는다.

여자의 눈이 왼쪽으로 빠르게 돌아가고 대니얼은 가만히 있는다. 처음에는 폭포수가 쏟아지는 소리만 들리다가 곧 또다른 소리가 뚜렷해진다. 천천히, 소리 죽여 협곡의 자갈을 밟는 발걸음.

"움직이지 마." 그가 말한다.

그가 운전대로 간다. 눈이 어둠에 적응되자 검은 무리가 좁은 산길을 따라 빠르게 움직이는 모습이 보인다.

"여기서 나가." 브루나가 말한다. "가라고."

이제 발소리가 점점 가까워지고, 빨라지고, 그의 맥박이 빨라지기 시작한다.

"대니얼?" 어떤 목소리가 그를 부른다.

컴퓨터 화면에 띄워놓은 웨스트밀턴 지도. 마우스패드 옆 명함. 미라가 찾아낸 것이다. 그녀가 에디에게 전화한 것이다.

"대니얼!" 에디가 소리친다.

대니얼이 신음한다.

"가라고 했지." 브루나가 말한다.

하지만 에디가 이미 너무 가까이 와 있다. 협곡을 다 기어올라 공터로 올라서는 형체가 보인다. 위장이 솟구치고 뒤틀린다. 대니얼이 브루나의 접이식 탁자를 벽으로 홱 밀어올리자 상자들이 바닥으로 쏟아진다. 접이식 철제 의자가 그 위로 무너진다.

"알았어." 브루나가 매섭게 말한다. "이제 그만."

하지만 대니얼은 멈출 수가 없다. 그는 자기 자신의 두려움에, 깊은 곳에서부터 거침없이 돌진해오는 그 기세에 놀란다. 이것은 내가 아니고 내 감각이 아니다. 이것을 뿌리째 뽑아버려야 한다. 그는 싱크대 옆 조리대로 다가가서 총으로 종교적인 물건들을 쳐바닥으로 날려버린다. 앞좌석에 있는 상자들 안에 든 것을—신문과 통조림, 트럼프카드와 타로카드, 낡은 문서와 사진—땅바닥으로 내던진다. 브루나가 소리를 지르며 소파에서 무거운 몸을 일으키지만, 그는 아랑곳없이 그녀를 지나쳐 침실 문으로 간다. 압핀에서 나무십자가를 뜯어 벽에 집어던진다.

"네가 뭔데 이래." 브루나가 비틀거리며 외친다. "여긴 내 집이야." 그녀의 눈 흰자가 붉은색 실금으로 뒤덮여 있고 눈 밑이 어렴풋이 번뜩인다. "몇 년간 여기 살았고, 여길 떠나지 않을 거야. 네가 무슨 권리로 이래. 나도 미국 사람이야, 너랑 똑같이."

대니얼이 그녀의 손목을 잡는다. 닭뼈 같다.

"넌 달라." 그가 말한다. "나와 같지 않아."

레가타의 문이 열리고 에디가 시야에 들어온다. 비번이었는지 가죽재킷에 청바지를 입었지만 FBI 배지를 보이며 총을 뽑아들고 있다.

"대니얼." 그가 말한다. "무기를 내려놔요."

대니얼이 고개를 가로젓는다. 살면서 용기 있게 행동한 적이 거의 없다. 그래서 지금은 그렇게 할 것이다. 사는 내내 성정체성을 숨겨야 했고 죽은 뒤에야 이해받을 수 있었던 사이먼을 위해서. 거친 눈빛으로 천장 조명에 목을 매달았던 클라라를 위해서. 자식들은 당신처럼 살지 않도록 매일 열두 시간씩 일했던 솔을 위해서, 그리고 그들 모두를 잃은 거티를 위해서.

이것은 그에게 일종의 믿음의 행위다. 신에 대한 믿음이 아니라, 그 자신의 힘에 대한 믿음. 운명이 아니라, 선택에 대한 믿음. 그는 살 것이다. 반드시 산다. 삶에 대한 믿음.

그는 여전히 브루나의 가느다란 손목을 잡고 있다. 관자놀이를 향해 총을 들어올리자 그녀가 움츠린다.

"대니얼." 에디가 외친다. "쏩니다."

하지만 대니얼의 귀에 그의 말은 들어오지 않는다. 자신은 무고하다는 생각이 선사한 자유와 그 팽창성이 헬륨처럼 그를 채워 공중으로 떠운다. 브루나 코스텔로를 내려다본다. 한때 그는 책임이 공기처럼 그들 사이에 흐른다고 믿었다. 이제는 그녀와의 공통점이라고 생각했던 것이 무엇인지 기억도 나지 않는다.

"아카나 무카브 투트 레 데블레사." 브루나가 숨소리보다 나직이, 긴장한 목소리로 중얼거린다. "아카나 무카브 투트 레 데블레사. 이제 당신을 신에게 맡깁니다."

"내 말 좀 들어봐요, 대니얼." 에디가 말한다. "이 이상 계속하면 나도 도와줄 수 없어요."

대니얼의 손이 축축하다. 그가 노리쇠를 당긴다.

"아카나 무카브 투트 레 데블레사." 브루나가 말한다. "이제 당신을……"

28

프리다가 배고파한다.

바르야가 비바리움에 들어간 것이 일곱시 삼십분인데 원숭이는 이미 우리 안에서 일어선 채 창살을 붙들고 있다. 원숭이들 대부분이 바르야의 등장이 곧 있을 아침식사를 의미한다는 것을 알고 재잘대거나 끽끽거리긴 하지만 프리다는 몇 주째 똑같이 다급하게 울어댄다. "쉬, 쉬." 바르야가 말한다. "쉬, 쉬." 모든 원숭이가 야생에서처럼 몸을 움직여야 먹이를 얻을 수 있도록 고안한 퍼즐 먹이통을 하나씩 받는다. 노란색 플라스틱 미로인 먹이통의 꼭대기에서 바닥의 구멍으로 손가락을 움직여 사료 알갱이를 꺼내야 한다. 이웃 원숭이들은 열심히 먹이통을 긁어대는데 프리다는 자기 먹이통을 우리 바닥에 내버려둔다. 이 정도 퍼즐은 프리다에게 쉬워서 몇 초 만에 먹이를 꺼낼 수 있을 것이다. 그런데도 그러지 않고 바르야를 보며 경고성 울음소리를 낼 뿐이다. 오렌지도 들어갈 만큼 입을 크게 벌린 채.

검은 머리채와 손 하나가 문간에 나타나더니 애니 킴의 머리가 방안으로 쑥 들어온다.

"그 사람 왔어요." 그녀가 말한다.

"좀 이르네요." 바르야는 파란색 실험복을 입고 팔꿈치까지 올라오는 두꺼운 장갑을 끼고 있다. 짧은 머리는 샤워캡으로, 얼굴은 마스크와 플라스틱 보호대로 가렸다. 그렇지만 소변과 분비물 냄새가 더 강력하다. 연구실뿐만 아니라 집에서도 그 냄새가 난다. 자신의 몸에서도 그 냄새가 나기 시작한 것인지, 아니면 냄새에 너무 익숙해져서 어디서나 난다고 상상하게 된 것인지 알 수 없다.

"겨우 오 분 일찍이에요. 보세요." 애니가 말한다. "빨리 시작하면 빨리 끝나는 법이잖아요. 이 뽑을 때처럼."

원숭이 몇 마리가 벌써 퍼즐을 끝내고 먹이를 더 달라고 야단이다. 바르야는 팔꿈치로 허리의 가려운 곳을 긁는다. "일주일이나 걸리는 치과 진료라니."

"보통 지원금 신청은 더 오래 걸리거든요." 애니가 이렇게 말하자 바르야가 웃는다. "기억해요. 그 사람 얼굴을 달러 기호로 보는 거예요."

애니가 발로 문을 잡고 바르야를 기다려준다. 두 사람 뒤에서 문이 닫히자마자 비명소리는 거의 들리지 않는다. 멀리 있는 TV에서 나오는 소리처럼 들릴 뿐이다. 이 건물은 콘크리트건물에 창문이 거의 없고 모든 방에 방음처리가 되어 있다. 바르야가 애니를 따라 복도를 지나서 두 사람이 함께 쓰는 사무실로 간다.

"프리다가 아직도 단식투쟁중이에요." 바르야가 말한다.

"오래 버티지 못할 거예요."

"그래도 싫어요. 걔 보면 내가 힘들어요."

"걔가 그걸 아는 것 같지 않아요?" 애니가 묻는다.

사무실은 긴 직사각형 모양이다. 바르야의 책상은 짧은 서쪽 벽을 다 차지하고 있고, 애니의 책상은 긴 남쪽 벽 입구 왼쪽에 붙어 있다. 두 사람 책상 사이, 입구 맞은편은 철제 실험실 세면대 자리다. 애니가 자리에 앉은 뒤 의자를 돌려 컴퓨터를 본다. 바르야는 마스크와 보호대, 실험복, 장갑, 머리와 신발을 감싼 비닐을 벗는다. 비누칠을 세 번, 견딜 수 있는 가장 뜨거운 물로 헹구기를 세 번 해서 손을 씻는다. 그러고서 평상복—검은색 슬랙스에 파란색 남방셔츠, 그 위에 목까지 단추를 잠근 검은색 카디건—매무새를 다듬는다.

"자, 이제 가요." 애니가 한 손에 마우스를 쥐고 다른 손에 반쯤 먹은 루나 에너지바를 든 채 눈을 가늘게 뜨고 컴퓨터를 보고 있다. "명주원숭이랑 너무 오래 혼자 두면 안 돼요. 우리 원숭이들이 다 그렇게 귀엽다고 생각할 거 아니에요."

바르야가 관자놀이를 꾹 누른다. "애니가 하면 안 돼요?"

"밴갤더 씨가 콕 집어 말했잖아요." 애니가 컴퓨터 화면에서 눈을 떼지 않고 씩 웃는다. "바르야가 책임자고. 그 멋진 발견들을 한 사람이니까. 그 사람이 저는 싫대요."

엘리베이터에서 내려서자 명주원숭이 우리 쪽을 향한 남자가 보인다. 이 우리는 연구소에서 유일하게 대중에 공개된 곳이다. 높이

2.7미터, 너비 2.4미터에 사방 벽은 단단한 그물과 유리로 덮여 있다. 남자가 바로 돌아보지 않은 덕에 바르야는 뒤에서 그를 관찰할 기회가 생긴다. 키가 180센티미터는 넘어 보이고, 무성한 덤불 같은 곱슬 금발에 연구소 견학보다는 하이킹에 더 어울리는 차림새다. 나일론 기능성 바지 위에 바람막이를 입고 복잡해 보이는 배낭을 멨다.

명주원숭이들은 그물에 몰려 있다. 모두 아홉 마리로, 두 마리가 부모이고 나머지는 그 자식들인데 한 마리 빼고는 모두 이란성 쌍둥이다. 모두 다 자란 상태라 몸길이가 대략 18센티미터, 감정을 표현하는 줄무늬 꼬리를 포함하면 40센티미터다. 얼굴은 호두 껍데기만하지만, 마치 큰 판에서 이목구비를 빚은 뒤에 그대로 축소한 것처럼 매우 세밀하다. 콧구멍이 침핀 머리만하고 검은 눈은 옆으로 누운 눈물방울 모양이다. 그중 한 마리가 마분지로 만든 길쭉한 관 위에 무릎을 45도 각도로 접고 쪼그리고 앉아 있다. 발이 바깥을 향하고 둥글둥글한 허벅지가 털로 덮여 있어 마치 요정 같다. 이 원숭이가 내는 날카로운 휘파람소리는 유리벽으로 막아봐야 아주 조금 작아지는 정도다. 십 년 전 처음 연구소에서 일을 시작했을 때 바르야는 명주원숭이가 내는 소리를 듣고 건물 안 어느 깊숙한 복도에서 경보음이 울리는 줄 알았다.

"저런 소리를 내곤 해요." 그녀가 다가가며 말한다. "그런데 생각하는 거랑 다른 의미예요."

"비참한 공포인가요?"

돌아서는 남자가 너무 어려 보여서 그녀는 놀란다. 휘핏*처럼 호리호리한 체형에 얼굴은 크고 탐색적인 코만 유독 도드라져 보인다. 그래도 입술이 도톰하고, 웃을 때면 예상 가능한 잘생긴 얼굴이 나타난다. 앞니 사이가 약간 벌어져서 소년 같은 느낌을 준다. 은테 안경 너머 눈은 프리다의 눈이 떠오르는 개암색이다.

"호출하는 소리예요." 그녀가 말한다. "명주원숭이는 그 소리로 멀리 있는 다른 원숭이와 의사소통을 하거나 새 식구를 맞이해요. 붉은털원숭이를 만나면 쳐다보지 않는 게 좋아요. 그들은 자기 영역을 중시하는데다 멸종 위기종이거든요. 반면에 명주원숭이는 호기심이 많고 유순하죠."

명주원숭이가 다른 원숭이보다 덜 공격적인 건 맞지만, 입을 크게 벌리고 내는 이 휘파람소리는 사실 고통의 외침이다. 무슨 마음에서 그런 거짓말이 튀어나왔는지, 결과적으로 얻을 것도 없는 거짓말을 왜 했는지 알 수 없다. 아마도 이 남자가 원숭이를 보던 집중하는 시선, 이제 그녀에게 쏟고 있는 집중력 때문이었을 것이다.

"골드 박사님이시군요." 그가 말한다.

"밴갤더 씨." 바르야는 손을 내밀지 않으면서 그 또한 그러기를 바라지만, 그가 손을 내밀자 억지로 손을 움직여 악수한다. 그리고 즉시 어느 손인지 머릿속에 기억해둔다. 오른손이다.

"에이, 루크라고 부르세요."

바르야가 고개를 끄덕인다. "결핵검사의 결과가 나오기 전까지는 연구실 내부로 들어가실 수가 없고요. 그래서 오늘은 중심단지를 보여드릴까 해요."

"시간을 낭비하지 않으시네요." 루크가 말한다.

---

* 개의 한 품종.

그의 농담 때문에 바르야는 불안해진다. 언론인들은 이렇다. 거짓된 친밀감을 꾸며내고 호감을 사서 상대를 편하게 만들고, 그래서 다른 상황이었으면 현명하게 삼갔을 이야기를 털어놓게 만든다. 마지막으로 연구소 방문을 허가했던 언론인은 TV 리포터였다. 그 리포터의 영상 때문에 후원자들 사이에 난리가 나서 드레이크 연구소는 그들을 달래려 원숭이들을 위한 놀이공간을 새로 지었다. 물론 그 리포터가 가장 문제적인 삽입화면들만 따다 쓴 것이었는데, 붉은털원숭이들이 방금 먹이를 먹어놓고도 시치미를 떼고 우리 난간을 흔들며 울어대는 영상이었다.

바르야가 루크를 로비로 안내한다. 건장한 남자가 보안요원 자리에 앉아 신문을 읽고 있다. "클라이드는 이미 만나셨을 테고."

"그럼요. 오랜 친구죠. 어머님 생신 얘기도 들었어요."

"지난달에 백한 살이 되셨죠." 클라이드가 이렇게 말하면서 신문을 내려놓는다. "그래서 형제들하고 저하고 데일리시티에 가서 파티를 열어드렸어요. 어머니는 집밖으로 나오실 수가 없어서 어머니가 전에 다니던 교회 성가대에게 비용을 내고 노래를 불러달라고 했어요. 어머니가 아직도 가사를 다 아시더라니까요."

바르야는 연구소에서 일한 십 년 동안 클라이드와 인사 이외의 대화를 주고받은 적이 없다. 그녀가 무거운 철문으로 손을 뻗어 옆에 있는 숫자판에 애니가 만든 최신 비밀번호를 누른다. "어머니께서 백일 세라고요?"

"그렇다니까요." 클라이드가 말한다. "정말이지 저 원숭이들 말고 우리 어머니 데리고 실험해봐요."

드레이크 노화연구소는 푸른 둔덕이 끝없이 이어지는 버델산으로 둘러싸인 곳에 자리하며 흰색의 여러 각진 건물로 이루어져 있다. 전체 면적이 2제곱킬로미터에 달하는 연구소는 올롬팔리주립역사공원에서 남쪽으로 3킬로미터, 스카이워커목장에서 북쪽으로 3킬로미터 떨어져 있고, 부지의 거의 대부분이 사람 손이 닿지 않은 시골땅이다. 산중턱 벌판에 자리잡고 있는데, 거대한 석회석 덩어리들이 월계수와 수풀 한가운데 서 있는 모양새가 마치 외계인의 야영지 같다. 바르야에게는 주변의 산비탈이 항상 볼썽사납고 손질이 부족해 보였는데—아무렇게나 뒤엉켜 자란 가시투성이 관목, 너무 자란 수염처럼 축 늘어진 월계수—루크 밴갤더는 두 팔을 머리 위로 뻗으며 숨을 내쉰다.

"세상에." 그가 말한다. "이런 곳에 있는 직장이라니. 3월에 20도. 점심시간에 주립공원에서 하이킹도 할 수 있겠어요."

바르야가 손을 뻗어 선글라스를 잡는다. "실망스럽겠지만 그런 일은 없어요. 저는 아침 일곱시에 출근하거든요. 대개는 그날 저녁 퇴근할 때까지 날씨가 어떤지 모르고 살죠. 저 건물 보이세요?" 그녀가 가리키며 말한다. "저기가 주 연구동이에요. 레오 천이 설계한 건물이죠. 기하학적인 요소로 유명한 그 사람. 방문객 주차장에 차를 대셨을 테니 저 건물이 반원 모양으로 생긴 거 보셨겠네요. 모든 벽에 창문이 있는데. 여기서 보면 작지만 실제로는 바닥에서 천장까지 이어지는 거예요." 그녀가 영장류 연구실에서 오십 걸음, 주 연구동에서 400미터 떨어진 곳에서 멈춰 선다. "수첩 없어요?"

"일단 듣고 있어요. 사실 확인은 나중에 해도 돼요."

"그런 순서가 편하시다면."

"방향을 정하고 있어요. 일주일 내내 여기 있을 거기도 하고요."
루크가 눈썹을 치켜올리고 미소를 짓는다. "앉아서 얘기할 시간이
있을 줄 알았는데."

"물론, 있을 거예요." 바르야가 말한다. "언젠가. 그런데 난 원
래 기자들을 만나는 일이 잘 없고, 어떤 정보는 따로 전달만 드려
도 이해해주실 거라고 믿어요. 연구방식 자체가, 내가 연구실에서
나와 있는 시간을 최소화하는 게 중요하거든요."

178센티미터인 그녀는 똑바로 서면 루크와 눈높이가 거의 맞는
다. 선글라스 너머로 그의 얼굴은 침침하고 작게 보이지만 놀라움
이 퍼져나가는 것은 알아볼 수 있다. 왜? 그녀가 무뚝뚝해서, 냉정
해서? 만일 연구실을 이끄는 사람이 남자고 그의 성격이 이렇다면
딱히 놀라지도 않을 것이다. 말을 아낀 것에 대한 자책감이 자신감
으로 바뀐다. 그녀는 영장류 연구계에서 권위를 인정받고 있다.

루크가 배낭을 몸 앞으로 가져와 검은색 녹음기를 꺼낸다. "괜
찮을까요?"

"그래요." 바르야가 말한다. 루크가 녹음버튼을 누르고, 그녀는
다시 걷기 시작한다. "〈크로니클〉에서 일한 지는 얼마나 됐어요?"

끔찍이도 싫은 잡담이지만, 화해의 제스처로 딱 이만큼 해본다.
동시에 두 사람은 주 연구동을 에두르는 넓은 포장도로로 들어선
다. 영장류 실험실로 가는 길은 용도만 바꾼 흙길이다. "우릴 가둬
두고 싶은가봐요. 미개해서." 한번은 애니가 이렇게 말해 바르야는
웃음을 터뜨렸다. 애니가 지칭하는 것이 원숭이인지 자기들 둘인
지 알 수 없었지만.

"하루도 안 됐어요." 루크가 말한다. "저는 프리랜서예요. 이번이 같이하는 첫번째 작업이에요. 저는 시카고에서 일하고, 보통 〈트리뷴〉에 기사를 내죠. 제 소개서 못 보셨어요?"

바르야가 고개를 젓는다. "그건 킴 박사가 하는 일이라서요."

애니는 자신도 연구원일 뿐 공보관이 아닌데도 후자의 역할을 어려워하지 않고 맡았다. 바르야는 언론매체에 능숙하게 대응하는 애니에게 항상 감사하고 있고, 그래서 애니가 〈샌프란시스코 크로니클〉에 게재될 이 일주일짜리 인터뷰에 응하자고 했을 때 동의했다. 영장류 연구실의 이십 년 연구기간 중 십 년이 지났다. 올해 연구실은 2차 지원금 선정에 지원할 계획이다. 공식적으로 홍보는 연구지원금과 관련이 없다. 비공식적으로는, 드레이크 연구소를 지원하는 재단은 그들이 어떤 중요한 일을, 대중의 환호와―영장류 연구의 경우에는―수용을 모두 얻는 일을 실현하는 데 일조하고 있다는 느낌을 받고 싶어한다.

"신문사에서 일해본 적 있어요?" 그녀가 묻는다.

"대학에서요. 편집국장이었어요."

바르야는 웃을 뻔한다. 애니는 역시 요령이 있다. 루크 밴걸더는 애송이다.

"일하는 게 재밌겠어요. 여기저기 많이 돌아다니고. 매번 다른 일을 할 테니." 이렇게 말은 하지만 사실 그런 것들이 그녀에게는 전혀 재미있지 않다. "대학에서 전공은 뭐였나요?"

"생물학이요."

"저도 그런데. 어디서요?"

"세인트올라프. 미니애폴리스 외곽에 있는 작은 학부대학이에요. 제가 위스콘신 농촌마을에서 자랐는데 그 정도면 집에서 가까 웠거든요."

바르야가 입은 옷은 자연광이 없고 항상 싸늘한 연구실에서는 적합하지만 야외에서는 아니다. 더워서 땀을 흘리다가, 잔디를 깎고 나무를 새로 심은 주 연구동에 다다르자 마음이 놓인다. 바르야는 루크를 데리고 원형 진입로를 지나 회전문을 통과한다.

"와, 씨." 건물 안으로 들어서자마자 루크가 말한다.

드레이크 연구소 로비는 층고가 2층 높이이고 어린이 수영장만 한 석회석 화분에 나무가 심어져 있는 으리으리한 공간이다. 흰색 수입 대리석 바닥이 고등학교 학생식당만큼 널찍하게 펼쳐진다. 관람객 그룹 하나가 평면 스크린에 비디오와 참여형 전시를 상영하는 서쪽 벽에 모여 있다. 또다른 그룹은 가이드를 따라 엘리베이터 쪽으로 이동하고 있다. 엘리베이터는 그야말로 장관이지만— 유리와 크롬으로 만들어진 모던한 형태에 밖으로는 산파블로만 정경이 내다보인다—이용하는 직원은 일흔두 살의 연구원 한 명뿐이다. 예쁜꼬마선충을 연구하는 사람으로, 류머티즘성관절염 때문에 휠체어를 탄다. 그 밖에는 모두, 아프거나 다친 경우가 아니면 계단을 이용한다. 8층에서 일하는 사람들조차.

"이쪽으로." 바르야가 말한다. "중앙홀에서 얘기해요."

루크는 눈이 동그래져서 뒤떨어져 따라간다. 루브르박물관을 본떠 삼각형의 유리로 만든 홀은 태평양과 태멀파이어스산을 마주보고 있다. 카페로 쓰이기도 해서 둥근 탁자들이 놓여 있고, 주스 판매대에는 이미 관람객 열 명이 줄을 서 있다. 바르야는 제일 안쪽 테이블까지 가서 의자에 앉으며 팔걸이에 핸드백을 건다.

"항상 이렇게 붐비는 건 아니에요." 그녀가 말한다. "월요일 아침에만 일반인 관람객에게 개방하거든요."

그녀는 등을 살짝 곧추세워서 허리 아랫부분만 의자 커버에 댄다. 둘 사이에서 균형을 잡는, 지속적인 경계로 위협을 상쇄하는 행동이다. 불편이 안전을 위해 지불하는 대가라도 되는 것처럼. 어렸을 때 이층침대 위층인 자기 자리에 누워서 어떤 기분이 들지 보려고 천장에 더러운 발 한쪽을 대본 적이 있다. 신발 밑창이 닿은 자리의 페인트에 검은 자국이 남았다. 그날 밤 그녀는 잠이 들면 그 조그만 흙가루가 얼굴에 떨어질까봐 밤새 뜬눈으로 지켜보았다. 흙이 떨어지는 것은 보지 못했으므로 떨어지지 않았을 것이다. 만약 그녀가 잠들었더라면—계속 지켜보지 않았다면—떨어졌을 수도 있다.

"사람들이 여기에 엄청 관심이 많은 것 같네요." 루크가 함께 앉으면서 말한다. 그리고 건널목 도우미 옷처럼 밝은 주황색인 바람막이를 벗어서 의자 등받이에 던진다. "여기서 일하는 사람이 몇 명이나 돼요?"

"연구실이 스물두 개인데요. 각각 연구책임자가 한 명씩 있고 추가 인원이 최소 세 명, 많은 곳은 열 명까지 있어요. 주무관, 교수, 박사급, 실험기사, 사육사, 박사후과정, 석사급, 특별연구원 같은 사람들이죠. 큰 곳은 행정보조도 있어요. 더넘 연구실 같은. 알츠하이머병에서 일어나는 신경세포 신호 전달을 연구하는 곳이죠. 물론 시설, 관리 직원도 있죠. 다 합치면, 백칠십 명쯤 되겠네요. 대부분이 과학자고."

"그리고 그 사람들이 다 늙지 않는 연구를 하는 건가요?"

"여기서는 수명연장이라는 용어를 선호해요." 바르야가 눈을 찌푸린다. 홀에서도 햇빛이 들지 않는 자리를 선택했지만 태양이 움직이면서 철제 탁자 표면에 빛이 반사된다. "노화방지라고 하면 사람들은 공상과학소설이나 냉동인간, 뇌 에뮬레이션 같은 걸 떠올려요. 하지만 우리가 찾는 성배는 단순히 수명을 늘리는 게 아니에요. 건강수명을 늘리는 거죠. 그러니까, 노년기의 삶의 질을 향상시키는 것. 바타차리아 박사가 개발하고 있는 파킨슨병 신약을 예로 들 수 있겠네요. 캐브릴로 박사는 노화가 암 발병의 가장 큰 단독요인임을 증명하려 하고 있어요. 장 박사는 실제로 늙은 쥐의 심장질환을 역전시켰고요."

"반대론자도 분명 있겠네요. 인간의 수명이 이미 충분히 길다고 생각하는 사람들, 식량 부족, 인구 과잉, 질병이 필연적으로 따라오리라고 지적하는 사람들이요. 수명연장의 경제적인 문제나 누가 그 이익을 볼 것인가 하는 정치적인 문제는 말할 것도 없고요."

바르야는 이 질문에 준비가 되어 있다. 반대론자들은 항상 있기 때문이다. 한번은 어떤 저녁식사 모임에서 환경변호사가 바르야에게 생명의 보존을 그렇게나 걱정한다면 어째서 환경보호를 위해 일하지 않느냐고 물었다. 오늘날 이 시대에 생태계의 수많은 식물과 동물 종이 멸종 위기에 처해 있지 않느냐고. 이산화탄소 배출을 줄이거나 흰수염고래를 살리는 것이 인간의 수명을 십 년 연장하는 것보다 더 긴급하지 않은가? 거기에, 그의 아내가—경제학자였다—기대수명이 늘어나면 사회보장과 메디케어* 비용이 급증해

---

* 미국에서 육십오 세 이상 노인과 장애인을 대상으로 시행하는 공공의료보장제도.

국가채무가 더 심화될 거라고 덧붙였다. 이런 의견에 대한 바르야의 생각은?

"물론이죠." 그녀가 루크에게 말한다. "바로 그 이유로 드레이크 연구소의 투명성이 중요해요. 그것이 매주 관람객 개방을 진행하는 이유이자, 당신과 같은 기자들의 연구실 취재를 허가하는 이유고요. 대중의 관심이 우리를 계속 정직하게 만들어주니까요. 하지만 진실은 이거예요. 어떤 결정을 내리든, 어떤 연구를 하든 그로부터 특정 그룹은 이익을 얻고 특정 그룹은 그렇지 않을 겁니다. 헌신의 대상을 선택해야 해요. 그리고 내가 헌신하려는 대상은 인간입니다."

"그런 입장을 두고 자기본위라고 할 수도 있죠."

"그럴 수도 있겠네요. 그러면 그 주장이 도달하는 결론을 추측해봅시다. 암 치료법 찾기를 중단해야 할까요? HIV를 치료하지 말아야 할까요? 노인들의 의료서비스에 대한 접근을 차단하고 무슨 질병이든 그저 받아들여야 한다고 할까요? 당신의 지적은 이론적으로는 타당하지만, 심장병으로 아버지를 잃은 사람이나 알츠하이머로 배우자를 잃은 사람들에게 물어보면, 그런 일을 겪기 전과 후에 우리 연구를 지지할 것인지 물어보면, 겪은 후에는 그들 모두 '그렇다'고 대답할 거라고 장담해요."

"아아." 루크가 몸을 앞으로 내밀고 깍지 낀 두 손을 탁자 위에 올려놓는다. 그의 재킷 소매 하나가 떨어져서 바닥에 닿는다. "그러니까 개인적인 차원의 문제군요."

"우리의 목표는 인간의 고통을 줄이는 거예요. 그것은 고래를 구하는 것만큼 도덕적인 책무가 아닐까요?" 이것이 그녀의 비장의 카드다. 칵테일파티에서 지인들을 침묵시키는, 공개강연 때마다 어김없이 등장하는 시비조의 질문자들을 침묵시키는 대사. "재킷이요." 그녀가 몸을 뒤로 빼며 말한다.

"네?"

"재킷이 바닥에 떨어졌어요."

"아." 루크가 어깨만 으쓱하고 재킷은 그대로 내버려둔다.

29

어스름이 하늘에 가루처럼 흩뿌려질 무렵 바르야는 연구실에서 나온다. 골든게이트다리를 반쯤 건너고 있을 때 중심 케이블의 조명들이 깨어난다. 랜즈엔드공원을 호를 그리며 통과하면서 리전오브러너미술관과 시클리프의 저택들을 지나치고, 기어리의 방문자 주차장에 차를 댄다. 그다음 접수대에서 서명을 하고 밖으로 나와 거티가 있는 건물로 이어지는 길을 걷는다.

거티는 지난 이 년 동안 헬핑핸즈*에 거주했다. 대니얼이 죽고서도 몇 달은 킹스턴에 머물렀는데, 그동안 미라와 여러 선택지를 두고 상의를 했다. 그러다 2007년 5월, 퇴근하고 돌아온 미라가 뒷마당에 엎어져 있는 거티를 발견했다. 정원에서 집으로 들어가다가 쓰러진 것이었다. 거티는 왼쪽 뺨이 흙바닥에 처박혀 있었고, 턱

---

* 동명의 봉사단체가 노숙인이나 기초생활에 도움이 필요한 사람에게 제공하는 거처.

옆으로 반들반들한 침이 동그랗게 고여 있었다. 오른팔에는 닭장 철조망에 긁혀 피가 묻어 있었다. 미라는 비명을 질렀지만 곧 거티가 혼자 일어설 수 있고 심지어 걸을 수도 있었다는 사실을 알게 되었다. CT 촬영과 혈액검사를 거친 후 의사들은 그 사고가 뇌졸중으로 인한 것이라고 규정했다.

바르야는 화가 머리끝까지 솟았다. 그 감정은 달리 표현할 말이 없었다. 슬픔조차 거의 느껴지지 않았고, 그저 너무 화가 나고 눈이 돌 지경이라 거티의 목소리를 듣자마자 현기증이 났다.

"왜," 바르야가 물었다. "미라한테 전화 안 했어요? 일어설 수 있었잖아요. 걸을 수도 있었고. 그런데 왜 집안으로 들어가서 전화하지 않았어요? 미라한테, 아니면 나한테라도?"

휴대폰을 귀에 바싹 갖다댔다. 그녀는 여행가방을 끌고 샌프란시스코국제공항에서 걷는 중이었다. 곧 킹스턴으로 데려가줄 비행기를 타려고.

"죽는 줄 알았어." 거티가 말했다.

"아니라는 거 바로 알았잖아요."

침묵이 길어졌고, 그 정적 속에서 바르야는 이미 알고 있던 사실, 소식을 듣자마자 화가 났던 원인을 들었다. 그러기를 바랐어. 그러고 싶었다. 거티에게 들을 필요도 없이, 바르야는 알고 있었다. 그 이유도 알고 있었지만—물론 알고 있었지만—그렇다 해도 견딜 수 없을 만큼 잔인하다고 생각했다. 거티가 그녀의 의지로, 이제 둘밖에 남지 않았는데 자신을 떠나려 했다는 사실이.

몇 주 지나지 않아 거티에게 합병증이 나타났다. 툭하면 정신이 오락가락했다. 왼팔에 감각이 없어졌고, 무너진 균형감각은 더 심각했다. 바르야의 집에서 지낸 여섯 달 동안에도 위험천만한 낙상이 여러 번이나 있었고, 이로 인해 바르야는 그녀에게 이십사 시간 돌봄이 필요하다고 확신하게 됐다. 그들은 시설 세 군데를 둘러본 뒤 거티가 마음에 들어한 헬핑핸즈로 결정했는데, 건물 생김새가—크림색과 꼬까울새 알 같은 파란색 페인트를 칠하고 모든 방의 발코니에 노란색 차양이 쳐져 있었다—골드 가족이 뉴저지에 갈 때 빌리곤 했던 해변가 집을 떠오르게 하기 때문이라고 했다. 도서관도 있고.

바르야가 방에 들어서자 거티가 빛바랜 안락의자에서 일어나 연약한 발목 때문에 비틀거리며 문으로 다가온다. 헬핑핸즈 직원들이 휠체어를 항상 사용하는 게 좋겠다고 했지만 거티는 그 괴상한 기구가 싫다며 어떻게든 치워버릴 핑곗거리를 찾아낸다. 마치 부모를 군중 속에 두고 도망가는 십대 소녀처럼.

그녀가 바르야의 팔꿈치 위쪽을 꽉 잡는다. "좀 달라 보이네."

바르야가 몸을 낮춰 어머니의 부드러운 벨벳 같은 뺨에 키스한다. 지금까지 살면서 거의 항상 바르야는 머리를 길게 내려서 코를 가리고 다녔다. 하지만 이제 머리가 은빛으로 세기도 했고, 그래서 지난주에 두피에 가까울 정도로 바짝 잘라버렸다.

"웬 검은 옷이야?" 거티가 묻는다. "왜 머리를 〈로지의 아기〉처럼 했어?"

"〈로즈메리의 아기〉 말하는 거예요?"* 바르야가 얼굴을 찌푸린

---

* 국내에는 〈악마의 씨〉로 소개된 1968년작 공포영화. 주연인 미아 패로가 쇼트커트를 하고 나온다.

다. "그 여자는 금발이었어요."

문을 가볍게 두드리는 소리가 들리더니 간호사가 거티의 저녁식사를 가지고 들어온다. 잘게 썬 샐러드, 젤리 같은 노란색 막이 덮인 닭가슴살, 롤빵 하나와 금색 포일에 싸인 작은 버터 한 덩이다.

거티가 음식을 먹으려고 침대로 기어오르면서 로봇 팔을 작동시켜 작은 테이블로 만든다. 처음에 그녀는 이 시설을 싫어했다. 그렇게—바르야가 선호하는 '집'이라는 표현 대신 '시설'이라고—부르면서 일주일에 한 번씩은 탈출을 시도했다. 열여덟 달 전에—그 직전에 그녀는 돈 도프먼의 오토임포리엄 중고차시장에 전화를 걸어 볼보 S40을 할부로 계약하면서 오래전 소멸된 솔 명의의 신용카드 번호를 불러주었다—항우울제 처방을 받고 나니 점차 상태가 좋아졌다. 지금은 '제2차 세계대전의 전투들'이나 '대통령들의 유명한 일화(비공식)' 같은 주제로 진행되는 수업에도 꾸준히 참석하고 있다. 항상 떠들썩한 과부들과 마작놀이도 한다. 도서관을 이용하고, 심지어 수영장도 가는데 거기서 그녀는 퍼레이드의 장식 차량에 선 유명인사처럼 소파튜브를 타고 둥둥 떠다니며 소리지르면 들리는 거리에 있는 사람들을 불러댄다.

"도대체 왜 식당에 안 가겠다는 건지 모르겠다." 간호사가 나가자 그녀가 바르야에게 말한다. "식탁에 둘러앉아서 사람들도 만나고. 너도 뭐라도 좀 먹을 수 있잖니."

하지만 거티의 새 친구들이 바르야는 불편하다. 그들은 누구 아들이 방문할 때가 됐다느니 누구 손녀가 최근에 출산을 했다느니, 끊임없이 뒷얘기를 한다. 바르야가 아이도 없고 결혼도 안 했다는 것을 알고는 처음에는 놀라고 그다음에는 동정하는 반응을 보였다. 그리고 그녀의 수명연장 연구에는 거의 관심이 없었다. 그 목표가 결국 그들과 같은 고령자를 돕는 것인데도.

"그런데 애가 없어?" 그들은 바르야가 애초에 거짓말을 했을지도 모른다는 듯이 끈질기게 물었다. "인생을 함께할 사람이 아무도 없다고? 안타깝다."

바르야가 멈칫한다. 그녀는 거티의 침대 옆에 서 있다. "엄마 만나러 온 거잖아요. 사람들 사귀러 온 게 아니고. 그리고 전에도 말했지만, 엄마, 이렇게 일찍은 못 먹어요. 시간이……"

"……일곱시 반은 지나야지. 알아."

거티의 표정은 도전적이면서도 애처롭다. 그녀는 바르야를 누구보다 잘 알고, 바르야의 가장 은밀한 비밀을 알고, 그 밖의 다른 많은 것도 짐작하고 있을 텐데, 최근 바르야의 방문은 매번 이런 식의 실랑이로 이어졌다. 바르야가 조심스럽게 조립한 외면을 거티가 밀고 들어가면 바르야가 이게 옳다고 고집하면서 그 나뭇조각을 다시 제자리에 밀어넣는.

"뭐 좀 가져왔어요." 바르야가 말한다.

그녀가 창가의 작고 네모난 탁자로 다가가 갈색 종이가방에서 위문품을 꺼낸다. 도서관 책 판매행사에서 찾은 엘리자베스 비숍의 시집, 솔을 기리는 뜻으로 산 밀워키 딜 피클, 그리고 라일락. 라일락은 따로 방에 딸린 작은 화장실로 가지고 간다. 쓰레기통에 대고 줄기를 자르고 키 큰 유리병에 수돗물을 채운 뒤 창가 탁자에 둔다.

"이제 왔다갔다 좀 그만해." 거티가 말한다.

"꽃 가져왔잖아요."

"그러니까 그만 움직이고 봐봐."

바르야가 꽃을 본다. 유리병이 너무 짧다. 한 송이가 소리 없이 옆으로 쓰러져 있다. 꽃은 오래 살지 못할 것이다.

"아주 예쁘네." 거티가 말한다. "고마워."

밋밋한 플라스틱 탁자와 먼지가 부직포처럼 덮인 창문, 병원의 침상 같은 침대와 거티가 그 위에 깔아놓은, 솔의 어머니가 아픈간 바늘로 코바늘뜨기한 색바랜 뜨갯것이 눈에 들어오는 순간 바르야는 거티가 왜 그렇게 생각하는지 납득한다. 이 환경에서는 꽃이 튀다못해 그 풍부한 색깔이 거의 네온사인 같다.

바르야가 창가 탁자 앞에서 접이식 철제 의자를 끌어와 거티의 침대 곁에 둔다. 이미 침대에 더 가까이 안락의자가 있지만 천이 보풀보풀하고 얼룩진데다가 누가 앉았었는지 알 방법이 없다.

거티가 버터를 싼 포일을 벗기고 플라스틱 칼로 버터를 파낸다. "사진 가져왔어?"

가져왔다. 매주, 거티가 사진 달라고 말하는 것을 까먹기를 바라면서. 십 년 전에 바르야는 새로 산 휴대폰으로 프리다의 사진을 찍는 실수를 저질렀다. 프리다가 조지아 영장류연구소에서 사흘이 걸려 드레이크 연구소에 도착한 때였다. 생후 이 주 된 아기였다. 분홍색 얼굴은 주름이 가득한 서양배 모양이었고, 양쪽 엄지손가락을 입에 물고 있었다. 그해 거티는 아직 혼자 살고 있었고, 고독할 그녀를 생각하니 사진을 이메일로 보내지 않을 수 없었다. 그리고 즉시 잘못을 깨달았다. 바르야는 한 달 전에 드레이크에 들어가면서 예외 없는 비밀유지정책에 서명했다. 그러나 그 사진을 본 거티가 너무 기뻐했고, 정신을 차리고 보니 또다른 사진을 보내고 있었다. 프리다가 암녹색 담요에 싸인 채 병을 쥐고 빠는 사진이었다.

왜 멈추지 못했을까? 두 가지 이유였다. 바르야가 어떤 연구를 하는지 완전히 이해한 적이 없는 거티에게 자신의 연구를 공유할 수 있는 방법이었다는 것. 바르야가 이전에 했던 연구들은 너무 작고 매력 없는 효모균이나 초파리가 소재였기 때문에 바르야가 인간에게 얼마나 유용한 것을 발견했는지 거티로서는 실감할 수 없었다. 또하나는 그 사진들이 거티에게 기쁨을 주었다는 것. 바르야가 거티에게 기쁨을 주었다는 것이었다.

"더 좋은 거요." 바르야가 말한다. "동영상이에요."

거티의 얼굴에 기대하는 표정이 씐다. 관절염 때문에 두툼해지고 옹이가 박인 손이 휴대폰을 향해 뻗어온다. 바르야가 손주 소식을 가지고 오기라도 한 듯. 거티는 바르야의 도움을 받아 전화기를 들고 '재생'을 누른다. 영상 속에서는 프리다가 몸단장을 하면서 우리 밖에 걸린 거울을 들여다본다. 거울은 계발을 위한 도구다. 퍼즐 먹이통이나, 매일 오후 비바리움에 틀어주는 클래식음악과 같은. 원숭이들은 손가락을 창살 밖으로 뻗어서 거울을 움직이고 자기 자신뿐 아니라 우리의 다른 부분도 볼 수 있다.

"오!" 거티가 화면을 얼굴에 바짝 갖다대며 말한다. "이거 봐."

영상은 이 년 전 것이다. 최근에 여기 올 때마다 바르야는 오래전 자료를 재활용하고 있다. 지금의 프리다는 사뭇 다른 모습이기 때문이다. 그녀가 그 나이 때의 프리다를 떠올리며 미소 짓는데, 거티의 표정이 점차 어두워진다. 뇌졸중 발생 이후 삼 년 동안 이런 순간이 점점 잦아졌다. 그녀가 다른 사람으로 돌변하기 전에 무슨 일이 일어나는지 바르야는 잘 알고 있다. 눈이 멍해지고 입가에 힘에 빠지면서 새로이 생긴 지남력장애가 나타난다.

거티가 전화기에서 바르야에게 시선을 옮기며 비난의 눈빛을 보낸다. "그런데 왜 애를 우리 안에 가뒀어?"

30

"노화를 멈추는 방법으로는 두 가지 이론이 대세예요." 바르야가 말한다. "첫째는 생식계를 억제해야 한다는 건데요."

"생식계." 루크가 따라 말한다. 그는 작은 검은색 수첩 위로 머리를 숙이고 있다. 오늘은 녹음기에 더해 수첩도 가져왔다.

바르야가 고개를 끄덕인다. 오늘 아침 중앙홀에서 루크를 만났고, 지금은 그녀가 앞장서서 영장류 실험실로 가는 흙길을 걷고 있다. "토머스 커크우드라는 생물학자가 우리는 자손에게 유전자를 물려주기 위해 자신을 희생하도록 되어 있고, 생식에 관여하지 않는 조직, 예를 들어 뇌와 심장 등은 생식기관을 보호하기 위해 손상을 감수한다고 했어요. 실험을 통해 입증된 바 있고요. 벌레는 세포 두 개가 전체 생식계로 발달하는데, 레이저로 이 세포를 파괴하면 벌레의 수명이 60퍼센트 늘어납니다."

잠시 말을 멈추자 뒤에서 루크의 목소리가 들린다. "두번째 이론은 뭐예요?"

"두번째 이론은 칼로리 섭취를 억제해야 한다는 것." 그녀가 문 옆에 달린 숫자판에 오른손 검지의 관절로 새 비밀번호를 누른다―애니가 어젯밤에 바꿔놓았다. "이게 제가 하는 일이고요."

불이 녹색으로 바뀌고 바르야가 문을 열자 삐 소리가 난다. 안에 들어서서 그녀는 클라이드에게 목인사를 하고 명주원숭이를 힐끗 보면서―오늘은 아홉 마리 모두 같은 해먹에 누워 있고, 작은 금속꼬리표가 없으면 구별할 수 없는 모습이다―2층으로 가는 엘리베이터 버튼을 팔꿈치로 누른다.

"그건 어떤 원리인가요?" 루크가 묻는다.

"DAF-16이라는 유전자와 관련이 있다고 추정돼요. 인슐린 수용체에 의해 활성화되는 분자적 신호 전달 경로에 관여하는 유전자예요." 문이 열리더니 파란색 실험복을 입은 사육사가 걸어나온다. 바르야와 루크는 여자가 나온 길로 들어간다. "예를 들어 예쁜꼬마선충의 경우 이 경로를 차단하면 수명이 두 배 이상 늘어나요."

루크가 그녀를 쳐다본다. "제가 알아들을 수 있는 말로 해주신다면?"

바르야가 비과학자와 자신의 연구를 논의하는 경우는 드물다. 그래서 더더욱 이 인터뷰를 해야 한다고 애니가 말했다. 연구를 〈크로니클〉의 넓은 독자층에 전달해야 한다고.

"예를 들어보죠." 그녀가 이렇게 말하는데 엘리베이터 문이 열린다. "오키나와 사람들의 평균수명은 세계에서 가장 길어요. 대학원에서 오키나와의 식단을 연구한 적 있는데 분명히 알 수 있었던 건 정말 영양가가 높지만 칼로리는 매우 낮다는 거였어요." 그녀는 왼쪽으로 꺾어서 긴 복도로 들어간다. "우리는 에너지를 생산하기 위해 음식을 먹죠. 하지만 에너지 생산은 신체에 해로운 화학물질도 만들어냅니다. 세포에 스트레스를 주기 때문이에요. 자, 이제부터가 재밌는 부분인데, 오키나와 사람들처럼 제한된 식생활을 하면 사실은 신체기관에 더 많은 스트레스를 주게 돼요. 그런데 그덕에 신체적으로 더 오래 살 수 있어요. 몸이 낮은 수준의 스트레스를 지속적으로 겪으면서 장기적으로 스트레스를 다루는 법을 익히게 되는 거죠."

"별로 즐거운 일은 아닌 것 같네요." 루크는 기능성 바지에 지퍼 달린 후드재킷을 입고 있다. 선글라스를 머리에 얹었는데, 곱슬머리라서 떨어지지 않는다.

바르야가 사무실 문에 열쇠를 끼우고 엉덩이로 밀어 연다. "쾌락주의자들은 대체로 그리 오래 살지 못하죠."

"하지만 그렇게 살아서 즐겁잖아요." 루크가 그녀를 따라 사무실로 들어간다. 그녀의 자리는 티끌 하나 없이 깨끗한데 애니 쪽은 파워바* 포장지와 물병, 흐트러진 학술지 더미로 어질러져 있다. "선택할 수 있다는 말처럼 들리네요. 온전히 살아갈지, 아니면 생존만 할지."

바르야가 실험복 더미를 건넨다. "보호장비예요."

그가 두 팔로 그것을 받아들고 배낭을 내려놓는다. 바지가 좀 짧다. 길고 가는 루크의 다리가 눈에 들어오자 불현듯 대니얼의 다리, 대니얼의 얼굴이 보인다. 그녀는 마음을 진정시키기 위해 돌아

---

* 에너지바의 일종.

선다. 그가 죽은 후 몇 년 동안 그녀는 아무런 증상도 겪지 않았다. 그러다 네 달 전 어느 월요일에 커피메이커가 고장났고, 그 바람에 피츠 커피로 가서 긴 줄에 서 있었다. 음악이 끔찍했는데—추수감사절도 아직인데 크리스마스 재즈라니—이 음악과 사람들과 짙다못해 답답한 원두 가는 냄새와 그 기계에서 나는 새된 소리가 빚어내는 무언가 때문에 숨이 막혔다. 계산대 앞에 섰을 때는 직원의 입이 움직이는 것만 보이고 뭐라고 말하는지 들리지가 않았다. 그녀는 그저 쳐다보고 있었다. 망원경을 눈에 대고 그 입을 들여다보는 것처럼. 그러다 말하는 소리가 날카롭게 들려왔고—"손님? 괜찮으세요?"—망원경이 탁, 바닥으로 떨어졌다.

다시 돌아서자 루크가 이미 복장을 갖춰입고 그녀를 쳐다보고 있다.

"여기서 일한 지 얼마나 됐어요?" 그가 묻는다. 예상했던 말이—괜찮으세요?—아니라서 고마운 마음이 든다.

"십 년요."

"그전엔요?"

바르야가 몸을 구부리고 신발에 커버를 씌운다. "이미 조사하고 오셨을 것 같은데."

"1978년에 배서에서 학사학위를 받으셨죠. 1983년에 뉴욕대학교 대학원에 들어가서 88년에 졸업했어요. 거기서 이 년 더 연구조교로 있다가 컬럼비아에서 펠로십을 받았고요. 93년에 효모에 대한 연구를 발표했는데, 「돌연변이 효모에서의 극단적인 수명연장: 칼로리 제한에 의한 Sir2가 유기체의 나이에 따른 돌연변이 증가 속도를 지연시키는 현상에 대하여」라는 것이었고, 제가 잘못 아는 게 아니면 그 연구의 결과는 획기적인 것이었어요. 유명 과학저널들에서, 그다음엔 〈타임스〉에서 다룰 만큼."

바르야는 놀라서 일어선다. 드레이크 웹사이트에서 볼 수 있는 정보를 인용한 것이겠지만 그가 그것을 다 외울 사람이라고는 예상하지 않았다.

"사실 확인을 하고 싶었어요." 루크가 덧붙인다. 목소리는 마스크 때문에 분명하지 않지만, 얼굴 보호대 너머로 보이는 눈은 조금 멋쩍어하는 듯하다.

"사실이에요."

"그러면 왜 갑자기 영장류로 건너뛴 거예요?" 그가 그녀를 위해 사무실 문을 잡아주고, 그녀가 나와서 문을 잠근다.

그녀는 현미경을 통해서만 제대로 볼 수 있는 아주 작은 유기체들에 익숙했다. 노스캐롤라이나의 공급사에서 진공용기에 포장해서 보내는 실험용 효모와 연구목적으로 사육한, 비행하기에는 날개가 너무 작은 초파리 같은 것들. 그런데 마흔네 살 때 드레이크의 CEO가—당시 냉랭하고 나이든 여자였는데, 이건 다시없을 기회라고 바르야에게 훈계했다—영장류의 칼로리 제한 효과에 대한 연구를 진행해달라고 초청했다. 전화를 끊고 바르야는 무서워서 웃음이 터졌다. 병원에 가는 것도 이미 괴로운 마당에, 결핵과 헤르페스B를 옮길 수도 있는 붉은털원숭이들과 근접한 거리에서 시간을 보내야 한다니 상상도 하기 싫었다.

그뿐 아니라, 당황스러웠다. 그녀는 영장류는 고사하고 쥐조차 연구해본 적이 없었는데, CEO가 말하는 그들의 관심분야는 이랬다. 드레이크 연구소는 인간에게 저칼로리 생활방식을 장려할 계획이 없고—"그게 과연 먹힐지 상상해보세요"라고 여자는 빈정거렸다—같은 효과를 낼 수 있는 약을 개발하려 한다. 유전학에 조예가 깊고 분자 수준에서 그들의 발견을 분석할 사람이 필요하다. 그리고 재빨리 덧붙이기를 바르야의 일상업무는 동물과 거의 관련이 없을 것이라고 했다. 그런 일은 사육사와 수의사가 한다. 바르야는 대부분의 시간을 전화회의나 대면회의로, 또는 책상에서 보낼 것이다. 논문을 읽고 리뷰하고, 지원금 신청서를 작성하고, 데이터를 분석하고, 발표를 준비하면서. 정말로, 그녀가 원한다면 동물과 일절 접촉하지 않을 수도 있다.

바르야가 루크를 데리고 커다란 철문으로 간다. "우리는 유전자의 93퍼센트가 붉은털원숭이와 같아요. 효모를 연구하는 게 더 편하긴 했죠. 하지만 내가 효모를 가지고 하는 일이 인류에게 그만큼의 의미는 없을 거라는 사실을 깨달았어요. 생물학적으로 말하자면, 결코 그만큼 의미를 가질 수 없다는 걸. 영장류 연구만큼은요."

그녀가 말하지 않는 것이 있다. 드레이크 연구소에서 접근해왔던 2000년은 클라라가 죽은 지 약 십 년, 사이먼이 죽은 지는 이십 년이 지난 때였다. "한번 생각해보세요"라는 CEO의 말에 그러겠다고 대답하면서 바르야는 실제로 고민을 한다면 결론을 내기까지 시간이 얼마나 걸릴까 어림잡아보며 언제쯤 거절하면 좋을지 계산하고 있었다. 그러나 효모에 대한 새로운 연구를 진행하던 컬럼비아의 연구실에 돌아오자 만족감이나 자부심이 아니라 무가치함만이 느껴졌다. 바르야가 대학원에 다닐 때 그녀의 연구는 획기적인 것이었지만 이제는 박사후과정 정도면 누구나 파리나 벌레의 수명을 연장하는 방법을 알았다. 앞으로 오 년 후에 어떤 성과를 낼 수 있을까? 반려자도 없을 테고, 아이는 절대 없을 것 같고, 가능성이 보이는 것은 이것뿐인데. 중요한 발견. 세상을 위한 다른 종류의 공헌.

그 일을 맡은 데는 다른 이유도 있었다. 바르야는 항상 자신이 이런 연구를 하는 이유가 사랑—생명을 향한, 과학을 향한, 그리고 노년에 이를 만큼 오래 살지 못한 동생들을 향한 사랑—때문이라고 생각해왔지만, 깊은 곳에는 자신의 주된 동기가 두려움은 아니었을까 우려하는 마음이 있었다. 통제할 수 없다는 두려움, 아무리 애를 써도 삶이 손가락 사이에서 빠져나간다는 두려움. 사이먼과 클라라와 대니얼은 최소한 세상 속에 살았는데 바르야는 그녀의 연구와 책 속에, 머릿속에 살고 있는 게 아닌가 하는 두려움. 드레이크 연구소 일이 마지막 기회일 것 같았다. 만약 어떻게든 그일을 해낸다면 그로 인해 어떤 고통을 겪을지라도 죄책감을, 자신만 생존함으로써 진 빚을 조금씩 깎아나갈 수 있을 것이다.

"장갑 말이에요." 그녀가 말을 꺼내며 비바리움 문 앞에서 멈춰선다. "벗으면 안 돼요. 한쪽이라도."

루크가 두 손을 들어 보인다. 카메라는 끈으로 목에 걸었고, 수첩과 녹음기는 사무실에 두고 왔다. 바르야가 비바리움1의 고무로 밀폐된 문을 연다. 애니가 매달 바꾸는 비밀번호를 눌러야만 열리는 또하나의 문이다. 그리고 루크를 이끌고 눈부신 한낮의 포효 속으로 들어간다.

라틴어로 비바리움vivarium은 '사는 곳'을 뜻한다. 과학 분야에서는 살아 있는 동물들이 원래 살던 자연환경을 모방한 조건에서 살수 있도록 만든 우리를 말한다. 붉은털원숭이가 원래 살던 자연환경이란 어떤 것일까? 붉은털원숭이는 인간을 제외하면 가장 넓은지역에 분포하는 영장류다. 이 유목민은 육지를 가로지르고 바다를 건너고, 1200미터 높이의 산속에서도 열대림과 맹그로브습지에서도 산다. 푸에르토리코에서 아프가니스탄에 이르는 지역에서특히 많은 개체가 사원과 운하 기슭과 기차역을 보금자리 삼아 살고 있다. 그들은 벌레와 나뭇잎뿐 아니라 인간이 버린 모든 음식을주워먹는다. 구운 빵, 땅콩, 바나나, 아이스크림까지. 매일매일, 그들은 몇 킬로미터를 이동한다.

이중 어느 것도 실험실에서 구현하기 쉽지 않지만 드레이크 연구소는 노력했다. 붉은털원숭이는 사회적인 동물이기 때문에 두마리씩 한 우리에 넣고, 모든 우리는 옆의 우리로 열리게 되어 있다. 이것이 비바리움 전체의 가로를 떠받치는 기둥이 된다. 계발활동을 통해 심리적인 자극도 준다. 퍼즐 먹이통과 거울을 비롯해 플라스틱 공과 아이패드로 보는 비디오(원숭이들이 화면을 자꾸 깨뜨려서 최근에 아이패드는 없었지만), 천장 스피커에서 나오는 정글소리 같은 것들이다. 실험실에 매년 농무부 직원이 방문해서 동물복지법을 준수하고 있는지 확인하는데, 작년에는 비바리움에 들어갈 때 가끔 다른 복장을 착용하여—재밌는 패턴이 그려진 모자나 장갑—동물들의 호기심과 흥미를 유발하도록 권고했고 실험실직원들은 그 또한 따르고 있다.

바르야는 착각에 빠지지 않는다. 원숭이는 당연히 실외에 있는것을 더 좋아한다. 비바리움 뒤쪽으로 울타리가 쳐진 더 넓은 공간이 있어서 원숭이가 타이어나 밧줄을 갖고 놀거나 그물그네를 탈수 있다. 실제로는 공간이 더 넓어야 하고, 원숭이 한 마리당 일주일에 두 시간밖에 나가지 못하지만. 요점은 그녀의 연구 목적이 신약을 테스트하거나 SIV*에 대해 알아보려는 것이 아니라 원숭이들을 가급적 오래 생존하게 하는 데 있다는 것이다. 여기 어디에 무슨 문제가 있나?

그녀는 루크를 향해 돌아서서 애니가 준비해준 홍보용 멘트를 한다. 영장류 연구가 없었다면 수많은 바이러스가 발견되지 못했을 것이다. 수많은 백신이 개발되지 못했을 테고, 알츠하이머와 파킨슨, 에이즈에 대한 수많은 치료법의 안전성을 입증하지 못했을 것이다. 그리고 포식자와 굶어죽을 가능성으로 가득한 우리 밖 세상에서 사는 것이 쉽지 않다는 사실도 고려해야 한다. 사디스트가 아니고서야, 그리고 해리 할로**가 아니고서야 우리에 갇힌 원숭이의 모습을 좋아할 사람은 아무도 없겠지만, 적어도 드레이크 연구소의 원숭이들은 돌봄과 보호를 받는다.

그럼에도 불구하고 방문객이 잘못된 인상을 받는 이유가 그녀에게도 보인다. 사방의 벽에 우리가 쌓여 있고, 그 가운데 난 좁은 통로로 바르야와 루크가 지나다닌다. 원숭이들이 그들 쪽으로 얼굴을 향하고 도마뱀붙이처럼 몸을 쫙 펼친 채 그물에 붙어 있다. 분홍색 배를 길게 펴고 갈고리 같은 손가락을 그물 사이사이로 내밀

---

* 유인원 면역결핍 바이러스.

** 미국 심리학자. 아기의 사회성과 인지 발달에 부모의 사랑과 유대감이 중요하다는 이론을 입증하기 위해 새끼 원숭이를 어미에게서 분리시켜 작고 어두운 상자에 가둬놓는 등 잔인한 실험을 했다.

고 있다. 개중 지배적인 위치에 있는 원숭이들은 조용히 노려보면서 입을 벌려 길고 노란 이빨을 드러내고, 그보다 약한 원숭이들은 얼굴을 찡그리고 소리를 지른다. 드레이크 연구소의 새 CEO에게도 똑같은 모습을 보였었다. 그는 일 년에 한두 번 가능한 한 짧게 연구실을 방문한다.

연구소에 들어온 첫해에 원숭이들은 바르야에게도 같은 반응을 보였다. 그녀는 도망치지 않기 위해 온 힘을 다해야 했다. 어쨌든 도망가지 않았고, 전 CEO의 말이 맞긴 했지만—바르야는 대부분의 시간을 책상에서 보낸다—억지로라도 매일 한 번씩, 보통 아침먹이를 주는 시간에 비바리움에 간다. 그들을 만지지는 않지만, 그들이 어떻게 지내는지 알고 싶고 성공의 증거를 직접 보고 싶다. 루크에게 칼로리를 제한하는 원숭이들을 먼저 보게 한 다음 먹고 싶은 대로 먹는 대조군을 보여준다. 루크가 두 집단의 사진을 각각 찍는다. 플래시 때문에 원숭이들이 더 크게 비명을 지른다. 일부는 우리 난간까지 흔들어대기 시작했기 때문에 바르야는 대조군에서 당뇨 조기 발병률이 더 높고 다른 질병에 걸릴 확률도 칼로리 제한 집단보다 거의 세 배가 높다는 설명을 하기 위해 소리를 고래고래 지른다. 칼로리 제한 집단은 보기에도 더 어려 보인다. 개중 나이가 많은 원숭이도 적갈색 털이 풍성한 반면 대조군은 주름지고 털이 벗어져서 빨간 엉덩잇살이 드러난다.

지금은 연구의 중간시점이기 때문에 최종수명을 평가하기에는 너무 이르다. 그럼에도 분명한 것은 현재까지 결과가 좋아 바르야의 명제가 증명될 가능성이 높다는 사실이고, 바르야는 이런 내용을 전달하면서 그 비명소리와 긁는 소리와 냄새에 아랑곳없이 그녀의 실험대상인 원숭이들을 기쁜 얼굴로 마주할 수 있을 만큼 대단한 자부심에 도취된다.

루크가 떠난 뒤 그녀는 프리다를 데리고 온다.

오늘 아침 일찍 애니에게 프리다를 격리실로 옮겨달라고 부탁했다. 프리다는 그녀가 가장 좋아하는 원숭이지만 홍보에는 좋지 않다. 이마가 넓고 평평한 프리다, 황금빛 눈에 콜*로 그린 것처럼 검은 테두리를 두른 프리다. 아기였을 때 프리다는 귀가 몸에 비해 크고 손가락이 길고 분홍색이었다. 캘리포니아에는 바르야보다 일주일 늦게 도착했다. 그날 아침에 애니가 새로 들이는 원숭이들을 받았는데, 눈보라 때문에 한 마리의 배송이 지연되었다. 조지아에 있는 연구센터에서 태어난 새끼 원숭이였다. 애니는 퇴근해야 했기 때문에 바르야가 남았다. 밤 아홉시 삼십분에 아무 로고가 없는 흰색 봉고차가 언덕길을 올라와 영장류 연구실 앞에 멈췄다. 기껏해야 스무 살쯤 됐을 법한 남자애 하나가 내려서 피자를 배달하듯 바르야에게 영수증에 사인하라고 했다. 자기가 싣고 온 화물에는 관심이 없는 것 같았다. 아니면 지긋지긋해졌거나. 그가 담요로 덮인 우리를 꺼내자 그 안에서 끔찍한 비명소리가 나서 바르야는 본능적으로 뒤로 물러섰다.

하지만 이제 그 동물은 그녀가 책임져야 했다. 몸 전체에 보호복을 착용했지만 그것도 운전사가 건네는 우리에서 나오는 소리를

---

* 아라비아인이 눈언저리를 검게 칠하는 데 쓰는 화장품.

막아주지는 못했다. 운전사는 안도한 듯 마른세수를 하고 가볍게 뛰어 봉고차로 돌아갔다. 그러고는 올라올 때보다 훨씬 빨리 언덕길을 내려갔다. 바르야와 비명을 지르는 우리만 남겨둔 채.

우리는 전자레인지 크기였다. 내일까지 프리다를 다른 동물들에게 보이지 않을 예정이었기 때문에 바르야는 우리를 미화원실만한 격리실로 가져가 내려놓았다. 벌써 팔이 아프고 심장이 두려움으로 팔딱거렸다. 왜 하겠다고 했을까? 심지어 가장 힘든 일은 아직 하지도 않았다. 원래 우리에서 새 우리로 옮기는 물리적인 이동, 이것을 하려면 우리 안에 있는 동물을 만져야 했다.

우리는 아직 뭔가로 덮여 있었는데 이제 보니 그것은 노랑딸랑이꽃 무늬의 아기 담요였다. 담요 한구석을 들어올리자 동물의 울음소리가 더 커졌다. 바르야는 무릎을 꿇고 앉았다. 불안감이 부풀어오르고 있었고―지금 옮기지 못하면 영영 할 수 없으리라는 것을 알았다―그래서 작은 이동장을 들어 실험실 우리 앞에 놓고 입구끼리 맞닿게 했다. 숨을 들이마시면서 담요를 걷었다. 이동장이 제 몸보다 간신히 큰데도 원숭이는 그 안에서 빙글빙글 원을 그리며 돌고 창살에 매달렸다. 바르야는 애니가 한 대로 자물쇠를 향해 팔을 뻗었지만 손이 덜덜 떨렸고―혼란스러워하고 겁먹은 원숭이의 모습은 보고 있기 힘들었다―정신을 가다듬으려는 순간 이동장 문이 밀렸다.

대포처럼 새끼 원숭이가 튀어나왔다. 그런데 착지한 곳이 큰 우리가 아니라 하필이면 바르야의 가슴이었다. 그녀도 참지 못하고 원숭이처럼 비명을 지르면서 뒤로 나자빠졌다. 공격을 받을 줄 알았는데, 원숭이는 가느다란 팔을 그녀의 등에 감고 매달리며 가슴에 얼굴을 파묻었다.

누가 더 무서워하고 있었을까? 바르야는 아메바증과 B형간염을 상상하고 있었다. 밤마다 꿈에 나와 죽게 될까봐 두려워했던 모든 질병을, 처음에 이 일을 하지 않으려고 했던 모든 이유를. 하지만 그 두려움을 밀고 들어오는, 살아 있는 또다른 생물이 있었다. 아기 원숭이의 몸은 무거웠다. 사람 아기보다 밀도가 훨씬 높아서 사람 아기는 속이 텅 빈 것처럼 느껴질 정도였다. 바르야는 놀라 까무러치고 원숭이는 울면서, 얼마나 그렇게 있었는지 알 수 없었다. 원숭이는 생후 삼 주째였다. 태어난 지 이 주 만에 어미에게서 떼어냈는데, 그 어미가 처음 낳은 새끼였고 송린이라는 이름의 그 어미가—중국 광시의 사육장에서 왔다—너무 괴로워해서 아기를 분리하다가 중간에 진정제를 놔야 했다는 사실을 바르야는 모두 알고 있었다.

그러다 고개를 들어 우리 밖에 설치된 거울에 비친 둘의 모습을 보았다. 그때 떠오른 것이 프리다 칼로의 〈원숭이와 함께 있는 자화상〉이었다. 바르야는 칼로처럼 생기지 않았고—그렇게 강하지도, 도전적으로 보이지도 않았다—사방이 베이지색 콘크리트벽인 실험실도 칼로의 그림 속 유카*나 크고 윤기나는 잎사귀와는 그보다 더 멀 수 없을 만큼 거리가 멀었다. 하지만 바르야의 품에 원숭이가 있었다. 검은 눈동자가 블랙베리처럼 커다란. 그렇게 둘이 있었다. 똑같이 두려움에 차고 똑같이 외로운 둘이 함께 거울을 응시하고 있었다.

---

* 용설란과에 속하는 여러해살이풀.

31

삼 년 반 전, 대니얼의 죽음을 듣고 바르야가 킹스턴에 도착하자 미라가 그녀를 손님방으로 데려가더니 문을 닫았다.

"봐줬으면 하는 게 있어요." 그녀가 말했다.

미라는 침대 가장자리에 앉아서 허벅지 위에 노트북을 올려놓았다. 다리에 힘이 들어가고 발가락으로 카펫을 움켜쥔 채 바르야에게 보여준 것은 캐시 메모리에 저장된 웹페이지들이었다. 롬에 대한 구글 검색결과와 FBI 지명수배자 웹사이트에서 캡쳐한 브루나 코스텔로의 사진. 바르야는 곧바로 그 여자를 알아보았다. 그리고 동시에 현기증이 났다. 은색 색종이가 어지럽게 날리는 느낌. 그녀는 바닥으로 미끄러져내려갈 뻔했다.

"이 여자가 대니얼이 쫓고 있던 사람이에요. 창고에 있던 총을 가지고 이 여자가 사는 웨스트밀턴으로 갔어요. 그래서 내가 FBI 요원에게 전화했고, 그 사람 총에 맞았죠." 이렇게 말하는 미라의 목소리가 갈대처럼 꺾였다. "왜, 바르야? 대니얼이 왜 그랬을까요?"

그래서 바르야는 미라에게 그 여자 이야기를 들려주었다. 목소리가 갈라지고 말들은 녹슨 쇠처럼 부서졌지만, 억지로 더 빨리, 더 분명하게 말했다. 필사적으로 미라를 이해시키려고 했다. 그러나 말을 마쳤을 때, 미라는 훨씬 더 당혹스러워했다.

"그치만 그건 너무 오래전 일이잖아요." 그녀가 말했다. "아주 깊이 묻힌 과거."

"그렇지 않았어요, 그애에겐." 눈물이 거침없이 흘러내렸고, 그녀가 손가락으로 볼을 닦았다.

"그치만 그랬어야죠. 그래야 맞죠." 미라는 두 눈이 충혈됐고 목이 새빨갰다. "이런 좆같은, 바르야. 젠장! 그냥 잊어버렸더라면."

두 사람은 거티에게 뭐라고 말하면 좋을지 의논했다. 바르야는 대니얼이 정직당한 후에 어느 동네 여자의 범죄에 집착하게 됐다고, 정의감에서 무언가 몰두하고 믿을 거리를 얻으려 했다고 말하고 싶었다. 미라는 솔직하게 말하기를 원했다.

"진실을 말하는 게 무슨 문제예요?" 그녀가 물었다. "그 얘기가 대니얼을 다시 살려놓지는 못해요. 그 사람이 죽었다는 건 바뀌지 않아요."

그러나 바르야는 동의할 수 없었다. 이야기에는 변화를 일으키는 힘이 있다는 걸 그녀는 알고 있었다. 과거와 미래, 심지어 현재도 바꿔놓을 수 있었다. 대학원 때부터 쭉 불가지론자였던 그녀가 동의하는 유대교의 교리가 딱 하나 있다. 말에는 힘이 있다는 것. 말은 문틈으로, 열쇠 구멍으로 숨어들어온다. 말은 사람과 사람을 연결하고 이 세대에서 다음 세대로 옮겨간다. 진실은 자식들에 대한 거티의 생각을, 살아서 스스로 변호할 수 없는 아이들에 대한 생각을 바꿀 수도 있다. 그러면 분명 그녀는 더 큰 고통을 받을 것이다.

그날 밤 미라와 거티가 잠든 뒤 바르야는 손님방 침대에서 나와 서재로 갔다. 대니얼의 흔적이 어디에나 있었다. 친숙해서 위안이 되고, 흔해서 괴로웠다. 컴퓨터 옆에 골든게이트다리 모양 문진이 있었는데, 바르야가 여기저기서 쪼이는 박사후과정이었을 때 하누카를 보내러 킹스턴으로 가다가 선물을 깜빡한 것을 깨닫고 샌프란시스코국제공항에서 산 물건이었다. 그녀는 대니얼이 그것을 예술작품으로 착각해주기를 바랐다. 그러나 그러지 않았다. "공항에서 파는 기념품 아냐?" 그는 그녀를 살짝 때리며 야유했다. 이제 금도금이 청동색으로 변해 있었다. 그녀는 그가 그 긴 세월 동안 이것을 간직해온 줄 몰랐다.

의자에 앉아 고개를 뒤로 젖혔다. 그녀는 그해 추수감사절에 암스테르담에 가지 않았다. 그에게는 그렇게 말했지만, 회의 같은 것은 없었다. 네모나게 썬 냉동야채 한 봉지를 해동하고 올리브유에 볶아서, 혼자 부엌 식탁에서 그 물컹한 것을 잔뜩 쌓아놓고 먹었다. 그해 가을, 그녀는 대니얼의 날짜 때문에 불안감이 극에 달했다. 그날 무슨 일이 일어날지도 몰랐고, 상황을 직접 볼 수 있을 것 같지도 않았다. 아니, 그 자리에 있으면 자기 탓이라고 생각하게 될까봐서였다. 끔찍한 무언가에 옮거나 자기가 그런 것을 옮기게 될까봐 두려웠다. 그녀의 운이 나쁜 것, 전염되는 것이라도 되는 듯. 그녀가 대니얼을 위해 할 수 있는 최선은 멀리 떨어져 있는 것이었다.

그러나 추수감사절 다음날 아침 아홉시쯤 되자 심장이 두근거리기 시작했다. 미친듯이 땀이 나서 찬물 샤워를 해도 효과는 그때뿐이었다. 바르야는 절대 하지 않겠다는 맹세를 깨고 그에게 전화를 걸었다. 그가 그 점쟁이를 찾는다는 식의 말을 했지만 아무 소리나 늘어놓는 것이겠거니 생각하고 믿지 않았다. 이후에는 또다시 미안하게 만들기 전략. 대니얼의 목소리가 점점 어린애 같아지며 신경을 긁어대고—어제 누나도 왔으면 좋았을 텐데—그녀는 자기혐오로 뒤덮인 짜증을 느꼈다. 음성사서함에 남은 그의 메시지를 듣지도 않고 지워버리던 때가 있었는데, 이런 목소리, 바르야를 미치게 하는, 기꺼이 좌절하고 또 좌절해도 괜찮다는 듯 지치지도 않는, 상처받은 사람의 목소리를 듣지 않기 위해서였다. 그애는 왜 계속 그랬을까? 그에게는 미라가 있었다. 바르야가 그에게 줄 수 있는 것이 없다는 사실을, 오히려 그를 계속해서 실망시킬 사람이라는 사실을 빨리 깨달을수록 그도 빨리 행복해지고 그녀로부터 자유로워지고, 그래야 바르야도 그에게서 빨리 해방될 것이었다.

문진에 눌려 있던 드라이클리닝 영수증이 컴퓨터 옆에서 펄럭거렸다. 뒷면에 쓰인 대니얼의 단정하고 각진 필체가 비쳤다.

종이를 뒤집었다. 우리 언어가 곧 우리의 힘이다, 라고 써 있었다. 그 밑으로 또 한 구절이 있었는데, 대니얼이 획 위에 같은 획을 긋고 또 그어서 종이에서 삼차원으로 글자가 튀어나온 것처럼 보였다. 생각에는 날개가 있다.

그녀는 그 말의 의미를 정확히 알았다. 대학원 시절에 이 현상을 그녀의 첫번째 심리치료사에게 설명하려고 한 적도 있었다.

"보기에 깨끗한지의 문제가 아니에요." 그녀는 말했다. "깨끗하다고 느끼는지의 문제죠."

"그럼 그럴 땐 어때요?" 치료사가 물었다. "뭔가 깨끗하다고 느껴지지 않을 때?"

바르야는 주저했다. 사실 그러면 어떻게 되는지 잘 몰랐다. 단지 끊임없이 그런 예감을 느낄 뿐이었다. 파멸이 그림자처럼 뒤에서 따라오고 있고, 의식들을 수행해야 파멸을 막을 수 있다는 예감을.

"그럼 안 좋은 일이 생길 거예요." 그녀가 말했다.

언제부터였더라? 그녀는 원래도 불안감이 많은 성격이었지만 헤스터 스트리트의 여자에게 갔다온 후에는 무언가 달라졌다. 리시카의 집에 앉아 있을 때는 여자가 사기꾼이라고 확신했지만, 집에 돌아가자 그 예언이 그녀의 내부에서 바이러스처럼 작용했다. 동생들에게도 똑같은 일이 일어나는 것을 알 수 있었다. 사이먼의 폭주와 대니얼의 잦은 분노를, 클라라가 빗장을 풀고 그들로부터 멀어진 것을 보면 자명했다.

어쩌면 타고나길 그런 사람이었을 수도 있다. 아니면 예언과 관계없이 그렇게 된 것일 수도 있다. 하지만 아니다. 그랬다면 바르야가 먼저 알아보았을 것이다. 동생들의 필연적인 미래의 모습을. 그녀는 알고 있었을 것이다.

열세 살 반이 됐을 때 인도의 깨진 부분을 밟지 않으면 클라라에 대한 여자의 예언이 실현되는 것을 막을 수 있다는 생각이 들었다. 열네번째 생일에는 가능한 한 빨리 촛불을 다 꺼야만 한다는 느낌이 들었다. 그러지 못하면 사이먼에게 끔찍한 일이 일어날 것 같았다. 결국 세 개를 끄지 못했고, 여덟 살이었던 사이먼이 남은 촛불을 불어서 꺼뜨렸다. 바르야는 동생을 향해 소리를 질러댔는데, 얼마나 이기적으로 보일지 알았지만 그것이 문제가 아니었다. 문제는 사이먼의 행동이 그를 보호하려는 그녀의 노력을 망쳤다는 것이었다.

그녀는 서른이 돼서야 진단을 받았다. 요즘이야 웬만한 아이들은 어디에 문제가 있다고 설명해주는, 알파벳 약자로 된 병명이 다 하나씩 있지만 바르야가 어렸을 때 그런 강박은 혼자만의 비밀스러운 고민 이상으로 보이지 않았다. 강박은 사이먼이 죽은 후 더 심해졌다. 그런데도 치료를 받아야 할지도 모르겠다는 생각은 대학원에 가서야 들었고, 치료사가 강박증을 언급하고서야 자신의 끊임없는 손 씻기와 양치, 공중화장실과 빨래방과 병원을 최대한 피하는 성향, 문과 지하철 좌석과 다른 사람 손에 닿지 않으려는 노력, 매시간, 매일, 매달, 매년 해왔던 보호의식들에 이름이 있다는 사실을 알았다.

몇 년 후 다른 치료사는 그녀가 두려워하는 것이 정확히 무엇인지 물었다. 질문을 듣자마자 바르야는 당황스러웠다. 무엇을 두려워하는지 몰라서가 아니라 두려워하지 않는 것을 찾기가 더 어려워서였다.

"그럼 몇 가지 예를 들어보세요." 치료사가 말했고, 그날 밤 바르야는 목록을 만들었다.

암. 기후변화. 자동차사고의 희생자가 되는 것. 자동차사고의 원인이 되는 것. (한동안 우회전 도중 자전거 탄 사람을 죽일까봐 자전거를 탄 사람만 보면 몇 블록씩 뒤따라가며 그러지 않았는지 몇

번이고 확인했다.) 무장괴한. 비행기사고—갑작스러운 최후! 반창
고를 붙인 사람들. 에이즈—사실은 모든 종류의 바이러스와 박테
리아와 질병. 다른 사람을 감염시키는 것. 더러운 표면, 얼룩진 리
넨, 신체분비물. 드러그스토어와 약국. 진드기와 빈대와 이. 화학
약품. 노숙자들. 모여 있는 사람들. 불확실성과 위험요인과 열린
결말. 책임감과 죄책감. 그녀는 심지어 자기 자신의 마음도 두려워
한다. 그것의 힘과 그것이 그녀에게 미치는 영향을 두려워한다.

다음 상담에서 바르야가 그 목록을 소리내어 읽었다. 다 읽자,
치료사가 몸을 뒤로 빼 의자 등받이에 기댔다.

"그렇군요." 그녀가 말했다. "그런데 정말 두려운 건 뭐예요?"

바르야는 그 순진한 질문에 비웃음이 나왔다. 그야 물론, 상실이
었다. 죽음, 그녀가 사랑하는 사람들의 죽음.

"하지만 이미 다 지나갔잖아요." 치료사가 말했다. "아버지와
형제자매 모두 세상을 떠났어요. 보통 사람들이 중년이 되면 겪는
것 이상으로 가족을 잃은 셈이죠. 그리고 당신은 여전히 굳게 서
있어요. 지금은 앉아 있지만." 그녀가 소파에 앉아서 미소 지으며
덧붙였다.

그렇다. 바르야는 여전히 굳건히 앉아 있었지만, 그렇게 간단한
문제가 아니었다. 그녀는 동생들을 잃을 때마다 자신의 일부를 잃
었다. 마치 동네에 점차 전기가 나가는 광경을 지켜보는 것 같았
다. 그녀의 어떤 부분이 어두워지고, 그다음에는 다른 부분이 어두
워졌다. 어떤 형태의 용기와—감정에 대한 용기—욕망이. 외로움
의 대가는 크지만 상실의 대가는 더 크다는 것을, 그녀는 안다.

그녀에게도 이 진리를 아직 이해하지 못하던 시기가 있었다. 물

리학과 대학원 과정을 밟던 스물일곱 살 때였다. 에든버러대학 출신으로 피터 힉스라는 연구자와 함께 공부한 초빙교수가 가르치는 과정이었다.

"많은 사람들이 힉스 박사를 믿지 않죠." 그가 바르야에게 말했다. "하지만 그들은 틀렸어요."

두 사람은 미드타운에 있는 이탈리아 레스토랑에 앉아 있었다. 교수는 힉스 박사가 입자들에 질량을 부여하는 힉스 보손이라는 것의 존재를 가정했다고 말했다. 그것이 우주를 이해하는 열쇠가 될 것이고, 현대물리학이라는 바퀴를 계속 굴러가게 하는 쐐기라고 했다. 아무도 본 적은 없지만. 그것은 우주가 대칭에 의해 지배된다는 증거이지만, 그것이 이룬 가장 흥미로운 발전은—인간과 마찬가지로—대칭이 깨지는 짧은 순간들의 산물인 일탈이라고 말했다.

친구들 중 몇몇은 생리를 건너뛰고서야 충격을 받았지만 바르야는 즉시 알았다. 어느 날 아침 일어나보니 더이상 그녀 자신이 아니었다. 사흘 전 그녀는 교수의 교내 아파트 싱글침대에서 그와 잤다. 그가 얼굴을 그녀의 다리 사이에 묻고 혀를 움직일 때 처음으로 오르가슴을 느꼈다. 얼마 지나지 않아 그는 정중한 사람으로 돌아가 거리를 두었고, 이후 다시는 그의 소식을 듣지 못했다. 그때 그녀는 몸속에 있는 새로운 세포를 상상하면서 생각했다. 넌 나의 모든 걸 망치겠지. 날 영원히 옭아매겠지. 너 때문에 세상이 너무 생생해지고 너무 실재하게 돼서 난 한순간도 고통을 잊을 수 없을 거야. 그녀는 일탈을 두려워했다. 제어할 수 없는 일탈을. 대칭의 안전한 일관성을 선호했다. 블리커 스트리트의 계획출산협회에 자궁을 비우는 수술을 예약하자 일탈이 사라지는 것이 눈에 보였다. 엘리베이터 문이 양쪽에서 닫히듯이, 아예 존재한 적이 없었던 것처럼 깨끗하게.

다른 사람들은 섹스에서 발견하는 황홀감과 부모로서 느끼는 더 복합적인 기쁨을 이야기하지만 바르야에게는 안도감보다 더 큰 쾌락은 없다. 두려움의 대상이 존재하지 않는다는 것을 깨달을 때 오는 안도감. 그러나 그 또한 일시적이다. 돌풍 같은, 바람이 불어치는 듯한 쾌락, 웃음처럼 발작적인 쾌락 뒤에는—무슨 생각 하고 있었지?—확실성이 서서히 잠식되고 의심이 기어나오면서 다시 한번 백미러를 확인하고, 다시 한번 샤워를 하고, 다시 한번 문손잡이를 닦게 된다.

바르야는 치료를 받을 만큼 받았기 때문에 스스로 이야기를 지어내고 있다는 사실을 안다. 자신의 믿음이—보호의식에 힘이 있고, 생각이 결과를 바꾸거나 불행을 물리쳐줄 수 있다는—마술의 눈속임이라는 것을 알고 있다. 또는 픽션이랄까. 그러나 생존을 위해 꼭 필요한 것. 그래도, 그렇다 해도 그것을 정말 믿는다면 지어낸 이야기라고 할 수 있을까? 그녀의 더 은밀한 비밀이자 자신이 그 병을 결코 없애지 못하리라고 생각하는 이유는, 어떤 날에는 그것이 병이라고 생각되지 않는다는 것이다. 어떤 날에는, 생각만으로 어떤 일이 일어나게 할 수 있다고 믿는 것이 터무니없게 느껴지지 않는다.

2007년 5월, 대니얼이 죽고 여섯 달쯤 지났을 때 미라가 전화를 걸어와서 자지러지게 울었다.

"에디 오도너휴가 무혐의 처리됐어요." 그녀가 말했다. 내사 결과 위법행위의 증거가 발견되지 않았다고.

바르야는 울지 않았다. 분노가 몸속에 들어와 착상하는 느낌이 들었다. 아기를 배듯이. 그녀는 이제 믿지 않았다. 골반을 향해 쏜 총알이 허벅지를 관통하며 대퇴부 동맥을 파열시킨 탓에 십 분도 채 되지 않아 피가 다 빠져나와 대니얼이 죽었다는 말을. 그의 죽음은 몸의 문제로 인한 것이 아니었다. 정신의 힘이라는 전혀 다른 적에 의한 것이었고, 생각에 날개가 있다는 사실에 의한 것이었다.

32

금요일 아침 출근길, 바르야는 갓길로 빠져 기어를 주차에 두고 무릎 사이에 얼굴을 박는다. 루크를 생각하고 있다. 지난 이틀 동안 그는 실험실에서 일곱시 삼십분에 그녀를 만나 함께 비바리움에 들어갔다. 거기서 그는 도움이 됐고―알갱이 사료의 무게를 재고, 청소하기 전에 무거운 우리들을 창고로 옮겨주었다―동물들도 그를 따랐다. 수요일에는 수컷 중에 나이가 많은 축에 속하는 거스와 놀이를 만들기도 했다. 거스는 몸 전체가 오렌지색 털로 뒤덮이고 그에 걸맞은 자아를 가진 아름다운 붉은털원숭이다. 거스는 우리 앞쪽으로 와서 긁어달라고 배를 내보였다. 그러다가 깜짝 놀라게 하려고 뒤로 펄쩍 뛰면 루크가 웃으며 같이 놀아주거나, 아니면 속살을 드러낸 연어색 배를 루크가 긁어주는 내내 가만히 앉아서 애정의 표시로 입술을 쩝쩝거렸다.

원숭이를 다루는 솜씨와 기꺼이 일을 돕는 태도에 바르야가 놀라자 루크는 농장에서 자라서 육체노동과 동물을 돌보는 일에 익숙하다고 설명하면서, 그게 아니어도 〈크로니클〉의 편집자가 이런 것을 원했다고 말했다. 드레이크 연구소의 일상을 포착해 연구원들이 생생하게, 원숭이들 하나하나가 개별적인 개체로 표현되도록. 목요일에는 사무실에서 점심을 먹는데—바르야는 타파웨어에 싸온 브로콜리와 검은콩을, 루크는 중앙홀 카페에서 사온 치킨 랩을—그가 물었다. 원숭이들을 개별적인 존재로 생각하는지, 우리 안에 있는 그들을 보는 것이 괴롭지 않은지. 질문을 한 것이 월요일이었다면 경계를 늦추지 않았을 텐데, 그후 딱히 위기감을 느끼거나 그를 비판적으로 볼 만한 상황 없이 너무 편하게 지낸 탓에 목요일의 그녀는 정직하게 대답할 만큼 경계가 풀어져 있었다.

드레이크 연구소에 오기 전에는 그렇게 크고 육체적 존재감이 뚜렷한 생명체를 다뤄본 적이 없었다. 살집이 두툼한 원숭이의 몸은 없는 셈 칠 수가 없었다. 냄새가 나고, 소리를 지르고, 털로 뒤덮여 있고, 당뇨병과 자궁내막증을 앓는 몸이었다. 젖꼭지는 풍선껌 같은 분홍색에 땅땅하게 부풀어 있고, 얼굴은 놀라울 정도로 감정이 풍부했다. 그들의 눈을 들여다보고도 머릿속에 무슨 생각이 있는지 모르기는—또는 안다고 생각하지 않기는—불가능했다. 그들은 무조건 실험을 당하는 수동적인 대상이 아니라 자기주장이 강한 참여자였다. 그녀는 그들을 의인화하지 않으려 의식적으로 노력했지만 처음 몇 년 동안은 그들의 얼굴에서, 특히 눈에서 보이는 익숙함에 마음이 흔들렸다. 그들이 한데 모여 그 깊이를 알 수 없는 눈으로 그녀를 응시할 때면 원숭이탈을 쓴 인간이 눈구멍을 통해 쳐다보는 것 같았다.

"누가 봐도 오래갈 수가 없죠." 그녀가 루크에게 말했다. "그런 생각은."

그녀는 자기 책상에, 루크는 애니 책상에 앉아 있었다. 그는 왼 다리 무릎 위에 오른쪽 발목을 얹어놓았는데, 여느 키 큰 젊은이들처럼 긴 다리를 접은 모양이 꼭 거미가 제 다리를 거추장스러워하는 모양새였다. 그의 점잖은 관심에 마음을 놓은 바르야가 말을 이었다.

"추수감사절에, 아마 연구소 이삼 년차였을 땐데, 군의관인 남동생을 보러 가서 이런 얘기를 다 했거든요. 그랬더니 동생이 그날 본 환자에 대해 말해줬어요. 절단 부위가 감염된 스물세 살짜리 병사였는데 대니얼의 손이 피부에 닿을 때마다 아프가니스탄 사람들을 저주한다는 거예요. 동생이 기억하기로는 이 년 전에 신체검사에서 봤을 때만 해도 아프가니스탄 상황에 너무 고민이 많아서, 그러니까 그곳 사람들을 너무 걱정해서 정신감정을 의뢰해야 하나 싶을 정도였대요. 너무 마음 약한 아이일까봐요."

대니얼이 앉아 있던 모습이 꼭 목요일의 루크 같았는데─한쪽 다리를 다른 다리 위에 얹고 큰 눈에 열의를 띤─물론 눈 밑이 거뭇하고 머리숱도 전처럼 풍성하지 않았다. 목요일의 그때 바르야는 어린 시절의 동생을 떠올렸다. 그의 이상주의가 여전히 단순하지만 좀더 현실적인 것으로, 바르야가 자신에게서도 발견할 수 있었던 것으로 바뀐 시절이었다.

"요는," 바르야가 말했다. "적을 인간으로 보면, 애초에 적이라는 대상을 만들어내지 않으면 살아남을 수 없다는 거였어요. 연민은 민간인의 특권이지 직업적으로 행동해야 하는 사람들이 가질 수 있는 감정이 아니라고요. 행동하려면 하나를 택하고 다른 하나를 버려야 한다. 한쪽이라도 돕는 편이 어느 쪽도 돕지 않는 것보다 낫다."

그녀는 타파웨어 뚜껑을 덮고 칼로리 제한 집단인 프리다를 떠올렸다. 처음에 프리다는 음식을 더 달라고 계속해서 요구했다. 바르야는 집에서도 그 환청에 시달렸다. 이 원숭이의 부끄러움을 모르는 굶주림에는 죄책감과 거부감을 동시에 느끼게 하는 무언가가 있었다. 너무나 분명하게 삶에 대한 열망이 보였고 두 눈에는 너무나 뚜렷하게 비난이 보여서 바르야는 원숭이가 조만간 그 끽끽거리는 스타카토식 괴성 대신 영어로 말할 것 같다고 생각했다.

"점점 원숭이들에게 애착을 느꼈어요." 그녀가 덧붙였다. "이런 말은 하지 말걸. 별로 과학적이지 않네요. 하지만 그들을 알아온 세월이 십 년이에요. 그리고 스스로도 계속 상기하는 게, 이 연구가 그들에게도 이롭다는 거예요. 나는 그들을, 특히 칼로리 제한하는 애들을 보호하고 있다고 생각해요. 그애들은 더 오래 살 거라고." 루크는 조용했다. 녹음기는 이미 치워두었고, 수첩은 애니의 책상 위에 놓여 있지만 손대지 않았다. "그건 그거고, 어쨌든 확실하게 선을 그어야 해요. '이 연구는 그만한 가치가 있다, 이 동물의 목숨의 가치는 그 대가로 얻을 그 어떤 의학적인 진보보다 작다'고. 그래야만 해요."

그날 밤, 바르야는 몇 시간 동안 잠을 이루지 못했다. 어째서 루크에게 그 모든 이야기를 늘어놨는지, 만약 루크가 그걸 다 기사에 쓴다면 자기는 어떻게 될지 생각했다. 그 대화는 빼달라고 할 수도 있지만 그러면 그녀가 자기 일과 그 일을 수행하기 위해 필요한 사고방식에 일말의 회의를 품고 있는 게 드러날 텐데 그건 원치 않았다. 지금 그녀는 자동차 안에 앉아서 욕지기를 느낀다. 스스로를 위험에 빠뜨렸을 뿐만 아니라 대니얼을 배신했다는 감정에 압도되고 있다. 실험실에서 루크를 만날 생각을 하면 동생의 모습이 보인다. 이상하다. 둘의 닮은 점은 키뿐인데, 그럼에도 불구하고 잔상이 아른거린다. 루크의 바람막이와 배낭을 매고 그녀를 기다리는 대니얼, 루크의 젊고 기대감에 들뜬 얼굴 위로 덧씌워지는 대니얼의 얼굴. 그러다 이미지가 바뀌고 캠핑카 안의 대니얼이 보이면 다리에 총알이 박혀 있고 바닥에는 빨간 웅덩이가 고여 있다. 그녀가 그렇게 대화를 끊어버리지 않았다면 그가 브루나에 대해 전부 털어놓았을 테고, 그랬다면 그녀가 그를 구할 수 있었을 것이다.

메스꺼움이 가라앉고 운전대를 잡을 수 있을 만큼 떨리는 손이 진정되었을 때는 한 시간이 흐른 뒤다. 이렇게 지각한 적이 한 번도 없었는데, 다행히도 애니가 루크를 부엌으로 데려가서 함께 원숭이들이 남긴 음식의 무게를 재고 다음주에 줄 사료를 분류해서 퍼즐 먹이통에 넣고 있다. 바르야는 그를 피해서 사무실 문을 닫고 지원금 업무를 한다. 그러다 누군가가 노크를 하고, 애니는 그녀를 방해할 사람이 아니기 때문에 그것이 루크일 수밖에 없다는 사실을 바르야는 알고 있다.

"혹시 저녁 먹으러 가실 생각이 있는지 여쭤보려고요." 그녀가 문을 열어주자 그가 말한다. 두 손을 호주머니에 넣고 있던 그는 혼란스러워하는 그녀를 보고 미소 짓는다. "벌써 여섯시예요."

"배가 안 고픈 것 같아요." 그녀가 책상으로 돌아가 컴퓨터를 끈다.

"그럼 술 한잔? 레드와인에는 레스베라트롤*이 있잖아요. 이 정도면 제가 공부 안 했다고는 못하실 거예요."

바르야가 한숨을 내쉰다. "이것도 취재예요, 아니에요?"

"원하시는 대로요. 전 아니라고 생각했어요."

"취재가 아니라면," 그녀가 고개를 가로저으며 말한다. "왜 해야 하죠?"

"인맥 쌓기? 관계 형성?" 루크가 그녀를 희한해하며 쳐다본다. 농담인지 아닌지 모르겠다는 듯. "저 물지 않아요. 적어도 여기 원숭이들보단 덜 물어요."

그녀가 사무실의 불을 끄자 복도 형광등 불빛만이 남아서 루크의 얼굴이 반쯤 어둠에 잠긴다. 그녀가 그에게 상처를 주었다.

"제가 살게요." 그가 덧붙인다. "감사의 뜻으로."

나중에 그녀는 어째서 자신이 전혀 내키지 않으면서도 그를 따라나섰는지, 그때 그러지 않았다면 어떻게 됐을지 생각해보게 된다. 죄책감 때문이었을까? 아니면 피로감? 죄책감이라면 신물이 났다. 일할 때만 덜해지는, 손을 씻을 때만, 수돗물을 계속 틀어놓고 더이상 물이 아니라 불이나 얼음에 닿는 것처럼 몹시 뜨거워질 때까지 씻을 때만 덜해지는 죄책감에. 배고플 때도 덜해졌는데, 그녀는 아주 자주 배가 고팠고 어떨 때는 몸이 매우 가벼워서 하늘로 떠오를 것 같은 기분, 동생들에게 떠오를 것 같은 기분이 들었다. 그리고 이때도 배가 고팠지만, 그럼에도 무언가가 그녀를 따라가게 했고 승낙하게 했다.

---

* 강력한 항암과 항산화 작용을 하며 혈청 콜레스테롤을 낮춰주는 물질.

그들은 그랜트 애비뉴에 있는 와인바에 앉아 레드와인 한 병을 나눠마신다. 남쪽으로 11킬로미터 떨어진 곳에서 재배하고 병입한 카베르네에 바르야의 몸이 바로 반응한다. 아주 오랫동안 아무것도 먹지 않았다는 사실을 깨닫지만, 그녀는 식당 음식을 먹지 않기 때문에 그저 술만 마시면서 루크가 자라온 이야기를 듣는다. 미시간호 안쪽으로 뻗어 있는 연안과 여러 섬으로 이뤄진 위스콘신 도어 카운티에서 체리 농장을 하는 가족 이야기. 그는 그곳이 머린 카운티와 닮았다고 말한다. 원래 아메리카 원주민의 것이었지만—도어 카운티의 포타와토미족, 머린 카운티의 코스트미와크족—유럽인들이 와서 빼앗고 농사와 벌채에 사용한 땅. 그는 석회암과, 모래언덕과, 솔송나무와 그 긴 초록 손가락들과, 노란 자작나무와 늦가을에 자작나무가 땅 위에 펼쳐놓는 눈부신 황금빛 담요를 묘사한다.

비수기에는 인구가 삼만 명이 채 되지 않지만 여름과 초가을에는 거의 열 배로 늘어난다고 말한다. 7월이면 농장은 난리가 난다. 서둘러 체리를 따고 말리고 통조림으로 만들고 냉동하는 모습에서는 일종의 광기가 느껴진다. 루크의 가족 농장에서는 네 가지 품종을 재배하고 루크가 어렸을 때는 가족들이 각자 수확기를 타고 하나씩 맡아 체리를 땄다. 아버지가 알이 크고 즙이 많은 밸러턴을 맡았다. 루크는 막내였기 때문에 어머니와 짝을 지어서 과육이 반투명한 노란색인 몽모랑시 체리를 땄다. 형이 스위트 체리류를 수확했는데, 단단하고 검은색을 띠는 가장 귀한 종류였다.

그가 말하는 동안 바르야는 마음이 이리저리 떠다닌다. 노랗고 까맣고 빨간 체리들이 꿈속처럼 흐릿하게 보인다. 그가 휴대폰으로 가족사진을 보여준다. 초가을이고, 나무들에 겨자색와 세이지색 보풀이 매달려 있다. 루크의 부모님은 루크처럼 숱이 풍성한 금발인데 색이 좀더 밝다. 형은—"이름은 애셔예요"—십대 초반이고, 여드름이 난 얼굴로 활짝 웃으면서 루크의 어깨에 손을 얹고 있다. 루크는 많아봐야 여섯 살쯤이다. 그는 어깨를 살짝 들어 애셔의 손을 받치고 있고, 너무 활짝 웃는 바람에 얼굴이 찡그려졌다.

"당신은요?" 그가 휴대폰을 도로 주머니에 넣으며 묻는다. "가족들은 어때요?"

"첫째 남동생은 의사였어요, 전에 말했듯이. 둘째 남동생은 무용수였고. 그리고 여동생은 마술사였어요."

"말도 안 돼. 검은 모자랑 토끼 갖고 하는 그거요?"

"아니요." 주변 조명이 어두워서 바르야는 걱정거리들을 찾아내지 못한다. "카드를 굉장히 잘 다뤘고 독심술을 했어요. 파트너가 관객 물건을 하나 고르면, 모자나 지갑 같은 거 있죠, 말로 힌트를 주지 않아도 맞힐 수 있었어요. 눈을 가리고 벽을 보면서."

"지금은 다들 뭘 하세요?" 루크의 질문에 그녀가 깜짝 놀란다. 그가 그녀를 주시한다. "죄송해요. 옛날 일처럼 말하시길래. 혼자 추측에……"

"은퇴했냐고요?" 바르야가 물으며 고개를 젓는다. "아니에요. 죽었어요." 그다음 말은 왜 하는지 그녀 스스로도 알지 못한다. 아마도 루크는 떠날 사람이니까, 그리고 살면서 치료사에게만 털어놓았던 이야기를 또다른 사람과 공유하니 매우 이상하면서도 편안해져서. "막내 남동생은 에이즈로 죽었어요. 스무 살에. 여동생은……
자살했어요. 생각해보면 조울증이나 정신분열증 아니었을까 싶은
데, 이제 와서 뭐 어떻게 할 수 있는 것도 아니고요." 그녀가 잔에
있던 술을 다 마시고 또 한 잔을 따른다. 사실 그녀는 술을 잘 마시
지 않고, 와인을 마시면 게으르고 둔하고 노출된 기분이 든다. "대
니얼은 휘말려서는 안 될 일에 휘말렸어요. 총에 맞았어요."

루크가 조용히 그녀를 응시하고, 우습게도 짧은 순간 그녀는 그
가 손을 뻗어 자기 손을 꽉 쥘까봐 두려워한다. 하지만 그는 그러
지 않고—뭐하러 그러겠어?—그녀는 한숨을 내쉰다.

"정말 유감이에요." 그가 말한다. "그래서 이 일을 하는 거예
요?" 대답이 없자 그는 처음에는 주저하면서, 그러다가 점점 유도
하듯이 밀어붙인다. "지금 있는 약들…… 음, 그 약이 당시에도
있었다면 동생분은 살 수 있었겠네요. 그리고 유전자검사를 하면
정신질환 가능성을 미리 확인할 수 있고, 진단을 내릴 수도 있으니
까. 클라라를 살렸을 수도 있고요. 맞죠?"

"뭐에 관한 기사를 쓰는 거죠?" 바르야가 묻는다. "내 연구, 아
니면 나?"

그녀는 가벼운 목소리로 말하려고 노력한다. 속에서는 두려움의
맥이 뻗어가는데 왜인지 확실하게 모르겠다.

"그 둘을 분리하긴 힘들어요. 아시죠?" 루크가 몸을 내밀면서
그의 눈이 다가오고, 바르야의 마음속 깊은 곳에서 무언가가 울렁
인다. 이제야 알겠다. 무엇 때문에 두려움을 느꼈는지. 그에게 클
라라의 이름을 말한 적이 없다.

"가야겠어." 그녀가 중얼거리면서 테이블을 짚는다. 그 즉시 바

닥이 시소를 탄 듯 올라오고 벽이 기울어서 그녀는 도로 앉는다—
쓰러지듯이.

"그러지 마세요." 루크가 말하고, 이번에는 그녀의 손에 자기 손
을 얹는다.

공포 한 방울이 그녀의 목구멍을 따라 기어올라와 탁 터진다.
"나한테 손대지 마요." 이렇게 말하자 루크가 놓아준다. 그의 얼
굴은 슬픔에 잠겨 있다. 가여워하는 것이다. 이것만은 그녀가 참을
수 있는 한계 이상이다. 그녀는 다시 일어서려 하고, 이번에는 성
공한다.

"운전하면 안 돼요." 루크가 따라 일어서서 말한다. 그의 얼굴에
공황이 보인다. 그녀가 느끼는 것과 같은 공황이고, 그래서 그녀는
더 무서워진다. "제발…… 제가 잘못했어요."

그녀는 지갑을 더듬더듬 뒤져 20달러짜리 지폐 몇 장을 꺼낸 뒤
테이블 위에 내려놓는다. "난 괜찮아요."

"제가 운전할게요." 문 쪽으로 가는 그녀에게 그가 다시 한번 말
한다. "어디 사세요?"

"어디 사냐고?" 그녀가 이를 악물고 말하자 루크가 물러선다.
술집의 어둠 속에서도 그의 얼굴이 벌겋게 달아오른 것이 보인다.
"도대체 왜 이래요?" 이제 그녀는 문가에 서 있다. 그리고 문 밖에.
루크가 따라오지 않는지 뒤를 돌아 확인한 뒤에, 차를 보고 뛴다.

33

토요일 아침, 그녀는 등 한가운데가 부서지고 누군가가 두개골을 망치로 때리는 듯한 통증을 느끼며 잠에서 깬다. 옷이 땀에 젖어서 고약한 냄새를 풍긴다. 간밤에 신발이며 스웨터는 벗어던졌지만 그대로 입고 잔 블라우스는 배에 들러붙어 있고 축축한 양말은 벗자마자 자동차 바닥에 툭 떨어진다. 뒷좌석에서 일어나 앉는다. 밖은 아침이고, 그랜트 스트리트에는 비가 많이 내린다.

손꿈치를 두 눈에 갖다댄다. 기억나는 것은 와인바와 다가오는 루크의 얼굴, 낮지만 고집스러운 그의 목소리―그 둘을 분리하긴 힘들어요. 아시죠?―그리고 그녀의 손을 잡은, 뜨거운 그의 손. 차로 달려와서 뒷좌석에서 어린아이처럼 몸을 웅크렸던 것도 기억난다.

배가 고파 죽을 것 같다. 그녀는 앞으로 넘어가서 어제 남긴 음식이 없는지 조수석을 뒤적거린다. 사과 몇 조각이 스펀지처럼 푸석푸석해졌고 갈변했지만 아랑곳없이 먹는다. 뜨뜻미지근하고 쭈글쭈글한 포도도 먹는다. 차 안의 거울을 보지 않으려 했지만 무의식중에 조수석 쪽 창문에 비친 자신의 모습을 보고는—머리는 아인슈타인 같고 입은 힘없이 벌어져 있다—시선을 돌리고 차 키를 찾는다.

집에 도착해서 그녀는 옷을 벗어 곧장 몽땅 세탁기에 넣은 뒤 물이 차가워질 정도로 오랫동안 샤워를 한다. 목욕가운을 걸쳐입고—거티에게 선물받은 말도 안 되게 폭신한 분홍색 가운으로, 바르야라면 절대 사지 않을 스타일이다—몸이 견딜 수 있을 최대량의 애드빌을 먹는다. 그러고는 침대로 기어올라가 다시 잠이 든다.

오후도 절반쯤 지났을 때 잠에서 깬다. 이제 기운이 조금 나서인지 공포감이 들이닥치고 집에서 남은 하루를 보낼 수 없다는 생각이 든다. 빠르게 옷을 입는다. 얼굴이 창백하니 새 같고, 은빛 머리카락은 도가머리처럼 뻗쳤다. 그녀는 손을 적셔 머리를 누르다가 왜 이러고 있나 생각한다. 토요일에 연구실에 나오는 사람들은 사육사뿐이고, 그렇지 않더라도 바르야는 도착하자마자 머리 덮개를 쓸 텐데. 그녀는 보통 점심을 거르지만 오늘은 냉장고에서 한 끼 식사가 든 비닐봉지 하나를 꺼내고 운전을 하면서 완숙계란을 먹는다.

실험실에 들어서자마자 마음이 한결 차분해진다. 그녀는 실험복을 입고 비바리움으로 들어간다.

원숭이들을 확인하고 싶다. 여전히 가까이 가면 불안하지만, 그녀는 가끔 자신이 없는 동안 그들에게 무슨 일이 일어날지 모른다는 두려움에 사로잡힌다. 물론 아무 일도 없다. 거울로 문 쪽을 보던 조시는 바르야가 보이자 거울을 놓는다. 아기 원숭이들은 공동 우리에서 초조한 듯 뛰어다닌다. 거스는 자기 우리 뒤쪽에 앉아 있다. 그런데 마지막 우리가—프리다의 자리다—비어 있다.

"프리다?" 바르야가 부른다. 바보 같은 일이다. 원숭이들이 자기 이름을 알아듣는다는 증거는 없으므로. 그럼에도 불구하고 그녀는 부른다. 비바리움에서 나와 복도를 걸어가는 내내 부르는데, 요해나라는 사육사가 부엌에서 나온다.

"격리실에 있어요." 요해나가 말한다.

"왜요?"

"털을 잡아뽑고 있었어요." 요해나가 빠르게 말을 잇는다. "제 생각에 격리실에 두면 아마……"

그러나 그녀는 말을 끝맺지 못한다. 바르야가 이미 돌아섰기 때문이다.

실험실 2층은 정사각형으로 생겼다. 바르야와 애니의 사무실이 서쪽에, 비바리움이 북쪽에 있다. 부엌과 시술실이 함께 남쪽에 있고, 격리실은—미화원실과 세탁실도—동쪽이다. 너비 2미터, 높이 2.5미터인 격리실은 사실 원숭이들의 일반 우리보다 크다. 하지만 복종하지 않는 동물을 벌주기 위해 보내는, 계발소품이 없는 곳이다. 물론 위협적인 것도 명백하게 무서워할 만한 것도 없다. 그러나 흥미를 끌 만한 것 역시 전혀 없다. 밖에서 잠그는 작고 네모난 문이 달린 스테인리스 우리. 먹이통과 물병은 있다. 우리는 바닥에서 10센티미터 떠 있어서 밑면의 구멍으로 소변과 쓰레기가 떨어지면 넣었다 뺐다 할 수 있는 받침판으로 들어간다.

"프리다." 바르야가 부른다. 그녀가 격리실 안을 들여다본다. 태어난 지 고작 며칠 됐던 프리다를 데리고 왔던 그날 밤 그곳.

프리다는 우리 뒤쪽을 보고 잔뜩 웅크린 채 제자리에서 몸을 흔들고 있다. 털을 뽑아서 등에 주먹만하게 벗어진 자국이 생겼다. 여섯 달 전부터 얼마 남지 않은 털 손질도 그만뒀고, 다른 원숭이들은 프리다의 약한 상태를 눈치채고 거부감을 느끼며 멀리한다. 프리다는 아직 받침판으로 빠져나가지 않아 얇게 깔린 녹슨 쇠 색깔 소변 웅덩이에 앉아 있다.

"프리다." 바르야가 다시 한번 더 크게, 그러나 달래듯이 부른다. "그만해, 프리다…… 제발."

원숭이가 바르야의 목소리를 듣고 고개를 한쪽으로 돌린다. 옆얼굴을 보니, 눈꺼풀은 반질반질한 라벤더색이고 입은 반달처럼 벌어져 있다. 그러다 프리다가 얼굴을 찡그린다. 천천히 몸을 돌리는데, 바르야와 마주하고도 멈추지 않는다. 오른다리에 신경쓰면서 왼다리를 끌고 계속 돈다. 이 주 전에 프리다는 꿰매는 수술이 필요할 정도로 자기 왼쪽 허벅지를 세게 물었다.

어쩌다 이렇게 됐지? 어렸을 때만 해도 프리다는 다른 어느 원숭이보다 더 활력이 넘쳤다. 전략적 동맹을 맺고 개중 순한 원숭이의 먹이를 훔치는 등 사회적 행동에서는 마키아벨리적이었지만, 동시에 예쁜 짓도 했고 호기심도 믿을 수 없을 만큼 많았다. 안기는 것도 좋아했다. 난간 밖으로 손을 뻗어 바르야의 허리를 잡기도 했는데, 그러면 바르야는 가끔 프리다를 꺼내서 한쪽 골반에 걸친 채 비바리움 안을 돌아다녔다. 프리다와 그렇게 가까워지는 경험은 두려움과 황홀감을 동시에 주었다. 프리다에게서 무언가 감염될 수도 있다는 사실 때문에 두려웠고, 잠시나마, 여러 겹의 보호복 너머로나마 다른 동물과 가까워지는 기분을, 자신도 한 동물이 되는 기분을 느낄 수 있었기 때문에 황홀했다.

노크 소리다. 요해나인가, 바르야가 생각한다. 아니면 애니인데, 애니는 주말에는 거의 연구실에 나오지 않는다. 바르야와 마찬가지로 그녀는 아이도 없고 결혼도 하지 않았다. 서른일곱 살이면 결코 늦은 나이가 아니지만 애니는 이런 것들을 원하지 않는다. "난 부족한 게 없어요." 한번은 그녀가 이렇게 말했고 바르야는 그 말을 믿었다. 애니의 한국계 미국인 대가족은 바로 골든게이트다리 건너에 살고 있다. 항상 애인이 있는 것 같고—남자일 때도 있고 여자일 때도 있다—연구할 때와 똑같은 자신감으로 그들과의 관계를 수행한다. 바르야는 애니에게 어머니가 자식에게 느끼는 고마움과 더불어 어머니가 느낄 법한 질투심도 품고 있다. 애니는 여자로서 바르야가 되고 싶어하는 부류의 사람이다. 틀에 박히지 않은 선택을 하고, 그 선택에 만족하는.

노크 소리가 다시 들려온다. "요해나?" 바르야가 문을 열어주려고 일어서면서 묻는다.

하지만 그녀가 맞닥뜨린 사람은 루크다. 헝클어진 머리는 기름기 때문에 어두워 보인다. 입술이 텄고 얼굴색이 이상하게 노리끼리하다. 전날 입었던 옷을 입고 있다. 그도 옷을 벗지 않고 그대로 잠들었을 것이다. 바르야가 오후 내내 쌓아올린 평화의 막이 중심

428 죽지 않는 사람들

부터 갈라져 무너져내린다.

"여기서," 그녀가 말한다. "뭐해요?"

"클라이드가 들여보내줬어요." 루크가 눈을 깜빡인다. 그의 한 손은 아직 문손잡이를 잡고 있고 다른 한 손은 그녀의 눈에 보일 정도로 떨고 있다. "얘기할 게 있어요."

프리다가 벽을 보고 다시 몸을 흔들기 시작했다. 바르야는 프리다가 몸을 흔드는 것도 싫고 루크가 여기서 그 모습을 보는 것도 싫다. 격리실 문을 잠그기 위해 그에게 등을 보이며 돌아선다. 이 과정은 이 초밖에 걸리지 않는데, 다 끝내기도 전에 묵직한 찰칵 소리가 들려 몸이 굳는다. 그를 향해 휙 돌아서자 그는 카메라를 도로 가방에 집어넣고 있다.

"그거 내놔요." 그녀가 사납게 말한다.

"싫어요." 이렇게 말하지만 루크의 목소리는 귀한 물건을 가진 어린 소년처럼 작다.

"싫어요? 허가 없이 찍은 사진이잖아요. 고소하겠어요."

루크의 얼굴에는 그녀가 예상했던 직업인의 통쾌함이 아니라 두려움이 가득차 있다. 그가 배낭을 움켜쥔다.

"당신 기자 아니잖아." 바르야가 말한다. 두려움이 격렬해지며 쾅쾅 울려댄다. 명주원숭이의 경고성 울음이 떠오른다. "정체가 뭐야?"

그러나 그는 대답하지 않는다. 문간에 붙박인 채 몸이 완전히 굳어버려서, 아직도 떨고 있는 왼손만 아니면 동상으로 보일 지경이다.

"경찰 부를 거야." 그녀가 말한다.

"그러지 마세요." 루크가 말한다. "저는……"

그러나 그는 말을 끝맺지 못하고, 그 중단 속에서 바르야의 머릿속에 예기치도 못한 생각이 떠오른다. 양성이어라. 그녀가 생각한다. 양성이어라. 전혀 낯선 사람의 얼굴이 아니라 종양의 엑스레이를 쳐다보고 있는 사람처럼.

"그쪽이 나한테 솔로몬이라는 이름을 지어줬죠." 그가 말한다.

그리고 어둠 속으로 던져진다. 처음 느낌은 혼란이다. 어떻게? 그건 불가능해. 그랬다면 내가 알았겠지. 그리고 나서는 100퍼센트의 충격, 초토화. 눈앞이 흐려진다.

그 이십육 년 전에 블리커 스트리트 계획출산협회 건물 밖에 멈춘 채 번개에 맞은 것처럼 땅에 뿌리를 박고 서 있었기 때문이었다. 2월 초였고, 날이 어둡고 얼어붙을 듯 추운 세시 삼십분이었는데, 바르야의 몸은 불에 덴 듯 화끈거렸다. 그녀의 안에는 생소한 설렘이 있었다. 병원이 있는 삼각형 건물을 바라보며 만약 이 설렘을 죽이지 않는다면 어떻게 될까 생각했다. 계획했던 선택을 할 수도 있었다. 그러면 그녀의 인생은 일탈 전과 같이 계속되고, 그렇게 대칭을 유지할 수 있었다. 그러는 대신 그녀는 코트 단추를 풀어 왈칵 들어오는 차가운 공기를 맞았다. 그러고는 돌아섰다.

34

그녀는 비틀거리며 비바리움을 빠져나와 계단을 통해 1층으로 간다. 별일 없는지 물으려고 일어선 클라이드도 지나쳐 로비를 뛰어나가서 건물 밖 산으로 나선다. 루크가 동행자 없이 연구소 안에 있다는 사실 따위는 안중에 없다. 그에게서 벗어나고 싶은 마음뿐이다. 비가 개고 나타난 태양이 너무 밝아서 눈이 쓰라리다. 누구의 주의도 끌지 않는 선에서 가능한 한 빠른 걸음으로 주차장을 향하며 그녀는 선글라스를 가져오는 데 낭비할 시간도 없다고 생각한다. 루크가 따라오는 소리가 들리기 때문이다.

"바르야." 그가 부르지만 그녀는 멈추지 않는다. "바르야!"

크게 외치는 소리에 그녀가 돌아선다. "목소리 낮춰. 여긴 내 직장이야."

"미안해요." 루크가 숨을 헐떡이며 말한다.

"어떻게 감히. 감히 날 속여. 그것도 감히 내 연구실에서, 내 연구실에서."

"이렇게 하지 않았다면 저랑 얘기도 하지 않았을 테니까요." 루크의 목소리는 이상하리만치 고음이고, 바르야는 그가 울음을 참다보니 그렇다는 사실을 깨닫는다.

그녀가 하, 하고 웃는다. "이제부터 안 할 거야."

"해야 할 거예요." 구름이 잠시 태양을 가리며 지나가고, 새로이 드리운 강철 같은 빛 속에서 그가 차분해진다. "아니면 사진을 팔 테니까요."

"누구한테?"

"페타*에."

바르야가 멍하니 쳐다본다. 세게 얻어맞으면 폐 속의 공기가 빠져나가는 것 같다고들 하는데, 틀린 말이다. 저절로 빠져나가는 것이 아니라 누가 흡입기로 빨아들이는 느낌이다.

"하지만 애니가," 그녀가 말한다. "애니가 신원 확인을 했는데."

"같이 사는 친구가 〈크로니클〉 편집자인 척 연기해줬어요. 내가 당신을 얼마나 만나고 싶어하는지 아는 친구거든요."

"우리는 가장 엄격한 윤리기준을 준수하고 있어." 바르야가 말한다. 목소리가 헛된 분노로 파삭거린다.

"그런가요. 하지만 프리다는 안 좋아 보이던데요."

두 사람은 산중턱에 서 있다. 뒤쪽으로 박사후과정 둘이 주 연구동으로 걸어가면서 포장음식을 한 포크 가득 떠먹는다.

"이건 협박이야." 다시 정상적으로 말을 할 수 있게 된 바르야가

---

* 동물보호단체.

말한다.

"나도 이러고 싶지 않았어요. 하지만 당신을 찾는 데 몇 년이 걸렸어요. 입양기관은 전혀 도움이 안 됐죠. 당신이 알리길 원치 않았다는 소리나 하고, 내 기록은 다 기밀이고. 가진 거 다 털어 뉴욕에 가서 카운티 법원에서 출생증명서를 죄다 훑어보느라고 몇…… 몇 주가 걸렸어요. 생일만 알고 어느 병원인지는 몰라서. 그리고 당신을 찾아냈는데, 마침내 찾았는데, 도저히……"

이 말들이 단숨에 몰아쳐나오고, 그제야 그가 깊은 숨을 들이마신다. 그리고 그녀의 얼굴을 본다. 그가 배낭을 몸 앞으로 당겨와 손을 집어넣더니 네모나게 접힌 하얀 천을 꺼낸다.

"손수건이요." 그가 말한다. "울고 계세요."

울고 있는지는 그녀 자신도 몰랐다. "손수건을 갖고 다녀?"

"형 거예요. 원래는 아버지 거였고. 둘이 이니셜이 똑같아요." 그가 자수로 놓은 작은 글자를 보여주다가 그녀가 주저하는 것을 알아차린다. "깨끗해요. 저번에 빨고 나서 한 번도 안 썼고, 항상 뜨거운 물로 빨아요."

비밀을 털어놓는 목소리다. 그녀는 비로소 그가 자신의 본모습을 보고 있었다는 사실을 깨닫고, 그것만은 원치 않는 일이라 수치심이 부풀어오른다.

"사실, 저도 비슷해요." 루크가 말한다. "그러시는 거 처음부터 알겠더라고요. 그런데 전 더러움 쪽은 아니고. 사람을 해칠 것 같다, 실수로 사람을 죽일 것 같다는 생각이 자꾸만 들어요."

바르야가 손수건을 받아들어 얼굴을 닦고, 얼굴을 도로 내놓을 때쯤 루크가 한 말을 곱씹으며―실수로 사람을 죽일 것 같다―웃고, 그도 따라 웃자 다시 울기 시작한다. 그가 무슨 말을 하는지 정확히 알아서.

그녀가 침묵 속에 차를 몰아 집으로 가고 그 뒤를 루크가 따른다. 계단을 오를 때는 뒤에서 그의 발소리가 들리고 무게가 느껴져 위장이 목구멍에 걸린 것 같다. 집에 다른 사람을 데려오는 경우가 좀처럼 없는데다가, 그가 올 줄 몰랐으니 미리 준비하지도 못했다. 어차피 지금은 그럴 시간도 없으니 그저 딸깍 불을 켜고서 그가 들어서는 것을 지켜본다.

집은 작다. 이 집의 인테리어는 불안증을 최대한 줄이기 위한 치열한 고민의 결과다. 오염이 잘 보이게 하면서 동시에 잘 안 보이게 하는 것들을 골랐다. 예를 들면 소파는 커버가 짙은 색 가죽이라서 보풀이나 먼지가 눈에 잘 들어오지 않으면서도, 오돌토돌하고 무늬가 있는 직물 소재와 달리 앉기 전에 큰 덩어리들은 간단히 훔칠 수 있다. 침대시트가 어두운 회색인 것도 같은 이유다. 호텔의 하얀 시트는 아무것도 없는 천뿐이라서 침대의 상태를 확인할 때마다 거의 히스테릭해진다. 벽에는 예술품이 없고 탁자에는 커버가 없어서 청소하기가 매우 쉽다. 커튼은 항상 드리워져 있다. 한낮에도.

루크의 눈을 통해 보고서야 그녀는 이곳이 얼마나 어두운지, 얼마나 흉한지 기억이 난다. 가구들은 미적으로 아름답지 않다. 미적인 이유로 고른 것이 아니므로. 만일 그랬다면? 그녀는 자신의 취향을 잘 모르지만, 한번은 밀밸리의 스칸디나비아 인테리어 전문

점을 지나다가 사각형 쿠션과 가느다란 호두나무다리가 특징인 비둘기색 소파가 눈에 들어왔다. 삼십 초인가 일 분인가 쳐다보다가 천은 청소하기가 끔찍이도 힘들고, 머리카락 한 올, 얼룩 한 점이 다 보일 테고, 그리고 무엇보다 일단 더럽다는 생각이 들면 그 생각을 떨치기는 엄청나게 고통스러운 과정이 되리라는 사실이 떠올랐다.

"뭐 좀 줄까?" 그녀가 묻는다. "차?"

차 좋아요, 라고 루크는 대답하고 소파에 앉아 그녀를 기다리면서 배낭을 발치에 떨궈놓는다. 그녀가 머그잔 두 개와 현미녹차가 담긴 도자기주전자를 들고 돌아오니 그가 꼭 붙인 무릎 위에 녹음기를 올려두고 있다.

"녹음해도 돼요?" 그가 묻는다. "이 대화를 잊어버리기 싫어서요. 다시 만날 일도 없을 것 같고."

그도 자신이 등가교환을 했다는 사실을 알고 있고, 그래서 그 대가를 받아들인다. 함정을 파서 자신과 이 대화를 하지 않을 수 없게 만들었지만, 그 대가로 그녀의 원망을 샀다. 그러나 그녀도 거래를 했다. 그의 엄마가 되기로 결정했고, 그러니 그에게 대답해줄 것이다.

"그래." 그녀의 얼굴은 이제 다 말랐고 연구실에서 느꼈던 분노는 체념으로 바뀌었다. 원숭이들이 떠오른다. 목이 쉬도록 소리를 지르다가 공허한 수용의 표정으로 연구원에게 몸을 내맡기는 원숭이들.

"고마워요." 루크의 감사는 진심이다. 그녀는 자신에게 와닿는 그 마음을 느끼고, 외면한다. "저는 언제, 어디서 태어났나요?"

"시나이산베스이스라엘.* 1984년 8월 11일. 아침 열한시 삼십이분. 몰랐어?"

"알아요. 기억하시는지 확인한 거예요."

그녀가 머그잔을 입으로 가져가지만 차가 너무 뜨거워서 눈에 눈물이 고인다.

"수 쓰는 거 그만." 그녀가 말한다. "나한테 솔직하게 말해달라고 했잖아. 나도 그만큼 네게 솔직함을 요구할 자격이 있어. 날 의심할 필요 없어. 거짓말하는지 굳이 확인하지 않아도 돼. 나한텐 잊을 수 없는 일이었어. 그 모든 일들이, 평생 노력했는데도."

"그러네요." 루크가 시선을 떨군다. "안 그럴게요, 이제. 용서해주세요." 다시 그녀를 쳐다보는 그에게서는 건방짐의 껍데기가 한 꺼풀 벗겨졌다. 남은 것은 부끄러움과 수줍음. "어땠어요, 그날은?"

"네가 태어난 날? 끔찍하게 더웠어. 병실 창문 밖으로 스타이버선트스퀘어공원이 보였는데, 거기 지나다니던 내 또래 여자들이 쇼트팬츠에 배꼽티를 입고 있었지. 70년대 사람들처럼. 나는 거대했어. 가슴 밑으로 땀띠가 돋고 살이 접히는 곳마다 땀이 났지. 발이 너무 부어서 공항 가는 택시에서나 신을 법한 슬리퍼를 신었어."

"누가 같이 있었나요?"

"우리 엄마. 엄마한테만 얘기했거든."

곁에서 중얼거리던 거티. 수건과 얼음물 양동이를 든 거티. 에어컨이 멈출 때마다 간호사들에게 고함을 지르던 거티. 이 긴 세월 동안 비밀을 지켜온 거티. "엄마," 바르야가 벅차하면서 말했다.

---

* 뉴욕 맨해튼에 위치한 병원. 1890년에 유대인 이민자를 위해 설립되었다.

아기를 넘긴 뒤였다. "이 일에 대해선 아무 말도 할 수 없을 거야, 영영." 그리고 그날 이후 거티는 한 번도 그 이야기를 꺼내지 않았다. 그러나 동시에, 그들은 항상 그 이야기를 한다. 수년 동안 그것은 모든 대화의 안감이었고, 두 사람이 함께 힘겹게 지고 다니는 무게추였다.

"아버지는요?"

그녀는 그가 '내 아버지'가 아니라 '아버지'라고 말한 것을 의식하고 안심한다. 그가 교수를 그렇게 생각하는 것은 싫다.

"그 사람은 아무것도 몰랐어." 그녀가 차를 후 불었다. "뉴욕대 초빙교수였어. 난 대학원 일 년 차였고 가을에 그 교수 수업을 들었어. 두 번인가 같이 잤는데 그 사람이 이러지 말아야 할 것 같다고 하더라. 임신했다는 걸 안 건 1월 초쯤, 겨울방학이었는데 그 사람은 영국으로 돌아간 뒤였고 난 그걸 몰랐지. 그 사람과 통화하려고 계속 시도했어. 처음엔 과 사무실로 전화를 걸었고, 그다음엔 사무실에서 번호를 알려준 에든버러 사무실로 했지. 처음엔 메시지를 남겼고 언젠가부턴 메시지가 안 남게 신경썼어. 그를 사랑한 건 아니었어. 더이상은. 그저 본인이 원한다면 널 키울 수 있는 기회를 주고 싶었어. 결국 그 사람은 그럴 자격이 없다는 것을 깨달았고, 그때부터 전화를 하지 않은 거야."

루크는 잔뜩 긴장한 표정에 목에 핏줄까지 섰다. 어째서 못 알아봤을까? 그녀는 공항이나 식료품점에서 처음 보는 낯익은 남자와 대면하는 상상을 해왔고 그때가 오면 동물적으로 알아볼 수 있을 거라고 생각했다. 한몸을 공유했던 아홉 달과 놀랍고도 고통스러웠던 그후의 사십팔 시간 동안 각인된 어떤 감각적인 기억으로. 출

산중에 골반이 산산조각났다고 해도 놀랍지 않을 것 같았는데, 실제로 그런 일은 없었다. 그녀의 경험은 지극히 일반적인 것이었고 출산과정에서 예외적인 상황이 하나도 없었기 때문에 어떤 간호사는 바르야에게 두번째 출산도 수월하겠다고 말했다. 그러나 바르야는 두번째는 없으리라는 걸 잘 알았고, 그래서 그 작은 인간, 자신의 생물학적 아들을 끌어안고 아이에게, 그리고 그녀를 아랑곳 않는 한 남자를 사랑하고 키우지 않을 아이를 낳기로 한 자신의 용감한 일면에도 작별을 고했다.

루크가 신발을 벗고 양말 신은 발을 소파 위로 올린다. 그러고는 양팔로 다리를 감싸안고 턱을 무릎 위에 괸다. "전 어땠어요?"

"검은 머리가 윤기나는 모피 같았어. 꼭 수달처럼. 꼬마 펑크족 같기도 했고. 눈은 파란색이었는데 간호사들이 갈색으로 변할 수도 있다고 했어. 정말, 당연한 일이겠지만, 그랬네." 바르야는 그 말을 마음에 품고 보도에서, 지하철에서, 다른 사람들의 사진 속 뒤에 찍힌 얼굴들에서 잠시 자신의 아이였던 파란 눈 혹은 갈색 눈의 아이를 찾곤 했다. "예민한 아기였어. 좀 흥분하면 눈을 감아버리고 양손을 꼭 쥐더라고. 우린, 그러니까 엄마랑 나는 네가 무슨 수도사 같다고 생각했어. 마음이 괴로울 때 기도하려고 무진 애를 쓰는 수도사 같다고."

"검은 머리였구나." 루크가 미소 짓는다. "게다가 눈동자는 파랬고요. 절 못 알아본 게 이상한 일도 아니네요." 창밖은 여섯시이고 비가 부슬부슬 내린다. 하늘은 환한 빈카 꽃잎 색이다. "어머님께서 절 키우지 말라고 하신 거예요?"

"맙소사, 아냐. 엄마랑 그 문제로 싸우기도 했어. 우리 가족은 많은 상실을 겪은 상황이었어. 아버지가 정말 갑자기 돌아가셨지, 내가 대학생 때. 그리고 네가 태어나기 이 년 전에 사이먼이 에이즈로 죽었고. 엄마는 내가 널 키우길 원했어."

바르야는 그때 학교 근처 원룸에서 혼자 살았지만 임신중에는 자주 클린턴 스트리트 72번지에서 잤다. 어떤 날은 자정을 넘기면서까지 거티와 말다툼을 했지만 그래도 잠을 잘 땐 오래전 그녀가 썼던 이층침대 위층으로 갔다. 십 분, 또는 두 시간쯤 지나면 거티가 따라와서 복도 너머의 자기 침대 대신 대니얼이 썼던 이층침대 아래층에 누웠다. 아침이 되면 그녀는 사다리의 맨 아래 발판을 밟고 서서 바르야의 머리카락을 얼굴 바깥쪽으로 손빗질해주거나 이마에 키스를 퍼부었다.

"그런데 왜 안 키웠어요?" 루크가 묻는다.

한번은, 한여름에 차로 위스콘신을 지나가다가—시카고에서 회의에 참석하고 두번째 회의가 있는 매디슨으로 가던 길이었다—데블스호수에 들러서 무릎 높이 물속에 서 있었다. 더위를 식히고 싶어 필사적인 마음으로 들어갔지만 물은 미지근했고 송사리 수십 마리가 발목과 발을 물기 시작했다. 잠시 동안 움직일 수 없었다. 모래를 밟고 서서, 벅차오르는 감정 때문에 터져버릴 것 같다고 생각했다. 어떤 감정이었을까, 정확히? 참을 수 없이 황홀한 친밀감, 공생하고 있다는 느낌.

"무서웠어." 그녀가 말한다. "사람들이 서로에게 정들었을 때 잘못될 수 있는 모든 것이."

루크는 잠시 말이 없다. "낙태할 수도 있었잖아요."

"그렇지. 예약도 했었고. 하지만 할 수 없었어."

"종교적인 이유로?"

"아니. 나는……" 이쯤에서 목소리가 갈라지면서 말끝이 흐려진다. 그녀는 머그잔을 들어올리고 목이 풀릴 때까지 차를 마신다. "보상하려 했던 것 같아. 내향적이었던 나를. 삶을 온전히 살지 못했던 사실을. 너는 그럴 거라고 생각했어. 그러길 바랐어."

어떻게 그렇게 할 수 있었을까? 그들을 생각했다. 사이먼과 솔과 클라라와 대니얼과 거티를. 그들을 생각했다. 공황으로 아무것도 할 수 없는 순간이 잦았던 임신 2기에도, 스스로가 바다코끼리만큼 비대해졌다고 느껴지고 자는 시간보다 오줌 싸는 시간이 더 길었던 임신 3기에도. 아기가 나오도록 힘을 주는 내내 그들을 생각했다. 마음속에 그들을 품어서 다른 것을 느낄 틈이 없게 했다. 그들을 사랑하고 또 사랑했고, 그러자 그들이 그녀를 무장해제시키고, 강하게 만들고, 깨부수고, 원래 없던 힘을 갖게 했다.

하지만 계속 그렇진 못했다. 배 위로 팔짱을 끼고 병원에서 집으로 돌아오는 길에 문득 대체 어떤 인간이 고작 자기 자신의 두려움을 이유로 아이를 포기하느냐는 생각이 들었다. 답은 즉시 나왔다. 아이를 키울 자격이 없는 인간. 곧 터질 듯 생명으로 꽉 찼던 그녀의 몸은, 실제로 생명으로 부풀어올랐던 그녀의 몸은 이제 텅 비어 있었다. 예전처럼, 언제나 그랬듯이. 이 시점에서 그녀는 슬픔과 동시에 안도를 느꼈고, 그 안도감이 불러일으킨 심한 자기혐오로 인해 자신이 내놓은 답이 옳았다고 확신하게 되었다. 그녀는 생명체를 감당할 수 없었다. 위험하고, 살을 가진, 너무나 고통스러워서 숨이 멎을 듯한 사랑으로 가득찬 존재를.

"그럼 그후엔 무슨 일이 있었어요?" 루크가 묻는다.

"무슨 뜻이지?"

"다른 아이를 낳았나요? 결혼은요?"

바르야가 고개를 젓는다.

그가 이해할 수 없다는 듯 얼굴을 찡그린다. "동성애자예요?"

"아니. 그냥 한 번도…… 그 일 이후엔 한 번도……"

그녀가 날카롭게 숨을 들이마신다. 소리 없는 딸꾹질. 루크가 그녀의 말뜻을 뒤늦게 이해하고 깜짝 놀란다. "그 교수 이후로 그런 관계였던 사람이 없었어요? 전혀?"

"전혀는 아니고. 그런 관계는? 없었어."

그녀는 그가 보일 동정심에 대비한다. 그러나 그는 화난 표정이다. 바르야가 스스로 어떤 본질적인 것을 박탈했다는 듯이.

"외롭지 않아요?"

"가끔은. 다들 그렇지 않나?" 그녀가 말하고 미소 짓는다.

루크가 벌떡 일어선다. 화장실에 가려나보다 생각했는데 그는 부엌으로 들어가서 싱크대 앞에 선다. 손바닥으로 상판을 짚고 선 그의 어깨가 프리다처럼 굽어 있다. 싱크대 앞 창틀에는 아버지의 시계가 놓여 있다. 클라라가 죽은 후 대니얼이 클라라와 라지가 살던 캠핑카를 찾아갔다. 라지가 골드 가족이 간직하고 싶어할 만한 유품을 모아두었다. 초기의 명함, 솔의 금시계, 낡은 벌레스크 팸플릿. 팸플릿에는 할머니 클라라가 가죽끈으로 남자들 한 무리를 끌고 다니는 사진이 있었다. 별거 아니었지만 대니얼은 그 성의에 고마워했다. 그리고 공항에서 바르야에게 전화를 걸었다.

"그런데 그 캠핑카. 더러웠다는 건 아닌데…… 꽤 괜찮았어, 캠핑카치고. 그런데 캠핑카라는 거 자체가," 대니얼의 목소리가 무언가를 숨기는 듯, 거의 입을 가리고 말하는 것처럼 들렸다. "70년대식 걸프 스트림 말야. 거기서 클라라가 일 년 넘게 산 거야." 그리고 그중 대부분은 킹스로라는 캠핑카 주차장에 세워져 있었지, 라고 한술 더 떠 덧붙였다. 그는 클라라가 쓰던 침대 밑에서 조그맣게 뭉쳐진 딸기 꼭지들을 발견하기도 했다. 처음에는 신발에 묻어온 풀 뭉텅이인 줄 알았다. 솜털 같은 곰팡이가 피어 있었고, 그는 그것들을 놀이방에 갖다버렸다. 그러나 시계는 바르야에게 보내주겠다고 했다. 클라라에게 가기 전에는 사이먼의 것이었고, 사이먼에게 가기 전에는 솔의 것이었던 시계.

"그거 남자시계잖아." 바르야가 말했다. "네가 가져야지."

"싫어." 대니얼은 계속해서 숨기는 것이 있는 듯한 투였고, 그녀는 그가 무언가 그를 불안하게 만드는 것, 집으로 가져가고 싶지 않은 것을 발견했나보다고 이해했다.

"루크?" 그녀가 부른다.

그가 기침을 하더니 냉장고 손잡이를 향해 손을 뻗는다. "괜찮죠?"

멈춰. 그녀가 머릿속으로 말하지만 그는 이미 문을 당겨 열고 안을 본 후다.

"원숭이 먹이를 여기에 둬요?" 그가 이렇게 외치지만, 그녀를 향해 몸을 돌리는 사이 당혹감은 이미 이해로 바뀐다.

문이 그대로 열려 있다. 거실의 바르야에게도 냉장고 안에 정렬돼 있는 포장된 음식들이 보인다. 맨 위칸은 아침식사로, 비닐봉지에 여러 가지 과일과 고식이섬유 시리얼 두 테이블스푼이 들어 있다. 아래칸은 점심이다. 견과류와 콩, 주말용은 두부나 참치 한 조각. 저녁식사는 냉동실에 있는데 일주일에 한 번 요리해서 하루치씩 나누고 포일로 포장해두었다. 루크가 보고 있는 냉장고 문에 테이프로 붙여둔 것은 각 식사의 칼로리와 비타민, 미네랄 함량이 적힌 스프레드시트다.

식이제한 첫해에 그녀는 몸무게가 15퍼센트 줄었다. 옷이 헐렁해졌고 그레이하운드처럼 좁고 고집스러운 얼굴이 되었다. 그녀는 이 변화들을 제 일이 아닌 듯 호기심을 가지고 관찰했고, 단것, 탄수화물, 지방의 유혹을 뿌리칠 수 있는 자신이 자랑스러웠다.

"왜 이런 짓을 하는 거죠?" 루크가 묻는다.

"왜라고 생각해?" 이렇게 반문하면서도 그녀는 자신을 향해 다가오는 그를 보고 한 발 물러선다. "왜 화가 났어? 어떻게 살지 결정하는 건 내 마음 아닌가?"

"슬퍼서요." 루크가 웅얼거린다. "이러고 있는 거 보니까 가슴이 졸라 아파서요. 거추장스러운 건 다 없애버렸잖아요. 남편도 없고 아이도 없고. 뭐든지 할 수 있었겠죠. 하지만 당신은 그냥 그 원숭이들 같아요. 갇혀서 충분히 먹지도 못하고. 진실은, 뭐든 누리지 않아야 오래 살 수 있다는 거예요. 모르겠어요? 진실은, 당신은 기꺼이 그 거래를 할 용의가 있고 이미 그 거래를 했다는 건데, 도대체 뭘 위해서 그랬죠? 뭘 포기했죠? 물론, 그 원숭이들은 선택의 자유가 없었어요."

정해진 일상의 기쁨을 모르는 사람에게 그것을 알려주기란 애초에 불가능하기 때문에 바르야는 시도도 하지 않는다. 그 즐거움은 섹스나 사랑의 기쁨 같은 것이 아니라 확실성에서 오는 것이다. 만약 좀더 신앙심이 있고 기독교인이었다면 그녀는 수녀가 되었을 것이다. 얼마나 안정적인가. 사십 년 후 화요일 두시에 어떤 기도를 하고 어떤 일과를 보낼지 안다는 것은.

"원숭이들이 더 건강해지게 하는 거야." 그녀는 말한다. "내 덕분에 더 오래 살 거라고."

"하지만 더 잘사는 건 아니죠." 루크가 다가와서 그녀를 내려다보자 그녀는 소파에 등을 바짝 붙인다. "그들은 우리도 알갱이 사료도 원하지 않아요. 그들이 원하는 건 빛, 놀이, 열, 질감…… 위험이죠! 삶이 아니라 생존을 선택한다는 건 다 개소리예요. 언젠 우리가 둘 중에 하나라도 마음대로 할 수 있었냐고요. 우리 안에 있는 원숭이들 보면서 아무 느낌 없는 게 당연하네요. 자기 자신에게도 아무것도 느끼지 못하니까."

"그럼 내가 어떻게 살아야 되지? 사이먼처럼 자기만 생각하면서? 환상의 세계에서? 클라라처럼?"

그녀는 그의 몸에 닿지 않도록 조심해서 소파에서 몸을 뗀 뒤 성큼성큼 부엌으로 걸어간다. 냉장고를 열고는 루크가 문을 닫을 때 흐트러진 음식봉투들을 다시 정렬하기 시작한다.

"동생들을 비난하고 있네요." 그가 이렇게 말하며 그녀가 있는 곳으로 다가오고, 바르야의 분노가 그를 향한다. 그녀 안에서 끊임없이 끓어오르는 분노, 원래 동생들에게 느꼈던 감정이. 그들이 조금만 더 현명했다면, 더 신중했다면. 자기 자신을 알고 겸손했다면—좀 참고 살았더라면! 인생이라는 게 마치 당겨온 최고조를 향해 미친듯이 내달리는 것인 듯 살지 않았다면, 지랄맞게 달리지 말고 걸어가기라도 했다면.

그들은 함께 시작했다. 그들 모두 아직 인간이 되지 않았을 때 어머니의 수백만 개 난자 중 네 개였다. 놀랍게도, 기질과 치명적인 결점들이 그토록 극적으로 분화되었다. 마치 같은 엘리베이터를 몇 초 동안 함께 탄 타인처럼.

"아니." 그녀가 말한다. "난 동생들을 사랑해. 동생들을 기리기 위해서 이 일을 하는 거야."

"이기심 때문이라고는 아주 조금도 생각하지 않으세요?"

"뭐?"

"노화를 멈추는 방법으로는 두 가지 이론이 대세다." 루크가 흉내를 낸다. "첫째는 생식계를 억제해야 한다는 것. 그리고 두번째 이론은 칼로리 섭취를 억제해야 한다는 것."

"너한테 아무 말도 하지 말았어야 되는데. 넌 너무 어려서 몰라. 어린애라서."

"어린애라고요? 제가요?" 루크가 날카롭게 웃자 바르야가 움찔한다. "당신은 자신을 설득하기 위해 애쓰는 사람이죠. 세상은 합리적인 곳이고, 당신이 어떻게 하면 죽음을 막을 수 있을 거라고. 그들은 x 때문에 죽었고 당신은 y 때문에 산 거라고. 그리고 그것들은 상호 배타적이라고 스스로 되뇌면서. 그래야 당신이 더 똑똑하다고 믿을 수 있고, 당신은 다르다고 믿을 수 있으니까요. 하지만 사실은 딱 남들만큼 비이성적이에요. 과학자랍시고 수명연장이니 건강한 노화 같은 소리를 하지만 당신도 알걸요. 존재에 대한 가장 기본적인 서사는 살아 있는 모든 것은 죽는다인 거. 그런데 당신은 그걸 고쳐쓰고 싶어하고요."

그가 더 가까이 다가오고 두 사람의 얼굴은 몇 센티미터 떨어져 있을 뿐이다. 그녀는 그를 똑바로 보지 못한다. 그는 너무 가까이 있고, 그녀에게 너무 많은 것을 원한다. 그의 숨냄새도 맡아질 정도다. 현미녹차의 구운 곡물에 희석된 세균덩어리 냄새.

"인생에서 원하는 게 뭐예요?" 이렇게 물어도 그녀가 침묵하자 그는 그녀의 손목을 잡고 힘을 준다. "영원히 이렇게 살고 싶은 거예요? 이렇게?"

"넌 뭘 원하는데? 날 구하고 싶어? 그러면 기분이 좋겠어? 구세주가 되면? 남자가 된 것 같겠어?" 그녀가 그를 때리자 손목을 움켜쥔 그의 손이 떨어져나가고 두 눈에서 빛이 난다. "가르치려고 들지 마. 너한테는 그럴 권리가 없고, 확실한 건 넌 그럴 만한 경험도 없어."

"그걸 어떻게 알아요?"

"스물여섯이잖아. 빌어먹을 체리 농장에서 자랐잖아. 부모님 모두 건강하고 널 너무 사랑해서 소중한 손수건을 물려주는 형도 있잖아."

그녀가 냉장고 문 뒤에서 조금씩 빠져나와 현관으로 간다. 시간이 흐른 뒤 무슨 일이 일어났던 것인지 생각을 정리해볼 테지만—시간이 흐른 뒤 이 순간을 몇 번이고 마음속으로 복기하면서 어떻게 하면 영영 곤두박질치기 전에 이 대화를 구할 수 있었을지 생각할 테지만—지금은 그가 떠나주기를 바란다. 이대로 더 있으면 자기가 끔찍한 일을 저지를 테니까.

하지만 루크는 가지 않는다. "물려준 거 아니에요. 죽은 거지."

"미안." 바르야가 딱딱하게 말한다.

"어떻게 죽었는지 알고 싶지 않아요? 아니면 당신은 당신 자신의 비극만 중요한가요?"

알고 싶지 않은 것이 사실이다. 다른 사람의 고통까지 감당할 여지가 없는 것이 사실이다. 하지만 루크는 거실과 부엌 사이 아치 아래 서서 이미 말을 하기 시작했다.

"우리 형에 대해서 이건 꼭 아셔야 해요. 형이 나를 돌봐줬다는 거. 우리 부모님은 항상 아이를 더 낳고 싶어했지만 그럴 수 없어서 날 데려왔어요. 내가 입양됐을 때 애셔는 열 살이었어요. 동생을 질투하고도 남을 때죠. 하지만 질투하지 않았어요. 친절하고, 그리고 관대하고, 그리고 날 돌봐줬어요. 우리는 그때 뉴욕에 살았어요. 북부에. 위스콘신으로 이사하면서 땅은 더 넓어졌지만 집은 작아져서 형이랑 방을 같이 써야 했죠. 애셔가 열세 살, 나는 아기였는데. 어떤 중학생이 세 살짜리랑 방 같이 쓰는 걸 좋아하겠어요? 그런데 형은 한 번도 불평한 적 없어요.

난 좀 힘든 애였어요. 사고뭉치. 어디까지 밀어내도 되는지 확인하고 싶어했죠. 날 데려온 게 아직도 기뻐? 내가 이래도 돌려보내지 않을 건가? 한번은 집에서 뛰쳐나와 현관 처마 밑에서 서성거리고 몇 시간을 있었는데, 가족들이 날 찾는 소리를 듣고 싶어서였어요. 또 한번은 애셔랑 농장에 갔다가 숨었어요. 딱 수확기 가지고 돌아가야 될 때. 그게 우리끼리 하는 게임이 됐죠. 딱 그러면 안 될 시점에, 제일 짜증날 시점에 내가 숨어버리면 애셔는 항상 하던 일을 관두고 날 찾으러 돌아다니고, 날 찾아내고 나서야 같이 일을 시작하는 것."

그녀가 손을 내민다. 그를 막으려는 듯이. 다음에 나올 말을 듣고 싶지 않다. 견딜 수 없다. 온몸에 이미 두려움이 기어다니고 있다. 하지만 루크는 그녀를 무시하고 말을 잇는다.

"어느 날 둘이 곡물창고*에 갔어요. 그때 닭이랑 소를 키우고 있었고, 4월이면 곡물이 덩어리지지 않게 풀어줘야 했죠. 애셔가 창고 아래쪽으로 내려갔어요. 나는 꼭대기단에 서서 지켜보다가 혹시 무슨 일이 생기면 도움을 청하러 가기로 했고요. 애셔가 안에 들어가서 나를 올려다보고 미소를 지어줬어요. 쌓아놓은 곡물 위에 웅크리고 있었는데, 그게 노래서 꼭 모래 같았어요. 형이 '절대 안 돼' 그랬는데. 그런데 나는 미소를 지어 보이고 바로 사다리를 타고 내려와서 도망쳤어요.

트랙터 사이에 숨어 있었어요. 거기로 찾으러 오면 되는 거 형이 알아서요. 그런데 오지 않더라고요. 이 분쯤 뒤에 뭔가 잘못됐다는 걸 알았는데, 내가 나쁜 짓을 했다는 걸 알았는데, 무서웠어요. 그래서 계속 있었어요. 애셔는 창고에 들어갈 때 괭이 두 개를 챙겼는데, 덩어리진 부분을 풀려고요. 내가 도망가고 나서 그걸로 나와 보려고 했대요. 그런데 그러다 구멍이 너무 많이 생긴 거죠. 오 분 만에 파묻혔대요. 그렇지만 몸이 으스러지고, 그러고 나서 질식사한 건 더 시간이 지나서였다고. 폐에서 옥수수 알갱이들이 발견됐어요."

몇 초 동안 바르야는 말이 없다. 그녀가 루크를 보고 그는 그녀를 본다. 공기에 전기가 흐르는 듯하고 무겁게 느껴진다. 그들의 시선에서 작용하는 힘만이 둘 사이에 있는 무언가를 공중에 떠 있게 할 수 있을 것 같다. 그러다 바르야가 비틀한다.

---

* 1층에 곡물을 쌓아두고 건물 외부의 사다리나 계단으로 올라가서 상단으로 진입하는 대형 창고.

"제발 가." 그녀가 말한다. 문을 짚은 손이 축축해서 그가 나가면 닦아야 할 것 같다.

"장난해요? 그게 다예요?" 이렇게 묻는 그의 목소리가 갈라진다. "대단하네." 그가 소파로 가서 신발을 줍고는 발을—양말은 발목이 늘어졌고 발가락 부분이 회색이다—밀어넣는다. 바르야가 문을 연다. 그녀가 할 수 있는 일은 그것뿐이다. 그녀를 밀치고 지나간 뒤 계단을 내려가는 그에게 소리지르지 않기 위해서, 그 뒤통수에 대고 소리지르지 않기 위해서.

그녀는 창문 너머로 그가 차를 향해 걸어가고 속도를 내서 덜컹거리며 주차장 밖으로 나가는 모습을 지켜본다. 그러다 자기 차 키를 잡아채고 똑같이 한다. 신호등 두 개를 지나도록 그를 쫓다가 덜컥 겁이 난다. 무슨 말을 할 수 있겠어? 다음 정지신호에서 유턴을 하고 반대편인 연구실로 간다.

애니는 없다. 요해나도 없고 다른 사육사도 없다. 클라이드도 밤에는 없다. 바르야는 비바리움으로 들어가서—그녀의 갑작스러운 등장에 겁먹은 원숭이들이 화나서 끽끽 소리를 질러댄다—프리다의 우리를 찾는다.

자고 있는 줄 알았는데 프리다는 두 눈을 뜨고 있다. 모로 누워 왼팔을 물고 있다.

프리다는 전에도 자해를 시도한 적이 있지만—허벅지를 문다든지—그래도 항상 그 행동을 숨겨왔다. 그런데 이제는 전혀 부끄러운 기색도 없이 자기 뼈를 쑤셔대서 찢어진 살 사이로 피와 조직이다 드러났다.

"이리 와." 바르야가 외친다. "이리 와봐." 그리고 우리 문을 연다. 프리다가 올려다보기만 할 뿐 꿈쩍하지 않아서, 맞은편 벽에서 목줄을 가져와 프리다의 목에 걸고 우리 밖 바닥으로 끌어내린다. 다른 원숭이들이 소리를 질러대자 프리다가 고개를 돌려 그들을 보고는 불현듯 상황을 파악하고 거칠어진다. 프리다가 주저앉아서 두 팔로 무릎을 감싸안은 채 몸을 흔들어대는 바람에 어쩔 수 없이 조금씩 당겨서 끌고 온다. 프리다의 약한 모습에 속이 울렁거린다. 원래 체중이 5킬로그램이었지만 이제는 겨우 3킬로그램이 나가고 제 몸도 간신히 일으킨다. 한번 더 잡아당기자 프리다의 몸이 넘어가서 등으로 쓰러지더니 목줄이 목을 죄기 시작한다. 다른 원숭이들이 소리를 더 높이자—프리다의 약한 상태를 알아채고 흥분한 것이다—혼이 나간 바르야가 몸을 낮춰 그 생명체를 품속으로 안아올린다.

프리다가 바르야의 어깨에 머리를 기대고 그 가슴에 팔을 내려놓는다. 바르야는 헉 숨을 들이켠다. 보호장비를 착용하지 않아서 썩은 냄새를 풍기는 상처가 스웨터에 닿는다. 그녀는 달리기 시작한다. 프리다의 이마가 그녀의 움푹한 쇄골에서 통통 튕긴다. 그녀는 부엌으로 들어간다. 퍼즐 먹이통이 벽에 기대어 쌓여 있지만 바르야가 찾는 것은 퍼즐에 넣지 않은 알갱이 사료, 커다란 통에 든 자유롭게 먹을 수 있는 먹이, 그리고 칼로리를 제한하지 않는 원숭이들에게 주는 간식, 양동이에 종류별로 담아놓은 사과와 바나나와 오렌지, 포도, 건포도, 땅콩, 브로콜리, 말린 코코넛 과육이다. 그녀는 프리다를 허리춤에 업고 양동이와 통을 모조리 꺼내 바닥에 늘어놓는다. 그러고는 그 거대한 먹이통들 앞에 프리다를 내려놓는다.

"가." 그녀가 말한다. "먹어!" 하지만 프리다는 잔칫상을 멍하니 바라보기만 한다. 바르야가 더 큰 소리로 재촉하며 먹이를 가리키자 프리다가 움켜쥐었던 왼손을 펼친다. 다리는 갓난아기처럼 팔자로 벌어진 채 무릎을 굽히고 있는데 발바닥이 부드러워 보이고 회색이다. 열망에 찬 눈빛으로 지켜보는 바르야 앞에서 프리다는 건포도를 향해 팔을 뻗다가 손이 통에 들어가기 직전에 방향을 틀더니 팔뚝을 얼굴로 가져간다. 입을 벌리고, 상처를 찾아내 깨문다.

바르야가 손을 뻗어 프리다의 손을 잡아떼면서 흐느낀다. 상처는 털이 엉겨붙어 있는데도 매우 깊은 것이 보인다. 뼈가 부러졌는지도 모른다.

"먹어." 바르야가 울부짖는다. 쭈그리고 앉아 건포도 통에 손을 넣었다가 프리다의 입술 앞에 가져간다. 프리다가 코를 킁킁거린다. 천천히, 천천히, 최초의 건포도를 입안에 넣는다. 바르야는 양손으로 먹이를 퍼낸다. 곧 손가락에 먹이와 과육 부스러기가 묻는데도 계속해서 퍼내더니 이제 코코넛, 땅콩, 포도 통에 손을 넣는다. "오오, 잘한다." 바르야가 말한다. "오오, 우리 아가." 그녀가 수십 년 동안 입에 담지 않은 말, 단 한 번 입 밖에 낸 말이다. 루크의 머리가 나왔을 때, 그 갑작스러운 생명에 자리를 내어주기 위해 그녀의 몸이 벌어졌을 때.

프리다가 바르야의 손을 거부하기 시작하자 그녀는 다른 과일로, 다른 모양의 알갱이 사료로 유혹한다. 프리다는 그것들도 받아먹더니 조금 후에 게워낸다. 맑은 점액, 담즙, 주르륵 흘러나오는 건포도. 바르야가 울부짖는다. 그리고 프리다의 입과 군데군데 털이 벗어진 두피와 반투명한 연어색 귀를 닦아준다. 프리다가 땀을 흘리고 있어서다. 바르야의 바지 위로 뜨거운 토사물이 흘러내린다. 수의사에게 전화를 해야 할 것 같다. 하지만 수의사에게 전화할 생각을 하니—미첼 박사가 뭐라고 물어볼지, 그러면 어떻게 설명해야 할지—더 눈물이 난다.

그래서 미첼 박사가 올 때까지 프리다를 안고 있기로 한다. 프리다를 안정시키고, 기분이 나아지게 해주기로. 그녀가 프리다를 끌어당겨 무릎에 앉힌다. 눈이 흐리멍덩하고 초점이 없지만 그래도 자기를 내버려두라는 뜻으로 몸을 꿈틀거린다. 바르야는 더 꽉 프리다를 붙잡는다. "쉬, 쉬." 그녀가 속삭인다. "쉬, 쉬." 계속해서 프리다는 벗어나려고 버둥거리고 계속해서 바르야는 붙든다. 그녀는 이제 끝장이다. 완전히 끝났다. 무슨 상관인가? 그녀는 무언가를 붙들고 싶고, 무언가에게 붙들리고 싶다. 그녀는 프리다를 보내주지 않는다. 프리다가 얼굴을 바르야의 얼굴 앞에 가져오고, 부드러운 입술을 바르야의 턱에 갖다대고, 물어버릴 때까지.

35

바르야는 수의사에게 전화하지 않았다. 다음날 아침 애니가 부엌에서 잠든 그녀와 프리다를 발견하고—바르야는 상자 더미에 등을 기대고 있었고, 프리다는 맨 위 선반에 있었다—비명을 질렀다.

병원에서 바르야는 자신이 죽을 거라고 생각했다. 처음에는 프리다에게 물릴 때 무언가에 감염돼서, 그리고 프리다에게 B형간염도 결핵도 없다고 의사에게 들은 뒤에는 격리 병실에서 무언가에 감염돼서. 살았다는 것을 알고는 놀라서 충격을 받았다. 공포감에 사로잡혀 있었을 때는 자신이 맞이할 결과가 이제껏 가장 두려워했던 그 일밖에는 없을 것만 같았다. 그 두려움이 근거 없는 것으로 판명되자마자 훨씬 더 현실적인 고민이 그 자리를 대체했다. 그녀가 벌인 일은 수습할 수 없을 정도로 파괴적이라는 인식.

매일 병원 음식을 먹으면서 그녀의 정신은 점점 더 명료해졌다. 어린 시절 이후로 자신의 몸을 그렇게 완전히 충족시키며 살아본

적이 없었다. 이제 세상의 모든 질감과 감각이 그녀를 향해 돌진해왔다. 상처를 세척할 때마다 산성의 고통을 느꼈고, 너무 기력이 없어서 미처 상태를 확인하지 못한 침대시트가 몸에 스칠 때면 종이가 바스락거리는 감촉을 느꼈다. 간호사가 가까이 다가오면 분명히 클라라가 전에 썼던 것 같은 샴푸 냄새가 났다. 침대 옆에 갖다놓은 의자에서 잠든 애니의 모습이 종종 보였고, 한번은 정신이 몽롱하지 않을 때 거티에게는 이번 일을 전하지 말아달라고 부탁했다. 애니는 어둡고 못마땅한 표정으로나마 고개를 끄덕였다. 물린 사고에 대해 이야기하려면 다른 것도 다 털어놓아야 했고, 언젠가는 말할 테지만 아직은 그럴 수 없었다.

프리다는 데이비스에 있는 동물병원으로 이송되었다. 우려하던 대로 뼈가 부러져 있었다. 수술로 어깨에서 팔을 절단했다. 하지만 광견병에 걸렸는지는 머리를 갈라서 뇌를 검사해야만 알 수 있었다. 바르야는 선처를 호소했다. 자기도 아무런 증상이 없고, 만약 프리다가 광견병에 걸렸다면 어차피 며칠 안에 죽을 거라고.

이 주가 지나고, 바르야는 레드우드 대로에 있는 카페에서 애니를 만나기로 한다. 애니는 들어서면서 미소를 지어 보이지만—검은색 슬림핏 바지와 줄무늬 티셔츠에 나무밑창 슬리퍼를 신은 평상복 차림이다—불편해하는 기색이 역력하다. 바르야는 채식랩을 주문한다. 원래라면 먹지 않겠지만 그녀의 실험은 이미 병원에서 끝났고, 다시 시작할 근거를 찾지 못했다.

"밥하고 얘기했어요." 웨이터가 가자 애니가 말한다. "자진퇴사하는 걸로 해준대요."

밥은 드레이크 연구소의 CEO다. 그녀가 이십 년짜리 실험을 위기에 빠뜨렸다는 말을 듣고 그가 어떻게 반응했을지는 알고 싶지도 않다. 프리다는 칼로리 제한 집단이었다. 바르야가 먹이를 줌으로써 프리다의 데이터가 무효해졌을 뿐 아니라 전체 분석결과도 손상되었다. 프리다의 결과를 제하면 칼로리 제한 집단과 대조군의 수가 맞지 않기 때문이다. 모두 차치하고, 드레이크의 고위급 연구원이 정신이 붕괴되었고 그 과정에서 직원과 동물을 위험에 빠뜨렸다는 말이 새어나가기라도 하면 연구소 평판에 재앙을 초래할 것이다. 자진퇴사로 처리하기 위해서 애니가 밥을 얼마나 열심히 설득했을지 생각하자 부끄러움이 온몸에 차오른다.

"그래야 더 쉬울 거예요." 애니가 멈칫거리며 말한다. "경력을 계속 이어가기는."

"농담이에요?" 바르야가 냅킨에 대고 코를 푼다. "비밀이 유지될 리가 없잖아요."

애니가 그 말이 맞는다는 듯 침묵한다. "그래도," 그녀가 말한다. "그게 더 나아요."

애니는 바르야를 향한 엄청난 분노를 잘 숨겼다. 아마도 밥과 달리 사정을 알고 있기 때문이겠지만. 병원에서 바르야가 루크에 관한 사실을 고백했을 때 애니의 표정은 분노에서 불신으로, 그리고 연민으로 바뀌어갔다.

"빌어먹을." 그녀가 말했다. "그냥 미워하고 싶었는데."

"그래도 돼요."

"그렇죠." 애니가 말했다. "하지만 이제 더 힘들어졌어요."

바르야가 랩을 한입 삼킨다. 그녀는 우스꽝스러울 만큼 거대해 보이는 식당 음식의 일인분에 익숙하지 않다. "프리다는 어떻게 될까요?"

"잘 알잖아요."

바르야가 고개를 끄덕인다. 운이 좋다면 실험에 쓰였던 동물들이 살 수 있도록 인간의 개입을 최소화한 영장류 쉼터로 옮겨질 것이다. 이를 위해서 바르야는 매일 병원과 켄터키에 있는 쉼터에 전화를 걸었다. 켄터키의 쉼터에서는 영장류들이 12만 제곱미터에 달하는 방사장에서 자유롭게 지낼 수 있는데, 문제는 수용력이 제한되어 있다. 더 가능성이 높은 쪽은 또다른 연구소로 보내져 또다른 실험에 이용되는 것이다.

그날 저녁 바르야는 일곱시에 잠이 들었다가 자정이 조금 지나서 깬다. 침대에서 기어나와 잠옷 차림으로 창가에 서서 몇 달 만에 처음으로 블라인드를 연다. 달빛이 밝아서 아파트단지가 다 보인다. 건너편에 누군가의 부엌 불이 켜져 있다. 연옥에 온 듯 묘한 느낌이다. 아니면 사후세계. 그녀는 직업을, 그녀가 세상을 위해 할 수 있는 공헌─빚 갚음─이었어야 하는 자신의 일을 잃었다. 최악이 현실이 되었고, 그 텅 비어지는 듯한 상실감 속에서 이제 두려워할 것이 훨씬 적어졌다는 생각이 든다.

침대 옆 협탁에서 휴대폰을 들고 와서 이불 위에 앉는다. 상대편 전화의 신호음이 울리고 또 울린다. 음성사서함으로 넘어가겠거니 체념하는 순간 누군가가 대답한다.

"여보세요?" 그 목소리가 반신반의하는 투로 묻는다.

"루크." 그녀는 두 가지 감정에 사로잡힌다. 그가 전화를 받았다는 안도감과, 그가 아무리 시간을 허락해주어도 용서를 빌기에 충분하지 않을 것이라는 두려움. "정말 미안해. 형에게 그런 일이 일어나서 미안하고, 네가 그런 일을 겪어서 미안해. 그건 결코 네가 겪어선 안 되는 일이었어. 결코. 너한테 그런 일이 일어나지 않았더라면 좋았을 텐데. 내가 벗어나게 해줄 수 있다면 좋겠는데."

반대편에 침묵이 흐른다. 바르야는 전화기를 귀에 바짝 대고 숨을 얕게 쉰다.

"내 번호는 어떻게 알았어요?" 그가 마침내 묻는다.

"애니한테 보낸 이메일에 있었어. 인터뷰 요청할 때 쓴." 그는 다시 조용해졌고 바르야가 말을 잇는다. "내 말 좀 들어줘, 루크. 그게 네 잘못이라고 생각하면서 살아가서는 안 돼. 자신을 용서해야 해. 그러지 않으면 살 수가 없을 거야. 산다는 게 어떤 의미이건 간에. 네가 누려야 마땅한 삶은 아닐 거야."

"당신처럼 되겠죠."

"맞아." 그녀는 이렇게 말하면서 또 울지는 말자고 다짐한다. 물론 그녀가 한 말들은 그녀에게도 적용된다. 하지만 이제껏 자기 자신에게는 그 말을 믿도록 허락하지 않았다.

"설마 이제부터 유대인 엄마 노릇 하려는 거예요? 그건 이미 이십육 년 전에 시효가 끝난 것 같은데."

"맞는 말이네." 그녀가 말하고, 기침하듯 웃음이 터진다. "맞는 말이야."

그녀는 탄원서를 보낸다. 비록 자격이 없기는 하지만 그녀에게도 그의 공감능력을 발휘해달라고. 그녀가 아파트단지 건너편, 불이 켜진 부엌을 바라본다.

"전 이제 자야 해요." 루크가 말한다. "자다 깬 거예요. 아시겠지만."

"미안해." 바르야가 말한다. 턱이 —꿰매서 아직 붕대를 덧대놓았다—떨린다.

"내일 통화할 수 있어요? 전 다섯시에 퇴근해요."

"그래." 바르야가 눈을 감으며 말한다. "고맙다. 어디서 일해?"

"스포츠베이스먼트요. 아웃도어장비 판매점이에요."

"너 처음 만난 날 말이야. 당장이라도 등산 갈 준비가 된 차림이라고 생각했었어."

"보통 그렇게 입어요. 직원 할인율이 엄청 크거든요."

이 아이를 정말 잘 몰랐구나. 그녀는 아들이 생물학자나 기자가 아니라 가게 점원인 것에 실망감이 밀려오지만 곧 자책한다. 그는 지금 솔직하게 자신을 드러내고 있고, 그녀는 그 솔직함을, 한 가지 더 알게 된 그의 진짜 모습을 마음속에 간직한다.

세 달이 지나고, 바르야는 헤이스밸리의 프랑스 빵집에 앉아 있다. 약속한 남자가 카페에 들어서자마자 그녀는 그를 알아본다. 직접 만난 적은 없지만 인터넷에서 그의 홍보용 사진을 본 적이 있다. 물론, 사이먼과 클라라의 오래된 사진들에도 등장한다. 그중 바르야가 가장 좋아하는 사진은 클라라와 사이먼이 함께 살았던 콜링우드 스트리트의 아파트에서 찍은 것이다. 흑인 남자가 바닥에 앉아 창문에 등을 대고 한쪽 팔을 창문틀에 걸치고 있다. 다른 쪽 팔은 그의 무릎을 베고 누운 사이먼에게 닿아 있다.

"로버트." 바르야가 일어서며 말한다.

로버트가 돌아본다. 잘생기고 근육질이었을 원래의 모습이 눈에

선하다. 지금도 키가 커서 시선을 끌고 표정에 생기가 돈다. 이제는 예순이 되었고, 살도 빠졌고, 머리는 반쯤 회색인데도.

바르야는 몇 년 동안 그에 대해 궁금해하면서도 용기가 나지 않아서 올여름까지는 진지하게 찾아볼 생각을 하지 못했다. 그러다 시카고에서 현대무용단을 운영하는 두 남자에 대한 기사를 보게 되었다. 이메일로 연락하자 그는 스턴 그로브 댄스 페스티벌 때문에 이번주에 샌프란시스코에 있다고 했다. 그렇게 해서 지금 두 사람은 그녀의 연구와 그의 안무에 대해, 그와 남편 빌리가 메인쿤 고양이 두 마리와 함께 사는 사우스사이드의 아파트에 대해 이야기하고 있다. "이워크* 같죠." 로버트가 말한다. 그가 휴대폰으로 고양이 사진을 보여주며 웃고, 바르야도 함께 웃다가 갑자기 금방이라도 눈물이 날 것 같다.

"뭐지?" 로버트가 묻는다. 그리고 전화기를 주머니에 넣는다.

바르야가 눈가를 훔친다. "만나게 돼서 너무 기뻐요. 동생한테, 클라라한테…… 얘기 많이 들었거든요. 그애도 정말 좋아했을 텐데……" 조건문. 그녀가 아직까지도 싫어하는 문장. "정말 좋아했을 거예요. 이렇게……"

"내가 살아 있는 걸 알았다면요?" 로버트가 미소 짓는다. "괜찮아요. 말해도 돼요. 당연한 일이 결코 아니었거든요. 우리 중 누구에게도 당연한 일이 아니었지." 그가 글자가 새겨진 은팔찌를 만지작거린다. 결혼반지 대신 빌리와 함께 끼는 것이다. "몸에 바이러스는 아직 있어요. 내가 이렇게 나이먹을 때까지 살 줄은 몰랐어

---

* 〈스타워즈〉의 캐릭터.

요. 와 정말, 서른다섯에 죽을 줄만 알았지. 그런데 칵테일*이 나올 때까지 살았어요. 그리고 빌리는 에너지가 넘쳐서 함께 지내면 좋아요. 젊지. 너무 젊어서 우리가 겪은 일은 잘 몰라요. 사이먼이 죽었을 때 빌리가 열 살이었을 거예요."

로버트와 그녀의 눈이 마주친다. 둘 사이에서 사이먼의 이름이 나온 것은 처음이다.

"그애가 집을 나간 뒤에 한 번도 그애를 만나러 가지 않았단 사실을 절대 잊을 수가 없었어요." 바르야가 말한다. "그애가 샌프란시스코에 사 년이나 살았는데 전 한 번도 와보지 않았어요. 너무 화가 났거든요. 그리고 생각해버렸어요. 곧…… 정신 차리겠지."

말이 입안에서 맴돈다. 바르야는 말을 삼킨다. 클라라는 사이먼과 함께 있었고 하다못해 대니얼도 그와 이야기를 나누었다. 장례식 후에 대니얼이 말해준 바로는 짧은 통화였다고 한다. 그러나 바르야는 바위였고, 얼음이었고, 너무 멀어져서 그가 아무리 원해도 닿을 수 없는 존재였다. 원하기나 했을까? 그는 분명히 바르야가 클라라보다 자기를 더 원망했음을 알고 있었을 것이다. 클라라는 적어도 떠나겠다는 의사를 분명히 밝혔다. 적어도 샌프란시스코에 살 때 한 번 전화를 받는 정도의 예의는 보였다. 바르야는 사이먼을 포기해버렸다. 그 역시 그녀를 포기한 것이 놀랄 일은 아니다.

로버트가 그녀의 손 위에 손을 얹고, 그녀는 움찔하지 않으려고 노력한다. 그의 손바닥은 넓고 따뜻하다. "몰랐잖아요."

"몰랐죠. 하지만 용서해야 했어요."

---

* 세 가지 이상의 약을 함께 복용하여 바이러스 증식을 막는 방법.

"당신도 어렸어요. 우리 모두 그랬죠. 들어봐요. 사이먼이 죽기 직전에 나는 온갖 것을 다 조심했어요. 너무 심했을 거예요, 아마. 하지만 그애가 죽은 뒤에는 어리석고 무모한 짓들을 했어요. 나를 죽일 수도 있는 일들을."

"성관계로 죽을 수도 있다는 거," 바르야가 머뭇거리며 말한다. "겁나지 않았나요?"

"아니, 그땐 안 그랬어요. 느낌에 그럴 것 같지 않았거든요. 의사들이 금욕해야 한다고 했을 때, 그게 섹스하고 죽음 중에 하나를 선택하라는 말로 느껴지지 않았어요. 죽음과 삶 중 하나를 선택해야 한다는 것 같았지. 그리고 누구라도 그렇게 열심히, 진정으로 삶을 살고, 진심으로 섹스했다면 그걸 순순히 포기하지 않는 게 당연했죠."

바르야가 고개를 끄덕인다. 옆에 있는 카페 문 위의 작은 종이 딸랑거리면서 어린아이를 동반한 가족이 들어선다. 그들이 테이블 옆을 지나갈 때 바르야는 몸을 빼지 않으려고 꾹 참는다. 그녀가 요즘 상담을 받고 있는 새 치료사는 인지행동요법을 사용하기 때문에 이렇게 노출되는 순간들을 견뎌보라고 한다.

"무엇 때문에 사이먼에게 끌렸는지 항상 궁금했어요." 그녀가 말한다. "클라라에게 듣기로 아주 성숙하고, 직업적으로도 아주 대단한 분이었다고요. 그런데 사이먼은 정말 어린애였고, 오만했잖아요. 오해하지 마세요. 저도 그애를 좋아해요. 하지만 절대 데이트는 안 했을 것 같거든요."

"맞는 말이네요." 로버트가 씩 웃는다. "그애의 어떤 점을 사랑했냐고요? 그애는 두려워하지 않았어요. 샌프란시스코에서 살고 싫어했고, 그렇게 했죠. 무용수가 되고 싶어했고, 그렇게 됐어요. 분명히 그애도 매사 두려운 게 없진 않았을 거예요. 그래도 용기 있게 행동했죠. 그게 그가 내게 가르쳐준 거예요. 빌리와 내가 무용단을 만들 때는 절대 갚지 못할 것 같은 대출도 받았어요. 처음 삼년 동안 참, 다 같이 온갖 고생을 했죠. 그런데 그러다 뉴욕에서 공연을 하나 했는데, 〈타임스〉에서 평론이 나온 거예요. 시카고로 돌아온 뒤부터 수익이 나기 시작했어요. 이제는 단원들한테 건강보험도 들어줄 수 있다니까요." 그가 크루아상을 한입 베어물자 버터가 잔뜩 밴 빵부스러기가 가죽재킷에 우수수 떨어진다. "은퇴 후의 계획도 세워본 적이 한 번도 없어요. 난 아직도 너무 멀리 내다보는 건 무섭거든요. 하지만 괜찮아요. 내 일을 사랑하니까. 끝내고 싶지 않으니까."

"저도 그러면 좋겠는데. 직장을 그만뒀거든요. 이렇게 방황해본 적이 없어요."

"더는 안 돼요." 로버트가 들고 있던 크루아상으로 그녀를 가리키면서 과장되게 훈계하는 표정을 짓는다. "사이먼처럼 생각하세요. 두려움 없이!"

그녀도 노력하고 있다. 그 말의 정의가 다른 사람과 비교하면 우스울 정도로 사소하지만. 의자에 깊숙이 앉기 시작했고, 도시를 걸어서 돌아다니기 시작했다. 십 년 전 캘리포니아로 이사 왔을 때, 그녀는 루비가 태어난 후 처음으로 카스트로에 가보았다. 거기에 있는 사이먼을 상상해보려고 했지만, 눈에 보이는 것은 티페레스 이스라엘 회당으로 달려가며 그녀에게서 멀어지던 사이먼의 모습뿐이었다. 다시 상상해보니 이번에는 그의 모습이 그녀가 알던 범

위 안에 머무르지 않는다. 클리프하우스*에서 마운틴레이크공원 근처의 예전 군 병원 건물까지 걸을 때는 한때 만 명이 동시에 수영할 수 있을 만큼 넓었던 수트로수영장 터 옆에서 포즈를 취하는 사이먼이 보인다. 사이먼이 실제로 이 절벽까지 걸어왔는지는 모른다. 리치먼드는 카스트로에서 버스로 사십오 분 이상 걸리는 거리다. 상관없다. 그는 관목과 라일락 한가운데서 바닷바람에 머리카락을 날리며 서 있다. 그가 길을 만들어주고 바르야는 그 뒤를 따라간다.

집에 돌아오니 미라에게 이메일이 와 있다.

사랑하는 브이에게

12월 11일에 시간 괜찮아요? 엘리가 4일에 약속이 있다는데, 조너선은 아직도 겨울에 사람들을 플로리다로 끌고 오겠다는 생각을 포기하지 않았어요. 정신 나갔죠. (좋을 것 같아요, 제 생각에도. 정말로 마이애미에서 결혼식을 한다고 모두에게 말하는 창피함을 이겨내야 할 뿐이죠.) 어떤지 알려주세요.

사랑하는 엠

조너선은 미라와 뉴욕주립대 뉴펄츠 캠퍼스에서 함께 일하는 교수로 대니얼이 죽기 사 년 전에 그도 췌장암으로 아내를 잃었다.

---

* 샌프란시스코 리치먼드 지구의 태평양을 바라보는 절벽 위에 지어진 건물.

미라가 연애상대로 꿈에도 생각해본 적이 없는 사람이었다. 대니얼이 죽은 후 그가 미라에게 음식을 챙겨주었고—"양지머리예요. 산 거지만. 요리는 아내가 맡았었거든요."—수업을 하려고 하면 공황발작이 일어나는 그녀 곁에 있어주었다. 이 년 전, 그녀는 그와 사랑에 빠졌다.

"확 빠져든 건 아니에요. 빙하가 움직이는 속도였지." 일요일 밤마다 바르야와 하는 스카이프 통화에서 미라가 말했다. "내려놔야만 했어요."

미라가 접시를 낮은 탁자에 내려놓고 한쪽 발을 엉덩이 밑에 깔고 앉았다. 그녀는 여전히 체구가 자그마했지만 근육이 더 붙었다. 대니얼이 죽은 후 그녀는 자전거를 타기 시작했다. 뉴펄츠에서 베어산까지 달리면 세상이 빠르게 지나가면서 그녀가 느끼는 만큼 흐릿하게 보였다.

"뭘 내려놔요?" 바르야가 물었다.

"그게, 저도 그걸 계속 저 자신한테 물어봤어요. 결국 깨달은 게, 내가 내려놓아야 하는 건 고통이나 믿음이 아니라는 거였어요. 대니얼을 내려놓아야 했어요."

여섯 달 전, 조너선이 프러포즈를 했다. 그에게는 열한 살짜리 아들 엘리가 있고, 미라는 이 아이에게서 부모 되기를 배우고 있다. 바르야가 들러리 대표를 맡았다.

원하는 게 뭐예요? 루크가 이렇게 물었을 때 솔직하게 대답했더라면 바르야는 이렇게 말했을 것이다. 처음으로 돌아가는 것. 열세 살의 자신에게 그 여자를 찾아가지 말라고 말할 것이다. 스물다섯의 자신에게는 사이먼을 찾으라고, 사이먼을 용서하라고. 클라라에게 신경을 쓰라고, 제이데이트*에 등록하라고, 품에서 아기를 데려가려는 간호사를 제지하라고 말할 것이다. 그녀도 죽을 거라고, 그녀도 죽는다고, 모두 죽는다고 말할 것이다. 관심을 가지라고 말할 것이다. 클라라의 머리카락 냄새에, 몸을 낮춰 그녀를 안아주려는 대니얼의 팔의 감촉에, 사이먼의 뭉툭한 엄지손가락에—오, 아니, 그들의 손, 모두의 손에, 벌새같이 민첩한 클라라의 손에, 가느다랗고 한시도 가만있지 못하는 대니얼의 손에. 자신이 진심으로 바랐던 것은 영원히 사는 것이 아니라 걱정을 멈추는 것이라고 말할 것이다.

제가 달라진다면요? 오랜 시간 전에 그녀는 점쟁이에게 물었다. 앎이 그녀를 불행과 비극으로부터 구할 수 있다고 확신하면서. 사람은 변하지 않아. 여자가 말했다.

일곱시, 하늘이 네온색 유성물감으로 칠해진다. 바르야가 의자 등받이에 몸을 기댄다. 그녀가 과학을 선택한 이유는 아마도 그것이 이성적이라고 생각해서였을 것이다. 그것이 그녀가 헤스터 스트리트의 여자나 그 여자의 예언과는 다른 이유라고 믿으면서. 하지만 과학에 대한 바르야의 믿음 역시 반항적이었다. 그녀는 운명이 정해진 것일까봐 두려워하면서 동시에 바랐다. 그래, 바라 마지않았다. 인생이 자신을 놀라게 하기에 너무 늦지 않았기를. 자신이 스스로를 놀라게 하기에 너무 늦지 않았기를.

대니얼의 장례식이 끝나고 미라가 했던 말을 떠올린다. 참석자들이 주차장으로 돌아가는 가운데 둘이 나무 아래 옹송그리고 서

---

* 유대인 전용 데이트 서비스.

서 나뭇가지 사이로 떨어지는 눈송이를 맞고 있을 때였다. "클라라를 만난 적은 없지만," 미라가 말했다. "지금은 클라라를 이해할 수 있을 것 같은 기분이에요. 자살이 비이성적인 행동 같지 않거든요. 오히려 계속 나아가는 게 비이성적이랄까요. 매일매일. 마치 전진하는 추진력이란 게 자연적인 것처럼."

하지만 미라는 해냈다. 상실을 뒤로하고 나아가는 불가능한 일을, 해낼 가능성을 직시한 채. 그것은 불합리하고, 언뜻 그저 기적같아 보인다. 생존한다는 것이 항상 그렇듯. 바르야는 시험관과 현미경을 가지고 자연에 이미 존재하는 현상을 복제하려고 시도하는 연구소 동료들을 생각한다. 크기가 스팽글만한 홍해파리는 위협을 받으면 나이를 거꾸로 먹는다. 겨울에 송장개구리는 얼음으로 변한다. 심장박동이 멈추고 피가 언다. 그리고 몇 달 후 봄이 오면 녹아서 뛰어다닌다.

주기매미는 애벌레상태로 나무뿌리에서 나오는 액을 먹으며 땅속에서 겨울잠을 잔다. 죽었다고 생각하기 쉽다. 어떻게 보면—움직이지 않고 조용히, 땅속 60센티미터 아래 누워 있다는 점에서—그렇다고 할 수도 있다. 십칠 년 후 어느 날 밤, 놀랄 만큼 많은 매미들이 지표면을 뚫고 나온다. 가장 가까이의 위로 솟은 물체를 타고 기어오르면 애벌레 시절의 피부였던 허물이 바삭거리며 땅으로 떨어진다. 그들의 몸은 창백하고 아직 단단하지 않다. 어둠 속에서, 그들은 노래한다.

36

7월 첫째 주, 바르야는 일주일에 한 번씩 거티와 만나는 자리를 위해 시내로 차를 몰고 들어간다. 거티는 들떠 있다. 루비가 올 예정이기 때문이다. 바르야는 왜 대학생이 자발적으로 매년 여름 이주씩을 노인요양시설에서 보내겠다는 것인지 도통 이해가 되지 않았지만 루비는 신입생 때 이 계획을 세운 뒤 한 번도 건너뛰지 않았다. 헬핑 핸즈는 루비가 곧 졸업학년을 시작하는 UCLA에서 차로 여덟 시간 거리다. 매년 여름 그녀는 선글라스와 주렁주렁 차는 팔찌, 민소매 원피스와 굽이 두꺼운 하이힐을 잔뜩 신고 야성적인 흰색 레인지로버를 몰고 온다. 그러고는 과부들과 마작을 하고 거티에게 문학수업 교재인 책을 읽어준다. 마지막날 밤에는 식당에서 마술쇼를 하는데, 너도나도 참석해서 직원들이 도서관에서 여분의 의자를 가지고 와야 할 정도다. 노인들은 어린애처럼 넋을 잃고 본다. 쇼가 끝나고도 루비를 만나려고 길게 줄을 선다. 후디니의 동생을 만났던 일이나 어떤 여자가 이로 밧줄을 물고 허공에서 타임스스퀘어를 가로지르는 광경을 보았던 일을 이야기해주고 싶어서.

"이제 어쩔 거니?" 거티가 바르야에게 묻는다. "다시 일 안 할 거면?"

거티는 무릎 위에 피클 한 그릇을 놓고 안락의자에 앉아 있다. 루비는 거티의 침대에 누워 있다. 휴대폰으로 〈블러디 메리〉라는 게임을 하는 중이다. 5단계가 되자 휴대폰을 바르야에게 넘긴다. 그러면 바르야는 셀러리 스틱 봉지를 호위하며 깡충깡충 뛰는 날쌘 토마토들을 박살내면서 특별한 만족감을 느낀다.

"일을 안 하겠단 게 아니고요." 바르야가 말한다. "드레이크로 돌아가지 않는 거예요."

어머니에게는 이미 자신이 중대한 실수를 저질렀고, 실험의 무결성을 손상시킬 만한 실수라고 말했다. 곧—아마도 루비가 떠나면—프리다에 대해, 무엇보다도 루크에 대해 말할 것이다. 그들의 관계는 다른 사람에게 알리기엔 너무 여렸고, 지금은 덜하지만 여전히 그녀는 그가 갑자기 나타난 것처럼 갑자기 그를 잃게 될까봐 두렵다. 두 사람은 최근에 우편으로 사진이나 엽서, 그 외 소소한 것들을 주고받기 시작했다. 5월에는 루크가 새 여자친구인 유코와 함께 찍은 사진을 보내왔다. 유코는 루크보다 못해도 45센티미터 정도 키가 작고 비대칭 헤어스타일에 머리끝을 분홍색으로 염색했다. 사진에서 그녀는 루크를 들어올릴 것처럼 한 팔에 루크의 긴 다리 한쪽을 올리고 있고 두 사람은 웃느라 눈이 가늘어졌다. 그후 한 달이 지나 루크는 유코가 바로 〈크로니클〉 편집자인 척해준 룸메이트였다는 것을 고백하면서—그렇지만 그때는 연인 사이가 아니었다고 서둘러 덧붙였다—바르야가 그녀를 싫어할까봐 비밀로 했다고 했다.

바르야는 얼굴이 붉어질 정도로 기뻤다. 그의 행복을 보는 것도, 그가 그녀의 생각을 신경쓴다는 느낌도. 그 주에 길을 지나다가 수제 과일청을 홍보하는 농장 가판대를 보았다. 길가에 차를 대고 유리병들을 유심히 살피는데 병 속의 내용물이 오후 햇빛을 받아 보석처럼 보였다. 체리를 발견하고는 두 병을 사서 하나는 갖고 하나는 우편으로 루크에게 보냈다. 열흘 후, 답장이 왔다.

대단한 건 아니지만, 균형이 좋음. 견고함. 아몬드 추출액이 신의 한 수로, 체리의 머스크함을 끌어올려 달콤함 그 이상을 만들어냈음.

바르야는 엽서를 보고 씩 웃고는 두 번 더 읽었다. 대단한 건 아니지만 균형이 좋고 견고한 것이 무언가가 될 수 있는 최악은 아니지, 라고 생각하면서 답장이 오면 개봉하려고 식료품창고에 두었던 병을 꺼내왔다.

"그럼, 어디로 가려고?" 거티가 자기 무릎을 내려다보며 말한다. "하루종일 빈둥거릴 순 없잖아. 나처럼 피클이나 먹으면서."

곧바로 동생들의 말이 들린다. 진심으로 그런 걱정을 하는 건가, 라고 클라라가 말할 것이다. 그리고 대니얼은 이렇게. 바르야가, 빈둥거리면서, 피클이나 먹는다고요? 그런 거 누나는 하라고 해도 못할걸요. 요즘 바르야는 어디에서나 그들을 본다. 해가 진 후 그녀의 집 앞을 지나쳐 달려가는 십대 남자아이는 선선한 여름밤 클린턴 스트리트 72번지를 질주하던 사이먼을 떠올리게 한다. 술집에서 마주친 여자의 얼굴에서 클라라의 미소가—생기 넘치고 시원한 웃음이—보인다. 대니얼에게 조언을 구하러 가는 자신의 모습을 상상하기도 한다. 그는 항상 그녀 바로 뒤에 있었다. 나이도, 야망의 크기도 그랬고, 가족을 건사할 때도 그랬다. 그녀는 거티를 돌보는 문제나 사이먼을 집에 데려오는 문제에서 그에게 의지해도 된다는 것을 알고 있었다.

오랜 시간 그녀는 이 기억들을 억눌렀다. 하지만 요즘처럼 이런 감각적인 방식으로 그들을 불러내면, 그래서 그들이 유령이 아니라 사람처럼 느껴지면 예상치 못한 일이 일어난다. 마음속에서 몇 개의 불이—오래전에 어두워졌던 자리가—빛을 낸다.

"가르치는 게 재밌는 거 같아요." 그녀가 말한다. 대학원 때 등록금을 감면받는 조건으로 학부생들을 가르친 적이 있었다. 처음에는 못할 것만 같았는데—첫 수업 전에 여자화장실에 들어가 미처 변기까지 가지도 못하고 개수대에 토를 했다—조금 해보니 에너지가 차오르는 기분이 들었다. 그녀를 올려다보는 수많은 얼굴, 그녀가 준비해온 것을 보려고 기다리고 있는 모습을 보면 그랬다. 물론 어떤 얼굴들은 그녀를 올려다보지 않고 잠을 자고 있었지만, 사실 그 얼굴들이야말로 그녀가 가장 좋아하는 얼굴이었다. 그녀는 그들을 깨워보겠다고 결심했다.

루비가 머무는 마지막날 밤, 바르야도 마술쇼를 보러 간다. 루비가 식당에서 준비하는 동안 바르야와 거티는 방에서 저녁을 먹는다. 바르야는 골드 가족을 생각하고 있다. 동생들과 솔이 무대에 선 루비를 보면 어떤 생각을 할지. 그러다가 황혼녘의 기묘한 어스름 속에서 결코 하지 않으리라고 결심했던 이야기를 꺼낸다. 거티에게 헤스터 스트리트의 여자에 대해 이야기한다. 7월 그날의 숨막히는 더위, 계단을 올라갈 때 느꼈던 불안, 남매들이 한 명씩 따로 그 방에 들어갔던 일을 묘사한다. 솔의 시바 마지막날 밤에 동생들과 나눈 대화를, 돌이켜보니 그들 넷이 모두 함께한 마지막 순간이었던 그날의 대화를 이야기한다.

바르야가 말하는 동안 거티는 고개를 들지 않는다. 요거트만 보며 한 숟가락 가득 떠서 입에 가져갈 뿐 무심한 눈빛이라 바르야는 혹시 날을 잘못 고른 것인지, 어머니의 정신이 온전치 않은 것인지 의아해한다. 바르야가 식사를 끝내자 거티가 냅킨으로 숟가락을 닦고 쟁반에 내려놓는다. 요거트 용기는 알루미늄포일 뚜껑으로 꼼꼼히 덮는다.

"어떻게 그런 쓰레기 같은 말을 믿을 수가 있어?" 그녀가 조용히 묻는다.

바르야의 입이 벌어진다. 거티가 요거트 용기를 숟가락 옆에 내려놓고 무릎 위에서 두 손을 깍지 끼면서 올빼미처럼 분노를 표출하며 바르야를 쳐다본다.

"우린 어렸잖아요." 바르야가 말한다. "그 여자가 겁을 줬고요. 어쨌든 내 말은 그게 사실⋯⋯"

"쓰레기!" 이제는 단호하게, 의자 등받이에 기대면서 거티가 말한다. "그러니까 너희가 점시를 만나러 갔다고. 그런 사람 말을 믿는 바보는 세상에 아무도 없어."

"엄마도 그 쓰레기들을 믿잖아요. 장례행렬이 지나가면 침 뱉고. 아버지 돌아가셨을 땐 닭으로 하는 그거 하고 싶어했잖아요. 산 닭을 공중에서 돌리면서 암송하……"

"그건 종교의식이고."

"장례행렬에 침 뱉는 건?"

"그게 뭐?"

"뭐라고 변명할 건데요?"

"무식해서 그런다. 넌 뭔데? 넌 변명할 거리도 없을걸." 바르야가 멈칫하는 사이 그녀가 말한다. "내가 너한테 해준 게 있는데. 교육에, 기회에…… 현대적인 것들! 그런데 어떻게 나처럼 될 수가 있어?"

거티가 아홉 살 때 독일군이 헝가리를 점령했다. 허이두*에 살던 거티 어머니의 부모님과 세 남매는 아우슈비츠로 끌려갔다. 쇼아**로 인해 솔의 신앙이 굳건해진 반면 거티의 신앙심은 사그라들기만 했다. 심지어 여섯 살 때 부모님은 이미 돌아가셨다. 신보다 우연이 더 그럴듯해 보이고, 선보다 악이 더 그럴듯해 보였을 것이다. 그래서 거티는 나무를 두드리고, 손가락을 교차시키고, 분수대에 동전을 던지고, 쌀을 어깨 너머로 던졌다. 기도할 때면 흥정을 했다.

그녀가 아이들에게 준 것은, 바르야가 생각하기에, 불확실한 자유였다. 정해지지 않은 운명이라는 자유. 솔도 동의했을 것이다.

---

* 헝가리의 옛 도시 이름.
** 히브리어로 참사를 의미하는 말로, 주로 홀로코스트를 가리킨다.

이민자 가족의 외동아들로서 아버지에게는 선택지가 별로 없었다. 앞을 내다보거나 뒤를 돌아보는 것은 마치 운명을 시험하는 것처럼 배은망덕한 행동이라고 느껴졌을 것이다. 눈을 떼면 사라질지도 모르는 환상 같은 운명을, 그 공짜 선물을 시험하는 행동이라고. 하지만 바르야와 동생들은 선택할 수 있었고, 자아성찰의 사치도 부릴 수 있었다. 그들이 원한 것은 시간을 가늠하고, 계획을 세우고, 시간을 통제하는 것이었다. 그러나 그렇게 미래를 좇으면서 그들은 점쟁이의 예언에 더 가까워질 뿐이었다.

"미안해요." 바르야가 말한다. 그녀의 눈이 부어 있다.

"사과하지 말고." 거티가 말하면서 손을 뻗어 바르야의 팔을 찰싹 때린다. "달라져라." 그러고는 그 손으로 바르야의 팔을 잡고 놓아주지 않는다. 1969년에 브루나 코스텔로가 그랬던 것처럼. 이번에 바르야는 내치지 않는다. 그렇게 침묵 속에 앉아 있다가 마침내 거티가 꿈지락거린다.

"그래서 그 여자가 뭐라고 했다고?" 그녀가 묻는다. "넌 언제 죽는데?"

"여든여덟에요." 지금은 아주 먼 나이처럼 느껴진다. 부끄럽다 할 정도로 사치스러운 때.

"그런데 뭐가 그렇게 걱정이야?"

바르야가 웃음을 참으려고 볼을 깨문다. "그런 거 안 믿는다고 할 줄 알았는데."

"안 믿지." 거티가 코를 훌쩍인다. "하지만 만약에 내가 믿는 사람이라면, 불평 않겠어. 그런 사람이라면, 여든여덟이면 괜찮다고 그러겠어."

일곱시 삼십분, 두 사람이 마술쇼를 보러 식당으로 들어간다. 바닥이 약간 높은 연단이 무대 역할을 하고, 양쪽에 놓인 스탠드 두 개가 스포트라이트다. 한 간호사가 행거에 빨간색 침대시트를 걸어 커튼을 만들어두었다. 거티와 친구들은 쇼를 위해 옷을 차려입었고, 식당 안이 꽉 찼다. 짜릿한 기대감이 그곳의 모든 사람을 하나로 잇는다. 암흑물질처럼 눈에는 보이지 않는 기대감. 그것이 모두를 뭉쳐주고, 다 함께 무대를 향해, 루비를 향해 끌려간다.

그때 커튼이 열리고, 그녀가 나타난다.

루비의 손짓에 무대가 변신한다. 커튼은 진짜 커튼이 되고, 스탠드는 진짜 스포트라이트가 된다. 클라라가 속사포 같은 대사 치기에 뛰어났다면 루비는 몸으로 하는 개그에 의외의 재능이 있고 방안에 있는 모든 사람을 끌어들일 줄 안다. 그녀가 엄마와 다른 점이 또 있다. 그녀는 편하게 웃고 목소리가 떨리지 않는다. 잡았어야 하는 공을 떨어뜨리자 자조하는 팬터마임을 하면서 한 템포 쉬고 안정을 찾는다. 그것이 자신감이라는 것을 바르야는 알아본다. 루비는 그녀의 엄마보다 편안해 보인다. 실력에 대해서도, 자기 자신에 대해서도.

아아, 클라라. 바르야는 생각한다. 이 아이를 네가 봤어야 하는데.

저녁 내내 거티는 영원히 끝나지 않기를 바라는 영화를 보듯 루비를 본다. 열한시가 거의 다 돼서야 마지막까지 있던 주민들이 식당 밖으로 빠져나간다. 거티는 어쩔 수 없이 그 혐오하던 휠체어에 타면서도 가슴이 칠면조처럼 부풀어 있다. 바르야는 나쁜 일이 일어나는 것을 강박행동으로 막을 수 없듯이 나이듦을 멈추기는 불가능하다는 것을 잘 알고 있다. 하지만 그래도 이렇게 소리치고 싶다. 가지 마요.

루비가 거티의 휠체어를 끌고 방으로 돌아간다. 곧 그녀의 관심은 다른 기적들을 향할 것이다. 상처를 봉합하고, 척추에 바늘을 꽂고, 아기를 받는 일 같은. 하지만 오늘밤 그곳에는 그녀와 식당에 있는 모든 사람을 연결해주는 유대가, 감정의 네트워크가 있었고 루비는 그것을 흘려보내지 않았다. 무대에 서서 객석을 내다보며 그것이 느껴졌을 때, 로스앤젤레스의 아파트 앞에서 가끔 마주치는 유치원 아이들이 떠올랐다. 아이들은 무리를 놓치지 않기 위해서 손에 밧줄을 잡고 한 줄로 걷는다. 오늘밤 광경이 그 모습 같았어, 라고 루비는 생각한다. 한 명씩 한 명씩, 밧줄에 다가왔다. 한 명씩 한 명씩, 밧줄을 붙잡았다.

"이렇게 계속할 수 있는데 도대체 왜 의사가 되겠다는 거야?" 아빠는 아직도 묻는다. "사람들한테 큰 기쁨을 주는 일이잖아."

하지만 루비는 마술이 사람들이 서로를 살아 있게 하는 많은 도구 중 하나일 뿐임을 알고 있다. 어렸을 때 라지가 공연 전에 클라라가 항상 했던 두 단어로 된 말을 알려주었다. 그후로 그녀도 똑같은 말을 읊조렸다. 오늘밤, 그녀는 커튼 뒤에 서서 두 손을 맞잡고 있었다. 커튼 반대편에서 기대에 찬 관객들이 속삭이고, 부스럭거리고, 싸게 인쇄한 팸플릿을 넘기는 소리가 들려왔다.

"모두 사랑해요." 그녀는 속삭였다. "모두 사랑해요. 모두 사랑

해요. 모두 사랑해요."

　그러고는 커튼 밖으로 걸어나가 그들과 함께했다.

『죽지 않는 사람들』에 생명을 불어넣는 데 도움을 준 많은 분들께 깊이 감사드린다.

이 책은 위대한 두 여성의 믿음과 노고와 지지가 없었다면 나오지 못했을 것이다. 먼저 나의 록스타이자 영혼의 자매인 에이전트 마거릿 라일리 킹. 믿음과 변치 않는 지지, 그리고 격주로 내준 상담 시간도 고마워요. 모든 시작이 당신과 함께였어요. 그리고 나의 편집자 샐리 킴. 총명하고 열정적이고 성실한 당신에게서 정말 밝은 빛이 나요. 당신과 함께 일한 것이 제 인생에서 가장 큰 영광이자 즐거움 중 하나입니다.

WME와 퍼트넘에서 함께한 팀은 최고였다. 이들보다 더 뛰어난 팀은 꿈에서도 만날 수 없을 것이다. WME의 트레이시 피셔, 에린 콘로이, 에리카 나이번, 헤일리 하이데만, 첼시 드레이크, 그리고 퍼트넘의 이반 헬드, 대니엘 디터리히, 크리스틴 볼, 알렉시스 웰비, 애슐리 매클레이, 에밀리 올리스, 케이티 매키, 또한 펭귄 팀의 모두와 함께 일한 것은 대단한 영광이었다. TV와 관련해서 힘을 써준 자칼의 게일 버먼, 대니 고린, 조 얼리, 로리 코슬로에게도 감사를 드린다.

많은 작가, 영화 관계자, 과학자, 그리고 다른 여러 분야 전문가의 창작물이 내 조사 과정의 중심축이 되었다는 점에서 큰 빚을 졌다. 대표적으로 「여러 세계에서 통용된 절묘한 기술: 로마니 점술의 공연과 참여자를 중심으로」(루스 일레인 아네르센), 데이비드 와이스먼의 다큐멘터리 〈우리는 여기에 있었다〉, 『코끼리 숨기기: 마술사들은 어떻게 불가능을 발명하고 사라지는 법을 배웠나』(짐 스타인마이어)를 참고했다. 그리고 신기원을 연 서커스 배우 티니 클라인의 삶에서 '목숨이 걸린 턱'을 따왔고 할머니 클라라 캐릭터의 영감을 받았다(재닛 M. 데이비드의 『서커스의 여왕과 팅커벨: 티니 클라인 전기』). 스콧 그레고리 중위가 대니얼의 군인 업무에 대한 중요한 조언자가 되어주었고, 에리카 플뢰리와 데버라 로빈스, 밥 잉거솔은 영장류와의 경험을 친절하게 공유해주었다. 드레이크 연구소는 캘리포니아 노바토에 있는 벅 노화연구소에서 영감을 받았지만, 건물의 특징과 전반적인 연구 목표 외에는 완전히 허구다. 마지막으로, 바르야의 연구 내용에 해당하는 수명연장 관련 연구를 진행하고 나와 대화를 나누어줄 만큼 관대했던 많은 과학자분들이 아니었다면 바르야 파트는 쓸 수 없었을 것이다. 리키 콜먼 박사, 스테파노 피라이노 박사, 대니얼 마르티네스 박사와 위스콘신 국립영장류연구소의 직원 여러분이 도움을 주었다. 바르야의 연구는 이런 배경에서 나왔지만 드레이크 연구소와 마찬가지로 허구이고, 실재하는 특정 연구를 비판하려는 의도는 없다.

소설을 먼저 읽어주고 도움을 준 가족과 소중한 친구들에게 영원한 사랑과 감사를 전한다. 나의 가장 열렬하고 믿을 수 있는 지지자인 부모님. 두 분의 자식으로 태어나 항상 감사하고, 행운이라고 생각합니다. 사랑하는 할머니, 나의 길을 밝혀주는 빛, 리 크루그가 이 소설의 최초의 독자다. 나의 훌륭한 친구들, 알렉산드라 골드스타인의 천재적인 편집력과 평생의 헌신, 리베카 더넘의 지적인 동료애, 브리트니 카발라로의 열정적인 연대, 그리고 피얄리 바타차르야의 현명하고 두근거리는 심장, 또한 알렉산드라 디미트의 자매애와 앤드루 케이의 형제애에 감사한다. 마지 워런과 밥 벤저민은 이민자와 20세기 중반 뉴욕에서의 삶에 대한 통찰력이라는 선물을 주었다. 주디 미첼은 변함없는 멘토이자 소중한 친구다.

내 형제 조던과 개브리엘. 이 책은 두 사람을 위한 책이기도 해.

그리고 세상에, 네이선에게 어떤 말을 할 수 있을까? 작가의 파트너로 사는 것은 쉽지 않은 일인데, 그 일이 수없이 많은 어려운 대화와 편집 작업과 감정적인 지지를 필요로 한다는 사실을 몰랐다면 난 당신이 그 일을 힘들이지 않고 한다고 생각했을 거야. 당신의 변치 않는 마음과 빠른 두뇌와 전체를 보는 파노라마식 관점이 나처럼 쉽게 퍼덕이는 새에게조차 안정감을 줘. 영원히, 고마워.

옮긴이 **김선희**
대학교에서 국어와 국문학을, 대학원에서 번역을 공부했다. 출판사에서 편집자로 근무
했고 현재 전자회사의 연구원으로 재직중이다. 『죽지 않는 사람들』이 첫 역서다.

문학동네 세계문학
죽지 않는 사람들

초판 인쇄 2021년 12월 6일 | 초판 발행 2021년 12월 17일

지은이 클로이 벤저민 | 옮긴이 김선희
기획·책임편집 박아름 | 편집 송지선 홍지은
디자인 윤종윤 이원경 | 저작권 박지영 이영은 김하림
마케팅 정민호 양서연 박지영 안남영 | 홍보 김희숙 함유지 이소정 이미희
제작 강신은 김동욱 임현식 | 제작처 천광인쇄사

펴낸곳 (주)문학동네 | 펴낸이 염현숙
출판등록 1993년 10월 22일 제406-2003-000045호
주소 10881 경기도 파주시 회동길 210
전자우편 editor@munhak.com | 대표전화 031) 955-8888 | 팩스 031) 955-8855
문의전화 031) 955-2655(마케팅) 031) 955-2646(편집)
문학동네카페 http://cafe.naver.com/mhdn | 트위터 @munhakdongne
북클럽문학동네 http://bookclubmunhak.com

ISBN 978-89-546-8414-9 03840

잘못된 책은 구입하신 서점에서 교환해드립니다.
기타 교환 문의 031) 955-2661, 3580

www.munhak.com